MEIN DEZEMBER DADDY

Ein Boy für jede Jahreszeit – Roman

von

Leta Blake

Eine Original-Veröffentlichung von Leta Blake Books
Mein Dezember Daddy
Geschrieben und veröffentlicht von Leta Blake
Cover: Morningstar Ashley
Formatiert von BB eBooks
Übersetzung: Xenia Melzer

Erste print Ausgabe: 2022
ISBN: 979-8-88841-061-5

Gay Romance Newsletter

Letas Newsletter hält euch auf dem Laufenden, was ihre Neuveröffentlichungen, Sales und Deals betrifft, sowie zukünftige Projekte und mehr aus der Welt der M/M Romantik. Meldet euch noch heute für Letas Newsletter an.

Leta Blake auf Patreon

Werdet Teil von Leta Blakes Patreon Community, um sie bei ihren Indie Publishing Kosten zu unterstützen und um Zugang zu exklusiven Inhalten, gelöschten Szenen, Extras und Interviews zu bekommen.

Danksagung

Mein Dank geht an folgende Menschen:

Meine Familie, Mom & Dad, Brian & Cecily

Die Gang hinter den Kulissen: Keira Andrews (Lektorat) Amy Schaeffer (Beta-Lesen, das zu Lektorat wurde) Sue Laybourn (Lektorat, Copy-Lektorat und Proofing), Devon Vesper (Proofing), Willow Board (Copy-Lektorat und Proofing) und Emily Hernandez (Beta-Lesen).

Ohne die Gang hinter den Kulissen wäre dieses Buch absolut chaotisch. Danke an alle für ihre Entschlossenheit und Ausdauer, dieses Buch zu den Lesern zu bringen.

Freunde: Kim, Punny, Danielle, Keira, Cara, Cynthia, Geralynn und Wendy für ihre endlose Liebe und Unterstützung.

Vor allem aber danke ich meinen LeserInnen, die all die harte Arbeit die Mühe wert machen. Ihr schenkt mir so viel Freude und macht diese Karriere möglich.

Besondere Danksagung an die Community

Dank an Sherry, Melinda, Gary, Mark, Griff, Chris und Robb, die im Laufe der Jahre mit mir über ihre jeweiligen Daddy/girl- und Daddy/boy- Spiele gesprochen haben. Ich bin besonders dankbar für unsere aktuellsten, sehr tiefgehenden Gespräche darüber, was diese Art Spiel euch bedeutet und was es in euch befriedigt. Natürlich sind keine zwei Menschen gleich – und ihr seid das auch nicht – aber es ist so hilfreich, vor allem, wenn ich außerhalb meines eigenen Erfahrungsbereichs schreibe, mit Individuen zu sprechen, die willens sind, offen und ehrlich zu sein, und sich ihrer selbst bewusst sind.

Dank an gewisse LiveJournal Communitys aus alten Zeiten, die mich den oben genannten Menschen vorgestellt und mir so viel über nicht-traditionelle Spiele im Schlafzimmer beigebracht haben. Es hat sich sicher angefühlt, sich in diesen geschützten, hingebungsvollen Online-Communitys zu treffen und über alles zu diskutieren. Die Tatsache, dass unsere Freundschaften über die Communitys hinausgegangen sind, ist ein Bonus.

Dank an Melanie, die mir geholfen hat, die richtigen Quellen über die Geschichte der Daddy/boy-Kultur in der queeren Community zu finden. Und natürlich danke ich auch den Männern, die über die Jahre offen von diesen Spielarten erzählt und darüber geschrieben haben, vor allem die Verantwortung, die Daddys gegenüber allen Aspekten ihrer Boys fühlen, sowie die lange bestehenden Traditionen hinter den Rollen.

Mit den Praktizierenden zu sprechen, sowie die Hintergründe von Daddy/boy kennenzulernen, hat auf wunderbare Weise klargemacht, dass dieses Spiel mehr ist als nur ein Kink. Es ist eine wunderbare, sexy, intensive Art für zwei Männer, in Verbindung zu treten. Ich hoffe, ich habe dieser Geschichte und euren Erfahrungen mit der Darstellung von Matthew und Erik in diesem Buch Ehre erwiesen.

Ich muss zugeben, dass ich nicht geahnt habe, dass ich ein Daddy/boy-Buch schreiben würde. Das war nie einer meiner persönlichen Kinks und in der Vergangenheit habe ich es auch als Fiktion nie beachtet. Doch als Figuren in meinem Kopf erschienen sind, die darauf bestanden haben, dass ich ihre Geschichte erzähle, habe ich begonnen, alles über Daddy/boy-Dynamiken zu lernen, habe ihre Geschichte in der queeren Community studiert und mit Praktizierenden gesprochen. Bei diesem Prozess wurden mir die Augen für einen neuen Horizont geöffnet und ich hoffe, dass die Augen der LeserInnen ebenfalls für die wunderschöne Intimität dieses Spiels geöffnet werden (wenn sie das nicht schon sind).

Anmerkung der Übersetzerin

Liebe LeserInnen,

wie Ihr im Vorwort der Autorin vielleicht schon bemerkt habt, wird in Bezug auf Daddy/boy Kink (ähnlich wie bei Dom/sub) der unterwürfige Teil durch Kleinschreibung hervorgehoben. In diesem Buch habe ich das, wenn es direkt um die Erwähnung von Daddy/boy Spielen geht, auch so beibehalten, ansonsten aber den ‚Boy' großgeschrieben, wie mein deutsches Übersetzerherz (und Duden-Korrektor) es verlangt haben. Die meisten deutschen Übersetzungen im Kink-Bereich halten es ebenso und ich hoffe, niemand stört sich daran. Viel Freude beim Lesen,

Xenia Melzer

Für die Musen, die darauf bestanden haben

&

Für Willow, die alles gegeben hat.

Warnung: Daddy/boy-Dynamiken, internalisierte Homophobie, Shame Play, Einlauf, KEIN Age Play

ERSTER TEIL

Das Daddy-Erlebnis

KAPITEL EINS

Matthew

D AS SCHICKSAL IST schon seltsam, nicht wahr?
Wenn ich letzte Nacht nicht zu viel getrunken hätte, als ich nicht nur allein, sondern auch *einsam* an der Hotelbar der absolut drögen Konferenz, an der ich für meine Buchhaltungsfirma teilgenommen habe, saß, hätte ich vielleicht nicht aus Versehen meinen Wecker auf sieben Uhr abends anstatt sieben Uhr morgens gestellt. Und wenn ich meinen Wecker richtig gestellt hätte, hätte ich ganz bestimmt nicht meinen Flug von Asheville verpasst.

Wenn ich meinen Flug nicht verpasst hätte, wäre ich nicht zum Hotel zurückgekehrt, um für eine weitere Nacht ein Zimmer zu buchen, während ich versuchte, für den nächsten Tag einen neuen Flug oder ein Mietauto zu einem vernünftigen Preis zu bekommen.

Und wenn ich nicht ins Hotel zurückgekehrt wäre, hätte ich niemals erfahren, dass es über das Wochenende eine ganz andere Gruppe Menschen für ein faszinierendes Special Event beherbergte.

Und wenn …

Nun, ihr wisst, was ich meine.

Wenn all das nicht gewesen wäre, wäre ich jetzt nicht hier, mitten in der Blue Ridge Kink Club Weihnachtsauktion, nachdem ich an der Tür dreißig Dollar bezahlt hatte für das Privileg, einen verwässerten Drink zu trinken und Menschen in allen möglichen Bondage- und Kink-Aufzügen dabei zu beobachten, wie sie sich selbst feierten. Ich würde auch nicht an den verschiedenen kinky Angeboten der Auktion vorbeigehen.

Zum einen bin ich nicht aus der Gegend, darum wären eine Menge der angebotenen Dinge – wie zum Beispiel das Auspeitschen – schwer einzulösen und zum anderen bin ich mir nicht einmal sicher, ob ich überhaupt kinky bin.

Ich bin erst seit ein paar Jahren ein geouteter schwuler Mann, habe gewartet, bis meine Eltern gestorben waren, um ich selbst zu sein. Während dieser langen, dunklen Jahre im Wandschrank habe ich einige schnelle, dreckige Blowjobs gegeben (oder besser gesagt ertragen), aber diese Art Erfahrungen sind nicht das, was ich jetzt noch möchte oder brauche.

Das ist etwas, das ich immer noch versuche herauszufinden. Was will ich? Was *brauche* ich?

Aufriss-Apps waren informativ. Tatsächliche *Aufrisse* wären sogar noch informativer gewesen – aber bis jetzt waren die Apps vor allem darin hilfreich, mir klarzumachen, was ich nicht will. Nicht, dass ich irgendwie detailliert erklären kann, was *das* ist.

Ich weiß über alles, was ich getan habe, um meine sexuelle Orientierung zu erkunden – sei es nun das schmutzige, verstohlene Zeug meiner Jugend oder mögliche Aufrisse in Erwägung zu ziehen – nur, dass nichts davon erfüllend oder richtig gewesen ist.

Alles, was ich je gewollt habe, ist, mich *richtig* zu fühlen.

Während meines Aufenthalts für die Konferenz hatte ich bereits die verschiedenen Angebote des Hotels erkundet. Alles typisch und nicht wert, es sich noch einmal anzusehen. Ich war bereits durch Asheville spaziert und hatte die Angebote dort genossen, auch wenn es immer einsam ist, an einem neuen Ort zu sein und niemanden zu haben, mit dem man die Erfahrung teilen kann.

Nach einem einsamen Abendessen in einem Restaurant im Ort und nachdem ich bei meiner Rückkehr ins Hotel die Schilder für die Blue Ridge Kink Club Weihnachtsauktion gesehen hatte, die besagte, dass volljährige Personen, die nicht zum Club gehörten, willkommen waren, gegen einen Eintritt teilzunehmen und noch willkommener, auch zu bieten, hatte ich mich darum dazu entschieden mir anzusehen, worum genau es hier ging. Weil ich immer noch nicht gefunden habe, wonach ich suche und wer weiß? Vielleicht war es ja hier.

Gerade im Moment, als ich vor einem ganz bestimmten Angebot stehen bleibe, bin ich mir nicht sicher, wie ich meine Entscheidung, heute Abend zu dieser Auktion zu gehen, finde. Es könnte sein, dass sich hier für mich eine Büchse der Pandora geöffnet hat.

Weil ich fasziniert bin.

Das Angebot wird auf einem schwarzen, dreifach unterteilten Poster präsentiert, wie ich es in der Schule gemacht hatte, um bei meinen Wissenschaftsprojekten die Ergebnisse meiner Studien über Gift im Erdreich oder den Effekt von ultraviolettem Licht auf das Wachstum von Bakterien zu präsentieren.

Nur, dass es sexy ist. Quer über die obere Hälfte des mittleren Abschnitts sind mit silbernem Glitter-Stift, der vor dem schwarzen Hintergrund heraussticht, folgende Worte zu lesen: *Ich werde dein Dezember Daddy.*

Die linke Seite zeigt eine Handvoll Fotos, die mit Alufolie gerahmt sind, die im gedämpften Licht des Ballsaals des Hotels glitzert. Auf den Fotos trägt ein großer, gut aussehender Mann nichts weiter als eine Jeans, die eng genug sitzt, um seine mächtigen Oberschenkel und seinen fest bemuskelten Hintern zu zeigen.

Auf einem der Fotos steht er mit gespreizten Beinen, während ein junger Mann, vielleicht dreiundzwanzig oder so, zu seinen Füßen kniet. Der Boy trägt ebenfalls kein Oberteil. Seine Schultern sind schmal und die Muskulatur auf seinem Rücken zeigt seine Jugend. Aber was meine Aufmerksamkeit festhält, ist die Kombination der Hand des älteren Mannes auf den Haaren des jungen Mannes und die vor Hingabe weit aufgerissenen Augen des Boys.

Ich schlucke schwer.

Das nächste Foto ist ähnlich – der Boy kniet wieder, aber dieses Mal sind sie beide angezogen, tragen Weihnachtspullis. Der Mann hat seine Hand auf der Schulter des Boys und der Boy lehnt sich mit einem Ausdruck zufriedener Seligkeit an sein starkes Bein. Mein Brustkorb schmerzt und ich reibe ihn nervös. Ich habe diese Art Zufriedenheit noch nie in meinem Leben verspürt. Noch kein einziges Mal.

Aber ich sehne mich danach. Und es mag albern erscheinen, aber bei dem Gedanken, jemanden zu haben, mit dem ich einen kitschigen Weihnachtspulli tragen kann, zieht sich meine Kehle vor Sehnsucht zusammen. Das hatte ich auch noch nie. Meine Eltern hatten immer verkündet, dass Jesus der Grund für diese Feiertage ist, und wegen ihrer rigiden religiösen Einstellung war die Weihnachtszeit zu Hause nie sonderlich freudvoll.

In dem nächsten Foto sieht man den Boy allein. Er öffnet mit einem erfreuten Lächeln eine Weihnachtssocke. Daneben ist ein Foto, auf dem die beiden auf einem braunen Ledersofa kuscheln, ein Weihnachtsbaum mit Lichtern steht daneben und der Boy ist an die Seite des älteren Mannes geschmiegt. Dort ruht er, ganz sicher und geborgen, in die Arme seines Daddys gekuschelt. Die Augen geschlossen. Er schläft.

Ich stelle mir vor, dass im Hintergrund leise Weihnachtslieder spielen und es ist spät am Weihnachtsabend. *Alles schläft, einsam wacht.* Ich lecke mir über die Lippen, frage mich, wie es wäre, so gehalten zu werden, geliebt zu werden, einem Mann so zu vertrauen und ihn so anzuhimmeln, wie dieser Boy es tut. Wenn auch nur für ein paar Tage, eine Nacht oder, zur Hölle, sogar nur eine Stunde oder zwei.

Und an *Weihnachten*? Noch besser.

Wenn ich den Verstand verliere und auf diesen „Dezember Daddy" biete und ihn irgendwie gewinnen würde, wäre er natürlich nicht wirklich mein Daddy am Fünfundzwanzigsten – dieser Mann hat ganz sicher andere Pläne. Aber es wäre nahe dran. Ich hatte Weihnachten nie so gefeiert, wie ich es mir immer erträumt hatte. Sogar als meine Eltern noch am Leben waren, hatten wir, abgesehen von dem Abend, an dem wir den Baum schmückten, die Feiertage immer nüchtern und ernst verbracht.

Ich war noch nie von irgendjemandem, nicht einmal meinem eigenen Vater, mit der starken, zärtlichen Freundlichkeit behandelt worden, die von dem Daddy auf den Fotos ausstrahlt, noch hatte ich je die offene Freude gefühlt, die ich auf dem Gesicht des Boys sehe.

Ich fühle mich ein wenig schwindlig und wende meinen Blick von dem Poster, um zu lesen, was genau versteigert wird, weil es keine Beziehung sein kann, wie diese beiden sie haben. Niemand kann so etwas Intensives versteigern.

*Daddy Erik offeriert eine nicht ganz so Stille Nacht – ein Daddy/boy-Erlebnis im Weihnachtsstil. Er wird Daddy/boy-Dynamiken bieten und einen sehr fröhlichen, vorgespielten Weihnachtsmorgen komplett mit einer vollen Socke, Geschenken von Santa Daddy und anderen, zuvor abgesprochenen „Geschenken" für einen braven Boy. Keine Vorerfahrung nötig. Beide Parteien können diese Abmachung **jederzeit und ohne Angabe von Gründen absagen.** Nachweis eines Tests auf sexuell übertragbare Krankheiten **notwendig. Nicht** mehr als eine Nacht. **Keine** Wiederholungen früherer Jahre. Und **absolut kein** Alkohol und **keine** Drogen während unserer gemeinsamen Zeit. **Referenzen können eingesehen werden.***

Ich nehme einen schnellen Schluck von meinem Whiskey, fühle mich bereits, als ob Daddy Eriks Augen auf mich gerichtet sind und ich eine seiner Regeln breche. Atemlos richte ich meine Aufmerksamkeit auf das Papier unter dem Poster, auf dem die Leute anonym ihre Gebote abgeben können, weil ich neugierig bin, wie viel Geld bereits für diesen Mann und die von ihm angebotene Erfahrung gesetzt wurde.

Auf der linken Seite des Papiers befindet sich eine Spalte für die private PIN-Nummer, die wir an der Tür bekommen haben und daneben eine Zeile für das Gebot.

Beide Spalten sind leer.

Keine einzige Person hat ein Gebot für Daddy Eriks Angebot abgegeben. Ich kann mir nicht vorstellen warum. Viele der anderen Kinks auf der Auktion haben bereits mehrere Zeilen mit Geboten. Ist etwas an dem Mann, das ihn unerwünscht macht? Ein Ruf, den die Kink Community in Asheville kennt, aber ich, ein Fremder, nicht?

Während ich über diese Möglichkeit nachdenke, wandert mein Blick wieder zu den Fotos. Ich kann keine Warnzeichen auf den Fotos erkennen. Alles zwischen diesen Männern scheint wunderbar zu sein. Dieser Daddy weiß offenbar, wie er seinen Boy glücklich machen und ihm das perfekte Weihnachten bescheren kann.

Ich stelle mir vor, wie ich zu seinen Füßen knie, mit seiner Hand in meinen Haaren und mein Blut rast gen Süden. Es ist erregend, darüber nachzudenken, für einen Mann wie Daddy Erik auf den Knien zu sein, aber mehr als das, weiß ich im tiefsten Inneren, dass ich mich so *erleichtert* fühlen würde, dort zu sein. Zu seinen Füßen. Unter seiner Hand.

Ich schaue mir erneut die Fotos an, suche in Daddy Eriks Gesicht nach einem Hinweis auf Gemeinheit oder Grausamkeit, versuche zu verstehen, warum niemand hier sein Angebot annehmen möchte. Ich sehe nichts als offene Hingabe von seinem Boy und eine Leichtigkeit zwischen ihnen, die ich beneide.

Als ob ich eine schlechte Person einfach durch das Aussehen erkennen könnte. So dumm.

Und doch …

Unsicher schaue ich mich im Raum um, ob jemand mich beobachtet – jemand, der mich vielleicht vor diesem Mann warnt und seinem verführerischen Dezember-Daddy-Erlebnis. Aber niemand achtet auch nur im Geringsten auf den nerdigen, stillen Typen und seinen verwässerten Whiskey. Wie immer.

Ich nehme den Stift und bevor mir klar ist, was ich mache, beugte ich mich über den Zettel, um meine PIN-Nummer ganz oben in die erste Spalte zu schreiben. Auf halbem Wege werde ich aber von etwas aufgehalten, das über den Spalten geschrieben ist.

Das Minimum für ein Gebot.

Meine Brauen schießen nach oben zu meinem Haaransatz. Kein Wunder, dass die Spalten leer sind. Das Eröffnungsgebot ist zum Weinen hoch. So hoch, dass ich innehalte und noch einmal überlege.

Mich räuspernd, denke ich an mein Konto und schaue mir erneut die Fotos an. Das sehnsüchtige Zusammenziehen meines Herzens, so stark und wild, macht es mir schwer, zu Atem zu kommen.

Bis heute Abend, sogar bis vor wenigen Minuten, hatte ich nicht gewusst, dass ich das hier will und jetzt will ich es so sehr, dass ich mehr als willens bin, mich von einer absurd hohen Summe zu trennen, nur um einen Eindruck davon zu bekommen, was immer dieser Boy zu Füßen seines Daddys fühlt.

Dennoch ist so viel Geld für eine Nacht mehr als nur sich etwas zu gönnen und grenzt schon an Verschwendung. Ich überlege erneut, frage mich, wann ich mir das letzte Mal etwas geleistet habe? Als meine Eltern krank wurden, hatte ich meine Zeit zwischen der Arbeit und ihrer Pflege aufgeteilt. Als meine Eltern gestorben waren, habe ich zwei Jahre damit verbracht, ihren Besitz durchzugehen.

Als ich mich entschieden hatte, mich als schwuler Mann zu outen, hatte ich es drei Freunden gegenüber verkündet und nichts weiter unternommen. Ich bin nie auf Dates gegangen. Ich habe nie Partys gefeiert. Ich habe nie gespielt oder mich gehen lassen oder herumgefickt.

Ich war langweilig. Eine Pappkartonfigur. Ich war verängstigt und vorsichtig. Ich war allein.

Wenn ich also eine Menge Geld ausgeben wollte, damit ein gut aussehender Mann mich umarmt, mir Geschenke kauft und mir die Art Weihnachten beschert, von dem ich immer geträumt habe? Der mir beibringt, was es heißt, schwul und geliebt zu sein? Dann ist das mein Recht. Und wenn es nur für eine Nacht ist? Dann ist das sogar noch besser, oder? Ich kann es testen. Zum ersten Mal meine körperlichen Bedürfnisse erfüllen lassen und sehen, ob diese Daddy/boy-Dynamik wirklich das ist, was ich will. Ohne Verpflichtungen.

Und wenn es das *ist*, was ich will? Wenn es mir so gut gefällt, wie ich denke, dass es das tun wird?

Dann müsste ich zumindest darüber nachdenken, meine Dating-App-Profile zu reaktivieren und zu überarbeiten. Vielleicht sogar mehr.

Ich schreibe den Rest meiner PIN-Nummer auf den Zettel, setze mein Maximal-Gebot deutlich höher als das bereits hohe Minimum und schlucke den Rest meines Drinks in einem Satz.

Dann verlasse ich die Auktion.

Voller Nervosität und Aufregung schaue ich an der Hotelbar vorbei. Ich brauche dieses Mal einen stärkeren Drink und bestelle zwei Whiskey, um mich zu beruhigen. Als ich sie hinunterschlucke und der Alkohol meine Kehle verbrennt, ist es, als würde ich mich gleich vom Barhocker lösen und zur Decke fliegen. Ich kann nicht glauben, was ich getan habe.

Als ich meinen Eintritt bezahlt hatte, wurde mir gesagt, dass wenn ich auf irgendetwas biete, sie die Kontaktinformationen, die meiner PIN zugeordnet sind, nutzen würden, um mir mitzuteilen, ob ich gewonnen habe. Ich schaue immer wieder auf mein Handy, als ob die Nachricht jeden Moment kommen wird.

Absurd.

Erst als ich wieder in meinem Hotelzimmer bin, mir vor dem zu Bett gehen die Zähne putze, fangen verschiedene Befürchtungen an, sich an meiner Aufregung vorbei zu schleichen. Was, wenn das nicht sicher ist? Was, wenn er gefährlich ist? Was, wenn er nicht nett ist? Was, wenn ich nicht ausreiche, der Boy für einen so gut aussehenden Mann wie Daddy Erik zu sein? Er sieht jünger aus als ich und der Boy auf den Fotos mit ihm war *deutlich* jünger als ich. Vielleicht sollte jemand Mitte vierzig kein Boy sein wollen? Vielleicht ist es seltsam oder so? Was, wenn ich mich zum Narren mache? Was, wenn er mich nicht will?

Ich lache bitter mein Spiegelbild an. Warum ist der Gedanke, dass Daddy Erik mich vielleicht nicht will, angsteinflößender als der Gedanke, dass er mir vielleicht wehtun könnte? Ich hatte mir selbst gesagt, dass ich von jetzt an einen Weg finden würde, mich selbst besser zu lieben und doch, wenn Daddy Erik mir wehtut, fühle ich, im tiefsten Inneren, dass ich es vielleicht verdiene.

Aber *oh*, wie sehr ich will, dass er mich will.

Was, wenn er nicht kann? Was, wenn er nicht wird?

Aber was, wenn *doch*?

Ich klettere in das breite Hotelbett, zermürbt von Begehren und Nervosität. Ich bin halb hart, wenn ich an eine Nacht mit Daddy Erik denke – an ihn geschmiegt, sicher und gemocht – darum arbeite ich daran, mir einen herunterzuholen, aber irgendwie schaffe ich es nicht. Meine Ängste mischen sich immer wieder ein. Ich lasse meinen unentschlossenen Schwanz los, rolle mich auf die Seite und starre stattdessen aus dem Fenster, sehe, wie die Weihnachtsdeko überall auf den Straßen funkelt und blinkt.

Meine Gedanken nehmen denselben Rhythmus an wie die blinkenden Lichter. Ich bin erschöpft, kann aber nicht einschlafen.

Was wenn … was wenn … was wenn …

KAPITEL ZWEI

Erik

„ESPRESSO, DOPPELT, AUF Eis – oh und bitte mit Hafermilch.“ Ich bestelle, bevor ich mich umdrehe, um meinen Blick über die festlich dekorierten Ecken und Winkel von Caffeine Dream schweifen zu lassen, auf der Suche nach einem jungen Mann, der so aussieht, als würde er ebenfalls nach jemandem suchen.

Matthew Angel, der Boy, dessen sehr hohes Gebot mein Angebot eines Dezember-Daddy-Erlebnisses letzte Woche auf der Wohltätigkeitsfeier des Kink Clubs gewonnen hat, wollte mir kein Foto schicken. Vielleicht hat er Angst, dass ich ein Mann voller Vorurteile bin, dem reine Haut oder Gewicht oder Überbisse oder was weiß ich wichtig sind.

So bin ich nicht. Ich mag einen Boy, der fehlbar ist und menschlich, jemand, um den ich mich kümmern und den ich korrigieren kann, aber ich habe mir nie viele Gedanken darüber gemacht, ob die Erscheinung eines Boys den übermäßig rigiden Standards der Schwulen-Kultur entspricht.

Mein erster Boy war ein fülliger kleiner Engel und mein zweiter hatte Akne und ein hängendes Augenlid und ich habe sie geliebt, genau wie meinen dritten Boy, der, bei jedermanns Standards, ein absoluter Hingucker von einem Twink gewesen war. Nicht, dass ich Matthew Angel *lieben* werde. Gefühle sind etwas, das man nicht versteigern kann.

Aber ich werde ihn respektieren und mich gut um ihn kümmern, in der Zeit, die er ersteigert hat, wie jeder Daddy das sollte.

Und wenn wir irgendwie zusammenpassten? Was, wenn er mehr wollte? Vergiss es. Mein Herz steht für eine weitere Verletzung nicht zur Verfügung. Denn so enden diese Dinge immer und es ist eine Tatsache, dass ich dafür *nicht* bereit bin. Es hat beim letzten Mal zu sehr wehgetan.

Ich schiebe diesen traurigen Gedanken von mir und schaue mich erneut um.

Was auch immer Matthews Befürchtung ist, ich habe keine Ahnung, wie er aussieht. Ich habe versucht, seinen Namen zu googeln, aber nur eine Tonne Treffer für einen Regisseur in Hollywood bekommen und eine weitere Anzahl Treffer für einen Eiskunstläufer, der bei meinem alten Lieblingseiskunstläufer trainiert, Matty Marcus.

Abgesehen von diesen beiden gab es zu viele verschiedene Treffer, um sie alle durchzugehen, nur um das Foto irgendeines Twinks zu finden, der meine Dienste ersteigert hatte. Darum muss ich mit meinen Blicken jeden jungen, potenziell schwulen Mann im Raum abchecken. Da sich Caffeine Dream direkt neben Ashevilles neuestem Schwulen-Club befindet, passt die Beschreibung auf mehr als die Hälfte der Kunden an diesem Samstagmorgen nach einer spaßigen Freitagnacht.

Keiner der jungen Männer beachtet mich. Ich habe kein Glück, herauszufinden, welcher von ihnen Matthew Angel sein könnte, auch bekannt als der einzige Boy, der für mich geboten hat.

Es gibt jedoch einen heißen älteren Typen. Er steht neben dem Fenster, seinen Mantel hat er sich über den Unterarm gehängt, er hält eine Kaffeetasse in den Händen und starrt mich mit weit aufgerissenen Augen an. Er hat grau melierte Haare und einen schönen, festen Körper, der in eine gut sitzende Anzughose und ein grünes Hemd gekleidet ist, bei dem der Rand eines weißen Unterhemdes unter dem Kragen hervorblitzt. Eine Tasche hängt um seinen Brustkorb. Er ist ein wenig atemlos und seine Wangen sind rot, weil ich ihn dabei erwischt habe, wie er mich anstarrt.

Er gefällt mir.

Zur Hölle, ich hätte nichts dagegen, ihn später auf der Toilette des Cafés in die Finger zu bekommen, wenn er nach meinem Treffen mit Matthew immer noch da ist. Ich sollte wohl meinen Schwanz bei jemand neuem anfeuchten. Das Pflaster abreißen. Brandon war jetzt seit sechs Monaten weg und ich musste diese dämliche Sache mit dem ‚Nach-der-Trennung und von Trauer genährtem Zölibat‘ überwinden.

Vor allem, wenn ich nächstes Wochenende ein guter Daddy für Matthew Angel sein wollte. Es wäre nicht gut, mit sechs Monaten aufgestauten Begehrens in mir in diese Begegnung zu gehen. Ich mustere den errötenden, grau melierten Leckerbissen erneut. Ja, dieser Mann wäre ein wohlschmeckender Happen …

Aber für den Moment muss ich mich darauf konzentrieren, meinen zeitweisen, Nur-für-Weihnachten-Boy zu finden.

Ich richte meine Aufmerksamkeit wieder auf den Barista, der gerade mein Getränk fertig hat, zucke zusammen, als er es fallenlässt und meinen Kaffee überall verspritzt.

„Es tut mir leid“, sagt er, schnappt sich einen Lappen, um aufzuwischen. „Ich mache einen neuen.“

„Kein Problem“, versichere ich ihm. Unfälle passieren. Niemand ist perfekt. Alle möglichen klischeehaften Phrasen wollen mir über die Lippen kommen, aber ich behalte sie für mich. Etwas an der Nase und dem Kinn des Baristas erinnert mich an Brandon. Mein Magen dreht sich um. Ich seufze. Wann wird es aufhören zu schmerzen?

Erinnerungen überkommen mich, als der Barista mein Getränk neu zubereitet.

Zuerst, wie immer, ist es eine von Brandon an dem Tag, als wir uns in meinem Trainingszentrum kennengelernt haben. Er war so anbetungswürdig gewesen, war von einem Bein aufs andere getreten, die Hände in die Taschen seines Parkas geschoben, hatte nicht gewusst, was auf ihn zukam. War sich nicht sicher gewesen, ob er hatte, was es brauchte, um erfolgreich zu sein. Das war, bevor wir erkannt hatten, dass wir einander wollten oder dass ich ihm mit mehr helfen konnte als nur Krafttraining und Kugelhanteln.

Himmel, er war so jung gewesen und hatte so viel Führung gebraucht. Er war perfekt gewesen …

Mehr Erinnerungen kommen hoch. Brandon, nackt in meinem Bett, lachend, als ich für ihn getanzt habe. Brandon, der für mich kniet, die Augen weit aufgerissen und voller Bewunderung. Brandon, der seinen ersten Schluck ungarischen Kaffee nimmt. Brandon, der Hand in Hand mit Ferko spaziert, die ungarischen Felder, die sich vor ihnen ausbreiten, sie in eine neue Zukunft rufen. Brandon, der sich von mir verabschiedet.

Nachdem Brandon mich verlassen hatte, habe ich mich nicht so gut zusammengerissen, wie ich es ihm versprochen hatte. Es ist schwer, drei Jahre lang Brandons Liebhaber, Trainer, Berater und Daddy gewesen zu sein und dann nichts davon mehr zu sein. Nicht unerwartet, aber hart.

Ich hatte mir Zeit genommen, diese Traurigkeit zu verarbeiten. Weiß ich überhaupt, wer ich bin, wenn ich nicht jemandes Daddy bin? Wenn ich nicht *Brandons* Daddy bin? All die Fragen. All die Zweifel. Himmel, ich habe *all* das durchgemacht, seit er mich verlassen hat. Trauer, Traurigkeit, Einsamkeit, Bedauern.

Alles.

Um ehrlich zu sein, kann ich nicht glauben, dass ich mich selbst in eine Situation manövriert habe, in der ich erneut den Daddy spiele, nachdem ich ihn verloren habe und noch dazu mit einem vollkommen Fremden. Was für eine idiotische Idee.

„Ich bitte noch einmal um Entschuldigung, Sir."

„Schon gut." Ich gebe dem Barista ein Trinkgeld, bevor ich den geeisten Espresso nehme. Ich trinke einen Schluck und gehe in

Richtung eines Tisches am Fenster, wähle ihn, weil er zwei Sitzplätze hat. Einen, der zur Tür schaut und einen, der in das Café blickt. Ich ziehe meinen Mantel und meinen Schal aus, lege beides über die Stuhllehne und setze mich mit dem Gesicht zur Tür.

Ich werfe einen Blick auf meine Uhr und sehe, dass ich drei Minuten zu früh bin, darum ist Matthew noch nicht zu spät. Auch wenn ich es bevorzuge, wenn meine Boys ein wenig zu früh als genau auf den Punkt kommen. Es ist ein Zeichen von Respekt und es schmeichelt einem Daddy, wenn sein Boy eifrig ist. Wenn Matthew Angel und ich uns auf eine gemeinsame Nacht einigen, werde ich ihm das beibringen müssen.

Wir haben ein paar Textnachrichten getauscht, seit Nick mir die Kontaktinformationen des Boys geschickt hat, der für mich geboten hat und ich hatte einen Facetime-Anruf vorgeschlagen, aber weil er eindeutig Angst hatte, mich auf irgendeine Weise zu vertreiben, hatte Matthew darauf bestanden, dass wir uns zuerst persönlich treffen. Auch wenn das bedeutet, dass er den ganzen Weg von Nashville hierherfahren musste, was ziemlich weit ist, nur um jemanden von Angesicht zu Angesicht zu sehen.

Aber ich verstehe es und ich respektiere es auch. Nichts eignet sich so gut dafür, jemandes Schwingungen abzuschätzen wie ein persönliches Treffen und da das Daddy/boy-Erlebnis, für das Matthew geboten hat, sehr intim und privat ist, denke ich, dass er jedes Recht hat, die Ware – mich – persönlich zu inspizieren.

Alles ist bei einem Austausch wie diesem wichtig. Geruch, der Klang der Stimme einer Person, wie sie mit dem Unerwarteten klarkommt. Alles. Er ist klug, dass er um ein persönliches Treffen gebeten hat. Das war auch der Grund, warum ich mein Eröffnungs-gebot so hoch angesetzt hatte. Ich spiele nicht mit jedem und seit Brandon mich verlassen hat, spiele ich mit *niemandem* so. Ich hatte der Versteigerung nur zugestimmt, weil …

Ich seufze.

Nun, es gab ein paar Gründe, aber vor allem hatte ich zuge-stimmt, weil mein bester Freund, Nick, dachte, es wäre eine gute Möglichkeit, mich sozusagen wieder in den Sattel zu schwingen. Er hatte nicht lockergelassen, hat mich gedrängt, an der Auktion teilzunehmen, bis ich eingeknickt war. Ich hatte gedacht, dass ich meinen Preis hoch genug angesetzt hatte, um potenzielle Steigerer abzuschrecken. Matthew Angel musste ein reiches Treuhandfonds-Kind sein, um so viel Geld zu haben, wie ich verlange. Verwöhnt. Daran gewöhnt zu bekommen, was er will.

Es könnte Spaß machen, ihm eine Nacht lang ein oder zwei Lektionen zu erteilen.

Mein Magen schlägt einen Purzelbaum und ich kann nicht erkennen, ob es Aufregung oder Nervosität ist.

Okay, vielleicht bin ich doch ein urteilendes Arschloch, denn je länger ich darauf warte, dass Matthew kommt – ich werfe einen Blick auf meine Uhr, er ist immer noch nicht zu spät – umso mehr Sorgen mache ich mir. Was, wenn ich es nicht tun kann? Was, wenn ich diesen Mann nicht mag? Was, wenn ich hasse, wie er aussieht, klingt oder riecht? Abgesehen von zwei anderen Wohltä-tigkeitsversteigerungen vor Jahren habe ich noch nie für jemanden den Daddy gespielt, den ich nicht kenne. Alle meine Boys waren für mich etwas Besonderes, handverlesen, aber Brandon war *wirklich* besonders gewesen.

Ich kann es jetzt zugeben. Ich war Hals über Kopf in ihn ver-liebt. Auch wenn das nicht unsere Abmachung gewesen war und obwohl ich von Anfang an gewusst hatte, wie es enden würde. Aber Liebe kümmert sich nicht um Abmachungen oder Pläne oder Enden. Sie springt vor und packt eine Person, wie es ihr gefällt. Kink mit Liebe ist aber göttlich. Das hat meine Vorstellung, was ich von einem Partner möchte, für immer verändert.

Darum ist ein Fremder – noch dazu ein potenziell unattraktiver Fremder – nicht, was ich mir dafür vorgestellt habe, wenn ich wieder in den Kink-Pool steige. Es direkt vor Weihnachten zu machen war Teil meines Plans gewesen, genau dieses Szenario zu vermeiden. Ich hatte mir ein schwierig wahrzunehmendes Datum ausgesucht, sowie ein hohes Anfangsgebot gesetzt, weil ich gewollt hatte, dass Nick mich in Ruhe ließ, aber ich hatte auch sicherstellen wollen, dass kein Boy etwas für mich bot.

Aber ein Boy hatte es getan und jetzt war ich, trotz allem, interessiert.

Matthew war in seinen Nachrichten vage geblieben, nicht nur, was sein Aussehen anging, sondern auch seine Vorlieben und Erfahrungen mit Kink, hatte immer geschrieben, dass er es lieber „persönlich diskutieren" wollte. Was mich verdammt neugierig macht, warum er überhaupt für mich geboten hat, wenn er so schüchtern ist.

Es spielt keine Rolle. Ganz egal, welche Erfahrungen er mit Kink hat, werde ich dennoch alles mit ihm durchgehen, weit vor unserer gemeinsamen Nacht, was seine Erwartungen und Vorlieben sind, wo unsere Grenzen und Limits liegen und ob wir uns beide darauf einigen können. Wenn er das alles lieber persönlich und nicht über Textnachrichten machen möchte, verstehe ich das. Vielleicht möchte er die Reaktionen in meinem Gesicht ablesen, meine Körpersprache während des Gesprächs abschätzen … Oder vielleicht macht er sich über einige derselben Dinge Sorgen wie ich.

Ich habe eine Menge Fragen an ihn. Was hat er auf einer BDSM-Auktion in Asheville gemacht, wo er doch in Nashville lebt? Hat er schlechte Erfahrungen mit den Kink-Clubs dort gemacht und ist deswegen hierhergekommen? Warum ist er willens, sich mit mir für eine Weihnachts-Kink-Nacht zu treffen, nur einen Tag vor Weihnachten? Je länger ich warte, desto mehr Fragen türmen sich auf. Mein Bein fängt an zu hüpfen, wodurch der Tisch klappert. Ungebührlich, darum lege ich meine Hand auf mein Knie, beende die Bewegung auf diese Weise.

In diesem Moment kommt ein junger Mann herein. Er trägt eine enge Leggins, Pelzstiefel bis zu den Knien und einen übergroßen grauen Pulli auf dem *JA, DADDY* in großen roten Lettern steht. Er trägt dazu noch ein Rentiergeweih aus Filz auf dem Kopf und seine starken Oberschenkel sagen mir, dass sie meine Hüften genau richtig packen würden, wenn wir von Angesicht zu Angesicht ficken.

Ich neige meinen Kopf, als er anfängt, sich im Raum umzusehen. Während er sich dreht und wendet, rutscht sein Pulli hinten nach oben, entblößt seinen Hintern, rund und fest wie ein Apfel. Ich bin erfreut. Wenn das Matthew Angel ist, muss er sich keine Sorgen machen. Körperlich gesehen ist er genau mein Typ Boy.

Ich setze mich aufrechter hin, bin bereit, ihn zu mir zu winken, während er sich weiter suchend umsieht.

„Hi." Eine Stimme unterbricht meinen Versuch, Matthews Aufmerksamkeit zu erregen.

Ich hebe den Blick. Es ist der heiße, grau melierte Typ, der mich beobachtet, seit ich hereingekommen bin. Er ist aus der Nähe noch niedlicher, mit großen haselnussbraunen Augen und weichen Lippen, die um meinen Schwanz herum so hübsch aussehen würden. Seine Hose sitzt gut, zeigt seinen knackigen Hintern und sein Hemd liegt eng an seinem Brustkorb, betont, dass er schlank und fit ist. Sexy. Männlich auf die Art eines älteren Mannes, aber feminin mit seiner Weichheit und seinem schüchternen Lächeln.

Ich mag ihn sofort wieder und ich stehe definitiv für ein kleines Abenteuer auf der Toilette zur Verfügung, sobald Matthew Angel und ich unsere Bedingungen für das Dezember-Daddy-Erlebnis ausgemacht und uns verabschiedet haben – *wenn* wir uns verabschieden, weil ich vielleicht bereit bin, Rentier-Ja-Daddy-Boy eine Kostprobe von Daddy Erik *heute Nacht* zu geben, wenn er das möchte. Bei so einem Hintern bin ich mehr als in Versuchung.

„Hey", sage ich, versuche um den Mann herumzusehen, bereit,

Matthew von der falschen Seite des Cafés, wo er nach mir sucht, herzuwinken.

Der Mann tritt unsicher von einem Bein aufs andere. „Sollte ich mich hier hinsetzen?"

„Es tut mir leid, nein, ich warte auf jemanden."

„Ja", antwortet er. „Sie warten auf mich."

Ich lache, denke für einen Moment, dass er mich gerade kitschig angeflirtet hat, und ich bewundere ihn dafür, aber dann wird mir klar, nein, er meint es ernst und es ist ihm peinlich. Und oh.

Oh.

Nun, das ist interessant. Und nicht, was ich erwartet habe. Was man über Annahmen sagt, stimmt wohl. Ich habe mich zum Arschloch gemacht und *ihm* mit einem einfachen Lachen ein schlechtes Gefühl vermittelt. Nicht cool. Nein, überhaupt nicht cool.

„Du bist Matthew", sage ich ohne die geringste Frage in meiner Stimme, jetzt da ich es weiß. Im Ernst, ich hätte es mir denken sollen, sobald ich ihn gesehen habe. Man kann die unterwürfige Art, auf die er mich angestarrt hat, nicht verwechseln – eifrig und ein wenig eingeschüchtert von der Anwesenheit eines dominanten Mannes – aber ich hatte es ignoriert. Stereotypen und all das. Nicht gut.

Aber komm schon, ich hätte es besser wissen sollen.

Matthew schluckt schwer und umklammert seine Kaffeetasse ein wenig fester. Er nickt in Richtung des leeren Sitzes. „Also, darf ich?"

„Natürlich. Bitte." Ich tadele mich selbst, weil ich nicht aufgestanden bin, als er zu mir gekommen ist, dass ich ihm den Stuhl nicht herausgezogen habe und mich insgesamt überhaupt nicht wie ein guter Daddy benommen habe. Ich werfe einen Blick auf den jungen Mann, von dem ich dachte, er sei Matthew und sehe, wie er einen Arm um einen älteren Mann legt, der sogar ein paar Jahre mehr auf dem Buckel hat als ich. Der Mann küsst ihn auf die Stirn. Das ist also sein Daddy. Na gut.

Zurückspulen, neu anfangen.

Ich wende meine Aufmerksamkeit dem echten Matthew mir gegenüber zu. Er zittert und ist ganz rot, als er seinen Mantel über die Lehne seines Stuhls hängt, dazu seine Umhängetasche. Kleine Schweißtropfen entstehen an seinem Haaransatz und er schluckt erneut, als ich ihn mustere.

Abgesehen von meiner Überraschung angesichts seines Alters kann ich keinen Grund finden, mich über das, was ich sehe, zu beschweren.

Matthew ist ein wahnsinnig heißer Beinahe-Silberfuchs. Als ich die dunklen Haare entdecke, die unter seinem Unterhemd hervorlugen, ändere ich diese innere Beschreibung zu Beinahe-Silberotter. Alles an der Auktion ergibt jetzt mehr Sinn.

Der Mann, der mich ersteigert hat, ist kein Twink Mitte zwanzig mit Treuhandfonds-Geld, das er verbrennen kann. Nein, dieser Mann hat sein eigenes Geld – wie ich an der Qualität seiner Kleidung, dem Preis seiner Uhr und seinem Verhalten erkennen kann, das professionell, wenn auch ziemlich schüchtern ist.

Um ehrlich zu sein ist Matthew mein Typ für einen Aufriss, aber er entspricht überhaupt nicht meiner Fantasie für Daddy/boy-Spiele. Aber ich habe nicht *meine* Fantasie versteigert, oder? Ich habe die Fantasie von jemand anderem versteigert und jetzt ist es meine Pflicht, sie zu erfüllen.

Außerdem ist Fantasie nie die Realität. Brandon war am Ende so viel mehr als ich es mir bei unserer ersten Begegnung vorgestellt und mich zu seiner perfekten, jugendlichen Repräsentation meines idealen Boys hingezogen gefühlt hatte. Er war so viel mehr gewesen, im Guten wie im Schlechten.

Also ja, zur Hölle mit der Fantasie.

Die Realität ist, dass mir gegenüber ein Mann sitzt, den ich attraktiv finde, darum sollte ich für kleine Wunder dankbar sein. Das hier hätte so viel schlimmer sein können.

Aber Matthew zu treffen hat mich aus dem Gleichgewicht gebracht. Ich hatte einen Boy erwartet – einen jungen Mann – und auch wenn *Boy* als Rolle nicht durch das Alter definiert wird, waren alle *meine* Boys jünger als ich.

Ich nehme einen Schluck von meinem Kaffee, um meine Verwirrung zu verbergen, und Matthew spielt mit seinen Händen auf seinem Schoß, schaut mit rosa Wangen über seiner frisch rasierten Bartkante auf den Tisch. Zur Hölle, er ist in diesem Moment so unsicher, dass ich es beinahe schmecken kann. Ich muss etwas tun. Etwas sagen. Das *Richtige*.

Aber was ist das?

„Ich habe so etwas noch nie gemacht", flüstert Matthew, bevor ich mir klar werden kann, wie ich mich davon abhalten soll, die Situation noch mehr zu verbocken.

Oh, nun, das ist … wow. Eine Daddy/boy-Jungfrau, huh? Diese Information ändert das gesamte Spiel. Ich muss mich zusammenreißen. Auf der Stelle.

„Das ist in Ordnung", sage ich, erfreut, dass meine Stimme nicht quietscht oder meine Unruhe noch weiter verrät. „Zum Glück für dich habe ich das schon öfter gemacht." Er lacht, leise und süß, und ich entspanne mich ein wenig.

„Wie bei jedem Kink ist das Wichtigste, komplett ehrlich miteinander zu sein. Ich will genau wissen, was du dir von unserer gemeinsamen Nacht erwartest und ich werde offen sein, was ich dir geben kann. Bist du dabei?"

Er kaut auf seiner Unterlippe, bevor er antwortet. „Du erwartest absolute Ehrlichkeit?"

„Ja."

Matthews Lippen heben sich. „Ein Freund von mir, der auf Kink steht, hat mir gesagt, dass ein Versprechen absoluter Ehrlichkeit die einzige Möglichkeit ist, ein wirklich gutes Daddy/boy-Erlebnis zu haben."

„Er hat recht." Ich neige meinen Kopf, etwas an Matthew weckt in mir die Frage, wie Kink-jungfräulich er wirklich ist. „Mach dir keine Sorgen, wir können es langsam angehen."

„Langsam ist gut", sagt er, schaut mit einem weiteren schüchternen Lächeln zu mir auf. „Ich mag langsam. Sanft. Zärtlich."

Das Grübchen in seiner rechten Wange stellt lustige, flatternde Dinge mit meinem Magen an. „Wirst du das wollen?", erkundige ich mich. „Zärtlichkeit?"

Er schluckt und schaut sich um, überprüft, ob jemand uns belauscht – was nicht der Fall ist. Niemand kümmert sich darum, worüber die Leute hier drin reden. Asheville ist bekannt als das Seattle des Südens, darum ist es voller Künstler, Rednecks, Craft-Bier-Liebhaber, irgendwelchen Freaks und komischen Käuzen und alle sind dieser Tage an alles gewöhnt. Es gibt nichts mehr, was irgendjemanden hier schockieren könnte.

„Ich glaube? Ich bin mir nicht sicher, was ich möchte." Matthew atmet flach, als er meinem Blick begegnet. „Ich möchte das, was ich auf den Fotos gesehen habe. Kuscheln auf dem Sofa. Küsse vor dem Kamin. Geschenke. In deinen Armen schlafen." Er wird noch röter.

Ich mache mir Sorgen um seine Gesundheit. Es kann für einen erwachsenen Mann nicht gesund sein, so leicht peinlich berührt zu sein. Und wenn Matthew ein kompletter Neuling ist, was Daddy/boy-Spiele und sogar Kink an sich betrifft, dann müssen wir uns Zeit lassen. Wir sind bereits zu schnell vorgeprescht wegen unseres ungeschickten Kennenlernens. Ich sollte das in Ordnung bringen.

„Lass uns einen Schritt zurückmachen", sage ich, strecke meine Hand aus und berühre seine Finger, wo er sie jetzt auf dem Tisch knetet. „Lass uns ganz an den Anfang zurückkehren."

„In Ordnung."

Ich stehe auf und ziehe ihn ebenfalls nach oben, halte ihm dann meine Hand hin. „Ich bin Erik Garner. Es ist schön, dich kennenzulernen."

„Matthew Angel", sagt er und seine Hand in meiner fühlt sich stark und richtig an. Ich bin in Versuchung, seine Finger an meine Lippen zu heben und sie zu küssen, aber jetzt ist nicht der richtige Zeitpunkt für solche Gesten. Er ist definitiv unterwürfig und ich fühle mich davon deutlich mehr angezogen, als ich es bei einem älteren Mann je für möglich gehalten hätte. Das wird dem Daddy/boy-Spiel zumindest förderlich sein.

„Setz dich", sage ich und deute auf den Tisch.

Matthew setzt sich erneut. Ich bemerke, dass er weniger angespannt ist.

Und ich lächle, nehme auf meinem Stuhl ihm gegenüber Platz. Ich beuge mich vor, die Ellbogen auf dem Tisch, rahme mein Getränk ein. „Also, wie war die Fahrt von Nashville hierher?"

„Sie war großartig. Das Wetter war gut. Blauer Himmel und weiße Wolken sind vor den wintergrauen Bergen sogar noch hübscher, weißt du? Jede Menge schöne Aussichten."

„Und es war keine zu weite Reise für dich?"

„Nein." Er räuspert sich. „Du bist von hier? Asheville?"

„Nicht immer, aber jetzt ist es mein Zuhause."

„Asheville hat sich im Laufe der Jahre sehr verändert."

„Du warst oft hier?"

„Ja. Seit ich ein Kind war, bin ich immer wieder hergekommen. Meine Familie hat hier gerne die Wochenenden verbracht. Du weißt schon, Biltmore House besuchen und danach eine Nacht in einem Hotel mit einem Pool und Zimmerservice verbringen, bevor man wieder nach Hause fährt."

„Ah, das Biltmore House."

„Du bist wahrscheinlich mittlerweile daran gewöhnt, wie großartig es aussieht, huh? Vielleicht ist es für dich gar nicht so besonders?"

„Nein, ich bin immer noch ein Fan des Biltmore", erkläre ich mit einem Grinsen. „Es ist zu schön und zu übertrieben, um es nicht zu lieben."

„Ich wollte immer mehr Zeit darauf verwenden, die Wanderwege dort zu erkunden, aber das habe ich nie gemacht."

„Sie haben ein paar wirklich gute." Ich wechsle das Thema, versuche, einen besseren Eindruck von seiner Persönlichkeit zu bekommen. „Ausgehend von dem, was du gerade gesagt hast, ist es richtig anzunehmen, dass du aus Nashville kommst?"

„Ich komme eigentlich aus der Vorstadt, Murfreesboro. Ich bin fürs College direkt nach Nashville gezogen. Belmont."

„Oh? Du bist Musiker?" Ich setze mich ein wenig aufrechter hin, bin neugierig. Er sieht nicht wie ein Musiker aus. Er sieht wie ein Buchhalter aus.

„Nicht wirklich. Versteh mich nicht falsch, ich liebe Musik und ein Teil von mir wollte immer talentiert genug sein, um davon leben zu können, aber wie sich herausgestellt hat, bin ich nicht dafür gemacht, daraus eine Karriere für mich zu machen. Mir wurde ziemlich schnell klar, dass ich in einem viel zu großen Talent-Pool schwimme."

„Spielst du oder singst du?"

„Ich spiele Gitarre und etwas Klavier, aber um ehrlich zu sein, meine Stimme ist schlecht", sagt Matthew mit einem hübschen Lächeln, das seine niedlichen Grübchen zeigt. „Nach einem Semester hat sich ein freundlicher und ehrlicher Professor mit mir hingesetzt und es mir klar gemacht." Er zuckt mit den Schultern und es beschämt ihn offensichtlich noch immer, auch wenn er versucht, es zu verstecken. „Musik war ein unerreichbarer Traum für mich. Ich habe nichts Besonderes an mir."

Ich schnaube. „Was weiß ein Professor darüber?"

„Genug." Er wedelt ziemlich elegant mit seiner Hand und auch das gefällt mir. Ich finde Männer, die sich mit einer gewissen Anmut bewegen, immer besser als irgendwelche Typen, die wie Macho-Berge herumklotzen. Matthew redet weiter. „Jedenfalls habe ich dann an die MTSU gewechselt und stattdessen einen Abschluss in Buchhaltung gemacht."

Ding, ding, ding, gebt mir einen Preis.

„Ah."

„Und du?", erkundigt Matthew sich mit plötzlicher Durchtriebenheit, obwohl er immer noch schüchtern lächelt. „Welches Hauptfach muss ein Mann belegen, um ein Daddy zu werden?"

Ich lache. Er hat Sinn für Humor. Hervorragend. Zusammen mit seinem heißen Körper, seinem hübschen Gesicht und seiner ziemlich offensichtlichen, angeborenen Unterwürfigkeit bin ich mir sicher, dass wir zusammen eine gute Zeit haben können. Meine Schultern lockern sich und die Nervosität, die sich in meinem Magen zu einem Ball verhärtet hatte, seit Nick mir gesagt hatte, dass ich auf der Auktion gekauft worden war, löst sich auf.

Ich lehne mich zurück und lächle ihn an. Matthews Wimpern flattern und mein Puls beschleunigt sich. Etwas an ihm gibt mir das Gefühl, der Beschützer zu sein, stark, älter als er, obwohl ich das nicht bin. Was gut für mich funktioniert. Es ist das, was er gewonnen hat.

„Also, lass mich raten." Matthew flirtet sehr hübsch. „Du musstest einen Abschluss in Disziplin machen?"

„Ich werde Spaß mit dir haben", entgegne ich.

Matthew begegnet meinem Blick mit geröteten Wangen und einem schüchternen Lächeln.

Verdammt, er ist anbetungswürdig. Und er scheint es nicht einmal zu wissen. Genau wie ich meine Boys in der Regel bevorzuge – süß, eifrig und sie brauchen dringend mehr Selbstbewusstsein. Was das über mich aussagt, möchte ich gar nicht wissen, aber wenn meine Boys gehen – und das tun sie immer – sind sie stärkere, bessere, selbstbewusstere Männer. Und das ist mein Werk. Ich helfe ihnen, erwachsen zu werden. Wie ein Daddy es tun sollte.

Wen kümmert es, dass Matthew älter ist als ich? Er ist dennoch mein Typ.

„Darf ich dich aufziehen? Ist das unhöflich? Sollte ich mich entschuldigen?", fragt Matthew und erneut flutet Unsicherheit seinen Gesichtsausdruck.

Ich hebe meine Tasse. „Auf gar keinen Fall. Ich mag einen Boy, der ein wenig frech ist."

„Ich weiß nicht, was ich mag", gesteht er. „Kannst du mir helfen, es zu lernen?" Matthew beißt sich auf seine Unterlippe und schaut auf eine Art und Weise durch seine Wimpern zu mir auf, die meine Eier hart werden lässt.

Unterwürfig und begierig darauf zu lernen? Verdammt sexy? Jemand, der, was Aussehen, Verhalten oder Stil betrifft *überhaupt nicht* wie Brandon ist? Ja. Okay. Ich weiß nicht, was dieser Mann an sich hat, aber ich bin bereit, den Tisch umzuwerfen und ihn wie ein Höhlenmensch aus dem Café zu schleppen. Als er seine Lippen leckt und einen kleinen, keuchenden Atemzug nimmt, werden meine Nippel hart und meine Wangen erröten ebenfalls.

„Es wäre mir eine Ehre, dir zu helfen, es herauszufinden. Es wäre mir eine Freude."

„Danke", sagt er und zeigt dieses Grübchen.

Die Nacht, die ich im Austausch für eine Menge Geld für ein Notfalltelefon für LGBT-Teenager versprochen habe, scheint es bereits wert zu sein.

„Sehr gerne", antworte ich. Und meine es auch so.

Ich weiß nicht, ob es daran liegt, dass ich mit niemandem mehr geschlafen habe, seit Brandon mich verlassen hat, aber Matthews natürliche Erotik trifft mich mit voller Wucht, als wäre er meine eigene Überraschungskatzenminze. Unsere gemeinsame Nacht mag erst in einer Woche sein, aber ich bin jetzt geil auf ihn. Vielleicht gestattet er mir, ihn auf der Toilette zu ficken, bevor wir weiterreden? Wenn ich diese seltsame, summende Attraktion aus meinem Körper bekommen kann, werde ich in der Lage sein, bei unseren Verhandlungen klarer zu denken.

Aber nein. So sollte ich überhaupt nicht denken. Ich bin der Daddy hier. Ich habe das Sagen. Ich muss mich auch so benehmen. Von Anfang bis Ende.

Ich knacke mit meinen Fingerknöcheln und versuche, meine simmernde Erregung zu ignorieren. „Lass uns mit einem genauen Blick auf unsere Vergangenheit und Erfahrungen anfangen. Die beste Art, ein gutes Kink-Erlebnis zu haben, ist absolut offene Kommunikation. Es ist wichtig, dass wir komplett ehrlich miteinander sind."

„Ich verstehe."

„Großartig. Du kannst natürlich jederzeit Fragen stellen. Wenn wir spielen, werde ich einige Regeln bezüglich Etikette und Benehmen haben, aber im Moment kannst du mich gerne unterbrechen, wann immer dir eine Frage einfällt."

„In Ordnung."

Ich lehne mich zurück, strecke meine Beine an der Seite des Tisches aus, genieße seine sofortige Zustimmung. Fuck, ich freue mich bereits auf das hier. Ich bin zum ersten Mal seit langer Zeit im tiefsten Inneren *aufgeregt*.

Matthew ist geduldig, während ich meinen geeisten Espresso trinke, und sein Blick begegnet meinem, als ich wieder anfange zu reden. „Was deine erste Frage betrifft, wie man ein Daddy wird, da verdienst du eine Antwort. Natürlich hast du mein Poster auf der Auktion gesehen."

„Das habe ich. Ich weiß auch, dass ich die einzige Person bin, die auf dich geboten hat, was mich, wie ich zugeben muss, etwas nervös macht."

„Natürlich. Das verstehe ich. Lass mich dir versichern, dass ich in der Kink-Community vor Ort gut bekannt bin, und ich werde dir sehr gerne Referenzen zeigen, wenn du das möchtest."

„Ich habe sie von Nick bekommen, dem Mann, der mir gesagt hat, dass ich gewonnen habe. Ich habe ein paar sogar schon angerufen."

Dieser Boy mag in vielerlei Hinsicht unsicher sein, aber er ist alt genug, um zu wissen, dass er seine Hausaufgaben machen muss.

„Und?"

„Ich wäre nicht hier, wenn sie nicht ausgezeichnet wären."

Ich lache. „In der Tat. Du hast dennoch das Recht, nach meinen Qualifikationen für jede Art Session zu fragen, vor allem für eine Session, die eine ganze Nacht lang dauern soll. Ich bin beeindruckt."

„Danke." Er schiebt eine Hand durch seine Haare, wodurch er sie zerzaust. „Ich wollte sichergehen, dass wir gut zusammenpassen und dieselben Dinge wollen. Darum wollte ich dich persönlich treffen. Um einen Eindruck von dir und dieser Sache zu bekommen."

„Natürlich. Es ist immer besser, Gespräche über Kink von Angesicht zu Angesicht zu führen." Ich lächle und beuge mich nahe zu ihm, rieche sein Rasierwasser, das mich an frischen Regen im Wald erinnert. Gequetschte, feuchte Kiefernnadeln und Blätter. „Und lass mich raten, du wolltest auch die kleinen Dinge überprüfen? Richtig? Wie ich klinge, wie ich rieche?"

Matthew errötet erneut. „Wenn ich Ja sage, macht mich das oberflächlich?"

„Natürlich nicht. Sensorische Eindrücke sind bei diesem Erlebnis wichtig." Ich grinse. „Nur fürs Protokoll, du riechst sehr gut."

„Danke." Er lächelt. „Ich muss zugeben, dass ich nicht viel darüber nachgedacht habe, wie du vielleicht riechst oder klingst. Ich war mehr darauf fokussiert, wie du dich persönlich *anfühlen* würdest. Eine Art Energie, weil ich kein besseres Wort dafür weiß.

Ich musste wissen, ob es sich gut anfühlt, wenn wir interagieren."

„Natürlich. Das ist das Wichtigste", gebe ich zu. „Aber für mich ist der Geruch ebenfalls wichtig. Es ist schwierig für mich, mit jemandem intim zu sein, sogar wenn es nicht sexuell ist, der für mich nicht *richtig* riecht. Ich muss eine Verbindung zum Geruch eines Mannes bekommen."

„Ergibt Sinn." Matthew lehnt sich über den Tisch und schnuppert in der Luft. Als er sich wieder setzt, lächelt er trocken. „Du riechst nicht nach viel."

Ich lache. „Ivory-Seife und Wasser für mich. Schlicht und einfach. Aber mach dir keine Sorgen. Ich mag es, wenn ein Boy gut gepflegt ist und dazu gehört auch ein Boy, der einen guten Duft wie deinen trägt."

Matthew errötet wieder und ich frage mich, wie viel dunkler er noch werden kann, bevor er ein Aneurysma bekommt. Ich frage mich auch, ob er am ganzen Körper errötet. Ich kann mir die Röte bis hinunter zu seinem dunklen Busch vorstellen. Wenn dieses Gespräch gut läuft, werde ich es herausfinden.

„Aber zurück zu deiner ursprünglichen Frage. Du hast mich gefragt, was in meiner Ausbildung mich dazu qualifiziert, ein Daddy zu sein." Ich widerstehe dem Impuls, über den Tisch zu greifen und mit meinem Daumen über seine immer noch feuchte Unterlippe zu streichen. Ich bin mir nicht sicher, was Matthew an sich hat, aber er hat eine Energie, eine Ausstrahlung und ein Aussehen, die mich, in Kombination, genau dort treffen, wo es am meisten schmerzt – in meinen Eiern.

Ich würde ihn immer noch gerne mit auf die Herrentoilette nehmen, ihn auf die Knie drücken und ihm sagen, dass er Daddys Schwanz wie ein guter Boy blasen soll, und zwar *auf der Stelle*. Ich frage mich, wie sehr er dann erröten würde.

Konzentrier dich. Himmel, Erik, beruhige dich endlich.

Wegen des heftigen Zaubers, den Matthew über mich geworfen

hat, hätte ich den jungen Mann vergessen, den ich ursprünglich im Blick gehabt hatte, nur dass er und sein Daddy an unserem Tisch vorbeikommen. Als mein Blick ihm zum Ausgang folgt, wirken sein Knackarsch und seine eifrige Jugend im Vergleich zu Matthews eleganter, unterwürfiger Schüchternheit viel weniger ansprechend. Ich glaube, dass ich heute den besseren Deal bekommen habe. Manchmal ist die Realität viel faszinierender als die Fantasie.

„Deine ‚Ausbildung‘.“ Matthew schnaubt, zieht meine Aufmerksamkeit von dem abziehenden Twink fort. „Gibt es jemand Offiziellen an der Universität, der beim Abschluss das Daddytum den Daddy-eskesten Studenten verleiht?“, erkundigt Matthew sich, nimmt einen Schluck von seinem Kaffee und zeigt mir ein weiteres durchtriebenes Lächeln.

„Wenn es nur so wäre“, sage ich und lache erneut. „Aber wenn es das gäbe, würde es dann auch eine entsprechende Benennung für ‚Boy‘ geben?“

„Die Universitäten könnten sie paarweise zusammengeben. Einen Dating-Service eröffnen.“

Schüchtern, durchtrieben *und* albern.

Schön. Das lässt vermuten, dass er auch unanständig ist.

„Nun, ich musste mich damit begnügen, den Abschluss in Sportwissenschaften zu machen. Kein Daddy-Titel auf meinem Diplom.“

„Wie schade.“ Er braucht einen Moment, um zu verarbeiten, was ich gesagt habe, aber dann wandert sein Blick über meinen Körper. „Ah. Ich verstehe. Du bist eine Sportskanone.“

„Irgendwie. Ich habe Teamsportarten nie sonderlich gemocht, aber weil ich auf einer Pferdefarm vor Charlotte aufgewachsen bin, bin ich ein großer Fan von allem, was Reiten betrifft. Ich mag auch Sportarten, die das volle Potenzial eines Körpers maximieren.“

„Wie Bodybuilding?“

„Nein, eher wie Kampfsport oder Akrobatik oder Tanz.“

„Ohhh."

„Ich habe Sportwissenschaften studiert, weil ich mit Kampfsportlern, Tänzern, Turnern und Luftakrobaten arbeiten wollte. Nachdem ich mit dem College fertig war, habe ich ein Jobangebot bekommen, dem ich nicht widerstehen konnte. Dafür musste ich nach Florida ziehen, aber das war es wert. Ich habe gelernt, wie man Schauspieler und Stuntleute trainiert, damit sie möglichst gut fallen – vor allem von Pferden, aber eigentlich von allem." Ich schüttle meinen Kopf, als ich mich erinnere, wie ich im Filmgeschäft angefangen habe. „Es ist heftig zu denken, dass das jetzt über zehn Jahre her ist."

„Aber du bist erst wie alt? Sechsundzwanzig? Höchstens Neunundzwanzig?"

Ich lächle erneut. *Dieser Mann. Er weiß, dass ich älter bin. Niedlich.* „Fünfunddreißig."

„Du siehst großartig aus."

„Danke. Und du bist?"

Matthew schluckt, seine Finger trommeln gegen die Seite seiner halb vollen Tasse. „Einundvierzig."

„Nett. Du siehst jünger aus." Tut er nicht, aber die Lüge ist eine einfache Möglichkeit, ihm zu versichern, dass ich ihn attraktiv finde, weil daraus eindeutig ein Teil seiner Unsicherheit entspringt. Wenn ich gedacht hätte, dass eine Versicherung, dass ich auch gerne den Daddy für ältere Männer gebe, ihm geholfen hätte, hätte ich das getan. Aber diese Lüge fühlt sich schwieriger an, weil sie sehr nahe daran ist, die verdammende Wahrheit zu enthüllen. Dass ich noch nie einen Boy hatte, der so alt ist.

„Ich war schon immer ein Spätzünder." Matthew beißt sich wieder auf die Lippe und ich schwöre bei Gott, wenn er das noch einmal macht, werde ich aufstehen, ihn auf die Toilette zerren und …

Um Himmels willen, reiß dich zusammen, Erik!

Ich hätte vor diesem Treffen mit Matthew Sex haben sollen. Oder genauer gesagt, *irgendwann* seit Brandon mich vor sechs Monaten verlassen hat. Ich hätte mir *zumindest* heute Morgen einen runterholen sollen. Schlechte Planung von meiner Seite. „Spätzünder zu sein hat dir gute Dienste erwiesen."

Ergibt das überhaupt Sinn? Ich hoffe es.

„Danke, aber ich weiß, dass ich sehr mittleren Alters bin."

Jetzt bin ich verwirrt. „Was bedeutet das für dich?"

Er zuckt mit den Schultern. „Nur, dass ich verstehe, dass es seltsam ist, in meinem Alter jemandes Boy sein zu wollen."

Ich runzle die Stirn, das unsichere Wackeln in seiner Stimme berührt mein Herz. „Daran ist überhaupt nichts seltsam."

„Nein?"

„Viele Boys sind älter."

„Wirklich?" Er klingt hoffnungsvoll.

Sein gut sichtbares Bedürfnis steht in einem solchen Widerspruch zu seinem professionellen Auftreten, dass der Daddy in mir brüllend an die Oberfläche kommt, ihn unter meine Fittiche nehmen, ihn auseinandernehmen und begreifen möchte. Aber ich sage nur: „Klar."

Es ist theoretisch die Wahrheit, auch wenn ich praktisch nie einen älteren Boy hatte.

„Es tut mir leid", sagt er, lehnt sich zurück und zaust seine Haare erneut. Ich erhasche einen Hauch seines Rasierwassers sowie eine Andeutung seines Schweißes.

Matthew tupft seine Stirn mit einer Papierserviette ab, die er sich aus dem Spender nimmt. Er lächelte ein wenig peinlich berührt, bevor er sie zusammenknüllt und auf den Tisch wirft. Er begegnet meinem Blick erneut. „Es tut mir leid, ich habe dich bei der Aufzählung deiner, äh, ‚Daddy-Qualifikationen' unterbrochen."

Ich lache erneut. „Stimmt. Also, das ist meine Ausbildung und Arbeitshistorie. Ich habe in Florida mit dem Coaching und

Training angefangen, aber seit ich meine eigene Firma gegründet habe, spezialisiere ich mich auf die Arbeit mit Schauspielern, Stuntleuten, Tänzern und Luftakrobaten. Ich bin schon von Zirkussen, Ballettkompanien und einzelnen Schauspielern angeheuert worden. Aber dieser Tage bekomme ich einen Großteil meiner Arbeit über Fernsehserien und Filme."

Ich schaue aus dem Fenster auf die Helligkeit dieses Tages mitten im Winter und füge hinzu: „Das Gute daran ist, ich kann von überall aus arbeiten. Florida ist heiß und flach und ich habe North Carolina vermisst, darum bin ich nach Hause gekommen. Dieser Tage kommen die meisten der Schauspieler und Stuntleute, mit denen ich arbeite, zu mir, um reiten zu lernen, zu fallen und wieder aufzustehen. Tatsächlich mache ich gerne den Scherz, dass es mein Hauptjob ist, den Leuten beizubringen, wie man wieder aufsteht. Immer und immer wieder."

Matthews Brauen heben sich neugierig.

„Werde getroffen." Ich deute es mit meinen Händen an. „Fall um. Steh auf. Werde wieder getroffen." Ich grinse. „Es ist schwieriger, als man meinen möchte, ordentlich wieder aufzustehen, vor allem auf eine Art und Weise, die für die Kamera gut aussieht. Ich will wetten, dass du nie viel darüber nachdenken musstest, wie geschmeidig du vom Boden hochkommst. Schauspieler und Stuntleute müssen es mühelos und leicht aussehen lassen. Bei Sachen wie Schlachtszenen, wenn die Schauspieler auf Pferden sitzen, in einem Historienfilm oder einem Kinofilm, müssen sie jede Menge trainieren. Darum kommen sie meistens zu *mir*, auch wenn ich, wenn nötig, zu ihnen reisen kann. Ich habe vor einem Jahr vier Monate auf einem Set in Ungarn verbracht und Schauspieler und Stuntleute in verschiedenen Disziplinen trainiert. Kampfsport, Schwertarbeit, Reiten-"

„Von Pferden fallen", zieht Matthew mich auf.

„Ja. Und von Dächern, von sich bewegenden Kutschen, von

Schlägen und Fallen, Fallen, Fallen und wieder aufstehen."

„Wow."

„Es ist ein cooler Job", gebe ich zu.

Diese Zeit in Ungarn war aber der Anfang vom Ende mit Brandon. Er war mitgekommen, wie immer, wenn ich für längere Zeit unterwegs war und er hatte dort einige Dinge gefunden, die ich nie erwartet hätte. Eine Liebe für die Sprache, eine Liebe zum Lehren und einen neuen *Liebhaber*. Alles in Ungarn. Auf der anderen Seite der Welt von hier aus gesehen. So sehr er es geliebt hatte, mein Boy zu sein, hatte er doch Dinge gefunden, die er mehr liebte. Es schmerzt immer noch, wenn ich mich an das Gefühl, verraten worden zu sein, erinnere, das ich nicht hatte verbergen können, als ich das mit Ferko herausgefunden hatte.

„Also, all dieses Trainieren von Leuten, ich nehme an, das hilft mit dem Daddy-Zeug, weil …" Matthew verstummt, möchte, dass ich für ihn weiterspreche. Das mache ich gerne.

„Weil ich gut darin bin, Anweisungen zu geben, zu führen, zu lehren … alles gute Dinge, wenn man ein Daddy ist."

„Ja", flüstert er und seine Augen funkeln.

„Ich habe oben am Patton Mountain eine kleine Farm." Ich deute in Richtung Südosten und die verschiedenen Berge, die in dieser Richtung liegen. „Dort verbringe ich die Feiertage und dort habe ich vor, unser Erlebnis stattfinden zu lassen."

„Oh?" Seine Augen leuchten auf. „Das klingt perfekt. Sehr nach Weihnachten."

„Ja, es ist wunderschön. Mein absoluter Lieblingsort. Es ist dort so friedlich. Ich habe ein Haupthaus, ein paar Weiden in den Rocky Mountains und einen Stall mit vier Pferden, vielen Ziegen und vier Hunden."

„Du wohnst dort?"

„Nur an den Wochenenden. Ich habe ein kleines Haus in der Stadt, in dem ich unter der Woche wohne. Meine Mom kümmert sich um die Farm", erkläre ich ihm.

„Du stehst deiner Mom nahe?"

„Sie ist meine beste Freundin."

„Ah." Matthew presst seine Lippen aufeinander. „Weiß sie … äh?"

„Dass ich queer bin? Ja."

„Das mit dem Daddy-Kink?"

„Die meisten Eltern wollen solche Details über das Sexualleben ihrer Kinder nicht wissen", fange ich an. „Meine Mom ist da nicht anders. Sie weiß aber genug. Brandon hat mich immer Daddy genannt und sie hat ziemlich schnell herausgefunden, was das bedeutet." Ich schnaube. „Es hat eine Weile gedauert mich damit abzufinden, dass sie von meinem Daddy/boy-Kink weiß, aber sie unterstützt mich. Das ist es, was zählt."

„Brandon?"

„Mein letzter Boy." In Matthews Augen stehen Fragen über ihn und ich will nicht antworten. „Nun, das ist jedenfalls mein persönlicher und schulischer Hintergrund. Aber meine Referenzen, was Kink betrifft, sind ebenso wichtig, wenn nicht wichtiger."

„Oh. Stimmt."

„Mein Training in Kink hat angefangen, als ich noch auf dem College war. Ich hatte damals eine Beziehung mit einer älteren Dominatrix. Sie hat mir viel darüber beigebracht, ein Sub zu sein, und hat mich unterstützt, als ich begonnen habe, als Dom nach Partnern zu suchen. Ich habe gelernt, wie man ein Spanking gibt, wie man ein Paddel und den Flogger benutzt", zähle ich an meinen Fingern ab. „Und wie man sicher die etwas, sagen wir, *traditionelleren* BDSM-Aktivitäten ausübt. Aber um ehrlich zu sein, mein Interesse an diesem Aspekt der Kink-Szene hat schnell nachgelassen. Schmerz ist nicht mein Ding – weder am gebenden noch am empfangenden Ende. Ich spiele viel lieber auf psychologischerer Ebene."

Matthew räuspert sich und überrascht mich mit seiner nächsten Frage. „Du bist also bisexuell?"

„Pansexuell." Ich hatte erwartet, dass er mehr Fragen zu intensivem Schmerz-Spiel hätte und meine Aversion, es auszuüben oder anzunehmen, aber ihn scheint meine Position nicht zu enttäuschen. Ich bin wohl nur daran gewöhnt, dass viele Subs nicht sonderlich verständnisvoll sind, dass ich ein Dom sein kann, ohne ihnen wehtun zu wollen. Was einer der Gründe ist, warum ich mich als Daddy bezeichne und nicht als Dom. Mit diesem Begriff werden andere Erwartungen assoziiert.

„Okay." Matthew nickt und bittet mich so, weiterzureden. „Wie hast du angefangen, dich als Daddy zu identifizieren?"

„Als ich meinen ersten Boy kennengelernt habe, Duncan. Ich war achtundzwanzig. Er war neunzehn."

Ah, mein Duncan. Ein süßer Schatz von einem Boy, der meinen Schwanz wie ein Profi komplett schlucken konnte und mich so hart hat kommen lassen, dass meine Knie gezittert haben. Ich hatte es geliebt, sein Daddy zu sein und sein Selbstbewusstsein zu steigern. Nach Jahren, in denen er auf der High School wegen seines Gewichts gemobbt worden war, hatte er intensives Aufbauen gebraucht. Ich hatte es genossen, ihn zu ermutigen, ihn anzufeuern, ihm beizubringen, wie er nach jedem Fall wieder aufstehen konnte – sprichwörtlich oder metaphorisch – und ihm beim Wachsen zu helfen.

Ich hatte mich nie stolzer gefühlt als zu sehen, wie meine Führung ihm half, ein besseres Leben für sich selbst aufzubauen. Ich hatte immer das Gefühl, dass ich ebenfalls etwas gewonnen hatte – von all meinen Boys. „Wir hatten eine gute Beziehung und ich habe eine Menge von ihm gelernt."

„Ich verstehe."

„Wir waren zusammen, bis er das College abgeschlossen hat." Ich nehme meine Tasse und trinke einen großen Schluck, um den

Schmerz zu überdecken, den dieser Satz hervorruft.

Das ist das Muster, nicht wahr?

Zuerst Duncan, dann Garrett – beide weg, wenige Wochen, nachdem sie ihren Abschluss hatten. Von meinen drei früheren Boys war nur Brandon länger geblieben. Eineinhalb Jahre länger, um genau zu sein. Dann war er mit Ferko gegangen, war im Herzen von Ungarn verschwunden und hatte *mein* Herz mitgenommen.

Vielleicht melodramatisch. Aber wahr.

„Ich hatte drei Boys für längere Zeit." Ich unterbreche meine eigenen Gedanken, bevor ich vor lauter Erinnerungen ganz traurig werde. „Mehrere weitere für kürzere Zeit."

„Der Boy auf diesen Fotos? Der von der Auktion? Er war Kurzzeit?"

Warum muss Matthew meinen Schwachpunkt finden? „Nein, das war Brandon. Er war mein letzter Boy. Er war fünf Jahre bei mir, von neunzehn bis vierundzwanzig."

„Du bevorzugst deine Boys also jünger."

Ich runzle erneut die Stirn. Ich weiß nicht, warum ich das ihm gegenüber nicht zugeben möchte. Es klingt geschmacklos, wenn es so ausgesprochen wird, aber ich kann an Matthews arglosen, großen Augen sehen, dass er nichts damit andeuten will. Bei der Frage geht es mehr um seine eigenen Unsicherheiten als um eine Anklage meiner Vorlieben.

Dennoch ist die Wahrheit, dass ich schon immer gerne „Hühnerfleisch" genommen habe, wie die Älteren es nennen, zumindest, wenn es um Daddy/boy-Fantasien und -Spiele geht. Matthew wird eine große Ausnahme meiner allgemeinen Regel sein. Aber ich möchte nicht, dass er das weiß. Und ich möchte definitiv nicht, dass er es *fühlt*, darum wiegle ich ab.

„Nicht wirklich. Meine Vorlieben sind Boys, die unterwürfig und eifrig sind und genossen werden wollen."

„Das ist ziemlich weit gefasst."

Ich zucke mit den Schultern. „Es gibt auf dieser Welt tausende Möglichkeiten, attraktiv zu sein. Ich ziehe es vor, mich auf die Persönlichkeit eines Boys zu fokussieren."

Was stimmt, aber ich *habe* einen Typ Boy, den ich bevorzuge und einen Typ Mann, den ich gerne als Aufriss habe und in der Vergangenheit hatte ich immer dafür gesorgt, dass diese beiden „sich nie begegneten" und all das. Matthew scheint mich durcheinanderzubringen. Unerwartet, aber nicht unwillkommen.

Aber wie auch immer. Es lohnt keine nähere Untersuchung. Obwohl wir in diesem Gespräch aus Gründen der Sicherheit und der Zustimmung so viel Grund gutmachen müssen, ist das Dezember-Daddy-Erlebnis, das er gewonnen hat, nur für eine Nacht. Ich muss ihm nicht mein Herz ausschütten. Das hier ist ein Geschäft und das darf ich nicht vergessen.

Außerdem wohnt Matthew in Nashville. Er hat mich bei einer Wohltätigkeitsauktion für eine Nacht voller Fantasie ersteigert. Meine sehr reale Attraktion zu ihm ist ein Bonus, nichts weiter.

Ich räuspere mich und mache weiter. „An was für eine Art Daddy-Erlebnis hast du gedacht, als du für mich geboten hast? Denn wie ich schon gesagt habe, stehe ich nicht auf die härteren Kinks und das ist nicht verhandelbar."

„Natürlich. Das habe ich schon aus den Erklärungen auf dem Poster bei der Auktion entnommen, nicht zu vergessen, dass du es gerade mit der Geschichte über deinen Werdegang im Kink noch betont hast. Du warst sehr klar. Das ist mir alles recht."

„Gut. Versteh mich nicht falsch. Ich habe kein Problem damit, dass andere Leute intensive Schmerzspiele mögen, aber es ist nicht das, was mir gefällt und darum mache ich es nicht."

„Grenzen sind wichtig", stimmt Matthew zu, kaut dann wieder an seiner Unterlippe.

Mein Gemächt kribbelt, weil heißes Blut hineinschießt. Verdammt. Ich kann mich gerade so beherrschen, mich nicht nach vorne zu beugen, sie ihm aus den Zähnen zu ziehen und einen beruhigenden Kuss auf die füllige Röte zu pressen, bevor ich ihn auf seine Knie drücke, direkt hier, vor allen Leuten …

Seltsam. Nicht mein üblicher Kink.

Aber aus irgendeinem Grund weckt Matthews elegante Maskulinität in mir den Wunsch, dass alle ihn mit mir zusammen sehen, wissen, dass ich ein Stück von ihm besitzen werde, dass sie niemals bekommen werden.

Wow. Ich bin heute wirklich absolut geil. Ich sollte aufstehen und mir auf der Toilette einen runterholen, bevor ich dieses Gespräch weiterführe, nur damit ich einen klaren Kopf bekomme. Ich räuspere mich stattdessen und fahre fort.

„Dann wollen wir ans Eingemachte gehen, in Ordnung? Wir sollten heute unsere Erfahrungen und Erwartungen klar machen, damit wir die beste Chance auf eine wunderbare Nacht zusammen haben. Natürlich kann ein Plan später immer noch geändert werden und wir werden beide immer ein Codewort haben, aber das Wichtigste ist offene Kommunikation."

„Das klingt gut", sagt Matthew, dreht seine Tasse dabei in seinen Händen. „Aber ich muss gestehen, dass ich *damit* auch keine Erfahrung habe."

„Das haben viele Leute nicht." Ich lächle erneut. „Warum fängst du nicht mit dem an, was du möchtest? Dann kann ich dir erklären, was ich will, und wir können sehen, ob das für uns beide gut passt. Wenn wir feststellen, dass einer von uns doch nicht spielen möchte, werde ich dir zurückzahlen, was du gespendet hast, in Ordnung? Es gibt hier keinen Druck."

„Nein!" Matthew ist von meinem Angebot aufgebracht. „Ich wollte etwas spenden, egal was ist. Außerdem heißt es in deinem Angebot explizit, dass es ‚kein Geld zurück' gibt. Ich wusste, worauf ich mich einlasse", erklärt er.

„Na gut." Es gibt keinen Grund, bei Matthew vorsichtig zu

sein. Eine weitere Sache, die ich, wie mir klar wird, an ihm bewundern und wofür ich ihn später loben kann.

„Gut." Matthew lächelt erleichtert, dass ich zugestimmt habe, ihn zahlen zu lassen, auch wenn wir das Dezember-Daddy-Erlebnis doch nicht stattfinden lassen. Er zaust seine Haare erneut und ich merke mir das, sowie das Kauen auf der Lippe, weil dies große Anzeichen für seinen inneren Zustand sind. Nervös. Aufgeregt. „Wie ich schon gesagt habe, ich bin mir nicht sicher, wonach ich suche, aber ich denke, was immer es ist, ich hätte gerne, dass es sich liebevoll anfühlt und …" Matthew hält inne, um nachzudenken. „Fest."

„'Fest'? Was bedeutet das für dich?"

„Stark. Ich will vielleicht ein *wenig* Disziplin. Nichts, was Hardcore ist. Ich möchte einen Daddy, der sanft sein kann, der mich aber auch zurechtweist, wenn ich es brauche." Er begegnet meinem Blick mit einem scharfen, herausfordernden Ausdruck. *Bist du das? Kannst du das für mich tun?*

„Ich habe nichts gegen ein kleines Spanking", biete ich an.

Seine Pupillen weiten sich und mein Schwanz schwillt an. „Okay", stimmt er zu. „Genau. Disziplin."

„Du suchst nach Stärke und Disziplin. Verstanden." Ich nicke.

Matthew nimmt einen Schluck von seinem Kaffee und nickt ebenfalls. Er setzt einen sehr geschäftsmäßigen Gesichtsausdruck auf und richtet sich auf. „In diesem Fall, lass uns zur nächsten Frage gehen."

Ho, ho, ho, das gefällt mir. Lass es uns tun, Boy.

Er ist anbetungswürdig, wenn er so ernst ist. Schmetterlinge taumeln in meinem Bauch herum.

Die Kellnerin bleibt bei unserem Tisch stehen, um zu fragen, ob wir etwas brauchen und um Matthews Tasse zu füllen. Er nimmt einen großen Schluck und stöhnt leise. „Das ist fantastischer Kaffee."

Mein Schwanz füllt sich erneut mit Blut. Dieser Boy wird einige köstliche Laute von sich geben, wenn ich ihn aufbreche. Wann ist unsere Nacht zusammen? Nächstes Wochenende?

Es kann nicht schnell genug kommen.

KAPITEL DREI

Matthew

ALS ERIK CAFFEINE Dream betritt, ist das Erste, was ich bemerke, dass er in echt sogar noch besser aussieht als auf den Fotos auf dem Poster bei der Auktion. Er trägt eine Jeans, T-Shirt, eine wunderschöne schwarze Lederjacke und einen roten Schal, sieht so wie die Definition von cool aus.

Während ich ihn dabei beobachte, wie er den Raum nach mir absucht, herauszufinden versucht, welcher der vielen schwulen Männer hier ich sein könnte, mustere ich ihn von Kopf bis Fuß und bin gefesselt von dem, was ich sehe.

Er ist breit, stark und gebaut wie all meine jugendlichen Fantasien von Feuerwehrmännern, Cowboys und Polizisten. Er bewegt sich, als hätte er das Sagen und das ist es, was mich wie angewurzelt stehen bleiben lässt, mich an Ort und Stelle festhält, sogar als er meinem Blick begegnet und dann weitersucht, nicht vermutet, dass ich der Boy bin, an den er versteigert worden ist.

Ich habe das Gefühl, dass ich die Erlaubnis brauche, mich ihm zu nähern, dass ich einen so sexy Hengst wie ihn nicht mit meinen unsicheren, schüchternen Daddy/boy-Fantasien belästigen sollte. Er verdient zweifelsohne jemanden, der besser ist als ich. Jemanden, der jünger und hübscher ist, ohne so viel Ballast. Das hält mich davon ab, zu ihm zu treten und mich vorzustellen.

Bis ich sehe, wie sein Blick auf einen jungen, blonden Mann fällt, der gerade hereingekommen ist. Er trägt einen übergroßen Pulli und einen selbstzufriedenen Gesichtsausdruck. Als Eriks Blick auf den Knackarsch des jungen Mannes fällt und dann mit einem zufriedenen Lächeln über seine Oberschenkel wandert, ist es, als ob meine Füße ein Eigenleben entwickeln und bevor ich mich versehe, stehe ich vor ihm an seinem Tisch und frage, ob ich mich setzen soll.

Es ist albern, aber ein Gefühl der Besitzergreifung durchströmt mich, sogar noch, als er weiter versucht, Blickkontakt mit dem jungen Blondschopf herzustellen.

Ich bin dein Boy. Ich habe dich gekauft.

Was dämlich ist, weil man eine Person nicht kaufen kann. Das ist schließlich mit ein Grund, warum ich hier bin. Um in dieser Situation gegenseitigen Konsens zu sichern, weil sie diesen schmerzlich vermissen lässt. Ich habe sogar ein paar Formulare, die er unterschreiben soll, die mein Freund Doug aufgesetzt hat. Er ist nicht nur ein großartiger Anwalt, sondern auch kinky und war darum willens, ein paar schnelle, marginal bindende Verträge aufzusetzen, die meine und Eriks Abmachung heute betreffen. Weil man nicht einfach jemandem *vertrauen* soll, den man auf einer kinky Wohltätigkeitsversteigerung gekauft hat.

Doch als Erik auf meine Frage, ob ich mich zu ihm setzen kann, mit einem „Tut mir leid, nein, ich warte auf jemanden", antwortet, stelle ich fest, dass meine Antwort schneller herauskommt, als ich sie aufhalten kann. „Ja, Sie warten auf mich."

Ich liebe sein Lachen auf der Stelle. Es ist rau und gibt mir das Gefühl, als ob er gerade eine feste, starke Hand an der Innenseite meines Oberschenkels nach oben geschoben und meinen Schwanz gepackt hätte. Als ob er ihm bereits gehören würde. Ich werde sogar ein wenig hart, so peinlich das auch ist. All das nur von seiner Art zu lachen.

Als ich mich ihm gegenüber hinsetze, weicht das Gespräch gleich zu Anfang von meinem geplanten Drehbuch ab. Es ist klar, dass er mich nicht erwartet hat, was peinlich und stressig ist. Aber ich verstehe es auch, weil ich dachte, dass ich wusste, was mich erwartet. Ich hatte zumindest Fotos gesehen – aber er ist so viel mehr, als ich mir ausgemalt habe.

Er hat einen starken, mit Stoppeln bedeckten Kiefer und seine Lippen sind eher schmal, aber trotz seiner ersten Verlegenheit verleihen sie ihm eine absolut stabile Erscheinung.

Und wo wir gerade von stabil sprechen. Sein Körper.

Eriks enges T-Shirt passt ihm wie ein Handschuh über seinen breiten Schultern und wohlgeformten Brustmuskeln. Die Ärmel liegen fest an seinem Bizeps an, wecken in mir den starken Drang, die Hand auszustrecken und sie anzufassen. Seine muskulösen Oberschenkel drücken gegen seine Jeans und ich kann einen guten Hinweis auf die Größe seines Gemächts erhaschen, weil er seine Beine gespreizt hat. Nicht, dass ich eine Size Queen bin. Oder besser gesagt, ich würde es nicht wissen, wenn ich eine wäre. Aber das ist nur ein weiterer Aspekt, in dem Erik viel mehr ist, als ich erwartet hatte.

Seine hellbraunen Haare sind militärisch kurz geschnitten, aber sie schmeicheln seinem kantigen Gesicht. Er sieht fähig und sich seiner selbst sicher aus. Ich spüre ein Ziehen, als ich betrachte, wie er so lässig auf seinem Stuhl sitzt und wie er sich vorlehnt, um mich anzusehen, als würde er mir auf der Stelle befehlen, auf die Knie zu gehen, meine Haare streicheln und mich seinen Boy nennen.

Wenn er das möchte? Würde ich es tun.

Meine Wangen werden heiß. Es wäre so demütigend, so in der Öffentlichkeit zu knien, und doch weiß ich, dass ich Stolz verspüren würde, unter seiner Hand zu sein. Was ein gefährlicher Gedanke ist. Ich weiß immer noch so wenig über ihn.

Ich versuche, uns wieder auf Spur zu bringen, stelle Fragen über seine Referenzen und höre mir seine Antworten an. Schauspieler trainieren, auf Pferden zu reiten? Und von ihnen herunterzufallen? Was für ein faszinierender Job. Es ist einfach, mehr darüber erfahren zu wollen, aber wieder kommen wir vom Thema ab, verfallen in Necken und alberne Kommentare, stupsen die heftige Attraktion zwischen uns an. Ich bin nicht der Einzige, der sie spürt, oder? Ich kann nicht so von ihm fasziniert sein, während er nur vollkommen unbewegt dasitzt. Oder doch?

Während wir plaudern, mustere ich seine zimtbraunen Augen. Sie sind abwechselnd fröhlich, einschätzend und anziehend. Schon bald kann ich sehen, dass er etwas gefunden hat, das ihm an mir gefällt, auch wenn ich nicht jung bin, wie seine anderen Boys es gewesen sind. Das ist aufregend, aber auch einschüchternd. Der Drang zu verbergen, was mich in meinem beruflichen Leben hemmt, mich davon abhält, mich für die Beförderungen und Gehaltserhöhungen ins Spiel zu bringen, die ich verdiene, bringt mich beinahe dazu, mein rotes Gesicht mit meinen Händen zu verstecken.

Aber das tue ich nicht. Die selbstverständliche Macht von Eriks Befehl hält mich fest, obwohl wir noch nichts formell beschlossen haben. Aus irgendeinem unerfindlichen Grund muss ich ihm bereits Respekt erweisen und auch welchen einfordern. Ich bin in Versuchung, für ihn ich selbst zu sein – frech oder schüchtern – was auch immer, wie auch immer. Ich spüre, dass ihm beides gefällt. In beide Richtungen.

Ich glaube, dass er *mich* bereits mag.

Was erregend ist, aber auch angsteinflößend.

Weil ich so etwas wie das hier noch nie gemacht habe und ich noch nie von einem Mann, der so sexy ist wie Erik, ernstgenommen wurde. Von Angesicht zu Angesicht wirkt er anziehend auf mich, so charismatisch auf eine Art und Weise, die ich nicht definieren kann. Alle paar Sekunden bin ich in Versuchung, ihm zu sagen, dass er es vergessen soll, aufzustehen und zurück zu meinem Auto zu rennen.

Es ist nur ein paar Straßen weiter geparkt. Er wird mir nicht nachjagen. Auch wenn es eine heiße Fantasie *ist*, die ich gerne eines

Tages probieren würde. Von einem großen, sexy Mann gejagt zu werden, schwer zu keuchen, während ich versuche, von ihm wegzukommen, von hinten gepackt zu werden und …

Gütiger Gott, wo ist mein Hirn?

Erik lässt mich mehr Dinge fühlen, als ich erwartet habe, als ich auf dieser Auktion für ihn geboten habe, und das will viel heißen, weil er mein Interesse erregt hat, wie nichts sonst jemals, auf diesen Fotos, die er mit seinem … seinem … *Ex*-Boy gemacht hat.

Mein Magen rebelliert ein wenig, als ich mich an den Boy auf den Fotos erinnere. Es ist nicht fair, aber ich bin nicht begeistert, dass Erik schon mehrere Boys hatte. Natürlich hat er das. Warum sollte er nicht? Die meisten Männer unseres Alters – hetero oder schwul – haben eine Menge Ex-Partner der einen oder anderen Art und es gibt keinen Grund zu denken, dass Daddy Erik anders sein sollte. Ich sollte nicht wollen, dass es so ist! Es bedeutet, dass er Erfahrung und „Know-how" hat.

Das hatte ich gewollt, als ich auf ihn geboten habe. Jemanden, der diese Daddy/boy-Sache schon gemacht hat, jemanden mit Erfahrung als queerer Mann, der mir alles zeigen kann – jemand, bei dem ich verletzlich sein kann, weil ich darauf vertrauen möchte, dass ein Daddy sich nur um mich kümmern, mich aufbauen möchte. Aber mir wird klar, während er von seinen vergangenen Boys erzählt, dass ich all diese Dinge gewollt habe, ohne zu sehr über die sehr realen jungen Männer nachzudenken, die er vor mir hatte.

Vor dem Moment, in dem ich ihre Namen gehört und den zärtlichen Ausdruck in seinen Augen gesehen habe, als er sie erwähnte, war es leicht, in meinen Gedanken den Boy auf den Fotos durch mich zu ersetzen. Mir vorzustellen, wie nur *ich* mich in seinen Armen fühlen würde, zusammengekuschelt auf dem Sofa, vor dem Feuer, während ich Geschenke aufmache, die er für *mich* gekauft hat, gehalten von seinen starken Armen und ordentlich

gefickt, noch härter genommen, während ich um seine Stärke
bettle …

Fuck, das ist heiß. Und angsteinflößend.

Kann ich mir überhaupt *gestatten*, so verletzlich bei einem Mann
zu sein? Ich weiß es nicht. Es ist wunderschön, darüber zu fantasie-
ren, aber ich war bis jetzt nie in der Lage, es zu tun.

Was, wenn er in dem Moment, wenn wir „spielen", wie er es
nennt, mich ansieht und meine Falten sieht, meine grauen Haare
und feststellt, dass ich nicht genug bin?

Mit Eriks sehr realer Person und seiner entspannten Erzählung
seiner Vergangenheit konfrontiert, wird mir klar, wie *unreal* alles an
dieser Fantasie bis jetzt gewesen ist. Ich habe in mehr als einer
Hinsicht keine Erfahrung hier. Auf geheime und demütigende Art
und Weise. Meine Unerfahrenheit, was Daddy/boy-Aktivitäten
angeht, die grundlegendsten, gewöhnlichsten Fantasien auszuleben,
mit *allem*, was mit Sex zu tun hat, ist peinlich für einen Mann
meines Alters.

Ich erinnere mich, was Doug mir erklärt hat, als er mir den
nicht ausgefüllten Vertrag in die Hand gedrückt hat. *Um eine
schlechte Kink-Erfahrung zu vermeiden, musst du auf brutale Weise
ehrlich dir selbst gegenüber und deinem Dom oder Daddy sein. Auch
wenn es unangenehm oder angsteinflößend ist. Informationen aus
Peinlichkeit oder Scham zurückzuhalten darf nicht passieren. Wenn du
das tust, riskierst du, ernsthaft verletzt zu werden, physisch oder
emotional.*

„Sag mir, was du denkst", verlangt Erik. Es ist ein Befehl und
mir wird klar, dass ich jetzt eine Weile schon still war, meine Tasse
in meinen Händen gedreht habe und unser Gespräch habe versiegen
lassen.

„Ich denke, dass ich dir gegenüber ehrlich sein muss", sage ich,
begegne seinem Blick und hoffe, dass das, was ich gleich sagen
werde, kein Deal-Killer ist, weil ich bereits weiß, dass ich mit Erik

einen Vertrag für dieses Dezember-Daddy-Erlebnis ausarbeiten möchte. Ich sehne mich nach der Möglichkeit, ihn Daddy zu nennen und dass er so tut, als würde er mich lieben, auch wenn er mich in Wirklichkeit niemals lieben kann, sogar wenn ich niemals jemanden finde, der das kann.

„Das wäre das Beste, ja", sagt er.

„Ich habe das noch nie gemacht."

„Das hast du schon gesagt."

„Irgendetwas davon." Meine Stimme quietscht bei diesen Worten.

Er blinzelt mich an. „Definiere das bitte genauer."

„Ich …" Scham hält mich davon ab, mehr zu sagen.

Erik nimmt meine Hände und dreht sie, damit er meine Finger packen kann. „Schau mich an, wenn du es sagst", befiehlt er. „Zeig mir dein Gesicht."

Ich entlasse den Atemzug, den ich eingesogen habe. Dennoch bricht meine Stimme. „Ich bin eine Jungfrau."

Er blinzelt einen Moment. „In welcher Hinsicht?"

Mein Blick huscht zum Tisch, aber er drück meine Finger, bis ich wieder zu ihm schaue. „Ich habe ein paar Männern einen geblasen. Einer Handvoll mehr einen heruntergeholt – Wortspiel nicht beabsichtigt, heh." Ich kichere, werde aber schnell wieder nüchtern, die Scham ist wie ein Schmerz in meinem Brustkorb. Ich flüstere den Rest. „Aber mich hat noch nie ein Mann zum Orgasmus gebracht und mir wurde noch nie einer geblasen und ich bin noch nie gefickt worden. Ich bin noch nicht einmal geküsst worden."

Jetzt ist er an der Reihe, scharf einzuatmen, aber nach einem Moment lässt sein Schock nach und er fragt: „Nicht einmal von einer Frau? Oder einer non-binären Person?"

Ich schüttle meinen Kopf.

„Niemand?"

„Nur meine Hand. Ich glaube, ich habe mich einmal an einem Freund auf der High School gerieben. Er ist gekommen, aber er wollte mich nicht küssen und er hat mich weggeschubst, bevor ich kommen konnte."

„Selbstsüchtiger Arsch."

„Hat auch unsere Freundschaft ruiniert", sage ich mit einer Grimasse. Erik drückt meine Finger erneut. Ich komme wieder zu Atem und fahre fort. „Ich habe in meinem Leben fünfzehn Männern einen geblasen. Ja, ich habe sie gezählt." *Weil ich so armselig bin.*

„Warum gab es nie ein quid pro quo?"

Ich lecke mir die Lippen und wende den Blick ab, aber er reibt seinen Daumen über die Rückseite meiner Fingerspitzen, lockt meinen Blick zurück zu seinem. „Ich mochte es, benutzt zu werden."

„In Ordnung."

„Aber darüber bin ich jetzt hinweg." Ich beiße mir in meine Unterlippe, versuche, den Schmerz in meinem Brustkorb zu ignorieren, der droht, sich in Tränen in meinen Augen zu verwandeln. „Ich möchte geliebt werden."

Er nickt, schweigt.

„Ich weiß nicht wie …" Ich räuspere mich. „Ich weiß nicht, wie ich das finden soll. Als ich bei der Auktion die Fotos auf deinem Poster gesehen habe …" Es ist wahrscheinlich nervig, dass ich immer wieder verstumme, aber ich kann nichts dagegen tun. Mir gehen immer wieder die Worte aus.

Erik drängt mich aber nicht. Es ist, als ob er wüsste, dass dies bereits sehr intensiv für mich ist. Seine Hand zu halten, in sein Gesicht zu blicken, ehrlich und entblößt zu sein. Ich habe Angst und habe das Gefühl, dass ich gleich in einer seltsamen Ekstase, die aus zu viel Verletzlichkeit entspringt, aus meinem Körper aufsteigen werde.

„Ich hatte nie auch nur in Erwägung gezogen, dass ich eine Daddy/boy-Interaktion erleben möchte, bevor ich dein Poster gesehen habe." Ich erinnere mich, wie fasziniert ich gewesen war, sobald ich die Fotos gesehen habe. „Aber sobald ich das getan habe? Da wusste ich es. Tief drinnen. Ich brauche das. Ich habe das natürlich schon in Pornos gesehen. Wer nicht? Aber das ist nicht dasselbe, als es zu tun, oder?"

Er nickt erneut.

„Ich habe nicht gedacht, dass *ich* so etwas wollte oder brauchte. Nicht, was ich in den Videos online gesehen habe. Definitiv nicht. Aber dein Poster war anders."

„Vielleicht, weil in Pornos das Daddy/boy-Spiel oft mit anderen Arten der Dominanz gepaart wird, wie rauem Sex, Demütigung und manchmal Schmerz."

„Vielleicht. Ich bin mir nicht sicher, ob es das ist. Wie ich schon gesagt habe, ich verstehe den Drang. Den Drang, verletzt oder schlecht behandelt zu werden. Vorher, bis vor Kurzem, wollte ich benutzt werden, aber jetzt …" Ich schüttle meinen Kopf. „Ergibt das einen Sinn?"

„Natürlich. Fantasien ändern sich, Leidenschaften ändern sich — wir *alle* ändern uns im Laufe der Zeit. Aber sag mir, Matthew, was denkst du, hat diese Veränderung in deinen Fantasien und Bedürfnissen bewirkt? Was hat diesen Umschwung ausgelöst, es zu genießen, benutzt und weggeworfen zu werden, hin zu …" Er hält inne, als ob er sicherstellen möchte, dass er es richtig ausdrückt. „Dazu, geliebt zu werden?"

„Das ist nicht – Ich habe nicht -"

Ich schaue mich um, versuche zu erkennen, ob jemand uns belauscht. Ich kann nicht glauben, dass ich diese Dinge überhaupt jemandem gegenüber ausspreche, noch dazu gegenüber einem Mann, mit dem ich eine Daddy/boy-Fantasie ausleben möchte. Einem Mann, zu dessen Bild in meinem Kopf ich mir die ganze letzte Woche jede Nacht einen heruntergeholt habe, seit ich aus Asheville zurückgekommen und die offizielle Mitteilung erhalten habe, dass ich ihn bei der Auktion gewonnen habe. Und ich kann nicht glauben, dass ich all das hier sage, in einem vollen Coffeeshop, wo jeder uns belauschen kann. Und doch …

Niemand tut es.

Es ist, als wäre um uns herum eine magische Wand hochgezogen. Niemand beachtet uns und bei den fröhlichen Rhythmen von „Santa Claus is Coming to Town", dem Plaudern so vieler Menschen, die Koffein intus haben, dem Klappern von Messern und Gabeln auf Tellern und dem Klimpern von Tee- und Kaffeetassen, die ihren Platz auf Untertellern finden, ist es viel zu laut, als dass irgendetwas, das ich sage, weit tragen würde.

Ich hole langsam Luft und Eriks Blick wird weich, als er mich anlächelt. „Komm, du machst das großartig", lobt er. „Erzähl mir davon. Ich werde dich nicht verurteilen."

„Meine Eltern sind gestorben", sage ich und meine Kehle lässt die Worte beinahe nicht heraus. Jetzt blinzle ich und das sind definitiv Tränen in meinen Augen. Scheiße. Er wird denken, dass ich ein absolutes Wrack bin. „Es tut mir leid. Dafür hast du dich nicht angemeldet, als du dein Angebot versteigert hast. Ich will wetten, du wolltest nur einen einfachen, spaßigen, *jungen* Boy, mit dem du eine Nacht im Weihnachtsstil verbringen kannst, oder? Und das … das bin ich nicht. Es tut mir leid. Wir müssen das nicht machen."

„Hey, stopp. Mach keine Annahmen, was ich möchte", sagt er.

„Was hast du gewollt?", frage ich.

Erik lächelt, hebt eine meiner Hände an seinen Mund und drückt einen Kuss auf meine Fingerknöchel. Mein Magen flattert. So ein Gentleman. So nett.

„Nein", weist er mich zurecht. „Weich meiner Frage nicht aus. Wir werden später darüber sprechen, was *ich* möchte. Im Moment reden wir über dich.“

Seine Ermahnung trifft mich wie ein elektrischer Schlag der Lust und mein Schwanz, der während dieses Gesprächs die Stadien halb hart, komplett hart und zurück zu halb hart bereits einmal durchlaufen hat, wird wieder hart. Ich rutsche auf meinem Sitz herum, als er gegen die Nähte meiner Hose drückt. Ich kribble vor Hitze, als er meine Fingerknöchel erneut küsst und mein Schwanz pulsiert. „Fuck“, flüstere ich.

Erik lacht. „Ja. Darüber können wir auch reden, wenn du das möchtest – wir werden uns der immer drängenden Frage, ob wir anal machen sollen oder nicht, noch stellen – aber zuerst Wichtigeres. Wir müssen uns miteinander wohlfühlen. Ich werde mit dir keine Session anfangen, bis ich dich besser kenne. Das ist zu wichtig. *Du* bist zu wichtig.“

„Ich?“

„Ja. Du.“ Er reibt meine Finger erneut. Ich habe das Gefühl, dass ich aus dem Stuhl und hinauf an die Decke schweben könnte, wo ich dann mit meinem Rücken klebe und mich in ekstatischer, wilder Freude drehe. Ich bin wichtig? Jemandem wie Erik? Wenn ich gewusst hätte, dass ich dieses Gefühl kaufen kann, wäre ich schon vor Jahren auf eine Kink-Auktion gegangen.

„Komm“, fordert er mich auf. „Deine Eltern sind gestorben. Es tut mir leid, das zu hören. Aber ich bin mir nicht sicher, wie das meine Frage beantwortet, was sich für dich am Sex geändert hat.“

„Es hat *alles* für mich geändert“, gestehe ich. Ich mache mir für einen Moment Sorgen, dass er mich bei dem ganzen Lärm im Raum nicht hört, aber seine Brauen heben sich und es ist klar, dass er mich gut verstanden hat. „Meine Eltern waren in vielerlei Hinsicht die typischen Baptisten aus dem Süden. Kein Alkohol, homophob, puritanisch. Aber sie waren meine Eltern und ich habe sie geliebt.“

„Natürlich.“

„Außerdem bin ich adoptiert."

Eriks Finger fangen an, meine Handrücken gleichmäßig und beruhigend zu streicheln und die mahlende Nervosität in mir lässt nach, als ich weiterrede. Er hört mit ruhiger, beständiger Akzeptanz zu, die über reines Verständnis hinausgeht. Es ist unmöglich und irre, ich weiß, aber es ist so, wie ich mir vorstelle, wie es sein könnte, mit bedingungsloser Liebe gehalten zu werden. Dieser Gedanke weckt in mir den Wunsch zu weinen oder wegzulaufen. Ich rede stattdessen weiter. „Ich hatte immer das Gefühl, dass ich ihnen etwas schulde, verstehst du? Weil sie mich gerettet haben?"

„Wovor gerettet?"

„Vor einem Schicksal, schlimmer als von ihnen adoptiert zu werden. Wer weiß, woher ich gekommen bin? Wer weiß, wer mich adoptiert hätte, wenn sie es nicht getan hätten?"

„Das ist eine negative Sichtweise."

„Vielleicht, aber die meisten Eltern suchen sich ihre Kinder nicht aus. Sie bekommen einfach selbst eines. Meine Eltern haben mich ausgesucht, verstehst du? Das mussten sie nicht tun. Sie hätten jemand anderen wählen können."

Erik gibt einen leisen Laut von sich, als ob er über meine Worte nachdenkt. „Du warst ein Baby?"

„Ja, aber ich habe dieses Gewicht immer gespürt. Ich war entschlossen, der Sohn zu sein, den sie wollten und den sie so viele Jahre lang versucht haben zu bekommen, bevor sie sich entschlossen haben zu adoptieren. Ich wollte der Mann sein, den meine Eltern haben wollten, auch wenn das bedeutete, dass ich leugnen musste, wer ich wirklich bin, wen ich will, *was* ich will …"

Eriks Augen glänzen vor Verständnis. „Du warst bis zu ihrem Tod im Wandschrank."

„Ja."

„Sie haben es nie erfahren?"

„Meine Mom vielleicht? Ich glaube, sie hatte einen Verdacht, aber sie hat ein paar Jahre, bevor sie krank wurde, aufgehört, sich nach meinem Liebesleben zu erkundigen. Mein Dad hat mich nie irgendetwas gefragt, nachdem ich die High School durchlaufen hatte und ich nie mit irgendjemandem ausgegangen bin." Ich mache eine Pause, sammle mich. „Sie hatten beide Krebs. Er in der Lunge, sie in den Eierstöcken. Das seltsamste Timing. Nur sechs Monate auseinander."

„Das ist beschissen."

Ich lache trotz des Kloßes in meiner Kehle. „Das ist es. Und als alles vorbei war, nachdem ihr Nachlass geregelt und alles erledigt war, war ich allein. *Wirklich* allein. Ich kann dir sagen, ich habe mich sehr viel mit mir selbst beschäftigt." Ich seufze. „Und ich habe eine Menge Bedauern gefunden."

„Das tut mir leid." Seine Finger bewegen sich immer noch auf meinen.

„Am Ende habe ich entschieden, dass ich akzeptieren muss, wer ich bin und dass ich mein Leben als geouteter schwuler Mann leben sollte." Ich hebe eine Hand, um die Glückwünsche zu stoppen, die sich auf seinen Lippen formen. „Aber so einfach ist das nicht, nicht wahr?"

„Ich kann mir vorstellen, dass es das nicht ist. Aber erzähl mir warum."

„Ich weiß es nicht, um ehrlich zu sein. Nach all diesen Jahren, in denen ich mich versteckt habe, bin ich mir nicht sicher, wie ich mich öffnen soll?" Ich hole schaudernd Luft und rede weiter, fühle mich, als würde ich mein Innerstes auf einem Tisch zur Schau stellen. „Es ist, als ob ich nur weiß, wie ich auf die Knie gehen und einen Mann meinen Mund ficken lassen kann. Ich bin ... ich bin darin tatsächlich ziemlich gut?" Ich formuliere es wie eine Frage, weil meine Kehle jetzt so eng ist, dass ich kaum Luft hindurchquetschen kann.

„Du machst das gerade großartig, dich mir zu öffnen."

Ich drücke seine Finger. „Ich habe dir in den letzten paar Minuten mehr erzählt als meiner Therapeutin in zwei Jahren."

„Warum?", fragt er erneut. Seine Brauen ziehen sich zusammen, er strahlt Sorge aus.

„Weil sie so verdammt nett ist", bringe ich heraus. „Wie kann ich sie ansehen und solche Dinge sagen? Sagen, dass ich zugelassen habe, dass Männer mich an den Haaren ziehen, dass ich erlaubt habe, dass sie auf mir kommen und mich anspucken und dann zugesehen habe, wie sie weggegangen sind? Wie kann ich ihr, in all ihrer apfelbäckigen Niedlichkeit, erzählen, dass ich nie um *irgendetwas* für mich selbst gebeten habe?"

„Gefällt es dir? Gedemütigt zu werden und dann hart, ohne Orgasmus als Belohnung, verlassen zu werden?", fragt er, ignoriert, was ich über meine Therapeutin gesagt habe, und kommt gleich zum Kern der Sache.

„Nein."

„Ah."

„Und es hat mir *auch nicht* gefallen, dass es mir nicht gefallen hat, wenn du verstehst, was ich meine. Nichts davon hat mich erfreut."

Er nickt und sein Blick wird weich. „Das tut mir leid."

„Es ist krank, aber damals wollte ich einfach nur, dass sie mich so behandeln, wie ich mich selbst in Bezug auf mich gefühlt habe. All diese Abscheu vor mir selbst und die Angst – dass ich meine Eltern enttäusche, dass ich Gott enttäusche. Und weil ich damals sehr gläubig war, dachte ich, dass ich mich selbst enttäusche, weil ich queer bin."

Ich höre, wie meine Stimme rau wird von altem Schmerz. „Ich brauchte jemanden, der es mir antut, physisch, damit ich den Abscheu ausdrücken konnte, den ich gefühlt habe. Es war die einzige Möglichkeit, die ich finden konnte, um es zuzugeben, verstehst du? Zu Hause, bei meinen Eltern – sogar als ich erwachsen war, habe ich bei ihnen gewohnt – musste ich die ganze Zeit über so neutral sein, so ordentlich und aufrecht. Ich konnte nicht loslassen."

„Mm."

„Aber wenn ein Mann-"

Ein Hetero-Paar bleibt in der Nähe unseres Tisches stehen und ich verstumme. Erik bewegt sich nicht, sagt überhaupt nichts. Er streichelt nur weiter meine Handrücken mit seinen Daumen und wartet. Das Paar redet darüber, was sie zum Abendessen machen wollen, wann der Mann ihren Hund aus der Tagesbetreuung abholen soll, und die Frau sagt, dass sie sich zu Hause treffen, nachdem sie beim Einkaufen war. Sie gehen.

„Weiter", sagt Erik.

„Wenn ein Mann mich benutzt, mich wie Scheiße behandelt hat, habe ich Erleichterung verspürt. Es hat mir nicht *gefallen*, aber es war, als ob jemand meine Wahrheit gesehen hätte."

„Das tut mir so leid."

„Jedenfalls", mache ich weiter und hebe mein Kinn, um meinen Worten mehr Nachdruck zu verleihen. „Das will ich nicht mehr."

Eriks Lippen heben sich zu einem aufmunternden Lächeln.

„Ich lerne, mich selbst zu lieben. Es geht langsam und ist schwierig und es geht um mehr als nur zu akzeptieren, wer ich als schwuler Mann bin. Ich habe mich bei ein paar Seiten angemeldet, bei denen ich meine DNS einschicken kann, um vielleicht herauszufinden, wer meine leiblichen Eltern sind, und ich habe mich entschieden, wieder Musik zu spielen – nur für mich, aber dennoch-"

„Aber dennoch", stimmt er zu.

„Also ja. An diesem Punkt bin ich. Ich lerne. Wie man ein schwuler Mann ist. Wie ich mich selbst lieben kann. Und ich brauche Hilfe. Als ich dein Poster gesehen habe, wie du deinen Boy gehalten hast-" Meine Kehle wird wieder eng und Tränen steigen auf. Eine gleitet an meinem Gesicht nach unten und als ich meine

Hand zurückziehe, damit ich sie wegwischen kann, lässt er mich los, streckt aber gleichzeitig seine Hand aus, um die Träne wegzuwischen. Seine Finger sind zärtlich auf meiner Wange.

„Ich verstehe", sagt er.

„Tust du das?"

„Ja. Und ich kann dir helfen."

„Das kannst du?"

„Natürlich."

„Wann?"

„Bei unserer gemeinsamen Nacht."

Ich bin so erleichtert, dass ich langsam atme, nur um nicht in peinliches Schluchzen auszubrechen. Wie macht er das? Wie hat er all das aus mir herausgeholt? Ich kenne ihn kaum und doch habe ich mich bei ihm meiner Lasten entledigt, ihm Dinge erzählt, die ich noch nie laut ausgesprochen habe.

Ich sollte von meiner Therapeutin mein Geld zurückverlangen. Erik hat in einer halben Stunde mehr für mich getan als sie in zwei Jahren, einfach, indem er die Art Mann war, dem ich all das sagen kann. Ich muss wirklich aufhören, zu ihr zu gehen, wenn schon sonst nichts.

Nach ein paar angespannten Momenten schaut Erik sich im Coffeeshop um und meint dann: „Ich kann dir nicht sagen, wie wichtig und wertvoll es ist, dass du all das mit mir geteilt hast. Es wird das, was wir zusammen tun werden, in jeder Hinsicht besser machen. Diese Art Verletzlichkeit ist nötig, um die bestmögliche Kink-Erfahrung zu haben, darum möchte ich dir dafür danken."

Ich kann nichts sagen, darum nicke ich nur.

„Ich kann auch sehen, dass du dich gerade erschöpft fühlst, und das verstehe ich. Das hier ist ziemlich intensiv geworden. Lass uns eine Pause machen. Spazieren gehen. Einen Teil der Spannung abbauen, bevor wir anfangen zu planen." Er schaut auf seine Uhr. „Hast du Zeit?"

Ich bin in Versuchung, seinem Vorschlag zuzustimmen, ohne weitere Fragen zu stellen. Erik war so nett zu mir, so entspannt und offen und ich habe ihm meine Seele entblößt, darum kann es nicht schaden, noch mehr zu zeigen. Aber ich bin mir nicht sicher, ob ich schon irgendwohin gehen und ficken sollte – vor allem, weil ich das noch nie getan habe.

Aber was, wenn ich zustimme, was, wenn wir an einen ruhigen Ort gehen? Wenn er mich berührt, mein Kinn anhebt und mich küsst? Dann werde ich ihn tun lassen, *was immer* er möchte. Und so sollte es nicht ablaufen.

Reiß dich zusammen.

Ich muss nur einen klaren Kopf bewahren und ihn dazu bringen, die Verträge zu unterzeichnen, die Doug für uns aufgesetzt hat. Ich sollte seine restlichen Referenzpersonen anrufen und mit ihnen sprechen und danach sollte ich zurück zu meinem Auto gehen und zu dem Hotel fahren, das ich auf halbem Weg in Knoxville gebucht habe. Aber ich werde mitgenommen von der Lust und dem seltsamen High, meine tiefsten Wahrheiten ausgesprochen zu haben und obwohl ich mich zurücknehmen sollte, will ich das nicht.

Erik hat bereits meine Hand losgelassen und ist aufgestanden, zieht seine Jacke an und schlingt seinen roten Schal um seinen Hals.

„Ich weiß nicht", sage ich, halte ihn mitten in der Bewegung auf. „Woran hattest du gedacht?"

Wenn er sagt sein Haus, dann muss ich Nein sagen, aber ich werde Ja sagen. Ich will ihn. Ich will seine Hände wieder auf mir, überall, wo ich sie haben kann. Ich möchte sehen, wie er mit mir umgeht, sobald ich nackt und bebend und –

„Lass uns mit einem Spaziergang anfangen", schlägt er vor. „Die Stadt ist für die Feiertage geschmückt. Es gibt auch ein paar nette Läden, in die wir gehen können."

„'Nette Läden'?" Ich bin verwirrt. *Wir werden diese Spannung zwischen uns nicht lösen? Wir werden nicht ficken? Wir werden* shoppen?

Erik lächelt. „Ich mag niedliche Sachen.“

Mir ist klar, dass er mir sagt, dass ich niedlich bin. Mein Herz verdoppelt seine Schlagzahl. Oh, wow. Ich habe all diesen emotionalen Scheiß bei ihm abgeladen und er ist nicht auf der Flucht. Er sagt, ich bin niedlich. Welchen Schaden hat *er*? Ich sollte das wissen, bevor ich mit ihm irgendwohin gehe oder einen Vertrag unterschreibe, die Nacht als sein Boy zu verbringen. Ehe ich zulasse, dass ich mitgerissen werde.

„Okay“, höre ich mich sagen. „Zeig mir den Weg.“

„Das werde ich.“

KAPITEL VIER

Erik

ASHEVILLE IST VOLLER Künstler und die Läden, Kunstgalerien und Restaurants im Stadtzentrum sind alle mit kreativen, einzigartigen und wunderschönen Feiertagsdekorationen geschmückt. Grüne und rote Bänder sind um Straßenlaternenpfosten gewunden, in den Fenstern blinken kleine Lichter und der gesamte Cast von *Der Grinch* wurde von Künstlerinnen gestrickt und mit Watte ausgestopft in die Schaufenster des Wollladens gestellt. Jeder Laden ist mit Lichtern und funkelnden Dingen geschmückt.

Ich hatte nicht vor, den ganzen Tag mit Matthew zu verbringen. Ich hatte erwartet, mich mit einem einigermaßen erfahrenen Kinkster oder Boy zu treffen, nicht einem Mann wie Matthew. Jungfräulich in jeder Hinsicht. Wenn ich die ganze Sache nicht komplett absagen möchte, muss ich mit ihm deutlich vorsichtiger sein, als mir klar war. Das erfordert Zeit. Heute habe ich zum Glück alle Zeit der Welt, um sie zu nutzen, Matthew kennenzulernen, damit nächste Woche unsere gemeinsame Nacht für uns beide sicher ablaufen kann.

Für den Moment reden wir nicht weiter über Daddy/Boy-Fantasien oder sexuelle oder persönliche Vergangenheit oder was wir vorhaben, gemeinsam in der Nacht zu tun, die er ersteigert hat.

Stattdessen plaudern wir nett über unsere Jobs, Fernsehserien, die wir mögen und andere unwichtige Themen, während wir immer wieder in kleine Läden oder Galerien schauen.

Buchhaltung ist so langweilig, wie es klingt, erklärt er mir, auch wenn er einen Dopaminschuss bekommt, wenn die Zahlen aufgehen und er ist zufrieden, wenn er weiß, dass er für einen Kunden gute Arbeit geleistet hat.

„Aber es ist nicht annähernd so aufregend wie das, was du machst. Hast du schon mit irgendwelchen berühmten Schauspielern gearbeitet?"

„Kommt darauf an, was du mit berühmt meinst. Ich habe noch nicht mit Chris Evans gearbeitet oder *irgendeinem* der Chrises, wenn wir gerade dabei sind, aber es gibt da eine Schauspielerin bei einem berühmten Superhelden-Franchise, mit der ich Kampfkunst, Schwertkampf und Fitness trainiert habe. Ich habe Verschwiegenheitsklauseln für die meisten der großen Namen, also ..." Ich tue so, als würde ich meine Lippen versiegeln. „Ich kann nicht mehr als das sagen. Aber sie ist ein ziemlich großer Star, einer der größten Namen, mit denen ich gearbeitet habe."

„War sie nett?", fragt Matthew, während ich die Tür der nächsten Kunstgalerie aufhalte, die auf unserem Weg erscheint. Ich habe bereits erkannt, dass Matthew Kunst mag, basierend auf den drei anderen Galerien, in die er gehen wollte. Er hat ein gutes Auge und eine Meinung, was ihm gefällt – und spitze Bemerkungen für jene Dinge, die er nicht mag. Es amüsiert mich.

„Sie war professionell. Fokussiert. Ich bin mir nicht sicher, ob ‚nett' gut ist, wenn man auf ihrem Niveau ist. Sie war aber kein Arschloch. Das sage ich nicht."

„Ich verstehe", sagt Matthew, bleibt vor einem faszinierenden Gemälde stehen, das einen Laib Wunderbrot zeigt, der auf den Rücken eines Rotfuchses geschnallt ist, der durch einen winterlichen Wald wandert. Er neigt seinen Kopf zur Seite, lässt es auf sich wirken. „Sie musste einen Job erledigen und du warst da, um ihr dabei zu helfen. So ist es auch mit meinen Kunden. Bei unseren Geschäftsbeziehungen geht es nicht darum, nett zu sein." Er tritt näher an das Gemälde heran, mustert blinzelnd die Pinselstriche, bevor er wieder zurück zu mir kommt. „Öl auf Holz. Mir hat schon immer gefallen, wie glatt das ist. Wenn der Künstler Glanz darauf gegeben hätte, wäre ich in Versuchung, es zu kaufen."

Ich schaue zu, wie er das Gemälde studiert, bewundere, wie leichte Falten sich von seinen Augenwinkeln her ausbreiten, bemerke, dass, auch wenn das Grau neben seinen Schläfen am dichtesten ist, es auch in seinen dunklen Haaren verteilt ist und lächle über das Grübchen in seiner Wange, das um einen Finger bettelt, der sich hineinpresst. „Warst du je in dem Kunstmuseum hier? Es ist klein, hat aber schöne Objekte", sage ich.

„War ich tatsächlich schon einmal. Als ich am Wochenende der Auktion hier war. Ich war da auch in den meisten dieser Galerien, aber sie haben bereits viele ihrer Sachen ausgetauscht." Er geht zur nächsten Arbeit – einer Skulptur eines braunen Pilzes mit einer offenen Tür im Stamm. Im Inneren ist eine warme, gemütliche Küche mit eingebauten, beleuchteten, heimeligen Fenstern in der Kappe.

Er schaut über seine Schulter auf die große, blonde Galerieangestellte. Sie steht abseits, gibt uns Raum, die Kunst in unserem Tempo zu betrachten, behält uns aber im Auge, für den Fall, dass wir Fragen haben.

Er senkt seine Stimme, damit die Frau ihn nicht hören kann, und sagt: „Als wir in der letzten Galerie waren, ist mir klar geworden, dass wir uns vorhin irgendwie hineingestürzt haben, oder? Als wären wir direkt zu dem Teil gesprungen, wo wir versuchen, das hier-" er deutet zwischen uns hin und her „- für unsere gemeinsame Nacht funktionstüchtig zu machen."

„Wir haben alles andere ausgelassen", bestätige ich lachend. „Ja. Männer neigen dazu, so etwas zu tun."

Es stimmt, dass Männer nicht lange um den heißen Brei herumreden, wenn es um Dinge geht, die sie wollen. Das ist eines der Dinge, die ich immer daran geliebt habe, ein Single-Mann zu sein, der auch auf Typen steht. Die Möglichkeit, unkomplizierte, animalische, heiße Aufrisse zu haben.

Und ich wäre sehr gerne direkt dahin gesprungen, Matthew auf der Toilette zu ficken. Zumindest hätte ich das, bevor ich entdeckt habe, wie verletzlich er ist. Jetzt will ich auf nichts direkt springen. Oder genauer gesagt, ich *möchte*, aber ich sollte nicht. Auch wenn er verführerisch ist, so wie seine Kleidung an den richtigen Stellen an seinem Körper klebt und wie er mit dieser seltsamen Unschuld in seinen Augen herumgeht, die bei einem Mann seines Alters so fehl am Platz ist.

„Ja, ich nehme an, Männer tun das in der Regel“, stimmt er zu. „Aber ich nicht. Nie.“

„Ich verstehe.“

Wir gehen zum nächsten Gemälde. Dieses ist von einem anderen Künstler. Es ist eine feurige Arbeit voller Orange, Rot und Rosa. Matthew starrt es an, verschränkt seine Arme vor seinem Brustkorb, sein Kiefer spannt sich an.

„Es gefällt dir nicht?“, frage ich.

„Es ist gut“, antwortet er, ist aber wieder angespannt. Wenn es nicht das Gemälde ist, das diese Spannung in ihm hervorruft, dann muss ich es sein. Das ist nicht gut.

„Macht dir etwas Sorgen?“

Er wirft einen Blick über seine Schulter, um sicherzustellen, dass die Galerieangestellte immer noch außer Hörweite ist und nickt. Es ist anbetungswürdig, wie schüchtern er ist. Ich möchte diesen Teil von ihm beschützen. Es ist so niedlich.

„Raus damit“, verlange ich, benutze meine feste Daddy-Stimme. Es funktioniert.

Er kapituliert, wirft mir einen besorgten Blick zu, bevor er sein Kinn anhebt und sagt: „Du solltest wissen, dass ich nicht auf diese Auktion gegangen bin und danach gesucht habe oder nach dir oder, nun, nach irgendetwas.“

Wir treten vor das nächste Bild. Es ähnelt dem Vorherigen, aber in Lila, Grau und Rosa.

„Ich verstehe. Warum *warst* du auf der Auktion? Ich muss zugeben, ich war neugierig.“

Ich erkenne, dass es für ihn vielleicht einfacher ist, sich weiter zu öffnen, wenn er mir nicht direkt ins Gesicht schaut. Der Akt, Kunst zu betrachten, ist ein guter Puffer. Die Intensität unseres Gesprächs im Coffeeshop scheint nichts zu sein, was er unbedingt jetzt schon wieder entzünden möchte, und das ist in Ordnung. Wir beide brauchen etwas Raum, um wieder zu Atem zu kommen, nachdem das so tiefgreifend geworden war und diese eher geschäftliche Diskussion ist ebenfalls wertvoll.

Als Matthew nicht sofort antwortet, sage ich: „Asheville ist ziemlich weit von Nashville entfernt und auch wenn der Blue Ridge Club einen guten Ruf hat, weiß ich, dass wenn du Kink erkunden wolltest, du nicht so weit hättest reisen müssen. In Nashville gibt es mehrere hervorragende Kink-Clubs.“

Wir kommen zu einer Skulptur aus Beton, die einen Stiefel darstellt, aus dessen Sohle schwarz aufgemalte Rosen erblühen und Matthews Arme legen sich fester um seinen Brustkorb, als er flüstert: „Ich war nicht wegen des Kink-Clubs in Nashville. Ich war auf einer Konferenz für meine Firma. Ich habe meinen Flug verpasst und angesichts der momentanen Wirtschaftslage war ein Auto für die Rückfahrt zu mieten beinahe ebenso teuer, wie eine weitere Nacht im Hotel zu buchen und mit einer Billig-Fluglinie am nächsten Tag nach Hause zu fliegen. Nicht zu vergessen deutlich anstrengender.“

Ich kann es vor mir sehen. Matthew, frustriert und müde, wie er vom Flughafen zurückkommt, nachdem er seinen Flug verpasst hat.

„Ich verstehe. Du hast im Hotel übernachtet, hast dich ein wenig gelangweilt und bemerkt, dass eine interessante BDSM-Convention im Konferenzbereich stattfindet, komplett mit einer für die Öffentlichkeit zugänglichen Kink-Auktion und du hast dir gedacht, ‚Zur Hölle, ja, das sieht aus, als könnte es Spaß machen‘.“

„Ja. Nun, vielleicht nicht *Spaß*. Eher interessant. Denn bis zu dieser Nacht habe ich mich selbst nie als kinky gesehen.“ Er errötet und ich bin amüsiert.

Für mich gibt es nichts Köstlicheres, als wenn ein neuer Boy zum ersten Mal sein wahres Gesicht zeigt und Matthew ist für mich gerade ganz offen, so unangenehm das für ihn auch sein mag und so verängstigt er auch ist. Im tiefsten Inneren ist er aufgeregt. Ich kann es in ihm spüren und das Echo in mir selbst.

Er fährt fort. „Ich bin mir sicher, das klingt seltsam, wenn man bedenkt, wie schlecht ich mich von Männern habe behandeln lassen. Aber sogar das hat sich nie kinky angefühlt, weil es mir nicht *gefallen* hat. Was ich sagen will, ist, dass ich nie kinky sein *wollte*. Ich möchte, dass du das verstehst.“

„Regt der Gedanke an Kink dich auf?“

„Nein.“

Ich lege meine Hand auf seinen unteren Rücken, stütze ihn. „Und wenn sich herausstellt, dass du kinky *bist* – *richtig* kinky – wird dir das Angst machen?“

„Ich weiß es nicht. Vielleicht. Ich versuche immer noch, schwul zu sein. Geoutet und schwul.“

„Stimmt.“

Uns beiden wird klar, dass wir schon sehr lange vor der Schuh-Skulptur stehen, als die Frau sich auf den Weg zu uns macht. Sie muss unsere leise, ernste Diskussion als echtes Interesse an dem Werk interpretiert haben.

Ich winke ihr ab und sie zieht sich zurück.

Matthew und ich gehen weiter, werfen dem nächsten Werk nur einen kurzen Blick zu. Es ist ein kaputter Spiegel, der in einem vergoldeten Rahmen mit Klebeband, das mit Glitter bedeckt ist, zusammengeklebt wurde. Ich bekomme den Eindruck, dass

Matthew das für unbeholfen hält, so wie er die Nase rümpft.

Dann kommt eine aus der Mode gekommene Landschaft der Blue Ridge Mountains in Wasserfarbe. Matthew bleibt stehen, aber er sieht nicht die Kunst. All seine Aufmerksamkeit ist auf mich gerichtet, auch wenn er die blauen Berge vor dem orangenen Sonnenuntergang ansieht. Ich spüre es wie Hitze von einem Feuer.

Nach ein paar Momenten sagt er: „So bin ich auf die Auktion geraten. Ich habe keinen geplanten Ausflug von Nashville nur zu diesem Zweck unternommen. Vor dieser Nacht habe ich nichts davon oder über dich gewusst. Ich bin kein Stalker oder ein Fan von dir oder etwas in der Art."

„Das dachte ich auch nicht." Ich bin mir nicht sicher, warum er denkt, ich hätte Fans in der Welt des Kink. Ich war den Großteil der letzten fünf Jahre mit Brandon monogam und habe seitdem nicht mehr gespielt. Aber ich habe einen YouTube Kanal, der mit Kink nichts zu tun hat, auf dem ich verschiedene Trainingsroutinen und Work-outs poste und der hat mittlerweile eine ziemlich große Anzahl Follower. Ich könnte davon ein paar Fans haben.

Matthew wendet sich mir zu, schaut über seine Schulter, stellt sicher, wo sich die immer noch hoffnungsvolle Angestellte befindet, bevor er mir in die Augen blickt. Er hebt sein Kinn. Zieht seine Schultern zurück. Ein Lächeln formt sich auf meinen Lippen. Ich bin von seiner Tapferkeit beeindruckt und wie die Haselnussfarbe seiner Augen sich im Licht des breiten Fensters an der Vorderseite des Ladens verändert.

„Jetzt da ich mich erklärt habe, bin ich neugierig …"

„Ja?"

„Was hast du dir erhofft, als du dich für die Auktion zur Verfügung gestellt hast?"

Die Wahrheit – dass ich gehofft hatte, mein Eröffnungsgebot wäre so hoch, dass niemand auf mich bieten würde – möchte ich nicht teilen. Ich denke, das würde seine Gefühle verletzen und schlimmer, er würde denken, dass ich nicht mit ihm hier sein möchte. Er würde die ganze Sache abblasen. Ich möchte nicht, dass er das tut. Denn ganz egal, wie zögerlich ich zu Anfang war, jetzt bin ich ganz dabei.

In diesem Moment knurrt Matthews Magen und meiner sieht das als sein Stichwort, dasselbe zu tun.

Ich nehme seinen Arm und führe ihn zurück zum Eingang der Galerie. „Komm. Ich erzähle dir gerne von meinen Gründen, mich für die Auktion anzubieten, aber wie wäre es, wenn wir das beim Mittagessen machen?"

Irgendwie ist der Morgen nur so verflogen und wir sehen uns mit ein Uhr konfrontiert. Keiner von uns hat seit dem Frühstück etwas gegessen und unsere Getränke bei Caffeine Dream waren nicht füllend.

„Na gut. Zeig mir den Weg", sagt er erneut und ich liebe es, wie er mich die Kontrolle übernehmen lässt. Es ist makellos, als wäre er trainiert worden, sich zu unterwerfen und doch ist es einfach nur natürlich. Leicht.

Als ich ihn auf den Gehweg führe, folgt er ohne den geringsten Widerstand und als ich auf ein Restaurant deute – mein Lieblingsrestaurant für bodenständiges Südstaatenessen – nickt er und stellt keine Fragen, vertraut mir. Himmel, ich möchte ihn an mich ziehen, seinen Hintern drücken und ihm sagen, wie unglaublich gut er ist, aber so weit sind wir noch nicht. Wir müssen immer noch einiges finalisieren.

Nachdem wir bestellt haben und die Kellnerin uns im hinteren Teil des Restaurants in der Nähe des großen Fensters allein gelassen hat, komme ich zurück auf seine Frage in der Galerie. Matthew scheint nicht überrascht zu sein, dass ich mich erinnere oder sich Sorgen zu machen, dass ich mein Wort nicht halten würde, dass ich mich ihm erklären würde. Er zaust seine Haare, lehnt sich auf seinem Stuhl zurück und mustert mich, während ich rede, seine

Augen saugen mich ein, als wäre er durstig und ich frischer Regen.

„Obwohl wir beide nur eine gemeinsame Nacht planen, kann jede Daddy/Boy-Session eine sehr intime Sache sein." Ich strecke die Hand aus und nehme seine, liebe, mit welcher Selbstverständlichkeit er sie mir gibt. Für einen frisch geouteten schwulen Mann ist das bemerkenswert. „Tatsächlich *sollte* sie sehr intim sein, denn worin läge sonst der Sinn?"

Matthew nickt.

„Also, nachdem mein letzter Boy, Brandon, gegangen ist, um ein neues Leben zu beginnen-" *Und eine neue Liebe*, erinnert mein hasserfülltes Hirn mich hilfreich. „- habe ich etwas Abstand von Kink und Daddy/boy-Spielen gebraucht, um diese Beziehung zu verdauen."

„Hat er dich verletzt?", fragt Matthew. „Als er gegangen ist?"

„Ich kann nicht sagen, dass ich nicht wusste, dass es kommen würde."

Aber ich hatte es nicht gewusst. Nicht so, wie ich das hätte tun sollen. Ich hatte Brandon an diesem Punkt so sehr und so blind geliebt, dass ich mir vorgestellt hatte, er könnte derjenige sein, der nicht geht.

Aber Boys gehen immer. Das sollten sie. Es ist die Aufgabe eines Daddys, sie aufzubauen.

Das werde ich Matthew aber nicht erzählen. Er muss meine verletzlichen Seiten nicht sehen. Ich bin hier der Daddy. Es ist meine Pflicht, *seine* Verletzlichkeiten und Unsicherheiten zu tragen, meine Aufgabe, ihn in Richtung Unabhängigkeit zu rügen und zu locken. Das erzähle ich ihm. „Boys sollen ihre Daddys verlassen. Sie werden erwachsen und gehen."

„Stimmt. Aber ich bin schon erwachsen", meint er.

„Nicht auf diese Art. Nicht, wenn es darum geht, ein schwuler Mann zu sein."

Er nickt.

„Nachdem Brandon mich verlassen hat, sobald ich bereit war, wieder in den Sattel zu steigen-"

„Was das Daddy/boy-Spiel angeht", unterbricht er mich. „Nicht Beziehungen, oder?"

„Stimmt. Ich suche nicht nach etwas Ernstem. Ich hatte entschieden, dass die Wohltätigkeitsauktion eine gute Möglichkeit wäre, meine Zehen wieder in die Kink-Community zu stecken."

„Nur deine Zehen?", fragt er ein wenig frech und ich sollte ihn ebenfalls aufziehen, aber das tue ich nicht.

„Ich muss sehen, ob ich immer noch jemandes Daddy sein möchte oder ob Brandon hinter mir zu lassen bedeutet, dass ich auch das hinter mir lasse."

Meine letzten Worte überraschen mich. Ich hatte nicht einmal gewusst, dass ich so empfinde, aber sobald sie ausgesprochen sind, sehe ich die Wahrheit in ihnen und ich kann an der nach unten gerichteten, mitfühlenden Bewegung von Matthews ausgeprägten Brauen sehen, wie sehr Brandon mich verletzt hat, als er gegangen ist.

„Du hattest also Zweifel, ob du für jemand anderen ein Daddy sein möchtest?", fragt er.

Ich mache eine Pause, als die Kellnerin mit unserer Bestellung, bestehend aus Brötchen, Soße, Würsten und Süßkartoffelpommes, kommt. Sobald sie weg ist, mache ich dort weiter, wo ich aufgehört habe, die Worte sind mir gekommen, als sie unsere Teller abgestellt und gefragt hat, ob wir Strohhalme brauchen.

„Ich habe nicht gezweifelt, ob die Dynamik mich immer noch heißmacht. Das tut sie. Aber nach drei ernsten und intensiven Daddy/boy-Beziehungen, bin ich mir nicht sicher, ob ich damit wieder anfangen möchte. Ich habe mich gefragt, ob ich, anstelle der Vollzeit-Intensität, die ich in der Vergangenheit mit Boys hatte, es vielleicht genießen kann, wenn es etwas lockerer ist." Ich steche meine Gabel in die Wurst und tauche sie in die Soße, bevor ich hinzufüge: „Um ehrlich zu sein, ich glaube nicht, dass ich es noch einmal durchmachen möchte, wenn ein Boy mich verlässt. Es ist zu hart, auch wenn es das ist, worauf ich sie vorbereite."

So viel dazu, meine Verletzlichkeiten nicht zu zeigen, so viel dazu, der starke, feste Daddy für diesen Mann zu sein, der neu im Kink ist.

Aber Matthew zuckt nicht einmal zusammen. Er nimmt seine Gabel, sticht in ein Stück mit Soße getränktes Brötchen und sagt, nachdem er geschluckt hat: „Du denkst, dass unverbindlicher Kink mit einem Boy wie mir es dir ermöglicht, beides zu bekommen. All die Freude der Dynamik, aber nichts vom Schmerz einer echten Beziehung."

„Das klingt zu gut, um wahr zu sein. Aber es wäre schön, wenn es so funktionieren würde."

Wird es nicht.

Ich werde einen weiteren Boy für längere Zeit finden wollen und ihn stark machen und dann, eines Tages, wird er gehen wollen. Das tun sie immer. Das *sollten* sie!

Und ich werde wieder leiden.

Das ist der Kreislauf, weil ich gut in meiner Rolle bin und ganz egal, wie oberflächlich es klingt, ich bevorzuge sie jung. Und junge Männer wollen nicht mit ihrem ersten Daddy sesshaft werden. Sie wollen hinausgehen und die Welt erkunden, frei sein, Fehler machen und zur Hölle, vielleicht sogar eines Tages selbst der Daddy sein.

Das ist es, was ich weiß und trotz meines losen Mundwerks, werde ich Matthew das *nicht* sagen.

Sogar wenn wir gut zusammenpassen – und das tun wir – und sogar, wenn unsere eine gemeinsame Nacht fantastisch ist und sogar, wenn wir ein paar weitere Nächte aushandeln, einfach weil wir es können, werden wir unter keinen Umständen die Daddy/boy-Beziehung haben, nach der ich mich sehne.

Er wohnt in Nashville.

Er ist mittleren Alters.

Er hat sein eigenes Leben und es gibt keinen Grund anzunehmen, dass er es verlassen möchte.

Ich brauche einen Boy, der bei mir wohnt – um den ich mich kümmern, den ich füttern und kleiden und schimpfen und ficken kann.

Nein, Matthew ist für eine Nacht. Für eine Wohltätigkeitsauktion. Vielleicht kommen noch ein paar Treffen danach dazu, wenn es für uns beide heiß genug ist. Aber dann wird es vorbei sein. Er wird weiterziehen und hoffentlich aus dieser Erfahrung ein paar gute Erinnerungen mitnehmen, erhöhten Respekt für sich selbst und die Bereitschaft, zu beginnen, sich gesunde Beziehungen mit Männern in seiner Nähe zu suchen.

„Ich hoffe, das funktioniert für dich", bemerkt Matthew, aber er klingt so zweifelnd, wie ich mich fühle. Was nicht großartig ist. Er muss glauben, dass ich für ihn da sein kann und er muss all meine verschorften inneren Wunden vergessen. Ich hätte sie ihm niemals zeigen dürfen.

„Wir wollen uns nicht darauf fokussieren."

„Richtig. Wir sollten über die Einzelheiten unserer Nacht reden, oder?"

Das Licht von den Fenstern glitzert auf den weißen Strähnen in seinen Haaren und leuchtet vor den dunkleren. Seine Augen haben einen Grünstich und ich stelle fest, dass es mich freut, dass er zusätzliche Zeit und Fürsorge braucht. Ich will diesen Tag nicht überhasten. Es gefällt mir, meine Zeit mit Matthew in die Länge zu ziehen. Wenn wir die Einzelheiten festlegen und alles zu einem Ende bringen, dann habe ich nichts anderes zu tun, als zurück in mein gemietetes Haus zu gehen und mich dort der Einsamkeit zu stellen, die ich fühle, seit Brandon gegangen ist. Matthew ist so viel interessanter als das.

Ich werfe einen Blick auf mein Handy, um zu sehen wie spät es ist, und meine dann: „Der Nachmittag ist noch jung. Ich würde gerne mehr Zeit mit dir verbringen, wenn du das auch so empfindest."

Matthews Augen leuchten vor Freude auf. Er senkt seine Wimpern, aber seine Lippen heben sich, beinahe, als ob er versucht, nicht zu zeigen, wie glücklich er ist, dass ich noch nicht bereit bin, ihn wegzuschicken. „Ich habe Zeit." Er schaut auf den Bildschirm seines Handys und scheint einen Moment nachzudenken, bevor er meinem Blick begegnet. „Tatsächlich kann ich zum Abendessen bleiben, wenn du möchtest. Ich zahle."

„Nein", sage ich streng.

Er zuckt zusammen und mir wird klar, dass ich nicht eindeutig genug war.

Notiz an mich selbst: Matthew braucht absolute Klarheit.

„Ich werde zahlen. Du bist der Boy in diesem Dezember-Daddy-Erlebnis. Vergiss das nicht."

„Oh. Nun, ich habe dich gewonnen und du warst nicht billig."

Ich lache. „Nein, war ich nicht. Aber wenn du mit deinem Daddy unterwegs bist, bezahlt er immer. Verstanden?"

„Ja." Ich kann in seinen Augen sehen, dass er „Ja, Daddy", sagen möchte, es aber zurückhält.

Zufrieden füge ich hinzu: „Abendessen klingt wunderbar. Bis dahin wollen wir einfach nur Spaß haben. Es braucht so viel mehr für ein gutes gemeinsames Erlebnis als nur festzulegen, wessen Schwanz wohin und wann und wie oft geht."

Matthew errötet erneut und es scheint jedes Mal, wenn er es tut, hübscher und anziehender zu werden. „Ich muss zugeben, dass ich an der Antwort auf diese Fragen ziemlich interessiert bin."

Ich räuspere mich. Mein Schwanz ist ebenfalls interessiert, aber wenn wir diese Einzelheiten klären, wird unsere Entschuldigung, weiter Zeit miteinander zu verbringen, hinfällig sein. „Ich bin auch entschlossen herauszufinden, welche Pralinen du am liebsten magst."

Matthew lacht, ein Ausdruck des Erstaunens huscht über sein Gesicht. „Warum?"

„Damit ich deinen Strumpf besser füllen kann", sage ich mit so viel Doppeldeutigkeit, wie ich kann.

Er lacht erneut und kaut eine weitere Gabel mit Brötchen und Soße, während er gegen ein Lächeln kämpft, das er nicht unterdrücken kann.

„Aber im Ernst, es gibt hier in der Nähe zwei wunderbare Süßwarenläden. Ich bin neugierig, was du magst. Für den Strumpf."

Matthew stimmt mir zu, dass Schokoladenpralinen eine gute Nachspeise abgeben würden.

Zufrieden lehne ich mich auf meinem Stuhl zurück und nachdem wir fertig gegessen haben, zahle ich und wir treten hinaus auf die Wall Street, machen uns auf den Weg zu Chocolate Fetish, wobei Matthew neugierig vor vielen der für die Feiertage geschmückten Läden stehen bleibt. Ein Geruch von Pfefferminz weht auf den Gehweg, gemischt mit dem Glockenläuten eines Santa Claus, der für einen wohltätigen Zweck sammelt, während ich ihn in jeden der Läden führe.

„Schaufensterbummeln ist für Leute mit schwachem Willen", ziehe ich ihn auf. „Die wahre Prüfung ist es, hineinzugehen und wieder zu gehen, ohne etwas zu kaufen."

Als wir Laden um Laden betreten, behalte ich genau im Auge, was Matthews Aufmerksamkeit fesselt. Ich bemerke, welche Kleidungsstücke er für längere Zeit mustert und welche Düfte er bei den Kerzen, selbst gemachten Seifen und Räucherstäbchen immer wieder beschnuppert. Diese Informationen werden praktisch sein, wenn ich ihm später seine Geschenke kaufe, die ich ihm unter den Baum legen werde.

In Chocolate Fetish merke ich mir, zwischen welchen Pralinen er Mühe hat, sich zu entscheiden, als er mir seine Lieblingsschokoladen zeigt. Ich kaufe ein halbes Dutzend als Nachspeise für ihn. Als wir den Laden verlassen haben, suchen wir uns eine Bank in der Nähe und öffnen die Schachtel. So viel zu Willensstärke. Ich bin verzaubert, als er von einer der Pralinen abbeißt und bei dem Geschmack stöhnt, bevor er sie mir hinhält.

„Möchtest du kosten?"

Ich lecke meine Lippen, beuge mich vor und nehme einen vorsichtigen Bissen von der schokoladigen, cremigen, nach Orangen schmeckenden Leckerei. „Mm."

„Ja?"

Ich nicke.

Matthew nimmt einen weiteren Bissen und hält mir den Rest an die Lippen, schiebt ihn hinein, als ich den Mund öffne. Der Schokoladen-Orangen-Geschmack füllt meinen Mund und Zuneigung erfüllt mein Herz, als ich sehe, wie er meine Reaktion beobachtet. Seine Nase ist rot von der Kälte und seine Lippen sind rosig, weil er ständig auf seiner Unterlippe herumkaut. Und als ich ihn anlächle, ganz schokoladig und verschmiert, grinst er zurück. Dieses Grübchen. Es macht mich fertig.

Ich beuge mich beinahe vor und reibe meine Nase an seiner Wange. Aber das tue ich nicht.

Er packt den Rest der Pralinen in seine Tasche, steht auf und öffnet die oberen Knöpfe seines langen Wollmantels. Dann streckt er seine Hand aus, steht einfach da, während ich seine kalten Finger halte.

„Lass uns gehen", sage ich und erhebe mich ebenfalls.

Matthew lässt meine Hand nicht los, als ich ihn über die Straße zu Page Turner führe, einem Buchladen, den ich immer geliebt habe. Die Atmosphäre ist warm und einladend und der Eigentümer, Charlie Page, kennt mich von meinen regelmäßigen Besuchen.

An Weihnachten ist der Laden immer mit künstlichem Grünzeug und roten und goldenen Bändern dekoriert und der Geruch von Pfefferminze und Kiefer erfüllt die Luft. Ich bin mir sicher, dass er von einem Lufterfrischer oder einem Duft-Diffusor kommt, aber er versetzt mich auf der Stelle zurück in meine Kindheit und bringt die guten Erinnerungen zurück, die Mom und ich damals geschaffen haben. Der einzig negative Punkt ist, dass ich den Geruch von Taschenbüchern liebe, und der Weihnachtsduft übertönt das.

Page Turner ist ein einzigartiger Laden, der einem einzigartigen Mann gehört. Charlie ist in der Stadt eine feste Größe, mit einem Kopf voller wilder Locken und dem festen Glauben, dass er übersinnlich begabt ist. Während der Weihnachtszeit bietet er Sonnenwende-Tarot-Lesungen an und veranstaltet Séancen für die Geister der vergangenen, gegenwärtigen und zukünftigen Weihnacht. Der Laden selbst hat seinen Fokus auf bestimmte Genres gelegt – alle Arten von Romanzen, Sci-Fi und Fantasy. Da ich ein Fan von Sci-Fi bin, ist es mein Lieblingsladen in der Stadt. Es gibt im hinteren Teil auch eine Abteilung für Gedichte.

„Ah, ich habe es beim letzten Mal, als ich hier war, verpasst, in diesen Laden zu gehen. Ich glaube, ich war zu begierig, in die Galerien weiter die Straße entlang zu kommen." Es ist warm im Page Turner und Matthew zieht seinen Mantel aus, zeigt erneut sein grünes Hemd und diesen interessanten Hauch Haare an seinem Kragen. „Es ist schön." In der Luft schnüffelnd, legt Matthew sich seinen Mantel über den Unterarm und hält ihn vor seinem Körper. Seine Augen leuchten auf. „Und riecht auch großartig."

Ich ziehe mir meine Lederjacke ebenfalls aus, halte sie ähnlich und bedeute ihm, tiefer in den Laden zu gehen. „Komm."

Matthew und ich wandern gemeinsam zwischen die Regale voller Bücher. Es sind ziemlich viele Leute im Laden, schlendern herum, suchen nach Weihnachtsgeschenken und ich bin enttäuscht, dass Charlie damit beschäftigt ist, ihnen zu helfen. Er ist immer für ein angenehmes Gespräch zu haben und ich denke, Matthew würde ihn wahnsinnig lustig finden. Stattdessen führe ich ihn nach hinten in die geheime Gedicht-Abteilung. Dort ist nicht viel los.

In jedem anderen Laden habe ich Matthew die Führung überlassen, sobald wir eingetreten waren, um seine Präferenzen kennenzulernen, aber hier möchte ich ihm ein paar von meinen zeigen.

„Gedichte", sagt Matthew, streicht mit seinen Fingern über die Buchrücken vor ihm. „Bist du ein Fan?"

„Bin ich. Und du?"

„Ich bin kein Anti-Fan, aber ich würde sie auch nicht als meine erste Wahl bezeichnen."

Ich fange an, mich durch die Bände zu arbeiten, Charlie ist gut darin, neue Stimmen in die Sammlung aufzunehmen. „Ah."

„Aber ich kenne eine Menge Gedichte. Ich war auf einer privaten High School für freie Künste."

„Irgendwelche Lieblingsautoren?"

„Nicht wirklich. Ich habe einen Band zu Hause – eine Sammlung Liebesgedichte, die mein Vater meiner Mutter bei ihrem dritten Date geschenkt hat. Er wusste ziemlich sofort, dass er absolut verrückt nach ihr war."

„Das ist süß."

„Sie haben sich wirklich geliebt", sagt Matthew, ein liebevolles Lächeln, das von Trauer überschattet wird, huscht über sein Gesicht. Aber er schüttelt es ab. „Was ist mit dir? Wer sind deine Lieblingsdichter?"

„Michael Donaghy", sage ich, deute auf einen Band von ihm. „Imtiaz Dharker ist ebenfalls eine ziemlich einzigartige Stimme." Ich ziehe *Crush* von Richard Siken heraus. „Wahrscheinlich mein Lieblingsgedichtband."

Matthew nimmt das Buch und blättert ein paar Seiten durch.

„Da drin stehen Gedichte, die dir das Gefühl geben, als ob jemand dich geöffnet, deine Eingeweide inspiziert und sie dann niedergeschrieben hat. Ein paar von ihnen geben dir das Gefühl, dass sie danach vergessen haben, dich wieder zusammenzunähen."

Matthew lacht.

Ich will und muss immer noch so viel mehr über Matthew herausfinden, bevor wir seinen Preis einlösen können – nur kleine Dinge, etwa was er sich vorstellt, wenn er sich einen herunterholt, wie möchte er, dass unsere gemeinsame Nacht aussieht, und kann ich derjenige sein, der ihm zeigt, wozu sein Schwanz und sein Loch bestimmt sind?

Denn, verdammt, wie sehr will ich Matthew beibringen, sich der Lust hinzugeben und freudig einen Orgasmus mit einem Mann zu erleben. Das mag mich wie einen Höhlenmenschen erscheinen lassen, aber der Gedanke, dass er das noch nie gemacht hat und dass er mir vertrauen wird, ihm alles beizubringen? Das ist ein ernsthafter Ego-Trip und ich muss auch das im Auge behalten. Nichts kann eine gute Kink-Erfahrung so ruinieren wie das Ego.

Aber dennoch, wie er vorhin gesagt hat.

Aber *dennoch*.

„Was ist dein Lieblingsgedicht in dieser Sammlung?", fragt Matthew, blättert *Crush* mit einer entspannten, offenen Attitüde durch, die ich zu schätzen weiß. Wenn er willens ist, von mir etwas über Gedichte zu lernen, und willens ist, auch etwas über Sex zu lernen, dann kann ich ihm so viel mehr beibringen. Fitness, Gesundheit, Pferde, Ziegen, NASCAR und, vor allem, wie man hinfällt und wieder aufsteht.

„Mm, so viele davon sind gut. Ich kann keines wählen", sage ich. „Hier, ich kaufe es dir."

„Oh, das musst du nicht-"

„Shh." Ich halte ihn davon ab, diese Formalität des Ablehnens durchzugehen. Wir beide wissen, dass er das Buch möchte, wenn auch nur, weil es ein Geschenk von mir ist. Aber, was noch wichtiger ist: „Ich möchte das tun. Du nimmst, was Daddy dir gibt, und du weißt es zu schätzen", murmele ich, sage ihm das, weil er es noch nicht weiß.

Matthew wird still und nickt dann, reicht mir den Gedichtband. „Danke." Er schaut zu mir auf, hält meinen Blick für einen Moment und fügt hinzu: „Danke, Daddy."

Ein Schauder durchläuft ihn, als seine Augen glasig werden. Ich *weiß*, dass er jetzt hart ist, und ich bin es auch. Ich habe noch nie in meinem Leben so etwas gesehen oder gespürt. Es macht meine Boys nicht heiß, mich auf diese beiläufige, stille, beinahe das Herz stoppend süße Art und Weise Daddy zu nennen. Meine Boys sind in der Regel frecher, ziehen das Wort Daddy lang, in ein Winseln oder übertreiben es mit einem Klimpern ihrer Wimpern oder einem zuckrig-süßen Lächeln. Matthews Gebrauch des Titels ist so verdammt ernst. Es ist unglaublich. Ich möchte ihn küssen, aber …

Nein. Nicht jetzt. Nicht hier.

Wir müssen zuerst über ernste Dinge diskutieren.

Ich führe ihn zur Kasse, an der ein Teenager in Teilzeit arbeitet und kaufe das Buch für ihn. Ich schnappe mir die Tüte, trage sie für ihn, als wir auf den Gehweg treten. Der Klang von Kirchenglocken und das An- und Abschwellen von Violinen, Banjos und der Musik anderer Straßenkünstler füllt die Luft mit einer wilden Freude.

Als wir wieder in unsere Mäntel schlüpfen, fühle ich mich, als ob jemand heute für mich einen Raum geschaffen hätte. Einen Raum, der ganz aus Weihnachten und Matthew besteht und daraus, der Daddy eines erwachsenen Mannes zu sein. Es ist heiß und aufregend und ich muss zugeben, dass ich Nick danken muss, weil er mich dazu gedrängt hat, an der Auktion teilzunehmen. Mein Instinkt sagt mir, dass das hier für mich gut funktionieren wird. Alles an diesem Tag – die Luft, das Klingen der Glocken, der Augenblick – ist von so vielen Versprechungen durchdrungen.

„Lass uns reden", sage ich und führe Matthew in Richtung einer Bank auf der Wall Street. Ich liebe es, wie er mir ohne jeglichen

Widerstand folgt, meiner Führung vertraut. Es weckt in mir die Frage, ob er so bei allen Menschen ist. Ist er in der Arbeit jemand, der ausgenutzt wird? Muss er lernen, wie man Nein sagt und Grenzen setzt?

Ich mache mir eine geistige Notiz, das herauszufinden, wenn ich das zwischen jetzt und unserer gemeinsamen Nacht kann. Ich möchte unser Erlebnis so gestalten, dass es ihm das maximale Wachstumspotenzial bietet. Aber gerade im Moment liebe ich es, dass er mich die Führung übernehmen lässt. Ich mache mir nur Sorgen – würde er sich von jeder beliebigen Person so herumkommandieren lassen? Denn das kann gefährlich sein.

Allein der Gedanke, dass er von einigen der Sadisten, die ich in der Kink-Szene kennengelernt habe, „geführt" wird, lässt mich in Schweiß ausbrechen und weckt einen irrationalen Beschützerinstinkt.

Während wir auf der Bank über die Gedichte plaudern, die Matthew vor Jahren in der Schule gelesen hat, fällt mir auf, dass unsere Worte von der lauten Piano- und Gitarrenmusik übertönt werden, die an der Ecke gespielt wird. Die Zeit der Straßenkünstler ist angebrochen. Die Sonne geht unter. Ein sanftes, orangenes Glühen bescheint die Gebäude und die Weihnachtslichter auf den Straßen erwachen zum Leben. Es muss jetzt nach fünf Uhr sein. Die Sonnenwende ist in zwei Tagen und bis dahin kommt die Nacht immer früher.

Wir sitzen da und lauschen den Künstlern, Matthew bewegt seinen Kopf zum Beat und nach ein paar Minuten fängt er an, die Piano-Akkorde auf seinen Knien zu „spielen". Sein Lächeln ist entspannt und seine Lippen glänzen, weil er sie geleckt hat. Ich mache mir Sorgen, dass sie in der Kälte spröde werden. Ich greife in meine Manteltasche, ziehe einen Lippenbalsam heraus und halte ihn vor seine Nase.

Er zögert nur einen Moment, bevor er ihn annimmt, sich das

fettige Zeug auf seine vollen Lippen schmiert.

Er gibt ihn mir zurück.

Ich kann nicht aufhören, ihn anzustarren, sein Profil in mich aufzunehmen, seine Wimpern – so dunkel und auch seine Brauen – so stark und gleichzeitig fein.

„Ist alles in Ordnung?", fragt er, dreht sich zu mir, mit Farbe in den Wangen, die nicht von der Kälte kommt. Er hat meinen Blick auf sich gespürt und das bringt ihn dazu, *etwas* zu fühlen. Ich weiß nicht, ob es Erregung ist oder Sorge oder Verlegenheit. Ich entscheide mich, alle Geheimnisse zu beseitigen.

„Ich möchte dich ficken", sage ich, was direkt ist und forscher, als es das sein sollte. Ich bin der Daddy. Ich sollte das auf eine elegante Weise angehen. Aber mit jeder Minute, die verstreicht, will ich mehr und mehr in seinen heißen Körper, mir seinen jungfräulichen Arsch nehmen und ihm ins Gesicht sehen, wenn ich ganz in ihn eindringe, bei jedem Stoß seine Prostata treffe. Ich werde es immer und immer wieder tun, bis er seinen Bauch mit seiner eigenen Ladung verziert.

Was ein schmutziger und krasser Gedanke ist, um ihn laut auszusprechen, aber das tue ich dennoch, bevor ich ihn frage: „Wie viel Behaarung hast du? Überall? Oder nur an deinem Brustkorb?"

Er wird wieder röter, als es gesund sein kann, und deutet mit seiner Hand an, dass er Haare auf seinem Brustkorb, Bauch und bis hinunter zu seinem Gemächt hat. „Aber mein Rücken – zum Glück ist da beinahe nichts." Sein Atem kommt in schnellen Stößen, als er die Antwort trotz seiner Scham herausbekommt. „Auf meinen Pobacken ist ein wenig, aber nicht viel und um mein Loch herum ist es ein wenig haarig, aber ich kann mich rasieren oder-"

„Nein. Das ist perfekt."

„Ist es das?"

„Ich habe es dir schon gesagt. Ich mag einen eifrigen Boy. Es gibt tausende Möglichkeiten, sexy und physisch attraktiv zu sein.

Haare, keine Haare. Ich mag alles. Aber an dir? Da mag ich Haare.“

Er wendet seinen Blick von mir ab und hin zu den Straßenmusikern, die damit beschäftigt sind, Weihnachtsmusik in die Luft zu entlassen, die Gefühle wecken mit einer mitreißenden Interpretation von „God Rest Ye Merry Gentlemen“. Nach ein paar peinlichen Sekunden erkundigt er sich: „Äh, was ist mit dir? Wie viele Haare und wo?“

„Ich habe leichte Brustbehaarung, aber ansonsten bin ich ziemlich nackt, abgesehen von meinen Schamhaaren.“

Matthew schluckt schwer. Es ist niedlich, wie wenig er daran gewöhnt ist, solche Dinge zu diskutieren. Über Sex und Aufrisse zu verhandeln und über Präferenzen bei Körpern und ihrer Gestalt zu sprechen, ist für die meisten schwulen Männer seines Alters wie eine zweite Natur. Aber nicht für Matthew. Nein, er ist immer noch unschuldig. Ich finde das anziehender, als ich es je für möglich gehalten hätte.

„Da meine Neugierde an dieser Front befriedigt ist, lass uns übers Geschäftliche reden.“

Matthew scheint ein wenig benommen zu sein, als er verarbeitet, was ich gerade gesagt habe. „Oh, äh, ich habe Verträge“, meint er, öffnet die Tasche, die er dabeihat und holt eine Handvoll Seiten heraus, die an einem Klemmbrett befestigt sind. „Wir können sie ausfüllen, während wir uns unterhalten und dann können wir uns überlegen, was mit dem Rest ist.“

„Dem Rest von was?“

Er beißt auf seine Unterlippe, schaut mit einer Mischung aus Schüchternheit und Hoffnung in seinen Augen zu mir auf. „Ob wir heute Sex haben?“

„Heute“, wiederhole ich und mein Schwanz ist so dafür bereit. Meine Nippel werden hart, meine Eier ziehen sich zusammen und ich möchte mich auf der Bank an ihn pressen und seinen Mund küssen. „Nicht heute“, quetsche ich hervor. „Heute können wir nicht."

Doch, können wir, schreit mein Schwanz.

Doch, können wir, rufen alle meine Zellen im Chor.

Aber wir *sollten* nicht.

„Nein? Habe ich dich falsch verstanden?" Er klingt enttäuscht und peinlich berührt. Fuck.

Ich drehe mich zu ihm, lege meine Finger unter sein Kinn und zwinge seinen Blick zu meinem. Seine haselnussbraunen Augen sind weich und schimmern unsicher. Dieser Kontrast zwischen seinem Alter und seiner Erfahrung weckt in mir den Wunsch, ihn zu beschützen. „Die Antwort lautet nur ‚Nein', weil ich dich, nach allem, was du mir heute erzählt hast, über deine Vergangenheit, deine Erfahrung und warum du für mich geboten hast, nicht mit nach Hause nehmen und ficken werde, als wärest du nicht wichtig oder als wärest du irgendein Aufriss."

„Oh." Er versucht, sich mir zu entziehen, aber ich halte sein Kinn fest.

„Du bist sehr wichtig, Matthew."

„Für wen?"

„Vor allem für dich selbst." Ich sage nicht „für mich", weil ich ihn kaum kenne und es falsch klingen würde. Aber er wird schon bald einem Mann wichtig sein. Das weiß ich einfach. „Du verdienst es, dich geschätzt zu fühlen und bei deinem ersten Mal sollte nichts überhastet sein. Es sollte so sein, als hättest du alle Zeit der Welt, um alles zu fühlen, jeden einzelnen Zentimeter, verstehst du? Nächste Woche, bei unserer gemeinsamen Nacht, möchte ich, dass du mir gestattest dir zu zeigen, wie man sich öffnet und alles annimmt." Die Anspielung ist heftig, aber ich meine es auch so, darum lasse ich sie zwischen uns fallen, vulgär und begierig. Es ist alles, was wir beide gerade wollen, aber ich werde widerstehen, bis es richtig ist. „Verstanden?"

Er senkt seinen Kopf, reißt sein Kinn von meinen Fingern los.

Ich denke darüber nach, ihn zu schelten, zu verlangen, dass er mich wieder ansieht, aber ich gebe ihm eine Minute, damit er sich wieder fassen kann. Er ist verletzlich und ich muss ihm Raum geben, damit er sich in seine Rolle mit mir einfinden kann. Der Moment im Buchladen, als er mich Daddy genannt hat, hat gezeigt, wie sehr es ihn beeinflusst, aber er ist sich immer noch unsicher. Er ist wie ein neugeborenes Lamm auf wackeligen Beinen. Ein zu harter Stoß und er fällt um, wo ich ihn doch aufbauen möchte.

„In Ordnung", stimmt Matthew zu. „Also, obwohl wir einander wollen – wir wollen einander, oder?" Es scheint ihm absolut peinlich zu sein, das zu fragen, aber er will es auch unbedingt wissen. So unsicher. Ich wische das weg.

„Ich will dich." Ich nehme seine Hand, ziehe sie zu meinem Gemächt und lasse ihn die Härte dort fühlen. Er lässt ein schauderndes Seufzen hören, bevor ich seine Hand wieder weghebe.

„Und wir müssen wirklich bis zu der Nacht warten, die ich von dir gewonnen habe?"

„Ja. Das ist das Beste."

„Warum?"

Ich habe eine Tonne Entschuldigung – mein Termin mit einem Kunden morgen (Ja, ich arbeite am Sonntag, Selbst und Ständig). Mein gemietetes Haus hier in der Stadt ist voller Mitbewohner, weil wir alle es zwar nur ein paar Tage die Woche brauchen, aber doch oft zur selben Zeit. Mein eigentliches Heim ist eine lange Fahrt im Dunkeln einen verschneiten Berg hinauf und Matthew sollte diesen Weg beim ersten Mal nicht in der Nacht fahren. Außerdem wird meine Mom da sein, weil sie erst am Dienstag losfährt, um Weihnachten und Neujahr mit ihrer Schwester und meinen Cousins zu verbringen. Ich habe das Bett nicht neu bezogen …

Aber keines dieser Dinge hätte mich aufgehalten, wenn Matthew der junge Mann gewesen wäre, den ich heute Morgen im

Coffeeshop erwartet habe. Dieser junge Mann mit dem Knackarsch, den hätte ich mit in mein Zimmer im gemieteten Haus genommen, ihn in die Matratze gefickt und wenig mehr getan, als ihm zum Dank einen Schlag auf den Hintern zu geben, bevor er angezogen und wieder durch die Tür war.

Matthews erstes Mal verdient es, so viel mehr als das zu sein.

Eine Spannung hängt in der Luft, schwer von Begehren und dem Wissen, dass sie zu lösen so einfach wäre, wenn ich sage, *„Lass uns jetzt zu mir gehen."* Ich beiße mir auf die Zunge.

Sein Gesichtsausdruck verändert sich, als eindeutiges Verstehen sich breitmacht. Ich werde nicht anbieten, ihn heute Abend zu ficken, ganz egal, wie sehr er das möchte. Ganz egal, wie sehr *ich* das möchte.

„Ja", stimmt er zu. „Daddy weiß es am besten." Er wirft mir erneut einen heißen Blick unter seinen Wimpern zu und dieses Mal klingt seine Stimme ein wenig neckend. Er ist nicht ganz so ernst und respektvoll wie im Buchladen.

„Ich *weiß* es am besten."

Matthews schelmisches Lächeln wird weich. „Danke, Daddy."

Gottverdammt, so wie er das sagt, ist es wie ein Blitz in meine Eingeweide, der in meine Eier schießt und mich so verdammt hart macht, dass ich Probleme habe, mich an meine Entscheidung zu halten, ihn nicht auf der Stelle mit nach Hause zu nehmen. Aber ich bin entschlossen, sein erstes Mal zu etwas Besonderem für ihn zu machen. Damit es in Erinnerung bleibt. Damit es etwas ist, dass er niemals bedauert oder darauf zurückblickt und sich billig fühlt.

Auch wenn er dafür bezahlt hat.

Ich möchte nicht, dass er je das Gefühl hat, es wäre etwas, wofür er bezahlen *musste*. Ich möchte, dass er versteht, dass die Nacht, die wir zusammen verbringen werden, etwas ist, das er verdient. Weil es die Pflicht eines Daddys ist, seinem Boy beizubringen, sich selbst zu lieben. Mit einem Mann nach Hause zu gehen, den er gerade kennengelernt hat, damit dieser Mann seine kostbare Jungfräulichkeit nimmt – ein soziales Konstrukt, ganz gewiss, aber wen kümmert das schon? – ohne jeglichen Vorlauf oder eine Zeremonie oder Zeit für Wertschätzung ist nicht die beste Art, sich selbst zu lieben. Matthew verdient Besseres. Jeder Boy jeden Alters tut das.

Nicht, dass Matthew sich bei unverbindlichem Sex nicht lieben kann, sobald er gelernt hat, ihn auf eine Weise zu haben, die für ihn nicht demütigend ist. Natürlich kann er das. Und doch möchte ich nicht, dass er es tut. Ich möchte, dass er lernt, angebetet zu werden, genau wie er sich erbeten hat und das bedeutet, dass er nur Männern, die ihn sehen können – ihn *wirklich* sehen können – gestattet, ihn zu berühren, in ihn einzudringen, ihm Lust zu bescheren.

Das ist eine alberne Art zu denken und anders als alles, was ich je über jemanden gedacht habe, abgesehen von Brandon. Sogar bei den anderen beiden Boys hat mir der Gedanke, dass Duncan oder Garrett mit anderen Männern schlafen, nie etwas ausgemacht, solange sie unsere Regeln über das Benutzen von Kondomen und Diskretion nicht gebrochen haben. Aber da ist etwas in Matthews Augen, sein dringendes Bedürfnis, geführt zu werden, das in mir einen stärkeren Beschützerinstinkt weckt, als ich ihn je für jemanden empfunden habe, inklusive Brandon.

Ich möchte, dass Matthew sicher ist. Ich möchte, dass er immer so beiläufig unterwürfig ist wie jetzt, ahnungslos in seinem Vertrauen. Ich möchte, dass seine Naivität intakt bleibt. Ich hoffe, ich kann helfen, ihm zu zeigen, wie er auf so wunderschöne, natürliche Art und Weise mit einem Mann zusammen sein kann, dass er sich nicht aus Verzweiflung mit weniger zufriedengibt.

„Steck das für den Moment wieder ein und lass uns gehen“, sage ich, stehe auf und greife nach seiner Hand.

Matthew steckt das Klemmbrett wieder in seine Tasche und nimmt meine Hand mit derselben Bereitschaft, sich führen zu lassen, wie er sie den ganzen Tag gezeigt hat. Ich verdiene das noch nicht von ihm, aber es macht mich froh. Es verstärkt auch meine Entschlossenheit, ihm zu beweisen, dass sein Vertrauen in mich nicht unbegründet ist, auch wenn es unverdient ist. Aber das macht mich auch unruhig. Nicht jeder Mann wird sich um ihn kümmern wollen, wie ich es tue. Einige Männer werden ihn benutzen wollen. Ihm das Gefühl geben, dass er alt und wertlos ist. Ihn zum Spaß demütigen.

Bei dem Gedanken dreht sich mir der Magen um.

Ich habe solche Männer schon kennengelernt. Ich muss Matthew beibringen, wie er sie meiden kann. Aber ich habe nur heute Nacht, um es ihm beizubringen – nun, und die Nacht, die er ersteigert hat. Das ist kaum genügend Zeit, ihm zu zeigen, wie er meinen Schwanz aufnehmen und einen Blowjob annehmen kann oder wie er zu Füßen seines Daddys knien und darauf warten soll, als guter Boy belohnt zu werden.

Wie kann das genügend Zeit sein, ihm beizubringen, dass seine eifrige Unterwerfung wunderschön ist, aber nicht so freizügig jedem gegeben werden sollte?

Meine Gedanken wirbeln herum. Die Verantwortung, Matthew so anzunehmen, ist enorm. Ich habe sie akzeptiert, und doch … Ist sie größer als der Behälter, in den sie passen soll? Ich denke, dem könnte so sein. Eine Nacht kann nicht alles beinhalten, was er lernen muss.

Matthew folgt mir durch die Stadt und wenn ich ihn jetzt zu meinem Auto bringen und mit ihm den Berg hinauf zu meinem Heim fahren würde, würde er nicht protestieren oder auch nur ein Wort sagen. Zur Hölle, ich bin mir nicht sicher, ob er überhaupt darauf bestehen würde, vor Montag zu seinem Auto zurückgebracht zu werden, wenn er wieder in die Arbeit muss. Ich spüre, dass sein Bedürfnis, sich zu unterwerfen, so stark ist und mein Drang, es ihn tun zu lassen, ist genauso mächtig.

Das ist alles so berauschend und verführerisch, aber es ist auch ein großes Gefühl, das Richtige für ihn zu tun und zu wissen, dass *ich* mich darum kümmern werde zu entscheiden, wie er zum ersten Mal körperliche Lust erfährt. *Ich.*

Das ist überwältigend, zu wissen, dass er mich helfen lassen wird, diesen kritischen Moment für ihn zu definieren und dass seine Unterwerfung das genaue Gegenteil jener Unterwerfung ist, die er diesen Männern angeboten hat, die seinen Mund gefickt und ihm nichts dafür gegeben haben. Es wird die Unterwerfung eines Boys für seinen Daddy sein. Es wird das *Vertrauen* sein, dass Daddy es für ihn gut machen wird.

Was für ein verdammtes Vergnügen. Heilige Scheiße. Ich werde Nick zwei Drinks spendieren müssen.

Oder zehn.

KAPITEL FÜNF

Matthew

DIE WEIHNACHTSLICHTER GLITZERN und blinken an den Gebäuden um uns herum wie ein fröhlicher Themenpark. Asheville breitet sich unter uns aus vor unserem Platz an einem hohen Tisch bei den breiten Fenstern der Dach-Bar dieses Hotels. Ich nippe an dem Drink, den Erik für mich bestellt hat, ohne mich zu fragen.

Es ist ein Mocktail – kein Alkohol während des Erlebnisses ist schließlich eine von Eriks Regeln und er macht sich nicht die Mühe, sie zu erklären, macht einfach weiter, als wäre es gegeben, dass ich den Drink mag. Und er irrt sich nicht. Ich liebe die Mischung aus Muskat, Zimt und Ingwer – wie Weihnachten in einem Glas.

Ich sitze geduldig da, während er an seinem eigenen Mocktail nippt und mich beobachtet, als wäre ich ein seltener Vogel, den er fangen möchte, bei dem er sich aber auch sicher ist, dass er wegfliegen wird, wenn er sich zu schnell bewegt. Ich möchte ihm versichern, dass ich nirgendwohin gehen werde, aber ein Teil von mir denkt, dass er an der Jagd interessiert ist. Er möchte mich fangen. Mich für sich beanspruchen und markieren. Mich dann wieder in die Freiheit entlassen.

Das ist für mich in Ordnung. Ich werde der seltene Vogel für ihn sein. Ich werde ihn denken lassen, dass ich etwas Besonderes bin.

Es fühlt sich gut an, dass jemand mich so ansieht, wie er das tut.

Es reicht aus, dass ich mich frage, ob der Drink wirklich alkoholfrei ist. Ich fühle mich, als würde ich mich drehen, als wäre mir schwindlig und als würde ich schweben, alles gleichzeitig.

„Schmeckt er dir?", fragt er, nachdem er mich ein paar Minuten lang schweigend gemustert hat.

Ich gebe vor, die Weihnachtslichter zu genießen, während ich in Wirklichkeit seine Aufmerksamkeit in mich einsauge, das Gefühl seines Interesses für später horte, wenn ich allein mit meinen Gedanken und Fantasien sein kann. Ich hebe den Drink und wir stoßen an. „Das tut er", sage ich, nachdem ich einen weiteren Schluck genommen habe. „Er ist köstlich."

Er nickt, als ob er das bereits gewusst hat und ich nehme an, dem ist so. Ich frage mich, wie viele andere Boys oder Männer er in diese Bar gebracht hat. Hat er den Letzten mitgenommen? Brandon? Der, der ihm das Herz gebrochen hat? Oder ist das der Ort, an den er normalerweise mit Aufrissen geht? Ich weiß, dass ihm die Speisekarte der Bar vertraut ist. Er hat sie nicht einmal angesehen.

„Es tut mir leid, wenn du denkst, dass es grausam ist, dich hierherzubringen", meint er mit einem schelmischen Lächeln, das meinen Magen dazu bringt, einen Rückwärtssalto zu machen. Er gestikuliert. „Sie haben hier einen hervorragenden Barkeeper. Er macht die besten Mocktails der Stadt."

Ich schaue mich um, sehe die glänzenden Tische, die polierte Bar aus Holz und die funkelnde Weihnachtsdekoration, alles in Gold und Silber, sehr vornehm und teuer. Die Hotelzimmer in den Stockwerken unter uns können diese Zurschaustellung von Reichtum und Luxus nur ebenfalls wiedergeben. Zu dumm, dass ich heute Abend keines davon sehen werde.

Ich lache über seinen Kommentar, weil er zutreffend ist. Meine Augen müssen wie Weihnachtsbäume aufgeleuchtet haben, wegen der Hoffnung, die mich ergriffen hatte, als er mich in die Lobby des Hotels geführt hatte.

Erik hatte einen Blick auf mich geworfen, meine Finger gedrückt und lachend gemeint: „Tut mir leid, Junge. Ich lade dich in die Bar ein, nicht ins Bett."

Um ehrlich zu sein, bin ich mir nicht sicher, was mir besser gefällt, dass er mich „Junge" genannt hat, als wäre ich jünger als er – als wäre ich wirklich sein Boy – oder der Klang seines Lachens, das rau ist, wie Sandpapier und Honig und dafür sorgt, dass mein Magen komische Sachen macht.

„Grausames Aufziehen ist mir recht, solange Daddy es hinterher wiedergutmacht", sage ich und schaudere erneut, als ich ihn laut so nenne.

Eriks eigene Reaktion auf das Wort ist ebenfalls nicht zu vernachlässigen. Er schluckt und blinzelt sehr schnell, als ob er versucht, seine Aufmerksamkeit von dort zurückzuholen, wo das Wort seine Gedanken hingeschickt hat.

„Leg den Vertrag, den du mitgebracht hast, auf den Tisch. Wir schauen ihn uns jetzt an und sehen, ob ich ihn für angebracht halte", sagt Erik. Sein Ton klingt mürrisch, aber das Funkeln in seinen Augen ist heiß und ich weiß, dass er mich will. Was für ein schockierendes, seltsames Gefühl. Wie elektrisierend. Ich kann es beinahe nicht glauben.

„Ja, Daddy", murmele ich und werde erneut mit einer sofortigen Reaktion von ihm belohnt: erweiterte Pupillen, ein Stottern seines Atems.

Ich hatte nicht gewusst, wie mächtig *ich* mich bei dieser Daddy/boy-Dynamik fühlen würde, noch war mir der Effekt bewusst gewesen, den ich vielleicht bei einem Mann hervorrufen würde, dessen Kink zu dem passte, den ich zu erkunden versuchte. Aber jedes Mal, wenn ich ihn Daddy nenne, bin ich halb davon überzeugt, dass Erik mich packen, auf die Toilette oder an einen anderen privaten Ort zerren und auf der Stelle ficken wird.

Das Hotel ist unglaublich vornehm. Ich denke nicht, dass die

Leitung es gut finden würde, wenn er mich auf der Toilette der Bar oder in dem Alkoven in der Nähe der Snackautomaten in einem der Flure ficken würde. Oder im Treppenhaus zwischen den Stockwerken.

Mir würde es aber gefallen.

Glaube ich?

… Vielleicht nicht.

Um ehrlich zu sein, hat Erik recht. Wenn ich zulasse, dass er das mit mir macht, ist das nicht viel anders als diese Männer, die mein Gesicht gefickt haben. Es ist nicht so, wie mein erster Orgasmus mit einem anderen Mann ablaufen sollte. Noch wichtiger, mein Daddy möchte nicht, dass sein Boy sich so fühlt.

Das, mehr als alles andere, weckt in mir den Wunsch, Erik alles diktieren zu lassen, wie ich mich ihm hingebe. Ja, ich werde die Nacht, die ich mit Erik ersteigert habe, zu meinem Vorteil nutzen. Ich werde das volle Daddy/boy-Weihnachtserlebnis ausprobieren und mir von ihm zeigen lassen, wie ein Mann einen anderen schätzen kann. Den Baum mit ihm schmücken, Geschenke aufmachen, ein kuscheliger Abend vor dem Feuer? Das ist nur ein herzerwärmender, erinnerungsträchtiger Bonus.

Heute mit Erik – obwohl wir uns gerade erst kennengelernt haben – habe ich mich zum ersten Mal auf romantische Weise geschätzt gefühlt. Vielleicht sogar geliebt. Es mag eine gekaufte und bezahlte Art von „Liebe" sein und es mag sein, dass Erik seine „Zuneigung" für einen wohltätigen Zweck verkauft hat, aber so nah bin ich dieser Art von Zärtlichkeit noch nie gekommen.

Ich weiß, dass es nicht real ist, nicht wie die Art Liebe, die Menschen dazu bringt, zu heiraten, aber es ist eine Liebe von Mann zu Mann. Sie ist menschlich und fürsorglich. Es ist genug für mich.

Oder vielleicht, wenn ich ehrlich bin, ist sie ein Anfang.

„Möchtest du noch einen?", fragt Erik, deutet mit dem Kinn auf mein beinahe leeres Glas, das neben dem kleinen Stapel Papiere steht, den ich zwischen uns geschoben habe.

„Nein, danke, Daddy.“

„Bist du dir sicher? Alles, was du möchtest, mein süßer Boy“, sagt Erik.

Ich schaudere erneut, wie in Page Turner und er lächelt mich an. „Warum fühlt es sich so gut an, wenn du mich Boy nennst?“, frage ich unsicher, will es aber wissen.

Eriks Lächeln ist sanft und seine Augen sind so warm und freundlich. Ich möchte in sie hineinschmelzen und von seinen starken Armen gehalten werden. Es ist ein wilder Drang, den ich nicht erklären kann, aber er versteht. „Weil du ein Boy in Gegenwart eines Daddys bist. Es fühlt sich gut an, weil es richtig ist. Wenn du auf diese Weise mit mir zusammen bist, als Boy, scheinst du sehr leicht in diesen geistigen Zustand zu fallen, der sich wie Erleichterung anfühlt, wie ein Zuhause.“

„Ja“, stimme ich ihm zu. Wenn „Zuhause“ Erregung ist und „Erleichterung“ das Versprechen auf einen Orgasmus und danach liebevoll gehalten zu werden, dann Ja. Aber das ist kein Zuhause, das ich je gekannt habe. Ich nehme an, es ist das Zuhause, über das Daddy Erik mir alles beibringen wird, damit ich es irgendwann mit jemand anderem finden kann. Fuck, ich kann es nicht erwarten. Ich möchte, dass er es mir heute Nacht zeigt.

Jetzt.

Vorhin, im rückwärtigen Teil des vollen Buchladens, als er mit seinen Fingern über die Rücken der Gedichtbände gestrichen hat, habe ich mir vorgestellt, wie er mich gegen die Regale drückt, sein harter, großer Körper sich an meinem reibt, während er meine Hose aufmacht und meinen Schwanz herausholt, weil er mir Lust bereiten möchte. Bei seinem Befehl wäre ich gekommen –

„Matthew?“, fragt Erik in einem Ton, der mich denken lässt, dass ich eine Frage nicht beantwortet habe.

„Entschuldige, was?“

„Wirst du Schwierigkeiten haben, heute Abend nach Hause zu kommen?" Er wirft einen Blick auf seine Uhr. „Nashville ist weit weg. Vier oder fünf Stunden, oder? Ich hätte das früher fragen sollen, aber ich habe mich in dem Moment mit dir verloren."

Ich lächle, senke den Kopf und versuche, nicht dem Drang nachzugeben, ihn anzuflehen, mich heute Nacht mit in sein Haus zu nehmen und meinen bedauernswerten Mangel an Erfahrung loszuwerden. *Daddy weiß es am besten*, wiederhole ich innerlich. „Ich komme klar."

„Ich kann gerne bezahlen, damit du heute Nacht hier, in diesem Hotel bleiben kannst, wenn du möchtest. Es ist meine Schuld, dass wir noch nicht fertig sind. Ich habe meine Zeit mit dir genossen."

„Würdest du mit mir hierbleiben, Daddy?"

Er streicht mit seinen Fingern über meinen Kiefer, entzieht mir dann seine süße Berührung. „Nein."

„Ah." Ich bin wieder enttäuscht, obwohl ich gewusst habe, dass dies die Antwort sein würde. „Es ist zu weit für mich, bis nach Nashville zu fahren, aber ich habe mir für heute Nacht ein Hotel in Knoxville genommen. Ich werde dort übernachten und den Rest des Weges morgen fahren. Ich werde bis Mittag zu Hause sein."

„Dann bezahle ich dieses Hotel."

„Das ist in Ordnung, ich kann es mir leis-"

„Darum geht es nicht. Daddy kümmert sich um seinen Boy, bis er sicher zu Hause ist. Ich werde für das Hotel zahlen. Was sagst du, Boy?"

„Ja, Daddy. Danke", flüstere ich und dieses reaktive Schaudern ergreift mich wieder, macht meine Nippel ganz hart. Ihn zu sehen, wie er die Situation kontrolliert, ganz sicher und bestimmt, sorgt dafür, dass ich angesichts seiner Attraktivität beinahe dahinschmelze. Alles, von den Muskeln in seinen Unterarmen, die sich im schwachen Licht der Bar anspannen, bis hin zu der Art, wie er mit seiner Hand über seine militärisch kurzen Haare streicht, ist für mich im Moment ein Aphrodisiakum.

„Gut. Lass uns mit den Verhandlungen und dem Vertrag weitermachen", sagt er und deutet auf die Papiere, die ich auf den Tisch gelegt habe. „Ich möchte nicht, dass du zu spät in der Nacht durch die Berge fährst. Es soll später eisig werden."

Ich nicke und dieses neue, aufregende Gefühl, dass jemand sich um mich sorgt, überkommt mich. „Danke."

„Danke was?", hakt er nach.

„Danke, Daddy."

Ich weiß nicht, was ich anders gemacht habe, aber dieses Mal trinkt er den Rest seines Mocktails, als würde er Alkohol enthalten, um sich zu beruhigen, und begegnet meinem Blick mit heißen, fordernden Augen. „Fuck, ja", sagt er. „Du bist so verdammt gefügig."

„Ist das gut?"

„Gut? Es ist ein verdammter wahrgewordener Traum."

„Ist es das, *Daddy*?" Jetzt reize ich ihn, aber das sexy, gleitende Lächeln, das die untere Hälfte seines Gesichts einnimmt, sagt mir, dass es ihm gefällt. „Bin ich wirklich ein wahrgewordener Traum?"

Er knurrt ein wenig und der Laut macht meinen Schwanz steinhart. Ich rutsche auf meinem Sitz herum.

„Du bist so …" Er hält inne, um seine Lippen zu lecken und mit seinem Blick meinen Körper zu mustern. „Unerwartet. Die beste Überraschung, die ich seit Jahren bekommen habe und wir fangen gerade erst an. Unsere gemeinsame Nacht wird wunderbar werden."

„Das hoffe ich, Daddy."

„Wusstest du, dass dein Körper verdammt köstlich ist?"

„Nein?"

Er neigt seinen Kopf zur Seite, mustert mich erneut von Kopf bis Fuß. „Dieser Hintern."

Ich seufze. „Kein Knackarsch." Trotz all meiner Bemühungen

im Fitnessstudio hat mein Hintern immer ein wenig Gewicht, anstatt hoch und fest aufzustehen.

„Nein", stimmt er zu. „Aber er wackelt genau richtig. Ich muss mich wirklich zusammenreißen, ihn nicht zu packen, wenn ich neben dir gehe." Er beugt sich vor, seine Stimme ist tief und aufreizend. „Ich will wetten, dass es gut sein wird, meine Zähne hinein zu graben, wenn wir allein sind."

Ich schließe meine Augen fest zu, eine Welle von Lust blendet mich beinahe.

Er lehnt sich zurück und räuspert sich. „Ich entschuldige mich. Es ist nicht fair, all das zu sagen, wenn wir eigentlich Grenzen ziehen und klar machen sollten, was wir wollen und was nicht."

„Es ist in Ordnung." Aber er hat recht. Wir sollten die Dinge um der Klarheit willen auf gerade, ordentliche Spuren bringen, auch um des Konsens willen und um sicherzustellen, dass das nächste Wochenende eine Transaktion zwischen uns ist und nichts weiter.

Aber was, wenn ich mir mehr wünsche? Wenn wir so aufeinander reagieren, wenn ich so eine willkommene Überraschung bin, vielleicht …

Ich schiebe diesen Gedanken heftig beiseite. Ich kann nicht zulassen, dass diese Art Träume sich in die Gleichung schleichen. Hoffnung auf mehr wird das Erlebnis ruinieren und es in meiner Erinnerung beflecken, wenn es nicht über diese eine Nacht hinausgeht.

Außerdem, wenn es nur für eine Nacht ist, ist es befreiend, nicht wahr? Ich habe keine Hoffnung, Erik wiederzusehen, wenn sie vorbei ist, darum kann ich mich ihm hingeben. Mich vollkommen öffnen. Sein Boy sein, ihn meinen Daddy sein lassen und mich ihm danach nie wieder stellen müssen, wenn es zu viel ist, wenn ich mich zu aufgewühlt fühle.

Etwas sagt mir, dass er die volle Entblößung meines Körpers und meiner Seele verlangen wird – dass das Drängen, dass ich ihm in die Augen sehe, während ich meine Situation gestanden habe, nur der Anfang ist. Ich weiß, dass ich das brauche, um zu wachsen, um meine Identität als schwuler Mann und vielleicht als „Boy" zu finden. Aber ich glaube auch nicht, dass ich in der Lage sein werde, diese Art Intimität zu tolerieren, sollte ich denken, dass ich ihn je, *je* wiedersehen werde.

Also nein.

Ich werde nicht an die Zukunft denken.

Dieses Erlebnis wird mein Geschenk an mich sein, ein Ausräumen meiner innersten Bedürfnisse, ein Auslüften meiner tiefsten Wunden, darauf vertrauend, dass Erik stark genug ist, all das zu halten, und ich werde mir solche Mühe geben, mich in diesen Momenten selbst zu lieben.

Mir ist bewusst, dass ich so viel mehr bekommen werde als Erik, mehr, als er je verstehen kann. Auf gar keinen Fall wird jedwede kleine Befriedigung, die er daraus zieht, der Mann zu sein, der meine innerste Seele entblößt, je an das heranreichen, was ich mitnehme. Wir werden nicht im Gleichgewicht sein und so kann ich nicht leben.

Darum wird mein Geschenk an ihn sein, dass, nachdem unsere eine Nacht vorüber ist, ich ihn nie wieder kontaktieren werde.

„Habe ich dich beleidigt?", fragt Erik und mir wird klar, dass ich mein Glas in meinen Händen beständig gedreht, den letzten Schluck weihnachtlicher Köstlichkeit gemustert habe, während ich die Gedanken und Gefühle sortiere, die in mir Amok laufen. Ich begegne seinem forschenden Blick und neige meinen Kopf. *Was habe ich verpasst?*

„Ist deinen Hintern zu beißen – oder irgendetwas an deinem Körper – nicht gestattet? Wenn Ja, ist das in Ordnung."

Ich lächle und schüttle meinen Kopf. „Nein. Das ist es nicht. Alles steht zur Debatte, Daddy."

Eriks Augen leuchten hitzig auf, aber er unterdrückt es. „Du kannst so etwas nicht zu einem Mann sagen, den du gerade kennengelernt hast", rügt er mich, bevor er die Verträge zu sich zieht und sie liest. „Die sind gut. Sehr klar. Wer hat sie für dich aufgesetzt?"

„Mein Freund Doug. Er ist Anwalt."

„Ah. Und er steht selbst auf Kink?"

„Ja. Er hat einen Ehemann und einen Sub – sie nennen ihn Sklave und er lebt, um alles zu tun, was sie von ihm verlangen, soweit ich das sehen kann."

„Mm." Er liest weiter den Vertrag. „So etwas unterschreibe ich mit meinen Boys in der Regel nicht. Unsere Beziehungen waren größtenteils organisch gewachsen. Aber ich habe ein paar Abmachungen unterschrieben, wenn ich für kurze Zeit gespielt habe, darum ergibt das hier Sinn. Ich hätte dir etwas in der Art geschickt, sobald wir die Einzelheiten besprochen haben, aber mir gefällt, dass dein Freund Doug Leerstellen gelassen hat, die wir ausfüllen können. Er muss diese Verträge manchmal spontan nutzen."

„Das kann sein. Er ist sehr dafür, das Risiko zu reduzieren und dazu gehört, zur Verantwortung gezogen zu werden."

„Ich verstehe."

„Er hat es gerne geordnet."

„Mm-hmm." Erik legt die Verträge auf den Tisch und wendet seine Aufmerksamkeit wieder mir zu. Ich spüre sie wie eine körperliche Berührung. Sie ist sowohl wärmend als auch ein wenig einschüchternd, weil er jetzt so ernst ist. „Und wie hast du Doug kennengelernt?"

Ist das Besitzgier, die ich da in seiner Stimme höre? Das ist schmeichelhaft. Aber ich konzentriere mich weiter darauf, so offen und ehrlich zu sein, wie ich kann. Wenn ich das mit Erik erleben möchte, werde ich so verletzlich und real sein, wie noch nie zuvor. Es wird schwierig sein, aber es ist einfacher, als es das vielleicht wäre, wenn er kein Fremder und ich nicht entschlossen wäre, es nur auf eine Nacht zu beschränken.

„Ich habe Doug auf dem College an der MTSU kennengelernt. Er war mein Mitbewohner. Ich habe ihn ein paar Mal pro Monat meinen Mund ficken lassen.“

Erik blinzelt. „Und dieser Mann ist jetzt ein Freund? Jemand, der dich wie Müll behandelt hat?“

„So war es nicht. Ich habe ihn angefleht, mich zu benutzen.“ Erik scheint bereit, etwas einzuwenden, aber ich fahre mit meiner Erklärung fort. „Er hat sich für lange Zeit geweigert, hat gesagt, dass ich mehr verdiene …“

„Das hast du.“

„Aber als er eine Durststrecke hatte, wurde er geil genug, um nachzugeben.“

„Du hast ihn angefleht, es zu tun, aber es hat dir nicht gefallen?“

„Nein. Es hat mir nicht gefallen. Ich bin nicht hart geworden oder gekommen. Ich habe mich nur erleichtert gefühlt, dass jemand mich so hasserfüllt benutzt hat, wie ich das Gefühl hatte, dass ich benutzt werden sollte.“

„Matthew …“

„Aber Doug ist nicht so. Er ist ein Dom und ein Sadist, ja, aber er hätte mir auch einen geblasen, wenn ich das gewollt hätte. Aber ich habe ihn nicht gelassen.“ Ich schaue auf den Tisch. Eine vertraute Scham überkommt mich. So habe ich mich immer gefühlt, wenn ich mit meinem Dad zusammen war und er dieses stille, enttäuschte Seufzen hören ließ, das mich hat wissen lassen, dass ich nicht der Sohn war, auf den er gehofft hatte. Oder wenn meine Mom ihren Blick gesenkt hat, wegen etwas, das ich gesagt oder getan hatte, als ob sie gedacht oder gewusst hätte, dass ich queer bin.

Überwältigt würge ich hervor: „Es tut mir leid, Daddy. Bitte vergib mir.“

Was noch beschämender ist, mein Kinn bebt und heiße Tränen

brennen in meinen Augen. Erik nimmt mein Kinn und zwingt mich, seinem Blick zu begegnen. Mit seiner anderen Hand wischt er die Träne weg, die sich herauszwängt, trotz meiner Bemühungen, sie zurückzuhalten.

Leise fragt er: „Matthew, sag mir noch einmal, warum du das mit mir machen möchtest."

Meine Stimme zittert und ich drücke eine Hand auf mein Brustbein, reibe, während ich antworte. „Um zu lernen, mich selbst zu lieben, um zu lernen, Sex mit Männern zu genießen, um Lust dabei zu empfinden – und mir von jemandem Lust bereiten zu lassen."

Er streichelt mit seinem Daumen über die Stelle, wo mein Grübchen auf meiner Wange wohnt, liebkost die Haut. „In Ordnung. Was fühlst du angesichts dessen, was mit deinem Freund Doug passiert ist?"

Er sagt „Freund" wie einen Fluch und ich wage es, seinem Blick mit einem Hauch Trotz zu begegnen. „Er *ist* mein Freund." Aber das ist alles, was ich schaffe. Ich schließe meine Augen vor seinem allzu wissenden Gesichtsausdruck. Wie kann er mich so klar sehen, obwohl wir uns gerade erst kennengelernt haben? „Aber die Wahrheit ist, dass ich mich schäme. Doug hat mich seitdem immer behandelt, als wäre ich ein Wohltätigkeitsfall. Sogar als er mir bei diesem Vertrag geholfen hat, habe ich sein Mitleid gespürt."

Erik streichelt erneut meine Wange. Ich kann nicht anders, als mich zu fragen, wie wir auf andere hier in der Bar wirken. Sehr intim. Sie werden annehmen, dass wir zusammen sind. Nächste Woche werden wir das wohl sein. Für eine Nacht. „Wie oft?"

„Was?", frage ich verwirrt.

„Wie oft hat Doug dich benutzt? Du hast gesagt, dass du die Männer gezählt hast, aber hast du auch gezählt, wie *oft* sie dich erniedrigt haben?"

Meine Schultern klappen vor Scham nach vorne und ich spüre,

wie seine Hand mein Kinn davon abhält, noch weiter nach unten zu sinken. „Dreizehn Mal. Doug hat meinen Mund dreizehn Mal gefickt, während wir zusammengewohnt haben.“

„Dann sollte *er* sich schämen.“

„Aber ich wollte, dass er es tut.“

„Er sollte sich *schämen*“, wiederholt Erik. „Es ist eine Sache, wenn es ein Demütigungskink mit Konsens ist, zwischen Männern, die wissen, was sie tun – und es ist eine andere, wenn man einen verletzlichen, sich selbst hassenden jungen Mann ausnutzt, nur um seine eigene Geilheit zu befriedigen und-“

Mein Mund zuckt. Ich bin noch nie so verteidigt worden. Habe mir nie vorstellen können, dass jemand das tun könnte und doch möchte ein Teil von mir Doug entschuldigen. Ich hatte ihn angefleht, mich schlecht zu behandeln. Es war nur eine Frage der Zeit gewesen, bis Doug nachgegeben hatte.

Erik muss etwas in meinen Augen sehen, das ihn erstarren lässt. Er löst seine Hand von meinem Gesicht und lächelt entschuldigend. „Es tut mir leid. Das geht mich nichts an.“

Ich denke, dass dem wahrscheinlich so ist, aber sein Beschützer- instinkt gibt mir das Gefühl, dass ich auf dem Boden zu seinen Füßen krieche, wenn er nur meine Haare streichelt, mich einen guten Boy nennt und sich heute Nacht und dann nächste Woche wieder um mich kümmert. Ich habe mich noch nie so geschätzt gefühlt – und er kennt mich kaum! Dieses Verteidigen meiner Person, meines Wertes, macht mich hungrig auf mehr. Ich fühle *alle möglichen* Dinge, die ich nicht sollte – weil es mir zu sehr gefällt, und wenn ich nicht aufpasse, werde ich Dinge wollen, die ich nicht haben kann.

Ich bekomme einen kleinen Blick darauf, was für ein grausamer Mann Erik sein kann, grausam und wunderschön und auch liebend. Wie macht er das? Liebe und Respekt zu zeigen, ohne eine Person zu kennen? Wie gibt er all das, nur, weil es richtig ist, es zu tun? Ist es das, was es bedeutet, ein Daddy zu sein? Mein Vater war nicht so.

„Du bist wütend auf mich, weil ich all das gesagt habe."

„Nein."

„Das solltest du sein. Ich bin zu weit gegangen. Wir haben noch nicht einmal eine Einigung bezüglich unserer gemeinsamen Nacht getroffen und ich halte dir schon Vorträge über die Vergangenheit, die du nicht ändern kannst."

„Du hältst mir Vorträge über meine *Attitüde* in Hinblick auf die Vergangenheit und die kann ich ändern. Doug *ist* mein Freund und er hat sich viele Male entschuldigt, dass er mir nachgegeben hat. Aber damals habe ich diese Art Behandlung gebraucht. Es hat sich notwendig angefühlt, wie einen Pickel auszudrücken. Wie Müll behandelt zu werden, hat mir geholfen, ein Gefühl herauszulassen, das, wenn ich es in mich hineingefressen hätte, mich so viel tiefer verletzt hätte."

„Es tut mir leid."

„Mir auch." Ich hole tief Luft. „Ich bin bereit, mich gut zu fühlen, wenn ich Sex habe. Zur Hölle, ich bin bereit, Sex zu *haben*, zu wissen, wie ich darum bitten kann und …" Ich verliere ein wenig an Schwung, schiebe meine Haare aus meiner Stirn. „Hör zu, ich weiß, dass ich noch nicht so weit geheilt bin, um eine Beziehung mit jemandem anzufangen. Darum habe ich auf der Auktion auf dich geboten. Aber ich *bin* bereit, Lust zu fühlen, gefickt zu werden und vielleicht auch jemanden zu ficken, wenn sich das als etwas herausstellt, das ein Mann von mir möchte. Ich bin bereit zu lernen, wie ich jemandem all das geben und es ihn empfangen lassen kann, anstatt die Person nur zu bitten, mich zu benutzen, als wäre ich Müll." Ich deute auf die Verträge und rede weiter. „Hör zu, ich möchte folgende Dinge-"

Erik nimmt den Stift und blättert zu der Seite des Vertrags, wo Doug leere Zeilen gelassen hat, auf die wir schreiben können, was wir zusammen machen wollen und wo unsere Limits sind.

„Ich möchte, dass du dich um *alles* kümmerst, wenn ich mit dir zusammen bin – was wir essen, was wir trinken, wohin wir gehen, was wir machen." Ich hatte nicht einmal gewusst, dass ich das wollte, bis er meinen Mocktail bestellt hat, ohne nach meiner Meinung zu fragen, und jetzt möchte ich, dass er es wieder tut. Die ganze Zeit, während wir zusammen sind. Bei allem.

Er schreibt es auf.

„Ich möchte, dass mir gesagt wird, wie ich dich damit erfreuen kann wie ich aussehe, rieche und mich gebe und was ich für dich tue."

Er nickt und schreibt all das auf, zusammen mit: *Matthew wird für die Dauer ihrer gemeinsamen Nacht entweder nackt sein oder nur Unterwäsche tragen – von Erik geschenkt – und nichts sonst, es sei denn, Erik gibt ihm die Anweisung dazu. Matthew wird weder sein Loch, seine Eier oder einen anderen Teil seines Körpers rasieren, abgesehen von seinem Gesicht. Matthew kann sich duschen oder anderweitig für Analsex vorbereiten, aber er wird sich auch einem Einlauf unterwerfen, den Erik ihm gibt, wenn sie zusammen sind.*

Mir wird heiß und kalt und eine seltsame Erregung durchflutet mich, eine Mischung aus Nervosität, Abscheu und einem wilden, lusterfüllten Sehnen. „Ein Einlauf?", frage ich.

Er hebt seinen Blick von den Dokumenten zu mir. „Hattest du schon einmal einen?"

Ich schüttle meinen Kopf.

„Mach dir keine Sorgen. Ich werde mich um dich kümmern."

„Ja", sage ich atemlos. „Ich weiß, Daddy."

Erik streckt die Hand aus und berührt meine Unterlippe. „Du kaust viel darauf herum."

„Tut mir leid, Daddy."

„Mm. Ich sollte dir sagen, dass du damit aufhören sollst. Das ist nicht gut für deine Haut. Aber die Wahrheit ist, dass es höllisch heiß ist."

„Ist es?“

„Ja. Dadurch weiß ich, wenn du nervös oder aufgeregt bist.“ Er streicht wieder mit seinem Daumen über meine Lippe und schluckt, als ich es wage, meine Zunge herauszuschieben und seine Haut zu schmecken. „Sehr gut“, lobt er mich. „Das gefällt mir.“

Also mache ich es erneut. Erik beugt sich nahe zu mir, seine Augen strahlen vor Begehren und jede meiner Zellen wird aufmerksam. Meine Lider schließen sich beinahe und ich bewege mich auf ihn zu, will unbedingt seinen Mund spüren.

Erik zieht sich mit einem schelmischen Lächeln auf den Lippen zurück.

„Nein“, flüstere ich. „Daddy, bitte.“

„Bitte was, Boy?“ Seine Stimme ist wie eine Hand um meine Eier und einfach so, bin ich noch mehr darauf aus, ihm zu gehorchen.

Fuuuuck. Ich zittere wie ein Baum im Wind und mein immer noch harter Schwanz pulsiert, gibt Liebestropfen ab. Meine Hose fühlt sich zu eng an und ich frage mich, ob ich einen feuchten Fleck habe.

„Bitte, reize mich nicht. Ich bin mir nicht sicher, ob ich warten kann, wenn du das tust.“

Erik knurrt, *knurrt wirklich*, und der Laut vibriert auf wilde Art und Weise über mich. Ich packe meinen Schwanz, habe Angst, dass ich komme, wenn ich das nicht tue und ich stöhne. Erik streckt die Hand aus und berührt mein Handgelenk, zieht aber meine Hand nicht von meinem Gemächt. „Wir sind in der Öffentlichkeit“, erinnert er mich.

Ich hole langsam Luft, mein Blick auf seinen gerichtet, versuche, mich mithilfe seiner soliden, ernsten Gegenwart zu beruhigen, löse dann meinen Griff und nehme stattdessen seine dargebotenen Finger.

„So ist es gut“, ermutigt er mich. „Halte Daddys Hand. Daddy wird dir helfen, dich zu beruhigen.“

„Verdammt“, wimmere ich, als ob diese Worte mir irgendwie helfen, ruhiger zu werden. „Warum ist das so heiß?“

Ein erfreutes Lächeln erscheint auf seinen Lippen. „Boy, hör auf, es zu hinterfragen. Es ist einfach.“

Ich nicke und meine Atmung braucht ein paar Minuten, um sich zu beruhigen. Als ich wieder ich selbst bin und mein Schwanz nicht länger droht, sich in meiner Hose zu entleeren, wenn Erik mich noch einmal „Boy“ nennt, füge ich hinzu: „Während unserer gemeinsamen Nacht möchte ich gefickt werden und einen geblasen bekommen und ich möchte vor allem kuscheln. Ich möchte gehalten werden und geküsst. Das Gefühl haben, dass ich etwas Besonderes bin.“

„Das wird so einfach sein wie Atmen“, sagt er und ich glaube ihm, so wie er mich ansieht.

„Was möchtest du?“ Ich will ihn so unbedingt erfreuen und ich hoffe, dass er mir Anweisungen geben wird, wie ich das tun kann. Aber seine Antwort überrascht mich.

„Der beste Daddy sein, der ich für dich sein kann“, sagt er. „Keine intensiven Schmerz-Spiele.“ Er schreibt das auf. „Codewörter – Gelb und Rot – können jederzeit verwendet werden, auch wenn wir nur Zeit zusammen verbringen oder kuscheln. Du kannst sie benutzen, wenn du etwas stoppen möchtest, und du brauchst keinen Grund dafür.“

„Was ist mit Spanking?“ Ich bin von der Größe seiner Hände fasziniert, der Breite seiner Handflächen und der Sicherheit seines Griffs, sowohl um den Stift als auch um meine Finger. Mein Herz setzt für einen Moment aus und ein paar meiner Fantasien kommen an die Oberfläche – gejagt zu werden, „bearbeitet“ zu werden, geschimpft zu werden. „Was, wenn ich ein böser Boy bin?“

Erik lächelt. „Auf gar keinen Fall kannst du für mich ein böser Boy sein, Matthew. *Aber* wenn du ein Spanking möchtest, können wir das in dem Moment entscheiden." Er schreibt auf: „Spankings sind Verhandlungssache – beide Parteien können sie erbitten und beide können ablehnen."

„Danke, Daddy."

Seine Stimme senkt sich zu einem seidigen Flüstern. „Ich verstehe. Nicht alles von dieser internalisierten Scham ist fort, habe ich recht? Vielleicht muss Daddy einen Teil davon mit seiner Hand loswerden, um Platz für die Liebe zu machen?"

Ich schaudere und meine Augen füllen sich. Ich weiß nicht, wie ich nach Hause fahren soll, nach dem, was ich heute hier gefunden habe. Ich habe irgendwie einen Mann kennengelernt – oder Zeit mit einem Mann gekauft – der mich so sehen kann, wie ich bin, wer ich gewesen bin und wie ich sein möchte.

Wie kann ich wieder in mein Auto steigen und nach Hause nach Nashville fahren, zurück an einen Ort, wo die einzige Person, die mich *wirklich* kennt, Doug ist? Und unsere Beziehung ist … kompliziert. Vor allem, seit ich an einem Weihnachten vor ein paar Jahren seinen Ehemann, Forest, betrunken gebeten habe, bitte meinen Mund zu ficken.

Es war das erste Weihnachten ohne meine Eltern gewesen und es war mir nicht gut gegangen. Ich hatte mir gedacht, weil sie ja ihren Sklaven hatten, wären die Grenzen ihrer Beziehung durchlässiger. Ich hatte mir das falsch gedacht.

Forest hat es nicht getan. Er hat mir gesagt, mir Selbstrespekt zuzulegen und aufzuhören, mich selbst dafür zu bestrafen, queer zu sein, was zu hören geschmerzt hatte, aber die Wahrheit gewesen war. Und diese harsche Einschätzung von Forest hatte meine Suche danach, mich selbst zu lieben, ausgelöst. Sie hatte mich dazu gebracht, mir eine Therapeutin zu nehmen und anzufangen darüber nachzudenken, was ich von Männern wollte und verdiente und auch von mir selbst.

Aber obwohl Forest mich abgewiesen und auf einen besseren

Weg geschickt hatte, war Doug nicht glücklich darüber, dass ich seinen Ehemann angemacht hatte. Zwei Jahre später bewegten wir uns immer noch wie auf rohen Eiern. Sicher, er hatte mir den Vertrag ausgedruckt, mich gewarnt, nicht impulsiv zu sein, und hatte klargemacht, dass mein Wohlergehen ihm immer noch am Herzen lag. Aber es ist einfach nicht dasselbe. Ich möchte, dass unsere Freundschaft wieder so ist wie zuvor. Aber so weit sind wir einfach noch nicht.

Meine Kollegen sind ... Ich habe nicht viel mehr als das über sie zu sagen. Meine Nachbarin ist eine Freundin, könnte man sagen, aber sie ist jetzt beinahe achtzig. Sie hat gesehen, wie ich aufgewachsen bin und möchte immer über die alten Tage in der Nachbarschaft reden, damals, als die Häuser und Familien neu waren. Manchmal glaube ich, vergisst sie, dass meine Eltern tot sind, weil sie sich nach ihnen erkundigt. Maureen ist nett, aber niemand, auf den ich mich verlassen kann oder jemand, der mein wahres Ich sieht.

Jetzt. Hier. In diesem Moment mit Erik bin ich eine neue Person, frisch geboren und gesehen. Ganz. Real. Mit Fehlern und allem Drum und Dran. Erik sieht sie und er hasst mich nicht dafür. Tatsächlich sieht er mich mit so viel Offenheit und Akzeptanz an, dass ich die Wärme in meinen Knochen spüre.

„Denkst du, dass du deswegen vielleicht ein Spanking brauchst, Boy? Um diese Scham zu vertreiben?"

„Ja, Daddy", sage ich und lasse ihn die Tränen in meinen Augen sehen. „Ich muss Platz für die Liebe machen. Hilf mir."

„Mach dir keine Sorgen. Daddy wird sich darum kümmern", versichert er mir und ich gleite vor Erleichterung beinahe von dem Barhocker, auf dem ich sitze.

„Danke."

„Eine wichtige Frage, über die wir reden sollten, sind Kondome. Ich benutze sie in der Regel für jemanden, den ich nicht gut kenne, aber das hier ist eine andere Situation. Wir haben etwas Zeit, um vorauszuplanen. Es gibt zwei Optionen. Wir beide legen aktuelle Tests vor, die belegen, dass wir keine sexuell übertragbaren Krankheiten haben, oder wir benutzen Kondome.“

„Was bevorzugst du, Daddy?“

„Das ist deine Entscheidung, Matthew. Wenn du meine Wichse schlucken möchtest, oder dass ich meine Ladung in dir lasse, dann werden wir die Tests brauchen. Wenn du denkst, dass diese Dinge nicht so wichtig sind-“

„Ich will das, Daddy“, quetsche ich hervor. „Ich will deine Wichse schmecken und deine Ladung in mir haben. Daddy, bitte.“

„In Ordnung“, sagt Erik. „Hast du einen Arzt, der diese Tests für dich machen kann? Oder wird das ein Problem?“

„Ich kann die Tests machen lassen, Daddy.“

„Guter Boy.“ Er lächelt. „Du liebst es, mich Daddy zu nennen, nicht wahr? Du scheinst nicht aufhören zu können.“

„Es macht mich hart“, gebe ich zu. „Ist das in Ordnung, Daddy?“

„Verdammt, Boy“, murmelt er und streicht mit einer Hand über seinen Kurzhaarschnitt. „Alles, was du machst, ist in Ordnung und wenn es das nicht ist, korrigiere ich dich.“ Er lässt meine Finger los und berührt erneut meine Wange. Es ist, als ob er nicht genug von dem Grübchen dort bekommen könnte und zum ersten Mal in meinem Leben freue auch ich mich darüber. „Mach dir keine Sorgen. Ich werde nicht zulassen, dass du dich weiterhin selbst verletzt. Daddy passt jetzt auf dich auf.“

Er unterzeichnet den Vertrag und schiebt ihn zu mir. Ich lese ihn durch und mir fällt noch etwas ein, das ich der Liste hinzufügen möchte. Ich schreibe: „Matthew wird Erik Daddy nennen, wann immer es möglich ist.“ Ich schaue um Zustimmung heischend zu ihm. Er nickt.

Ich unterschreibe und der Vertrag ist fertig. „Ich schicke dir die

Kopien.“

„Du schickst *wem* die Kopien?“

„Dir, Daddy. Ich schicke dir die Kopien.“

Er grinst. „Gut, Boy. Sehr gut. Jetzt lass uns gehen. Du hast noch eine lange Fahrt über die Berge vor dir.“

Erik begleitet mich durch das Stadtzentrum zurück an die Stelle, wo ich mein Auto geparkt habe. Ich stehe daneben, sehne mich danach, dass er mich berührt. Seit wir das Hotel verlassen haben, die ganze Zeit, als wir die Straße entlanggegangen sind und die Treppe hinauf zum Parkhaus, hat er meine Hand nicht genommen oder viel gesagt. Jetzt ist der Moment, in dem ich mehr von ihm brauche, ansonsten werden meine Gedanken vor Zweifeln durchdrehen, sobald ich allein bin.

„Schicke mir eine Nachricht, sobald du in diesem Hotel in Knoxville bist“, sagt Erik. „Ich will wissen, dass du sicher bist.“

„Ja, Daddy“, flüstere ich.

„Und schicke mir zwischen jetzt und nächstem Donnerstag täglich Nachrichten. Halte mich auf dem Laufenden, wie du dich fühlst, was du denkst und über welche Dinge du fantasierst, wenn du an unsere Nacht denkst. Du kannst mich jederzeit etwas fragen oder deine Forderungen stellen.“

„Ja, Daddy.“

„Und, Matthew?“

Ich hebe meinen Kopf, um seinem Blick zu begegnen. „Ja?“

„Ich werde dich küssen.“

Mir ist schwindlig, als ich nicke. Er berührt mein Kinn, hebt es ein wenig an und positioniert seinen Mund in der Nähe von meinem. „Dein erster Kuss sollte süß sein“, verkündet er. „Zärtlich.“ Seine Lippen streichen über meine, trocken und sanft. „Und dein zweiter Kuss sollte leidenschaftlich sein.“

Er packt meinen Nacken und sein Mund presst sich auf meinen, seine Lippen öffnen sich, als seine Zunge um Eingang bittet.

Ich stöhne und lasse ihn ein. Er macht etwas, das ein Kribbeln an meinem Rückgrat nach unten schickt, ein Schauder durchläuft meinen ganzen Körper und ich beuge mich vor, um mehr zu bekommen, gerade als er sich schwer atmend zurückzieht.

„Dein dritter Kuss wird von mir sein und niemand anderem", befiehlt er.

Als ob ich jemand anderen küssen wollte! „Ja, Daddy."

„Guter Boy. Jetzt mach. Fahr vorsichtig."

Ich steige in das Auto und er steht neben dem Parkplatz, bis ich wegfahre, ein schweigender Beobachter, der auf mich aufpasst.

Ich fühle mich geliebt. Ich weiß, dass dies alles eine Illusion ist, etwas, das ich gekauft und bezahlt habe, und doch …

Mein Herz schlägt wie eine Trommel.

Als ich auf die Interstate fahre, meine Rücklichter Asheville mit ihrem Glühen beglücken, schüttle ich den Kopf angesichts meiner melodramatischen Gefühle. Es ist nicht real, aber es fühlt sich real an. Es gibt keine gute Erklärung dafür.

Vielleicht ist das Weihnachtsmagie.

KAPITEL SECHS

Erik

ALS ICH MICH dem kleinen gemieteten Haus mit den drei Schlafzimmern und zwei Bädern nähere, das ich mir mit drei anderen Männern teile, bemerke ich, dass Noel die Weihnachtsbeleuchtung angemacht hat. Es ist keine ideale Situation, aber so wie die Immobilienpreise in Asheville im Moment sind, ist es die beste Option für uns alle. Wenn ich eine Bleibe näher an der Stadt kaufen wollte, müsste ich das Haus in den Bergen verkaufen und das werde ich auf gar keinen Fall tun.

Obwohl ich das Haus lieber für mich gehabt hätte, als Brandon mich verlassen hat, gibt es keinen Grund, jeden Monat so viel Geld zu bezahlen. Noel ist ein Krankenpfleger, der viel reist und die nächsten dreieinhalb Monate hier wohnen wird. Er ist lustig, respektlos und entschlossen, die Feiertage schön zu machen, wie wir herausgefunden haben, als er einen Baum aufgestellt, Socken aufgehängt und das Dach unseres kleinen Hauses mit Lichtern behängt hat, die wie Zuckerstangen aussehen.

Charles ist für mich ein Rätsel. Er versucht, ein Geschäft für Männer-Lingerie aufzubauen, macht sich aber keine zu großen Sorgen über den Erfolg. Er kommt von Geld, so viel kann ich sagen. Ich sehe es an seiner Kleidung, dem Auto, das er fährt, und sogar der Art, wie er geht. Obwohl der größte Hinweis sein Onkel ist, dem Charles sehr nahesteht und bei dem er manchmal übernachtet. Der Mann wohnt in einer der Villen in Historic Montford. Das ist altes Geld – sehr, sehr altes Geld.

Aber Charles zahlt seine Miete und benutzt sein Zimmer in dem Haus regelmäßig, und abgesehen von den Geräuschen, die seine Nähmaschine bis spät in die Nacht hervorbringt, habe ich, was ihn betrifft, keine Beschwerden. Er ist im Großen und Ganzen ein nicht anwesender Mitbewohner.

Dann ist da noch Trevor. Er ist jung. Erst neunzehn und frisch bei seiner Mama ausgezogen. Aber die gute Nachricht ist, dass er kein Arschloch ist, und seine Eltern zahlen einen Teil seiner Miete. Trevor ist hetero, aber queer-freundlich und er spielt in zwei Bands, inklusive einer ziemlich gut bekannten, die Pinky and the One-Eyes heißt.

Trevor arbeitet tagsüber im Early Girl Eatery, spart für eine Reise quer durchs Land, um sich dem Leadsänger der Band in Los Angeles anzuschließen. Sie hoffen, dass sie dort groß herauskommen.

Zumindest habe ich das aus den wenigen Gesprächen geschlossen, die ich mit dem jungen Mann geführt habe. Trevor ist ziemlich beschäftigt mit seinen Bandproben und seinem Job als Kellner und wenn man unsere beiden Zeitpläne bedenkt, sehen wir einander selten. Er und Noel haben zwei Einzelbetten und teilen sich das größte Schlafzimmer. Aber wegen Noels Arbeitszeiten im Krankenhaus und weil Trevor eigentlich immer unterwegs ist, sehen sie einander auch nicht oft. Zumindest scheinen sie beide genügend Privatsphäre zu haben, um mit dieser Konstellation zufrieden zu sein.

So wie ich es sehe, muss ich *keinen* von ihnen sonderlich mögen. Der Mietvertrag für das kleine Haus läuft auf meinen Namen und sie alle zahlen mir Miete. Meine einzigen Anforderungen an Mitbewohner sind, dass sie queer oder queer-freundlich sein müssen, sie sich gut um das Haus kümmern und sie dort wohnen, während ich geschäftlich unterwegs bin.

Mitbewohner können, soweit es mich betrifft, kommen und

gehen und wenn die Zeit kommt, dass einer von ihnen – oder mehrere, was auch passieren kann – auszieht, werde ich einfach eine neue Anzeige schalten. So wie die allgemeine Wirtschaftslage und die Immobilienpreise in Asheville im Moment sind, werde ich diese Schlafzimmer sofort wieder voll haben. Es ist wild da draußen.

Ich schließe die Tür auf und werde vom Geruch von Insta-Ramen begrüßt. Ich bin mir sicher, das bedeutet, dass Trevor zu Hause ist, wahrscheinlich auch Noel. Sie teilen sich oft Ramen, wenn sie zur selben Zeit am selben Ort sind. Und wie vermutet, nachdem ich meine Schuhe ins Regal neben der Tür gestellt und meine Jacke in den Schrank gehängt habe, betrete ich die offene Küche-Schrägstrich-Wohnzimmer und sehe, dass das Haus ausnahmsweise voll ist.

Noel steht an der Arbeitsplatte der Küche und stopft sich mit Maischips voll, während Trevor die Nudeln auf dem Ofen umrührt. Charles sitzt auf dem Sofa, stickt von Hand kleine rote Rosen auf einen Hauch von Satin. Er schaut überrascht auf, als ich hereinkomme.

„Sieht so aus, als wären wir heute Abend alle da", bemerkt er. „Dann müssen wir wohl Strohhalme ziehen, wer zuerst duschen darf."

„Geh zurück zu deinem Onkel und spare das Wasser für uns", wirft Trevor ein. „Warum hängst du überhaupt hier mit uns ab?"

„Ortswechsel", erklärt Charles kurzangebunden, während er den Faden abschneidet. „Das würdest du nicht verstehen."

„Da hast du recht. Das verstehe ich wirklich nicht", meint Noel. „Das Haus deines Onkels ..." Er pfeift. „Ich jogge auf meiner Trainingsstrecke für den Halbmarathon daran vorbei und es ist der Wahnsinn. Ich verstehe nicht, warum du dir die Mühe machst, hier ein Zimmer bei uns zu behalten."

„Charles zahlt die Miete, genau wie ihr beide. Er kann bleiben oder gehen, wie es ihm gefällt", sage ich, lehne mich an die Wand und mustere meine drei Mieter. „Ihr seid also heute Nacht alle da?"

Alle drei nicken.

„Du?", fragt Noel.

„Jep."

Es ist gut, dass ich der Versuchung nicht nachgegeben und Matthew mit nach Hause genommen habe. Er hätte aushalten müssen …

Nun, ich weiß nicht, was irgendeiner dieser Jungs gesagt oder getan hätte. Charles wohnt schon am längsten hier, hat seine Nähmaschine und seine Sachen ein paar Monate, bevor ich Brandon kennengelernt habe, hierhergebracht. Damals waren nur ich, Brandon und Charles im Haus und da Brandon und ich ziemlich schnell monogam geworden waren, hat er mich noch nie mit einem Aufriss gesehen.

Eines musste man Charles lassen, er hat bei der Daddy-Sache mit keiner Wimper gezuckt. Ich nehme an, dass er offener ist, als die beiden anderen es wahrscheinlich sind.

Ich hatte so lange keinen Aufriss mehr, wie Trevor und Noel hier wohnen. Ich weiß nicht, wie sie darauf reagiert hätten, wenn ich Matthew für einen Fick mit nach Hause gebracht hätte, aber ich kann mir vorstellen, wie peinlich es Matthew gewesen wäre, sich den Blicken dieser Fremden stellen zu müssen, wo er doch neu in der queeren Szene ist. Oder irgendeiner Szene.

„Ich kann für dich noch eine Packung Ramen mit in den Topf werfen", bietet Trevor an.

„Ich habe schon gegessen, aber danke." Ich trete weiter in den Raum hinein, versuche zu entscheiden, ob ich neben Charles auf dem Sofa sitzen möchte, mir einen Stuhl an der Bar herausziehen will, die die Küche vom Wohnzimmer trennt oder ob ich auf mein Zimmer gehen und an Matthews schüchternes Lächeln denken möchte, das Büschel dunkler Haare an seiner Kehle und die seltsame Unschuld, die aus seinen Augen scheint.

Ich entscheide mich für Letzteres, als Noel vorschlägt: „Wir sollten eine Mitbewohner-Filmnacht veranstalten, wenn wir schon alle da sind." Er nimmt die Schüssel Ramen von Trevor an und setzt sich neben Charles, der sein weißes Satinmaterial von Noels schlürfendem Gesicht wegbewegt, sowie der gefährlichen Schüssel gewürzter Nudeln.

„Oh ja!", überrascht Charles mich mit seiner Zustimmung. „Aber ich möchte den Film aussuchen."

„Wir werden abstimmen", wirft Trevor ein. „Das machen wir in meinen Bands, wenn wir eine Entscheidung bei etwas Wichtigem treffen müssen."

„Ein Film ist wohl kaum wichtig", schnaubt Charles. „Aber na gut. Wir stimmen ab."

Ich wanke, bin mir nicht sicher, was ich tun soll. Ich fühle mich verpflichtet, bei ihnen zu bleiben und einen Film anzuschauen, beinahe so, als wäre ich ihr Gastgeber und nicht nur ein Mann, der ein paar Dollar verdienen möchte, indem er sein Haus mit Fremden teilt.

Ich nicke, setze mich auf den Sessel neben dem Fenster. Er ist bequem, man kann den Fernseher aber nur von der Seite sehen.

„*Dune*", schlägt Noel vor.

Charles stöhnt. „Es ist Weihnachten. Lasst uns zumindest etwas anschauen, das zur Jahreszeit passt."

„Wie was? *Der Grinch?*", sagt Trevor um einen Mund voller Ramen herum.

„Ich habe mehr an etwas, ich weiß nicht, etwas Schwules *und* Heiteres gedacht, wie *Dashing in December* oder *Single all the Way*", meint Charles.

Ich höre wohl doch auf alles, was meine Mom mir erzählt, weil ich weiß, dass dies die Titel queerer Weihnachtsfilme sind, die ein paar Streamingdienste anbieten. Mom fragt mich immer, wann ich für Weihnachten einen Boy mit nach Hause bringe, wie die Figuren aus diesen zuckersüßen (aber ganz sicher bezaubernden) Filmen.

Überraschung, Mom, ich werde dieses Weihnachten einen Boy mit nach Hause bringen, aber du wirst nicht da sein, um ihn kennenzulernen.

„Sind das nicht schwule Filme?", fragt Noel.

„Hast du damit ein Problem?", fragt Charles. Seine beiden perfekt geformten Brauen heben sich herausfordernd.

Noel bläst in die Luft und verdreht seine Augen. „Zur Hölle, nein, aber ich verstehe nicht, warum wir schwule Filme ansehen müssen, um das zu beweisen. Stimmt's, Trevor?"

Trevor zuckt mit den Schultern. „Ich bin für *Der Grinch*. Mich interessieren romantische Filme nicht sonderlich."

Charles schnaubt. „Ich bin überrascht, dass du nicht irgendeinen Hau-alles-zu-Klump-Film von Marvel vorschlägst."

„Du hast Weihnachten gesagt", erwidert Trevor. „Ich gebe dir Weihnachten."

„Du solltest wissen, wann du verloren hast", zieht Noel ihn auf, bietet ihm dann aber einen dampfend heißen Löffel voller weicher Ramennudeln zum Trost an.

Charles weicht weiter zurück. „Nein, danke."

Mein Handy pingt.

Hey, ich bin im Hotel.

Es sind zweieinhalb Stunden vergangen, seit ich zugesehen habe, wie Matthew aus dem Parkhaus gefahren ist. Ich bin für eine Weile durch das Stadtzentrum spaziert, habe versucht, das Gefühl abzuschütteln, dass ich ihn doch nicht hätte gehen lassen sollen, ohne ihn vorher zu ficken. Irgendwann war mir aufgefallen, dass ich so lange durch die weihnachtlichen Straßen gewandert war, dass mein Auto sich auf der anderen Seite der Innenstadt befand.

Es war eine weitere Wanderung in der Kälte gewesen, bis ich wieder dort war und dann zum Haus fahren konnte. Als ich hier angekommen war, war ich in meinem warmen Auto gesessen und hatte mir eine Playlist angehört, die mir besonders gut gefällt, hatte ein paar Kunden Textnachrichten über Änderungen in ihren Trainingszeiten im Januar geschrieben und dann weitere Nachrichten mit meiner Mom wegen eines Problems, das unsere Stute mit ihrem Huf hat. Danach habe ich mir Notizen zu den verschiedenen möglichen Geschenken gemacht, für die Matthew im Laufe des Tages Interesse gezeigt hat und habe mir ein Budget dafür gemacht, was ich für ihn ausgeben möchte.

Spoiler: ziemlich viel.

Während mein Herz wie verrückt hüpft, schreibe ich meine Antwort. *Großartig. Das freut mich zu hören. Danke, dass du es mir gesagt hast.*

Die Antwortpunkte erscheinen auf dem Bildschirm. Sie verschwinden. Sie kehren zurück und nach einer gefühlten Ewigkeit kommt eine Nachricht. *Während ich gefahren bin, konnte ich nicht aufhören an dich zu denken und wie sehr ich das hier möchte.*

Ich kann mir nur ungefähr vorstellen, wie viel Mut es ihn gekostet hat, das zu gestehen. Er ist wahrscheinlich rot angelaufen, während er getippt hat. Ich lasse ihn nicht hängen. *Ich habe auch an dich gedacht.*

Hast du?

Natürlich.

Was hast du über mich gedacht? Im Detail.

Ich bin beeindruckt, dass er die Eier hat, das zu fragen und ich lächle, tippe meine Antwort. *Ich habe unsere gemeinsame Nacht geplant. Nichts Spezifisches. Das ist Daddys Geheimnis.*

Ich kann mir seine Reaktion auf das ebenfalls vorstellen und mein Herz schlägt schneller.

„Warum lächelst du so?", fragt Noel, schlürft dabei Ramen.

„Kommt ein Aufriss vorbei?", will Charles wissen, seine blauen Augen funkeln vor Schalk und Interesse. „Hast du darum so enttäuscht dreingeschaut, als du uns alle hier gesehen hast?"

„Nein", sage ich, stecke mein Handy ein und stehe dabei auf. „Aber ich muss mich um das hier kümmern. Ihr drei habt Spaß mit dem Film, den ihr euch aussucht. Bemüht euch, deswegen nicht zu streiten."

Sie versuchen nicht, mich dazu zu überreden, zu bleiben, auch wenn Charles mich mit den Welpenaugen der Verratenen ansieht, als hätte er es bevorzugt, dass ich bleibe und was tue? Ebenfalls für den romantischen Film zu stimmen? Tut mir leid, Kumpel, aber dieser Daddy stimmt für *Stirb Langsam*, wenn die einzige Bedingung Weihnachten ist.

Ich gehe, während sie weiter über ihre Optionen diskutieren und mein Handy pingt erneut, bevor ich den Flur hinunter im zweitgrößten Schlafzimmer des Hauses bin. Ich verschließe hinter mir die Tür, wie ich es getan habe, als ich ein Kind war und nicht wollte, dass meine Mom sich in meine Angelegenheiten mischt.

Ich lasse mich auf mein Bett fallen, nachdem ich das weiche Licht auf dem Nachttisch angeschaltet habe und knöpfe meine Hose auf. Ich drehe mich auf die Seite, mit dem Rücken zur Tür und lese Matthews neueste Nachricht.

Ich bin nervös, freue mich aber auf nächste Woche.

Verständlich. Was macht dich am meisten nervös?

Ich nehme an, dass ich nicht weiß, was ich tue? Dass ich schlecht darin bin oder dich enttäusche.

Du solltest keinen Gedanken daran verschwenden, mich zu enttäuschen, Matthew. Es geht hier um dich. Was du magst und was dir gefällt.

Ich habe aber keine Ahnung, was das ist? Es ist ein wenig angsteinflößend zu denken, dass ich der Fokus sein werde. Können wir dich zum Fokus machen und ich bin einfach auch da?

Das ist ein wenig, als würdest du sagen, dass ich dich benutzen kann.

Es entsteht eine lange Pause und ich frage mich, wie er aussieht, während er diesen Kommentar verarbeitet. Runzelt er die Stirn, weint er oder errötet er? Ich kenne ihn nicht gut genug, um sicher zu sein. Ich denke aber nicht, dass es ihn wütend machen wird. Ich denke, dass er sich hinsetzen, es fühlen und erkennen wird, dass es stimmt. Ich habe recht, weil er antwortet.

Das kann sein. Aber du hast zugestimmt, die Kontrolle zu übernehmen, mich zu bevormunden, mir zu sagen, was ich tun, essen und trinken und wie ich sein soll. Wie ich dich erfreuen soll. Ich lese es gerade. Es steht in dem Vertrag, den du unterschrieben hast. Ich schicke dir ein Foto, wenn du möchtest.

Ich lache über diese komplette Zusammenfassung unserer vertraglichen Vereinbarung. *Das habe ich unterschrieben und ich werde meine Verpflichtung erfüllen. Aber rate, was mich am meisten erfreut, wenn es um Sex geht, Boy? Was ich immer und immer wieder von dir verlangen werde?*

Was?

Am allerliebsten mache ich meinen Boy so geil, dass er bettelt, so heiß, dass seine Liebestropfen strömen und so erregt, dass wenn er kommt, er jedes Gefühl für Ort und Vernunft verliert.

Bitte, Daddy, du machst mich wieder hart.

Das weiß dein Daddy.

Du wirst mich aber nicht zwingen, dir zu sagen, was ich will, oder?

Nein, aber ich werde bei jedem Schritt deine Zustimmung einholen.

Kann ich dir nicht einfach jetzt meine allgemeine Zustimmung geben? Im Voraus?

Ich fürchte nicht, Boy. Das ist nicht sicher – für dich, für mich, für alle. Du solltest niemals eine Blanko-Zustimmung geben, dass irgendjemand jeden Aspekt deines Lebens kontrollieren darf.

Offensichtlich weiß ich nicht, wie man das macht. Ich brauche jemanden, der es mir erklärt. Ich vertraue dir.

Ich weiß, dass du das tust. Ich denke, das ist für dich das Anziehen-

de am Daddy/boy-Spiel.

Wie meinst du das?

Wenn du mein Boy bist, dann musst du nicht alles wissen, oder?

Nein, muss ich nicht.

Wenn du mein Boy bist, bist du kein schwuler Mann mittleren Alters, der nicht weiß, wie er bekommen soll, was er möchte. Du gehörst mir und du kannst einfach **geführt** *werden. Man kann es dir zeigen. Dich lehren. Du kannst alles haben, was du dir immer ersehnt hast, aber nie darauf vertraut hast, dass irgendjemand es dir geben kann. Bis ich gekommen bin.*

Das Warten auf seine Antwort dauert so lange, dass ich mich frage, ob ich zu schnell zu viel von ihm entblößt habe. In mancherlei Hinsicht ist er ein offenes Kabel, eine blutende Wunde, und ich habe ihm gerade einen großen Stab eiserner Wahrheit hineingerammt. Das könnte ein paar Schaltkreise überlasten oder ihn stärker bluten lassen. Ich hätte vorsichtiger sein sollen.

Schließlich schickt er: *Ich muss geführt werden, Daddy. Bring es mir bei.*

Das werde ich.

Für eine Nacht möchte ich einfach jemanden, der mir zeigt, wie ich in meiner Haut existieren kann. Wie ich wirklich als ich selbst in meinem Körper leben kann.

Wenn unsere gemeinsame Nacht vorüber ist, wirst du bereit sein, als dein wahres Selbst zu leben.

Das ist eine große Aussage und es könnte sein, dass ich das nicht schaffe, aber in diesem Moment glaube ich, dass, ganz egal, was wir während unserer gemeinsamen Nacht schaffen oder nicht schaffen, er einen viel besseren Eindruck davon haben wird, wer er ist, was er mag, will und braucht, als zuvor. Er wird sich nicht betrogen fühlen. Dessen bin ich mir ziemlich sicher.

Es kann sein, dass ich bei dieser Sache den Kürzeren ziehe, weil ich diesen Boy unterrichten, ihn wie eine Schachtel köstlicher

Pralinen öffnen – und ihn dann wegschicken werde, damit ein anderer Daddy oder Mann oder Idiot ihn genießen kann. Irgendwie dämlich, oder? Und doch steht für uns beide zu viel im Weg, als dass wir mehr aus dieser zu Kopf steigenden Attraktion machen könnten.

Nach ein paar nachdenklichen Momenten schreibe ich ihm erneut. *Es ist spät. Du solltest schlafen gehen.*

Ja, Daddy.

Braver Boy.

Wir beenden unser Gespräch und ich lege mich wieder auf das Bett, ein seltsames Durcheinander aus Emotionen windet sich in mir. Nicht festlich, nicht hell. Nur eine Mischung aus Aufregung, Erregung, Frustration, Traurigkeit, Enttäuschung und Nervosität. Das letzte Mal, als ich diese Art Thrill gespürt habe, war, als ich Brandon kennengelernt hatte. Und schaut euch an, wie das geendet ist.

Wo war Brandon heute Nacht? Bei Ferko? War Ferko jetzt sein Daddy? Er hat nie etwas gesagt oder in Bezug auf die Natur ihrer Beziehung einen Hinweis gegeben, aber Ferko war, wenn ich mich recht erinnere, ein wenig älter.

Spielt Brandon überhaupt noch so? Er war so ein wunderschöner, unterwürfiger, sexy Boy gewesen. Ich habe es geliebt, ihn zu halten und zu ficken. Ich bin so gerne neben seinem im Schlaf weichen Gesicht aufgewacht und ich war jedes Mal so glücklich, wenn ich sein Lachen in einem anderen Raum gehört habe. Zur Hölle, ich habe so viel an ihm geschätzt.

Als er mich verlassen hat, waren wir uns einig, dass „kein Kontakt" das Beste wäre, aber manchmal möchte ich einfach wissen, ob es ihm gut geht. Ich sorge mich immer noch um ihn, auch wenn er mich endgültig verlassen hat.

Mein Handy pingt. Mein Herz macht einen Sprung, hofft, dass es Matthew mit einer weiteren Frage ist, oder, Himmel, vielleicht sogar Brandon, irgendwo in Ungarn, der spürt, dass ich ihn plötzlich so sehr vermisse …

Aber so viel Glück habe ich nicht.

Wie ist es gelaufen?, fragt Nick. Ich bin mir sicher, dass er das als Teil seiner Pflichten als Vorsitzender der Wohltätigkeitsauktion macht, aber auch als Freund, der mich überredet hat, mitzumachen.

Er ist einundvierzig. Das fasst so wenig über Matthew zusammen, aber ich kann es mir nicht verkneifen, Nick ein wenig zu ärgern, ihn dazu zu bringen, sich zu fragen, ob er es verbockt hat, als er mich überredet hat, mich zu versteigern.

Ist das ein Problem?

Ich lasse mir Zeit mit der Antwort, stehe auf, um die Jalousien zu schließen, und ziehe meine Hose, mein Oberteil und meine Socken aus. Dann setze ich mich wieder auf mein Bett, dieses Mal unter die weiche Decke. *Nein. Er ist heiß.*

Er schickt ein Emoji mit Teufelshörnern. *Du freust dich also darauf, ihn zu ficken?*

Darum geht es nicht. Natürlich will ich ihn ficken. Es ist nur so, dass, auch wenn ich aufgeregt bin, auch wenn ich Matthew unbedingt will, ich dennoch der Meinung bin, dass Nick darüber nachdenken sollte, wie dumm das hätte ausgehen können. Aber was zur Hölle. Was geschehen ist, ist geschehen und ich habe meine eigenen Entscheidungen getroffen.

Ich war nicht gezwungen worden, an dieser Auktion teilzunehmen. Ein Teil von mir muss gehofft haben, dass Nick recht hat und dass es eine Möglichkeit gibt, wie ich wieder auf unverbindlichere Weise anfangen kann, mit Boys zu spielen. Dann hat das Universum mir Matthew geschickt, über den ich keinerlei Beschwerden habe, darum antworte ich: *Sein Hintern wackelt wie ein süßer Pudding und ich freue mich darauf, ihn zu essen.*

Habe dir doch gesagt, dass es dir helfen würde, wieder ins Spiel zu kommen.

Selbstgefälliger Arsch. Ich verdrehe die Augen. *Ja.*

*Vielleicht könnte dieser Boy **der** Boy sein. Der Boy, der alle anderen Boys verblassen lässt.*

Ich tippe ein einziges Wort und schicke es mit einer ganzen Menge Irritation weg. *Nein.*

Warum nicht?

Viele Gründe.

Sag mir einen.

Ich seufze. So hatte er mich zur Auktion überredet. Er ist wie eine verdammte Bulldogge, wenn er sich etwas in den Kopf setzt. Er wird versuchen, mich mit Matthew zu verheiraten, bevor dieses Gespräch vorbei ist. *Er wohnt in Nashville.*

Und? Stehst du nicht auf Fernbeziehungen?

Das weißt du.

Das ist mit ein Grund, warum es mit meinen ersten beiden Boys, Duncan und Garrett, nicht gehalten hat. Sie waren beide bereit gewesen, über Skype oder was weiß ich noch weiterzumachen, vor allem, während sie sich in ihren neuen Situationen zurechtgefunden haben. Aber ich habe ihnen gesagt, dass ich das nicht möchte. Sie waren nicht nur bereit gewesen, allein zu fliegen, ich brauche auch mehr als nur virtuellen Kontakt. Ich brauche Fleisch und Wichse und Schreie der Ekstase in meinem Ohr. Mein Handy pingt erneut.

Reiß dich zusammen.

Werde ich.

Nick schickt mir ein Mittelfinger-Emoji und ich lächle in mich hinein. Nach mehreren Minuten, in denen ich nicht weiter belästigt werde, scheint das Gespräch vorbei zu sein.

Die Sache ist die, ob es nun auf lange oder kurze Sicht ist, ich möchte, dass die Boys, mit denen ich spiele, glücklich sind. Es gibt wenig im Leben, das ich mehr möchte als das. Aber *ich* verdiene es ebenfalls, glücklich zu sein. Und damit ich glücklich bin, muss ich meinen Boy in der Nähe haben. Oder ich muss aufhören, mir überhaupt Boys zuzulegen.

Vielleicht hat meine Mom recht und es ist an der Zeit, dass ich erkunde, ob ich mit einem Mann, der mehr wie ein Gleichgestellter behandelt werden möchte, eine Beziehung aufrechterhalten kann und mich mit kurzzeitigen Daddy/boy-Begegnungen außerhalb dieser Beziehung abzufinden. Gemeinsamer, unverbindlicher Kink.

Ich rolle mich auf den Bauch. Erinnerungen spielen sich in meinem Kopf ab, fangen mit dem ersten Tag an, an dem Brandon in mein Leben gekommen ist und kulminieren in Bildern, wie er für mich kniet. Er war immer ein hungriger kleiner Schwanzlutscher, so begierig und entschlossen, mir das Hirn durch den Schwanz auszusaugen.

Ich werde hart, als ich mich daran erinnere, wie er mit seiner Zunge über meine Eichel getrillert hat und wie seine Lippen so rot wurden, während er gearbeitet hat. Ich bin hart und presse meinen Schwanz gegen die Matratze. Meine Gedanken ändern sich und der Mann auf seinen Knien ist nicht Brandon, sondern Matthew und er starrt mit diesen riesigen Augen zu mir auf, seine Lippen sind so geschwollen und rosig – als hätte er auf ihnen herumgekaut – und seine grau melierten Haare schimmern unter den Weihnachtslichtern an dem Baum hinter ihm.

Ich schließe meine Augen und lasse mich treiben, während ich an Matthew denke, kehre zu dem Moment zurück, als ich ihn in Caffeine Dream gesehen habe und wie ich ihn auf der Stelle ficken wollte. Wie sein Blick an mir geklebt war und wie unschuldig und lustvoll er gewirkt hatte. Ich hatte sogar da schon gewusst, dass er mich wollte. Ich kehre zu dem Bild von ihm auf seinen Knien zurück, seine unerfahrene Hand packt mich, seine Zunge kommt heraus, um meine Liebestropfen zu schmecken …

Fuck, das ist heiß. Ich drehe mich auf meinen Rücken und nehme meinen Schwanz, fange an, mich zu pumpen, während ich die Fantasie weiterlaufen lasse.

Wie wird er aussehen, wenn er nichts als die Unterwäsche trägt, die ich für ihn kaufen werde, wenn ich sie ihm von seiner schönen Gestalt geschält habe und meine Finger in seinem Hintern habe? Wie wird er klingen, wenn ich alle möglichen Laute der Lust aus seiner Kehle locke? Wird er ein atemloser Fick mit hoher Stimmlage sein? Oder tief und knurrend? Ich liebe es ebenso sehr, einen Boy zum Kreischen zu bringen wie einen Mann zum Grunzen.

Da Matthew sowohl ein Boy als auch ein sehr erwachsener Mann ist, hoffe ich, dass er beide Laute von sich geben wird.

Was wird er tun, wenn ich ihn rimme? Wird er versuchen, sich zu verstecken, oder mir seine Röte zeigen? Er ist so expressiv. Ich werde alles in meiner Macht Stehende tun, um sein Gesicht zu sehen – schwierig, wenn mein Mund an seinem Hintern ist, aber ich werde eine Möglichkeit finden.

Ich starre an die Decke, mustere die wirbelnden Sterne im Putz, stelle mir vor, wie Matthew sich winden und bocken wird, wenn ich einen vibrierenden Anal-Plug in seinen Hintern stecke, ihn jedes Mal anstelle, wenn er ein besonders guter Boy ist. Eine kleine Belohnung, wenn er mich erfreut.

Mein Handy pingt erneut. Ich schaue beinahe nicht nach, weil ich zu sehr damit beschäftigt bin, mir einen herunterzuholen, aber dann werfe ich doch einen Blick darauf.

Ich bin gerade so hart gekommen, während ich an dich gedacht habe, Daddy. Möchtest du ein Foto sehen?

Ich stöhne. Ich kenne Matthew bereits gut genug, um zu wissen, dass er das Gefühl hat, ein sehr großes Risiko einzugehen, indem er sich so weit aus dem Fenster lehnt. Ich muss meine Eier packen, damit ich nicht auf der Stelle meine Ladung verliere. Ich schaffe es, die Diktierfunktion zu benutzen und knurre: *ja.*

Das Foto, das ich bekomme, ist absolut herrlich.

Matthew liegt auf dem weißen Bettzeug, seine grau melierten

Haare sind feucht von Schweiß, seine Pupillen riesengroß und seine Wangen, sein Hals und sein Brustkorb rot gefärbt – jetzt kenne ich wohl die Antwort auf diese Frage – und Schnüre weißer Wichse bedecken seine Brusthaare und seine kleinen, rosigen Nippel.

Mein Bauch spannt sich an, mein Orgasmus wird mir bei diesem Anblick förmlich entrissen. Ich grunze und schnaube, als ich komme, meine Beine zittern und zucken. Wichse sammelt sich auf meinem Bauch, gleitet an meinen Hüften nach unten und macht mein Laken nass.

Mein Hirn plappert. *Fucking* fuck. *Er hat mich mit nur einem Foto dazu gebracht zu kommen. Und es war noch dazu ein* guter *Orgasmus. Heilige verdammte Scheiße.*

Mein Handy pingt.

Ist das in Ordnung, Daddy?

Ich grunze mich durch ein weiteres Nachbeben, bevor ich Matthew mit zitternden Fingern schreibe, dabei so viele Tippfehler mache, dass ich, einmal in meinem Leben, dankbar für die Autokorrektur bin. *Willst du sehen, wie glücklich du Daddy gemacht hast? Du hast dafür gesorgt, dass ich so heftig komme, Boy.*

Bitte, zeig es mir.

Ich mache ein Foto von meinem eigenen, mit Wichse getränkten Schwanz und Schamhaaren und schicke es, zittere durch ein paar weitere Nachbeben, bevor er antwortet.

Ich will das ablecken, Daddy. Darf ich?

Fuuuck. Dieser Boy fühlt sich jetzt nicht so schüchtern, oder? Ich kann mir genau vorstellen, wie eifrig er sein wird, sich neben mich auf das Bett kniet, meine zusammengelaufene Wichse leckt und seine unschuldigen Augen beobachten dabei meine Reaktion. Ich schreibe: *Ich werde dafür sorgen, dass du alles davon isst, wenn wir zusammen sind, Boy. Jeden einzelnen Tropfen.*

Er schickt ein Herz-Emoji und ich stöhne, wünsche mir, ich könnte sein Gesicht sehen. Wir hätten das nicht tun sollen. Das ist nicht Teil des Plans. Wir sollten nur eine Nacht zusammen haben. Ich sollte nicht vorher mit ihm sexten oder mich fragen, ob ich morgen nach Nashville fahren kann, um seinen Schwanz zu lutschen, während er meine Haare streichelt und dabei gurrt: „Daddy, ja, bitte, Daddy. Bitte, lass deinen Boy kommen, Daddy.“

Mein Handy pingt mich aus meinen Gedanken.

Danke, Daddy. Gute Nacht.

Gute Nacht, Boy. Schlaf gut.

Das ist mehr als genug. Ich hoffe, dass er mir bis morgen keine Nachrichten mehr schreibt.

Das ist eine Lüge.

Ich weiß nicht, was das Besondere an Matthew Angel ist, aber ich möchte – nein, ich *brauche* – mehr und ich denke, dass dies zu einem riesigen Problem wird. Ein großes, schwieriges Chaos. Eine komplizierte Situation.

Ein Weihnachtsproblem, wenn man das so sagen möchte.

Ich kichere, high von Lust und meinem Orgasmus, bedecke mein Gesicht und trete wie ein fröhlicher Idiot gegen meine Decke.

Heilige Scheiße, wo bin ich da nur hineingeraten?

Ich kann es nicht abwarten, es herauszufinden.

TEIL ZWEI

Das Sexuelle Erlebnis

KAPITEL SIEBEN

Matthew

ES IST SPÄT am Vormittag, als ich den steilen Hang auf die sogenannte Blockhütte oben am Berg zufahre – sie sieht mehr wie eine Lodge aus, mit drei Stockwerken und beeindruckenden Balkonen. Ich bin so nervös, dass ich das Zittern meiner Muskeln nicht unterdrücken kann. Ich war für den Großteil der beinahe fünfstündigen Fahrt von Nashville hierher für den Tempomat dankbar gewesen, weil ich zittere, als wäre ich draußen in der Eiseskälte gefangen gewesen.

Aufregung, Nervosität, Freude, wie ich sie noch nie erlebt habe, das alles wirbelt wild in mir herum. Wenn ich auch nur halb so durcheinander aussehe, wie ich mich fühle, muss ich wie ein absolutes Wrack wirken.

Ich habe letzte Nacht kaum geschlafen, weil ich so viel fantasiert, mich aber geweigert habe, mir einen herunterzuholen. In meinem Alter kann die Erholungsphase nach einem Orgasmus nervig lang dauern und ich möchte mit Daddy so oft wie möglich kommen.

Auf diese Weise an Erik zu denken, ist zu Kopf steigend, schmutzig und nervenaufreibend und es macht mich so hart und bereit, dass ich manchmal beinahe Sterne vor reinem Begehren sehe. Ein Orgasmus ist nicht einmal nötig, damit ich mich fühle, als hätte ich eine außerkörperliche Erfahrung, nicht mit diesem Kink. Und all diese berauschende Herrlichkeit habe ich erlebt, ohne überhaupt in Daddys Nähe zu sein – nur aufreizende Textnachrichten und sexy Fotos und mein eigenes, inneres Sehnen, um mich zu diesem Gipfel der Erregung zu bringen.

Es ist, als wäre ich eine Woche lang stimuliert worden, ohne kommen zu dürfen.

Ich habe mir selbst keinen Orgasmus mehr gestattet, seit ich von Daddy weggefahren bin, abgesehen von dieser ersten Nacht im Hotel. Ich hatte gedacht, dass ich spontan kommen würde, wenn ich mich nicht selbst darum kümmerte. Darum hatte ich mit meinem Hintern gespielt und dabei an ihn gedacht und als ich nicht mehr in der Lage gewesen war, mehr zu ertragen, hatte ich meinen Schwanz zwei Mal gepumpt, bevor ich auf meinen Bauch, Brustkorb und die Hotellaken gekommen war. Es war explosiv gewesen. Intensiv. Einer der besten Orgasmen meines Lebens.

Bis zu dem, was immer jetzt passiert.

Was auch immer Daddy für mich geplant hat, ich bin mir sicher, dass ich so heftig kommen werde, dass mein Hirn abschaltet und das mehr als einmal. Ich schaudere, als ich das Auto auf Parken stelle, ducke meinen Kopf ein wenig, um die Lodge durch die Frontscheibe ganz sehen zu können.

Über der ganzen Szenerie liegt ein Schleier – Nebel ist aufgekommen – und ich bemerke, dass die Wolken über uns schwer und dunkel sind. Es ist düster, beinahe, als ob der Abend schneller gekommen wäre, als er das sollte.

Aber die Lodge sieht warm und sicher aus, Rauch steigt aus dem Kamin und verschiedenfarbige Weihnachtsbeleuchtung ist an den Geländern der Veranden, am Dach und um die Fenster herum angebracht. Das Blockbohlenhaus fühlt sich rustikal an, aber die Konstruktion ist neu und auf Komfort ausgelegt. Das kann ich sogar von draußen sehen.

Ich steige aus dem Auto und der Klang meiner sich schließenden Tür hallt durch die Bergluft. Ich stopfe meine Hände in die Taschen meiner dunklen Jeans und bin dankbar für den weichen

Schal um meinen Hals und meinen dicken MTSU-Pulli. Es ist kalt und es riecht, als ob Schnee unterwegs wäre. Ich neige meinen Kopf nach hinten und mustere die Lodge, Stockwerk für Stockwerk.

Der oberste Stock scheint ein großer Bereich zu sein, so wie die Fenster gesetzt sind. Von diesem Raum führen Glasschiebetüren auf die obere Veranda. Das ist wahrscheinlich das größte Schlafzimmer, das, zweifelsohne, die beste Aussicht bieten wird.

Das mittlere Stockwerk scheint der Wohnbereich zu sein, was ich aus dem wunderschönen Weihnachtsbaum mit den funkelnden weißen Lichtern schließe, den ich durch die großen Fenster, die nach Osten gerichtet sind, erkennen kann. Wenn ich raten müsste, würde ich annehmen, dass sich dort auch die Küche befindet und ein Aufenthaltsbereich, dazu vielleicht ein Schlafzimmer? Vielleicht nicht. Das kommt darauf an, ob Erik ein formeller Essbereich wichtig ist.

Die Veranda des mittleren Stockwerks hat ein Dach und ist größer als die vor dem Hauptschlafzimmer. Es gibt dort eine breite Schaukel mit Kissen, ein Sofa und einen Tisch, sowie Ventilatoren an der Decke für den Sommer. Aber im Geiste der Jahreszeit hat jemand verschiedenfarbige Weihnachtsglühbirnen an die Ventilatorflügel gehängt und sie funkeln in der Düsternis wie winzige, festliche Sternenkonstellationen. Es ist wunderschön und genau das, was ich brauche.

Den Weihnachtsschmuck meiner Eltern habe ich verpackt auf den Dachboden gestellt, wo er Staub ansammelt. Es kommt mir irgendwie falsch vor – oder zumindest wie eine unnötige Verschwendung von Elektrizität – einen Baum nur für mich aufzustellen.

Morgen werde ich die lange Fahrt zurück nach Nashville in ein dunkles Haus antreten, um dort den Weihnachtsabend zu verbringen. Es könnte genauso gut jeder andere Tag sein, weil ich niemanden habe, mit dem ich feiern könnte. Doug und Forest sind eindeutig noch nicht bereit, mich zu ihrem Feiertagsessen einzuladen, nach dem, was ich beim letzten Mal, als ich dort war, getan habe. Ich kann ihnen daraus keinen Vorwurf machen.

Eriks Heim ist eine festliche Szene direkt von einer Weihnachtskarte oder aus einer von hunderten kitschigen Feiertagsromanzen, die ich immer stundenlang schaue, obwohl die Geschichten von Weihnachtswundern und die Liebe mit Handwerkern aus Kleinstädten zu finden immer dafür sorgen, dass ich mich so allein wie nie zuvor fühle.

Wieder lasse ich meinen Blick über die fröhlichen Lichter schweifen und das warme Glühen des Baums im Fenster. Zumindest werde ich für eine magische Nacht dieses Weihnachtswunderland genießen dürfen. Ich frage mich, ob die Dekorationen die Idee von Erik oder seiner Mutter sind. Hängen sie sie nach Thanksgiving auf? Sechs Wochen das hier wäre reine Seligkeit.

Da wir gerade von Eriks Mom reden, das Parterre hat einen eigenen Eingang und ich denke, das muss ihrer sein. Die Veranda davor hat ein weiteres Sofa und einen Tisch und es gibt auch einen Stapel Feuerholz. Rechts auf der Veranda steht ein Grill, außerhalb des Überhangs der Veranda darüber und er scheint oft benutzt zu werden. Hier unten funkeln keine Lichter, darum nehme ich an, dass sie nicht zu Hause ist.

Ich habe deswegen gemischte Gefühle. Ich möchte sie für unsere gemeinsame Nacht nicht hier haben, aber ich bin auch neugierig auf diese Frau, die ihrem erwachsenen Sohn immer noch so nahe steht und die seinen Kink und seinen ehemaligen Boy ohne Probleme akzeptiert hat. Ich kann es mir nicht einmal vorstellen. Meine eigenen Eltern hätten …

Ich versuche, den Gedanken abzuwürgen, aber er trifft mich dennoch.

Sie hätten sich so geschämt. Wenn sie wüssten, wo ich jetzt bin, wenn sie wüssten, was ich tun werde und mit wem? Sie würden auf ihre Knie fallen und für meine Seele beten. Mom würde jammern und weinen und Dad … ich möchte nicht einmal daran denken, was Dad tun würde. Mir sagen, dass ich sein Haus verlassen und niemals zurückkommen soll? Mich enterben?

Ich schüttle mich.

Es spielt jetzt keine Rolle mehr. Sie sind tot. Ich vermisse sie wie einen ständigen Zahnschmerz, der nachlässt und dann mit voller Wucht zurückkehrt, wenn ich es am wenigsten erwarte. Aber ich vermisse nicht, wie ihr Glaube und ihre konservative Einstellung mich so klein gehalten haben. Mich davon abgehalten haben zu erfahren, was ich will oder einen sicheren, vernünftigen Weg zu finden, es zu bekommen.

Wo wir gerade von sicher und vernünftig sprechen. Das ist etwas, was Doug unbedingt sehr intensiv mit mir besprechen wollte, bevor er mich hierherkommen hat lassen. Nicht, dass er irgendetwas darüber zu sagen hat, was ich mit meinem Leben anfange, aber es war schön zu sehen, dass ich ihm doch irgendwie wichtig bin.

Die Sorge in seinen Augen, als er sich mit mir bei einem Glas Whiskey in der Hummingbird Bar hingesetzt hat, hatte sich wie eine warme Decke angefühlt, von der ich nicht gewusst hatte, dass ich sie brauchte. Zum ersten Mal seit ich diesen schrecklichen Fehler begangen hatte, Forest anzumachen, hatte ich Dougs Zuneigung für mich gespürt.

Nachdem er den Vertrag, den ich mit Erik unterschrieben habe, durchgelesen hatte, hat er ihn für oberflächlich sicher und vernünftig befunden, solange *Erik* kein Risiko ist. Dann hatte Doug darauf bestanden, die Namen und Referenzen, die Nick und Erik mir gegeben hatten, zu bekommen und sie selbst anzurufen, mit dem Argument, dass weil er ja in der Welt des Kinks unterwegs war, er besser wüsste, welche Fragen er stellen und auf welche Alarmzeichen er achten muss. Nachdem er das gemacht hatte, hatte er mir geschrieben: *Ich denke, dass er sicher ist. Viel Spaß.*

Sicher.

Bin ich das?

Ist das hier wirklich sicher und vernünftig? Heute Nacht? Hierherzukommen, in dieses abgelegene Haus, nachdem ich bei einer Wohltätigkeitsauktion einen Daddy gekauft habe? Aufgeregt angesichts des Gedankens, von ihm geführt und gekuschelt und gefickt zu werden? Das ist Wahnsinn, oder? Ich nehme an, das ist es, aber ich mache es. Ich werde für nur einen Abend für mich selbst leben und wenn es sich richtig anfühlt? Wenn sich herausstellt, dass es das ist, was ich möchte? Dann werde ich eine wahre Sache über mich gelernt haben.

Ich gehe zur Rückseite meines Autos und öffne den Kofferraum. Ich hole meinen Koffer – einen kleinen Trolley, den ich bei all meinen Geschäftsreisen nutze – heraus und lasse ihn auf die Kieseinfahrt plumpsen. Er ist leer, abgesehen von einer Garnitur Wechselkleidung, einer Zahnbürste und Zahnpasta, einer Bürste und dem Vertrag, den Daddy und ich letzte Woche in der Bar unterschrieben haben.

Ein seltsames Geräusch ertönt rechts von mir und ich drehe meinen Kopf, schaue durch die Bäume auf eine Lichtung, die sich unterhalb meines Standpunkts befindet, auf ein weiteres flaches Stück Land, auf dem, wenn das hier eine Nachbarschaft wäre, ein weiteres Haus gebaut worden wäre.

Ein roter Stall, wie etwas aus einem Kinderbuch, ist von einem Ring aus Nebel umgeben und glüht zauberhaft von Lichtern im Inneren. Ich höre das seltsame Geräusch erneut und erkenne es als das Wiehern eines Pferdes. Ein weiteres Geräusch antwortet … das Blöken einer Ziege.

Mein Handy summt in meiner Gesäßtasche und ich hole es heraus.

Du bist hier.

Ich drehe mich um, kann Erik aber nirgendwo sehen. *Ja. Wo bist du?*

Ich bin im Stall. Molly hat gestern Nacht ihr Baby bekommen und ich wollte sehen, wie es ihm geht.

Während ich mich frage, wer Molly ist – irgendein Tier, nehme ich an – und ob ich jetzt zum Stall gehen oder hier auf ihn warten soll, kommt eine weitere Nachricht.

Molly ist eine Ziege.

Ich lache und antworte: *Das habe ich mir gedacht.*

Warte einen Moment und ich bin gleich da. Stell dich auf die Veranda. Die Aussicht ist schön.

Ja, Daddy.

Guter Boy.

Meine Nippel werden hart, mein Schwanz füllt sich und ich bin bereit, mich auf der Stelle auszuziehen, und ihm meinen Hintern über der immer noch warmen Motorhaube meines Autos zu präsentieren. Aber ich tue, was er mir gesagt hat, ziehe meinen zum Glück leichten Koffer die ziemlich steile Treppe hinauf. Auf halbem Weg nach oben komme ich an einer versteckten Veranda rechts vorbei, die einen Hot Tub hinter einer hohen Sichtschutzwand hat. Ich gehe weiter auf die mittlere Veranda, nur ein wenig außer Atem.

Und als ich jetzt in die Fenster schauen kann, sehe ich ein Wohnzimmer, eine Küche und einen Essbereich, der durch eine lange, gebogene Arbeitsfläche abgetrennt ist, die um eine dicke hölzerne Säule gebaut ist, die wiederum direkt von der Decke kommt – ohne Zweifel ein tragender Balken. Der Weihnachtsbaum, den ich ebenfalls durch das Fenster sehen kann, ist hoch, mit weißen Lichtern und verschiedenfarbigen Birnen in allen Größen bedeckt und darunter liegen Geschenke, verpackt in grün-rot-weiß gestreiftes Papier.

Und als ich über das Geländer der Veranda schaue, sehe ich, dass Daddy recht hat. Die Aussicht ist wunderbar, wenn im

Moment auch ein wenig verschleiert, aber wir sind hier in den Blue Ridge Mountains der Appalachen und der blaue Nebel ist normal und erhöht noch das sachte Geheimnis um die ältesten Berge der Welt. Mein Blick folgt den Kurven und Schatten, den Vertiefungen und Scharten und dem dünnen Nebel, der in ihnen tanzt, bis ich meine Aufmerksamkeit auf den roten Stall richte und sehe, wie Daddy herauskommt. Er schlendert über einen gut ausgetretenen Pfad, der zum Haupthaus führt.

Er trägt Jeans und Stiefel, ein T-Shirt und ein dickes Flanellhemd, sowie eine Wollmütze auf dem Kopf. Die Luft ist kalt, aber nicht eisig, darum hat er sich keine Jacke angezogen. Seine Art zu gehen ist fesselnd – stark, selbstsicher. Es gibt kein Zögern, als er jeden Schritt macht, die Hände hat er in den Taschen, sein Kinn ist angehoben.

Ich weiß nicht, ob ich mich hinsetzen und warten soll, aber das kann ich nicht. Ich bin zu aufgeregt. Meine Handflächen werden ganz schwitzig und mein Magen schlägt Purzelbäume. Meine Beine fühlen sich an, als würden sie unter mir nachgeben, als Daddy den Treppenanfang erreicht und anfängt, heraufzugehen.

Klomp, klomp, klomp.

Seine Stiefel landen schwer auf den Holzschwellen. Ominös. Ein wenig bedrohlich. Meine Gedanken drehen durch, bieten mir alle möglichen schmutzigen Fantasien – er wird mich packen, mich über das Geländer beugen und –

Nein, nein, er wird auf mich zukommen, mich an der Kehle packen und –

Nein, er wird mich auf die Knie zwingen und meinen Mund mit seinem –

Nein, er wird –

Er wird das Ende der Treppe erreichen, zu mir schlendern, seine Augen warm und sein Lächeln cool und entspannt. Er wird meine Wange berühren, wie er es getan hat, als wir uns das erste Mal begegnet sind, meinen Kopf festhalten und sich zu einem Kuss vorbeugen. Einem süßen, sexy Kuss.

Ich stöhne, packe seine Arme, liebe es, wie dick sein Bizeps ist. Ich lehne mich in seinen Körper, öffne mich für seine Zunge. Der Kuss ist nicht aggressiv. Er ist leidenschaftlich, aber er küsst mich nicht, als ob er es nicht erwarten kann, mir die Kleidung vom Leib zu reißen. Ich bin begeistert, aber auch enttäuscht. Es ist erst mein dritter Kuss und ich bin nicht geübt, aber das kümmert mich nicht, weil er mir mit jeder zärtlichen Liebkosung seiner Lippen und Zunge beibringt, was ich tun muss.

Hungrig, eifrig, jage ich seinem Mund nach, als er sich zurückzieht. Daddy gibt mir noch einen kleinen Schmatz, bevor er seine Finger auf meine Lippen legt, meinen nächsten Versuch, den Kuss zu verlängern, stoppt.

„Es ist schön, dich zu sehen, Boy.“

Ich nicke, zum Schweigen gebracht von dem Brüllen der Leidenschaft in mir.

„Begrüßt du so deinen Daddy?“

Ich fange an zu schwitzen. Ich möchte es nicht jetzt schon verbocken. Aber Daddys Augen sind geduldig und ich schaffe es, „Es ist auch schön, dich zu sehen, Daddy“, herauszubekommen. Meine Stimme ist rau, als hätte ich mit Tannennadeln gegurgelt. Ich zittere immer noch und er bemerkt es, streicht mit seinen Händen an meinen Armen auf und ab. Sein Blick ist ernst und das weckt einen Schmerz in mir.

„Dieser Pulli ist zu dünn für das Wetter, das wir bekommen, Boy. Komm mit rein. Wir wollen dich warmhalten.“

Ich lasse zu, dass er meine Hand nimmt und mich in das wunderschöne Haus führt. Die Hitze vom Holzofen ist weich – nicht überwältigend oder austrocknend – und ich sauge sie in mich auf, lasse zu, dass sie das von der Kälte ausgelöste Zittern stoppt, und überlasse mich dem Schaudern, das nur von meiner Nervosität kommt. Ich stehe neben ihm, als er seine Stiefel auszieht, und werde meine Sneaker los. Er stellt sie in ein Schuhregal neben der Tür und ich stehe in meinen Socken da, mein Herz hämmert und ich warte ab, was für eine sexy Sache als Nächstes passiert.

Wie sich herausstellt, ist es überhaupt nicht sonderlich sexy.

Er sagt mir, dass ich meinen Koffer an der Tür stehen lassen soll, bevor er mich an dem Weihnachtsbaum und dem Sofa vorbei zu der Arbeitsplatte führt, die die Küche vom Rest des Wohnbereichs trennt. Über meine Schulter sehe ich den Essbereich, aber ich betrachte ihn nicht zu genau.

„Setz dich." Er deutet auf die hohen Barhocker, schenkt mir ein Grinsen, als er um die Platte herumgeht und sich die Hände in der tiefen Spüle mir gegenüber wäscht. „Wie war deine Fahrt?"

„Großartig." Ich setze mich auf einen der Hocker, schaue mich blinzelnd um, meine Kehle ist trocken und meine Hände zittern immer noch vor Nervosität. „Das Wetter war gut. Es gab einen Unfall, an dem ich ungefähr eine Stunde hinter Knoxville vorbeigekommen bin, aber niemand schien verletzt zu sein und die Polizei war da. Der Verkehr ist wegen Schaulustiger beinahe zum Erliegen gekommen."

Ich plappere ein wenig, aber ich weiß nicht, was ich sonst tun soll. Ich weiß nicht, wie das hier *funktioniert*.

„Du musst früh aufgestanden sein", bemerkt Erik – *Daddy* – und holt zwei Gläser aus dem Schrank, stellt sie auf die Arbeitsplatte zwischen uns. „Ist Wasser in Ordnung? Ich habe auch noch Dosenlimonade, wenn dir das lieber ist, aber, um ehrlich zu sein, wäre es mir lieber, wenn du Wasser trinkst. Schon bald wird genügend Flüssigkeit wichtig sein."

Mein Atem stockt. „Was immer du magst, Daddy."

Er grinst und dieses nervöse, aufgeregte Flattern in meinem Magen kriecht in meine Kehle. Wenn ich von Natur aus fantasiereich wäre, würde ich mir vielleicht vorstellen, dass die

Schmetterlinge kurz davorstehen, loszufliegen. Aber ich bin Buchhalter und von uns wird erwartet, langweilig, gesetzt und ernst zu sein.

Vielleicht will ich das nicht mehr sein. Wenn ich es je war. Ich kann mich daran erinnern, wie ich mich in meiner Jugend danach gesehnt habe, mich der Musik zu überlassen. Auch wenn ich schlecht darin war. In privaten Momenten habe ich mich davon führen und kommandieren, übernehmen lassen. Nummern und Steuerrückzahlungen können das niemals schaffen. Nicht für mich.

„Wann bist du in Nashville losgefahren?", fragt Daddy, während er einen Krug Wasser aus dem Kühlschrank holt. Er schenkt es in beide Gläser ein.

„Gegen sieben. Es war nicht so schlimm. Ich bin nicht früher aufgestanden, als wenn ich in die Arbeit gegangen wäre."

Der Krug hat einen eingebauten Filter und er füllt ihn in der Spüle auf, bevor er ihn wieder in den Kühlschrank stellt. „Hast du unterwegs angehalten, um zu essen?"

„Nein, Daddy."

Er lehnt sich auf die Arbeitsfläche, die Ellbogen unten, seine Unterarme sind zu sehen, wo er die Ärmel seines Flanellhemdes nach oben geschoben hat. Er schaut mich warm an, noch während er missbilligend mit der Zunge schnalzt. „Hast du gefrühstückt?"

„Ich war zu nervös, um zu essen."

„Mm." Er lächelt mich wieder an und dreht sich dann zu den Schränken um, holt Brot, Erdnussbutter und eine Tüte Chips heraus. Er geht zum Kühlschrank und zieht Traubengelee heraus. Während ich zuschaue, und meine Beine auf der Fußablage des Barhockers zittern, macht er ein Erdnussbutter-Gelee-Sandwich, gibt die Chips dazu und reicht es mir. Die ganze Zeit, während er arbeitet, hängt Schweigen zwischen uns, aber es ist nicht unangenehm, nur aufgeladen.

„Das ist großartig", sage ich mit vollem Mund. „Mir war nicht klar, dass ich solchen Hunger habe."

„Iss auf. Dann gehen wir in den Stall."

„Tun wir das?" Ich weiß nicht warum, aber ich habe die Fahrt damit verbracht, mir vorzustellen, dass ich bei seiner Hütte ankomme – die in meiner Fantasie rustikaler gewesen ist – und wir sofort loslegen. Schließlich habe ich nur ungefähr zwanzig Stunden und ich habe eine Menge Dinge, die ich mit ihm zusammen erleben möchte, bevor meine Zeit abläuft. Viele nackte Dinge.

„Ja."

Während ich mich durch das Sandwich und die Chips arbeite, muss ich meine Verwirrung und meine Enttäuschung ausgestrahlt haben, weil er die Hand ausstreckt und meine Haare zaust. „Mach dir keine Sorgen, Boy. Daddy passt auf dich auf. Alles wird gut laufen. Ich verspreche, dass du bekommst, was du willst."

Ich nicke, trinke das Wasser, das er mir gegeben hat und würge den Klumpen Erdnussbutter, Gelee und Brot hinunter. Ich muss darauf vertrauen, dass Erik es am besten weiß. Das ist Teil dieser ganzen Sache, oder? Ihn die Führung übernehmen lassen. Ihm die Kontrolle über die Situation lassen.

„Na bitte", sagt er, als ich fertig bin. „Gut gemacht."

Ich erröte, ein wenig beschämt, dass ich dafür gelobt werde, gegessen zu haben, als wäre ich ein Kind oder so – und wann hatte ich das letzte Mal ein PB&J? – aber als er sich von der Spülmaschine wegdreht, in die er den Teller gestellt hat, sieht er meinen Gesichtsausdruck und sagt es erneut.

„Gut gemacht, Boy. Daddys Anweisungen zu folgen ist der Schlüssel dafür, dass du heute Nacht Spaß hast. Du fängst genau richtig an." Er kommt um die Arbeitsfläche herum und geht in Richtung der Tür, wo wir unsere Schuhe gelassen haben. „Hier entlang."

Ich gehorche und bin kurz darauf in einen zu großen blauen Daunenmantel mit gefütterten Taschen gehüllt. Als er einen Schal um meinen Hals legt und mir eine Mütze aufsetzt, werde ich erneut an meine Kindheit erinnert – daran, wie meine Mom und mein Dad mich eingepackt haben, wenn ich an diesen eisig kalten Wintermorgen lange auf den Schulbus warten musste. Erik ist größer als ich und ich fühle mich klein. Seine Hände sind zärtlich, als er die Falten des Mantels über meinen Schultern glatt streicht und meine Ohren besser unter die Mütze steckt.

„Na bitte. Jetzt wirst du nicht frieren.“

Er zieht einen Arbeitsmantel und eine gefütterte Mütze für seinen Kopf an und öffnet die Tür. „Nach dir.“

Sobald wir draußen sind, nimmt er meine Hand und führt mich zurück die Stufen hinunter und in Richtung des Weges zum Stall. Er schwingt unsere Hände. „Magst du Pferde?“

„Ich glaube schon?“ Mein Kinn und meine Wangen fangen an, ein wenig zu schmerzen wegen der beißend kalten Luft und ich ziehe meinen Schal nach oben, bis er mein Kinn bedeckt. Erik dagegen scheint die Kälte des winterlichen Berges nichts auszumachen.

„Du hast nie viel mit ihnen zu tun gehabt?“

„Nicht wirklich.“

„Ziegen?“

„Nur im Streichelzoo.“

„Nun, dann wird das etwas Besonderes. Das hier ist kein Streichelzoo.“ Während wir gehen, erzählt er mir von Dora, Tyrone, Zebra Cake und Ryder, den vier Pferden, die im Stall wohnen. „Sie sind alle trainierte Stuntpferde. Sie helfen mir, meinen Job zu machen und im Gegenzug verwöhne ich sie bis zum Abwinken.“

„Hast du ihnen die Namen gegeben?“, frage ich, konzentriere mich auf die wahrscheinlich unwichtigste Sache, die er gerade gesagt hat, bin aber dennoch sehr neugierig.

„Nur Ryder. Die anderen sind mit ihren Namen zu mir gekommen.“

„Zebra Cake …“ Ich grinse. „Hat er einen gestreiften Hintern?“

Lachend drückt Erik meine Finger. „Die fünfjährige Tochter seines Vorbesitzers hat ihn nach ihrem Lieblingskuchen von Little Debbie benannt.“

„Mm, man muss Zebrakuchen einfach lieben.“

„Und er ist auch so süß.“

Ich lächle. „Du scheinst deine Arbeit sehr zu genießen.“

„Du nicht?“

„Nicht wirklich.“ Ich zucke mit den Schultern, blinzele, als etwas, das sich wie Eis anfühlt, gegen mein Gesicht prallt. „Ich bin gut darin, aber das ist auch schon alles. Ich würde nicht sagen, dass es mich glücklich macht. Ich kann damit die Rechnungen bezahlen.“

„Hm.“ Er fragt nicht weiter, redet wieder über die Tiere, die ich kennenlernen werde. Während der Nebel um unsere Füße wirbelt, fangen die dunklen Wolken über uns an, kleine Eispellets auszuspucken. Das Wetter ist auf Schnee eingestellt, aber Erik hat nicht erwähnt, dass dies ein Problem sein könnte, darum mache ich mir keine Sorgen. Daddy wird sich um mich kümmern.

„Dann ist da noch Molly, die frischgebackene Mutter. Das ist ihr erstes Zicklein.“

„Oh? Hast du mich darum gleich in den Stall bringen wollen?“

„Ja, ich würde gerne noch einmal nach ihr sehen. Sie ist ein wenig unsicher. Das und ich sehe gerne, wie meine Spielpartner sich bei Tieren verhalten. Das gibt mir deutlich mehr Informationen, als ihnen vielleicht klar ist.“

Ich fühle mich verunsichert und räuspere mich, bevor ich frage: „Was sagt es dir?“

„Zum einen erzählt es mir etwas über ihr Selbstbewusstsein und ihre Empathie.“ Ein Hund bellt und ein anderer winselt. Zwei preschen um die Ecke des roten Stalls, beide weiß und schwarz und sehen in dem herumwabernden Nebel beinahe geisterhaft aus. „Das sind Kramer und Scott." Erik lacht erneut. „Und hier kommen Sallie und ihr Sohn, Brodie."

Zwei weitere Hunde, diese braun und weiß mit Flecken, eilen hinter den ersten beiden her, werfen sie um und fangen an, im Schnee zu spielen. Fasziniert von ihrem Gehabe vergesse ich, mir Sorgen darüber zu machen, was meine Reaktion auf sie bedeuten könnte und lache, während die Hunde spielen. Genauso wie Erik. Der Klang seiner kehligen Freude löst die Spannung, die seit meiner Ankunft in mir gewachsen ist und als Erik meine Hand erneut drückt, bin ich voller aufgeregter Erleichterung und Vorfreude.

„Vier Hunde!"

„Es gibt auch noch Stallkatzen."

„Du musst Tiere wirklich lieben."

„Du nicht?"

„Das tue ich." Ich beiße mir auf meine Unterlippe und gebe dann zu: „Ich habe eine Katze. Terrficius Persimmon Mottsanders. Oder kurz Simmony Sunshine."

„Kurz", wiederholt Erik mit einem glücklichen Lachen.

„Oder manchmal ist es auch Terry Ficus. Oder Mott, the Pissy Pants."

"Worauf hört sie-."

"Er."

"Ah, worauf hört er?"

"Auf alles. Er ist sehr liebevoll."

„Und wo ist er dieses Wochenende?"

„Meine Nachbarin, Maureen, kümmert sich um ihn, wenn ich auf Reisen bin. Sie lässt mich nicht einmal dafür bezahlen."

„Das ist nett von ihr."

Die Hunde rasen an uns vorbei, jagen einander und keuchen laut in der kalten Luft, kleine Wolken steigen von ihren geöffneten Mäulern auf. Zwei von ihnen drücken sich kurz an Eriks linken Oberschenkel und er streicht mit seinen Fingern über ihre Rücken, als sie an ihm vorbeigehen. Es wärmt mir das Herz zu wissen, dass Erik Tiere liebt.

Wenn ich noch irgendwelche Ängste in Bezug auf das Wochenende oder Sorge gehabt hätte, dass die Referenzen, die ich eingeholt hatte, Erik als Person nicht ehrlich beschrieben haben, hätte zu sehen, wie er innerlich aufleuchtet, wenn er über seine Pferde und Hunde spricht, sie zerstreut.

„Wir halten die Tiere in der Regel nicht drinnen. Sie haben mehrere Weiden auf dem Grundstück, wo sie sich das ganze Jahr über frei bewegen können, sowohl die Ziegen als auch die Pferde. Aber da Schnee angesagt ist, behalten wir sie im Stall, wo es warm und sicher für sie ist." Er schwingt die große Tür auf.

Im Stall ist es warm und der Geruch nach Mist und Stroh steigt in meine Nase. Licht kommt durch mehrere hohe Fenster herein. Staubflusen schweben in der Luft. Es ist auf jeden Fall nicht still. Ich höre das Blöken von Ziegen und das Schnauben von Pferden, zusammen mit dem Stampfen ihrer Hufe. Eine orange-weiße Katze schleicht sich an und schmiegt sich um Eriks Bein, als er direkt am Eingang stehen bleibt. Er drückt erneut meine Hand, lässt sie dann los und deutet hinauf auf den Heuboden. „Da ist Daisy. Die hier unten ist Dipsy."

Eine bunt gescheckte Katze mustert mich von oben. Ich winke und lächle.

„Komm und lern Zebra Cake kennen", sagt Erik, führt mich in die Hälfte des Stalls, der in Pferdeboxen unterteilt ist.

Als ich mich nähere, schiebt ein braunes Pferd mit weißer Mähne seinen Kopf heraus und schaut Erik an, bevor es schnaubt. Erik lacht und sagt: „Ich habe keine frische Karotte gebracht. Du hattest gerade eine, Dummerchen."

Das Pferd verdreht die Augen.

„Weiß er, was du gesagt hast?"

„Sie sind sehr intelligent", erklärt Erik, greift dabei in einen

Eimer in der Nähe der Box und zieht eine Handvoll Heu heraus, reicht es mir. Der Geruch bringt eine klare Erinnerung an eine Halloweenfahrt auf dem Heuwagen eines Nachbars zurück, als ich fünf oder sechs war.

„Wenn du möchtest, kannst du ihm das geben und dann lässt er dich seine Nase streicheln."

Ich trete vor, um das Heu mit flacher Hand anzubieten. Zebra Cakes Lippen kitzeln meine Handfläche und ich habe Mühe, meine Hand nicht zurückzuziehen, als ich zu kichern anfange.

„Kitzlig?"

„Ja", antworte ich, streichle dabei über Zebra Cakes samtige Nase. Er kaut, während ich ihn klopfe und sein glänzendes Fell bewundere. „Er ist wunderschön."

„Süß, stur und gut in seinem Job. Er ist der, auf dem ich die Anfänger trainiere. Ich kann darauf vertrauen, dass er nicht übermütig wird und auf einen stunt-hungrigen Schauspieler tritt, der gerade das Herunterfallen übt."

Ich lache. „Schauspieler. Was für ein Job. Man wird bezahlt, um von Pferden zu fallen."

„Und acht Monate lang nichts außer Hühnerbrust und Spinat zu essen, um dieses definierte Aussehen zu bekommen."

„Stimmt. Diese Schauspieler leiden. Da bin ich mir sicher."

„Aber ich habe gehört, dass das große Geld es aufwiegt", meint Erik grinsend. „Komm, lass uns sehen, was Dora von dir hält."

Ich bin mir nicht sicher, was Erik genau abwägt, als ich mit jedem der Pferde interagiere, aber er scheint erfreut zu sein und meine Nerven – die zum Zerreißen gespannt waren, als ich angekommen bin – zeigen sich jetzt in summender Aufregung anstatt in aus der Haut fahrender Angst.

Als Dora, Tyrone und Ryder mit mir fertig sind, führt Erik mich zur anderen Hälfte des Stalls und dem Ziegengehege. Ich bin erstaunt von der Lautstärke ihrer freudigen Rufe und ich keuche, als eine auf den Rücken einer anderen springt und dann über die Rücken zweier weiterer Kollegen steigt, bevor sie dann wieder nach unten hopst, um mit einer grauen Kampf-Ziege die Hörner aneinanderzustoßen.

„So spielen sie", versichert Erik mir. „Das da drüben ist Molly."

Wir gehen an dem großen Gehege vorbei, in dem die meisten der Ziegen spielen, blöken und ihr Heu kauen, zu einem anderen Bereich, der abgeteilt und geschützt ist. Dort ist es dazu noch sehr warm und ich sehe warum. Wärmelampen, Wärmepads und viele Decken umschließen die Mutter und ihr auf seinen winzigen Beinen wackelndes Kind.

„Aaaah." Dieses hohe Quietschen, das aus mir herauskommt, ist ein wenig peinlich, aber ich kann mich nicht beherrschen. „Das ist so niedlich."

„Mm-hm." Erik lehnt sich an den Eingang zu dem kleinen Bereich. „Sie ist absolut süß. Das sind sie immer."

„Wie wird ihre Zukunft aussehen?", frage ich, neige dabei meinen Kopf und überlege, ob die Ziegen für irgendeinen Teller bestimmt sind.

„Ich bin mir nicht sicher. Was denkst du, sollte mit ihr passieren?"

„Was sind ihre Optionen?"

Er lächelt mich an und zuckt mit den Schultern. „Sie kann hierbleiben und eine meiner Milchziegen werden oder ich kann sie an jemanden verkaufen, damit sie dann *dort* eine Milchziege wird."

„Sie wird also nicht gegessen?"

„Nein, Sir. Nun, es sei denn, ein Bär erwischt sie, wenn sie dieses Frühjahr herumwandert, aber die Hunde sind gut darin, die Ziegen davor zu schützen."

„Wenn du eine weitere Milchziege brauchst, solltest du sie vielleicht behalten. Sie wurde kurz vor Weihnachten geboren. Das kommt mir wie ein gutes Omen vor, oder?"

„Wie denkst du, soll ich sie nennen?"

Ich habe sofort eine Antwort, aber ich erröte, presse meine Zähne aufeinander, bin zu peinlich berührt, um es laut auszusprechen.

„Erzähl Daddy, was du denkst", fordert Erik mich auf und dieser Tonfall ist wieder da, so, dass ich mich gleichzeitig gerügt aber auch umsorgt fühle. Es ist seltsam, wie etwas so Kleines so viele komplexe Emotionen hervorrufen kann.

„Miss Merry Joy-Joy."

Eriks Lippen beben, dann lacht er in sich hinein, schaut dabei das Zicklein an. „Dann heißt sie Miss Merry Joy-Joy."

„Nein! Das ist absurd!"

„Mir gefällt es. Ich bin mir sicher, dass wir sie einfach Joy nennen werden, aber ihr voller Name wird eine Freude – ha! – sein, jedes Mal, wenn wir ihn benutzen." Er dreht sich zu mir, umfasst meinen Nacken und zieht mich zu sich. Als unsere Stirnen sich berühren, rieche ich Pfefferminze in seinem Atem. „Bist du jetzt bereit, mein Boy zu sein, Matthew?"

„Ja, Daddy."

„Bist du bereit, dass ich dich zurück ins Haus bringe, dich aufwärme und dir zeige, wofür dein Körper gemacht ist?"

Ich zittere und mein Schwanz füllt sich. „Ja", keuche ich. „Bitte."

„Willst du wissen, wie die erste Lektion lautet?"

Ich bebe, wünsche mir, er würde unsere Münder zusammenziehen, wünsche mir, er würde mich küssen und ich bin oh so in Versuchung, seinen Mund zu nehmen, ohne darauf zu warten, dass er ihn mir wieder gibt. Ich sage beinahe Ja, aber dann schlucke ich, hole zittrig Luft und meine: „Was – was immer Daddy möchte."

„Oh, Himmel, Boy", murmelt Erik, seine Hand spannt sich in meinem Nacken an, drückt unsere Stirnen noch fester zusammen. „Bist du dir sicher, dass du das noch nie gemacht hast?"

„Ich bin mir sicher, Daddy."

„Ich weiß, dass du das bist. Das war nur eine andere Art, dich zu loben, zu sagen, wie gut du bereits darin bist, mein Boy zu sein. Das war so eine gute Antwort. Es ist schwer zu glauben, dass du kein geübter Boy bist."

„Bin ich nicht."

„Ich glaube dir." Er zieht sich von mir zurück, küsst meine Stirn, mustert einen langen Moment mein Gesicht. Ich wünsche mir ich wüsste, was er dort sieht.

„Daddy?"

„Ja, Boy?"

„Können wir anfangen? Bitte?"

Er grinst. „Lass uns gehen. Diese Nacht wird wunderschön für dich. Gewaltig. Lustvoll. Vielleicht sogar angsteinflößend. Aber du wirst mich nicht mit dem Gefühl verlassen, benutzt worden zu sein. Das verspreche ich."

KAPITEL ACHT

Matthew

IM ESSBEREICH GIBT es einen langen Holztisch mit bequemen Stühlen und Erik zieht einen heraus, bedeutet mir, dass ich mich setzen soll. Er setzt sich ans Kopfende des Tisches, wo ein kleiner Stapel Papier wartet.

Kopien unserer Tests auf Geschlechtskrankheiten und unser Vertrag.

„Danke, dass du mir die geschickt hast", sagt Daddy, hebt die Seiten auf und blättert sie für einen Moment durch. „Jetzt lass uns gemeinsam diese Testergebnisse durchgehen, bevor wir anfangen." Er reicht sie mir und ich lese sie durch und nicke, bevor er sie wieder zurücknimmt und selbst ein letztes Mal überfliegt. „Du bist immer noch mit Wichse-Spielen einverstanden?"

„Ja, Daddy." Ich fühle mich schwindlig und high, als ich mir seine Wichse in mir vorstelle – wie ich sie schlucke, in meinen Hintern aufnehme. Ich will es so sehr, dass mir das Wasser im Mund zusammenläuft.

„Hervorragend. Bevor wir anfangen, stimmen wir noch einmal allem zu. Das ist unser Vertrag. Darauf haben wir uns geeinigt."

Ich höre zu, als er jede Zeile laut vorliest. Jeden einzelnen Satz. Ich möchte, dass er damit fertig wird, damit wir anfangen können, aber ich möchte auch hören, wie er die Worte sagt. Das macht alles wieder real, eingefasst und sicher.

„Wie lauten deine Codeworte?", fragt er mich, nachdem er den Vertrag vorgelesen hat.

„Rot und Gelb, Daddy.“

„Und Rot bedeutet?“

„Stopp.“

„Und Gelb heißt?“

„Langsamer.“

„Das sind auch meine Codeworte“, sagt Daddy. „Ich kann sie ebenfalls jederzeit benutzen. Verstehst du das?“

„Ja, Daddy.“

„Gut. Ich möchte, dass du weißt, dass Kink eine Schnellstraße in die Intimität sein kann. Es kann dich emotional aufbrechen. Bist du dafür bereit?“

Ich nicke.

„Worte, bitte.“

„Ich bin bereit, Daddy.“

„Was auch immer du fühlst, ganz egal, wie stark es ist, ich bin hier, um dich dabei zu halten.“

„Ja, Daddy.“

Ich bebe immer noch und mein Schwanz schmerzt, weil er hart und in meiner Jeans gefangen ist. Er steht auf, streckt seine Hand aus und sagt: „Guter Boy. Dann lass uns nach oben gehen und mit dem Einlauf beginnen.“

Ich schlucke. Ich habe mich, bevor ich heute Morgen aufgebrochen bin, unter der Dusche gespült, aber das ist ein Teil dessen, worauf wir uns geeinigt haben. Es ist etwas Mächtiges dabei, daran zu denken, was dazu gehört. Dass Daddy es tun wird. Und vor allem? Dass ich es zulasse.

Er hält meine Hand, als wir die Treppe hinauf ins oberste Stockwerk der Lodge gehen, und wieder hatte ich recht. Das Hauptschlafzimmer. Ein großes Bett, eine Wand aus Glastüren mit einem wunderschönen Blick auf die Berge und dann noch mehr Berge, ein überbreites und langes Sofa, das die Größe eines Bettes hat und ein riesiger HD-Fernseher darüber.

Aber Daddy zögert nicht. Er bringt mich direkt in das geflieste Bad. Dort gibt es eine große, offene Dusche mit vier Duschköpfen. Dazu eine riesige Badewanne mit Klauenfüßen, eine moderne Interpretation alter Badewannen und an die Wasserhähne ist auch eine Vorrichtung für Einläufe montiert. Mein Herz schlägt doppelt so schnell und mein Atem stockt.

Die Waschbecken befinden sich an einer Wand, in der sich auch eine Tür befindet, die zweifelsohne in einen Wandschrank führt.

„Du wirst nicht kommen, bevor ich es dir sage", erklärt Daddy ruhig. „Verstanden, Boy?"

„Ja, Daddy."

„Hattest du schon einmal einen Einlauf?", fragt er, lässt meine Hand los, um zur Wanne zu gehen und das Wasser aufzudrehen, dabei mit heiß und kalt arbeitet, bis die Temperatur ihn zufriedenstellt. Er drückt auf einen Hebel, der die Wassertemperatur konstant hält.

„Nein, nur Spülungen unter der Dusche, Daddy."

„Und du hast heute Morgen gespült?"

„Ja."

„Dann wird das hier einfach sein", sagt Daddy, kommt mit einem warmen Lächeln auf mich zu. „Du musst keine Angst haben, Baby. Daddy passt auf dich auf."

Ich beiße mir auf die Unterlippe, mein Schwanz pulsiert und meine Kehle fühlt sich eng an. „Kannst du …"

„Was, Boy? Rede mit Daddy."

„Kannst du mich umarmen?"

Daddys Lächeln schmilzt beinahe mein Herz, als er mich in seine Arme nimmt, mich eng an sich drückt und meinen Kopf unter sein Kinn klemmt. Ich bin dankbar, dass er größer ist als ich. Breiter. In seinen Armen fühle ich mich wie ein Kind. Als könnte ich sein Boy sein. Er umfasst meinen Hinterkopf. Massiert meine

Kopfhaut und meinen Nacken. Er flüstert kleine Nichtigkeiten in mein Ohr, beruhigende Worte und Laute und er wiegt mich vor und zurück.

Als ich in seinen Armen schlaff werde, küsst er die Seite meiner Kehle und dann meine Wange, bevor er flüstert: „Bereit, Boy?"

Ich nicke.

„Lass uns diese Kleidung loswerden." Er hält einen Moment inne, gibt mir die Gelegenheit, Nein zu sagen, oder meine Codewörter zu benutzen, bevor er seine Hände unter meinen Pulli schiebt und die Haare auf meinem Bauch und meinem Brustkorb streichelt. „Himmel, Boy, das ist aber weich."

Meine Wangen werden heiß. Ich habe andere Männer noch nicht oft genug berührt, um so etwas zu wissen, aber ich erinnere mich, dass die meisten Männer, denen ich einen geblasen habe, drahtige Schamhaare hatten und steifes Fell unter ihren Bauchnabeln.

„Wunderbar", murmelt er. „Jetzt runter damit." Er zieht mir meinen Pulli über den Kopf und mein Schwanz zuckt, als seine Augen von weich und kühl zu flüssiger Hitze wechseln. „Schau dich an, mein Boy", sagt er, streicht mit seinen Fingern von meinen Schultern über meinen Brustkorb, verpasst meine Nippel und wandert hinunter zum Bund meiner Jeans.

Er hakt seine Finger in die Schlaufen, fängt aber nicht an, sie auszuziehen. Stattdessen lässt er seinen Blick hungrig über mich wandern. „Weißt du, wie heiß du bist?", fragt er und er klingt ehrlich, obwohl ich mir nicht vorstellen kann, dass er es als mehr meint als eine Möglichkeit dafür zu sorgen, dass sein Boy sich gut fühlt.

Ich sage nichts, lasse mich von ihm näherziehen, damit er seine kurzen Stoppeln über meinen Hals und meine Schlüsselbeine reiben kann. Meine Beine fangen wieder zu zittern an, als er sich nach unten beugt, um sein stoppeliges Kinn über meinen rechten Nippel zu ziehen, gefolgt von einem langen Lecken und sich dann nach links bewegt. Ich keuche und er lacht, bevor er nach oben kommt und mich küsst, rauer dieses Mal, intensiver, und ich verliere mich darin.

Daddy hält mich, während wir uns küssen und ich bin dankbar, weil meine Knie nachgeben. Der Geschmack seines Mundes ist alles, was ich möchte, und ich nähre mich von seinem Speichel und lebe für das Zucken und die Berührungen seiner Zunge. Als er sich löst, keucht er und ich bebe wie ein Blatt im Sturm. Daddy streicht mit seinen Fingerrückseiten über meine Wangen und macht dann meine Haare glatt.

„Nun", sagt er und seine Stimme ist rau. Ich kann spüren, wie sein Schwanz durch unsere Jeans gegen meinen presst, wo er mich während unseres Kusses fest umklammert hat. „Darauf werde ich achten müssen."

„Worauf, Daddy?"

„Wie verdorben gut dein Mund ist, Baby. Da verliere ich den Verstand."

Ich denke, dass ich wegen dem „verdorben" beleidigt sein sollte, aber das bin ich nicht. Die brutalen Worte wurden mit so viel Zärtlichkeit und Lust ausgesprochen, dass sie sich wie ein Lob anfühlen.

Daddy reibt mit seinen Fingern über meine Lippen und ich schmecke das Salz seiner Haut, als ich meine Zunge herausstrecke, um sie zu lecken. „So ist es gut", murmelt er. „Daddys Boy hat einen verdorben guten Mund. Aber er ist nur für Daddy verdorben. Verstanden?"

„Ja, Daddy", keuche ich. Meine Eier sind hart und schmerzen und mein Schwanz tropft so heftig, dass sich auf meiner Unterwäsche ein Fleck bildet, der ganz schleimig und heiß ist. „Bitte, Daddy", sage ich, presse meine Hüften gegen seine. „Ich brauche …"

Ich bin nicht sicher, wie ich um das bitten soll, was ich brauche.

„Daddy weiß es", versichert er mir. „Daddy kümmert sich um seinen Boy."

Er greift nach meiner Hose und ich komme beinahe, als er sie zusammen mit meiner Unterwäsche nach unten zieht. „Daddy", winsle ich. „Ich weiß nicht, ob ich warten kann."

Er mustert meinen roten, tropfenden Schwanz, die geschwollene Eichel und meine Eier, die eng an meinen Schaft geschmiegt sind, bereit abzuspritzen. Grinsend küsst er erneut meinen Hals und streicht mit seinen Händen über meinen Brustkorb, fühlt meinen Pelz, bevor er meine Nippel zwischen seinen Fingern dreht. „Kannst du davon kommen, süßer Boy?"

Ich bewege mich vorwärts, mein Schwanz sucht Kontakt mit seiner jeansbedeckten Hüfte und er lässt einen Nippel los, um mich an sich zu ziehen, eine Hand auf meinem Hintern. „Beweg dich nicht. Stoß nicht zu", befiehlt er. „Lass es passieren."

Ich weiß nicht, ob ich das kann, aber ich lasse mich von ihm halten, während seine andere Hand meine Nippel bearbeitet. Sein Mund erkundet meinen Hals und die Stelle hinter meinem Ohr lässt mich vor Freude und Begehren keuchen. Ich habe Mühe, meinen Drang zu beherrschen, mich an ihm zu reiben, versuche, brav zu sein, aber schon bald winde ich mich, als er mit seiner Zunge in meinem Ohr spielt. Ich stöhne, als er sich wieder meinen Mund nimmt.

Ich stoße gegen seine Hüfte, während er im gleichen Rhythmus meinen Nippel zwickt. Ich kann kaum atmen wegen seines Mundes auf meinem, wir schnauben wie Pferde und ich stehe kurz davor zu kommen, als er mich mit einem grausamen Lächeln wegschiebt.

„Daddy!", wimmere ich, werfe mich wieder in seine Arme. Ich stoße gegen seinen Schaft, der raue Stoff seiner Jeans schmerzt auf eine Weise, die mich davon abhält zu kommen. Ich möchte weinen. „Daddy", winsle ich. „Daddy."

„Das stimmt, Boy", flüstert er. „Daddy ist hier. Daddy ist hier."

Ich küsse seine Kehle und erkunde ihn, versuche, sein T-Shirt auszuziehen. Ich stelle fest, dass meine Finger ungeschickter denn je sind. Seine Haut ist glatt und sein seidiges Fleisch ist nicht annähernd so haarig wie mein eigenes. Als er sich weit genug zurücklehnt, um sein T-Shirt auszuziehen, und auf den Boden zu werfen, bin ich hin- und hergerissen, ob ich mich an ihn pressen soll, damit ich seine Haut an meiner spüren kann oder seine Muskeln anstarren soll, die Festigkeit seines Körperbaus.

„Hier", sagt Daddy, nimmt meine Hände und legt sie um seine Taille, zieht mich wieder an sich. Haut-an-Haut, meine Wange auf seiner Schulter, seine Hände um meinen Rücken, die nach unten sinken und meinen Hintern umfassen. So nahe war ich einem anderen Mann noch nie.

Ich drehe meinen Kopf und hole tief Luft. Daddy riecht nach Ivory-Seife und Schweiß und ich möchte mich mit seinem sauberen Geruch bedecken. Ich möchte von ihm in Besitz genommen werden, innerlich und äußerlich.

„Daddy", flüstere ich. Es ist so gut, das zu sagen. Es zu fühlen. Diesem Mann zu vertrauen, der mich halten kann, während ich lerne, ein großer Junge zu sein.

Meine Knie zittern, darum bin ich kaum in der Lage zu stehen. Daddy hält meinen schmerzenden Schwanz zwischen seinen jeansbedeckten Oberschenkeln, was meine Versuche, erneut zuzustoßen, beendet. Der Stoff ist zu rau für echte Lust und doch bleibe ich hart.

„Halt still", flüstert er, zieht meine rechte Pobacke zur Seite, entblößt mein Loch der kühlen Luft im Bad. „Lass mich dich spüren."

Ich werde beinahe ohnmächtig, als seine Hand meine Pobacke loslässt und seine Finger nach unten gleiten, in meine Ritze tauchen, über mein Loch streichen. Ich schaudere. Niemand hat mich dort je berührt.

„Mm. Das ist ein enges, süßes Loch, Boy. Lass dir von Daddy zeigen, wie gut es für dich sein kann."

Ich habe schon mit meinem Loch gespielt. Ich habe es mit den Fingern gefickt. Aber nichts hat mich auf die Empfindung vorbereitet, von Daddys starkem Körper gehalten zu werden, zu hören, wie er auf seine Finger spuckt und zu spüren, wie er den Speichel über meinen Anus reibt. Ich atme keuchend und schluchzend, bin bereits von diesem Erlebnis überwältigt. Ich löse mich in seinen Armen wie schmelzender Schnee auf.

„Das ist mein Boy", lobt Daddy mich. „Niemand hat je dein Loch gehabt. Daddy wird der Erste sein."

„Ja, Daddy, du bist der Erste."

„Mm, das ist wunderschön, mein süßer Boy. Es ist so großzügig von dir, das Daddy haben zu lassen."

Ich zittere, als er mit seiner Fingerspitze in mich eindringt und mir wird klar, dass ich zum ersten Mal in meinem Leben von einem anderen Mann penetriert werde. Meine Knie geben nach und Daddy hält mich aufrecht. Ich klammere mich an ihn, mein Schwanz ist zwischen seinen Oberschenkeln gefangen, mein Loch öffnet sich seinen Fingern und ich stöhne.

„Das ist so gut, mein süßer Boy", lobt er mich und ich möchte vor Erleichterung weinen. Ich erfreue ihn. „Daddy möchte in deinem Hintern kommen. Wirst du ihn lassen?"

„Ja, bitte, Daddy. Bitte."

„Ich kann es nicht erwarten."

„Tu es", dränge ich. „Daddy, ich will es."

„Oh, Daddy wird es dir geben. Aber nicht jetzt." Er zieht seine Fingerspitzen aus mir heraus und ich möchte ihn anflehen, dass ich sie wiederbekomme. Das hätte ich auch getan, aber er küsst mich erneut und ich verliere mich in seinen Lippen. Er bewegt seine Hüften nach hinten, lässt meinen gefangenen Schwanz frei und als ich anfange, mich an seinem Bein zu winden, in dem Versuch zu kommen, liebkost er meinen Hals und meine Ohren mit seinen Lippen und hält mich nicht auf.

Das Gefühl eskaliert. Ich werde kommen. Ich möchte kommen.

Aber Daddy hat gesagt, nicht, bis er …

Ich stöhne.

„Daddy, ich-"

„Mach, Boy. Gib Daddy deine Wichse", flüstert er rau. „Gib sie mir."

Ich schreie auf, werde von Krämpfen übermannt, als ich seine Jeans und die Fliesen am Boden bedecke. Der Orgasmus fühlt sich an, als würde er mir entrissen und ich keuche, zittere und bin den Tränen nahe, als er vorbei ist.

„Das war wunderschön, Baby", flüstert er, küsst mein Ohrläppchen und dann wieder meinen Mund. „So ein guter Orgasmus, den du Daddy gegeben hast."

„Du bist gekommen?", frage ich, enttäuscht, dass ich es nicht mitbekommen habe.

„Nein", sagt er, liebkost dabei meinen Hals. Ich kann beinahe glauben, dass er das nicht wegen der Auktion macht, dass er das alles für mich tut. Ich *möchte* es glauben. Beinahe tue ich es. „Dein Orgasmus ist ein Geschenk. Deine Wichse ist ein Geschenk. Zuzusehen, wie du dich dem hingibst, ist ein Geschenk. Der Erste zu sein, der dir das gibt …" Er küsst meine Kehle und ich erbebe. Er hat eine Stelle gefunden, die mich dazu bringt, mich zu winden, jedes Mal, wenn er mit der Zunge darüberstreicht, und er macht es immer und immer wieder. „Jeder Orgasmus, den ich heute Nacht aus dir heraushole, wird etwas sein, das du mir schenkst. Verstanden, Boy?"

„Ich gl-glaube ja." Ich habe noch nie in meinem Leben gestottert, aber ich bin jetzt so überwältigt, dass ich kaum denken oder verständliche Worte formen kann.

„Guter Boy. Jetzt", sagt er, führt mich dabei in Richtung der Wanne. „Der Einlauf."

KAPITEL NEUN

Erik

MATTHEW IST SO gefügig wie das neugeborene Zicklein im Stall, vielleicht sogar noch mehr, als ich ihn in die Wanne stelle. Sie ist groß genug, um zwei erwachsenen Männern Platz zu bieten, darum hat sie mehr als genügend Raum, damit Matthew sich hinlegen, auf die linke Seite rollen und seinen Arm als Kissen unter seinen Kopf legen kann. Seine Atmung ist unregelmäßig, weil er sich immer noch von seinem Orgasmus erholt und nervös ist, was jetzt kommt.

Ich habe sein Loch mit meinen Fingern getestet und weiß, dass er die Düse des Einlaufs mit Leichtigkeit aufnehmen kann. Während er wartet und zuschaut, bereite ich die Düse mit Gleitgel vor und drehe das Wasser auf, stelle sicher, dass die Düse geschlossen ist. Ich warte ein paar Momente, lasse die Spannung in uns beiden wachsen.

„Nun", fange ich an, durchbreche die Stille und übertöne seine heftige Atmung. „Das hier ist eine echte Besonderheit für mich."

„Ist es das?", fragt er.

Er zittert immer noch und ich habe bemerkt, dass er das tut, seit er angekommen ist. Nervosität. Aufregung. Begehren. Er ist physisch vollkommen überlastet und ich kann mir vorstellen, dass im Moment jede Empfindung erhöht ist. Allein das Neue, dass er berührt wird, dass er in den Armen eines anderen Mannes liegt, muss überwältigend sein und dazu noch die Dynamik zwischen uns – das Daddy/boy-Spiel, mein befehlender Tonfall, seine automatische Unterwerfung – das alles muss ihn umwerfen.

„Ja, hier sehe ich meinen wahren Boy."

„Deinen wahren Boy", wiederholt er, fällt bereits in den Subspace. Ich frage mich, ob er überhaupt weiß, was das ist oder dass er das gerade erlebt. Ich werde jede Menge Nachsorge betreiben müssen. Ich werde ihn ganz gewiss auch nicht morgen früh durch die Tür schieben. Ich werde sicherstellen müssen, dass er nach unserer gemeinsamen Nacht sicher fahren kann.

Ich streiche mit meinen Fingern durch seine Haare, wandere dann weiter über seinen Rücken und umfasse seinen Hintern. Ich schiebe eine volle Pobacke zur Seite, nehme dann mit der anderen Hand die gut mit Gleitgel bedeckte Düse. „Niemand ist realer, als wenn er auf diese Art entblößt wird", sage ich.

Er spannt sich ein wenig an und ich reibe seine Pobacke, bis sie wieder locker wird.

„Glaub mir, mein süßer Boy, das ist ein Geschenk, das du mir gibst. Verstehst du das?"

Matthew nickt und seine Atmung wird flacher, als ich die Düse zwischen seine Pobacken schiebe und etwas von dem überschüssigen Gleitgel auf seinem Loch verteile. Ich stimuliere ihn mit der Düse, stelle sicher, dass er gut feucht ist, teste dann seinen Eingang. Es gibt ein wenig Spannung, darum ziehe ich mich zurück und ficke sachte die Spitze rein und raus, bis er ein abgewürgtes Stöhnen hören lässt. Ich stoße wieder zu und er öffnet sich der Penetration mit nur ein wenig Druck.

Nachdem die Düse in ihm ist, nehme ich die Hände weg und lasse sie ihn einfach spüren. Ich streichle seinen Arm, seine Beine, Hüften und seine Haare, rede beruhigend auf ihn ein. Er atmet immer noch flach und ich sehe nach, ob er nach dem Orgasmus wieder hart geworden ist. Das ist er nicht. Ich bin mir sicher, dass es nicht lange dauern wird.

Es wird ihn überraschen, glaube ich, wenn er eine weitere Erektion bekommt, nachdem er so eine große Ladung abgespritzt hat. Männer in seinem Alter erwarten diese Art Erholung nicht, aber ich weiß, dass er zu erregt ist, als dass etwas anderes passieren könnte. Er wird hart werden, schlicht weil er sich mir unterwirft. Ich kann es fühlen.

„Daddy?", sagt er und er klingt so jung – heilige Scheiße, so, *so* jung, trotz seiner grau melierten Haare, dem leichten Netz aus Falten um seine Augen und dem glatten Körperpelz an seiner Vorderseite.

„Ja, Boy?"

„Ich habe das noch nie vor jemandem gemacht."

„Das ist es, was es zu etwas Besonderem macht", erkläre ich ihm.

„Aber ich habe noch *gar nichts* davon gemacht", erinnert er mich. „Es ist alles besonders, Daddy."

„Ja, aber nachdem du das für mich getan hast, wirst du dich für nichts anderes schämen, was wir heute Nacht machen. Das hier wird für dich das Schwierigste zu teilen sein. Danach wirst du vollkommen mein süßer Boy sein. Du wirst mir alles geben und du wirst dich nicht schämen."

Er schaudert und ich kann sehen, dass er nicht weiß, ob er mir glaubt.

Um fair zu sein, ich bin mir nicht sicher, ob das, was ich sage, wirklich stimmt, vor allem wenn man Matthews Leben und Kindheit in Betracht zieht. Und sein Alter. Bei ihm gibt es mehr, das ich durchbrechen muss, als ich normalerweise sehe.

Aber er wird nicht versuchen, sein Gesicht während des Orgasmus vor mir zu verstecken, nachdem er *das* vor mir gemacht hat. Er wird nicht versuchen, sich aus Bescheidenheit zurückzuhalten, wenn ich ihm Lust bereite oder ihn bitte, mir Lust zu bereiten. Er wird sich daran erinnern, dass er mir bereits die schamhafteste Handlung seines Körpers gegeben hat. Die Sache, die alle Menschen gerne geheim und privat halten.

Darum fange ich immer damit an. Ich habe diese Technik von meiner Dominatrix auf dem College gelernt. Sie hat mich auf dieselbe Art und Weise entblößt.

„Ich bin bereit, Daddy", sagt er. Ich kann nicht verstehen, wie er in seinem Alter immer noch so unschuldig klingen kann.

Mein Schwanz schmerzt. Ich habe mir einen heruntergeholt, bevor er angekommen ist, damit ich mehr Kontrolle habe, aber ich bin dennoch von meiner Erregung schockiert. Ich liebe das erste Mal mit einem neuen Boy immer. Ich liebe die Einführung in den Kink. Ich liebe es, zu sehen, wie sie mit dem Einlauf kämpfen. Ich liebe alles an dieser ersten Begegnung.

Aber das hier ist außergewöhnlich. Es gibt eine Anziehung zu Matthew, die ich nicht leugnen kann. Ich will meine Hände über seine pelzige Vorderseite reiben und seinen Schwanz wieder zu voller Härte stimulieren. Ich sehne mich danach, hier zu stehen und mir einen herunterzuholen, bis er mit meiner Wichse bedeckt ist, während er den Einlauf bekommt.

Aber ich möchte meine Ladung jetzt noch nicht verlieren. Ich muss mich zurückhalten. Je länger ich warte, umso besser wird der Orgasmus sein und ich möchte, dass er sieht, wie ich mich darin verliere. Er soll mich beben und zittern sehen und hören, wie ich seinen Namen rufe. Meine Erlösung und meine Lust, er soll wissen, dass er der Grund dafür ist. Das wird sein Ego auf eine Weise stärken, die er unbedingt braucht.

Also kein schneller Orgasmus.

Ich werde nicht sehen, wie er von meiner Wichse bedeckt ist.

Später werde ich ihm zeigen, wie heiß er mich macht.

Für den Moment wird er das Wasser annehmen, das ich ihm gebe und es in sich behalten, bis ich es sage und dann wird er mir sein wahres Gesicht zeigen. Seine Scham. Und seine Unterwerfung.

Ich werde ihm dadurch zeigen, dass ich ihn akzeptieren kann – ihn lieben kann.

KAPITEL ZEHN

Matthew

E S IST SURREAL.

Ich liege nackt in Eriks Badewanne, habe die Einlaufdüse in meinem Hintern, nehme langsam warmes Wasser auf, während er über mich gebeugt ist, mich beobachtet, meine Haare streichelt und mir Aufmunterungen zumurmelt.

Der Unterschied unserer Positionen ist beeindruckend. Ich: Nackt und verletzlich, nehmend, was er mir gibt, darum kämpfend zu akzeptieren, was passiert. Er: Jetzt oben ohne, aber mit Jeans und Socken, selbstbewusst, erregt, aber lässig dabei und mich mit festen, zärtlichen Händen führend.

Wie kann es sein, dass ich heute Morgen in meinem Bett aufgewacht bin, so wie immer, nur um jetzt hier zu sein? Um diese seltsame, schambehaftete, peinliche Sache mit diesem sexy, starken, attraktiven und immer noch halb angezogenen Mann zu machen?

„Zieh deine Hose aus", sage ich, als ob das Ungleichgewicht unserer Macht dadurch ausgeglichen wird, dass er seine Jeans auszieht, als ob ich mich nicht aus freien Stücken in dieser Position befinde, seine Fürsorge und Befehle freiwillig annehme.

„Mm-mm, nein", murmelt er, streicht mit seinen Fingern über meinen Rücken, löst eine Gänsehaut aus und ein Beben. „Ich ziehe sie aus, wenn ich bereit bin. Gerade im Moment machen wir dich sauber. Bereiten dich auf das vor, was ich in dieser Jeans habe."

Ich kneife meine Augen zu. Bin ich dafür wirklich bereit? Wird er mich ficken, sobald wir fertig sind?

Ich hoffe es.

Ich habe Angst, dass er es tun wird.

Es fühlt sich an, als würden wir eine Million Kilometer pro Stunde machen, durch Raum und Zeit reisen, und doch sind wir hier eingesponnen, in diesem stillen, sauberen Bad, wo ich nur das leise Rauschen des Wassers in den Rohren hören kann, seine gleichmäßige Atmung und die kleinen Laute, die ich nicht unterdrücken kann, als mein Inneres sich füllt und das Gefühl des Drucks in mir beginnt, mich abzulenken.

„Wirst du voll, Boy?"

Ich nicke.

„Wir sind beinahe fertig", stimmt er zu. „Nur ein bisschen mehr. Du kannst ein wenig mehr für Daddy halten, nicht wahr?"

Ich nicke, halte meine Augen geschlossen, spanne meinen Anus um die Düse. Ich fühle mich auf seltsame Weise voll, wie ich es noch nie zuvor getan habe. Flüssige Wärme rollt in mir.

„Gut", sagt er, dreht das Wasser ab. „Daddy wird jetzt die Düse entfernen. Versuch dein Bestes, das Wasser zu halten, ja?"

Ich nicke erneut. Die Worte haben mich verlassen, das denke ich zumindest, bis er sagt: „Was für eine Farbe haben wir gerade, Boy? Fühlst du dich gut? Sind wir bei Gelb oder ist es noch Grün? Rot ist auch in Ordnung."

„Grün", flüstere ich. Ich weiß nicht, was ich tue, und ich bin mir nicht sicher, ob das hier das ist, was ich wollte, als ich diese Nacht bei der Auktion gekauft habe, aber ich bin so weit gekommen. Ich werde jetzt keinen Rückzieher machen. Außerdem habe ich Wasser in meinem Hintern. Es muss raus. Daran kann man nichts ändern.

„Guter Boy", sagt er, streichelt dabei erneut meine Haare. „Das ist Daddys guter Boy. Du machst das so gut. Bist so tapfer."

Ich wimmere. Niemand hat mich je als tapfer bezeichnet. Ich war immer zu kleinlaut und in mich gekehrt. Das ist ein Teil –

wenn auch sicher nicht alles – der mir gefehlt hat, als ich irrtümlicherweise versucht habe, Musik zu machen. Die Tapferkeit, *es weiterzuverfolgen*.

Wie ich diese Nacht mit Erik verfolge.

Mit *Daddy*.

Ich liebe es, ihn so zu nennen. Es fühlt sich für mich so richtig an. Ich möchte mich in dem Klang baden, dem Gefühl auf meinen Lippen.

„Daddy", sage ich leise, berühre dabei meinen Unterbauch, spüre den leichten Druck der Flüssigkeit in mir. „Ich muss gehen."

„Du kannst es nicht halten?"

Ich schüttle meinen Kopf.

„Du kannst es", sagt Daddy. „Schau dich an, wie tapfer du für mich bist. Du hast es bis jetzt hervorragend gemacht und ich weiß, dass du es noch …" Er schaut auf die große Uhr an seinem Handgelenk und lächelt. „Vierunddreißig Sekunden halten kannst."

Ich frage mich, ob das eine Zahl ist, die er sich gerade hat einfallen lassen oder ob es einen Grund gibt, warum er sie gewählt hat, aber ich hake nicht nach. Ich denke mir, dass ich vierunddreißig Sekunden lang beinahe alles tun kann, ganz bestimmt, darum atme ich ein und aus, bemerke die Krämpfe, die in meinen Eingeweiden anfangen, den Drang, zu drücken und das Wasser loszuwerden.

„Achtundzwanzig, siebenundzwanzig …"

Er zählt weiter und Schweiß gleitet an den Seiten meines Gesichts nach unten, als die Zahlen ewig zu dauern scheinen, vor allem gegen Ende zu.

„Fünf, vier …"

Ich öffne meine Augen. Das Strahlen der weißen Wanne, der Kontrast, den meine Haut dazu bildet und all die braunen Haare auf meinen Unterarmen, Beinen und meinem Bauch sehen in diesem Licht reichhaltig aus, dick und weich. Ich atme ein. Ich atme aus. Ich zittere.

„Eins." Daddy richtet sich aus seiner gebückten Haltung neben der Wanne auf und streckt mir seine Hand hin. „Drück deinen Anus fest zusammen, Boy. Behalte alles in dir, bis du auf der Toilette bist."

Mir ist ganz heiß. Ich bin mir sicher, dass meine Wangen ganz rot sind, genau wie mein Brustkorb, aber mir ist so peinlich, was, wie ich weiß, jetzt kommen muss *und* ich bin so begierig darauf, es hinter mich zu bringen, dass ich zur Toilette gerannt wäre, wenn Daddy nicht seinen Arm um meine Taille gelegt und mich vorsichtig zu dem sauberen, weißen Thron begleitet hätte.

„Langsam", sagt er. „Halte es, bis Daddy sagt, dass du loslassen kannst."

Ich mustere sein Gesicht, während Nervosität in mir außer Kontrolle gerät. „Ich kann nicht."

„Du kannst. Versuch es." Er küsst meine Wange und hilft mir, mich auf die Toilette zu setzen. Er geht vor mir in die Hocke, sein Gesichtsausdruck ist eifrig und sein Blick ist fest auf mich gerichtet. „Das ist der schwierigste Teil."

Ich kneife meine Augen zu, versuche, die Flüssigkcit in mir zu halten, spüre den beinahe unwiderstehlichen Drang, sie nach draußen zu pressen. Aber ich kämpfe dagegen an. Mein Herz hämmert, meine Beine zittern und meine Zähne knirschen. Ich halte die Erlösung zurück.

„So wunderschön", murmelt er, streicht mit seinen Fingern durch die feuchten Haare an meinen Schläfen. „Du arbeitest gerade so hart für Daddy. Das liebe ich. Danke."

Ich stöhne, halte die Flüssigkeit aber in mir.

„Mach deine Augen auf", sagt er und es klingt so zärtlich, dass ich nicht glauben kann, etwas so Sanftes könnte an mich gerichtet sein. „Schau Daddy an."

Um mich zu beruhigen, nehme ich einen tiefen Atemzug, langsam durch die Nase, und entlasse ihn dann noch langsamer durch meinen Mund. Als ich mir sicher bin, dass ich, wenn ich meine Augen öffne, das nicht auch mit meinem Anus passiert, gehorche ich.

Er ist so gut aussehend. Das Braun seiner Augen ist jetzt gedämpft, weich von ruhiger, süßer Fürsorge. Sein Mund ist zu einem sanften Lächeln gehoben und sein Kiefer ist entspannt, seine Brauen glatt.

Er nimmt meine Hände, streichelt die Handrücken mit seinen Daumen. „Ich möchte, dass du mich direkt ansiehst, Matthew, direkt in meine Augen … und lass los."

Ich schlucke schwer, ein Schock entsetzter Nervosität läuft durch mich hindurch. Ich kann ihm aber nicht widerstehen. Ich versuche es nicht einmal. Ich starre in seine Augen, spüre das Streicheln seiner Daumen auf meinen Fingerknöcheln und gebe nach.

Ich sauge zitternd Luft in meine Lungen, werde ganz rot, als alles aus mir herausströmt.

Er nickt aufmunternd und summt. „Das ist mein guter Boy. Lass alles heraus. So tapfer. Du bist so tapfer, Matthew."

Ich wimmere, mir ist überall heiß und ich bin bis ins Mark beschämt, aber er beugt sich vor und drückt einen Kuss auf meine Lippen. Keinen sexy Kuss. Auch keinen schnellen Schmatz. Sondern ein langes, tröstliches Pressen mit einem feuchten *Plop* am Ende.

„Jetzt wisch dich ab."

Er schaut dabei zu und es ist wie ein Traum und seltsam. Ich kann sehen, dass er davon nicht erregt ist. Seine Jeans wird vorne nicht so ausgebeult, wie sie es war, als wir herumgemacht haben, nicht einmal so, wie sie es war, als er mir die Düse in den Hintern geschoben und mich mit Wasser gefüllt hat. Nein, er scheint von dem, was wir gerade getan haben, nicht geil zu sein, nur *erfreut*. Ruhig und entspannt.

Während ich ein zitterndes, schauderndes Chaos bin. Wow.

„Jetzt habe ich dich in deinem verletzlichsten Moment gesehen, Boy.“

Ich schlucke erneut, bebe, während ich auf der Toilette sitze, bin mir nicht sicher, was jetzt passiert.

„*Und* du hast mich zusehen lassen.“

Ich schaue ihn an, versuche zu verstehen, was er mir sagt, aber ich bin jetzt ganz sicher überfordert. Ich habe ihm gesagt, dass ich will, dass er alles kontrolliert, was ich an diesem Wochenende mache und wenn das ein Teil davon ist …

Ich hasse es nicht.

Ich fühle mich entblößt und es ist verdammt seltsam, aber sein Gesichtsausdruck, sein Tonfall, lassen alles so erscheinen, als hätte ich getan, was er von mir verlangt hat, und das fühlt sich wie eine *Belohnung* an.

„Wir wollen dich sauber machen.“

Er beugt sich über mich, drückt die Spülung und zieht mich dann vom Sitz, schließt den Deckel. Er legt wieder seinen Arm um meine Taille und hilft mir zur Dusche, überprüft, dass die Temperatur angenehm ist, und führt mich unter den Regen-Duschkopf.

Er kommt mit mir, obwohl seine Jeans ganz nass wird. Als das Wasser über meine Schultern fließt und meinen Rücken hinunter, schlingt er seine Arme um mich, zieht mich an seine nasse Jeans und seinen nackten Oberkörper. Er reibt mit seiner Hand über meine Brusthaare und folgt meinem Körperpelz zu meinem weichen Schwanz.

„Mm, du hast so einen hübschen Schwanz, Boy.“

Ich werfe einen Blick darauf, als er mit einem Finger an der Seite entlangfährt, und mein Schaft füllt sich unter seinen sanften Berührungen, wächst mit jeder Sekunde.

„Schau nur, wie du auf mich reagierst. Daddy weiß, was sein Boy braucht.“

Daddy greift nach einer Flasche Duschgel, öffnet sie und hält sie mir unter die Nase. „Mag mein Boy diesen Geruch?"

Ich schnuppere – etwas mit Erdbeeren und ansonsten unauffällig. Ich nicke.

„Gut." Er drückt etwas davon auf seine Hand und fängt an, mich zu waschen. Ich zucke zusammen, als er meinen Hintern säubert, aber er gibt nur einen weiteren beruhigenden Laut von sich und fährt fort, als wäre das seine Aufgabe und als würde er sie gern machen.

„All diese Haare an dir, Boy. Sie sind wunderschön", sagt er, schäumt meinen Brustkorb und Bauch und dann meine Schamhaare ein. Mein Schwanz ist jetzt voll erigiert und er wäscht um ihn herum, seift meine Eier und meinen Damm ein, meidet aber meinen Schaft komplett.

„Du hast das gerade so gut gemacht, mit dem Einlauf. Ich möchte, dass du weißt", sagt er, küsst meinen Hals, nachdem das Wasser den Schaum weggewaschen hat, „dass ich so stolz auf dich bin. Bist du stolz auf dich?"

„Ich weiß es nicht, Daddy."

„Nein? Erzähl mir, wie du dich gefühlt hast."

„Beschämt."

„Mm-hmm." Er wäscht erneut mein Loch, aber dieses Mal fängt er an, wirklich damit zu spielen, fingert den Rand, tippt an den Eingang, dringt aber nicht ein. „Und?"

„Und schüchtern."

„Ja."

Ich schlucke und füge etwas an, das auf beunruhigende Weise wahr ist. „Und erleichtert."

„Mm-hmm, inwiefern warst du erleichtert?" Er gleitet mit seiner Hand von meinem Hintern fort, reinigt sie unter dem Wasser und nimmt dann noch mehr Duschgel.

Ich antworte, während ich zusehe, wie er es in seinen Händen aufschäumt. „Körperlich. Der Druck und die Krämpfe haben aufgehört.“

„Ist das alles?“

„Ich war erleichtert, dass …“ Eine Welle der Scham überkommt mich und ich senke meinen Kopf.

„Matthew, zeig Daddy dein Gesicht“, befiehlt er, nimmt meinen harten Schwanz und pumpt ihn mit seiner schaumigen Handfläche.

Ich zwinge mich, zu ihm aufzusehen, habe Angst, dass er vielleicht aufhört mich zu berühren, wenn ich es nicht tue.

„Sag mir, worüber warst du erleichtert?“

„Ich war erleichtert, dass ich keine Wahl hatte.“

„In welcher Hinsicht?“

„Ich hätte das Codewort sagen können und es hätte aufgehört und ich hätte-“ Ich keuche, als er seine Handfläche auf meiner Eichel dreht. Schluckend packe ich seine Taille, damit wir einander stützen, während er mich streichelt.

Das Wasser fließt um uns herum. Seine Jeans ist vollkommen durchnässt und fühlt sich rau an, dort, wo ich ihn berühre. Seine Hand aber ist Perfektion – der Himmel – und ich möchte, dass er mich weiter pumpt.

„Du hättest?“, drängt er mich fortzufahren.

„Ich hätte die Toilette allein benutzt.“

„Aber das wolltest du nicht?“

„Ich wollte es mit dir tun“, erkläre ich. „Tun, was Daddy von mir verlangt. Es … es dir *zeigen*.“

„Und was habe ich gesehen?“

„Mich. Wie ich … das tue.“

„Wie findest du es, dass ich zugesehen habe?“

Ich keuche ein wenig, die Lust, die das Pumpen meines Schwanzes bewirkt, holt mich ein. „Ich … fühle mich … gesehen.“

„Ja. Und was für ein wunderschöner Anblick du warst.“

Sehr zu meiner Enttäuschung lässt er meinen Schwanz los und dreht mich, sodass ich ins Wasser schaue. Er wäscht den Schaum von meiner Vorderseite. Er tritt hinter mich, schlingt seine Arme um mich und gleitet mit seinen Handflächen über meinen Brustkorb. Sein harter Schwanz reibt über meinen Hintern, immer noch in seiner durchtränkten Jeans gefangen. Er steht definitiv auf meine Körperbehaarung und das stört mich nicht. Solange er mich berühren möchte. Ich hoffe, dass er das alles nicht nur macht, weil ich ihn gekauft habe.

„Ich werde dir etwas erzählen, Matthew."

„Ja, Daddy."

„Ich hatte noch nie einen Boy, der *nicht* versucht hat, mir während unserer ersten Session den Einlauf auszureden."

Ich mag die Erinnerung nicht, dass er andere Boys hatte, aber ich möchte mir vor Stolz auf die Brust schlagen, weil ich der Einzige bin, der sich ihm nie widersetzt hat.

Seine Stimme in meinem Ohr ist leise, als er weiterredet. „Die anderen waren in dieser Hinsicht immer Bengel, auch wenn keiner von ihnen sich entschieden hat, sein Codewort zu benutzen."

„'Bengel'?"

„Streiten, versuchen, mir nicht zu gehorchen, versuchen, es hinauszuzögern. Weinen. Mich anflehen, ihnen den Rücken zuzuwenden. Aber du hast einfach getan, worum ich dich gebeten habe, *als* ich dich darum gebeten habe und ohne einen Aufstand zu machen. Es war wunderschön, Boy. Die süßeste Unterwerfung. All dieses herrliche Vertrauen. Exzellent."

„Ich musste", erkläre ich, was stimmt.

Er lacht. „Sie auch. Glaub mir. Aber du … du hast mir mit diesem Moment der Unterwerfung so ein wunderschönes Geschenk gemacht, Matthew. Genau wie mit deinem Orgasmus davor. Du liebst es, Daddy zu gehorchen, nicht wahr?"

Ich nicke, fühle mich schwindlig, weil es so wahr ist.

„Du bist voller Geschenke für Daddy, Matthew. Ich kann es nicht erwarten, sie alle zu öffnen."

Ich lasse mich von ihm aus der Dusche führen, mit einem dicken Handtuch abtrocknen und dann – nachdem er mich von Kopf bis Fuß bewundert hat, als ob er mich wirklich als sein persönliches Weihnachtsgeschenk ansieht – reicht er mir die Unterwäsche, die er mich tragen sehen möchte. Er schaut zu, als ich sie anziehe.

Als ich das Besondere an ihnen bemerke, keuche ich und er lacht.

„Hinten offen, damit man leichten Zugang hat." Er legt eine Hand auf meine Hüfte, gleitet zu meinem Hintern und schiebt seine Finger durch die ordentlich genähte Öffnung dort. „Ein Mitbewohner von mir näht die und noch andere, vornehmere Lingerie für Männer. Aber ich finde, dass einfache schwarze Unterwäsche mit diesem hervorragend platzierten Loch am heißesten ist. Ich brauche keine Seide und Strumpfhalter. Ich möchte nur *Zugang*."

Ich schaudere, als er mit seinen Fingern in meine Ritze fährt und über mein Loch. Nur ein Streichen, um mich zu reizen, bevor er sich zurückzieht. „Lass uns anfangen, Boy. Es gibt eine Menge zu tun und zu wenig Zeit dafür."

Ich lasse zu, dass er meine Hand nimmt und mich aus dem Bad führt, auch wenn mein Herz einen traurigen Hüpfer macht, als ich an die Kürze unserer Zeit erinnert werde.

KAPITEL ELF

Erik

MATTHEW IST EIN Traum-Sub. Daran besteht kein Zweifel. Ich kann mir nicht vorstellen, was ein echter Sadist ihm vielleicht antun könnte – was Matthew ihn vielleicht tun *lässt*.

Ich bin welchem Gott auch immer dankbar, dass Matthew mich gefunden hat und nicht auf das Angebot des wohlbekannten Sadisten Greg Houser geboten hat, das fünf Poster nach mir gekommen ist.

Ich führe Matthew aus dem Bad, halte dabei seine Hand, bringe ihn in Richtung Bett, mit dem Vorhaben, ihm verschiedene Aspekte seiner Unerfahrenheit zu nehmen. Die Reste seines Rasierwassers, das, das ich so gut fand, als wir uns kennengelernt haben, wehen hinter ihm her, verflochten mit dem Geruch des Duschgels, das ich für ihn benutzt habe.

Zärtlichkeit erwacht in mir und ich möchte meine Nase über seinen Körper reiben, ihn einatmen. Nachdem ich ihm ein paar Dinge über Sex beigebracht habe, plane ich, ihn mit nach unten zu nehmen und ein warmes Feuer zu entzünden, mit ihm auf dem Sofa zu kuscheln und ihm alles über Zuneigung beizubringen.

Ich hatte vor, mit ihm dieses Wochenende Plätzchen zu backen, aber meine Mutter hat ein Blech gemacht, bevor sie gefahren ist – hat sie auch verziert – darum besteht dafür kein Grund. Ich habe Geschenke, aber die sind für morgen früh, bevor er abreist. Und abgesehen von Sex hat er nicht viel mehr aufgelistet, was ihm wichtig ist – abgesehen vom Kuscheln, dem Gefühl, dass jemand sich um ihn kümmert und ihn liebt.

Ich werde sicherstellen, dass es davon eine Menge gibt, bevor ich ihn morgen wegschicken muss.

Aber eins nach dem anderen.

Matthew ist wieder steinhart und will unbedingt kommen, auch wenn er es nicht zugeben oder um mehr bitten wird. Er ist in den Subspace gefallen wie ein Stein in einen Teich. Ich habe noch nie gesehen, dass ein unerfahrener Sub so willig in diese mentale Seligkeit tritt, aber er ist dort. Verloren an diesem fliegenden Ort, wo Zeit und Raum nicht existieren, wo es nur du und dein Dom sind oder dein Daddy, wie in unserem Fall und du für den Moment mit ihm lebst.

„Das ist gut", sage ich ihm, als wir vor dem Bett stehen bleiben. „Zieh die Unterwäsche aus und leg sie auf das Nachtkästchen."

Er runzelt die Stirn. „Ich habe sie gerade erst angezogen."

Ich lächle. Da ist der Mann, den ich letzte Woche kennengelernt habe, der Aufmerksame, der mich überrascht. Anscheinend ist er sogar im Subspace noch präsent.

„Daddy wollte sicherstellen, dass sie ordentlich passt. Das tut sie. Zieh sie aus."

Er blinzelt die Unterwäsche an, bevor er sie von seinen Hüften schiebt, an seinen langen, leicht bemuskelten, haarigen Oberschenkeln hinunter und sie dann von seinen Füßen tritt. Er hebt sie vom Boden auf, legt sie zu einem Rechteck zusammen und platziert sie dann ordentlich auf dem Nachttisch, genau wie ich ihn gebeten habe.

„Jetzt komm her." Ich führe ihn zu dem breiten Sofa und setze ihn an den Rand. Ich streiche erneut mit meinen Fingern durch seine Haare – sie sind so weich und ich liebe es, wie das Silber zwischen den braunen Strähnen funkelt. „Warte hier. Daddy ist gleich wieder da."

Matthew schaut zu, wie ich gehe, bewegt sich aber nicht. Ich kehre ins Bad zurück und öffne den begehbaren Kleiderschrank. Ich trete ein, ziehe mir mit einiger Mühe die nasse Jeans aus und entferne die Socken, bevor ich mir meine Sammlung Spielsachen ansehe. Das meiste von dem, was ich mit Matthew machen möchte, wird so natürlich wie möglich sein, ohne Hilfsmittel, aber es gibt Zeiten, in denen …

Ich nehme die Gegenstände, die ich vielleicht brauchen werde und dazu eine neue Flasche Gleitgel.

Seine Augen werden groß, als er mich nackt sieht und er schluckt, als er mich von Kopf bis Fuß mustert, sein Blick verharrt auf meinem harten Schwanz, als ich auf ihn zukomme. Er ragt vor mir heraus, hüpft bei jedem Schritt und ich grinse, als er wegen der Größe heftig zu blinzeln anfängt. Ich bin breit, darum kann mein Schwanz auf manche einschüchternd wirken, wenn sie ihn zum ersten Mal sehen, aber ich bin vorsichtig mit den Leuten, die ich ficke. Matthew wird sehr gut vorbereitet sein, wenn die Zeit kommt.

„Gefällt dir, was du siehst?"

Er nickt und ich lächle erneut. Matthew ist so still und ich möchte unbedingt sehen, ob er laut wird, wenn ich anfange, ihn zu berühren. Ich denke, dass er, ausgehend von den Lauten, die er von sich gegeben hat, als wir herumgemacht haben und als er vorhin gekommen ist, ein sehr lohnendes Instrument zum Spielen ist.

„Die benutze ich vielleicht später", erkläre ich ihm, zeige ihm die Augenbinde und den Schal, den ich benutzen kann, um seine Hände oder Füße zu fesseln, wenn ich in diese Stimmung komme und wenn es auch für ihn das Richtige zu sein scheint. Ich lege sie beiseite, zeige ihm die Flasche mit dem Gleitgel. „Das ist auch für später. Aber ich werde es früher benutzen als das."

Er schaudert und nickt.

„Was sagst du?"

„Danke, Daddy."

Ich streichle seine Haare erneut. Er ist so gut. So verdammt gut. Ich hatte ein „Ja, Daddy" oder ein „Ich verstehe, Daddy", erwartet, aber „Danke?" Matthew ist ein Naturtalent. Ein absolut köstlicher Traum.

„Matthew?"

„Ja?"

„Daddy ist so glücklich, dass du heute Nacht hier bei ihm bist."

„Das bist du?"

„Ja, das bin ich."

Er errötet und seine Wimpern berühren seine Wangenknochen. „Danke, Daddy. Ich wusste, dass du mir helfen kannst. Als ich die Fotos gesehen habe … da habe ich es gewusst."

„Lass mich dir jetzt helfen."

„In Ordnung", stimmt er mit so arglosem Begehren zu, dass mein Inneres ganz weich wird. Wenn ich nicht aufpasse, werde ich es vielleicht verbocken und echte Gefühle für diesen Mann entwickeln, weil er so verdammt unterwürfig und eifrig ist.

Ich liebe das bei einem Boy.

Ich nehme meinen Schwanz in die Hand. „Daddys Schwanz braucht Aufmerksamkeit."

„Was soll ich tun?"

„Mach den Mund auf. Lass es dir von Daddy zeigen."

Matthew öffnet pflichtbewusst seinen Mund und sein Blick verlässt mein Gesicht nicht, als ich mich nähere. Ich lege meine Eichel zwischen seine Lippen, reibe sie über seine heiße Zunge, bevor ich zärtlich mit meinen Fingern durch seine Haare streichle und dabei murmele: „Saug."

Sein Blick bleibt auf meinen gerichtet, verzweifelt, begehrend, als er seine Lippen um mich schließt. Er hält seine Zähne sorgsam von meinem Fleisch entfernt. Er ist furchtbar, aber sein kläräugiges Sehnen ist so erfrischend und süß, darum summe ich aufmunternd, während er von meinem Schwanz lutscht, was er kann, den Kopf auf und ab bewegt und mit seiner Zunge im Schlitz spielt.

Ich werde davon nicht kommen, auf gar keinen Fall, aber es ist gut, ihm die Möglichkeit zu geben, mich zu erkunden. Ich lasse ihn eine Weile arbeiten, gebe ihm hie und da Hinweise, was ich mag: „- halte meine Eier, gut so, zieh dich zurück und leck den Schaft, so gut-", und als seine Lippen geschwollen und rot sind, sogar noch röter als an diesem Abend in der Innenstadt, als wir draußen in der Kälte unterwegs waren und er seine Zähne nicht von seiner Unterlippe lassen konnte, ziehe ich mich endlich zurück.

„Gut gemacht, Matthew. Jetzt mach den Mund wieder auf und lass dir von Daddy helfen, ihn ein wenig besser aufzunehmen."

Mit diesen Worten packe ich seinen Kopf und presse meine Daumen leicht in seinen Kiefer, bis er aufmacht. Mithilfe meiner Hüften führe ich mich in seinen offenen Mund, stoße meine Eichel gegen die Innenseiten seiner Wangen, spüre, wie glitschig sie sind. Ich sage ihm, dass er seine Zunge so weit herausstrecken soll, wie er kann.

Als er das tut, drücke ich erneut auf sein Kiefergelenk, bis er weit offen ist. Ich lasse mir Zeit, in ihn zu sinken, bis ich an die Rückseite seiner Kehle komme. Seine Augen werden weich und mir wird klar, wie viel besser er bei diesem Teil ist. Sein Würgereflex ist überhaupt nicht stark. Ich stoße in seine Kehle.

Matthews Gesicht ist ganz rot und seine Augen werden glasig vor Lust. Ich lächle, halte mich dort, bis er anfängt, Mühe zu haben, Luft um mich herum zu bekommen. Ich ziehe mich zurück. Speichel bildet Schnüre von seinen Lippen zu meinem Schwanz. Sein Brustkorb bebt, seine Augen sind voller Tränen, ein Reflex auf das, was ich gerade getan habe und seine Lippen zeigen immer noch dieses strahlende Rot, dem ich nicht widerstehen kann.

„Matthew, das war so gut, Daddy so in deine Kehle zu lassen." Ich sinke vor ihm auf die Knie und nehme sein Kinn. Ich küsse ihn und seine Lippen sind heiß auf meinen. Als ich mich zurückziehe, schaue ich in seine Augen und lobe ihn. „Ich bin so stolz auf dich und du lernst so gut. Lass dich von Daddy für deine Arbeit belohnen.“

„Aber du bist nicht gekommen“, keucht er.

„Weil ich komme, wenn ich entscheide, dass der richtige Zeitpunkt ist“, sage ich und reibe mit dem Daumen über dieses niedliche Grübchen. „Der richtige Zeitpunkt ist noch nicht da.“ Er runzelt unzufrieden die Stirn und ich lache. „Ist mein Boy traurig, weil er meine Wichse nicht trinken konnte?“

Er nickt.

„Du magst Wichse?“

„Liebe sie.“

„Du wirst sie in deinem Hintern noch mehr mögen. Und Daddy hat nur ein begrenzte Anzahl Ladungen in sich, mein süßer Boy. Ich werde dafür sorgen, dass sie reichen.“

„Fuck.“

Ich lache. „Oh, süßer Matthew. Schau mich an.“

Er begegnet erneut meinem Blick, voller haselnussbrauner Wildheit und ich küsse seine Lippen, bevor ich sage: „Das ist deine Belohnung, weil du Daddy hast zusehen lassen.“

Ich beuge mich vor und umschließe seinen Schwanz.

„Daddy!“, schreit er auf, seine Hände landen auf meinem Kopf und packen hart zu. Ich beschwere mich nicht, lasse ihn drücken und versuchen, meine kurzen Haare mit den Fingern zu packen. Ich nehme ihn ohne Unterlass tief in mich auf. Ich bin gut darin und er ist so unerfahren und das ist für ihn eine so neue Situation, dass er nicht lange durchhält.

„Daddy, bitte“, wimmert er. „Daddy, Daddy!“ Und dann überrascht er mich, schreit: „Daddy, *hilf mir*!“

Ich packe seine Hüften, nehme seinen Schwanz so tief auf, wie es möglich ist, und schlucke um ihn herum.

„Hilf mir, Daddy“, weint er. Seine Wichse schießt in meine

Kehle, als er sich verkrampft, vor Lust brüllt.

Als er zitternd und befriedigt dasitzt, lasse ich seinen Schwanz aus meinem Mund gleiten und setze mich auf meine Fersen. Ich wische mir meine Lippen mit dem Handrücken ab. Matthew starrt mich an, seine Pupillen sind riesig und sein Puls flattert an seinem Hals.

„Matthew", sage ich und meine Stimme ist ein wenig rau von dem Deepthroating.

„Ja, Daddy?"

„Bist du gerade in Daddys Kehle gekommen, ohne ihn zu warnen?"

Er blinzelt schnell und senkt den Blick, Röte färbt seine Wangen. „Es tut mir leid, Daddy."

„Tut es das?"

Er nickt.

„Wie fühlst du dich jetzt?"

„Beschämt."

„Warum?"

„Ich bin in deiner Kehle gekommen." Matthew stöhnt und bedeckt sein Gesicht, lässt sich auf das breite Sofa zurückfallen. „Ich hätte es dir sagen sollen, aber … ich konnte nicht."

Ich setze mich neben ihn und streichle seinen Arm. „Du hast um Hilfe geschrien."

Seine Augen wenden sich ab. „Als ich jung war …" Er stoppt und schluckt schwer.

Ich warte, doch als er nicht weitererzählt, hake ich nach. „Ja?"

Matthew seufzt.

„Ich habe dich in deinem verletzlichsten Zustand gesehen, Matthew. Nichts, was du sagst, kann peinlicher als das sein, oder?"

„Ich weiß nicht. Vielleicht." Er atmet zitternd und keuchend ein, dreht sich auf die Seite. Ich streichle seine Schulter, während er sein Gesicht an meiner nackten Hüfte vergräbt. Ich lasse ihn sich verstecken, während er mir seine Geschichte erzählt. „Ich habe früher zu Gott gebetet, dass er mir hilft, damit ich aufhören kann, mich so zu fühlen."

„Dich nicht mehr schwul zu fühlen?"

„Ja. Einmal, als ich wirklich Angst hatte, weil ich nicht aufhören konnte, Männer zu wollen, bin ich zu meinem Dad gegangen und habe ihn gebeten … ich habe ihn *angefleht*. Ich habe gesagt: ‚Daddy, hilf mir. Bitte, hilf mir.' Aber ich konnte nicht erklären, was ich meinte. Ich konnte es nicht zugeben oder ihm sagen, was ich war. Ich wollte nur, dass er es wegmacht."

„Was hat er gesagt?"

„Nichts. Er hat mich umarmt. Das war alles."

Ich denke darüber nach. „Und jetzt gerade, als ich dir einen geblasen habe? Du wolltest, dass es aufhört, dass es weggenommen wird? Du kannst Rot sagen oder Stopp oder-"

„Nein!", antwortet Matthew, hebt sein Gesicht von meiner Hüfte und schaut mich mit einem wilden Glühen in seinen Augen an. „Ich wollte nicht, dass du aufhörst. Das wollte ich nicht. Ich wäre gestorben, wenn du aufgehört hättest."

Ich kämme mit meinen Fingern durch seine Haare. „Was war dann los?"

„Ich habe … Scham gefühlt. Weil ich das hier so sehr will und weil es so gut ist. Ich wollte mich nicht schämen, aber so war es, Daddy. Es tut mir so leid."

Ich streiche mit meinen Fingern über seine Wange, wo das Grübchen erscheint, wenn er lächelt. Es ist im Moment nicht da. „Und du wolltest meine Hilfe, damit du dich nicht schämst? Du willst Daddys Hilfe?"

„Ja", flüstert er.

„Ich werde dir helfen, Matthew. Und ich werde dich zum Orgasmus bringen, sogar wenn du dich schämst. Du wirst von mir nie abgewiesen werden."

„Bitte, Daddy“, bettelt er, seine Augen füllen sich mit Tränen. „Bitte.“

„Bitte was? Gibt es etwas, das du gerade im Moment besonders brauchst?“

„Bitte liebe mich.“

Ich küsse die Seite seines Gesichts und ziehe ihn in meine Arme. „Das tue ich, Matthew. Heute Nacht tue ich das.“

Tief in mir denke ich, dass ich ihn länger als nur für eine Nacht lieben kann. Wenn ich mich nur nicht gerade von einer Trennung erholen würde und wenn er nicht so weit weg wohnen würde – aber das ist eine windige Ausrede, nicht wahr? Ich kann ihn länger lieben.

Wenn ich es mir gestatte.

KAPITEL ZWÖLF

Matthew

ICH SCHLAFE WIE ein Kind, tief und fest.

Als ich aufwache, bin ich so entspannt, dass ich denke, ich bin in meinem bequemen Bett zu Hause, bis ich Daddys große, starke Arme um mich bemerke.

Zuerst erstarre ich, habe Angst, mich zu bewegen, weil ich fürchte, die Scham zu wecken, die in mir lebt, seit mir die schmutzigen, drängenden sexuellen Dinge bewusst geworden sind, die ich möchte und auch aus Furcht vor dem, was vielleicht als Nächstes zwischen mir und Daddy passiert.

In Gedanken gehe ich jeden Moment durch, seit ich mein Auto verlassen habe und in diesen neuen Raum und diese neue Zeit mit Erik getreten bin. Alles daran fühlt sich surreal an, aber es ist auch die authentischste Erfahrung meines Lebens.

Das Sandwich, das ich gegessen habe, als ich angekommen bin, scheint ewig her zu sein und ein Traum. Die Pferde und Ziegen, sogar die Hunde, fühlen sich wie eine Einbildung an und doch habe ich sie alle mit meinen eigenen Händen berührt. Und das Durchgehen unseres Vertrags für unsere gemeinsame Zeit …

Mein Schwanz regt sich bei der Erinnerung daran, wie intensiv Daddy gewirkt hat, als er jeden Punkt durchgegangen ist und bestätigt hat, erneut meinen verbalen Konsens erbeten hat. Und dann, wie er vor Macht geleuchtet hat, als er mich an der Hand die Treppe hinauf in sein Bad geführt hat …

Heilige Scheiße. Was dann passiert ist! Ich habe zugelassen, dass

Erik mich kontrolliert. Ich habe ihm gestattet, sogar meine Eingeweide zu beherrschen. Ich habe es willig getan und es hat mir *gefallen*.

Meine Wangen werden heiß, mein Schwanz füllt sich noch mehr und meine Eier kribbeln, als ich mich an das Entsetzen und die Aufregung erinnere, zuzulassen, Eriks Boy zu sein.

„Hungrig?" Der Atem in diesem Wort wäscht über mein Ohr. Ich schaudere in seinen Armen. „Durstig?"

Ich möchte mich nicht bewegen oder meine Augen öffnen, aber Daddy weiß, dass ich wach bin und darum rege ich mich, drehe mich zu ihm. Ich drücke mein Gesicht an seinen muskulösen Brustkorb. Er streichelt meine Haare, als ich mich an ihn kuschle, seinen Geruch einatme. Sein Schwanz wird länger und verschmiert Liebestropfen zwischen uns. Er drängt aber nicht und gibt auch keinen Kommentar ab.

Ich drehe meinen Kopf, presse meine Wange an seinen Brustmuskel und öffne meine Augen. Es ist friedlich hier auf dem riesigen Sofa, mit einer leichten Decke und im fahlen Licht, das vom Fenster kommt. Ich seufze, als Daddy mir einen Kuss auf den Oberkopf gibt.

„Was für eine Farbe haben wir, Boy?", fragt Daddy, seine Stimme rumpelt in meinem Ohr. „Rot, Gelb oder Grün?"

„Gelb", gebe ich zu. Ich möchte Grün sagen. Ich bin immer noch geil und ich möchte erneut kommen, aber ich bin überwältigt. Ich weiß nicht, was als Nächstes passiert. Ich weiß alles, worauf wir uns geeinigt haben, aber das spezifische „wie" einer jeden Aktivität nicht zu kennen, ruft eine eigene Art von Nervosität hervor. Während ich noch verarbeite, was wir gerade gemacht haben, ist der Gedanke an mehr einfach zu viel.

„Guter Boy", flüstert er. „Danke, dass du ehrlich bist, wenn du langsamer machen musst." Er hält mich fester und ich schmelze an ihn. Es fühlt sich so gut an, in seinen Armen zu sein, seine Stärke um mich herum zu haben.

Ich habe mich nicht mehr *so* sicher gefühlt, seit ich ein Kind in den Armen meines Vaters war, bevor ich meine ersten Anzeichen sexuellen Begehrens gefühlt habe, bevor ich wusste, dass mein Vater mich niemals akzeptieren, noch gutheißen würde, worüber ich fanatisierte.

Die Spannung wächst und bricht dann. Ein kleines Schluchzen löst sich.

„Gut so", sagt Daddy, reibt meinen Rücken und küsst erneut meinen Kopf. „Fühle dieses Gefühl. Lass es einfach kommen."

Ich klammere mich an ihn und Tränen brennen in meinen Augen, während er mich murmelnd aufmuntert. Die Welt neigt sich und richtet sich wieder auf, immer und immer wieder, als wäre ich auf einer Achterbahn.

„Mein Vater würde sich meiner schämen."

Daddy sagt für einen langen Moment gar nichts. „Vielleicht, aber *ich* bin stolz auf dich, Matthew. Du bist ein wunderschöner Mann und ein wunderbarer Boy. Dein Herz ist rein und – hör mir zu, das ist wichtig – deine Bedürfnisse sind valide."

„Ich brauche zu viel", sage ich. Sein Herzschlag ist gleichmäßig und sicher unter meinem Ohr.

„Sag Daddy, was du brauchst."

Ich zögere, weil *eine Menge* in mir vorgeht – Emotionen, Gedanken, Fantasien, Erinnerungen – und ich bin mir nicht sicher, was herauskommen wird, wenn ich meinen Mund öffne.

Daddy streichelt erneut meinen Rücken. „Was brauchst du, Matthew?"

„So viel", keuche ich.

„Lass es raus. Sag einfach die Worte."

„Ich muss niedergedrückt und gefickt werden", sage ich mit brechender Stimme. „Ich muss gejagt und gefangen und gewürgt werden."

„Mach weiter, Boy.“

„Ich muss gezwungen werden zu kommen.“

„In Ordnung.“

„Ich brauche … ich brauche …“ Ich beiße mir auf die Lippe und Tränen gleiten über meine Wimpern und an meinen Wangen hinunter. Fuck, ich bin so durcheinander. Er braucht diesen Scheiß nicht. Ich sollte gehen. Ich sollte aufhören, seinen Tag zu ruinieren, mit meinen –

„Sag Daddy, was du brauchst“, wiederholt er streng. „Erzähl mir alles.“

„Ich muss geliebt werden!“, weine ich.

Ein Damm bricht, als von Schluckauf begleitetes Schluchzen mich überkommt. Daddy hält mich die ganze Zeit, wiegt mich, sagt mir erneut: „Deine Bedürfnisse sind valide, Matthew. *Du* bist valide. Du verdienst es, geliebt zu werden.“

Er sagt nicht, dass ich es verdiene, gejagt und gewürgt zu werden, oder niedergedrückt und gefickt, doch als ich endlich aufhöre, mich zum Narren zu machen, hilft er mir, mich aufzusetzen, reicht mir ein Taschentuch aus der Schachtel neben dem Sofa und schaut zu, wie ich meine Augen abwische, bevor er meint: „Ich halte die Kehle eines Boys, aber ich würge meine Boys nicht. Es *gibt* andere Daddys, die das tun.“

Ich schüttle meinen Kopf. „Ich weiß nicht, ich weiß nicht …“

„Du weißt was nicht?“

„Ich weiß nicht, ob ich das *will*. Ich *brauche* es nur manchmal.“

Er berührt meine Wange, auf diese Weise, die ihm gefällt und als er die Stelle befingert, an der mein Grübchen sich immer zeigt, neigt er meinen Kopf nach oben und fragt: „Was ist für dich der Unterschied bei diesen Worten? ‚Wollen‘ und ‚brauchen‘?“

„Ich … will mich selbst lieben“, fange ich an.

Er nickt.

Ich kann ihn nicht ansehen, als ich weiterrede. „Aber ich muss die Kontrolle abgegeben, weil ich das nicht kann-"

„Was genau? Sei bitte so klar wie möglich."

„Ich kann nicht einmal daran denken, Sex zu haben, ohne mich zu schämen. Ich möchte mich so nicht mehr fühlen. Ich versuche, es nicht zu tun, aber es passiert dennoch. Aber in meinen Fantasien, wenn jemand mich *zwingt*? Wenn ich keine Wahl habe? Dann ist es nicht meine Schuld …"

„Ist das der Grund, warum du zugelassen hast, dass Männer deinen Mund benutzen?"

Ich nicke. „Auf diese Art ist es nicht meine Schuld. Wenn sie mich benutzen und ich nicht komme? Wenn ich es und mich selbst danach hasse, dann bin ich immer noch unschuldig."

„Oh, Matthew", sagt Daddy und zieht mich in eine Umarmung. „Mein süßer Boy, du bist immer so unschuldig. Immer."

„Bin ich das?"

„Ja."

„Aber-"

„Matthew, wenn ich dich ficke, wird es sein, weil du mich darum bittest und wenn du kommst, wird es sein, weil du wolltest, dass ich dich zum Orgasmus bringe."

„Aber, Daddy?"

„Ja?"

„Als ich … als ich vorhin um Hilfe gefleht habe?"

Er nickt.

Es ist so demütigend, das zu sagen. Ich sehe, wie sein Blick weich wird, wie er mich nur damit ermutigt und ich zwinge mich, es zuzugeben. „Dadurch hat es sich so gut angefühlt? Das hat es besser gemacht?"

„Mm, ich verstehe." Er schaut mir in die Augen. „Dann haben wir hier einen kleinen Widerspruch."

„Warum?" Meine Kehle verengt sich. Das ist es. Jetzt wird er mir sagen, dass das, was ich will, nicht richtig ist, und die Scham wird mich beherrschen und ich werde so weit schrumpfen, dass ich unter dieses Sofa kriechen und sterben kann. Um es noch schlimmer zu machen, wählt mein Magen diesen Moment aus, um zu knurren.

„Das ist ein Gespräch, das man beim Essen hat", entscheidet Daddy, steht auf und streckt mir seine Hand hin. „Lass uns nach unten gehen und nachtanken."

Ich möchte protestieren. Ich möchte, dass er mir sagt, dass ich zu viel für ihn bin und dass er mich nach Hause schickt. Mehr als das, ich möchte, dass er mich eng an sich drückt und mir sagt, dass ich liebenswert bin. Ich möchte, dass er mich herumdreht, meine Pobacken spreizt und mein Loch gnadenlos fickt. Ich möchte all diese Dinge gleichzeitig, aber ich möchte definitiv *nicht* nach unten gehen.

Seine Hand ist immer noch vor mir, sein nackter Körper so stark und attraktiv, das Licht von den Fenstern umschmeichelt jeden Muskel, jede Sehne und jede Narbe. Ich schlucke schwer, hole tief Luft und falle zurück in die Rolle, die ich zugestimmt habe, heute Nacht zu spielen.

„Ja, Daddy", sage ich und lasse mich auf die Füße ziehen.

Er nimmt die Unterwäsche mit dem offenen Rückteil, die ich vorhin ausgezogen habe und reicht sie mir. Ich ziehe sie an und er nimmt sich einen Moment Zeit zu bewundern, wie ich aussehe. Ich fühle mich dämlich und beschämt von allem, was wir bis jetzt gesagt und getan haben, aber die Hitze in seinen Augen kann nicht versteckt werden. Er will mich erneut. Ich habe ihn mit dieser Zurschaustellung von Perversion und Schwäche überhaupt nicht abgeschreckt.

Erik geht zu einer Schublade in einer Kommode neben dem Bett und zieht eine Jogginghose heraus. Er schlüpft hinein. Dann streckt er mir wieder die Hand hin und lobt mich, als ich sie nehme. „Guter Boy." Er legt seinen Arm um meine Schultern und führt mich in Richtung Treppe und mir sind all die Stellen bewusst, an denen unsere Haut sich berührt, als wir uns bewegen.

„Meine Mom hat Plätzchen gebacken“, sagt er, als wir nach unten gehen. „Hat alles verziert. Wir werden ein paar davon essen, um deinen Blutzuckerspiegel zu heben, bevor wir reden.“

Ich möchte jetzt nicht reden. Ich möchte Plätzchen essen, den Strumpf aufmachen, der mir versprochen wurde, auf meinen Knien dorthin kriechen, wo Daddy sitzt und seinen Schwanz lutschen, bis ich seine Liebestropfen schmecke und dann …

„Matthew“, warnt Daddy mich. „Hör auf, so laut zu denken. Es ist Daddys Aufgabe, sich um dich zu kümmern. Ich weiß, was du brauchst.“

„Tust du das?“, frage ich, als wir die unterste Stufe erreichen und zusammen in den ersten Stock der Lodge treten.

„Du hast es mir gerade gesagt.“ Er dreht mich herum, sodass mein Rücken in Richtung der Arbeitsplatte ist, die Küche und Essbereich trennt. Ich schaue ihn an, als er nahe zu mir tritt, mich schiebt, bis die Kante sich in meine Hüfte gräbt. Er hält mich mit genügend Kraft, dass ich mich ernsthaft anstrengen müsste, um ihm zu entkommen.

Eriks Lippen sind köstlich und langsam und ich schlinge meine Arme um seinen Hals, als er mich küsst. Meine Knie werden weich und mir ist schwindlig vor Lust, als ich anfange, sein Bein zu ficken, während er den Kuss in die Länge zieht. Als er sich zurückzieht, sein Mund rot und sein Atem keuchend, gleitet er mit einer Hand an meinem Brustkorb nach oben, um meine Kehle zu packen.

Er würgt mich nicht, aber er hält mich fest, schaut mir in die Augen. Meine Hüften zucken an seinem Oberschenkel und wenn er mich noch ein klein wenig fester packt, glaube ich, werde ich kommen. Aber seine Hand bleibt dafür ein wenig zu locker.

„Daddy“, wimmere ich. „Bitte.“

„Was willst du?“

„Würg mich.“

Er beugt seinen Kopf nahe zu mir und reibt unsere Nasen langsam aneinander. „Sag mir, was du wirklich willst, süßer Boy.“

„Zwing mich.“

„Wozu soll ich dich zwingen?“

„Zwing mich zu kommen!“, stöhne ich, als die Scham mich überflutet. Es ist sündig, das zu wollen. Mein Vater würde mich hassen und meine Mutter wäre beschämt und meine Gemeinde würde …

„Fühlst du das?“, fragt er.

„Was?“ Ich fühle nichts als Erregung und die quälende Scham, die mich schon mein ganzes Leben verfolgt.

„Wenn ich dich jetzt zwinge zu kommen“, sagt er ruhig, als ob er ganz sicher weiß, dass er das kann und auch mit Leichtigkeit. „Wenn du einfach so kommst, mit diesen Emotionen, wird es explosiv sein, mein süßer Boy. Weil die Sache ist die, Scham kann es heißer machen. Schmutziger. Scham kann dich dazu bringen, so heftig zu kommen, dass du Sterne siehst.“

Ich keuche und suche seinen Mund, aber er drückt mich weg, dieser zusätzliche Druck an meiner Kehle lässt meine Eier hart werden. Ich bin kurz davor, zu kommen, als er weiterredet. „Tu es nicht. Komm noch nicht, Boy.“

Ich stöhne und beiße die Zähne zusammen. „Ich muss, Daddy.“

„Du machst das großartig. Hör nicht auf. Lass dir zuerst etwas Wichtiges von Daddy sagen.“

Ich zittere, als Lust mich durchströmt und ein Orgasmus scheint unausweichlich zu sein, als ich weiter sein Bein rammle, aber ich konzentriere meine Aufmerksamkeit auf die Stelle, wo die Arbeitsplatte gegen mich drückt, die unangenehme Irritation und ich schließe meine Augen vor Daddys intensivem Blick.

„Sag es mir, Daddy. Bitte.“

„Hör auf, mich zu rammeln“, verlangt er. Sein Tonfall fühlt

sich wie Zuneigung an, aber auch wie ein Befehl.

Ich hole schaudernd Luft und stoppe meine Hüften.

„Daddy möchte nicht, dass du die hier schon schmutzig machst", sagt er, fährt mit seiner anderen Hand um meine Hüfte und über den Bund meiner Unterwäsche. Er öffnet den Verschluss vorne und holt meinen Schwanz heraus. Jedes raue Pumpen reicht beinahe aus, um mich über den Rand zu stoßen, darum beiße ich mir auf die Unterlippe und reiße mich zusammen.

„Na schön", fängt er an. „Erzähl mir von deinem Vater, Boy. Wie war er?"

Ich schüttle meinen Kopf. Ich möchte nicht an ihn denken. „Bitte, Daddy."

„Weil es nicht sexy ist?"

Ich nicke.

„Zu dumm. Was würde dein Dad jetzt gerade von dir denken, wie du so hungrig und hart bist und versuchst, dir an mir einen runterzuholen? Was würde er sagen?"

Ich sauge zittrig Luft ein. „Ich weiß es nicht."

„Was würde er sagen?", verlangt Daddy zu wissen.

„Dass ich ein Sünder bin, dass er sich meiner schämt, dass ich nicht sein Sohn bin."

„Stell dir vor, dass er jetzt hier ist. Er sieht dich."

Ich kann es mir zu leicht vorstellen und mein Magen dreht sich um. Ich wimmere.

„Gut", flüstert er. „Jetzt sag es mir noch einmal, Boy. Was soll ich mit dir machen?"

„Ich will, dass du ..." Ich kann mir immer noch die Abscheu meines Vaters vorstellen. „Ich will, dass du mich fickst."

„Mm. Und?"

„Ich muss kommen. Mach, dass ich komme, Daddy. *Zwing mich zu kommen.*"

„Noch nicht", sagt er und küsst meine Wange. Ich will schreien, aber ich kann nicht einmal ordentlich atmen, weil ich so keuche und dem Weinen so nahe bin. „Wie fühlt es sich an, um Daddys Schwanz zu betteln? Seine Wichse in deinem Hintern zu wollen?"

„Als würde ich es zum Leben brauchen."

„Du brauchst Daddys Wichse mehr, als du die Liebe deines Vaters willst, oder?"

Die Worte hängen in der Luft und ich kann das Potenzial hinter ihnen spüren, etwas Hartes und Abschreckendes. „Ja", gebe ich zu.

„Das ist mein Boy", sagt er nachdrücklich und streichelt mit seiner Hand über meinen Schwanz.

Ich schreie auf und spritze ab, komme mit einer rauen, heißen Kraft, die voller Scham und Peinlichkeit ist und einem kranken Gefühl von Verlust, aber auch mit einer glänzenden Kopfnote, die aus einem trotzigen, wunderschönen Funken Wahrheit besteht. Ich spritze auf den Holzboden, die Hitze meines Samens trifft unsere nackten Füße und besprenkelt Daddys Jogginghose.

Ich zittere immer noch, als Daddy meinen Hals loslässt und auf meine Schultern drückt, bis ich auf den Knien bin. Meine Augen verdrehen sich, als er seinen Schwanz in meinen offenen Mund stößt, und ich neige meinen Kopf zurück, lasse ihn in meine Kehle gleiten wie die Männer, die mich benutzt haben. Er bewegt sich langsam vor und zurück, seine Finger fahren meine Brauen und Wangenknochen nach, bevor sie meine Haare packen.

„Himmel, Boy. Ich werde in deiner Kehle kommen." Er lässt ein leises Knurren hören. „Du kannst also deepthroaten, aber noch nicht blasen. Ich werde es dir beibringen. Heilige Scheiße, das ist gut. Schau, wie tief du mich aufnehmen kannst. Beinahe bis zu meinen Eiern." Er sagt all das in bewunderndem Ton und sobald er kurz davor ist – ich kann das erkennen am Zittern seiner Oberschenkel und wie seine Knie nachgeben – packt er mein Gesicht und verlangt: „Schau zu, wie Daddy kommt. Schau, was du mit mir machst.“

Und das tue ich.

Ich starre, als sein Brustkorb sich rötet und seine Pupillen sich weiten und sein Gesicht sich zu einer Grimasse verzieht. Die ganze Zeit über schaut er auf mich herunter, seine Intensität ergießt sich in mich wie ein Licht und als er grunzt, spüre ich das erste Zucken seines Schwanzes auf meiner Zunge.

Ich kann seine Wichse nicht so sehr schmecken, wie ich das möchte, weil er so tief in meine Kehle stößt, aber ich schlucke um ihn herum, so gut ich kann, nehme seinen Samen auf. Er flucht, bevor er sich zurückzieht, Wichse und Speichel bilden Schnüre von seinem Schwanz zu meinem Mund und er wischt sie mit der Hand weg.

Ich bleibe auf den Knien, schaue zu ihm auf, während er auf mich herabstarrt, mit seinen Daumen über meine Brauen streichelt, und sagt: „Jetzt Plätzchen und Kuscheln und *dann* reden wir darüber, was gerade passiert ist und warum das so verdammt gut für dich war.“

„War es auch für dich gut, Daddy?“, frage ich und meine Stimme klingt rau, angeschlagen von dem Kehlenfick.

„Mehr als gut. Ich habe noch nie so eine willige Kehle gefickt.“ Er sieht aus, als wäre er sich nicht sicher, was er davon halten soll, aber er beugt sich nach unten und küsst meine Stirn. „Steh auf. Pack deinen Schwanz weg. Daddy wird seinen süßen Boy jetzt füttern.“

KAPITEL DREIZEHN

Erik

WIR BEIDE WASCHEN unsere Hände und ich bringe Matthew zurück zum Sofa. „Mach es dir hier bequem", befehle ich ihm, während ich einige Decken um ihn herum drapiere. „Ruh dich aus."

Er bleibt aufrecht, aber nur knapp. Sein Blick folgt mir zum Kamin, wo ich ein paar Scheite vom Stapel neben dem Herd nehme. Innerhalb von Minuten habe ich ein schönes Feuer in Gang. Matthew ist ein wenig müde, trotz des Nickerchens oben.

Ich bin davon nicht überrascht nach der emotionalen, chaotischen Verbindung, die wir gerade aufgebaut haben. Diese Art Intensität kann einen Boy fertigmachen – und einen Daddy ebenfalls, um ehrlich zu sein. Aber ich habe keine Zeit, mit ihm zu kuscheln und zu dösen. Noch nicht. Ich muss mich erst um seine anderen körperlichen Bedürfnisse kümmern.

Wie Wasser und Nahrung.

Nachdem ich mir das Harz und das Sägemehl von den Scheiten von den Fingern gewaschen habe, gehe ich zu der eingebauten Speisekammer am hinteren Ende des Raums und hole das Knietablett. Ich habe für ihn jede Menge Essen im Voraus zubereitet, darum habe ich eine Tupperdose mit gemischten Früchten (Cantaloupe-Melone, Orangenspalten und Trauben), die ich gleich benutzen kann. Ich habe auch ein herzhaftes Tofu-Gulasch im Schnellkocher, darum fülle ich uns beiden jeweils eine Schüssel.

Ich stelle sie auf das Knietablett, schaue dabei zu ihm und bemerke, dass sein Blick auf dem Weihnachtsbaum verharrt, bevor er zu den roten und weißen Strümpfen am Kaminsims wandert. Als seine Augen sich weiten, lächle ich. Ihm ist das kleine Extra aufgefallen, das ich eingebaut habe.

Ich habe Charles gebeten, seinen Namen auf einen der Strümpfe zu sticken und meinen auf den anderen: Matthew und Daddy. Er holt schaudernd Luft und ich weiß, dass ich ihn erfreut habe.

Ich stelle noch die Nachspeise dazu – vier verzierte Plätzchen meiner Mutter – und trage das Tablett zu ihm. Er richtet sich aus seiner erschöpften Haltung auf und ich stelle das Tablett über seine Beine, lasse mich neben ihn fallen und nehme den Löffel. Ich halte ein wenig von dem Gulasch an seinen Mund und murmele aufmunternd, als er ihn öffnet und sich von mir füttern lässt.

„Guter Boy." Ich wische mit meinem Daumen einen Tropfen von seiner Lippe, lecke ihn dann ab. Matthew nimmt gehorsam ein paar weitere Bissen an, bevor ich ihm den Löffel reiche und meinen eigenen nehme. „Mach schon, füttere dich selbst", sage ich, als ob er diese Erlaubnis braucht.

Matthew blinzelt, lethargisch und high von seinem Orgasmus, dem warmen Feuer und dem Schock wegen dem, was er mir bis jetzt gezeigt hat. Es ist lange her, dass ich einen Mann so leicht in den Subspace habe abgleiten sehen – wenn überhaupt jemals.

Während ich esse, frage ich: „Wie fühlst du dich?"

„Gut", sagt er einfach.

„Verträumt? Locker? Als würdest du schweben?"

Er nickt, richtet seine großen Augen auf mich, bevor er sich wieder seinem Gulasch zuwendet und einen weiteren Bissen nimmt.

Ich öffne den Deckel der Tupperdose und deute auf das Obst. „Iss davon auch etwas."

„Ja, Daddy." Er wählt zuerst ein Stück Melone und kaut mit geschlossenen Augen, als ob er den Geschmack und das feuchte Gleiten in seiner Kehle genießt.

„Das ist Subspace.“

Er schaut mich mit gerunzelten Brauen an.

„Dieses Gefühl, das du hast. Du bist jetzt gerade nicht voll drin, aber du treibst noch in der Nähe herum. Du kannst tiefer eintauchen oder du kannst wieder herauskommen und zu deinem üblichen Geisteszustand zurückkehren.“

Seine Brauen ziehen sich noch mehr zusammen.

„Gefällt es dir?“

Er nickt.

„Du bist in diesem Subspace mein Boy, nicht wahr, Matthew?“

„Daddys Boy“, flüstert er, steckt sich eine Traube in den Mund.

„Ja.“ Ich streichle seinen Kopf und esse weiter. Die Gräue des Tages verleiht dem Licht, das durch das breite Fenster hinter dem Sofa hereinkommt, eine ätherische, außerweltliche Ausstrahlung. Es ist neblig und hat angefangen leicht zu schneien, während wir oben gespielt haben.

Nach ein paar weiteren Bissen meine ich: „Komm ein wenig aus diesem Subspace heraus. Daddy muss mit dir reden.“

Matthew schüttelt mit gerunzelter Stirn seinen Kopf und ich bin überrascht, dass er sich wehrt, aber ich bin auch erfreut. Er ist kein Fußabstreifer, auch wenn er der unterwürfigste Boy ist, den ich je hatte – es gibt kaum eine Spur von Bengel in ihm.

„Ja, Matthew. Daddy will, dass sein Boy mit einem klaren Kopf zuhört.“

„In Ordnung“, stimmt er zu, klingt immer noch distanziert und verträumt.

„Lass uns damit anfangen, dich hier zu verankern. Sag mir fünf Dinge, die du sehen kannst.“

„Das Feuer, meinen Strumpf, deinen Strumpf, den Baum, die nebligen Berge hinter dem Fenster.“

„Sag mir vier Dinge, die du berühren kannst.“

Matthew berührt jedes der Dinge, während er sie aufzählt. „Die

Decke, das Tablett, das Obst und dich." Seine Hand legt sich auf meinen Brustkorb.

„Das ist gut. Jetzt drei Dinge, die du hören kannst."

„Das Knacken des Feuers, deine Atmung und die Heizung, die sich an- und abschaltet."

„Zwei Dinge, die du riechen kannst."

„Das Gulasch. Die Nadeln vom Baum."

„Eine Sache, die du schmecken kannst."

„Die Säure der Traube, die ich gerade gegessen habe."

„Bist du hier bei mir?"

Matthew begegnet meinem Blick und seine Augen sind klarer als zuvor. Sie zeigen immer noch ein Schimmern, das mir sagt, dass er erregt und erschöpft ist, aber er schwebt nicht länger in seinem Kopf davon. „Ja, Daddy."

„Gut. Jetzt iss und hör mir zu."

Er nickt und ich nehme einen weiteren Bissen, frage mich, wie ich das Thema anschneiden soll, ohne ihm zu viel Angst zu machen. „Matthew, Scham ist nichts, was du notwendigerweise aus deinem Leben ausschließen kannst. Sie bis zu einem gewissen Grad zu empfinden, vor allem, wenn sie von so früher Kindheit an eingeredet wurde, wie es bei dir der Fall ist, kann unausweichlich sein."

Er reagiert nicht, isst aber weiter, wechselt zwischen Gulasch und Obst.

„Dich selbst zu lieben, zu lernen, gute Dinge von deinem Leben zu verlangen, heißt nicht, dass du dich nie für die Dinge schämen wirst, die du willst, oder dafür, wer du bist oder wonach du dich sehnst. Der Schlüssel ist, diese Scham für das beste Ergebnis zu nutzen. Wenn man mit Scham spielt, wie wir vorhin mit dem Einlauf und dann wieder, als ich die Erinnerung an deinen Vater wachgerufen habe, während du um meinen Schwanz gebettelt hast-" Er rutscht herum und seine Wangen werden auf eine Art und Weise rot, die in ihrer Intensität wunderschön ist. „Auf diese Art mit Scham zu spielen kann befreiend, aufregend sein, und, wie du selbst erlebt hast, zutiefst erregend. Du bist heute wie ein Junge gekommen, der gerade fünfzehn ist, oder? Wann bist du das letzte Mal so heftig gekommen?"

„Vor langer Zeit, Daddy", gibt er zu.

„Wie findest du das, was wir getan haben?"

„Ich finde es peinlich."

„Was ist dir am peinlichsten?"

„Dass ich mir vorgestellt habe, er wäre hier, würde mich sehen, mich verabscheuen …" Er legt seinen Löffel weg und atmet zittrig ein. „Dass ich deine Wichse mehr wollte als seine Billigung. Das ist nicht nur peinlich. Es ist krank. Aber wie ich gekommen bin? Wie all das einfach dafür gesorgt hat, dass ich-" Er stöhnt und verlagert sein Gewicht. „Fuck."

„Wirst du hart, wenn du daran denkst?"

„Ja, Daddy." Die Scham ist wieder in seiner Stimme.

„Daddy liebt das."

Matthew schaut mich an. „Ich weiß nicht, ob ich ein guter Mensch bin", gesteht er. „Warum bin ich so heftig gekommen, Daddy? Hilf mir, bitte."

„Shh", sage ich, reibe seinen Nacken und küsse seine Wange. „Das ist mein guter, süßer Boy. Atme einfach eine Minute. Fühle diese Emotionen."

Sobald ich mir sicher bin, dass er nicht in Panik verfallen wird, rede ich weiter. „Du bist so heftig gekommen, weil für mich zu kommen, meine Wichse zu essen, ein großes ‚Fick dich' an deine Erziehung ist. Genau wie etwas ‚Schlimmes' oder ‚Falsches' zu tun sich aufregend anfühlen kann, weil es verboten ist, wurde die Lust intensiviert, weil du tapfer genug warst, diese Gefühle direkt zu konfrontieren. Dich durch sie zur Ekstase zu kämpfen. Verstehst du das?"

Matthew denkt darüber nach und nickt. „Es ist dennoch demütigend.“

„Das ist in Ordnung. Daddy will nicht, dass du irgendwelche bestimmten Gefühle bei dem hast, was wir tun, solange du dich nicht schlimmer fühlst als bevor wir uns berührt haben.“

„Das tue ich nicht. Ich fühle mich … beschämt, aber erleichtert. Besser.“

„Gut. Weil ich deine Scham halten kann, Boy. Ich kann sie halten und formen und für dich in Orgasmen verwandeln. Verstehst du das? Das ist meine Macht. Es ist auch in deiner Macht. Dreh der Scham nicht den Rücken zu. Tauche hinein. Fick sie, wenn du kannst. Reite sie.“

„Sie reiten“, flüstert er.

„Ja“, dränge ich. „Das wird das Befähigendste sein, was du tun kannst, zu lernen, die Scham für deine eigene Lust zu manipulieren. Dann wird sie ihre Macht verlieren, außerhalb der Szenarien, die du und dein Daddy oder Liebhaber sich ausdenken und kontrollieren. Verstehst du das?“

„Ich glaube schon.“

„Es ist eine Menge, über das du nachdenken musst. Möchtest du heute Abend weiter mit Scham spielen?“

Er zögert. „Wenn Daddy das möchte.“

„Aber was willst du, Boy? Sag es mir.“

„Ich will, dass du mich fickst“, sagt er. „Und ich möchte für dich kommen. Wie auch immer Daddy das bewerkstelligt, ich bin mir sicher, dass ich damit glücklich sein werde.“

Ich küsse seine Stirn und wir fangen wieder an zu essen. Ich mache mir ein wenig Sorgen wegen seiner Formbarkeit. Er ist so süß, stimmt so schnell zu. Ein anderer Daddy oder Dom könnte das missbrauchen. Ich habe eine Nacht, um ihm alles über Sex, Kink und Scham beizubringen und wie er seine Grenzen auf sichere Art diskutieren kann. Es ist zu viel. Ich kann das alles nicht heute Nacht machen.

Mein Magen dreht sich um. Ich *kann* aber nicht mehr machen. Matthew passt so gar nicht zu dem, was ich will.

Er wohnt zu weit weg.

Er ist älter.

Er ist …

Er hat nie gesagt, dass er mehr als das hier will. Ich muss seine Wünsche respektieren und darf ihn nicht unter Druck setzen, nur weil es sich für mich richtig anfühlt.

Dennoch spüre ich es in meinem Innersten, dass ich ihm über diese Erfahrung hinaus helfen kann. Es gibt so viele Dinge, durch die ich ihn führen und lustvolle Erlebnisse, die anzunehmen ich ihm helfen kann. Heilige Scheiße. Denke ich wirklich über die Komplexität einer Daddy/boy-Fernbeziehung mit einem älteren Mann nach?

Ich glaube, das tue ich.

Verdammt.

KAPITEL VIERZEHN

Matthew

NACH DEM SPÄTEN Snack, den Daddy zubereitet hat, kuscheln wir noch weiter und schauen ins Feuer. Ich kann nicht glauben, dass das real ist. Ich bin wirklich, nach all diesen Jahren des Sehnens, von den Armen eines anderen Mannes umschlungen. Mein Herz schmerzt und mehr als einmal spüre ich Tränen in meinen Augen. Ich muss sie zukneifen, damit die Tränen nicht fallen.

Ich weiß, dass es Daddy egal ist, wenn ich wieder weine. Er hat mich bereits wie ein Baby schluchzen und auf der Toilette sitzen sehen. Ein paar Tränen zu vergießen, kommt dem nicht einmal nahe. Und doch sind diese Tränen privat. Sie gehören mir und ich bin nicht bereit, sie zu teilen.

Was seltsam erscheinen mag, weil ich so viele andere Dinge mit Daddy teile und die meisten davon zum ersten Mal, aber diese Tränen sind anders. Sie sind nicht neu. Sie sind sehr alt. Und ich möchte nicht, dass er mich tröstet oder versucht, die Gründe für sie auszumerzen. Alles muss in seinem eigenen Tempo betrauert werden. Meine Therapeutin sagt das und ich weiß, dass es stimmen muss.

An diesem Abend liege ich in den Armen eines Mannes und ich schäme mich, aber ich bin glücklich. Vor allem bin ich erleichtert.

Während der Schnee sich vor dem Fenster auftürmt, dem früh aufgehenden Mond ein blaues Schimmern verleiht, streichelt Daddy mich am ganzen Körper. Es ist hypnotisierend und erotisch und ich bin wieder hart, bevor es eigentlich menschenmöglich sein sollte. Drei Orgasmen in weniger als vierundzwanzig Stunden ist bereits mehr, als ich seit Jahren geschafft habe.

Auch wenn ich lange keinen Grund gehabt habe, einen Rekordversuch zu wagen, wie damals auf der High School, als meine Eltern übers Wochenende weggefahren waren. Damals hatte ich fünfzehn in weniger als einem Tag geschafft, unterstützt von halb nackten Models in Unterwäschewerbung aus den verschiedenen Katalogen, die meine Mutter immer bekam.

Ich habe erst mit Ende Zwanzig meinen ersten Schwulen-Porno gesehen, als ich einen Computer gekauft und ihn in meinem Zimmer aufgebaut hatte. Ich hatte danach ein paar Marathon-Masturbationssessions, aber in den letzten Jahren war ich zu sehr unter Verantwortung und Trauer begraben gewesen, um mir tagelang einen runterholen zu wollen.

Ich will mir jetzt auch keinen runterholen. Ich will, dass mir einer runtergeholt *wird* und ich möchte geküsst werden und gekuschelt und geblasen und gefickt. Ich möchte mich in Daddys Armen winden, während er mich in diesen herrlichen Zustand des Orgasmus bringt. Ich muss mich in die Laken krallen und in das Kissen beißen. Ich muss schreien.

Ich frage mich, ob er mir das erlauben wird. Ich frage mich, ob es in Ordnung ist.

Das werde ich wohl herausfinden.

Aber zuerst möchte Daddy, dass ich mich mit ihm entspanne, mich daran gewöhne, von einem Mann gehalten zu werden. Während er mich streichelt, hören wir uns das leise, jazzige Weihnachtsalbum an, das er aufgelegt hat, nachdem wir unser Geschirr gewaschen haben. Ich sauge alles in mich auf, schmelze an ihn, verschwitzt vom Feuer und der Decke, aber nicht willens, auch nur einen Muskel zu rühren, es sei denn, um gefickt zu werden.

„Das ist es, was zwei Männer zusammen sein können. Das und

nichts weiter, wenn es das ist, was du willst", sagt Daddy. „Wenn es dir das Gefühl gibt, geliebt zu sein."

„Oh, ich will mehr", sage ich und er lacht.

„Das tun die meisten Männer."

„Aber manche Männer sind einfach nur hiermit zufrieden?"

„Ja."

„Irgendeiner deiner Boys?"

„Nein, alle meine Boys waren sexhungrig", sagt er mit einem weiteren Rumpeln stillen Lachens. „Wie du."

„Bin ich sexhungrig, Daddy?"

„Für eine Jungfrau? Ja. Definitiv."

Ich lächle, richte mich auf und setze mich rittlings auf ihn. Er umfasst meinen Hintern, um mich ruhigzuhalten, presst mich noch fester an sich. Ich bin hart und mein Schwanz drückt gegen sein Gemächt. Er ist *nicht* hart, aber ich kann spüren, dass sein Schwanz anfängt, zu erwachen, sich zu füllen und neben meinem zu pulsieren, während er mich hält.

„Lass uns langsam anfangen", sagt er.

Ich lache. „Daddy, wir haben langsam schon lange hinter uns gelassen."

Er packt meinen Hintern fester und küsst mein Kinn. „Wir sind eingeschränkt, weil wir nur eine Nacht haben", erklärt er. „Ansonsten hätte ich mir mehr Zeit mit dir gelassen."

Wenn wir nur mehr als eine Nacht haben könnten. Vielleicht …

Nein. Ich muss im Jetzt bleiben. Diese eine Nacht ist es, was ich gekauft habe.

Irgendwie weiß ich, dass er trotzdem nicht viel langsamer als so gemacht hätte, ganz egal unter welchen Umständen oder wie seine Absichten gewesen wären. Er scheint ebenso vom Moment mitgerissen zu werden wie ich und der Teil von mir, der nie das wahre Interesse eines Mannes hatte, fühlt sich, als könnte ich allein von seiner bewundernden Aufmerksamkeit leben. Ich könnte sie wie Brot und Butter essen und sie würde meinen Körper und meine Seele nähren.

„Daddy?", fange ich an, fühle mich schüchtern, trotz allem, was wir getan haben.

„Ja, Boy?"

„Wirst du mein Loch lecken?"

„Wie bittest du darum? Ich möchte hören, wie du nett fragst."

„Daddy, wirst du bitte mein Loch lecken?"

„Ah, Boy, du klingst so süß." Daddy fährt mit seinen Fingern in die Öffnung an der Rückseite meiner Unterwäsche und in meine Ritze. Ich schaudere, als er mit seinem Mittelfinger über mein Loch reibt. „So ein süßes, enges Loch und es ist nur für Daddy, nicht wahr?"

„Ja, Daddy. Alles für dich."

Er knurrt ein wenig und ich grinse. Es ist surreal, diese Art Effekt auf einen Mann zu haben. Ich habe mir nie vorgestellt, dass ich das könnte.

„Fuck-" Er rollt uns herum, sodass ich unter ihm bin und er oben. Er setzt sich auf seine Fersen zwischen meinen gespreizten Beinen und lächelt mich an. „Zuerst, lass es Daddy sehen."

Ich nicke und warte, doch als Erik seine Brauen hebt, wird mir klar, was er will. Mir wird ganz heiß, Scham steigt trotz allem auf, aber ich ziehe meine Beine an den Knien nach hinten, hebe meine Hüften an und spüre, wie die Öffnung der Unterwäsche sich weit dehnt.

Die Luft im Zimmer ist warm vom Feuer und ein Schweißtropfen läuft meine Ritze hinunter. Erik drückt meine Pobacken auseinander und mustert mein Loch. Es ist ein abschätzender Blick und ein bewundernder. Als er seinen Blick zu meinem hebt, hat er riesige Pupillen und glasige Augen. Er will mich.

Sogar jetzt kann ich es nicht glauben. Dieser sexy, jüngere Daddy will mich. Den langweiligen Buchhalter. Wie ist das möglich?

Und doch ist es das. Es ist unleugbar. Und nicht nur, weil ich den Beweis seiner Erregung in seiner Jogginghose sehe. Er liegt in seinen Augen, auf seinem Gesicht und sogar darin, wie seine Finger mich berühren. Fest, sicher und doch irgendwie hungrig.

Wie können Finger hungrig sein? Ich weiß es nicht, aber Augen können es auch sein und gerade im Moment fressen Daddys Augen mich auf.

Mein Atem stockt, als Daddy meine Unterwäsche herunterzieht, sie über seine Schulter wirft. Sein Fokus wendet sich keine Sekunde von mir ab, sein Blick wandert in heißen, beinahe spürbaren Bewegungen über meine Haut. Mit einem weiteren leisen Knurren zieht er an meinen Brusthaaren und fährt mit seinen Händen über meinen Bauch, streicht über meinen harten Schwanz.

„So ein verdammt schöner Boy", flüstert er. „Wenn du nur wüsstest, was du mit mir anstellst."

„Was?", frage ich atemlos. „Was stelle ich mit dir an, Daddy?"

„Du weckst in mir den Wunsch zu vergessen, dass du eine Jungfrau bist. All diese Männlichkeit, all diese verdammt schönen, schlanken Muskeln und Sehnen." Er berührt mich beim Reden, streicht mit seinen Fingern über meine Arme, Schultern und meine Brustmuskeln. „All diese verdammten Haare", flüstert er, bewegt seine Hände erneut darüber. „Köstlich. Wie eine Nachspeise. Und ich habe nicht gewusst …" Er räuspert sich und seine Brauen ziehen sich zusammen. „Habe nie gedacht …"

„Was hast du nie gedacht, Daddy?" Ich kann nicht glauben, dass ich gerade rede, Fragen stelle, anstatt darauf zu bestehen, dass er mein Loch leckt, wie ich ihn gebeten habe. Aber ich muss wissen, wovon er so überrascht ist, weil ich denke, dass es etwas in *ihm* ist und es überhaupt nicht um mich geht. Ich habe ihm so viel Verletzlichkeit gezeigt und jetzt möchte ich etwas im Austausch dafür.

„Ich wusste nicht, wie berauschend es sein kann. All diese Unschuld und das Vertrauen in einem männlichen Paket." Daddys Hände wandern erneut über mich, berühren meinen Schwanz nicht, auch wenn er von meinem Bauch hochschnellt, versucht, die Aufmerksamkeit auf sich zu lenken. „Die Macht dahinter, die sexuelle Intensität …"

Ich stöhne, als er seine Hände unter meine Knie legt und sie weiter nach hinten schiebt, mein Loch seinem Blick entblößt.

„Schau dir das an", flüstert er. „Manche Leute nennen ihr Loch gerne Bussy – eine Boy-Pussy. Gefällt dir das?"

„Wenn es Daddy gefällt", sage ich zitternd.

„Mm. Wie wäre es, wenn ich es Boy-Fotze nenne? Gefällt dir das?"

„Mir gefällt alles. Ich bin so geil, Daddy. Nenn es, wie du willst. Bitte. Leck es einfach."

Aber Daddy lässt sich Zeit. „Wie findest du Loch? Das ist nicht so vulgär, aber es ist auch nicht prüde." Er mustert mich weiter, während ich versuche, zu Atem zu kommen. Aufregung singt in mir.

„Bussy ist gut, Daddy", sage ich, hoffe, dass wenn ich ihm eine Antwort gebe, er aufhört mich zu reizen. „Ich mag Bussy."

Daddy lächelt. „Danke, dass du Daddy gesagt hast, was du magst." Er küsst die Seite meines Knies und spreizt dann meine Pobacken weiter auseinander. „Mm. Das ist eine hübsche Bussy. Noch nie berührt. Noch nie gefickt."

Ich winde mich, Verzweiflung baut sich in mir auf, will entweder eines oder beides dieser Dinge und je früher, desto besser.

„Alles für Daddy." Das ist ein Befehl.

„Ja!"

„Sag es."

„Meine Bussy ist nur für Daddy."

„Mm, du bist köstlich. Und *fuck*."

Er sagt nichts mehr, fällt über meinen Hintern her mit einem hungrigen, dringlichen Kuss, der mir einen scharfen Aufschrei entreißt. Ich grabe meine Hände in seine kurzen Haare, versuche, sie zu packen und mich festzuhalten, während ich Bitten hervorbringe, dass er niemals aufhört, will ihn unbedingt wissen lassen, wie gut ich mich fühle unter seinen Lippen, seiner Zunge, seinen Zähnen.

Ich habe noch nie so etwas gefühlt – *feucht, weich, heiß*, alles auf meinem Loch und während er seine Zunge in mich hineinarbeitet, winde ich mich wieder vor Lust, die so intensiv ist, dass ich kaum atmen kann. Mein Schwanz pulsiert und Liebestropfen gleiten an meiner Eichel nach unten und sammeln sich auf meinem bebenden Bauch. Meine Beine zucken und mir wird klar, dass ich hyperventiliere, als Punkte anfangen, vor meinen Augen zu tanzen.

„Daddy", presse ich hervor. „Daddy, Gelb. Gelb." Es ist schwer zu sagen, weil ich nicht möchte, dass er aufhört, ich aber auch nicht ohnmächtig werden will.

Sofort hört Daddy auf, mein Loch zu lecken, und setzt sich auf seine Fersen. Sorge wirft Falten auf seine Stirn, als er meine Hüften fest packt. „Atme bei vier mit mir ein", sagt er. „Eins, zwei, drei vier. Halten. Jetzt ausatmen." Wir atmen zusammen, unsere Blicke aufeinander gerichtet, vier Runden lang. Als er spürt, dass es mir wieder gut geht, meint er: „Rede mit Daddy. Was ist passiert? Es ist in Ordnung. Ich muss es nur wissen."

„Es war zu gut. Ich habe noch nie-" Ich schlucke schwer. „Es war beinahe so, als würde ich gekitzelt werden, was ich hasse. Aber auch nicht. Ich will mehr davon, bitte, Daddy, aber vielleicht mit Pausen. Nicht so viel auf einmal."

Er massiert meine Hüften und an meinen Oberschenkeln nach unten. „Nicht so gnadenlos?", schlägt er vor, trifft den Nagel auf den Kopf.

„Ja, Daddy. Dein Boy konnte nicht mehr atmen." Ich fühle

mich klein, als ich das sage, aber nicht auf schlechte Weise, sondern auf die Weise, bei der ich weiß, dass dieser muskulöse, gut aussehende Daddy sich um mich kümmern wird. „Es war zu gut. Kannst du mir helfen?"

„Daddy wird dir immer helfen. Lass uns zuerst das hier versuchen. Komm her", murmelt er, nimmt mich in seine Arme und ändert unsere Position, sodass ich wieder auf ihm bin. „Ich möchte dich küssen."

Ich blinzele. „Nachdem …?" Seine Zunge war an einem sehr privaten Ort.

„Oh, Baby, zur Hölle ja."

„Okay." Der Thrill, etwas derart Tabuisiertes zu machen, bringt mich dazu, meinen Mund an seinen zu drücken und ihm wieder die Kontrolle zu überlassen.

Die Zeit schmilzt in der Hitze des Feuers davon, in seinem Kuss, dem Gefühl seiner Finger, die an meiner Ritze auf und ab gleiten und mein feuchtes Loch stimulieren. Seine Stoppeln kratzen mein Kinn und ich verliere mich im Gefühl seiner Lippen, seiner Zunge, die meine berührt und der heißen, feuchten Freude, mit einem Mann herumzumachen, geküsst zu werden und zu küssen.

Ich bin immer noch nicht gut darin, aber ich lerne und wenn ich mit meiner Zunge etwas tue, das Daddy zum Keuchen bringt, spüre ich einen elektrischen Schlag der Freude in meinem Innersten, beinahe so gut wie ein Orgasmus – Befriedigung einer anderen Art.

Nach einer gefühlten Ewigkeit, verloren im gründlichsten und heißesten Kuss, den ich mir je habe vorstellen können, löst Daddy sich und schiebt mich ein wenig zur Seite, damit er eine Flasche Gleitgel aus der Schublade des Kaffeetischs neben dem Sofa holen kann. „Möchte mein Boy, dass Daddy seine heiße Bussy fingert?"

Ich rolle mich auf die Seite, um ihn ansehen zu können, stoße meinen harten Schwanz gegen seine Hüfte und nicke.

„Sag Daddy, was du willst."

„Daddy, bitte fingere meine Bussy", flehe ich. „Bitte."

„Du bist so hübsch, wenn du bettelst", sagt er, reibt unsere Nasen aneinander und küsst dann erneut meinen Mund. „So hübsch, die ganze Zeit."

Ich schaudere. Ich wurde noch nie als hübsch bezeichnet. Ich bin nicht einmal als gut aussehend bezeichnet worden, weil ich viel zu wenig von allem bin, was traditionellerweise bei einem Mann als erstrebenswert gilt. Ich könnte mich an dieses Gefühl, gesehen und geliebt zu werden, gewöhnen. Daran, geschätzt und als sexy empfunden zu werden. Ich könnte mich viel zu schnell daran gewöhnen und das ist angsteinflößend. Und aufregend.

Ich flüstere: „Sogar als ... ich auf der Toilette war?"

Daddy saugt Luft ein, seine Pupillen werden noch größer und er beugt sich vor, um zärtlich in meine Unterlippe zu beißen. Nachdem er sie geküsst hat, um das Brennen zu lindern, sagt er: „Sogar dann, Matthew. Mein Boy war wunderschön, als er Daddy sein wahres Selbst gezeigt hat. Danke."

„Du bist so gut aussehend, Daddy", sage ich, reibe dabei seinen Brustkorb und seine Schultern. „Dein Körper, dein Gesicht ... Das ist wie ein wahrgewordener Traum."

„Das freut mich, mein süßer Boy. Lass dich jetzt von Daddy tiefer hineinführen. Spreiz deine Beine für mich."

Wir rutschen herum und ich lege mich zurück auf das Sofa, lasse meine Beine auseinanderfallen und Daddy stützt sich über mir auf einen Ellbogen. Er öffnet die Flasche Gleitgel mit seinen Zähnen und ich helfe ihm, seine Finger zu befeuchten.

Während er in meine Augen schaut, fängt er mit einem wunderbaren, langsamen Angriff auf mein Loch an. Er beginnt, den Rand zu massieren, bis ich mich winde, keuche und kurz davorstehe zu betteln. Erst dann drückt er einen Finger hinein und fängt an, mein Loch langsam zu ficken.

„Daddy", wimmere ich. Der Kick, einen anderen Mann in mir zu haben, auch wenn es nur ein Finger ist, überwältigt mich. „Hilf mir, Daddy", sage ich und seine Lippen heben sich.

„Schämst du dich, süßer Boy? Hast du den dicken Finger eines Mannes in dir?"

Dieser Kern aus Scham bricht auf, erblüht schmerzhaft in mir. Ich nicke. „Hilf mir, Daddy."

„Mach dir keine Sorgen. Daddy wird dafür sorgen, dass du wieder kommst. Aber erst in einer Weile. Also entspann dich. Fühle alles."

Ich stöhne, als er tiefer eindringt, meine Prostata erreicht. Die Empfindung reicht beinahe aus, die pulsierende Scham auszublenden.

„Gefällt dir das?"

Ich wimmere und nicke, fange an zu schwitzen, als er es wieder tut.

„Wo sind wir, Boy? Grün, Gelb, Rot?"

„Grün. Hör nicht auf."

„Daddy kümmert sich um dich."

Ich drehe mich zu ihm und wir küssen uns erneut. Daddy bewegt seinen Finger vor und zurück, küsst meine Lippen voller Leidenschaft.

Als ich nach oben stoße, um mich an seinem Bauch zu reiben, und verzweifelt in seinen Mund wimmere, fügt er einen zweiten Finger hinzu. Die Dehnung fühlt sich richtig und gut an und ich stöhne in tiefer, zufriedener Lust.

„Daddys Boy reagiert so gut", keucht er an meinen Lippen. „Fühlt es sich gut an, Matthew?"

„Ja."

„Und wo ist diese Scham jetzt?"

„Immer noch da, Daddy", sage ich, ziehe ihn mit meinen Armen um seinen Hals näher zu mir. „Immer noch da."

„Macht sie deinen Schwanz hart?", will er wissen.

„Ja."

„Guter Boy. Fühlst du das?" Er drückt immer und immer wieder auf meine Prostata. Ich weiß nicht, wie ich irgendwie vermeiden kann, das zu fühlen. Es ist so intensiv und verschlingend. Ich stöhne und zittere, meine Hüften zucken hilflos und mein Schwanz verteilt wieder Liebestropfen. „Das ist es, was du bekommst, wenn du dich dieser Scham stellst. Lust. Und dazu noch das-" Er küsst meine Lippen. „Zuneigung. Zusammen damit-" Er leckt in meinen Mund, küsst mich mit diesem Hunger, in dem ich schon den ganzen Tag ertrinke.

„Und die hier", fügt er hinzu, seine Stimme wie Kiesel und Honig, als er einen dritten Finger in mich schiebt. Es ist eine Menge und ich keuche heftiger, bemühe mich, mein Loch so zu entspannen, dass er alle drei gleichzeitig hineinstoßen kann. „So eng, mein süßer Boy. Du wirst dich um meinen Schwanz herum so gut anfühlen."

Ich wimmere erneut und er sinkt tiefer hinein, fickt mich lange Minuten mit allen drei Fingern. Als wir uns wieder küssen, bin ich in einem verschwitzten, lusterfüllen Wunderland verloren, das ich nie für möglich gehalten hätte. Wir küssen uns gefühlt Stunden, wobei ich seine Finger reite. Er fügt mehrere Male wieder Gleitgel hinzu, wenn es zu trocken wird, aber ich nehme ihn dankbar jedes Mal wieder auf.

Als die Minuten vergehen, fangen seine Finger an, sich mit Leichtigkeit in mir zu bewegen, manchmal zwei, manchmal drei und manchmal nur einer, was mich ständig raten und verzweifeln lässt. Ständig stöhne ich und bin nervös, will mehr oder weniger oder härter. Aber ich bin nicht in der Lage, meine Reaktionen zu kontrollieren – mein Stöhnen an seinen Lippen, oder meine Schreie, wenn er meine Prostata trifft.

Während er seine Finger über diese Delirium auslösende Stelle in mir tanzen lässt, mich in einen Zustand verschwitzter, heißer Lust treibt, küsst er mich weiter. Ich liebe es, an beiden Enden von ihm erobert zu werden, von seiner Zunge und seinen Fingern und ich sauge an seinem Mund, versuche, seine Finger zu fangen, indem ich meine Bussy um sie herum zusammenziehe.

Nach einer langen, herrlichen Zeit packt Daddy meine Haare mit seiner freien Hand und zieht meinen Mund mit einem harten Ruck von seinem weg.

„Genug."

Ich bin betäubt, verwirrt und reite immer noch seine Finger.

„Beruhige dich", flüstert er, küsst mein Kinn und meine Nasenspitze. „Beruhige dich."

Ich keuche und winde mich auf seinen Fingern. „Ich muss kommen, Daddy."

„Ich weiß, aber ich denke, es ist an der Zeit, dass wir nach oben gehen."

Mein Magen schlägt Purzelbäume und Schmetterlinge tanzen in meinen Eingeweiden. „Warum?"

„Ich werde dich ficken, süßer Boy."

KAPITEL FÜNFZEHN

Erik

MATTHEW DIE TREPPE hinaufzubekommen ist leichter gesagt als getan. Seine Beine zittern, als wären sie aus Wackelpudding gemacht, darum sage ich ihm, dass er sich an mich lehnen soll, und zusammen schaffen wir es in den oberen Stock.

Die Stimmung im Zimmer ist anders als unten, wo sie warm und golden vom Feuer war. Hier oben ist sie kühl und blau, das reflektierte Licht vom Mond prallt an all dem Schnee ab, der sich draußen auftürmt. Draußen liegt jetzt eine dicke Decke Weiß auf der Veranda und trotz des beinahe vollen Mondes, kann ich wegen der tief hängenden Wolken, der Dunkelheit der Nacht und den Wirbeln aus Flocken, die durch die Luft tanzen, die Berge nicht sehen.

Das Bett ist ebenfalls blau. Blaue Decken, blaue Kissen. Ruhig und friedlich.

Sobald ich Matthew dort habe, ist es nicht mehr ruhig. Er bebt vor Lust. Er greift nach mir, sobald er auf dem Bett ist, und ich bedecke ihn mit meinem Körper. Ich liebe, wie seine Brusthaare und der Pelz an seinem Bauch sich an meiner Haut anfühlen. Er ist der haarigste Otter von einem Mann und ich finde das heißer, als ich mir hätte vorstellen können.

Sein leises Wimmern des Begehrens ermuntert mich, mein Kinn über seinen Unterkiefer zu reiben, die Rauheit seiner wachsenden Stoppel zu spüren, auf das Kratzen unserer Gesichtsbehaarung zu lauschen, die zusammenkommt.

Das Zimmer ist friedlich, aber ein wenig kühl und ich ziehe mich von Matthews warmem Körper und seinen hungrigen Armen zurück, um ein kleines Heizgerät zu positionieren und anzuschalten. „Na bitte“, bemerke ich, komme zurück zum Bett, wo er ruhelos wartet. „Daddy möchte nicht, dass sein süßer Boy friert. Ich bin da“, beruhige ich ihn. „Daddy wird sich um dich kümmern.“

Ich bedecke ihn erneut und er zieht seine Beine an, umschließt meine Hüften und schlingt seine Arme um meinen Hals. „Daddy“, fleht er auf eine Art, die meine Eier hart werden lässt. „Ich brauche es. Bitte. Lass mich nicht länger warten. Ich war ein braver Boy. Ich war so brav.“

„Das warst du“, stimme ich zu, liebkose seine Kehle, küsse sie aber nicht. „Du warst Daddys bester Boy.“

„Bitte“, drängt er. „Ich brauche es.“

„Aber was braucht mein Boy?“ Ich lächle, als sein Atem stockt.

„Ich brauche Daddys Schwanz. Daddy muss mich ficken.“

„Mm“, meine ich, küsse die Seite seines verschwitzten Halses und lecke zu seinem Ohr hinauf, sauge an dem Ohrläppchen und spiele mit der Ohrmuschel. Er quietscht und der Laut schießt direkt in mein Gemächt, macht meinen bereits harten Schwanz noch härter. Er zittert in meinen Armen, stöhnt, als ich weiter sein Ohr lecke und mit der Zunge ficke.

„Daddyyyy“, winselt er. „Daddy, bitte.“

„Lass Daddy die andere Seite sehen“, flüstere ich, packe seinen Kiefer und drehe seinen Kopf. Ich presse seinen harten Schwanz mit meinem eigenen, lasse unsere Hüften übereinander gleiten und nutze meine Größe und mein Gewicht, um ihn niederzudrücken, halte ihn davon ab, auch nur die geringste Reibung an seinem Schwanz zu bekommen. „Da bist du ja“, flüstere ich. „Lass mich auch dieses Ohr sehen.“

Er versucht, sich an mir zu reiben, während ich sein anderes Ohr küsse, lecke und mit der Zunge stimuliere. Er packt meinen

Rücken fest mit beiden Händen, fleht mich mit jedem Atemzug an, ihn zu ficken. Er ist so anbetungswürdig und unglaublich sexy.

Sein eifriges Begehren, seine jungfräuliche Unschuld, seine Reaktionen und seine Verzweiflung sind ein höllisches Rauschmittel. Ich möchte es in die Länge ziehen, bis er keinen Moment länger aushält, bis er zusammen mit seinen Bitten weint.

Aber ich habe die Grenzen bei Matthew schon mehrmals ausgelotet. Ich sollte alles ein wenig zurückfahren. Er ist unerfahren und ihn durch die Mangel zu nehmen, war intensiv gewesen und hat Spaß gemacht. Aber er wird in nächster Zeit viel Verwirrung erleben, weil Sex größtenteils bedeutet, dring ein, hab deinen Orgasmus, zieh ihn wieder raus. Aber hoffentlich wird das für Matthew nicht die Zukunft sein. Vielleicht wird er dieses Erlebnis mit der Einsicht und dem Wunsch verlassen, sich einen Daddy zu suchen, der –

Ich hole scharf Luft, als mich der Stich in meinen Eingeweiden trifft. Ich weiß, was das ist, was es bedeutet. Es ist nicht angemessen. Es ist lachhaft und falsch.

Aber ich will nicht, dass ein anderer Daddy sich um diesen wunderschönen Mann kümmert, seine weiche Haut berührt, sein Ohr oder seinen Hintern mit der Zunge fickt, sein Wimmern und Stöhnen isst. Ich kann den Gedanken nicht ertragen, dass ein anderer Mann sein Gesicht sieht, wenn er kommt oder mit seiner Scham spielt oder ihm beibringt, wie er sie für seine eigene Lust benutzen kann. Ich möchte –

Etwas, das ich nicht haben kann.

Nicht mit Matthew.

„Daddy", bettelt er. „Bitte hör auf, mich zu reizen. *Bitte.*"

In seiner Stimme ist ein Unterton solcher Begierde, das ich nicht anders kann, als nachzugeben. Ich küsse seine Stirn, seine Nase und das Grübchen auf seiner Wange. „Das ist mein süßer Boy", ermutige ich ihn. „Der so schön um meinen Schwanz bettelt.“

„Ich will ihn“, stöhnt er. „Habe mein ganzes Leben auf deinen Schwanz gewartet, Daddy. Bitte.“

Diese Wahrheit trifft mich hart. Matthew ist älter als ich und er ist noch nie so berührt worden, wie ich ihn berührt habe und er ist noch nie so geküsst worden, wie ich ihn geküsst habe – *wo* ich ihn geküsst habe – und ist noch nie gefickt worden.

Ich werde das ändern. Auf der Stelle.

„Ja, Boy. Es ist an der Zeit. Bleib hier.“

Ich stemme mich von ihm hoch, küsse seinen Hals, seinen Brustkorb und seinen Bauch. Ich frage mich, wie verrückt ich ihn machen kann, wenn ich seinen Nippeln ein wenig Aufmerksamkeit schenke, aber zuerst werde ich in seinen heißen, schlanken Körper eindringen.

Als ich nach dem Gleitgel auf dem Nachttisch greife, wird mir klar, dass meine Hände zittern. Es ist lange her, dass ich so heiß auf einen Boy oder irgendeinen Mann war. Ich bebe, obwohl ich schon einmal gekommen bin.

Matthew hat irgendeine Macht über mich und ich sollte dem nicht nachgeben. Ich sollte voller Angst weglaufen, zurück in den Stall zu den Pferden und den Ziegen. Zurück zu meiner Arbeit in der Innenstadt und zu jüngeren Männern, die mich nie so zum Zittern gebracht haben …

„Ich bin da“, beruhige ich ihn. Als ich wieder zwischen seinen Beinen bin, verteile ich das Gleitgel auf meinem heißen, harten Schwanz, pumpe ihn ein paar Mal, einfach, weil es sich gut anfühlt. Als ich bereit bin, drücke ich seine Beine auseinander. „Heb sie für mich an, Hände hinter den Knien, ja, genau so … ja, braver Boy. Braver Boy.“

Ich kann seine wunderschöne Bussy wieder sehen, dunkle Haare wirbeln um die leichte Röte und ich lecke meine Lippen. Ich möchte sie wieder essen, meine Zunge dort hineinschieben, aber er hat vorhin Gelb gesagt, als ich das getan habe und ich möchte jetzt gerade nicht aufhören.

Ich möchte schön langsam in ihn gleiten, bis ich bis zu den Eiern vergraben bin und er weit um meinen Schaft gedehnt ist. Ich kann es nicht erwarten, sein Gesicht zu sehen, wenn ich mich zurückziehe und zum ersten Mal wieder hineinstoße. Ich sehne mich danach, das zu beobachten. Es zu besitzen.

Also tue ich es.

Ich reibe sein Loch mit Gleitgel ein, bringe ihn wieder zum Schweigen, als er bei der Kühle zischt. Ich bringe meinen Schwanz in Position, verlagere mein Gewicht, damit ich ihm helfen kann, seine Knie zu halten, öffne ihn dadurch noch mehr. Ich wende meine Augen vom Anblick meines Schwanzes ab, der kurz davorsteht, in ihn einzudringen, und schaue in sein Gesicht.

Ich mustere ihn für einen langen Moment, warte genau am Rand, ihm zu geben, was er möchte. Er ist eine Studie der Schönheit. Seine haselnussbraunen Augen sind vor Lust geweitet, seine Wangen rosig vor Begehren und seine Lippen rot von unseren Küssen und seinen Zähnen, die sich sogar jetzt in seine Unterlippe graben, als er versucht, geduldig zu sein, auf den Stoß zu warten –

Und da ist es.

Er kneift seine Augen zu, als ich meine fette Eichel durch seinen Ring stoße. Sein Atem kommt als flaches Keuchen und sein Bauch hebt und senkt sich mit jedem davon. Matthews Nippel sind hart und rosa und ich mache Pläne, sie mir vorzunehmen, sobald ich bis zum Anschlag drin bin.

Für den Moment bewege ich nur meine Hüften, komme tiefer und tiefer, nach und nach, beobachte den wunderschönen Kampf, der sich auf seinem Gesicht abspielt, zwischen Lust und Schmerz, zwischen Ekstase und Furcht. Er ist eine Freude. Eine wunderschöne, gefügige, köstliche Freude. Ich möchte ihn überall lecken, seine Wichse essen und mich an seinem Speichel laben. Ich möchte mir schärfere Eckzähne wachsen lassen, mich in einen Vampir verwandeln und von seinem Blut leben. Er würde mich lassen. Matthew lässt mich alles tun.

Und mit diesem Gedanken stoße ich hart und schnell zu, dringe mit einem Stöhnen, das aus meinen Eiern zu kommen scheint, ganz in ihn ein. Ich bin ganz drin, und er ist heiß wie Blut, eng wie ein Handschuh und pulsiert vor wunderbarem Leben.

Ich atme durch meine Nase ein und aus, versuche, mir einen Moment Zeit zu nehmen, um mich zu sammeln, bevor ich meinen animalischen Instinkten nachgebe und ihn in die Matratze ficke. Er macht mich wahnsinnig vor Lust. Es ist angsteinflößend, wie sehr ich ihn ganz nehmen möchte. Ich habe das noch nie bei einem Boy gewollt. Was sie gegeben haben, war immer genug. Das hier aber, das hier ist nahe an etwas Lebenswichtigem und Reinem, etwas, von dem ich geträumt, mir aber nie vorgestellt habe, dass es existieren könnte –

„Daddy", sagt er, rau und verzweifelt. Ich schaue zu, wie sein Adamsapfel hüpft, als er schluckt und ich erinnere mich, wie seine Kehle sich für mich geöffnet hat. Ein solcher Experte in dieser einen Sache, in der Vergangenheit so begierig, auf diese Weise benutzt zu werden und so gut darin, mich jetzt mit dieser Fähigkeit zur Erlösung zu bringen.

Ich möchte seine Kehle erneut ficken, zur gleichen Zeit, wenn ich seinen Hintern ficke. Es ist so unfair, dass ich das nicht kann.

„Ja, Boy?", frage ich.

„Ich fühle-" Seine Augen füllen sich mit Tränen und als sie überlaufen, beuge ich mich vor und lecke sie von seinen Wangen, das Salz fühlt sich auf meiner Zunge wie Leben an.

„Was fühlt Daddys süßer Boy?", frage ich, verlagere mein Gewicht auf meine Knie und packe seine Beine hinter den Waden. Ich hebe sie auf meine Schultern, mache mich bereit, ihn wirklich zu ficken.

„Voll“, flüstert er. „Voll und verängstigt.“

„Mm, welche Farbe haben wir, Boy?“

„Grün, Daddy.“

„Bist du dir sicher? Wir können Gelb sein.“ Himmel, ich will nicht Gelb sein! „Oder sogar Rot. Es ist in Ordnung. Sei ehrlich gegenüber Daddy.“

„Grün“, flüstert er. „Bitte fick deinen süßen Boy.“

Ich beiße die Zähne zusammen, halte den Drang im Zaum, ihn nach dieser wunderschönen Bitte einfach zu rammeln. Ich nehme einen langsamen, beruhigenden Atemzug und bewege mich dann. Sein Kopf fällt nach hinten, entblößt seine Kehle und er wölbt sich auf, seine Nippel sind hart und rosig.

Ich ficke mehrere Male hinein und wieder heraus, langsam und gleichmäßig, meine Atmung passt sich meinen Stößen an. Ich beobachte, wie er die Empfindung absorbiert und ich bin erfreut, als sein Schwanz – der weich geworden ist, als ich in ihn eingedrungen bin – wieder zu voller Härte erwacht, die Eichel lila und glitschig von Liebestropfen.

„Du siehst so heiß aus, wie du meinen Schwanz nimmst, Boy. So sexy.“

„Ja, Daddy.“

Ich lächle, seine atemlose Zustimmung ist anbetungswürdig. „Deine Bussy ist so eng um Daddys Schwanz.“

„Ja, Daddy.“

„Ist das gut, Boy? Ist es das, was du dein ganzes Leben lang wolltest?“

Sein Loch verengt sich um mich. Er stöhnt, seine Beine zittern in meinen Händen und er flüstert: „Ja, Daddy. Das ist es, was ich will. Fick mich, Daddy. Fick die süße Bussy deines Boys. Füll mich mit Wichse, Daddy, gib mir deine Wichse.“

„Shh“, dränge ich ihn. Ich möchte all das nicht ruinieren, indem ich ihm auf der Stelle gebe, was er will. „Shh, Boy. Nimm

Daddys Schwanz. Fühl ihn.“

Er stöhnt und wirft seinen Kopf auf dem Kissen herum. Er sieht atemberaubend aus, wie er auf meinem Schaft tanzt und ich beobachte ihn, als wäre er ein Wunder, das sich vor meinen Augen ereignet. Seine Anspannung, als er meine schneller werdenden Stöße absorbiert, sein Winden, als ich seine Prostata treffe und seine hitzigen, schwitzigen Reaktionen bringen mich dazu, härter und schneller zu pumpen.

Ich lasse seine Beine los und breche auf ihm zusammen, grabe mich mit meinem Schwanz tief ein und drücke seine Hände neben seinem Kopf in das Kissen. Festgehalten, öffnet er seine Augen und schaut zu mir auf. Das Vertrauen, das ich sehe, raubt mir den Verstand und ist überhaupt nicht verdient. Ich ehre es, indem ich mit gleichmäßigen, steten Bewegungen in ihn stoße, zusehe, wie er damit kämpft, wie gut es sich anfühlt, wie richtig.

„Dafür wurdest du gemacht, Matthew“, erkläre ich ihm. „Um Daddys Schwanz genau so aufzunehmen.“

„Ja, Daddy“, sagt er mit einem Schluchzen in der Kehle. „Ja.“

„Siehst du, wie Daddy weiß, wie er dafür sorgen kann, dass sein Boy sich gut fühlt?“ Ich greife zwischen uns, lege meine Finger um seinen Schwanz, halte ihn leicht, gebe ihm nicht genug Reibung, dass er kommen kann. „Ist dein Schwanz hart für Daddy?“

„Ja.“

„Bist du hart, weil du es liebst, einen großen, fetten Schwanz in deinem Loch zu haben, Matthew?“

„Ja, Daddy.“

„Sag es mir.“

Seine Stimme bricht, als er sagt: „Ich liebe deinen großen, fetten Schwanz in meinem Hintern, Daddy.“

„Mm-hmm. Das tun alle guten Boys.“

„Bitte“, flüstert er. „Komm in mir.“

„Oh, das werde ich. Sei geduldig, mein süßer Boy. Daddy weiß, was du brauchst.“

„Ich bin nicht … ich kann nicht …“

„Shh, shh. Daddy hat es unter Kontrolle. Nimm einfach meinen Schwanz auf, Matthew. Spüre einfach, wie gut er sich in dir anfühlt. Gemacht dafür, Baby. Du bist dafür gemacht, gefickt zu werden.“

„Daddyyyy“, wimmert er, sein Schwanz zuckt, als ein Spritzer Liebestropfen die Haut zwischen uns befeuchtet.

„Komm noch nicht, Boy“, flüstere ich. „Du wirst Daddy danken, wenn du wartest. Das verspreche ich.“

„Bitte.“

„Mm-mm, nein. Warte.“ Ich streiche ihm die Haare aus der Stirn, küsse seine Lippen und seine Kehle und wandere dann weiter zu seinen Schlüsselbeinen. „So ein braver Boy“, lobe ich, als er tapfer widersteht, zu kommen. „Daddys bester Boy.“

Ich wende mich seinen Nippeln zu und erkenne, dass ich einen Fehler gemacht habe, weil ich zuvor nicht mehr mit ihnen gespielt habe. Er wird zu einem zittrigen, schluchzenden, stöhnenden Haufen. Seine Knie stoßen gegen meine Seiten, sein Loch kontrahiert um meinen Schwanz. Sein Griff um meinen Nacken sagt mir, dass er, trotz seiner Tränen und Bitten, das hier mag.

„Oh Gott!“, schreit er. „Hilf mir, Daddy! Hilf mir!“

Ich höre nicht auf, ihn zu ficken, halte meine Stöße gleichmäßig und stetig. Ich habe einen Verdacht, was passieren wird, aber das ist nicht wirklich sicher. Nicht jeder Mann kann Prostata- oder Anal-Orgasmen erleben. Nur einer meiner Boys hat das – Garrett – und ein paar Männer, die ich im Laufe der Jahre unverbindlich gefickt habe, sind so auf meinem Schwanz explodiert. Aber ich spüre es wie eine Flutwelle, Lust sammelt sich in Matthews Körper, fängt an, den Gipfel zu erreichen –

„Daddy!“, schreit er, als er die Kontrolle verliert.

Ich ficke ihn weiter, weiß, dass dies die Lust in die Länge ziehen wird. Seine Kehle hämmert im Takt mit seinem Puls und seine Beine und Arme zucken, als hätte er einen Anfall.

„Daddy!"

Ich höre nicht auf, seine Prostata zu nageln, zögere es weiter hinaus.

Als es vorbei ist, verlangsame ich meine Stöße, packe seine Hüften mit beiden Händen und löse mich von seinen von meinen Zähnen geröteten Nippeln, um seinen Mund einzufangen. Er schnaubt wie ein Pferd nach einem langen Rennen, aber ich küsse ihn gründlich, fühle, wie sein Kiefer nach diesem Orgasmus zittert.

„Hat dir das gefallen, Boy?", frage ich, nachdem er ruhig genug ist, um seine tränenverklebten Augen zu öffnen und mich anzustarren.

Er wendet den Blick ab, Scham huscht über sein Gesicht. Ich denke, ich weiß warum, aber er überrascht mich. „Es tut mir leid, Daddy. Ich bin gekommen, obwohl du gesagt hast, dass ich nicht soll."

„Nein, Boy", entgegne ich, hebe seine Hand zwischen uns, damit er seinen immer noch harten Schwanz berühren kann. „Bist du nicht. Siehst du?"

Er blinzelt, ein erstaunter Ausdruck löst die Scham ab. „Was? Wie?"

„Du bist ein Glückspilz, Boy", erkläre ich ihm, zwicke seine Nase und küsse erneut sein Kinn. „So ein Glückspilz, Boy. Du hast gerade die höchste Seligkeit eines Bottoms erlebt. Du weißt, dass die Prostata sich gut anfühlt, wenn sie stimuliert wird, aber sie kann auch dafür sorgen, dass du dich *so* fühlst. Ein Orgasmus, ohne abzuspritzen, sozusagen ein Ganzkörperorgasmus. Dafür gibt es keine lange Erholungsphase. Ich kann es wieder passieren lassen. Möchtest du das?"

„Oh fuck", stöhnt er und seine Augen verdrehen sich, seine Zähne klappern, als ein Nachbeben durch ihn hindurchgeht.

„Willst du das, süßer Boy? Grün? Gelb?"

„Ich will es, Daddy. Grün."

„Mm. Ich bin so stolz auf dich", erkläre ich ihm. „Du nimmst Daddys Schwanz wie ein Profi."

„Mach, dass dein Boy sich wieder so fühlt, Daddy."

„Du willst diese Seligkeit?"

„Bitte, ja, bitte, Daddy."

„Dann halte dich gut an Daddy fest", befehle ich ihm. „Daddy wird dich jetzt hart rannehmen."

KAPITEL SECHZEHN

Matthew

ICH WEIß WIRKLICH nicht, ob ich diese schockierende „Bottom Seligkeit"-Sache noch einmal machen möchte. Nach dem dritten Mal bin ich erschöpft gefickt und doch, als Daddy mich fragt, ob ich noch einmal will, bettle ich um mehr.

Die Art, wie ich zittere, ist angsteinflößend und die Lust ist es auch. Ich bin mir ziemlich sicher, dass das nicht normal ist. *Nichts*, was ich heute Nacht mit Erik – mit Daddy – fühle, ist normal. Ich will auch nicht, dass es das ist. Das hier ist außerhalb meines alltäglichen Lebens, eine Fantasie, eine Freude, ein Geschenk. Und ich möchte seinen Schwanz bis in alle Ewigkeit reiten, wenn ich das kann. Weil nichts dem je nahekommen wird.

„Mein süßer Boy", sagt Daddy, nachdem ich mich durch eine weitere Episode der Lust geschwitzt und geflucht habe. „Bist du jetzt bereit für Daddys Wichse?"

Ich breche beinahe in Tränen aus. Ich will seine Wichse so unbedingt. „Ja, gib sie mir. Füll mich. Ich will es."

„Zuerst muss ich meinen Boy kommen lassen", sagt Daddy, nimmt meinen Schwanz in die Hand, der immer noch hart ist und, obwohl er eine gewaltige, glitschige Menge auf meinen und Daddys Bauch getropft hat, immer noch voll geladen.

Ich wimmere, bin mir nicht sicher, ob ich das will, aber es ist wichtiger zu tun, was immer Daddy von mir möchte, als meinen Willen zu bekommen. Sein Schwanz ist ein göttliches, wunderbares Ding. Er füllt mich und dehnt mich weit auf. Ich brenne dafür und ich möchte für immer und ewig mit seinem Schwanz in mir leben. Aber es ist nur für heute Nacht und ich möchte nicht, dass es vorbei ist.

„Daddy? Wirst du mich später noch einmal ficken?", frage ich mit bebender Stimme. Ich habe geweint, während er mich gefickt hat, ich habe geschrien und doch ist es diese Bitte, die mir peinlich ist.

„Möchtest du das, Matthew?"

„Ich brauche es", stöhne ich. „Ich brauche deinen Schwanz, Daddy."

„Weil du ein Boy bist und Boys brauchen immer Daddys Schwanz." Er seufzt. „So, so süß. Ich weiß einfach nicht, was ich mit dir machen soll", flüstert er. Er küsst zärtlich meinen Mund, wodurch ich den Verstand verliere. „Wir wollen dich zum Orgasmus bringen. Wir überlegen, was dann passiert, nachdem ich meine Ladung in dir gelassen habe."

„Fuck, Daddy", quetsche ich hervor. „Hör auf, mich zu reizen, und tu es."

Daddy lacht und mit einer schnellen Bewegung, die ich nicht habe kommen sehen, zieht er ihn heraus, setzt sich auf die Fersen, schiebt meine Oberschenkel auseinander und saugt meinen Schwanz in seinen Mund. Ich schreie und ziehe an seinen Haaren, will kommen, während er in meinem Hintern ist.

„Bitte, fick mich!", schreie ich, als er saugt und saugt. Ich werde in seinem Mund explodieren, wenn er nicht sofort aufhört. „Ich will – ich will-" Der Orgasmus ist unaufhaltsam, aber gerade, bevor er beginnt, zieht Daddy sich von meinem Schwanz zurück, stößt seinen Schaft zurück in meinen Hintern und fickt mich durch die ersten Spritzer.

Ich liebe es, wie voll ich mich fühle, als ich mit Daddys Schwanz tief in mir komme. Die Wichse verteilt sich überall – in meinen Brusthaaren, überall auf dem Kissen – und mein Loch zieht sich bei jedem Pumpen um seinen Schaft zusammen. Als ich wieder zurück auf die Erde komme, bin ich verschwitzt und mit Wichse bedeckt, aber Daddy schaut mich mit einem Ausdruck intensiven Stolzes an. Ein Glühen beginnt in meinem Brustkorb und kurz darauf lächle ich, als Daddy sich vorbeugt und mich für eine scheinbar lange Zeit küsst. Ich folge seinem Mund, versuche, mehr zu bekommen, als er sich zurückzieht.

„Jetzt ist es an der Zeit, dass Daddy dich füllt", sagt er, streichelt liebevoll mein Gesicht und berührt mein Grübchen. „Mein süßer Boy, bist du bereit für Daddys Wichse?"

„Ja, gib sie mir, Daddy. Ich will sie. Ich will sie so sehr."

Er grinst, hebt meine Beine wieder an. „Das ist jetzt vielleicht zuerst ein wenig unangenehm, weil du gerade gekommen bist. Gib Daddy ein paar Sekunden, in Ordnung? Aber wenn es zu viel ist, benutze dein Codewort. Daddy wird nicht härter machen, als du ertragen kannst."

„Ja, Daddy. Grün, Grün, mach."

Er küsst mich und ich löse mich unter seiner Hitze und seinem Gewicht auf, sein Schwanz stößt mit einer hohen Schlagzahl in mich, die mir den Atem raubt. Es ist nicht das beste Gefühl, nicht halb so gut wie noch vor wenigen Momenten, bevor ich gekommen bin, aber es ist nicht unerträglich. Ich streichle Daddys Rücken, küsse ihn mit meinen neugefundenen Fähigkeiten, so armselig sie auch sind, und wimmere, als er sich auf seinen Orgasmus zubewegt.

„Gut so, Boy", grunzt er, stützt sich auf seine Ellbogen und beobachtet mein Gesicht. „Du hast so ein wunderschönes Gesicht. So süße Augen. Diese *Lippen*. Fuck ... da ist es. Hier ist es, süßer, *verdammter* Boy. Fuck, *fuck*!" Er schaudert über mir, zuckt, während sein Schwanz pulsiert. Er hämmert gegen meinen engen Ring und vielleicht bilde ich es mir ein, aber ich kann schwören, dass ich spüre, wie seine Wichse mich füllt.

Wir küssen uns wieder, während Daddy tief in mir bleibt. Als er anfängt, weich zu werden, gleitet er heraus, zusammen mit einem Teil dieser schwer erarbeiteten Ladung. „Daddy kümmert sich darum", versichert er mir, ehe ich meinen Unwillen, seine Wichse zu verlieren, zum Ausdruck bringen kann. „Moment, ich muss nur …" Er benutzt seine Finger, um die entkommene Wichse wieder in mich zu schieben, drängt mich, meine Hüften nach oben zu klappen, damit sie nicht wieder hinausläuft. „Guter Boy, genau so. Halte Daddys Samen in dir."

Ich bin schwach vor Freude und Befriedigung. Das ist es, was ich gewollt habe, was ich gebraucht habe und es ist genauso gut – nein, unendlich viel besser – als das, was ich mir vorgestellt habe. Daddy hat mir so viel über meinen Körper und Lust beigebracht und dieser Fick war das perfekte Sahnehäubchen.

Ich weiß, dass wir noch den Rest der Nacht haben, aber eine kleine Sorge trübt diesen Moment. Was, wenn er mich nicht noch einmal fickt, bevor ich gehe? Was, wenn das alles ist, was ich je von ihm haben werde? Was, wenn er denkt, seine Pflicht wäre erfüllt und jetzt können wir kuscheln, am Morgen Geschenke aufmachen und –

„Boy", sagt er, reißt mich aus meiner mentalen Spirale. „Weißt du, was gerade passiert?"

„Nein, Daddy?"

„Mein Samen ist in deinem Anus und weißt du, was dort damit passiert?"

Ich schüttle meinen Kopf, obwohl ich vermute, dass er heraustropfen wird.

„Dein Körper absorbiert einen Teil davon. Absorbiert die Hormone und Nährstoffe, die er herausfiltern kann, nimmt sie in deinen Blutkreislauf auf, und füttert sie deinen Zellen. Sogar noch mehr, wenn du meine Wichse schluckst."

„Daddy …"

„Ist das für dich so heiß, wie es für mich ist?", will Daddy wissen. „Du wirst für Jahre einen Teil von mir in dir haben. So lange Zellen in deinem Körper sind, die mit dem Samen gefüttert wurden, den du geschluckt hast oder den ich in dich gespritzt habe. Ich werde ein Teil von dir sein. Verstanden? Das hier-“ Er deutete zwischen uns hin und her. „Ist nicht nur heute Nacht. Ich bin in dir, Boy. Ich bin in deiner Erinnerung, deinem Blut und deinem Körper. Vergiss das nicht.“

Daddy legt sich neben mich, erschöpft, aber er zieht mich an sich und wir kuscheln. Ich denke darüber nach, was er über seinen Samen gesagt hat, dass ein Teil von ihm in mir ist, zu einem Teil von mir wird und das gefällt mir sehr. Ich möchte mehr von ihm.

Und mir wird klar, dass ich das zurückgeben möchte. Ich möchte mich in seinen Hintern befördern, seine Kehle und seinen Blutstrom und seine Zellen. Ich möchte auf Jahre ein Teil von ihm sein.

„Daddy?“, flüstere ich, bevor er einschlafen kann.

„Ja, Boy?“ Er öffnet mühsam seine Augen und ich kann sehen, dass er drauf und dran ist aufzustehen, vielleicht, um mir Wasser zu holen oder sich Sorgen um Essen zu machen, darum lege ich meine Arme um ihn, damit er bleibt.

„Daddy, ich will dich auch ficken.“

Er lächelt, küsst meinen Mund und nickt. „Nachdem wir uns ausgeruht haben. Vielleicht morgen früh.“

„Du lässt mich?“

„Natürlich, Boy. Daddys Hintern gehört dir, wenn du ihn willst.“

„Okay“, stimme ich zu und schließe meine Augen. Ich bin erschöpft, schmutzig, mit trocknendem Schweiß und Wichse bedeckt und doch kann ich nicht einmal anfangen mich aufzuraffen, aus diesem Bett zu steigen, um mich zu waschen. Ich denke, dass Erik auch so empfindet.

Er liebkost meine Haare, seufzt freudig und erneut erfüllt mich

Stolz. Ich habe diesen attraktiven jungen Daddy so müde gemacht. Ich habe ihm gute Orgasmen beschert und ihn müde gemacht. Ich, Matthew Angel. Ich, die Jungfrau.

Die *ehemalige* Jungfrau.

Und später heute Nacht oder morgen, wird er sich von mir ficken lassen. Ich werde auf Jahre hinaus ein Teil von ihm sein – in seiner Erinnerung, in seinem Blut, in seinem Körper. Obwohl wir uns nach heute Nacht nicht wiedersehen oder das noch einmal tun werden. Daddy wird niemals vergessen.

Ich werde auf diese Weise für immer sein Boy sein.

KAPITEL SIEBZEHN
Erik

MATTHEW SCHLÄFT, SPEICHEL läuft aus seinem Mundwinkel, die Dunkelheit seiner Stoppeln kommt wie ein Schatten über ihn. Er ist anbetungswürdig.

Und ich bin in Schwierigkeiten.

Ich stehe am Fenster, schaue hinaus auf den jetzt wolkenlosen Himmel. Irgendwann hat der Sturm nachgelassen und jetzt sind nur Haufen weißen Schnees übrig. Es sieht nach mehr als genug für weiße Weihnachten aus und ich frage mich, ob das Matthew erfreuen wird. Er schien von dem Baum und den Strümpfen begeistert zu sein. Dekoriert er zu Hause für die Feiertage? Feiert er mit Freunden? Oder verbringt er Weihnachten allein, ohne großes Trara?

Ich habe das ungute Gefühl, dass Letzteres zutrifft. Der Gedanke, ihn am Weihnachtsabend wegzuschicken, zu einem kalten, leeren Haus, löst einen hohlen Schmerz in meinem Brustkorb aus. Da meine Mom nicht da ist, hatte ich beschlossen, die Feiertage mit meinen Tieren zu verbringen und mich gründlich auszuruhen.

Jetzt stelle ich mir vor, wie ich zusehe, wie Matthew wegfährt, seine roten Rücklichter um die Kurve verschwinden. Ich stelle mir vor, Weihnachten allein zu verbringen, wie ich es geplant hatte und anstatt Frieden, Ruhe und Erholung zu empfinden, wird dieser hohle Schmerz stärker.

Der Mond steht tief am Himmel, und sein Licht scheint blau und ruhig auf die Berge und in mein Schlafzimmer. In diesem fahlen Licht beobachte ich ihn beim Schlafen.

Ich kenne dieses Gefühl.

Ich hatte es schon. Die ersten Male mit allen meinen drei vorangegangenen Boys waren auf ihre eigene Art und Weise etwas Besonderes gewesen, aber nichts kommt an die Intensität dessen heran, was Matthew und ich in den letzten Stunden geteilt haben.

Dieses komische Gefühl in meinem Magen? Die liebevolle Wärme in meinem Herzen? Der dringliche Beschützerinstinkt und der Wunsch, für seine Sicherheit zu sorgen und ihn für mich zu behalten? Das ist mir alles vertraut aus den vergangenen Erfahrungen mit den Boys, mit denen ich eine vollwertige Daddy/boy-Beziehung hatte.

Aber Matthew hat sich dafür nicht angemeldet. Er wollte eine Nacht mit mir. Das ist es, worauf er geboten hat, darum ist es das, was er bekommen wird.

Und sogar wenn er mehr will, führe ich keine Fernbeziehungen. Das funktioniert nie. Nicht, dass ich es probiert hätte, aber ich bin ein Mann, der seinen Boy nahe bei sich braucht – damit er zu seinen Füßen kniet, ihm den Schwanz lutscht, damit er ihn berühren kann und lieben und beschützen.

Ich kann Matthew nicht beschützen, wenn er in Nashville ist und ich hier. Ich kann nicht dafür sorgen, dass er gefüttert ist, warm und sicher und angemessen gefickt wird. Es würde mich in den Wahnsinn treiben, zu versuchen, aus der Ferne sein Daddy zu sein.

Ich weiß, dass manche Leute mit ihren Subs oder Boys nur virtuell interagieren, aber das hat mich nie gereizt. Als Duncan mich gebeten hat, einen Videoanruf mit ihm zu machen, nachdem er auf die Uni gegangen war, habe ich es einmal getan, weil er mir wichtig war und ich wusste, dass er die Unterstützung brauchte, aber für mich war es nicht erotisch oder befriedigend, zuzuschauen, wie Duncan sich auf dem Bildschirm einen heruntergeholt hat.

Nur Pixel. Kein Fleisch, keine Wichse, kein Speichel. Ich liebe

all das. Ich liebe die Wärme des Körpers eines Boys an meinem –
und es ist eine Überraschung herauszufinden, dass ein Boy mit so
viel Pelz so gut zum Kuscheln ist, vor allem im Winter. Solange
meine Daddy/boy-Beziehungen andauern, teile ich gerne meine
Mahlzeiten, mein Leben, meine Zeit. Ich möchte nicht, was
Matthew mir anbieten kann und doch …

Ich schaue zu ihm, sehe zu, wie die Decken, die ich über ihn
gelegt habe, sich mit seiner Atmung heben und senken.

Hatte ich je so einen gefügigen und guten Boy? Habe ich je
einen Mann gefickt, der so schnell in den Subspace fällt? Nein zu
beidem. Und habe ich je so schnell Einblick in die Scham eines
Boys bekommen, gewusst, was er braucht und sie mitten im Fick
wie ein kostbares Juwel ausgegraben und ihm präsentiert, dafür
gesorgt, dass er kommt wie ein Vulkan? Natürlich nicht.

Das zwischen uns ist etwas Besonderes. Ich habe das von Anfang
an gewusst, vom ersten Tag an, als ich ihn so ungewöhnlich
erregend gefunden und es darauf geschoben habe, dass ich nur nach
einer Durststrecke geil war.

Meine Strecke ist nicht mehr durstig. Ich bin in den letzten
Stunden zwei Mal so heftig gekommen, dass mein Hirn offline
gegangen ist, aber ich bin bereit, es wieder zu tun.

Er würde es auch gestatten. Wenn ich ihn jetzt aufwecke, wenn
ich ihm sage: „Ich will zurück in dich“, wird er zustimmen. Er wird
seine Arme und Beine spreizen und mich in sich ziehen. Ich werde
ihn erneut mit meiner Wichse füllen und er wird sie gerne nehmen.

Himmel. Jetzt bin ich hart.

Das ist dämlich. Es wird nicht funktionieren. Es kann nicht
passieren.

Ich wende meine Aufmerksamkeit wieder der verschneiten
Landschaft zu. Der Schnee liegt hoch auf der Veranda und der
Einfahrt. Ich weiß, dass unter dem Schnee dickes, schwarzes Eis
liegt, von dem Nebel, der Feuchtigkeit verteilt hat, bevor der Sturm

gekommen ist. Ich denke über die Straßen nach, die zurück auf die Interstate führen. Den Pass über die Berge. Ich seufze.

Du weißt, was auch nicht passieren kann? Er kann morgen nicht nach Hause fahren.

Ich greife nach meinem Handy auf dem Nachttisch und schalte es zum ersten Mal, seit er angekommen ist, an. Ich habe mehrere Nachrichten – ein paar von meiner Mutter und einige von Kunden, die wissen möchten, ob wir nach Weihnachten trainieren und was, wenn der Schnee nicht schmilzt? Eine von Nick und eine Nachricht von Charles, bei der es sich um ein Heizproblem mit dem Haus in der Stadt zu handeln scheint. Großartig. Einfach großartig.

Aber das ist nicht der Grund, warum ich es angemacht habe. Ich öffne die Wetter-App. Kein weiterer Schnee in Aussicht, aber die Temperaturen bleiben niedrig. Keine Chance, dass der Schnee schmilzt.

Was bedeutet, dass Matthew und ich hier oben gefangen sind, bis ein Schneepflug heraufkommt, was, da es das Wochenende und beinahe Weihnachten ist, wahrscheinlich erst in ein paar Tagen passieren wird.

Ich sollte mich aufregen. Das war nicht die Abmachung.

Aber ich rege mich nicht auf. Mein Herz hüpft, mein Schwanz füllt sich mit Blut und ich lächle.

Ich schaue zurück zu Matthew, der sich nicht geregt hat – er muss erschöpft sein. Drei Ladungen in seinem Alter! Himmel, das ist schwer zu glauben. Ich hoffe, er wird nicht enttäuscht sein, dass er hier mit mir gefangen ist.

Vielleicht irre ich mich und er hat Pläne für die Feiertage in Nashville, die er eigentlich nicht verpassen möchte. Sogar wenn er die hat, was ich bezweifle, werde ich ihm seinen Aufenthalt angenehm machen. Er mag ja vielleicht nicht in der Lage sein, die nächsten drei Tage mit Sex zu verbringen, aber ich kenne andere Möglichkeiten, ihn zu beeindrucken.

Wie es aussieht, hat sich das Dezember-Daddy-Erlebnis für eine Nacht, das Matthew ersteigert hat, in ein mehrtägiges An-Weihnachten-eingeschneit-sein-Erlebnis gewandelt. Ich verspüre deswegen nichts als Aufregung. *Freude.* Ich hoffe, dass er, wenn er aufwacht, ebenfalls aufgeregt ist. Da ist etwas an der Art, wie seine Augen glühen, wenn er glücklich ist …

Oh Himmel. Ich sitze so richtig in der Tinte.

TEIL DREI
Das An-Weihnachten-Eingeschneit-Erlebnis

KAPITEL ACHTZEHN
Matthew

DAS MORGENLICHT KNALLT mir ins Gesicht, zwingt mich, aufzuwachen. Ich möchte nicht. Ich war halb wach, habe die letzte Stunde vor mich hingedöst, den Klang von Eriks Schnarchen genossen und das feste, warme Gefühl seiner Gestalt neben mir.

Sobald ich zugebe, dass ich wach bin und sobald er ebenfalls auf ist, ist das der Anfang vom Ende. Ich muss irgendwann heute nach Hause zurückfahren. *Nach Hause.* Das Wort hat sich noch nie so leer und bedeutungslos angefühlt.

Es wird keinen bunten, glitzernden Baum geben oder funkelnde Lichter oder zuckrige Plätzchen mit fröhlichen Schneemännern, die mit Guss aufgemalt sind. Keinen Erik, der mich fest umarmt und mich hart fickt und mir mehr gibt, als ich mir je erhoffen konnte.

Und auch wenn Daddy mich heute Morgen meine Geschenke aufmachen und ihn ficken lässt, bevor ich gehe, weiß ich auch, dass es nicht genug sein wird. Ich werde alles tun, was er von mir verlangt, wenn er mir nur gestattet, zu bleiben. Aber das wird er mir nicht anbieten. Ich muss es gut sein lassen.

Jede Sekunde fühlt sich so kostbar an. Ich möchte das hier nicht verlieren, ihn verlieren, aber das ist alles, was ich habe.

„Der Sonnenaufgang ist es wert, ihn anzusehen." Eriks Stimme ist entweder rau vom Schlaf oder von den lauten Schreien, die er herausgelassen hat, während er mich gefickt hat.

Ich bemühe mich, meine Augen zu öffnen und wie er gesagt hat, ist der Himmel draußen mit den schönsten Schattierungen von

Orange, Rosa und Koralle bemalt. Der Nebel um die Berge herum verleiht ihm ein beinahe perlmuttartiges Schimmern. „Wow", hauche ich.

„Mm." Ich nehme an, das ist Zustimmung.

Erik rollt sich herum, um mich als kleinen Löffel zu nehmen, ein Arm gleitet unter mich und um meine Taille, um meinen Schwanz zu packen, die andere Hand findet ihren Weg meinen Brustkorb hinauf und –

„Oh Gott", wimmere ich, als seine Hand meine Kehle erreicht und sich leicht darumlegt. „Daddy."

„Entspann dich. Daddy will dich nur daran erinnern, wessen Boy du bist."

Ich bin jetzt hart. Aber ich bewege mich nicht und sage auch nichts mehr, lasse mich nur von ihm auf diese Weise halten, während die Sonne aufgeht – Rosa, Koralle, Blau, Weiß, Orange. Farben erreichen ihren Höhepunkt und verschwinden, bis ich mir sicher bin, dass ich blind von ihnen bin, aber wie sich herausstellt, habe ich meine Augen geschlossen.

Mein Schwanz schmerzt in seinem Griff und mein Atem kommt in weichen, schnellen Stößen.

„Bist du hart für Daddy?", fragt Erik und drückt meinen Schaft.

Ich sage nichts, atme nur ein wenig schneller, als er anfängt, mich zu pumpen.

„Letzte Nacht hast du mich deine Bussy ficken lassen, Boy, und du bist auf meinem Schwanz gekommen."

Hitze steigt in meine Wangen. Warum ist mir das jetzt peinlich, wenn es das vorhin nicht war? „Ja, Daddy."

„Wie fühlst du dich deswegen?"

„Als wollte ich, dass du es wieder tust. Jetzt. Bitte, Daddy." Ich kann spüren, wie meine Kehle sich unter seiner Hand bewegt, während ich spreche, spüre die Vibration meiner Stimme.

„Du bettelst so wunderschön." Er lässt meine Kehle und meinen

Schwanz los. „Aber wir haben heute Morgen einiges zu tun."

Ich rolle mich auf den Rücken, blinzle ihn verwirrt an. „Daddy?"

„Es gab einen Schneesturm. Schlimmer als angekündigt." Er deutet auf das Fenster, seine militärisch kurzen Haare schaffen es dennoch, ein wenig nach Bett-Haar auszusehen, weiche Büschel stehen in seltsamen Winkeln ab. Er ist süß. Niedlich. Es ist schwer zu glauben, dass er erst vor Sekunden seine Hände um meine Kehle und meinen Schwanz gehabt und mich mit Leichtigkeit kommandiert hat.

Erik fügt hinzu: „Was möchtest du heute machen? Du wirst nirgendwohin gehen, bis er schmilzt, darum können wir nach dem Frühstück tun, was immer du willst, sobald ich den Weg zum Stall geschaufelt und nach Molly gesehen habe."

„Was immer ich mag", wiederhole ich, setze mich auf und schaue aus dem Fenster. *Moment. Ich bleibe hier?*

Und wie er gesagt hat, die angekündigten drei Zentimeter Schnee sehen mehr nach über einem halben Meter aus. Wir bekommen in Nashville mehr Schnee als in anderen Teilen des Südens, aber ich bin dennoch nicht darauf vorbereitet, auf kurvigen Bergstraßen voller Schnee und Eis zu fahren. Ich sitze hier fest.

Sitze fest in einem Winterwunderland mit dem heißesten Mann auf dem Planeten. Mein Herz flattert und ich kann mein fröhliches Grinsen nicht verbergen. Weihnachten ist nur ein Tag im Kalender. Zwei, wenn man den Weihnachtsabend mitzählt. Es sollte nichts bedeuten, dass ich meine Geschenke am tatsächlichen Weihnachtsmorgen öffne. Ich bin ein erwachsener Mann.

Dennoch bedeutet es etwas, mit Erik am echten Weihnachten zusammen zu sein. Viel mehr, als es sollte, aber das ist ein Problem für die Zukunft. Ich räuspere mich, versuche, meine Aufregung zu zähmen, bevor ich frage: „Du hast keine Pläne mit Freunden oder der Familie? Ich möchte nicht stören."

„Habe ich nicht." Er runzelt die Stirn. „Und du?"

Ich schüttle meinen Kopf. „Nachdem meine Eltern gestorben sind …" Ich zucke mit den Schultern. „War Weihnachten nicht mehr dasselbe. Zum Guten und zum Schlechten."

Erik wirft mir einen durchdringenden Blick zu, nickt langsam. „Der Weihnachtsaspekt dieses Erlebnisses war ein wichtiger Faktor bei deiner Entscheidung, zu bieten."

Das ist keine Frage. Ich nicke.

„Dann wird das ein besonderes Weihnachten für uns beide sein."

Vielleicht hat Erik das nur gesagt, um nett zu sein, aber mein Herz fliegt dennoch. „Danke."

„Es ist der Tag vor Weihnachten und du warst so ein guter Boy. Was würdest du gerne machen? Schlittenfahren? Einen Schneemann bauen?"

„Daddy", sage ich, drehe mich dorthin, wo Erik aus dem Bett steigt, nackt wie die Sünde und genauso wunderschön. „Letzte Nacht hast du gesagt, dass ich dich ficken kann."

Er grinst. „Oh, ich werde dieses Versprechen halten. Würde es um nichts in der Welt zurücknehmen. Aber wir haben den ganzen Tag und die ganze Nacht. Ich glaube nicht, dass du das Tempo halten kannst, das wir gestern angefangen haben, weil Erholungszeiten ein Ding sind. Ich denke, es ist das Beste, wenn du heute Morgen nicht kommst. Oder vielleicht sogar diesen Nachmittag."

Ich lasse ein würdeloses Quieken hören.

Daddy lacht. „Oh, du hast also große Gefühle, was das betrifft. Ich verstehe."

„Daddy, bitte-"

„Nein, ich habe das Sagen. Vergiss unseren Vertrag nicht."

Ich möchte weinen, was dämlich ist, weil ich ein Mann mittleren Alters bin, der gerade erst gestern, nach einer lebenslangen Durststrecke, seine Ladung drei herrliche Male verschossen hat, darum sollte ein paar Stunden zu warten kein Problem sein. Aber in meinen Augen brennen Tränen.

Eriks Gesichtsausdruck wird ernst und er setzt sich neben mich auf das Bett. „Was fühlst du? Sag mir, was los ist."

„Ich weiß es nicht, Daddy. Ich habe Angst?"

„Angst wovor?"

Ich schlucke schwer. „Angst, dass du mich dich nicht ficken lässt und ich nach Hause muss und-" Eine Träne fällt und das ist so unglaublich peinlich, darum bedecke ich mein Gesicht, spüre, wie die Hitze der Demütigung über meine Haut fließt. Obwohl ich weiß, dass ich auf vereisten Straßen nicht fahren kann, trifft mich die Furcht, dass ich Weihnachten doch allein in Nashville verbringen muss, mit voller Wucht.

„Ah." Er zieht mich in eine Umarmung und drückt meinen Kopf an seinen Brustkorb, küsst meine Haare. „Als du ein Kind warst, hat dein Daddy da Dinge versprochen und sie dann nicht gehalten?"

Eine Million Erinnerungen zucken durch meinen Kopf.

„Ja, Daddy."

„Erzähl mir von den Dingen, die er versprochen hat."

Ich erzähle ihm von all den Malen, als mein Dad gesagt hatte, dass er mir etwas beibringt, wie einen Ball gut zu werfen, oder wie ich mein eigenes Auto reparieren kann, sich aber nie die Zeit genommen hatte. Wie er gesagt hatte, dass er darüber nachdenkt, mir zu Weihnachten eine Gitarre zu kaufen, als ich zwölf war, dann aber nur die üblichen Socken und praktischen Hemden und Cordhosen unter dem Baum gewesen waren. Weil es an Weihnachten um Jesus gehen sollte, nicht um Geschenke.

Oder wie oft mein Vater mir gesagt hatte, dass er zu einer meiner Veranstaltungen in der Schule kommen würde, um zu sehen, wie ich in der Schulband spiele oder meine Aufführungen oder das Krippenspiel, aber dann war er nie aufgetaucht und hat behauptet, dass er arbeiten musste.

„Behauptet?“, fragt Daddy.

„Ja. Manchmal hat es vielleicht gestimmt, aber die meiste Zeit?“ Ich zucke mit den Schultern und die Tränen, die sich vorhin gesammelt haben, gleiten in heißen Strömen an meinen Wangen nach unten. Ich versuche nicht, sie aufzuhalten. Daddy hat gesagt, dass er möchte, dass ich meine Gefühle fühle. Ich lasse sie wüten und die Tränen fallen.

„Ich denke-“ Ich stoppe mich, weil das mein Geheimnis ist. Ich habe das noch nie, nicht einmal vor mir selbst, laut gesagt.

„Mach weiter.“

Ich hole schaudernd Luft. „Ich glaube, dass er es vermieden hat, Zeit mit mir zu verbringen, denn wenn er es getan hätte, dann hätte er es gewusst. Er hätte die Wahrheit gesehen und er wollte meine Wahrheit nicht sehen.“

„Aber hast du nicht gesagt, dass du bei ihnen gewohnt hast, bis sie gestorben sind?“

„Ja, Daddy.“

„All diese Jahre hast du keine Zeit mit deinem Vater verbracht?“

„Man kann mit einer Person leben, sie sogar lieben und sie niemals wirklich kennenlernen. Er wollte mich nicht kennen. Denn dann hätte er zugeben müssen, dass ich schwul bin und er hätte gewusst, dass ich ...“ Ich bekomme Schluckauf und vergrabe mein Gesicht an Eriks Brustkorb. „Dass ich den Schwanz eines Mannes in meinem Hintern möchte, Daddy.“

„Ich weiß, dass du das tust“, gurrt er, so beruhigend und warm. „Ich weiß, dass du das willst, Baby, und für Daddy ist das in Ordnung. Daddy weiß es.“

Ich weine, während Erik mich in seinen Armen wiegt, meinen Rücken reibt und mich lange Minuten tröstet, bis ich aufhöre.

Es ist wahnsinnig peinlich, sobald ich das tue. Ich kann der Erkenntnis nicht entkommen, dass ich, ein erwachsener Mann, mich von einem jüngeren Mann halten und wie ein Kind behandeln, mich von ihm beruhigen lasse, als wäre ich ein kleiner Junge, der sich das Knie angeschlagen hat. Scham überflutet mich und Daddy weiß es.

„Fühlst du diese Scham, Matthew?"

Ich nicke.

„Möchtest du, dass Daddy sie mit einem Spanking vertreibt?"

Mir stockt der Atem, ich schlucke schwer und eine weitere Träne kommt heraus. „Ja, Daddy."

„Leg dich auf deinen Bauch, über meinen Schoß, Boy." Er sagt es so leichthin, als ob er nicht gerade etwas anbietet, dass ich wie einen Herzschlag brauche. „Das hier wird dir einen klaren Kopf bescheren", sagt er, als ich in Position gehe, den Hintern in der Luft, seine Hand darauf. Ich vergrabe mein Gesicht in einem Kissen, das ich hergezogen habe, um meine Scham zu verstecken. „Das wird all die Geister vertreiben."

Ich schaudere und er reibt seine Hand über meinen Hintern.

„Bist du schon einmal versohlt worden?", fragt er.

Ich nicke.

„Von deinem Vater?"

Ich nicke erneut.

„Hat er seine Hand benutzt?"

„Ja."

„Einen Gürtel?"

„Manchmal."

„Sonst noch etwas?"

„Eine Rute von draußen. Einen Holzlöffel."

„Hat er nur deinen Hintern versohlt?"

„Ja, Daddy."

„Hat sonst noch jemand dich versohlt?"

„Mein Priester", erkläre ich mit heiserer Kehle. „Er hat mich beim Bibel-Camp dabei erwischt, wie ich die anderen Jungs unter der Dusche angesehen habe.“

„Mit seiner Hand?“

„Einem Riemen.“

„Hast du geweint?“

„Geheult, Daddy. Ich habe geschrien und *geheult*.“

„Mm.“ Er klingt so unverbindlich. Ich bin mir nicht sicher, was er denkt, aber das muss ich wohl auch nicht wissen. Er fragt: „Wie lauten deine Codeworte?“

„Gelb und Rot, Daddy.“

„Benutze sie, Matthew. Versprich mir, dass du sie benutzen wirst.“

„Ich verspreche es.“

„Fühlst du immer noch diese Scham? Diese heiße, dunkle, verdammte Scham, die dich erfüllt hat, als dieser grauenvolle Priester dich beim Starren erwischt hat? Fühlst du das, Matthew?“

„Ja.“

„Hattest du Angst, dass er es deinem Dad erzählt?“

„Ich glaube, das hat er.“

„Was hat dein Vater gesagt?“

„Er hat mich für eine Woche ignoriert.“

„Und wie hast du dich da gefühlt?“

„Noch beschämter.“

„Denk daran, süßer Boy. Fühle es.“ Er reibt erneut über meinen Hintern, drückt meine Pobacken. „Denk daran, wie sehr du einen Schwanz in deinem Hintern brauchst, um glücklich zu sein. Jetzt da du es hattest, weißt du es, nicht wahr? Bis gestern warst du noch keinen Tag deines Lebens wirklich glücklich.“

„Daddy …“

Er spreizt meine Pobacken und gleitet mit seinen Fingern in die Ritze, berührt mein Loch und ich beiße mir auf die Wange, stehe so kurz davor, ihn anzuflehen, mich mit den Fingern zu ficken. „Stell dir vor, wie du deinem Vater die Wahrheit sagst, Matthew.“

„Er hätte mich gehasst."

„Das hätte er vielleicht."

„Er hätte mir gesagt, dass ich in die Hölle komme."

„Wirst du das? In die Hölle kommen, Matthew?"

„Ich weiß es nicht, Daddy."

„Mm." Ein weiteres Wischen seiner großen, trockenen Finger über mein Loch. „Scham ist eine mächtige Sache. Lass sie uns lösen. Halte dich an diesen Erinnerungen fest. Und sei bereit, sie loszulassen." Er packt eine meiner Hüften, hält mich ruhig und hebt seine andere Hand. „Wir fangen an."

Der Ausbruch von Schmerz ist sowohl intensiv als auch albern. Ich möchte lachen, aber ich kann nicht, weil ein weiterer Schlag beinahe sofort auf den Ersten folgt und ich keuche. Daddy reibt den Schmerz weg, bevor er meinen Hintern erneut schlägt. Er beginnt mit einem stabilen Rhythmus, wechselt die Pobacken ab. Als der Schmerz immer größer wird, verdrängt das Brennen, das heftige Glühen alle anderen Gefühle in meinem Herzen und zwingt sie in Schreien aus meiner Kehle heraus.

Als der Schmerz sich ausbreitet, kann ich mich davon nicht wegbewegen, ohne Daddy gegenüber ungehorsam zu sein und mich aus seinem Griff zu rollen. In Wirklichkeit ist der Schmerz nicht so schlimm. Nicht halb so schlimm wie damals, als mein Vater den Gürtel benutzt hat oder der Priester den Riemen und dennoch ist er stark genug, dass ich davon überwältigt, darin eingehüllt werde. Sicher.

Was mir unglaublich lustig vorkommt, weil Daddy mich gerade immer und immer wieder schlägt, mein Hintern brennt und der Schmerz wächst. Ich sollte mich überhaupt nicht sicher fühlen. Das ist Schmerz. Das ist ...

Perfekt.

Ich unterwerfe mich Eriks Hand, breche auf seinen Beinen zusammen und meine Schreie verwandeln sich in Schluchzer, als ich die Scham loslasse, zulasse, dass Daddys Hand und das Brennen des Spankings die Stellen füllen, die sie hinterlässt.

„Na bitte", sagt er zu mir. „So ein guter Boy. Du weißt genau, was du tun musst. Wir sind hier beinahe fertig. Dein Hintern ist rosig. Du hast so einen hübschen Po." Er schlägt mich erneut. „Sag Daddy, wie du dich fühlst."

„Leer. Voll." Ich keuche, als er mich erneut schlägt. „Beides, Daddy. Es ist beides."

„Mm. Leer wovon? Voll womit?"

„Leer von der … Vergangenheit. Voll hiervon. Diesem *Gefühl*. Diesem großen Gefühl."

„Wo ist diese Scham, süßer Boy?"

„Ich weiß es nicht, Daddy. Sie ist weg. Ich kann sie nicht fühlen. Ich …" Ein weiterer Schlag landet. „Ich fühle nur dich."

„Guter Boy, so ein süßer Boy." Er streicht mit seiner Hand über meinen Hintern. „Schau dich an. Himmel, die Dinge, die du mit mir anstellst."

Ich kann spüren, was ich mit ihm anstelle. Er ist hart und ich bin gierig auf das, was er anbieten kann. Ich möchte ihm einen blasen, ihn in meinen Hintern aufnehmen, alles. Doch als Erik mir sagt, dass ich mich aufrichten soll, gibt er mir keines dieser Dinge. Stattdessen zieht er mich in einen Kuss und wir halten einander, unsere Zungen und Lippen berühren sich viel zärtlicher, als es die meisten unserer Küsse gestern gewesen sind.

Als er sich zurückzieht, bin ich hart. Er auch, aber er sagt nur: „Ich hole etwas Creme für deinen Hintern. Es wird keine Prellungen geben, dafür habe ich nicht hart genug zugeschlagen. Aber er wird ein wenig empfindlich sein und ich habe vor, später mit dir einen Ausritt zu machen. Du wirst es spüren."

Die Zeit, die er sich nimmt, um die Creme einzureiben, kommt mir grausam lang vor, weil kein Versprechen auf einen Orgasmus in Sicht ist. Schließlich hält er mich wieder, küsst meinen Kopf und streicht mit seinen Händen über den Pelz auf meinem Körper, den er so sehr zu mögen scheint.

„Es ist Zeit zu Frühstücken", verkündet er schließlich.

Ich sehe, dass sein Schwanz sich beruhigt hat und auch wenn meiner immer noch hart und bereit für Action ist, ist Erik bereit, den Tag zu beginnen.

„Daddy", versuche ich es. „Dein Boy ist geil."

„Mein Boy wird warten müssen. Daddy wurde bereits von seinen Plänen für diesen Morgen abgelenkt. Frühstück, dann Schneeschaufeln, dann der Stall."

„Aber was ist mit den Geschenken?"

„Noch nicht. Santa kommt erst heute Nacht. Wir können unsere Spielzeit ein wenig länger genießen."

Ein freudvoller Rausch überkommt mich. Daddy genießt das hier, genießt *mich*.

Der Gedanke erfüllt mich mit einem Sonnenstrahl des Stolzes, der die Schatten der noch verweilenden Scham wegwäscht.

KAPITEL NEUNZEHN

Erik

W̱ÄHREND ICH DEN feuchten Schnee von der Treppe schaufle und Salz verteile, damit das Eis schmilzt, denke ich an Matthew. Ich kann nicht anders, *als* an ihn zu denken, und was wir zusammen gemacht haben. Das bringt mich innerlich ganz durcheinander – auf eine gute Art und Weise, die mir den Atem raubt – und sogar, wenn ich mich selbst rüge, mir sage, dass ich mich auf das Hier und Jetzt konzentrieren soll, auf die Stufen vor mir und nichts sonst, kann ich es nicht.

Meine Gedanken kehren immer und immer wieder zu Matthews schlankem Körper zurück, der sich unter mir gewunden hat, als ich seinen Hintern versohlt habe, zu seinen Schreien des Schmerzes und der Ekstase und zu der Lust, die es mir bereitet hat, ihn an diese Orte zu führen.

Himmel. Ich habe mit ihm auf eine Art und Weise seine Grenzen ausgetestet, auf die ich sonst monatelang mit einem Boy hinarbeite und mit Matthew hatte ich nur einen Tag. Das ist unverantwortlich. Wer weiß, was für einen Geist ich erwecke, mit all diesen Scham-Spielen und den psychologischen Gedanken-Ficks?

Und doch scheint der Gedanke, jetzt aufzuhören, zu versuchen, den Kurs zu wechseln, grausam zu sein. Er steckt mit mir da drin und er hat noch mindestens einen Tag hier, vielleicht zwei, so nass und eisig, wie der Schnee ist. Nicht zu vergessen die Tatsache, dass ich den Weihnachtstag nicht ohne ihn verbringen möchte. Und wenn wir diese Wände einreißen, seine Probleme angehen und sie wegficken …

Aber so funktioniert das nicht. Kink-Spiele sind keine magische Kur für die Verletzungen, die eine Person mit sich herumträgt. Sie können helfen oder lindern, wenn sie richtig angewendet werden, oder sie können es verschlimmern, wenn Fehler gemacht werden.

Was davon mache ich gerade?

Es ist schwer zu sagen. Wenn ich mit Matthew im Moment bin, habe ich solche Klarheit. Ich kann den Weg sehen, auf den ich ihn führen muss, als hätte die Hand Gottes selbst mir die Richtung gewiesen und mich angehalten, Matthews Hand zu nehmen und ihn zu führen. Und das habe ich getan. Es ist das natürlichste Gefühl der Welt. Die einfachste Entscheidung, die ich treffen kann – nicht, weil es simpel ist, sondern weil es richtig ist.

So wirkt es zumindest, wenn die Leidenschaften hochkochen und seine Augen auf meine gerichtet sind, so unschuldig und doch überhaupt nicht jung …

Ich möchte ihn auf eine Weise, wie ich noch nie einen Boy gewollt habe. Ich möchte ihn, weil ich nicht nur denke, dass ich ihn dahingehend führen kann, ein besserer Mann zu sein, sondern auch, weil ich, wenn ich mit ihm zusammen bin – wenn ich sein Daddy bin – ich der Mann bin, der *ich* sein möchte. Die Sessions zeigen sich in meinem Kopf mit absoluter Klarheit, reiner Intention und brüllender Erregung. Seine Probleme passen zu meinem angeborenen Wissen wie der Sonnenaufgang jeden Morgen vor meinem Fenster in den Himmel steigt: strahlend, wunderschön, klar und hoffnungsvoll.

Ich denke an Brandon und sein albernes Morgen-danach-Lächeln, nachdem er gründlich durchgefickt wurde, sein aufreizendes Kichern und seine feuchten Augen, als er mir von Ferko erzählt und gestanden hat, dass ich nicht länger Teil seiner Zukunftspläne war.

Es tut immer noch weh. Ich vermisse ihn immer noch.

Aber wenn ich daran denke, wie es war, Brandons Daddy zu sein? Das war überhaupt nicht wie das hier.

Auch nur die einfachsten von Brandons Problemen ans Licht zu bringen hatte Monate gedauert, in denen ich ihn sanft dominiert habe und er hatte es mehr genossen, ein Bengel zu sein, als er es genossen hat, ein Boy zu sein. Er war auch nie sonderlich fordernd. Nicht wie Duncan, der so viel Fürsorge und Kümmern erfordert hatte – er war mehr wie Matthew gewesen – außer, dass er so jung gewesen war, gerade kein Teenager mehr. Es hatte nicht viel Tiefe gegeben. Ich hatte gegeben, er hatte genommen und ich hatte gedacht, das wäre es, was ich bevorzuge.

Aber bei Matthew habe ich nicht das Gefühl, dass er nimmt, wenn ich gebe. Es fühlt sich an, als würde er ebenfalls geben.

Ich möchte mit Nick nicht darüber reden. Nicht einmal ein bisschen. Er hätte viel zu viel zu sagen, und nicht zu den echten Problemen, nur darüber, dass er recht hatte und dass es gut ist, dass ich an der Auktion teilgenommen habe. Und ja, das war es, aber wenn man bedenkt, wie verwirrt ich mich fühle, ist es nicht ganz so einfach.

Ich stapfe die Treppe wieder hinauf, als ich mit der Arbeit fertig bin, und bleibe auf der Veranda kurz stehen. Durch das Fenster sehe ich Matthew auf dem Sofa, eingehüllt in Decken, die ich auf ihn gelegt habe, den Kopf nach hinten gelehnt, schläft er wieder. Seine Stoppeln fangen an zu wachsen und ich muss ihm sagen, dass er sich rasieren soll, bevor wir wieder Sex haben, weil ich sonst am Kinn wund werde – oder vielleicht auch an anderen Stellen.

Ich habe mich rasiert, während er das Frühstück gegessen hat, das ich für ihn zubereitet habe – Porridge mit jeder Menge Butter, Beeren, Chiasamen und etwas Proteinpulver, damit es wirklich wirkt. Aber danach hat er so verschlafen und süß ausgesehen, immer noch erschöpft nach seinem großen Tag, dass ich Mitleid mit ihm hatte. Den Großteil seiner Jungfräulichkeit zu verlieren, hat ihn wirklich müde gemacht.

Darum habe ich ihn auf das Sofa gelegt, ein Feuer entzündet und sanfte, jazzige Weihnachtsmusik angemacht, damit er sich erholen kann, während ich draußen arbeite.

Er hatte nicht protestiert, einfach nur „Danke, Daddy", gesagt, mit dieser süßen, sexy Stimme, die meine Eier jedes verdammte Mal vor Lust zucken lässt.

Er war innerhalb von Minuten eingeschlafen.

Ein Rotkardinal fliegt vorbei, strahlend rot vor dem weißen Schnee, durchbricht meine Gedanken.

Ich schaue auf meine Uhr und erkenne, dass ich nach Molly und ihrem Zicklein sehen muss. Ich möchte nicht, dass Matthew aufwacht und verwirrt ist, wenn ich nicht da bin, darum schreibe ich ihm eine Nachricht. Sein Handy liegt neben ihm und hoffentlich wird er die Benachrichtigung verschlafen. Er braucht seine Ruhe.

Ich bin im Stall, um nach den Pferden und Ziegen zu sehen. Bleib oben und warte auf mich.

Ich schicke sie ab, beobachte ihn durch das Fenster. Er wacht nicht auf.

Erleichtert mache ich mich auf den Weg zum Stall. Der Schnee ist oben gefroren und meine Stiefel machen bei jedem Schritt ein knirschendes Geräusch. Der Himmel über mir ist so blau wie das Ei eines Rotkehlchens und die Berge sind von Licht und glitzerndem Schnee überflutet. Die Aussicht von Tully's Lookout wird zweifellos wunderschön sein. Ich hatte bereits vor, mit Matthew heute zu reiten, aber jetzt weiß ich, welche Runde wir nehmen werden.

Während ich arbeite, wird mir klar, dass ich „Winter Wonderland" summe.

Sich um die Pferde und Ziegen zu kümmern, erfordert Zeit und Mühe, weil jedes Tier während eines Schneesturms zusätzliche

Liebe und Aufmerksamkeit braucht, wenn sie sich nicht frei bewegen können. Ich verbringe Zeit mit ihnen und stelle fest, dass ich, während ich das tue, aufhören kann, ständig an Matthew zu denken.

Aber dieser Effekt ist nur vorübergehend. Sobald ich mit meinen letzten Schutzbefohlenen fertig bin, Molly und der kleinen Miss Merry Joy-Joy, kehren meine Gedanken zu meinen Befürchtungen zurück.

Abgesehen von Nick kenne ich einige Leute aus dem örtlichen Kink-Club, aber niemand von ihnen ist ein Vertrauter von mir. Es würde sich seltsam anfühlen, einen von ihnen zu kontaktieren und zu gestehen, dass ich mich mitten in einem großen, wunderbaren Fehler mit einem Boy befinde und ich nicht aufhören möchte, ihn zu begehen. Aber ich weiß nicht, ob es ethisch korrekt ist, weiterzumachen, nur weil es sich natürlich, richtig und gut anfühlt.

Ich werfe einen Blick auf mein Handy, schaue auf die letzten Textnachrichten, die ich mit meinem kinky Freund RJ Blitz, der nicht in der Stadt wohnt, ausgetauscht habe. Der letzte Chat war vor Monaten, aber RJ hatte geschrieben: *Wenn du irgendetwas brauchst, oder einfach nur noch einmal über diese Dinge reden möchtest, melde dich. Ich bin für dich da.*

Das war damals gewesen, als Brandon mich verlassen hatte. RJ hatte mich unterstützt und war nett gewesen und vor allem war er nicht in Asheville gewesen, darum hatte ich mir keine Sorgen machen müssen, dass ich ihm irgendwo begegne oder dass er mit den anderen Kinkstern aus der Gegend tratscht.

Mit einem Seufzen schreibe ich ihm eine Nachricht, auch wenn es noch früh am Morgen ist. RJ reist sehr viel und man kann unmöglich sagen, wo auf der Welt er gerade ist. Die Chance, dass er sich in derselben Zeitzone befindet wie ich, ist sehr gering.

Sofort wird meine Nachricht als gelesen angezeigt und ohne Verzögerung erscheinen Antwort-Punkte.

Während ich warte, um zu sehen, ob er Zeit für ein Gespräch hat, vorzugsweise über Facetime, denke ich daran, wie ich RJ und seinen Ehemann, Aaron, vor ein paar Jahren kennengelernt habe. Ein Plattenlabel hatte mich angeheuert, die Mitglieder einer von einer Frau geführten Country-Band und ihre gemischtgeschlechtliche Entourage in Selbstverteidigung zu unterrichten.

Damals war RJ der Lead-Gitarrist der Band gewesen, wenn sie unterwegs waren – soweit ich weiß, ist er das immer noch – und Aaron, ein ehemaliger Lehrer, hatte für die Gruppe gearbeitet und ihre Kinder unterrichtet, während sie unterwegs waren. Sowohl RJ als auch Aaron hatten an meinem Selbstverteidigungsunterricht teilgenommen und ich hatte sie von Anfang an gemocht. Da ich für zwei Monate mit der Gruppe gereist war, ähnlich wie wenn ich überall auf der Welt auf Film-Sets arbeite, hatte ich sie beide ziemlich gut kennengelernt.

Während entspannter Gespräche bei Drinks in einer Hotelbar oder wenn wir im Bus gelieferte Mahlzeiten gegessen haben, hatte ich erfahren, dass Aaron, ein gut aussehender Mann, der älter als RJ war, auf der High School RJs Englischlehrer gewesen war. Während RJ schon immer in Aaron verknallt gewesen war, war RJ Aaron überhaupt nicht aufgefallen, und noch weniger sein Charme, bis *lange* nachdem er seinen Abschluss hatte.

Nach ein paar Bieren an einem Freitagabend zur Hälfte der Tour, hatte RJ aus Versehen zu erkennen gegeben, dass sie sich in einer soften D/s-Beziehung befanden. Ein paar Tage danach hatte ich meinen Mut zusammengenommen und gestanden, dass ich ebenfalls kinky war.

Im Laufe der Tour hatten wir zu dritt oft über die Vorteile von Daddy-Spielen gegenüber anderen D/s-Spielen diskutiert, und über Schmerz-Spiele vs. Scham-Spiele vs. Demütigungsspiele und wo sich die Schnittmengen befanden. Alle Arten von Kink waren von uns analysiert worden, bevor der Job endete.

RJ und Aaron hatten auch Brandon während der Tour kennengelernt, als er mich für ein paar Tage besucht hatte. Und sie hatten ihn noch ein paar Mal danach getroffen, wenn wir als Paare nett zusammen zu Abend gegessen hatten. Als Brandon mich verlassen hatte, hatte ich mich an RJ gewandt, um meinen Schock und meine Trauer zu teilen.

RJ verstand, wie ich mich fühlte. Er hatte mir gesagt, dass auch wenn ich mir nie vorgestellt hatte, dass die Beziehung zu Brandon für immer sein würde, wir etwas Wunderschönes gehabt hatten – er hatte es selbst gesehen. Diese Einsicht, zusätzlich zu der Tatsache, dass er nicht in der Gegend wohnte, machte es mir leicht, meine Gefühle mit ihm zu teilen.

Nach Brandon hatte RJ mir auf eine Weise helfen können, wie es Nick und der örtliche Kink-Club nicht konnten. Vielleicht konnte er mir jetzt auch helfen.

Ich halte den Atem an, als die Punkte verschwinden und dann wieder auftauchen.

Fuck Autokorrekt. Der Bus wankt. Kann ich anrufen?

Bitte ja, antworte ich.

Ein Facetime poppt auf. RJ sieht gut aus. Er hat seine Haare ein wenig wachsen lassen und sie streichen auf eine Art und Weise über seine Wangen, die sehr Rock 'n' Roll ist. Er sieht gesund aus, mit rosigen Wangen und funkelnden Augen.

Er scheint auch in eines dieser Tourbus-Betten gequetscht zu sein, an die ich mich nur zu gut erinnere. Es ist nicht bequem, erfüllt aber seinen Zweck. Aaron ist nicht bei ihm, darum erkundige ich mich zuerst nach ihm.

„Er redet mit Larissa über die Noten ihrer Tochter. Das könnte eine Weile dauern."

„Ah, ja, ich kann mir vorstellen, dass Larissa zur Mama-Bärin wird, wenn es um solche Dinge geht." Er tourt also immer noch mit derselben Gruppe. Larissa ist die Leadsängerin und eine nette Frau, aber auch der Inbegriff einer Typ-A-Persönlichkeit.

„Jep", bestätigt RJ. „Sie wird Unterstützung brauchen zu akzeptieren, dass ihr kleines Mädchen nicht die hellste Kerze ist und wir *alle* müssen unsere Erwartungen senken, was ihre Aussichten auf das College betrifft."

„Ah. Klingt spaßig."

„Als würde man sich den Zeh anschlagen. Zwanzig Mal. Armer Aaron."

Ich lache, aber es ist abwesend. Meine Gedanken wirbeln umher, ich versuche einen Weg zu finden, wie ich RJ fragen kann, was ich ihn fragen möchte, wie ich erklären soll, wer Matthew ist und was an ihm anders ist und ich versuche bereits zu erraten, wie RJs Reaktion ausfallen wird.

Er spürt meine Ablenkung und kommt direkt zur Sache. „Was ist los? Geht es dir gut?"

„Es geht mir gut. Ich bin nur …" Ich quetsche es durch zusammengebissene Zähne hervor. „Es geht um einen Boy."

„Tut es das nicht immer?", fragt RJ lachend. „Wieder Brandon?"

„Nein, nein, er ist weg."

„Das tut mir leid, Mann."

„Mir auch", sage ich, weil es Gewohnheit ist, und mir wird zum ersten Mal, seit Brandon mich verlassen hat, klar, dass es mir doch nicht so leidtut. „Es ist ein neuer Boy. Er ist ein Mann."

RJs Brauen heben sich. „Sind nicht alle deine Boys Männer? Das hoffe ich doch sehr."

Ich verdrehe meine Augen. „Sie waren alle volljährig, wenn es das ist, was du meinst, aber sie waren immer jung. Dieser Boy, er ist älter als ich."

„Wunderbar." Jetzt wackelt RJ mit seinen Brauen. „Kinky Spaß. Ältere Männer kennen alle Tricks."

„Das ist die Sache", fange ich an, halte inne, versuche mir zu überlegen, wie viel ich mitteilen kann, ohne Matthews Privatsphäre zu verletzen. Nicht, dass RJ ihn je kennenlernen wird. Das ist Teil des Problems. Wir hätten eine Nacht zusammen haben sollen und das war es, aber ich hebe den Kink mit ihm bereits auf höhere und höhere Level. *Fuck.*

„Was ist los?", hakt RJ nach.

„Er ist eine Jungfrau. Oder war es. Er hat ein wenig Oral-Sex gehabt, aber dabei ging es mehr darum, benutzt zu werden als irgendetwas anderes. Nichts Sinnliches. Nichts Reales zwischen Männern. Verstehst du, was ich meine?"

„Ja, ich verstehe es. Und lass mich raten – er hat sich gerade erst geoutet, stimmt's?"

Ich nicke und reibe mir mit einer Hand über die Augen.

„Hast du eine Hässliches-Entlein-Situation? Er folgt dir, will mehr, aber er ist nicht-"

„Nein!", schnaube ich, bin auf irrationale Weise in Matthews Namen wütend. „So ist es überhaupt nicht."

RJ lacht. „Dann halte ich jetzt den Mund und lasse dich erzählen. Was ist los?"

„Er ist wunderschön und sexy und ich will ihn, wie ich noch selten einen Mann gewollt habe."

„So weit, so gut."

„Aber er ist nicht von hier. Ich führe keine Fernbeziehungen. Er wollte nur eine Nacht."

„Okay, langsam. Woher kommt er, warum führst du keine Fernbeziehungen und warum nur eine Nacht?"

„Ja, okay, lass mich nur …" Ich reibe mir wieder über die Stirn und seufze. „Lass mich von vorne anfangen."

RJ hört zu, als ich Nicks Versuch beschreibe, mich durch die Wohltätigkeitsversteigerung wieder „zurück in den Kink-Sattel zu bringen". Ich gestehe ihm sogar, dass ich das Eröffnungsgebot unglaublich hoch angesetzt habe, damit niemand auf mich bietet.

Er pfeift leise, als ich ihm erzähle, wie ich Matthew im Coffeeshop gesehen habe, bevor ich wusste, dass er die Auktion gewonnen hatte und dass ich ihn auf der Toilette ficken wollte.

Er wird aber ernst, als ich gestehe, wie intensiv der gestrige Tag und die Nacht waren, dass ich niemals erwartet hätte, so auf einen Mann wie Matthew zu stehen oder von *seiner* Erregung so erregt zu sein.

„Als Matthew hier bei meiner Hütte angekommen ist, sind die Dinge so schnell auf die Überholspur geraten, dass ich ein Schleudertrauma haben sollte. Aber das habe ich nicht", erkläre ich. „Ich habe das Gefühl, dass wenn ich mit ihm zusammen bin, ich weiß, wer ich bin, wer ich sein soll und was ich sein werde und das ist so verdammt schön."

„Für mich klingt das wie eine Siegerkombination. Wo liegt das Problem?"

„Ich führe keine Fernbeziehungen."

„Warum? Wo wohnt er?"

„Nashville."

Er bläst Luft durch seine Lippen. „'Fernbeziehung'? Bei dir klingt es so, als wäre er aus Australien. Du kannst einen Typen sehen, der in Nashville wohnt. Es gibt sogar Direktflüge und die sind ziemlich billig, wenn ich mich richtig erinnere."

Ich grunze. Das stimmt, aber … „Ich brauche einen Boy, der jede Nacht neben mir schläft. Ich möchte keine Beziehung, die nur an den Wochenenden stattfindet."

„Na gut, dann zieh nach Nashville."

„Mein Geschäft ist hier."

„Dann soll er nach Asheville ziehen."

„Ich kenne ihn kaum!"

RJ lacht erneut. „Oh Mann."

„Was?"

„Du hast Angst."

„Unsinn." Ich schnaube erneut, aber ich lüge.

„Mach schon", fordert RJ mich auf. „Zähl all die Gründe auf, warum das hier nicht funktionieren wird. Lass sie hören."

„Er wollte nur eine Nacht."

„Hast du gefragt, ob er Lust auf mehr hätte?"

„Es hat geschneit. Wir stecken über Weihnachten hier fest. Also bekommt er mehr, ob er das nun möchte oder nicht."

RJ lacht lauthals und ich fange an, meine Entscheidung, ihm diese Nachricht zu schreiben, zu überdenken. „Wirkte er traurig bei der Aussicht, hier mit dir festzusitzen? Hatte er etwas dagegen, mehr Zeit damit zu verbringen, sich das Hirn aus dem Kopf vögeln zu lassen und auf deinem Schwanz die Seligkeit zu finden?"

„So vulgär", sage ich, obwohl ich in meinen Gedanken nicht besser bin.

„Hatte er?"

„Nein. Er schien …" Ich bin genervt, weil RJ mich auf meinen Unsinn anredet und das beschissen ist. Er ist doch nicht besser als Nick, wenn auch weniger selbstbeweihräuchernd.

„Wie wirkte er?", hakt RJ nach.

„Glücklich?"

„Das klingt ungefähr richtig."

Ich seufze. „Die Sache ist die, ich bin mir nicht sicher, ob ich das hier richtig mache und mit ‚richtig' meine ich ethisch."

„Oh?" RJ runzelt die Stirn. „Warum machst du dir deswegen Sorgen?"

„Er ist so unerfahren und ich meine das in jeder Hinsicht, die bei Kink eine Rolle spielt und doch, wenn wir mit einer Session anfangen …" Ich räuspere mich, peinlich berührt. „Ich fange einfach an zu *fliegen* und ich möchte nicht landen. Er scheint auch nicht landen zu wollen. Ich frage oft nach seinen Codewörtern und er ist mir gegenüber ehrlich, wenn es Gelb oder sogar Rot ist. Aber wenn es Grün ist, dann nehme ich das einfach mit und es ist so verdammt *gut*. Für uns beide. Aber nüchtern betrachtet, mache ich mir Sorgen, was, wenn ich ihn zu hoch hinaufgebracht habe? Was, wenn er, sobald das hier vorbei ist, abstürzt?“

„Ist es nicht das, was du tust? Den Leuten beibringen zu fallen?“

„Ja, aber das hier ist anders. Was, wenn ich ihn verletze?“

„Ahh.“

Ich warte darauf, dass er mir einen Ratschlag gibt, etwas Kluges oder sogar Dummes, etwas, das klärt, was ich tun soll, indem es entweder den Nagel auf den Kopf trifft oder so falsch ist, dass mir das Richtige einfällt. RJ sagt gar nichts.

„Was soll ich also machen?“

„Na ja, Kumpel, ich glaube, du hast hier nur zwei Optionen.“

„Und die wären?“ Die Hoffnung in meiner Stimme ist peinlich.

„Du wirst dir selbst gegenüber wirklich verdammt ehrlich sein und zugeben müssen, dass du mehr mit diesem Mann möchtest, ganz egal, wie hoch der Preis ist oder du wirst zugeben müssen, dass du zu viel verdammte Angst hast, in die realste Sache einzutauchen, die du je gekannt hast.“

Ich sauge Luft ein, als hätte ich einen Schlag erhalten. Auf gewisse Weise ist das passiert. Ich hatte die Wahrheit gewollt, als ich RJ geschrieben habe, aber wie sich herausstellt, möchte ich sie nicht *so*. „Das ist nicht die ‚realste Sache, die ich je gekannt habe‘. Ich war jahrelang mit Brandon zusammen, verdammt noch mal.“

„Mm-hmm. Und Brandon hat dich so fühlen lassen wie dieser Typ? Jemals? Sogar am Anfang?“

Ich schweige.

„Es ist also die realste Sache und du hast Angst. Das verstehe ich. Es ist gewaltig.“

„Ich habe keine Angst“, beharre ich.

„Du hast Angst, dass du verletzt wirst. Dass du fällst und nicht in der Lage sein wirst, wieder aufzuspringen wie einer deiner trainierten Stuntmen. Dass es wieder so sein wird wie mit Brandon, aber schlimmer."

„Du irrst dich. Ich weiß, was ich will und was ich nicht will. Das ist alles. Und ich will keine Fernbeziehung."

„In Ordnung", sagt RJ und zuckt mit den Schultern. „Was immer du sagst."

„Er verdient einen Daddy, der jeden Tag bei ihm ist. Es geht nicht nur um mich", sage ich, als hätte er mir vorgeworfen, selbstsüchtig zu sein.

„Wahrscheinlich."

„Mir ist wichtig, was er will und verdient. Es ist meine Pflicht als sein Daddy, ihn an allererste Stelle zu setzen."

„Uh-huh."

„Es geht also um *ihn* und was *er* braucht, nicht nur, was ich will."

„Und er braucht einen zweitklassigen Daddy, der ihn nicht so sehen kann, wie du es tust, nur weil dieser Typ in derselben Stadt wohnt? Und du brauchst einen glänzenden neuen Boy ohne Falten in seinem Gesicht, der dämlich über alles kichern kann, was du sagst und dir ein paar Monate oder Jahre den Schwanz lutscht, bevor er weiterzieht und dich allein lässt?"

„Fick dich."

„Du wolltest meine Meinung."

„Ich habe nicht darum gebeten, beleidigt zu werden."

„Es ist keine Beleidigung, wenn jemand dir sagt, dass du Angst hast, voll geliebt zu werden oder dich an das Gespräch in Albuquerque erinnert, das wir hatten, als der Bus eine Panne hatte. Du erinnerst dich?"

„Ich erinnere mich."

„Brandon war nicht bei uns und du warst betrunken von dem Brombeerwein, den Aaron von diesem beschissenen Laden gekauft hatte, dem einzigen in Fußnähe und du hast gesagt-"

„Ich weiß, was ich gesagt habe", schnappe ich.

„Und *du* hast gesagt ‚Ich kann niemals haben, was du und Aaron habt.' Ich habe dich gefragt warum und-"

„Ich weiß, was zur Hölle ich gesagt habe!"

„Du hast mir erklärt, ‚Boys gehen immer, weil ich es am Ende nicht wert bin, zu bleiben.'"

„Ich war betrunken. Das hat nichts mit dieser Situation zu tun."

„Was passiert, wenn jemand bleibt, Erik? Was passiert, wenn du etwas findest, wie ich es mit Aaron habe? Was, wenn dieser Boy dich sieht – *dich wirklich sieht* – und dennoch bleibt? Was ist dann?"

„Er wird nicht bleiben."

„Dieser Mann? Oder jeder Boy?"

„Ich weiß es nicht", gebe ich zu.

„Werde dir darüber klar, bevor du etwas Kostbares wegen ein paar beschissener Ausreden verlierst." RJs Kopf dreht sich zur Seite. „Oh, hey Babe. Ich rede nur mit Erik über Kink-Sachen."

Aarons Gesicht erscheint in einem seltsamen Winkel auf der rechten Hälfte des Bildschirms. Er ist so attraktiv wie immer, mit Grübchen, die denen von Matthew Konkurrenz machen. „Hi!", grinst er und winkt.

Ich lächle zurück und winke, wenn auch nur halbherzig.

RJ macht weiter. „Ich habe ihm gerade gesagt, dass er tapfer sein und diesen Boy nehmen soll, mit dem er sich trifft."

„Ich habe mich nicht ‚mit ihm getroffen'", erkläre ich. „Ich wurde bei einer Auktion ersteigert und er hat meinen Schwanz für ein paar Nächte in seiner Tasche. Das ist alles."

RJ verdreht die Augen. „Das ist alles, sagt er. Das ist *alles*."

„Du würdest RJ nicht anrufen, wenn das alles wäre", sagt Aaron mit einem wissenden Lächeln. „Nimm seinen Rat an. Er ist sehr gut darin, den Unsinn zu durchbrechen und direkt zum Kern der Sache zu kommen."

Ich seufze. Das stimmt. Es ist mit ein Grund, warum ich mich bei ihm gemeldet habe, aber ich glaube nicht, dass ich seinen Rat annehmen kann. Es ist zu real. Der Gedanke, es mit Matthew zu *versuchen*, weckt in mir das Gefühl …

Fuck.

RJ hat recht. Ich habe Angst. Aber wenn ich das beiseiteschiebe und mir eine Zukunft vorstelle, in der ich Matthew ficke, Tage, Wochen, Monate und *Jahre* habe, um zu sehen, was noch in seinem Wandschrank der Scham steckt, es auszugraben, an die frische Luft zu hängen und frei laufen zu lassen? Ich möchte einfach lachen und mich drehen und in den Himmel schreien.

Ich stecke so tief in der Patsche. Bin so unglaublich am Arsch.

„Ich *würde* seinen Rat annehmen", stimme ich zu. „Wenn ich kein Feigling wäre."

RJ formt mit seinen Fingern eine Pistole und schießt auf den Bildschirm. „Bumm. Er sieht die Wahrheit."

Da bin ich mir nicht sicher, aber ich sehe, dass es keine Möglichkeit gibt, mich von dem zurückzuziehen, was ich mit Matthew angefangen habe. Ich weiß auch nicht, wie ich damit weitermachen soll, aber wenigstens hat RJ mir keinen Mist erzählt, sondern die Wahrheit ausgesprochen.

Ich plaudere mit Aaron noch für ein paar Minuten über leichtere Themen – wir sind in gewisser Hinsicht beide Lehrer und wir vergleichen gerne unsere Erfahrungen, wie man Schüler am besten erreichen kann. Danach wünschen wir uns gegenseitig Frohe Weihnachten und legen auf.

Ich sitze auf dem Stuhl neben Mollys und Miss Merry Joy-Joys Box, beobachte die beiden zusammen. Molly ruht sich aus, während ihr Zicklein herumhüpft und fällt. Wieder aufsteht. Wieder hinfällt. Wieder aufsteht.

Das ist es, was ich unterrichte, oder?

Warum also *habe* ich solche Angst vor diesem Fall? Diese Sache mit Matthew ist ein Weihnachtsgeschenk der versautesten Sorte.

Aber es ist auch wunderschön. Unerwartet. Intensiv. Es bringt meine Eier zum Schmerzen und mein Herz zum Singen.

RJ hat recht. Ich möchte nicht, dass es endet.

Aber, verdammt, was, wenn er bleibt und ich ihn einlasse? Ihn mein wahres Ich sehen lasse und es stellt sich heraus, dass ich nicht der Mann bin, für den er mich hält oder nicht der Daddy, den er braucht? Was, wenn ich mich selbst glauben lasse, dass ich mit einem Boy mehr als nur ein paar Jahre habe? Mir gestatte, das hier als etwas mit Potenzial zu sehen? *Für-immer*-Potenzial?

Was wenn, nach einer Weile, er keine Lust mehr auf Kink hat oder aus mir herauswächst und dann ist er ebenfalls weg? Wie Brandon, wie Duncan, wie Garrett, aber dieses Mal kann ich mir nicht einreden, dass es Teil des Prozesses ist. Dieses Mal wird es ein älterer Mann sein, der mich verlässt und vielleicht kommt das der Wahrheit zu nahe.

Meine Gedanken wandern von Erinnerungen an meinen Vater fort.

Vielleicht habe ich genauso viel Gepäck wie Matthew. Zur Hölle, ich habe Santas gesamten Geschenkesack voller Probleme mit mir herumgetragen.

Zur Hölle damit. RJ kann gehen und Aarons Schwanz lutschen und ihm den Hintern versohlen. Ich mag ja lehren, wie man hinfällt und wieder aufsteht, aber *diese* Art Verletzlichkeit und Risiko? Das ist einfach zu viel. Ich habe noch nie jemandem so viel Macht gegeben und ich werde jetzt nicht damit anfangen.

Dieses Wochenende mit Matthew ist nur deswegen so intensiv, weil es Zeit außerhalb des Alltags ist, eine Blase reiner sexueller Energie und Verbindung und das hat mir zu lange gefehlt. Ich habe vergessen, wie gut es sein kann. Jeder andere Boy hätte mir wahrscheinlich genauso viel Spannung beschert, nach so einer langen Durststrecke. Ich projiziere viel zu viel auf diese Situation. Ich sollte Matthew das beste Daddy-Erlebnis bieten, das ich kann und aufhören, mir deswegen Sorgen zu machen.

RJ irrt sich. Diese Sache ist wunderschön, *weil* sie vorübergehend ist. Sie ist nicht dazu bestimmt, mehr zu sein. Ich weiß nicht, was ich mir dabei gedacht habe, ihn um Rat zu fragen. Ich bin älter als er – zur Hölle, ich bin auch älter als Aaron und ich habe eine Tonne mehr Erfahrung mit Kink.

Also ja. Ich werde Matthew so hochfliegen lassen, wie er kommen kann und ihn sicher wieder auf die Erde bringen. Sobald er wieder auf festem Boden ist, werde ich ihm einen Kuss auf die Wange und einen Klaps auf den Hintern geben und ihn hinaus in die Welt schicken, damit er sich einen dauerhaften Daddy suchen kann. Jemanden, der in seiner Nähe wohnt und der ihn für immer und in echt annehmen kann.

Auch wenn mir bei diesem Gedanken leicht übel wird, ist es dennoch das Richtige. Mein Zögern stammt wahrscheinlich daher, dass ich mir vorstelle, wie mein offener, vertrauensvoller Matthew in die Hände des falschen Mannes gerät. Das könnte so viel Schaden anrichten.

Wie auch immer, der richtige Mann könnte Matthews Leben zum Besseren ändern.

Ich bin nicht der richtige Mann.

Aber ich kann Matthew helfen, ihn zu finden. Ich habe Verbindungen in der Welt des Kink. Ich kann Nick darauf ansetzen, einen guten Daddy in der Gegend von Nashville zu finden. Wir können Matthew mit ihm bekanntmachen, wenn all das hier vorüber ist. Ich werde mich besser fühlen, wenn der Daddy, der ihn zu sich nimmt, zumindest von jemandem überprüft wurde, dem sein Bestes am Herzen liegt.

Sicher, er hat diesen Freund, Doug, der die sehr soliden Verträge für unsere gemeinsame Zeit aufgesetzt hat, aber dieser Mann hat ihn in der Vergangenheit benutzt. Soweit es mich betrifft, kann man ihm nicht trauen.

Ein Daddy, den ich ausgesucht habe, ist genau das, was Matthew braucht. Ich bin mir sicher, dass er dem beipflichten wird, wenn ich es ihm gegenüber erwähne. Er stimmt beinahe allem zu.

Das ungute Gefühl, das sich in meinem Magen breitmacht, ist dämlich. Ich werde es ignorieren. Genau wie ich RJ ignorieren werde. Ich habe die Kontrolle. Ich kann das. Es ist Weihnachten und wir werden unsere Extra-Zeit zusammen feiern und das war es dann.

Und wenn ich mich während meiner Zeit mit Matthew ein wenig verliebe? Es wird nicht zu tief sein. Ich kann immer noch wieder aufstehen.

KAPITEL ZWANZIG

Matthew

ICH WACHE ERNEUT mit dem Licht der Vormittagssonne im Gesicht auf. Benommen öffne ich meine Augen und mustere den Kamin, den Weihnachtsbaum und den Schnee, der draußen glitzert. Ein Lächeln erscheint auf meinen Lippen.

Ich bin hier in Eriks Lodge – oder Hütte, wie er es nennt – und das ist real. Ich habe es getan. Ich hatte endlich Sex mit einem Mann – einem fürsorglichen, intensiven, leidenschaftlichen Mann – und es war alles, was ich mir erträumt hatte und mehr. Dieses träge Gefühl in meinen Muskeln? Das ist auch real. Die Befriedigung in meinen Knochen? Real.

Oh Himmel, alles an den letzten vierundzwanzig Stunden war der absolute Wahnsinn. Ich fühle mich wie ein neugeborenes Fohlen, feucht und frisch, bestehe nur aus wackeligen Beinen und dicken Knien. Oder vielleicht bin ich wie das Zicklein in Eriks Stall – wollig, wild und freudig, als könnte ich Berge erklimmen oder überall in einem Rausch der Freude herumtraben.

Als ich meine Pomuskeln anspanne, die Backen zusammendrücke, grinse ich angesichts des wunden Gefühls in meinem Loch – oder meiner „Bussy", wie Daddy es nennt. Ich mache es wieder. Es ist wie ein Schuss Ekstase direkt in mein Herz, das wie ein Pferd galoppiert.

Ich kralle beide Fäuste in die Decke über mir, ziehe das Material an meinen Mund und lasse einen leisen Schrei hören. Es ist, als würde ich zerbersten, wenn ich diese Gefühle nicht herauslasse. Ich habe noch ein paar Schreie, wo dieser erste herkam, und lasse sie auch heraus.

Heilige Scheiße. Ich bin so glücklich. Ich wusste nicht einmal, dass es möglich war, so glücklich zu sein. Jeder Teil von mir fühlt sich wach und lebendig. Mein Blut summt, mein Herz hämmert, meine Gedanken wirbeln herum und meine Zellen kribbeln. Meine Nippel sind hart. Mein Schwanz ist halb fest. Ein weiterer kleiner Schrei kommt heraus und ich dämpfe auch ihn mit der Decke.

Irgendein tief liegender Teil von mir möchte dieses Gefühl einfangen und die einzige Möglichkeit, die mir einfällt, ist, ein Selfie zu machen, das diesen Moment in meinem Leben aufnimmt, an dem ich absolut glücklich bin. Ich bin mir nicht sicher, ob ich dieses Gefühl schon jemals hatte.

Ich mache mein Handy an und ein Dutzend Nachrichten kommt herein. Ich ignoriere sie lange genug, um die Aufnahme zu machen, und lächle über mein Foto. Meine Augen funkeln, meine Haare sind zerzaust und ich habe einen roten Fleck an meinem stoppeligen Kinn – einen Bart-Brand. Weil ich Erik geküsst habe. Ich beiße mir auf die Unterlippe und denke daran, wie gut sein Schwanz geschmeckt hat, wie unbedingt ich ihm wieder einen herunterholen möchte, aber dieses Mal wird seine Wichse meinen Mund füllen und ich werde –

Mein Handy summt in meiner Hand. Eine weitere Nachricht kommt herein. Von Doug.

Ich öffne unseren Chat und sehe, dass er mir im Laufe der letzten zwanzig Stunden mehrere geschickt hat. Neun, um genau zu sein, und sie alle sind Variationen derselben Aussage.

Wo zur Hölle bist du?

Warum hast du nicht geantwortet?

Hat er dich umgebracht?

Weißt du nicht, dass du nicht einfach ins Haus eines Fremden gehen kannst, ohne einem Freund deinen Aufenthaltsort zu sagen?

Wenn du ermordet wirst, bin ich nicht verantwortlich, kapiert?

Ich scrolle sie durch und lächle wegen des seltsamen, warmen Gefühls in meinem Brustkorb. Ich hatte nicht gewusst, dass es Doug so sehr kümmert, was mit mir passiert. Er klingt wirklich verängstigt. Das tut mir leid, aber es ist irgendwie schön zu wissen, dass er immer noch starke Gefühle für mich hat. Vielleicht sind wir doch wieder richtige Freunde und ich habe nicht alles ruiniert, indem ich Forest gebeten habe, meinen Mund zu ficken. Vielleicht habe ich mir eine Einladung zu Weihnachten nächstes Jahr verdient.

Ich tippe eine Antwort.

Es geht mir gut. Danke, dass du nachfragst.

Ort?

Ich schicke die Adresse.

Lebenszeichen?

Ich schicke das Selfie, das ich gerade gemacht habe.

Du siehst glücklich aus.

Das bin ich.

Wann kommst du zurück? Ich möchte dich sehen, wenn du wieder in der Stadt bist.

Warum?

Forest hat einen Freund, von dem er denkt, dass er zu dir passen könnte und weil du ja jetzt keine Jungfrau mehr bist, habe ich gedacht, dass du Interesse haben könntest.

Meine gute Laune wankt. *Wer ist der Mann?*

Es dauert eine Weile, bis Doug antwortet. Seine Punkte blinken vor sich hin, darum ist, was immer er zu sagen hat, lang. Mein Magen zieht sich zusammen und ich stelle fest, dass ich aufstehe und durch das große Fenster schaue, in Richtung des Stalls, in der Hoffnung, dass Daddy kommt und mich vor diesem Austausch von Textnachrichten rettet.

Ich hasse es, an meine unausweichliche Zukunft zu denken, in der ich Ja zu Sex mit einem Mann sage, der nicht Erik ist. Und da Daddy mich nicht behalten wird, weiß ich, dass ich irgendwann Ja sagen werde. Denn nach der letzten Nacht mit Daddy? Kann ich nicht wieder anfangen, zölibatär und allein zu sein. Ich kann es einfach nicht.

Das Handy pingt.

Paul Adler. Er ist der Anwalt, mit dem Forests Firma arbeitet, wenn die Kacke anfängt zu dampfen. Power-Mann. Reich. Wie sich herausgestellt hat, sucht er außerdem nach einer Kurzzeitbeziehung mit einem unterwürfigen Mann in seinem Alter. Er hat Referenzen. Ich habe das überprüft. Vergangene Subs sagen, dass er fair ist und es Spaß macht mit ihm. Keine Meldungen von Problemen.

Ich starre diese Zeilen länger an, als Doug denkt, dass nötig ist, weil er nachschickt: *Du musst das nicht sofort entscheiden. Darum wollte ich dich treffen. Mit dir darüber reden und euch dann vielleicht bekanntmachen.*

Mein Blick kehrt zu den Strümpfen zurück, die immer noch gefüllt sind, weil Erik gesagt hat, dass ich jetzt auf den richtigen Wcihnachtsmorgen warten muss. So neugierig ich auch bin, meine Geschenke aufzumachen, wird es sogar noch besser sein, zu warten.

Ich weiß, dass dies hier nicht mein Heim sein kann, aber …

Ich möchte Weihnachten hier verbringen, mit Strümpfen und Lichtern und Geschenken und einem echten Baum, der die Luft mit dem Geruch nach Nadeln erfüllt. Ich möchte, dass Erik mein Mann ist und diese Hütte unser Heim. Ein Ort, wo wir zusammen ehrlich und kinky sind und wo ich alles darüber erfahren kann, was sich hinter seiner ruhigen Fassade verbirgt. Ein Ort, an dem ich ihm helfe, sich um die Tiere zu kümmern und ich die Buchführung für sein Geschäft übernehme und –

All das ist albern und naiv. Aber ich möchte Paul Adler nicht kennenlernen. Ich möchte nicht sehen, ob er gut zu meinen „Bedürfnissen" passt oder irgendetwas sonst.

Ich möchte, dass Daddy aus dem Stall zurückkommt, mich in seine Arme nimmt, mich küsst und dafür sorgt, dass all das sich in Hitze, Leidenschaft und Sex auflöst. Ich möchte, dass er mit mir auf dem Sofa kuschelt, mich an seinem Tisch füttert, mich unter der Dusche küsst und mich in seinem Bett fickt.

Ich reibe meine Stirn. Himmel, so viel davon dreht sich um Sex. Ist das alles, was das ist?

Es spielt keine Rolle, weil nichts davon angeboten wird. Nicht, nachdem der Schnee schmilzt und ich gehen muss. Wenn ich also jemals wieder so etwas wie letzte Nacht erleben möchte, wenn ich nicht wieder zurück in mein einsames Leben kriechen und allein sterben möchte, dann muss ich mich umsehen und Dinge wagen, so wie ich es mit diesem Dezember-Daddy-Erlebnis gemacht habe. Und seht, wie sich das auszahlt.

Vielleicht wird Paul Adler sich auch auszahlen. Und vielleicht wird er das nicht, aber es kann nicht schaden, es zu versuchen.

Ich bin mir nicht sicher, wann ich wieder zurück bin.

Ich dachte, du solltest heute nach Hause kommen? Hält dieser Typ dich fest?

Ich bin eingeschneit. Wir müssen warten, bis die Straßen geräumt sind, bevor ich fahren kann.

Klingt wie schlechte Planung von seiner Seite oder wollte er, dass du am Weihnachtstag dort mit ihm gefangen bist? Ist er so einsam?

Ich zucke zusammen, weil ich weiß, dass ich derjenige bin, der sich freut, an Weihnachten nicht wie üblich allein zu sein. Ich tippe: *Er wusste, dass es schneien sollte, aber es war schlimmer als vorhergesagt.*

Das sagen alle Serienmörder.

Du hast seine Referenzen persönlich überprüft.

Das habe ich. Und laut jeder Person, mit der ich gesprochen habe, ist er in Ordnung. Aber wenn er etwas Seltsames versucht, verschwinde.

Wie? Mein Auto liegt unter einem Haufen Schnee. Aber ich mache mir keine Sorgen. Er war bis jetzt nett.

Und intensiv und wunderschön und aufmerksam und ist schon viel zu lange im Stall.

Solange du weg bist, möchte ich alle vierundzwanzig Stunden ein Lebenszeichen, ansonsten rufe ich die Polizei.

Ja, ja. Ich wusste nicht, dass es dich kümmert.

Es kümmert mich. Es hat mir nicht gefallen, dass du meinen Ehemann gebeten hast, dein Gesicht zu ficken, aber du bist mir sehr wichtig.

Ich verziehe das Gesicht, bin schockiert, dass er meinen großen Fehler tatsächlich angesprochen hat. Er war so lange das Damoklesschwert über uns. Mit zitternden Fingern tippe ich: *Das tut mir wirklich leid. Das weißt du. Wie kann ich es wiedergutmachen?*

Das kannst du nicht.

Das ist etwas, das er anscheinend nicht verwinden kann und das warme Gefühl, das ich für ihn noch vor wenigen Momenten hatte, wird kalt.

Doug schreibt weiter: *Ich meine damit, du solltest es nicht wiedergutmachen müssen. Nachdem, was ich dir auf dem College angetan habe und wie du mir vergeben hast, dass ich dich benutzt habe, hätte ich dich niemals wegen eines Fehlers so rundmachen sollen. Forest ist heiß. Ich verstehe, warum du ihm einen blasen wolltest.*

Ich ignoriere, was er über Forest gesagt hat, und spreche wieder die Vergangenheit an. *Ich wollte, was damals zwischen uns passiert ist.*

Du hast Besseres verdient, als was ich dir gegeben habe. Ich hätte dich nicht so behandeln sollen, wie ich es getan habe. Ich war brutal mit dir, habe dich für meine Erleichterung benutzt und im Austausch nichts gegeben.

Ich wollte nichts im Austausch. Ich wollte mich schlecht fühlen.

Es dauert lang, bis die nächste Nachricht ankommt.

Als du Forest gebeten hast, deinen Mund zu ficken, war ich nicht eifersüchtig. Aber all die anderen Dinge? Du und ich, damals im

Studentenwohnheim? Das ist alles zurückgekommen. Es macht mich krank vor Schuld, wann immer ich daran erinnert werde. Manchmal denke ich, dass wenn ich dich besser behandelt hätte, du schon vor Jahren jemanden gefunden und dich nicht so wertlos gefühlt hättest.

Ich weiß nicht, was ich sagen soll, darum starre ich seine Worte an, versuche, sie zu begreifen.

Darum war ich ein Arsch dir gegenüber, Matthew. Ich weiß, dass das selbstsüchtig ist, aber ich hasse es, mich schuldig zu fühlen, darum bin ich dir ausgewichen, wann immer ich konnte. Es tut mir leid.

Ich starre die Nachricht an, bin von diesem Geständnis völlig geplättet. Es schmerzt, aber wenigstens verstehe ich es jetzt. *Ich vergebe dir*, tippe ich.

Und dann, als ob er es nicht ertragen kann, noch eine weitere Sekunde ernst und emotional zu sein, fragt er: *Wenn du immer noch bei diesem Daddy bist, warum schreibst du mir und wirst nicht gefickt?*

Er ist im Stall und kümmert sich um die Tiere.

Stall? Tiere? Ist das eine Szene aus Beim Sterben ist jeder der Erste?

Er hat Pferde und Ziegen und ein paar Hunde und Katzen.

Und wir sind wieder wir, alles ist normal. Es ist seltsam, wie lang ich das wollte und jetzt, da es eingetreten ist und nach seinem Geständnis, dass er selbstsüchtig war, verspüre ich nur eine seltsame Ruhe. Ich vergebe ihm. Vielleicht sollte ich das nicht, aber ich tue es.

Sie haben mir gesagt, dass er ein Firmeninhaber ist.

Ist er. Es ist eine lange Geschichte. Ich erzähle dir alles, wenn wir uns sehen.

Warum hilfst du Daddy nicht bei der Arbeit, Boy?

Weil Daddy mir gesagt hat, dass ich hierbleiben und mich vor dem Kamin ausruhen soll, wie ein braver, verwöhnter Boy.

Daran solltest du dich besser nicht gewöhnen. Paul ist wahrscheinlich fordernder. Er wird wollen, dass du unter seinen Schreibtisch kriechst und ihn seinen Schwanz in deinem Loch wärmen lässt, während er arbeitet. Da will ich wetten.

Mein Schwanz reagiert auf diese Vorstellung, aber ich sehe kein Bild dieses Fremden, Paul Adler. Stattdessen stelle ich mir vor, wie ich auf Händen und Knien auf dem Boden eines Büros unter einen Holzschreibtisch krieche und meinen Kopf auf meine Hände lege, meinen Hintern in die Luft recke und Erik – Daddy – wird seinen Stuhl hinter mir heranrücken, mit heraushängendem Schwanz.

Mit etwas kreativer Positionierung wird er in mich stoßen und einfach … *drin*bleiben, vielleicht ein klein wenig vor- und zurückstoßen, während er auf dem Schreibtisch über mir arbeitet, vor sich hin schreibt. Ich kann es so gut sehen, dass ich beinahe das Kratzen seines Stifts auf dem Papier höre, das glatte Rollen eines Füllers, wenn er etwas unterschreibt und wenn er mit der Arbeit fertig ist, wird er meine Hüften packen und mich ernsthaft ficken.

Ich bin jetzt hart. Hart und begierig. Die Vorderseite der Unterwäsche, die Daddy mir gekauft hat, wird von meinem wachsenden Schwanz nach außen gedrückt. Ich bin in Versuchung, auf die Knie zu gehen, den Kopf auf dem Boden, meinen Hintern in der Luft und so auf Daddy zu warten.

Was wird er denken, wenn er hereinkommt und mich so bereit sieht und –

Das Pingen meines Handys bringt mich zurück in die Realität.

Paul ist übrigens einverstanden. Er möchte dich auch kennenlernen.

Ich dachte, wir würden erst darüber reden?

Werden wir. Aber einen Platz in seinem Terminkalender zu bekommen, kann schwierig sein. Er hat dich eingetragen. Du wirst ihn nach Weihnachten kennenlernen können, dann hast du ein oder zwei Tage, um darüber nachzudenken und eine Abmachung über sechs Wochen Dienst zum neuen Jahr zu verhandeln.

Sechs Wochen Dienst? Ich wurde gerade zum ersten Mal gefickt. Ist das nicht ein wenig schnell?

Matthew, ich kenne dich schon sehr lange. Du brauchst einen Daddy oder einen Dom. Du wirst sehen.

Ich kann Doug nicht widersprechen. Hier sitze ich gerade, warte sehnsüchtig auf die Rückkehr meines Daddys, möchte, dass er mich vor diesem Gespräch und der Zukunft rettet.

Mich davor rettet, Paul je kennenzulernen oder seinen Schwanz in mir zu haben.

KAPITEL EINUNDZWANZIG

Erik

ALS ICH AUS dem Stall zurückkomme, bleibe ich auf der Veranda draußen stehen und schaue erneut durch das Fenster. Matthew ist wach und schaut sein Handy mit gerunzelter Stirn an. Als ich die Tür aufmache, wirft er das Handy beiseite. Erleichterung erscheint auf seinem Gesicht.

„Was ist los? Gibt es ein Problem?"

Matthews Gesichtsausdruck verdunkelt sich wieder, als er in Richtung des Telefons schaut. „Nein, es ist nur …"

„Etwas mit der Arbeit?", schlage ich vor. Das ist eine gängige Entschuldigung, um ein unbequemes Gespräch zu vermeiden.

Er nickt, die Falten zwischen seinen Brauen vertiefen sich. „Etwas in der Art."

Ich ziehe meine Stiefel aus, stelle sie ordentlich weg, bevor ich meinen Mantel aufhänge, meinen Schal löse und meine Haare abbürste. Sie sind ein wenig feucht von den eisigen Klumpen, die der Himmel immer noch hie und da herunterspuckt. „Etwas in der Art, aber nicht das", sage ich, wende mich dem Feuer zu und lege sorgfältig Scheite nach. Als ich mich ihm wieder zudrehe, verschränke ich meine Arme vor dem Brustkorb und verlange: „Sag Daddy, was los ist."

„Es ist nichts, Daddy. Mir geht es gut."

„Rot", sage ich.

„Was?" Matthew keucht und wird blass.

„Rot. Das hier endet, bis du mit mir redest. Wenn es die Arbeit ist, dann gut, es ist die Arbeit, aber ich möchte wissen, ob es das wirklich ist. Wenn es nicht die Arbeit ist, dann können wir hiermit nicht weitermachen, bis wir das Problem gelöst haben. Das wäre nicht sicher. Du wärest nicht im richtigen mentalen Zustand und ich ebenfalls nicht.“

Matthew leckt sich die Lippen und wirft einen nervösen Blick auf sein Handy. „Mein Freund Doug hat sich nach meinem Wohlbefinden erkundigt.“

„Doug“, sage ich, versuche, das Missfallen aus meinem Ton zu verbannen. „Er ist dein Sicherheitsfreund.“

„Ja, kann man wohl sagen. Ich habe ihn aber nicht darum gebeten. Er hat sich Sorgen um mich gemacht, weil ich auf seine Nachrichten nicht geantwortet habe, und ich habe ihm nicht gesagt, wo ich mit dir bin.“

„Willst du mir damit sagen, dass niemand weiß, wo du bist?“

„Doug tut es. Jetzt.“

„Matthew, du kannst nicht-“

„Doug hat mich bereits gerügt.“

Ich blinzle, bin überrascht von seinem Widerspruch. Er war zuvor so perfekt gefügig. Andererseits habe ich ihn auch noch nie wirklich geschimpft. Und ich habe Rot gesagt. Er ist im Moment nicht im Boy-Modus, darum sollte ich auch nicht versuchen, den Daddy zu spielen.

Ich fahre meinen Ton zurück. „Gut. Ich bin froh, dass er das getan hat. Hast du darum so aufgebracht ausgesehen, als ich hereingekommen bin? Weil dein Freund dir das gesagt hat?“

„Nein, Daddy.“

„Im Moment ist es Erik“, erinnere ich ihn sanft.

„Können wir bitte zurück zu Daddy gehen?“, fragt er. Seine Wimpern liegen auf seinen Wangenknochen und seine Lippen sind traurig nach unten gebogen.

„Wirst du mir gegenüber ehrlich sein?“

„Ja. Das verspreche ich.“

„Und du wirst dich nicht vor mir verstecken?“

„Ich verspreche es, Daddy.“

„Na gut, Boy. Wir sind grün.“

Matthews Schultern entspannen sich und er kaut auf seiner Unterlippe, bevor er mit dieser weitäugigen Unschuld zu mir aufschaut, die mich tief trifft, vor allem in diesem Gesicht mit den grau melierten Stoppeln und den Anzeichen des Alters um seine Augen. „Doug möchte, dass ich einen Mann kennenlerne, wenn ich wieder zurück bin.“

Mein Magen dreht sich um und ich versuche, es zu überspielen, indem ich mich umdrehe, und einen Schürhaken packe, mit dem ich im Feuer herumstochere, bis es richtig aufglüht. „Hast du darum die Brauen gerunzelt?“

„Ja, Daddy.“

„Erzähl mir von ihm.“ Ich lege den Schürhaken zurück.

„Er ist ein Dom oder vielleicht ein Daddy und er sucht nach einem Kurzzeit-Sub. Doug hat ihn bereits überprüft und er denkt, dass wir gut zusammenpassen würden. Doug sagt, sein Name ist Paul, er will mich unbedingt kennenlernen. Paul möchte einen Boy in seinem Alter, darum werde ich für ihn zumindest keine Überraschung darstellen.“

Ich versuche, bei diesen Worten nicht zusammenzuzucken.

Matthew redet weiter. „Ich weiß nicht, ob ich ihn kennenlernen möchte.“

Ich möchte auch nicht, dass Matthew diesen Mann trifft, aber ist das nicht genau das, was ich mir im Stall erhofft hatte? Jemanden, der Matthew übernimmt?

„Möchtest du, dass ich mir seine Referenzen ansehe?“, frage ich. Ich nehme an, dass der Mann einige gute hat, wenn Matthews „Freund“ Doug ihn empfohlen hat. Ich weiß, dass Doug mich überprüft hat, bevor ich mich letzte Woche zum ersten Mal mit

Matthew getroffen habe.

„Würdest du das wollen?", fragt Matthew und ich kann seine Stimme nicht lesen. Da ist noch etwas anderes, aber ich bin mir nicht sicher, was.

„Es wäre mir eine Ehre sicherzustellen, dass du in guten Händen bist, wenn du mich verlässt. Genaugenommen sehe ich das als eine Pflicht an."

Matthew schluckt und senkt den Blick. „Ja, Daddy."

„Besorg dir seine Informationen. Ich werde ihn überprüfen."

„Natürlich. Ich frage Doug jetzt gleich."

Und das tut er. Er schreibt seinem Freund und als die Antwort kommt, leitet er sie mir weiter. Mein Handy vibriert in meiner Gesäßtasche. Ich widerstehe dem Drang, sofort nachzusehen. Sobald ich das tue, werde ich anfangen, es mir vorzustellen. Mein Matthew mit einem anderen Mann, unter ihm, seinen Schwanz aufnehmend –

Fuck. Ich stelle es mir bereits vor.

Moment. *Mein* Matthew? Ich mag sein Erster sein, aber Matthew ist nicht mein, ganz egal, welche primitiven Bedürfnisse von seiner potenten Mischung aus Alter und Unschuld in mir geweckt worden sind.

Ich schüttle mich und nähere mich ihm mit einem Lächeln. „Bereit für die nächste Sache, Boy?"

„Ja, Daddy", sagt er eifrig und ich weiß, dass er denkt, es ist mehr Sex. Es tut mir leid, ihn zu enttäuschen, aber …

„Lass uns dich anziehen. Wir gehen in den Stall und bewegen uns ein bisschen, machen einen kleinen Ausritt, wie ich es versprochen habe."

Matthew rückt sein Gemächt zurecht und ich denke darüber nach, mir ein paar Minuten Zeit zu nehmen, um ihm einen zu blasen, aber ich möchte, dass er später wirklich gierig ist, wenn ich ihn meinen Hintern nehmen lasse. „Ich weiß zu schätzen, dass mein

Boy heiß auf mich ist. Ich liebe es, wie gut du reagierst." Ich küsse die Seite seines Halses, zwicke seine Nippel und sauge an seinem Ohrläppchen. „Hör zu, wie du für Daddy stöhnst."

„Jaaa", zischt Matthew, reibt sein Gemächt an meinem Oberschenkel.

„Aber jetzt ist nicht die Zeit dafür, mein süßer Boy. Daddy muss trainieren und du brauchst auch ein wenig Bewegung. Außerdem hat dieser Schnee ein paar wunderschöne Landschaften geschaffen, die zu atemberaubend sind, um sie nicht zu sehen."

MATTHEW ANZUKLEIDEN, MACHT ziemlich Spaß.

Ich lasse ihn die Basics selbst anziehen. Etwas von meiner seidenen langen Unterwäsche – die ihm viel zu groß ist – und seine Jeans. Aber als er anfängt, den MTSU-Pulli überzuziehen, den er mitgebracht hat, nehme ich ihn ihm aus den Händen und lege ihn aufs Bett. Sein Blick verharrt dort, als ob er hofft, dies sei ein Hinweis, dass ich unser Work-out sausen lasse und ihn stattdessen auf die Matratze werfe und wieder ausziehe.

Es ist verführerisch, aber wir beide müssen unsere Orgasmen für das große Event heute Abend aufheben.

Ich drehe mich zu meiner Kommode, hole zwei seidene Unterhemden heraus – eines rot, das andere grün. „Die werden deine Körperwärme halten."

Er zieht das Rote zuerst an und ich bewundere die Farbe vor seiner hellen Haut und der dunklen Basis seiner Haare. Dann zieht er das Grüne an. Er sieht wie ein Elf aus. Ein sehr heißer, süßer Elf. Ich küsse seine Wange, greife in eine weitere Schublade und hole einen roten Pulli heraus. „Jetzt das."

„Ich habe meinen eigenen Pulli", protestiert er, schaut über seine Schulter auf das Bett. „Deiner ist ein wenig groß."

„Ja, aber ich möchte, dass du ihn trägst." Ich lecke meine Lippen, frage mich, ob er darauf bestehen oder nachfragen wird, warum. Ich sage es ihm gerne. Ich habe einen leichten Kink für einen kleineren Mann in meiner Kleidung. Ich habe es immer genossen, meine kleineren Boys in meine Oberteile zu stecken. Es ist etwas so sexy daran, wie sie hängen, wie die Ärmel zu lang sind und wie der Kragen ihren Hals auf eine zum Küssen einladende Weise entblößt. Nicht, dass ich Matthews Hals entblößt lasse. Der Schal wird später kommen.

Aber Matthew fragt nicht. Er zieht einfach den Pulli an und dreht sich zu mir, wobei seine Augen praktisch um Zustimmung betteln.

„Gut", sage ich und balle meine Hand in die Vorderseite des lockeren Pullis, ziehe ihn zu mir. Er kommt sofort, zittert, als ich seinen Hals, sein Ohrläppchen und die Stelle hinter seinem Ohr mit den Lippen liebkose, von der ich festgestellt habe, dass sie ihn wie einen Wildfang stöhnen lässt. Als ich ihn wieder geil gemacht habe und er versucht, seine Hüften an meinem Oberschenkel zu reiben, lasse ich ihn. Ich küsse seinen Mund, weil ich ihm nicht widerstehen kann, und wir fallen in den Moment. Nach ein paar Minuten keucht er und ich keuche und wir sind beide steinhart und begierig.

Dämlich, aber heiß.

„Jetzt", sage ich atemlos. „Nach unten."

„Wirklich?", fragt er. „Aber …"

„Aber was? Daddys Boy muss sich bewegen."

„Muss ich?"

Ich liebkose ihn erneut. „Es ist gut für dich."

„Ist mein Körper nicht-"

Ich beiße sanft die Seite seines Kiefers. „Dein Körper ist wunderschön. Absolut verdammt atemberaubend. Darum geht es hier nicht. Es geht darum, mich um dich zu kümmern. Daddy ist für dich verantwortlich und da unsere Pläne sich verlängert haben, werde ich sicherstellen, dass dein Körper in jeder Hinsicht versorgt ist."

„Ich bin mit der Nackt-im-Bett-Hinsicht zufrieden", flüstert er und schenkt mir ein schelmisches Grinsen.

Mein Magen schlägt einen Purzelbaum. Es freut mich, diese Version von ihm wiederzusehen. Ich habe ihn im Café getroffen und er hat sich mir an diesem ersten Tag mehrere Male gezeigt, aber seit er angekommen ist, war er die meiste Zeit über im gefügigen Boy-Modus. Ich bin froh zu sehen, dass er wieder zu seinem üblichen Selbst wird. „Du wirst schon bald nackt im Bett sein. Verstanden?"

„Ja, Daddy."

Ich küsse seinen Mund erneut und als er versucht, mich für einen hitzigeren Austausch an sich zu ziehen, lehne ich mich zurück. „Jetzt schaff deinen niedlichen Hintern nach unten." Ich gebe ihm einen Klaps auf sein Hinterteil, als er an mir vorbeikommt. „Gut so. Los."

Er wirft einen Blick über seine Schulter, seine Wangen sind gerötet und sein Hals ist rot von der Reibung meiner Stoppeln.

Unten führe ich ihn zu den Mänteln. Ich schlinge einen rotgrün karierten Schal um seinen Hals und erinnere mich an den, den ich letzte Nacht im Bett nicht benutzt habe. Vielleicht hat er heute Abend Lust auf diese milde Art des Bondage, nachdem ich mein Versprechen erfüllt und ihn meinen Hintern habe probieren lassen.

Ich muss zugeben, dass ich nicht unbedingt gefickt werden möchte. Die Wahrheit ist, ich stehe nicht sonderlich darauf, der Bottom zu sein. Nicht, weil ich irgendwelche albernen Einstellungen dazu habe, in einer „passiven" oder „unmännlichen" Position zu sein. Ich kann von unten sehr gut Toppen, vielen Dank auch. Ich komme nur nie dabei.

Mir gefällt das Gefühl und manchmal kann ich ziemlich heiß werden, wenn ich gefickt werde, aber ich bin noch nie in Ekstase verfallen, während ich einen Schwanz aufgenommen habe. Ich finde das Gefühl zu ablenkend, um hart zu werden und auch zu bleiben. Am Ende ficke ich in der Regel den Mund meines Boys oder drehe ihn um, damit ich oben bin, um zu kommen.

Aber mit Matthew stehe ich auf die Idee, wenn auch nur, weil er das noch nie zuvor gemacht hat. Mir gefällt, dass ich überwache, wie er diese besondere, perfekte, physische Lust zum ersten Mal erlebt. Diese Kontrolle über ihn zu haben ist definitiv erregend. Genau wie der Gedanke, in all seinen zukünftigen Erinnerungen an seine ersten Male, die er mit mir teilt, die Hauptrolle zu spielen.

Das sagt wahrscheinlich nichts wirklich Gutes über meinen Charakter aus, dass der Mann zu sein, an den er sich bis zu seinem Sterbetag als seinen wahrhaft Ersten erinnert, mich so heftig anmacht.

Mir war bis jetzt nie klar, wie sehr ein ähnliches Gefühl mich zu meinen Boys geführt hat. Ich liebe es, der Mann zu sein, an den sie sich als ihren Führer in die schwule erwachsene Männlichkeit erinnern. Und jetzt liebe ich es, der Mann zu sein, der auch Matthew initiieren wird.

„Du ziehst mich gerne an?", fragt er, als ich ihm helfe, in seinen Mantel zu schlüpfen.

„Ja."

„Ist das eine Art Kink?"

„Ein wenig."

„Oh." Er lächelt, seine Augen bekommen an den Rändern Falten und ich möchte diese Fächer küssen. Er hat keine Ahnung, wie bezaubernd er sein kann.

„Ich sehe mich selbst nicht als Service-Sadist oder Dom. Ich bin schon immer mehr ein Service-Daddy gewesen." Ich drehe mich zur Tür und öffne sie, bedeute ihm, vorzugehen. „Nicht alle sind das."

„Wie meinst du das?", fragt er, als er über die Veranda geht und sich an das Geländer stellt, die Aussicht in sich aufnimmt. Sie ist heute atemberaubend. Gestern haben die Wolken, der Nebel und der Schneesturm sie verdeckt, aber heute kann man die Berge vor dem klaren blauen Himmel sehen.

„Service ist, wenn man für andere Dinge tut. Ich koche gerne für meine Boys, ziehe sie an, bade sie manchmal, kuschle mit ihnen. Diese Dinge. Manche Daddys mögen es mehr, wenn ihre Boys für sie etwas tun, als andersherum. Sie wollen, dass ihre Boys *sie* waschen, *ihr* Abendessen kochen, *ihre* Wäsche machen – ich gebe zu, dass ich meine Boys hin und wieder die Wäsche machen lasse, aber ich kümmere mich ums Geschirr."

„Warum?" Er dreht sich zu mir und so, wie das Licht auf seine haselnussbraunen Augen scheint, sehen sie aus wie die Sonne auf einem vermoosten Teich. Ich bin davon gefangen.

Ich strecke die Hand aus, umfasse seinen Nacken und ziehe ihn zu mir, küsse seine Ohrmuschel. „Weil ich sie gerne mache."

Matthew kichert und lächelt mich an, als ich zurücktrete. Himmel, er ist wunderschön. Wie ist es möglich, dass er so alt geworden ist, ohne mindestens einmal von einem fürsorglichen Mann verführt worden zu sein? Wer würde sich nicht um ihn kümmern wollen?

„Ich mache die Wäsche gern", gesteht er. „Am liebsten leere ich den Trockner aus. Die Kleidung rauszunehmen, während sie noch warm ist, ist so tröstlich und der frische Geruch, der die Luft erfüllt? Ich liebe das."

„Ich liebe es, dass du es liebst", sage ich. Ein Rausch an Emotionen gibt mir das Gefühl, so linkisch zu sein wie ein Teenager. Ich kompensiere das, indem ich das Kommando übernehme. „Lass uns gehen."

Er lässt sich von mir an der kleinen Veranda mit dem Hot Tub vorbei und hinunter auf den Weg zum Stall führen. Ich habe ihm gestern nicht alles gezeigt. An der Rückseite befindet sich noch eine weitere Tür, die zum Trainingsbereich führt. Dort arbeite ich mit meinen Kunden, wenn ich sie hierherbringe, und hier werde ich anfangen, Matthew beizubringen, wie man nach einem Sturz wieder aufsteht.

Aber zuerst müssen wir den Weg zwischen der Hütte und dem Stall hinter uns bringen. Vögel singen, der kalte Geruch von Schnee füllt unsere Nasen und von den Bergen kommt ein knarzendes Geräusch. Die Bäume um uns herum biegen sich unter den schneebeladenen Ästen. Matthew nimmt das alles still in sich auf und als Brodie und Scott auf ihn zugerannt kommen, streichelt er sie und akzeptiert, dass sie seine Hände lecken, alles, ohne bei unserer Wanderung durch den Schnee stehen zu bleiben.

„Sie freuen sich, dass du immer noch da bist", bemerke ich. Das ist eine Lüge. Den Hunden ist Matthew egal – noch jedenfalls – aber *ich* freue mich, dass er immer noch hier ist.

„Tun sie das?", fragt er, schaut aber mich an. Erwischt. Er weiß es.

Ich räuspere mich. „Sogar wenn sie es nicht tun, ich freue mich."

Er errötet und ich möchte seine roten Wangen lecken. „Ich freue mich, immer noch hier zu sein."

„Ich habe das Gefühl, dass ein Tag mit dir nicht genug gewesen wäre. Ich wäre dir gegenüber nicht fair gewesen."

„Ja? Warum?"

„Weil du mehr als eine Nacht mit einer Person verdienst. Du verdienst, umsorgt zu werden, und ich denke, dass sogar, wenn wir die atemberaubende Nacht gehabt hätten, die wir hatten und sogar, wenn wir zu den geplanten Strümpfen, dem Weihnachtsfrühstück und den Geschenken aufgewacht wären, hättest du dich …" Ich weiß nicht, wie ich es erklären soll.

„Benutzt gefühlt?", fragt er.

„Vielleicht, aber ich habe mehr daran gedacht, dass du mehr Nachsorge gebraucht hättest."

„Nachsorge. Das ist das Kuscheln und Halten, das nach einer Kink-Szene kommt, richtig?"

„Ja, aber es ist nicht nur das. Das hier? Was wir gerade machen? Das ist auch Nachsorge. Ich zeige dir, dass ich Raum für dich habe, ob nun nackt oder angezogen und ob nun ein Orgasmus versprochen ist oder nicht."

„Ich möchte dir Orgasmen geben", sagt er und sein Grinsen ist frech, noch während er wieder rot anläuft. So albern. Ich liebe es.

„Ich werde sie sehr gerne akzeptieren und sogar verlangen, aber ich freue mich auch, Zeit mit dir zu verbringen, wenn wir nicht ficken. Das ist der Schlüssel. Du bist mehr als nur ein paar Löcher zur Lustgewinnung."

Er sagt mehrere lange Momente gar nichts und die Hunde rasen wieder auf uns zu. Scott hat einen Stock und er wirf ihn in die Luft, um ihn zu fangen, verfehlt ihn und Brodie schnappt ihn sich.

„Du hast recht", stimmt er zu. „Ich wollte mich umsorgt fühlen. Das ist ein Teil dessen, wonach ich mich gesehnt habe und was ich nie hatte. Und das hier, mit dir auf nicht-sexuelle Weise zusammen zu sein – sogar gezwungen zu werden, auf Sex zu warten – gibt mir das Gefühl, geschätzt zu werden."

„Gut. Es freut mich, das zu hören."

„Und ich weiß, dass es nicht geplant war, aber für Weihnachten hier zu sein ist …" Matthew schluckt schwer. „Etwas Besonderes."

Mein Brustkorb zieht sich zusammen. „Das ist es."

„Ich will aber trotzdem noch mehr Sex haben."

Ich lache. „Das verspreche ich."

Er greift nach meiner Hand und ich nehme sie. Ich kann seine Haut durch unsere Handschuhe nicht spüren, aber unsere Verbindung ist dennoch da. Sie summt zwischen uns wie ein lebendiges Wesen. Ich versuche, sie nicht zu analysieren und nur zu genießen. Denn, um ehrlich zu sein – so etwas habe ich noch nie mit irgendeinem anderen Mann gespürt.

KAPITEL ZWEIUNDZWANZIG

Matthew

ERIKS TRAININGSRAUM IST riesig. Als er das Licht anschaltet, das Innere so erleuchtet, bin ich sowohl von der Größe als auch von der Professionalität überrascht – obwohl ich denke, dass ich das nicht sein sollte, weil Schauspieler, Tänzer, Akrobaten und sogar aktive Bühnenmusiker zu trainieren sein Job ist.

Jetzt wo ich darüber nachdenke, ist der Stall viel größer als der Bereich, den ich bei den Ziegen und Pferden gesehen habe. Es war mir davor nicht aufgefallen, weil ich die Form des Gebäudes nicht analysiert habe, aber jetzt erscheint es mir offensichtlich. Wenn ich darüber nachgedacht hätte, hätte ich mir diesen Bereich mit Heu gefüllt vorgestellt. Aber nein, Erik sagt, das befindet sich komplett auf dem Heuboden.

Eine schwarz-orange-weiße Katze schläft auf einem Stapel Matten neben der Tür. Ich nehme an, sie muss sich irgendwie aus dem Stall hereingeschlichen haben. Ich bleibe neben ihr stehen, bemerke, wie kühl es im Raum ist – er wird nur minimal geheizt, wie es scheint – und die große Anzahl an Ausrüstung, die sich darin befindet.

Die Katze öffnet ihre Augen halb, um Erik und mich anzusehen. Sie verfolgt Erik mit ihrem Blick, als er seinen dicken Mantel auszieht und den Raum durchquert. Er geht an den Hanteln vorbei und zu dem quadratischen Stück, das mit weichen Matten bedeckt ist und bleibt neben einer Auswahl an Kugelhanteln in verschiedenen Größen und Gewichtsklassen stehen.

„Zieh deinen Mantel aus und komm her", weist er mich an und ich streiche mit meinen Fingern über den weichen Rücken der Katze, bevor ich gehorche. „Das ist übrigens Dolly."

„Sie ist niedlich." Dann stehe ich wenige Schritte von ihm entfernt, mit meinem Mantel in der Hand, bin mir nicht sicher, was ich damit machen soll.

„Wirf ihn einfach auf meinen."

Das tue ich und die Katze bewegt sich von ihrem Standort, um sich auf unsere Mäntel zu legen, und schnurrt dabei.

„Verdammte Katzen", sagt Erik ohne Nachdruck. „Eine von ihnen hat Sinn für Humor und springt dich gerne aus dem Nichts heraus an. Da musst du aufpassen."

Ich drehe mich um, sehe aber keine weiteren Katzen in dem Raum.

Erik stellt zwei metallene Baseballschläger zur Seite. „Wir versuchen, alle unsere Katzen zu kastrieren oder zu sterilisieren, bevor wir zu viele hier haben. Aber manchmal taucht eine Streunerkatze auf, die bereits trächtig oder rollig ist und dann müssen wir ein Heim für sechs Kätzchen finden."

Neben ihm an der Wand befindet sich ein hoher Spiegel und ich kann uns beide darin sehen. Erik ist groß, muskulös und so attraktiv, dass ich mich frage, warum er nicht versucht hat, selbst mit der Schauspielerei anzufangen, anstatt nur Schauspieler zu trainieren, das zu tun, was er so mühelos kann. Und dann bin da ich. Ich gebe zu, dass ich nicht unattraktiv bin. Mit diesem seltsamen, manischen Glühen in meinen Augen, Eriks zu großer Kleidung und einer erschöpften Lässigkeit in meiner Haltung, denke ich, dass ich sogar ein wenig sexy bin.

Ich neige meinen Kopf, betrachte uns beide.

Vielleicht ist es nur Wunschdenken, aber wir sehen gut zusammen aus. Groß und breit neben kleiner und schmaler. Helles Braun und Bräune neben grau meliert und blass. Und seine fünfunddreißig Jahre sehen neben meinen einundvierzig nicht so jung aus. Es ist mir klar, dass jeder, der uns zusammen sieht, wissen würde, dass Erik nicht nur größer ist, sondern auch das Kommando hat. Er bewegt sich und redet mit solchem Selbstbewusstsein.

Ich dagegen? Sogar wenn ich unter diesem Ansturm an Gefühlen still und locker dastehe, kann man meine Haltung nur als passiv und unterwürfig beschreiben. Ich stelle mir vor, dass es das ist, was Erik sieht, wenn er mich anschaut.

Es gefällt mir.

Ich mag *mich selbst*, wenn ich neben ihm bin. Sogar, wenn ich gerade im Moment nicht „sein Boy" bin und er nicht „Daddy", finde ich diesen Matthew gut. Er ist nicht angespannt, er schämt sich nicht seines Lebens oder seiner Sehnsüchte, er versucht nicht, jemand zu sein, der er nicht ist. Er ist einfach nur Matthew.

Und Erik ist einfach nur Erik.

Ich lecke mir die Lippen. Nein, Erik ist immer noch Daddy und wenn ich mit ihm zusammen bin, bin ich dann jemals nicht sein Boy? Ich denke nicht. Unsere Rollen sind einfach so natürlich und klar. In mir findet kein Kampf statt, wenn ich bei ihm bin. Ich kann mich einfach in diesen Ort des Vertrauens hinein entspannen.

Ich weiß nicht, ob ich mich je in meinem Leben so gefühlt habe. Nicht in meinem Zuhause oder in der Schule, definitiv nicht in der Arbeit. Ich musste immer verbergen, wer ich bin. Das ist das erste Mal, dass ich je mein unverstelltes reales Selbst bin.

Es ist, als wäre ich in dem Moment sein Boy geworden, als er mich in dem Café gesehen und mich als den erkannt hat, der ich bin – der Mann, der ihn bei der Auktion ersteigert hat.

Jetzt kann ich nicht aufhören, sein Boy zu sein. Nicht in seiner Gegenwart. Nicht einmal, wenn er Rot ausruft.

„Ist dir warm genug?", fragt er, zieht meine Aufmerksamkeit zurück in die Gegenwart. Mir wird klar, dass ich meine Arme um mich geschlungen habe, während ich nachgedacht habe. „Ich kann die Heizung aufdrehen.“

Ich schüttle meine Arme aus. „Es ist in Ordnung.“ Dank der Lagen aus seidenen Unterhemden und seinem Pulli ist mir gut warm.

„Na gut.“ Erik zieht auch seinen Pulli aus, behält nur ein seidenes Unterhemd über seinem definierten Oberkörper an. Ich kann die Muskeln darunter sehen und seine dunklen Nippel. Mir wird bewusst, dass ich sie bis jetzt noch nicht geküsst oder geleckt habe.

Es gibt zu viel, was ich tun möchte. Und so wenig Zeit, es umzusetzen. Was wäre gewesen, wenn ich heute Morgen hätte gehen müssen? Was, wenn ich niemals die Gelegenheit bekomme, diese Situation zu berichtigen?

Erik schnalzt mit seiner Zunge. „Bitte pass auf. Ich verstehe, dass du die letzte Nacht immer noch verarbeitest, aber das hier ist wichtig. Ich möchte nicht, dass du dich verletzt.“

„Ja. Tut mir leid.“

„Du musst dich nicht entschuldigen. Beobachte mich nur genau. Ich erkläre, was ich mache, während ich es demonstriere.“

Ich nicke, mustere Eriks starken Körper, als er sich vorbeugt, seinen knackigen Hintern herausstreckt – ich erinnere mich, wie ich ihn gepackt habe, als er letzte Nacht in mich eingedrungen ist – und seine Hände um den Griff der Kugelhantel legt.

„Halte deinen Rücken gerade“, erklärt er. „Das ist wichtig. Du darfst ihn nicht beugen.“

Ich kaue auf meiner Unterlippe, als er seinen Oberkörper anhebt, sodass sein Rücken parallel zum Boden ist, bevor er die Kugelhantel zwischen seine Beine schwingt, sie auf dieselbe Höhe wie seine Augen fliegen lässt, während er sich aufrichtet und seinen Hintern anspannt, bevor er sich vorbeugt, um sie wieder zwischen seine Beine schwingen zu lassen. Er macht zehn Wiederholungen, bevor er die Kugelhantel auf den Boden stellt.

„Jetzt lass uns die wichtigsten Punkte durchgehen.“

Er bedeutet mir, mich neben ihn zu stellen, während er die Bewegungen ohne das Gewicht macht und zusieht, als ich ihn imitiere. „Gut, gut", sagt er, deutet auf die zweite Kugelhantel.

„Jetzt heb sie einfach nur an, um zu beginnen. Ich möchte sehen, ob sie das richtige Gewicht für dich hat."

Ich hebe die Hantel vom Boden auf, aber sie ist ein wenig zu schwer, darum lasse ich sie wieder fallen. Sie klirrt auf dem Beton. „Tut mir leid."

„Schon gut. Ich hole eine andere. Warte."

Wir probieren zwei weitere Hanteln, bis er sich sicher ist, dass ich mich nicht verletzen werde, wenn ich die Übung mache. Er steht neben mir, beobachtet mich genau, als ich acht Wiederholungen mache.

„Gut."

Ich keuche bereits und eine feine Schweißschicht hat sich auf meiner Haut gebildet, was ein wenig peinlich ist, aber Erik sagt nichts dazu. Stattdessen schaut er auf seine Uhr und nach einer bestimmten Zeit sagt er: „Noch einmal."

Jetzt schnaufe ich richtig und Erik beobachtet mich mit unleserlichem Gesichtsausdruck.

„Noch ein Set, dann kannst du dich ausruhen, während ich meines mache."

Ich streite nicht und als er mir sagt, dass ich anfangen soll, tue ich das. Das nächste Set fühlt sich heftiger an, aber es ist schon bald vorbei und auch wenn ich schwitze – vor allem wegen der Unterhemden und dem Pulli – bin ich doch nicht vollkommen erschöpft.

Ich bin auch mehr als glücklich, Erik zuzusehen. Sein Körper ist wunderschön und nach ein paar Zehner-Sets zieht er sein Unterhemd aus und ich werde mit dem Anblick seines schimmernden Brustkorbs und seiner Schultern gesegnet.

„Jetzt machen wir Kniebeugen."

Ich ziehe mir nach der ersten Runde Kniebeugen den zu großen

Pulli und die seidenen Unterhemden aus. Ich bemerke, dass sein Blick auf meinem Körper verharrt, hungriger, als ich es erwartet hätte, wenn man bedenkt, wie mühelos er die Aussicht auf einen Orgasmus heute Morgen ausgeschlagen hat.

Nachdem ich mit den Kniebeugen mit einer leichten Kugelhantel fertig bin, stellt er sich hinter mich und ich protestiere nicht und bewege mich auch nicht, als er sich gegen meinen Rücken presst und mit seinen Händen über meinen Oberkörper fährt, durch meine Brusthaare kratzt und hinunter zu dem Pelz unter meinem Bauchnabel. Ich bin jetzt hart, was weitere Kniebeugen unbequem machen wird, um es milde auszudrücken.

Er küsst meinen Nacken, meine Schultern, kommt herum, um mein Kinn, meinen Kiefer und die Vorderseite meiner Kehle zu küssen, wendet sich dann meinen Nippeln zu. Meine Knie werden weich und ich packe seinen Kopf, nutze seine Kraft, um aufrecht zu bleiben.

Erst mein rechter, dann mein linker, und wieder zurück. Er stimuliert mich mit seinen Zähnen und seiner Zunge. Als er sich zurückzieht, ist sein Kinn rot von meinen kratzigen Brusthaaren, aber meine Nippel sind noch röter von seiner Arbeit.

Ich keuche, halte mich an seinem Bizeps fest, der unter meinen Handflächen zuckt, als er seine Hände auf meine Taille legt und mich zurückhält, mir nicht gestattet, meine Erektion an ihm zu reiben.

„Jetzt zeige ich dir das Turkish Get-up", sagt er, ganz kehlig und erregt. Zumindest bin ich in meiner Lust nicht allein. Er scheint seine Hände – oder besser gesagt, seine Lippen – nicht bei sich behalten zu können, um dieses Work-out zu beenden. Sie wandern über meine Schlüsselbeine und hinauf zu meinem Mund, wo er mir einen gründlichen, feuchten Kuss gibt, bevor er mich körperlich von sich stößt. „Pass genau auf. Wenn wir morgen immer noch eingeschneit sind, erwarte ich, dass du das machst. Aber heute lasse ich dich ohne davonkommen.“

„Ja, Daddy.“ Ich klinge, als würde ich unter Drogen stehen. Ich wünschte, er würde aufhören, mit was immer er macht und mich einfach über die –

„Matthew, passt du auf?“

„Nein, Daddy“, gebe ich zu.

Er lacht, rückt sein eigenes Gemächt zurecht und sagt: „Schau mir zu.“

Er ist jetzt mit einer Kugelhantel auf dem Boden und während ich zusehe, vollführt er eine komplizierte Abfolge von Bewegungen, während er gleichzeitig das Gewicht über seinem Kopf hält. Zum ersten Mal, seit ich aufgewacht bin, hoffe ich, dass der Schnee morgen geschmolzen ist. Ich denke nicht, dass eine Möglichkeit besteht, dass ich tun kann, was er gerade vorgemacht hat.

„Das ist das Turkish Get-up.“

„Wofür ist es?“

Er lächelt. „Es trainiert deine Muskeln, wie man aufsteht.“ Er macht es wieder. Und wieder. „Die Kraft in der Mitte, die man für jede Handlung braucht, bei der man vom Boden aufstehen muss, kann durch diese Bewegungen trainiert werden.“

„Ich glaube nicht, dass mein Job als Buchhalter das erfordert, Daddy.“

Er lacht und legt das Gewicht weg, kommt zu mir, streicht erneut mit seinen Händen über meinen Brustkorb, als ob er sich nicht beherrschen kann. „Das wird er wahrscheinlich nicht. Aber die Stärke in der Mitte-“ Er berührt meine Bauchmuskeln und gleitet mit seinen Händen zu meinem unteren Rücken. „Ist der Schlüssel dazu, gut zu altern und man kann die Korrelation zwischen einer starken Mitte und innerer Stärke nicht leugnen.“

„Nein? Also haben alle Bodybuilder auch innere Stärke?“ Ich hebe eine Braue.

Er lacht wieder. „Schaut euch meinen Boy an. Er zeigt Daddy

seinen Sarkasmus.“

„Ich habe nur meine Zweifel, Daddy, dass jemand, der physisch stark ist, immer auch emotional stark ist.“

„Das ist ein guter Einwand. Aber ich habe es immer und immer wieder bei den Leuten beobachtet, die ich trainiere. Wenn sie lernen, aufzustehen, sprichwörtlich vom Boden, wenn ihre Mitte stärker wird und sie flüssiger auf die Beine kommen, mit minimaler oder gar keiner Unterstützung durch ihre Hände, sehe ich auch ihre innere Stärke wachsen.“

„Brauche ich mehr innere Stärke, Daddy?“

Er packt meine Hüften und schaut mir in die Augen. „Nicht jede Stärke ist gute Stärke. Ich denke, das weißt du. Du warst für lange Zeit auf eine Art und Weise stark, die dich verletzt hat. Du hast deine Sehnsüchte unter Verschluss gehalten, während deine Eltern noch am Leben waren und du bist stark genug, jeden Tag in einen Job zu gehen, der dich nicht erfüllt, weil du das Geld brauchst, weil es verantwortungsvoll ist. Du warst stark genug, deine Wahrheit vor deinen Eltern zu verbergen, weil du ihnen keinen Schmerz zufügen wolltest – und das war ein genauso starkes Sehnen, nicht wahr, wie sie davon abzuhalten, sich gegen dich zu wenden.“

„Ja“, sage ich atemlos. Ich habe Erik nichts davon erzählt und doch hat er es gesehen. Er wusste, dass ich mein Geheimnis nicht nur aus Furcht für mich behalten hatte, sondern aus Liebe. Und er wusste, wie stark ich hatte sein müssen, um diesen Deckel all die Jahre nach unten zu drücken.

„Aber diese Stärke ist nicht die Art innere Kraft, die ich in dir kultivieren möchte, Boy.“

Er möchte Dinge in mir kultivieren? Wir haben noch eine weitere Nacht, höchstens zwei, kann er da Samen pflanzen, die wachsen, ohne dass das Licht seiner Fürsorge auf sie scheint?

„Ich möchte, dass du die innere Stärke lernst, die daraus erwächst, Dinge zu tun, von denen du denkst, dass du sie nicht kannst – angefangen damit, mutig zu sein, wie als du auf der Auktion für mich geboten hast oder als du hierhergekommen bist oder als du dir von mir diesen Einlauf hast geben lassen. Das ist eine andere Art Stärke als die, die Dinge tut, die achtbar sind, aber auf deine Kosten gehen. Das ist die Art Stärke, die dich wachsen lässt."

„Und das Turkish Get-up wird mich wachsen lassen?" Ich kann dem Drang, frech zu sein, nicht widerstehen. Daddy möchte mein wahres Selbst sehen.

Er lacht erneut. „So hoch wie ein Haus."

„Ich mag es aber, dein Boy zu sein, Daddy."

Er liebkost die Seite meines Gesichts, sein Schweiß mischt sich mit meinem. „Du kannst ein Boy bleiben, solange du möchtest. Es braucht jede Menge Stärke, ein hingebungsvoller Boy zu sein."

Ich beiße mir auf die Zunge. Ich möchte *sein* hingebungsvoller Boy sein.

Ich sehne mich danach, in einem Monat, in einem Jahr hier zu sein, mit Erik, der mich dabei beobachtet, wie ich dieses verdammte Turkish Get-up ein dutzend Mal hintereinander mache. Ich werde ihm zeigen, wie stark ich sein kann und wie viel innere Stärke und Tapferkeit ich kultivieren kann.

Aber ich bin wohl noch nicht so weit, weil ich nicht den Mut habe, ihm das zu sagen.

Stattdessen küsse ich ihn erneut und er lässt mich. Minuten vergehen, bevor er den Willen aufbringt, mich wieder von sich zu stoßen.

„Komm", sagt er, nimmt meinen Arm und führt mich zur Tür, lässt unsere Oberteile zurück. „Wir müssen uns abkühlen. Wir können mit harten Schwänzen nicht reiten."

„GEHT ES DEINEM Hintern gut?"

„Ja." Ich spanne meine Beine um den großen Körper an, der sich unter mir bewegt.

„Du machst das großartig. Ein Naturtalent."

„Danke."

Ich fühle mich nicht wie ein Naturtalent auf dem Rücken eines großen Monsters wie Zebra Cake, der genauso brav ist, wie Erik es mir gestern versprochen hat. Ich bin mir nicht sicher, ob ich fürs Reiten gemacht bin. Der Sattel ist nicht wirklich bequem und auch wenn ich nicht gelogen habe, als Daddy sich nach meinem Hintern erkundigt hat, bin ich auch nicht ganz ehrlich.

Jeder Ruck – und davon gibt es eine Menge, während Zebra Cake die felsigen Berghänge auf dem Weg durch Eriks Grundstück hinaufklettert – erinnert mich nicht nur daran, dass er mich heute Morgen versohlt hat, sondern auch daran, dass sein langer, fetter Schwanz mich gestern Nacht geöffnet hat. Aber ich mag es, daran erinnert zu werden, und darum werde ich mich nicht darüber beschweren, auch wenn es wehtut.

Die Erinnerungen daran, was er mit mir gemacht hat, sind zu gut, zu kostbar und jeder Stich bringt sie zurück, mit einer kristallenen Klarheit, die mein Herz rasen lässt. Wenn es nicht so kalt wäre, und meine Nervosität so hoch, weil Zebra Cakes Hufe auf in meinen Augen sehr wackeligen Steinen landen, würde ich vielleicht sogar einen Ständer bekommen.

Aber so wie die Dinge liegen ...

„Erik", frage ich. „Ist das sicher?"

„Natürlich", ruft er über seine Schulter. „Ich würde dich niemals mit auf einen gefährlichen Weg nehmen oder dich auf ein unsicheres Pferd setzen. Zebra Cake ist ein verlässlicher Schatz. Er wird dich nicht fallen lassen."

„Aber was, wenn er auf einem dieser Steine stolpert?"

„Er ist trittsicher."

Ich antworte nicht, schaue zu, wie Zebra Cakes Hufe auf einem weiteren glatten, runden Stein landen und seine zerbrechlich aussehenden Beine sich nicht verdrehen.

„Matthew, welche Farbe?"

„Sind wir in einer Session?", frage ich.

Mir war nicht klar, dass wir uns gerade in einer befinden. Ich dachte, es wären nur Matthew und Erik, die in dem glitzernd-weißen Tag einen Ausritt machen.

„Sogar wenn wir nicht in einer Session sind, hast du immer das Recht, was immer wir gerade machen zu stoppen. Wenn das hier für dich rot ist, dann sag es und wir hören auf."

„Hier?", frage ich und blinzele den Abhang in der Nähe des Wegs an. „Direkt hier?"

„Ja. Wenn du das möchtest. Wenn du anhalten musst, damit du dich sicher fühlst."

„Nein, mir geht es gut. Wir können weiterreiten."

„Oder wir können zum flacheren Teil des Weges wechseln, wenn dir das lieber ist und sagen, dass es rot ist."

„Nein", wiederhole ich und schüttle meinen Kopf. „Es geht mir gut. Ich vertraue dir." Und das tue ich. Ich vertraue Erik mehr, als ich jemals jemandem in meinem Leben vertraut habe, abgesehen vielleicht von meiner Mutter und sogar sie war nie vertrauenserweckend genug gewesen, dass ich mich vor ihr geoutet habe. Ich habe Erik in den letzten vierundzwanzig Stunden mehr von meinem wahren Selbst gezeigt als irgendjemandem in meinem ganzen Leben. So sehr vertraue ich ihm. Ich vertraue ihm mit meiner Wahrheit.

„In Ordnung, Boy. Benutz deine Farben, wenn du deine Meinung änderst."

Da mir auffällt, dass er mich „Boy" nennt, antworte ich entsprechend. „Ja, Daddy."

Als wir weiter an der Seite des Berges nach oben reiten, kann ich mich nicht entscheiden, welche Aussicht die bessere ist. Die wunderschöne Landschaft, die sich vor mir ausbreitet, ganz glitzernd weiß und magisch oder Eriks breite Schultern, schlanke Hüften und wunderschöner Hintern, der sich mit jedem von Tyrones Schritten bewegt. Erik trägt nicht mehr als einen Pulli über seiner seidenen Unterwäsche, eine Jeans und feste Stiefel, dazu Handschuhe.

„Es liegt immer an der Unterwäsche", hatte er mir vorhin versichert, als er uns nach unserem Work-out wieder angezogen hatte. „Seidene lange Unterwäsche oben und unten, dicke Socken und ein Pulli reichen mehr als aus, um uns warmzuhalten." Er hatte mir jedes Kleidungsstück gereicht, während er sie aufgezählt hatte und zugesehen, wie ich sie anzog.

Bis jetzt hat er recht. Mir ist kalt, aber es ist nicht unerträglich und ich mache mir eine geistige Notiz, mir für meine nächste Winterreise zu einem jährlichen Buchhaltertreffen oben im Norden lange Unterwäsche zu kaufen. Dort friere ich sonst immer.

Nach beinahe einer Stunde langsamen, wiegenden Schritts um den Berg herum, neben einem gefrorenen Bach und an gefurchten Felsen vorbei, kommen wir auf eine Lichtung. Sie ist breit und mit Schnee bedeckt und beide Pferde müssen sich anstrengen, um durch die dichte, unberührte Decke zu kommen. Sobald wir die Mitte erreichen, bleibt Erik stehen und nickt in Richtung Horizont.

Ich wende meinen Blick von seinem bewundernswerten Hintern ab und keuche beim Anblick der herrlichen Aussicht. Die Berge sind wie eine Torte aus Erde und Himmel, das Weiß des Schnees ist beinahe blau und das Blau des Himmels so rein, dass es mir den Atem raubt. Kiefern und Tannen fügen grüne Punkte hinzu und der Nebel, der in diesem Teil der Appalachen so normal ist, liegt in Schlieren und Wirbeln darüber, als wäre er ein Guss.

„Wow", sage ich, während Zebra Cake sich unter mir bewegt. „Es ist wunderschön. Danke, dass du mich hierhergebracht hast."

„Ich wollte das mit dir teilen", erklärt er mir, dreht sich dann, um von Tyrones Rücken zu gleiten. „Komm, runter mit dir." Er greift nach mir und ich lasse mir herunterhelfen wie eine hilflose Dame, weil ich mir wirklich nicht sicher bin, ob ich es, ohne zu fallen, von Zebra Cake herunterschaffe. Erik sagt, dass Fallen gut für einen Mann ist, aber ich glaube nicht, dass ich es riskieren möchte, mich hier oben auf diesem Trail zu verletzen.

Erik scheint das auch so zu sehen, weil er vorsichtig mit mir ist. Sogar als ich ganz auf meinen Füßen stehe, lässt er mich nicht los. Ich will ihm gerade sagen, dass es mir gut geht, dass er mich jetzt loslassen kann, als er mich an sich zieht und mich küsst.

Die Aussicht ist vergessen, angesichts der Leidenschaft von Eriks Mund. Sie ist ein heißer Anker in der kalten Luft und ich jage seinen Lippen nach, als er sich zurückzieht. Es ist eine schlechte Angewohnheit von mir, dass ich mehr will, als Daddy mir im Moment geben möchte, aber es scheint ihn nicht zu stören und er hat mich noch nie dafür gerügt, dass ich versuche, unsere Küsse in die Länge zu ziehen.

Nicht, dass er mich schon wegen irgendetwas wirklich gerügt hätte. Und da wir nur so kurze Zeit zusammen sind, ist es unwahrscheinlich, dass er die Gelegenheit dazu haben wird.

Weil ich vorhabe, so gut für ihn zu sein. So perfekt.

Wenn ich gehe, möchte ich eine Erinnerung hinterlassen, die seine wildesten Träume übertrifft, damit er, wann immer er an mich denkt, sich daran erinnert, was für ein guter Boy ich für ihn gewesen bin. Ich möchte, dass er jedes Weihnachten an mich denkt. Viel öfter als das, um ehrlich zu sein, aber ich werde dieses Weihnachten denkwürdig machen, so viel steht fest.

„Du bist so verführerisch", sagt er an meinem Ohr. Ich schaudere in der Hitze und dem Kitzeln seines Atems. „Wenn ich ein wenig jünger und ein wenig dümmer wäre, würde ich dich in diese Schneewechte schubsen und dir direkt hier einen blasen."

„Das kannst du“, erkläre ich ihm. „Wenn du es möchtest, Daddy.“

„Ich weiß, Boy. Du würdest mich alles mit dir machen lassen.“

„Ich will nur dein guter Boy sein.“

„Das bist du bereits, Matthew. Heilige Scheiße, du bist *so* ein guter Boy.“ Er liebkost meinen Hals. Tyrone steht neben uns, schnaubt ein wenig in der Kälte. „Mir war nicht klar, wie hungrig ich darauf bin. Wie sehr ich es gebraucht habe, mich auf diese Weise mit einem Boy zu verbinden. Ich hatte gehofft, meine Liebe für diese Art Spiel wiederzufinden, eine Bedeutung darin zu sehen, und *verdammt*, ich habe all das und mehr gefunden. Danke, dass du es mir gezeigt hast.“

Ich lächle über dieses Echo meiner Worte über die Aussicht. „Es war mir eine Freude, Daddy.“

Er lacht. „Das war es, nicht wahr? Du bist so eifrig und so ein guter Schüler, lernst so schnell.“

„Ich will lernen, dich zu ficken, Daddy.“

„Oh, ich habe vor, es dir beizubringen“, sagt er, zieht mich nahe genug zu ihm, dass ich seinen Ständer durch unsere Lagen aus langer Unterwäsche und Jeans spüren kann. Ich bin nicht hart, aber die Lust steigt schnell, als er gegen mich stößt. „Aber das ist für später, wenn wir im warmen, trockenen Haus sind. Was kann ich dir hier beibringen, Boy?“

„Alles. Ich bin bereit, zu lernen.“

„Auf die Knie.“

Ich gehorche auf der Stelle, trotz des Schnees und als er seine Hose öffnet, erkenne ich, dass er Zebra Cakes Körper benutzt, um uns vor dem kalten Wind abzuschirmen. Erik lehnt sich an ihn und er hält sein Gewicht mit Leichtigkeit. „Blas mir einen“, befiehlt Erik, deutet auf seinen Schwanz, dunkel vor Blut und wahrscheinlich empfindlich wegen der Kälte.

Ich öffne meinen Mund und sauge an der Eichel, packe die

Basis mit meiner behandschuhten Hand.

„Das ist mein guter Boy", sagt Daddy, wirft die Wollmütze, die er mir geliehen hat, in den Schnee, um mit seinen Fingern durch meine Haare zu fahren. „Langsamer, mach jetzt ein wenig langsamer für mich."

Ich gehorche und bewege meinen Kopf, achte auf meine Zähne. Als ich anfange, tiefer zu kommen, ihn in meine Kehle aufzunehmen, schnalzt er mit der Zunge.

„Nein, mein süßer Boy. Face-Ficks sind großartig und Deepthroating ist fantastisch, aber du machst das, um dich selbst zu beschämen, und wir spielen jetzt gerade nicht mit Scham. Wir spielen mit Lust. *Meiner* Lust."

Meine Knie werden nass vom schmelzenden Schnee, der durch die Lagen Kleidung dringt, aber ich bearbeite seinen Schwanz, als würde mein Leben davon abhängen. Ich küsse, sauge, lecke und nehme ihn halb auf, bevor ich ihn wieder loslasse. Ich komme in einen Rhythmus und ich kann erkennen, dass es ihm gefällt, weil er keucht und grunzt. Sein Oberschenkel spannt sich unter meiner Handfläche an, wo ich mich aufrecht halte.

„Gut so", flüstert er, streicht jetzt zärtlicher durch meine Haare. „Daddy kommt gleich." Seine Stimme klingt angespannt. „Schluck für mich, süßer Boy. Schluck alles."

Es braucht noch ein paar Minuten hingebungsvoller Arbeit, bevor er meinen Kopf packt, mich festhält und Wichse in meinen Mund schießt. Ich schlucke gierig, hoffe, dass kein Tropfen entkommt. Sie schmeckt bitter und stark, aber das ist mir egal. Sie ist gut, weil sie von Daddy ist. Ich würde sie literweise trinken, wenn er mehr zu geben hätte.

„Fuck", keucht er. Er löst sich von meinen Lippen, steckt seinen Schwanz wieder ein und kommt zu mir, kniet sich in den Schnee. Zebra Cake stapft und schnaubt, bleibt aber ansonsten ruhig an unserer Seite.

„Danke, Daddy", sage ich, während er mit seinem behandschuhten Daumen über meine Lippen streicht, die sich von der Anstrengung und der Kälte gummiartig anfühlen. Er drückt seinen Daumen in meinen Mund und ich sauge an dem Leder. Der Geschmack ist irgendwie vertraut. Er bringt ein Bild aus meiner Kindheit zurück. Die Lederhandschuhe meines Vaters am Lenkrad.

Erik löst seinen Daumen. „Das war etwas Besonderes. Du bist etwas Besonderes."

„Du bist auch etwas Besonderes, Daddy."

„Ja", stimmt er zu. „*Das* hier ist etwas Besonderes." Er klingt so traurig deswegen, resigniert, und ich weiß nicht, wie ich das verstehen soll. Aber dann lächelt er. „Muss mein Boy jetzt kommen?"

„Nein", sage ich ehrlich. „Ich bin nicht hart."

„Oh?"

Ich senke meinen Kopf, Sorge macht sich in mir breit. „Ist das in Ordnung, Daddy?"

„Boy, wenn du nicht hart bist, ist das in Ordnung. Solange du nur die Dinge machst, die du tun willst, bin ich glücklich." Er hält inne. „Wolltest du Daddy einen blasen und seine Wichse essen?"

„Ja, so sehr."

„Ich bin zufrieden." Er steht geschmeidig auf und hilft mir. „Es gibt noch einen längeren Weg über die andere Seite des Berges. Hast du darauf Lust, Boy?

„Ich will nur bei dir sein, Daddy."

Es gibt keine ehrlichere Antwort als das. Wenn Erik es möchte, werde ich hier draußen mitten auf dieser Lichtung mit ihm zelten. Wenn es ihn erfreut, werde ich mit ihm durch den Schnee stapfen, bis wir eine Höhle finden, in der wir ficken können. Wenn er mich darum bittet, ziehe ich mich aus und gehe nackt auf alle viere und lasse mich hier im Schnee von ihm rimmen, sogar wenn ich Frostbeulen bekomme. Alles, um ihn glücklich zu machen. Wenn ich ihm dienen kann und von ihm bedient werden kann, bin ich glücklich.

Das ist besser, als ich es mir je vorgestellt habe.

Ich bin bereit, alles aufzugeben, um jede Sekunde mit Erik ein wenig länger dauern zu lassen. Wenn der Schnee schmilzt und dieser verlängerte Aufschub vorbei ist, denke ich, wird mein Herz brechen.

Aber Erik will keinen Boy wie mich. Das hier ist etwas Besonderes, wie er gesagt hat, ein Erlebnis außerhalb der Zeit. Er wird einen jüngeren, heißeren Boy wollen, mit dem Glühen der Jugend, dem Glänzen eines Lebens, das noch nicht gelebt ist. Er wird auf diese Sache mit mir voller Freude zurückblicken, vielleicht sogar sehnsüchtig, aber wenn ich um mehr bitte, wird das die Blase zerplatzen lassen und alles ruinieren.

Dennoch stehe ich kurz davor, genau das zu tun, als er sich erneut hinkniet, seine Hände mit den Handflächen nach oben dreht und mir bedeutet, dass ich sie als Tritt benutzen soll. Als ich es tue, hebt er mich wieder auf Zebra Cakes Rücken. Er schnalzt mit der Zunge und Tyrone kommt von der Stelle zurück, an die er gewandert war, während ich seinem Reiter einen geblasen habe.

Mein Mund wird trocken, als Erik sich mit einer geschmeidigen Bewegung auf Tyrone schwingt, als wäre es keine große Sache, und als er sein Pferd neben meines lenkt, beugt er sich herüber, um mich erneut zu küssen. Ich fühle mich, als wäre ich in einem Film. Das kann nicht mein Leben sein und doch möchte ich es so unbedingt behalten, dass es schmerzt.

Erik gibt das Kommando und beide Pferde marschieren auf den Weg zu, den er jetzt nehmen möchte. Tränen steigen in meinen Augen auf.

Fuck, er ist atemberaubend. Ich möchte ihn besser kennenlernen.

Ich möchte mehr von *all* dem.

Aber ich kann es nicht haben. Es muss für mich in Ordnung sein zu nehmen, was ich bekommen kann. Ein Weihnachten. Das ist alles.

Daddy ist hungrig auf einen Boy, oder? Und ich bin zu sehr Mann.

KAPITEL DREIUNDZWANZIG
Erik

NACH DEM RITT zeige ich Matthew, wie er sich um die Pferde kümmern muss und wir schauen noch einmal nach den Ziegen, vor allem Molly und Miss Merry Joy-Joy. Er ist über die Kapriolen der Ziegen begeistert und das bringt mich zum Lächeln. Ich finde sie auch immer bezaubernd.

Es ist gut zu sehen, dass er Spaß mit den Tieren hat. Als Tammy Back-Breaker, eine der fetten Stallkatzen, demonstriert, wie sie zu ihrem Namen gekommen ist, indem sie vom Heuboden auf Matthews Schultern springt, kreischt er, aber gleich darauf fängt er an zu lachen. Er beugt sich vor, um mit seinen Händen über ihren festen schwarzen Rücken zu streicheln, während sie sich zwischen seine Beine schmiegt und ihn anmaunzt.

„Sie mag das Überraschungsmoment", erkläre ich, füttere dabei Jerrykins, den Ziegenbock, und seinen besten Freund Bobbins, mit der Hand. „Es ist aber gut, dass du so viele Lagen Kleidung trägst, weil ihre Krallen sonst richtig wehgetan hätten."

„Ich sehe hier keine Melkmaschine. Du hast gesagt, dass du Ziegen wegen ihrer Milch hältst. Verkaufst du *irgendeine* von ihnen zum Schlachten?", fragt er. Ich kann sehen, dass er hofft, dass wir das nicht tun. Was niedlich ist. Aber darüber muss er sich keine Sorgen machen.

„Nein, wir verleihen sie im Frühling, Sommer und Herbst für verschiedene Instandhaltungsmaßnahmen. Ziegen fressen eine Menge invasive Pflanzen, die die Leute nicht in ihren Gärten, in

Stadtparks oder auf ihren Farmen haben wollen – wie Kopoubohne, Giftefeu, Englischer Efeu. Solche Sachen."

„Huh, cool. Das habe ich nicht gewusst."

„Wir hatten das Glück, dass wir uns ein Leben aufbauen konnten, wie wir es wollen, Berufe haben, die wir lieben. Mom hat mich dazu erzogen, mein Leben bedeutungsvoll zu gestalten und anderen zu helfen."

Ich frage mich, ob Matthew sieht, wie das dazu passt, dass ich mich zu Daddy-Spielen hingezogen fühle, aber er fragt stattdessen etwas anderes zu einem Thema, bei dem Brandon meinte, dass es ebenfalls sehr relevant in Hinblick auf meine Kink-Interessen ist.

„Was ist mit deinem Vater? Du hast ihn noch nie erwähnt."

„Er war nicht im Bild."

„Oh?"

Matthew hakt nicht nach, aber ich kann die Neugierde in seinen Augen sehen. Ich schulde ihm keine Erklärung, aber er verdient eine. Beziehungen jeglicher Art sollten auf Gegenseitigkeit beruhen und niemand sollte je die Oberhand haben, vor allem in Interaktionen, bei denen der Kink auf Verletzlichkeit basiert.

Nicht alle Boys oder Subs wollen die Schwächen ihrer Daddys oder Doms kennen und von meinen Boys hat nur Brandon überhaupt versucht, unter die Oberfläche zu kommen. Nur *er* hat je einen Blick dorthin werfen dürfen. Was wahrscheinlich mit ein Grund ist, warum es so sehr geschmerzt hat, als er gegangen ist. Nicht wahrscheinlich. Definitiv.

Und doch ist Matthew anders, oder? Er ist hier, um zu lernen, und was ich ihm während unserer kostbaren Zeit zusammen beibringe, ist das, was er mit nach Hause nimmt und wovon er denkt, dass es richtig ist, was er in Zukunft akzeptieren wird. Matthew ist nicht nur wegen des Kinks hier. Er sucht nicht nach einem Ausweg, eher nach einem Weg hinein und er sehnt sich nach Selbstliebe. Was wird es also für ihn bedeuten, wenn der Daddy, mit dem er zusammen ist, ihm nicht seine eigene Dunkelheit und seinen Schmerz anvertraut? Wenn sein Daddy ihn nicht einlässt?

Ich möchte nicht, dass Matthew hier weggeht und denkt, dass er der Einzige ist, der alles teilen und offenlegen muss. Das ist es nicht, was er möchte. Zudem ist es auch nicht das, was er braucht. Er muss Selbstliebe entwickeln, indem jemand anderes ihn sieht und jeden einzelnen Aspekt von ihm akzeptiert. Mehr noch, Matthew braucht es, dass dieselbe Person ihn an einem Ort des Vertrauens hält. Was bedeutet, dass, wer auch immer sein Daddy oder Partner ist, dieser Mann sich damit wohlfühlen muss, seine eigene Fragilität und Wahrheit zu enthüllen.

Ich weiß es ganz plötzlich, als wäre die Wahrheit von einer höheren Quelle in mein Herz gefallen. Genau wie bei jeder Interaktion mit Matthew, zumindest, wenn wir zusammen sind, muss ich mir nicht überlegen, was ich tun soll oder was er braucht oder sogar was *ich* brauche. Es geschieht alles ganz natürlich, wie Atmen.

Ich drehe mich von Tyrone weg und lehne mich an die Wand neben Doras Box. Ich stecke meine Hände in meine Taschen, bin mir klar, dass ich einen Hauch Unsicherheit und einen leichten Drang, mich zu verstecken, zeige. Ich mache weiter. „Mein Vater hat uns verlassen, als ich sechs war. Er hat Geschäfte mit Pferden gemacht. So haben meine Mom und er sich kennengelernt."

Matthew scheint zu spüren, dass das, was ich sage, mir wichtig ist. Er kommt näher, berührt meinen Arm und schaut mit einer offenen Akzeptanz zu mir auf, die ich normalerweise als meine Domäne betrachte. Aber er macht es so gut und als seine haselnuss-braunen Augen weich werden, fühlt er sich zum ersten Mal, seit wir uns kennengelernt haben, wirklich älter als ich an.

Es stört mich nicht.

„Mein Dad war viel auf Reisen, hat Pferde vorgestellt, sie ver-kauft." Ich denke mir, dass ich gleich auf den Punkt komme.

Matthew und mich sehen lasse, ob ich deswegen immer noch blute. Es ist eine Weile her, seit ich das letzte Mal nachgeschaut habe. „Wie sich herausstellte, hatte er eine andere Familie. Wir wussten nichts von ihnen. Sie wussten nichts über uns."

„Oh." Matthews Hand spannt sich auf meinem Unterarm an.

„Jep."

„Und jetzt?"

„Ich habe ihn nicht mehr gesehen, seit ich zehn war. Ich habe die Sommer mit ihm und seinen anderen Kindern verbracht – die erste Frau hat sich von ihm scheiden lassen, nachdem sie von meiner Mom und mir erfahren hat, aber er hatte immer noch ein paar Rechte, die Kinder zu sehen. Ich dagegen … Das war alles freiwillig. Er hatte kein gesetzliches Recht, mich zu sehen, nachdem meine Mom ihn vor Gericht gebracht hatte."

„Ah." Matthews leise Laute des Zuhörens ermutigen mich, weiterzusprechen.

„Ich wollte ihn sehen. Er war mein Dad und ich habe ihn geliebt. Ich wollte mit ihm zusammen sein. Darum hat er in den Sommern mich und meine beiden Halbbrüder mit auf Reisen genommen, damit wir ihm mit den Pferden helfen und um Zeit mit uns zu verbringen. Aber wir begannen zu erkennen, dass er in jeder Stadt eine andere Frau hatte und dann hat er gesagt ‚Erzählt ihr nicht von Miranda' oder ‚Sagt ihr nichts über Lydia' oder wer auch immer die letzte Frau in der vorherigen Stadt gewesen war."

Meine Brauen senken sich und meine Kehle wird eng. „Aber ich mochte Miranda und Lydia und Susan. Ich habe sie alle gemocht und ich hatte die Stimme meiner Mutter im Kopf, die mir sagte, dass das nicht richtig war. Dass er kein echter Mann war, nicht die Art Mann, die ich sein wollte. Darum habe ich aufgehört, die Sommer mit ihm zu verbringen, und habe angefangen, stattdessen meiner Mom zu helfen, die Farm aufzubauen."

„Es tut mir leid", sagt Matthew, seine Finger halten sich an meinem Unterarm fest, als ob er den Schmerz wieder hineindrücken kann. Ich bin mir nicht einmal sicher, warum es so schwer für mich ist, das zu erzählen. Es ist nicht so, wie es mit Matthews Vater war. Dieser Mann hatte Matthew nicht einmal gestattet, sein echtes Selbst zu sein und sich dafür entschieden, seinen Sohn nie wirklich kennenzulernen. Ich hatte mich *entschieden*, wegzugehen. Mein Dad hatte mich kennen wollen. Ich hatte nur ihn nach einer Weile nicht mehr kennen wollen.

Es fühlt sich dennoch an, als ob er mich verlassen hätte, und, angemessen oder nicht, es schmerzt auch so, als ob er das getan hätte.

„Brandon hat immer gesagt …“ Ich sehe das kleine Zucken in Matthews Gesicht.

„Mach weiter“, sagt er, seine Worte sind das Gegenteil seiner physischen Reaktion. „Was hat Brandon gesagt?“

Ich entscheide mich, ihm zu vertrauen. „Brandon hat gesagt, dass ich einen Vaterkomplex habe und dass ich darum ein Daddy geworden bin – um für mich selbst ein Elternteil zu sein, indem ich es für andere Menschen bin.“

„Denkst du, er hat recht?“

„Vielleicht.“

„Denkst du, es lohnt sich, tiefer zu graben?“

Ich lächle ihn an. „Vielleicht.“

„Erik“, sagt er und ich korrigiere ihn nicht dafür, dass er meinen Namen benutzt hat. Gerade im Moment bin ich der Jüngere von uns beiden und seine Führung ist nichts, das ich ablehnen oder wegwerfen sollte. „Hat Brandon dich je gesehen? Dich *wirklich* gesehen?“

Ich neige meinen Kopf, mustere ihn. Ich könnte jetzt lügen und er würde mir glauben, ich weiß, dass er das würde. „Nein.“

„Warum nicht?“

„Ich habe ihm nie genug vertraut, um ihm alles zu zeigen.“

„Vertraust du mir?", fragt er. In diesem Moment bin ich nicht sein Daddy – ich bin der reale Erik und er sieht mich.

Ich denke daran, was RJ mich am Telefon gefragt hat. Ich lecke mir die Lippen, bevor ich antworte. „Ich glaube, das tue ich, ja. Denn das bin ich. Mein wahres Ich."

„Hat irgendeiner deiner Boys jemals …" Er verstummt. Seine Augen verdunkeln sich, bevor er seine Wimpern auf seine Wangenknochen senkt.

„Jemals was?"

„Gesehen, wie du einen Einlauf bekommst?", fragt er leise. „Wie ich, als ich hierhergekommen bin? Hast du je einem deiner Boys das gezeigt?"

Ich schüttle meinen Kopf. „Nein."

Ich habe das nur Daniella gezeigt, meiner Dominatrix aus dem College und nur einmal. Sie ist diejenige, die mir beigebracht hat, damit anzufangen, auf diese Weise direkt zum Kern zu kommen.

„Denkst du, du wirst das je tun?"

„Boys wollen nicht so von ihrem Daddy denken", wehre ich ab. Es ist Unsinn. Ich war lange genug in der Kink-Community unterwegs, um zu wissen, dass es einen Weg gibt, wie ein Boy mir einen Einlauf geben und ich dennoch meine mentale Daddy-Einstellung behalten, es in einen Akt des Dienstes von meinem Boy für mich verwandeln kann. Die Wahrheit ist, ich möchte einfach bei niemandem so verletzlich sein. Was, wenn die Person mich enttäuscht?

Wie dein Dad es getan hat? Ich kann mir vorstellen, wie Brandon mich das fragt, oder Matthew. Vor allem Matthew – wenn er ein wenig mehr Zeit hätte, mir unter die Haut zu gehen. Es ist gut, dass er geht, wenn der Schnee schmilzt. Er sieht zu viel von mir.

Ich hasse das nicht.

Matthew

NACH EINER LANGEN Dusche ziehe ich nichts weiter an als die Unterwäsche, die Erik mir gegeben hat – dieses Mal ist die ganze Rückseite ausgeschnitten – und komme nach unten, um ihn zu fragen, ob ich beim Abendessen helfen kann. Erik winkt ab. „Es ist beinahe fertig. Warte am Tisch."

Das tue ich, setze mich neben den Platz am Kopfende, wodurch ich in die Küche sehen kann. Ich schaue zu, wie Erik unsere Teller füllt. Der Geruch nach Rosmarin und Süßkartoffeln erfüllt die Luft.

Es sollte sich albern anfühlen, dass ich nur diese Unterwäsche trage, während Erik eine Jeans und einen leichten Pulli anhat – leider keinen Weihnachtspulli, aber das Navyblau steht ihm. Aber es fühlt sich nicht albern an. Es fühlt sich sexy und anders an. Neu. Wie alles andere in den letzten Tagen. Aufregend, weil es so frisch ist. Kostbar, weil es Erik ist, der hier bei mir ist, Erik, der mich gebeten hat, das zu tun, so zu sein, das zu fühlen.

Ich kann nicht ganz begreifen, dass Erik mich attraktiv findet. Er kann seinen Blick kaum von mir wenden, während wir essen. Wir reden nicht, abgesehen von Nettigkeiten, als ich ihm Komplimente zu seinem Essen mache und er mich fragt, ob ich mehr Salz möchte, aber das ist auch nicht unangenehm.

Es fühlt sich alles richtig an, nach einem langen Tag. Mir ist warm, obwohl ich halb nackt bin, weil Erik die Heizung aufgedreht und das Feuer angefacht hat. Ich entspanne mich mit ihm in der relativen Stille, genieße den Klang unserer Gabeln auf den Tellern und den leichten Feiertagsjazz, den Erik im Hintergrund laufen lässt. Das bringt Erinnerungen zurück, wie ich in meinem ersten und einzigen Semester in Belmont in einem Jazz-Ensemble gespielt habe. Auf dem Weihnachtskonzert hatten wir eine sanfte, zeitgenössische Jazz-Version von „It Came Upon a Midnight Clear" und „Soul Cake" präsentiert. Ich war nicht sonderlich gut gewesen und die Gruppe hätte mich rausgeworfen, wenn ich nicht aufgehört hätte. Dennoch habe ich schöne Erinnerungen an diese Zeit.

Nach dem Abendessen führt Erik mich zum Sofa und weist mich an, es mir bequem zu machen. Ich zögere nicht zu gehorchen. Während ich zusehe, wie er Scheite nachlegt, bin ich überrascht, dass der Strumpf mit meinem Namen, der am Kaminsims hing, jetzt auf dem Kaffeetisch vor mir liegt. So sehr ich auch in Versuchung bin, hineinzusehen, weiß ich doch, dass ich noch nicht darf.

Meine Oberschenkel und mein Hintern schmerzen immer noch von dem Ausritt und ich bin hundemüde. Es ist aber eine schöne Erschöpfung, geboren aus Bewegung, anders als jede, die ich gemacht habe, seit ich ein kleines Kind war. Sexuelle Bewegung, physische Bewegung mit den Kugelhanteln und auf dem Pferderücken und emotionale Bewegung, in dem Versuch, unter der Wucht so vieler Gefühle nicht den Stand zu verlieren.

Weil ich in ihnen ertrinke.

Und was für Gefühle es sind! Nichts, was ich je zuvor erlebt habe. So glänzend und neu. Effervesziert und fluoreszierend. Ich habe das Gefühl, dass ich vor überraschend schweren, aber dennoch strahlenden Emotionen glühe, die mich wie Blasen füllen.

Aber keine Seifenblasen, eher wie die Tapioca-Perlen in dem Bubble-Tea, den ich in der Nähe meines Büros in Nashville kaufe. Die reine Idiotie dieser Analogie lässt mich lächeln.

Wenn ich versuche, diese Gefühle zu benennen, gleiten sie davon, genau wie die glitschigen Tapioca-Perlen in meinem Tee, vermeiden scheu jegliches Festlegen auf eine bestimmte Richtung. Beinahe so, als würde ich den Namen meiner Gefühle vor mir selbst verstecken. Ich habe einen Verdacht, warum ich das tue.

Ich kann mich selbst in der Küche sehen, wie ich lerne, wo Erik die Gewürze aufbewahrt und die Kaffeefilter und in welchem

Schrank er sein Sieb hat. Ich kann sehen, wie ich über den grasbewachsenen Weg zum Stall schlendere, die Hunde laufen neben mir her, wir alle sind vertraut miteinander. Ich hebe einen Ast auf. Ich werfe ihn für sie. Und sie rennen wieder davon.

Ich kann mich sehen, wie ich alles über die Pferde lerne, wie ich bei ihrer Versorgung helfen kann, wie ich ihre Hufe und Mähnen pflegen muss. Ich kann auch alles über die Ziegen lernen, wie ich sie in den Anhänger lade und vom Berg herunterfahre, bis hin zu den Vorstädten von Asheville, um im Garten eines reichen Hippies zu grasen.

Ich kann zusehen, während Erik Leute im Stall trainiert. Ich werde mich zurückhalten, nicht im Weg sein, unauffällig und doch werde ich da sein, um zu sehen, wie sowohl kleinere als auch größere Stars lernen, wie man fällt. Und ich kann ebenfalls lernen zu fallen. Erik wird mir Einzelstunden geben, bis ich so gut bin, dass ich ihm manchmal helfe, er mit mir seinen Kunden Dinge demonstrieren kann.

Ich werde Eriks Geschäftskonten verwalten, sie von der Person übernehmen, die sich im Moment darum kümmert, die Belege durchgehen und die Bilanzen bereinigen, meine Ausbildung als Geschenk zu ihm bringen.

Und ich kann sehen, wie ich wieder zur Gitarre greife, natürlich nur zu meinem eigenen Vergnügen, wie ich an einem Sommerabend auf der Veranda spiele, während Glühwürmchen am Berg tanzen, ohne eine Sorge in meinem Kopf, dass es für irgendjemanden gut genug sein muss, außer für mich und Daddy. In meiner Fantasie sitzt Erik mit einem Bier in der Hand da, sein Kopf ist nach hinten geneigt, seine Augen auf die Sterne gerichtet, und er hört einfach nur zu. Kritisiert mich nie. Nimmt mich und die Musik, die ich anbiete, so, wie ich bin und wie sie ist.

Ich kann das alles sehen. Ich möchte zumindest versuchen, es zu bekommen.

Die Frage ist, kann Erik das überhaupt wollen? Und wenn er kann, würde er es mit *mir* wollen? Es ist klar, dass er mich ficken will. Ich kann es deutlich in seinen Augen sehen, spüre es in der Art, wie er mich berührt und ich habe es in der Wichse geschmeckt, als er bei unserem sexy Ausritt früher am Tag nicht widerstehen konnte, meinen Mund damit zu füllen. Aber mehr als das? Mit *mir*? Ich weiß es einfach nicht. Ich bezweifle es.

Ich habe nicht die Zeit, in Verzweiflung abzugleiten angesichts meines Sehnens für etwas, das sich so weit außerhalb der Grenzen dessen befindet, worauf Erik sich eingelassen hat, weil er sich genau in diesem Moment vom Feuer wegdreht. Ich setze mich aufrechter auf das Sofa, als er sich zu mir gesellt.

„Ist Daddys Boy bereit zu sehen, was in seinem Strumpf ist?"

Ich nicke, schlucke schwer, wünschte, er könnte meine Gedanken lesen und wissen, was dort vor sich geht. Warum kann er meine Fragen nicht beantworten, ohne dass ich riskieren muss, sie zu stellen? „Ich dachte, ich darf erst am Weihnachtsmorgen?"

„Nun, in meiner Familie haben wir unsere eigene Tradition von Strümpfen am Weihnachtsabend und Geschenken am Weihnachtsmorgen. Santa kommt immer ein wenig früher, wenn wir es verdienen."

Ich grinse. „Sogar wenn wir unartig sind?"

Er lacht und küsst mich tief, löst sich, um zu sagen: „Vor allem dann."

Ich fühle mich wie ein Kind, als ich den Strumpf zu mir ziehe, verliere mich aber bald in Überraschung, als ich die Gegenstände herausziehe. Da ist die selbst gemachte Seife, die ich bewundert hatte, als wir durch die Stadt gebummelt waren. Da ist eine kleine Schachtel Pralinen von Chocolate Fetish mit all meinen Lieblingsgeschmacksrichtungen. Dass er sich all das gemerkt hat, lässt mein Herz fliegen.

Ich hole ein Paar Socken, die mit Regenbogenwolle aus dem

Laden an der Wall Street gestrickt worden sind, heraus und lache, als Erik darauf besteht, dass ich sie sofort anprobiere. Die Wolle ist weich und warm und obwohl ich als Kind die langweiligen Socken von meinen Eltern unter dem Baum gehasst habe, sind diese hier wunderbar.

Ich kichere, als ich mir vorstelle, wie ich aussehen muss, hier auf Eriks Sofa, mit nichts als Unterwäsche ohne Hinterteil und Regenbogensocken an. Seine funkelnden Augen sind jegliche Albernheit wert. Socken haben mir noch nie so viel Freude gemacht.

Es gibt auch noch eine Packung mit Patschuli-Räucherstäbchen, mein Lieblingsduft, und einige Kristalle und Steine – jeder mit einer kleinen Erklärung, was sie „energetisch" für eine Person tun können.

„Ich hätte nicht gedacht, dass du dich für so etwas interessierst", murmele ich, streiche dabei mit meinen Fingern über den See-Jaspis, der wie ein kleines Herz geformt ist. Die Erklärung besagt, dass er hilft, in schwierigen Zeiten eine beruhigende, ermutigende Energie zu schaffen und seinem Träger zu einem optimistischeren Blick auf das Leben zu verhelfen.

„Oh, ich bin mit Ella befreundet – die Hexe, die den Kristallladen führt – und sie hat mich bei glänzenden Steinen noch nie falsch beraten."

„Du glaubst, dass sie funktionieren?"

„Ich finde sie hübsch, darum ist es egal, ob sie das tun. Wenn sie helfen, großartig. Wenn nicht, ist das auch in Ordnung."

Ich hebe den runden Stein auf. Auf dem Zettel steht, dass es sich um einen Karneol handelt und er dem Träger Tapferkeit, Mut und eine bleibende Freude beschert. Es gibt noch vier weitere Kristalle – gelb, rosa, blau und lila – aber ich wende mich dem nächsten Gegenstand im Strumpf zu.

Eine Geldbörse aus butterweichem Leder.

Dann eine Katzentasse. Dieselbe, die ich an diesem Tag für ein paar sehnsüchtige Momente in einem der Geschenkläden gehalten habe. Sie ist mit Weihnachtsplätzchen gefüllt.

„Das ist zu viel", sage ich. „Es liegen immer noch Geschenke unter dem Baum." Ich kann nicht aufhören zu lächeln.

Erik zwinkert. „Das musst du mit Santa ausmachen. Aber die müssen bis zum Morgen warten. Was hältst du davon, bis dahin unartig zu sein?"

Was ich davon halte? Als wäre es das großartigste Weihnachten aller Zeiten. Ich möchte nicht, dass es je zu Ende geht.

KAPITEL VIERUNDZWANZIG

Erik

Der Dampf aus dem Hot Tub steigt mir in die Augen, als Matthew sich langsam hineinsinken lässt. Ich kann sehen, dass seine Beine ihm wehtun, wahrscheinlich von dem Ausritt, aber vielleicht auch von den Positionen, die ich ihn letzte Nacht habe einnehmen lassen.

Sein Körper ist schlank und wird schnell rosig von der Hitze. Ich bewundere, wie sexy das ist, zusammen mit seinem Stöhnen, als er sich vor eine der Düsen setzt. „Ahh", macht er, neigt seinen Kopf nach hinten und schaut in die Sterne über uns, die über dem Dampf zu sehen sind. „Das fühlt sich großartig an."

Ich erwidere nichts, weil dieser Kommentar keiner Antwort bedarf. Der Hot Tub ist einer meiner Lieblingsaspekte des Lebens in der Hütte und ich benutze ihn jedes Mal, wenn ich hier oben bin. Er ist definitiv besser als die kleine Dusche, die ich in dem Haus unten in Asheville habe.

Wenn Mom und ich die Finanzen dieses Jahr besser in den Griff bekommen, kann ich vielleicht meine Luftakrobaten-Kunden aufgeben, den Trainingsraum in der Stadt schließen, die Miete für das Haus kündigen und auf Dauer hierherziehen. Ich bin mir sicher, es gibt eine Möglichkeit, das Geschäft so auszubauen, dass es zu einer profitablen Option wird.

Ich erzähle Matthew das alles, während er vor mir im Wasser treibt.

„Was ist das Problem mit deinen Finanzen?", erkundigt er sich, sieht dann beschämt aus. „Es tut mir leid. Ich bin so sehr daran gewöhnt, in der Arbeit die Einkommenszahlen anderer Menschen zu sehen, dass die Information für mich eher ein mathematisches Problem ist und nichts weiter. Ich hätte wahrscheinlich nicht fragen sollen. Die meisten Leute betrachten Geld als etwas Persönliches.“

Als ob deine Jungfräulichkeit zu nehmen nicht persönlich war?, will ich beinahe fragen.

Stattdessen sage ich: „Es ist in Ordnung. An unserer Situation ist nichts Beschämendes. Es ist nicht so, dass wir tatsächlich Geldprobleme haben. Ich verdiene ziemlich gut, genau wie Mom. Sie sorgt dafür, dass die Farm profitabel bleibt, gibt Kindern mit Behinderungen Stunden auf den Pferden und verleiht die Ziegen. Aber die Privatstunden meiner Mom bringen das meiste Geld ein. Viele Leute sind bereit, für meine Expertise hierher zu reisen, was großartig ist – aber in der Regel verlange ich weniger, als wenn ich zu ihnen komme oder auf Reisen gehen muss.“

„Das ergibt Sinn.“

„Während der COVID-19-Pandemie hat sich alles verändert“, erkläre ich. „Davor habe ich alles Training, bei dem die Pferde nicht involviert waren, in dem Trainingszentrum in Asheville gemacht. Ich habe dort einen schönen Bereich mit jeder Menge Platz für Luftakrobatik.“

„Luftakrobatik klingt so wunderbar.“

„Das kann sie sein, aber ich muss zugeben, dass ich, seit ich mir bei einem Sturz vor ein paar Jahren ziemlich fies den Knöchel verletzt habe, sie nicht mehr so gerne unterrichte. Aber sie bringt gutes Geld und es gibt national nur ein paar Trainer, die es anbieten.“

„Ah.“

„Es lief gut, aber dann kam die Pandemie.“

Matthews Brauen heben sich verständnisvoll. „Oh, ja. Das war eine schwierige Zeit für viele Menschen.“

„Überall wurden Shows abgesagt – Tänzer, Schauspieler, Kampfsportwettkämpfe, Fernsehproduktionen, Filme – alles abgesagt. Nun, nicht alles, aber die meisten. Wodurch nur noch wenige Leute meine Arbeit gebraucht haben. Wegen des Virus fand ich es sicherer, den Großteil meines Geschäfts hier herauf in den Stall zu verlegen. Auf diese Weise konnte ich besser kontrollieren, mit wem meine Mom und ich Kontakt hatten. Natürlich bedeutete das, dass ich auch einen Platz brauchte, an dem die Kunden wohnen konnten, weil wir sie ja nicht jede Nacht zurück nach Asheville schicken und so das Risiko einer Ansteckung erhöhen konnten. Da es nur das eine Schlafzimmer im Haupthaus und die Wohnung meiner Mom im Erdgeschoss gegeben hat, haben wir die Gelegenheit genutzt, hinter dem Stall ein Gästehaus zu bauen. Das zu tun, hat mehr an unseren Reserven gezehrt, als mir gefällt.“

„Ein Gästehaus?“

„Ah, das habe ich dir noch nicht gezeigt. Es ist nur eine kleine Hütte hinter dem Stall – ein Schlafzimmer, Küche, Wohnzimmer und ein Bad.“

„In diesem Fall verstehe ich nicht, warum du überhaupt weiter ein Haus in Asheville mietest? Wie könnte irgendjemand sich *nicht* auf die Chance stürzen, hier zu trainieren?“ Matthew deutet mit seiner Hand herum. „Es ist wunderschön. Sogar im Winter ist die Landschaft um die Hütte herum herrlich. Es fühlt sich so friedlich an.“

„Das ist auch Moms Werk“, sage ich. „Sie liebt es, draußen im Dreck zu wühlen.“ Ich grinse, denke an den letzten Frühling, als sie so stolz war, wie ihre Glyzinie geblüht hat. „Ich habe mein Haus in Asheville aus zwei Gründen noch nicht aufgegeben. Erstens, dadurch würden die anderen Mieter auf dem Trockenen sitzen und zweitens, ich muss in der Stadt sein, um die Luftakrobaten zu trainieren. Ich habe nicht die Ausrüstung, um das hier oben zu machen. Noch nicht jedenfalls.“

„Mieter?“

Ich erkläre die Situation in Asheville und die Jungs, die bei mir wohnen.

„Du hast so ein aktives Sozialleben“, bemerkt Matthew, dreht seinen Rücken, um besser vor eine Düse zu kommen. Der aufsteigende Dampf lockt seine grau melierten Haare. „Das muss schön sein.“

„Bist du in Nashville einsam?“ Ich kenne die Antwort bereits. Er war bis beinahe vierzig im Wandschrank und hat auf eine Weihnachtsfantasie mit einem Fremden geboten – er konnte nicht mit sehr vielen Leuten eng befreundet sein.

„Ich weiß nicht.“ Matthew seufzt. „Es gibt dort nicht viele Menschen, mit denen ich engeren Kontakt haben möchte. Manchmal habe ich das Gefühl, dass ich einen sauberen Bruch brauche.“

Nur an Nashville zu denken hat ihn unruhig gemacht. Er sieht aus, als ob er sich danach sehnt zu fliehen, aber er ist festgekettet. „Was hält dich davon ab?“

„Nichts, nehme ich an“, antwortet er, schaut durch den aufsteigenden Dampf hinaus in die Nacht. „Ich meine das wirklich so. Es gibt überhaupt nichts, was mich jetzt dort hält.“

Mein Herz zieht sich vor Schmerz zusammen. „Davor waren es deine Eltern?“

„Ja. Und dann musste ich mich um ihren Nachlass kümmern. Und danach war es einfach nur … nicht zu wissen, was ich sonst mit mir anfangen sollte. Vielleicht fehlt mir die Vorstellungskraft.“

„Das ist zu bezweifeln.“

Matthew zuckt die Achseln, das Wasser rollt von seinen Schultern. Er wechselt das Thema. „Es muss schön sein, so viel zu reisen, wie du es gemacht hast. Wohin hat dich deine Arbeit geführt?“

Als ich damit fertig bin, all die Städte, Staaten und Länder aufzulisten, in denen ich schon gewesen bin, sind Matthews Brauen an seinem Haaransatz und seine Augen glühen mit einem Neid, den ich löschen möchte. Ich kann ihn mitneh –

Nein.

Ich sollte darüber nicht einmal nachdenken. Ich kann ihn nicht mitnehmen, wenn ich das nächste Mal das Land verlasse. Er ist für diese Art Zukunft nicht hier.

Es sei denn, dass er es vielleicht doch ist …

„Matthew", fange ich an, aber ich weiß nicht, was ich sagen soll oder wie. Zum ersten Mal bin ich in seiner Gegenwart zögerlich und unklar. Ich weiß nicht, wie ich weiter vorgehen soll.

„Ja, Daddy?"

Ich lächle. So geht es. Das ist besser. Ich höre nur dieses eine Wort und fühle mich bereits klarer im Kopf. „Boy, bist du gerne hier mit mir?"

„Ich liebe es, Daddy."

„Und wenn du könntest, würdest du länger bleiben?"

Matthews Lippen rollen sich ein, als ob er seine innersten Gefühle zurückhält. Es dauert einen Herzschlag, dann fragt er: „Wie lange?"

Mir ist ein wenig schwindlig, als die Worte aus meinem Mund kommen. Ich versuche, sie leichthin klingen zu lassen, als ob ich vielleicht einen Scherz mache. Aber im tiefsten Inneren denke ich, dass ich sie vielleicht ernst meine.

„Wie wäre es mit für immer?"

Matthew

FÜR IMMER?

Meint er das ernst? Das kann nicht sein, und doch, ganz tief in mir drinnen, möchte ich, dass es so ist. Denn auch wenn es zu früh ist zu sagen, dass ich mich in ihn verliebt habe, habe ich mich doch bereits in diese Hütte verliebt und die Berge und den Stall und die Ziegen.

Ich habe mir in Gedanken bereits ein Leben aufgebaut, einen wunderschönen Traum, in dem ich zu sehen bekomme, wie Frühling, Sommer und Herbst in dieser Gegend aussehen. Ich werde reiten lernen und wie man vom Pferd fällt und gleich wieder aufsteigt. Es ist absurd, wie sehr ich diese Fantasie liebe.

Ich kenne den Mann vor mir kaum und doch, wenn jemand mir eine Pistole auf die Brust drücken und sagen würde: „Entscheide jetzt. Entweder gehst du zurück nach Nashville und zu deinem Job, deiner Vergangenheit und deinem Leben dort oder du bleibst hier in Asheville in dieser Hütte mit Erik – mit Daddy."

Ich würde sofort bleiben.

Ich bin mir nicht sicher, ob das mehr darüber aussagt, wie langweilig mein Leben zu Hause ist und wie wertlos und gefühlsleer es sich anfühlt oder ob es mehr darüber sagt, wie wunderbar es mit Erik war. Nach nur einem Tag in seiner Gegenwart, unter seinem Kommando, sehe ich, wie herrlich auch nur eine Sekunde sein kann, wenn sie mit der richtigen Person, dem richtigen Ort und dem richtigen Vorhaben gefüllt ist.

Ich würde natürlich Simmony Sunshine mitbringen wollen. Er würde hier in der Hütte ein verwöhntes Leben als Hauskatze verbringen, niemals ein Stallbewohner werden wie Eriks Katzen, aber abgesehen von seiner Königlichen Pelzigkeit, würde ich alles hinter mir lassen, wenn ich dafür einfach nur bleiben könnte.

„Das kann nicht dein Ernst sein", sage ich, lache, weil ich denke, dass es vielleicht weniger wehtut, wenn er zustimmt, dass es ein Scherz ist.

Erik berührt mein Gesicht, streicht über das Grübchen, reibt mit seinem Daumen über meine Unterlippe. Seine Stimme ist rau. „Das sollte es nicht sein. Aber was, wenn doch?"

Mein Herz fliegt. „Das ist zu viel."

„Ist es." Er nickt. „Ist es wirklich."

Ich sehe das unausgesprochene „und dennoch will ich es" in seinen Augen. Mein Herz fühlt sich an, als würde es aus meinem Brustkorb springen. Der Dampf raubt mir den Atem und mir ist schwindlig.

„Ich muss in zwei Tagen zur Arbeit", sage ich zur Ablenkung.

Ich möchte, dass Erik mir sagt, dass ich die Arbeit für immer zum Teufel jagen und hierbleiben und stattdessen *ihn* für immer ficken soll. Ich möchte, dass er meinen Nacken packt und mich zu einem feuchten, heißen Kuss an sich zieht, der dahin führt, dass wir beide hier in dem Hot Tub wild werden. Ich möchte, dass er mich nach oben bringt, mich an sein Bett fesselt und mich dort bis zum Ende aller Zeiten behält …

Nun, vielleicht nicht genau *dort*.

Weil ich auf dem Sofa kuscheln und im Sonnenuntergang ausreiten und herausfinden möchte, wie genau seine Haus-Situation in Asheville aussieht. Ich möchte seine Mom kennenlernen.

Ich möchte eine Menge Dinge. Das habe ich schon immer. Mein ganzes Leben lang habe ich gewollt und gewollt und gewollt. Und ich hatte nie auch nur die geringste Hoffnung, irgendetwas zu bekommen – bis jetzt. Vielleicht habe ich immer noch keine Chance. Wir sind beide alt genug, um es besser zu wissen, als uns kopfüber in diese Sache zu stürzen.

Doch als er mich auf seinen Schoß zieht und meinen Nacken packt und mich zu einem Kuss heranholt …

Es ist mir egal, dass ich all diese flatternden, schmerzenden, wunderbaren Gefühle, die in jeder meiner Zellen explodieren und meine vernünftigen Gedanken verschlingen, schon vor *Jahren* hätte hinter mir lassen sollen. Es ist mir egal, dass Erik fünfunddreißig ist und klug genug, um zu wissen, dass diese Dinge zu mir zu sagen, zu irgendjemandem, an diesem Punkt in einer Beziehung, mit meinem Level an Unerfahrenheit, unverantwortlich ist und viel mehr verspricht, als er einhalten kann.

Es ist mir egal, ob wir beide Idioten sind.

Ich möchte nur seine Lippen an meinem Hals, auf meinen Schlüsselbeinen und saugend an meinem Ohrläppchen. Ich möchte, dass seine Hände über mich streichen, meinen Schwanz packen.

„Komm, Boy", sagt Daddy, hebt mich von seinem Schoß. „Lass uns reingehen."

Ich zögere nicht, folge ihm, ohne zu fragen, aus dem Tub und in ein warmes, fluffiges Handtuch. Ich kichere mit ihm, als wir die mit Schnee bedeckten Stufen hinaufhüpfen, zurück in den ersten Stock, der nur vom Weihnachtsbaum erhellt wird und über die Treppe tropfen, die uns in sein Schlafzimmer führt.

Ich kann es nicht erwarten zu sehen, was dort passieren wird. Was auch immer die Zukunft bringen mag, ich weiß, dass alles, was heute Nacht geschieht, *herrlich* sein wird wie der aufbrechende Himmel, wie singende Engel, wie ein Kind ist uns geboren.

KAPITEL FÜNFUNDZWANZIG

Erik

ICH KANN NICHT glauben, dass ich das tue. Ich habe das noch nie mit irgendeinem meiner Boys gemacht. Ich könnte mir selbst einreden, dass ich das jetzt mit Matthew mache, weil ich möchte, dass er versteht, dass ein guter Daddy auch von unten Toppen kann, aber die Wahrheit ist, dass ich ihm etwas geben möchte, was ich noch nie einem anderen Mann oder Boy gegeben habe.

Er hat es sich verdient. Nach allem, was er mir gestattet hat zu bekommen und für ihn zu halten, möchte ich ihm auch etwas Besonderes geben.

Sogar wenn es etwas so Angsteinflößendes wie das hier ist.

„Gut so", sage ich, ermutige ihn. „Dreh jetzt das Wasser auf."

„Bist du sicher?"

Ich liege nackt auf meiner linken Seite in der Wanne, habe eine saubere Einlauf-Düse in meinem Hintern und mein süßer, unterwürfiger Boy fragt mich, ob ich mir sicher bin? „Dreh es auf."

Das tut er. Es ist immer ein seltsames Gefühl, das Rauschen warmer Flüssigkeit und der Druck, der sich mit der Zeit aufbaut.

„Wie lange?", fragt er.

„Ein wenig mehr", antworte ich. „Streichel dich selbst."

„Ja, Daddy." Sein Schwanz wird weicher, aber er pumpt ihn wieder zu voller Härte. „Jetzt?"

„Ein wenig mehr", flüstere ich. Schweißperlen bilden sich auf meiner Stirn, mein Herz schlägt schneller und mein Puls rast in meinen Ohren. Der Drang, zu müssen, wächst und ich atme durch ihn hindurch. „Jetzt“, sage ich. „Dreh es ab und zieh die Düse heraus.“

Matthew tut, was ihm gesagt wird. Seine Finger zittern, als er die Düse aus meinem Loch holt. „Wie kann ich helfen, Daddy?“

„Gib mir eine Sekunde“, sage ich, der Drang, die Flüssigkeit loszuwerden ist stark. Ich warte darauf, dass er vorübergeht, bevor ich aufstehe. Ich nehme seine Hand und steige aus der Wanne. Obwohl meine Eingeweide so voll sind, fühle ich mich stark, als ich ihn zur Toilette führe. Ich deute auf den Boden daneben. „Knie dich hin.“

Das tut er, und ich setze mich auf den Toilettensitz. Ich spanne mich an, behalte es in mir und versuche, nicht zu lachen – das wäre ein Desaster – als ich Matthews rote Wangen und seine langen Wimpern sehe. Es ist ihm peinlich und er kann mir nicht in die Augen sehen.

Ich berühre seine Haare und er hebt den Blick. „Schau mich an. Ich gebe dir etwas, das ich noch nie einem Boy gegeben habe.“

Er nickt, sein Adamsapfel hüpft in einer heftigen Schluckbewegung.

Scham pulsiert durch mich hindurch, als ich mich daran erinnere, wie Daniella das mit mir gemacht hat, als ich neunzehn war. Aber ich lasse das alles von mir abrollen. Das ist mein Boy zu meinen Füßen, der mich mit einer Art reiner Unschuld ansieht, die ich selten bei jemandem gesehen habe, der nur halb so alt ist wie er und der darauf wartet, dass ich ihm mein primitives, wahres Selbst zeige.

„Das ist ein Geschenk“, erkläre ich.

„Danke, Daddy“, flüstert er.

Matthew blinzelt nicht, bewegt sich nicht und wendet auch sein Gesicht nicht ab. Er hält seinen Blick auf meinen gerichtet, ruhig und beobachtend, seine Lippen zittern, aber keine Worte kommen heraus.

„Danke", flüstert er erneut, als es vorbei ist.

„Jetzt hast du ein Stück von mir, dass kein anderer Boy hat", sage ich. „Respektiere das."

„Das tue ich."

Ich mache mich sauber und führe uns zur Dusche. Das Wasser und die Seife waschen alles bis auf die Erinnerung weg und wir küssen uns, bis mein Schwanz hart wird und anfängt zu drängen. Matthew klammert sich an mich, nass und hungrig, seine eigene Erektion pulsiert vor Begehren und ich flüstere: „Jetzt ist es an der Zeit. Komm und fick deinen Daddy."

Matthew

ICH HABE MICH nicht geirrt.

Das ist größer, besser, intensiver als ich hätte wissen können. Ich knie auf den kalten, harten Fliesen und halte seinen Blick fest, während er sich entleert. Nicht einmal wendet er den Blick ab. Kein schamhaftes Erröten färbt seine Wangen. Er versteckt sich nicht. Er ist tapfer auf eine Art und Weise, wie ich es sein möchte.

Er ist Daddy – nicht Erik – und er ist stark genug, das zu tun, ohne zu zucken oder Angst zu haben.

Mein Herz fühlt sich riesig an, als würde es gegen mein Rippen drücken. Wenn ich nur die richtigen Worte finden würde, würde ich sie benutzen, um seine Männlichkeit zu ehren, seine Stärke und seine ruhige Sicherheit. Ich möchte mich von ihm unterstützen lassen. Seine Stärke wird mich davon abhalten, je zu fallen.

Auch wenn er sagt, dass Fallen etwas ist, dass jeder lernen sollte.

Und dann ist es vorbei.

Er macht sich fertig, wir gehen unter die Dusche und Daddy stimuliert mich an den Rand des Wahnsinns.

„Hier entlang", sagt er, als er damit fertig ist, mich abzutrocknen. „Das war noch nicht alles."

Das Bett ist immer noch unordentlich von heute Morgen und ich bin überrascht, dass er es nicht gemacht hat. Doch als er mich darauf schubst, ist es mir egal, dass die Laken den Geruch von unserer Lust in der Nacht davor tragen, vermischt mit seinem Weichspüler. Das hier sind wir, zusammen.

Es ist wunderschön.

„Bist du bereit, mich zu ficken, süßer Boy?", fragt Daddy, als er auf mich klettert, sich rittlings über meinen Hüften positioniert und sich auf meine Oberschenkel setzt. Mein Schwanz reckt sich nach oben von dem Hügel dunkler Schamhaare, die ihn umgeben und er streichelt mit seinen Fingern durch den Pelz dort, vermeidet es, meinen Schaft oder meine Eier zu berühren.

„Ja, bitte, Daddy."

„Zuerst musst du meinen Hintern vorbereiten. Es ist eine Weile her, seit ich einen Schwanz da drin hatte. Du wirst mich lockern müssen."

Ich winde mich unter ihm. „Zeigst du es mir, Daddy?"

Er grinst und beugt sich vor, um meine Lippen und meinen Hals zu küssen. „Zur Hölle, Ja, mein süßer Matthew. Ich werde dir alles beibringen, was du wissen musst. Wir fangen damit an, wie du meinen Hintern essen musst."

Ich stöhne.

„Was für eine Farbe haben wir?", fragt Daddy.

„Grün."

„Möchtest du deinen Mund auf mein Loch legen?"

Als ich daran denke, wie der kleine, runzlige Eingang sich unter meinen Fingerspitzen angefühlt hat, als ich ihm unter Dusche geholfen habe, sich zu waschen, nicke ich. „Das tue ich."

„Willst du mich mit deiner Zunge ficken?"

„Ich will dich auf jede Weise ficken", flüstere ich. „*Jede* Art.

Bitte, Daddy, lass mich."

Er lacht. „Mein süßer Boy, du wirst bekommen, was du möchtest. Mach dir keine Sorgen."

Er küsst mich und die Süße unserer sich verbindenden Münder, die Berührung unserer Zungen und das Teilen unseres Atems wirbelt meine Gedanken durcheinander. Dieser Mann hat mich übernommen, mein Leben verändert, meine Seele aufgerüttelt. Ich möchte mich in ihm vergraben und niemals wieder herauskommen.

Schon bald.

Als er mich so heiß gemacht hat, dass ich kaum noch atmen kann, erhebt er sich über mir, steht auf dem Bett, die gewölbte Decke hinter ihm scheint Blau im Mondlicht, das durch die Fenster hereinkommt und ich keuche, als er seine Füße so bewegt, dass sie zu beiden Seiten des Kissens stehen, auf dem mein Kopf liegt.

„Ich werde in die Hocke gehen", erklärt er mir. „Und du wirst mich rimmen."

„Okay", sage ich, meine Stimme ist atemlos.

„Farbe?"

„Grün."

„Wenn du das hier beenden willst, kannst du Rot oder Gelb sagen oder mein Bein drei Mal antippen."

„Ja, Daddy."

Er geht in die Hocke, und sein Hintern, dieser muskulöse, wunderschöne Hintern, ist direkt auf meinem Gesicht. Ich weiß nicht, was ich als Nächstes tun soll, aber er packt meinen Hinterkopf und quetscht hervor: „Iss ihn. Mach schon, süßer Boy. Bring Daddys Loch zum Singen."

Ich spreize seine Pobacken und vergrabe mein Gesicht dazwischen, meine Lippen finden die Stelle, nach der ich gesucht habe. Ich genieße das Gefühl, als sein Anus in Reaktion auf meine Berührung zuckt und als ich ihn dort lecke, zischt er, zieht erneut an meinen Haaren.

„Hol es dir, süßer Boy. Behandle mein Loch, als wolltest du es aufessen, es im Ganzen schlucken, es ficken. Sei jetzt nicht schüchtern."

Ich grunze und gehorche. Der Geruch seines Gemächts, seine Eier, die auf meiner Stirn aufliegen und meine Sicht blockieren, all das trägt dazu bei, dass ich mich fühle, als ob alles, was existiert, das hier ist, hier und jetzt. Ich nehme mir seinen Hintern vor, lecke, küsse, beiße sogar leicht und als Daddy meine Haare loslässt, um das Kopfteil des Bettes mit beiden Händen zu packen, und seine Beine anfangen zu zittern, hoffe ich, dass dies zumindest zum Teil wegen meiner Anstrengungen ist und nicht nur, weil seine Muskeln ermüden.

Als er sich von mir erhebt, ist die kühle Luft auf meinem Gesicht eine Enttäuschung. Ich möchte ihn wieder nach unten ziehen. Aber er lässt sich neben mir auf das Bett fallen, greift nach mir, um mich zu sich zu ziehen und zu küssen. Ich teile seinen Geschmack mit ihm, stöhne in seinen Mund und er neckt mein Loch mit seinen Fingern, bevor er sich zurückzieht, und flüstert: „Du hast mich so heiß gemacht, süßer Boy. Ich möchte als Nächstes deine Bussy lecken."

„In Ordnung", stimme ich zu und er lacht.

„So gefügig. So einfach." Er küsst meine Kehle, meine Nippel und meinen Bauch, als er zwischen meine Beine gleitet. Er packt mich hinter den Knien, schiebt sie nach oben. Ich helfe ihm, indem ich meine Waden packe.

„So gottverdammt hübsch", quetscht er hervor, streichelt dabei seinen harten Schwanz. „Ich möchte deinen Pelz mit meiner Wichse bemalen."

„Bitte, Daddy."

Er lacht. „Du sagst zu allem ‚bitte‘, oder?"

Ich nicke.

Er lacht. „Dann lass es mich hören. Schrei für mich, Baby."

Ich habe kaum die Zeit, meinen Mund zu öffnen, begierig darauf, ihm zu geben, worum er gebeten hat, bevor er schon zwischen meinen Pobacken ist und mich leckt. Ich schreie auf, winde mich, das Gefühl ist überwältigend, genau wie beim letzten Mal und doch halte ich mich zurück, weigere mich, die Worte zu sagen, die es verlangsamen oder dafür sorgen, dass es aufhört.

Er dreht mich auf meinen Bauch, isst meine Bussy, bis ich meine Finger in die Laken kralle, versuche, von ihm wegzukommen und davon, wie verdammt gut es sich anfühlt. Aber Daddy hält meine Hüften in seinen großen, starken Händen, hält mich an Ort und Stelle. Ich trete, ich schreie und ich bettle, genau wie er es wollte.

„Bitte! Daddy, bitte! Du musst mich ficken, Daddy! Bitte!"

„Mm-mm." Er reibt sein stoppeliges Kinn an meiner Pobacke. Ich bin dort immer noch empfindlich von dem Spanking und dadurch fühlt es sich noch intensiver an. „Das ist es nicht, was wir tun, süßer Boy. Du wirst dieses Mal mit deinem Schwanz dafür sorgen, dass Daddy sich gut fühlt, erinnerst du dich?"

Ich keuche und zucke. Ich weiß nicht mehr, was ich will. Ich bin in Versuchung, Gelb zu sagen und neu zu verhandeln, ihn anzuflehen, stattdessen mich zu ficken. Aber ich möchte in seinen heißen, harten Körper sinken. Ich möchte spüren, wie sein Hintern um meinen Schwanz pulsiert. Ich möchte ihn dafür loben, dass er meinen Schwanz in seine enge Bussy aufnimmt, genau wie er mich gelobt hat.

„Daddy ..."

„Lass mich dich noch ein kleines Bisschen länger rimmen, süßer Boy, und dann werde ich dir beibringen, wie du mich fingern kannst."

Ich weiß nicht, ob ich das aushalten werde, aber ich nicke, winsele in das Kissen, als er mein Loch wieder zum Zentrum unserer Welt macht. Als er sich zurückzieht, bin ich ein schluchzender, tränenüberströmter Haufen, aber das hält ihn nicht davon ab, drei meiner Finger mit Gleitgel zu bedecken und mir zu sagen, dass ich ihn mit den Fingern ficken soll.

„Zuerst nur einen, aber dann so viele, wie du möchtest. Mein Loch weiß, wie es damit umgehen muss."

„Darf ich es deine ‚Bussy' nennen, Daddy?" Er hat uns mit den Gesichtern zueinander auf die Seiten gelegt. Sein rechtes Bein ist gebeugt, sein Knie ruht auf meiner Hüfte. Meine linke Hand ist glitschig von Gleitgel.

„Bussy ist für das Loch eines Boys. Oder zumindest ist es so in diesem Bett und wenn du mit mir zusammen bist. Andere Männer haben vielleicht andere Regeln." Er spannt sich an und ich spüre, dass diese Worte ihn aus dem Moment, aus dem Zimmer gerissen haben.

Ich ziehe ihn wieder zurück. „Was, wenn ich es eine Bussy nennen *möchte*, Daddy?"

Seine Augen fangen an zu funkeln. „Frech ist ein neuer Look bei dir." Er berührt meine Haare. „Er steht dir. Aber wenn du mein Loch als Bussy bezeichnest, muss ich dich bestrafen."

Ich zittere, als er meine Finger führt. „Wie wirst du mich bestrafen?"

„Ich werde dich fesseln und dich rimmen, aber ich werde dich nicht kommen lassen."

„Das würdest du tun?", keuche ich. Es klingt berauschend.

Er lacht. „Dir gefällt der Gedanke. Natürlich tut er das." Daddy berührt mein Handgelenk, positioniert meine Hand. „Jetzt konzentriere dich. Einer und dann ein paar mehr – ah!"

Ich schaue in Daddys Augen, als ich meinen Mittelfinger in seine heiße, packende Hitze schiebe. „Oh", entkommt es mir, weil ich schockiert bin von der wilden Befriedigung, in einem anderen Mann zu sein – in Erik, meinem Daddy. Obwohl es nur ein Finger ist, rasen Macht und Leidenschaft durch mich hindurch. Das hier ist *richtig*. Ich habe das schon so lange gebraucht.

„Jetzt spiele mit dem Rand", murmelt er, schiebt sein Knie an meiner Hüfte weiter nach oben, öffnet sich mir mehr. Sein Schwanz ist halb hart. Ich greife mit meiner anderen Hand danach und halte ihn. „Das ist gut", ermutigt er mich. „Ich verliere meine Erektion in der Regel bei allem, was mit meinem Hintern zu tun hat, aber ich bin immer noch geil. Mach dir keine Sorgen. Es fühlt sich immer noch gut an."

Aber er wird in meiner Hand nicht weich. Er wird härter und ich streichle ihn, während ich einen weiteren Finger in ihn stoße, bevor ich alle drei gleichzeitig benutze.

„Ah!" Daddy zuckt. „Das ist mein guter, süßer Boy. Jetzt Daddys Prostata. Finde sie."

Ich arbeite mich tiefer mit meinen Fingern, drehe sie, versuche, den Winkel hinzubekommen und als Daddy wieder zuckt, sein Schwanz in meiner losen Faust hüpft, weiß ich, dass ich sie gefunden habe. Ich bearbeite die Stelle mit meinen Fingerspitzen, reibe die Erhebung.

„Fuck, süßer Boy", grunzt er. „Das ist so …" Schweiß rinnt an seinem Gesicht nach unten und er schaut mich mit heißen, wilden Augen an. „Du bist so wunderschön." Er sagt dies mit einer Ehrfurcht, die meine Seele berührt und ich flüstere meine eigene Wahrheit zurück.

„Ich möchte dein bester Boy sein, Daddy."

Ich meine das auf so viele Arten. Ich möchte der Beste für ihn sein, der ich kann und ich möchte, dass er mich für den Besten all seiner Boys hält. Ich weiß, dass es unwahrscheinlich ist. Ich habe keine Fähigkeiten, keine jugendliche Resilienz oder einen Knackarsch oder Charme oder glänzende Zähne und Augen, aber ich habe Hingabe. Ich könnte ihm Hingabe geben. Für immer, wie er es gesagt hat. Wenn er mich lässt.

„Baby, genau da", flüstert er, seine Hüften zucken, während ich ihn mit den Fingern ficke und seine Prostata bei jedem Stoß hinein treffe. „Du kannst das. Du kannst das so gut.“

Ich lasse ihn plappern, während ich seine Stirn küsse und ihm den Schweiß von den Brauen lecke. Ich pumpe seinen Schwanz, während ich mit der Zunge in seinem Ohr spiele und seinen hungrigen, fordernden Mund küsse. Er schwitzt vor Begehren und plappert immer noch Lob, als er nach unten greift und meine Hand davon abhält, sich weiter zu bewegen.

„Genug.“

Ich stoppe.

„Raus.“

Ich ziehe meine Finger zurück.

Er zittert, als er wieder nach dem Gleitgel greift. Er reicht mir ein Taschentuch aus der Schachtel auf dem Nachtkästchen und öffnet das Gleitgel, sobald ich mir das klebrige Zeug von den Fingern gewischt habe.

„Das ist gut.“ Er setzt sich rittlings auf meine Hüften, gräbt seine Finger in meine Brusthaare, zieht ein wenig daran. „Daddy wird jetzt deinen Schwanz aufnehmen und du wirst dafür sorgen, dass Daddy sich wie ein König fühlt, verstanden?“

„Ja.“ Mein Puls hämmert. Im Zimmer wird es dunkler, Wolken ziehen am zunehmenden Mond draußen vorbei.

„Ja, was?“

„Ja, Daddy.“

Er streicht noch einmal mit seiner Hand über mich und positioniert sich. „Welche Farbe haben wir?“

„Grün.“

„Möchtest du in Daddys Hintern kommen?“

„Ja, bitte, Daddy.“

„Guter Boy.“

Ich bin nicht darauf vorbereitet, wie schnell es passiert.

„Fuck, Daddy!“, schreie ich auf, als mein Schwanz in den engsten, heißesten, süßesten, geilsten Ort geschoben wird, an dem er je gewesen ist. Meine Muskeln ziehen sich in reiner Freude zusammen, Wellen der Lust rollen über meine Haut, verursachen Gänsehaut und bringen meine Nippel zu schmerzlicher Härte.

„Baby, du machst das so gut", gurrt Daddy, während er sich absenkt. Als ich ganz in ihm bin, drückt er nach unten auf meine Hüften, meine Schamhaare treffen seine Pobacken. „Schau dich an", murmelt er, reibt seine Hände über meinen Körperpelz und zwickt meine Nippel. „So glücklich, in deinem Daddy zu sein, nicht wahr?"

„Ja", zische ich. „Daddy, ich bin so glücklich."

„Ist es das, was du willst, Boy?"

Ich nehme eine seiner Hände und hebe sie zu meiner Kehle. Seine Augen werden dunkel, aber er hält meinen Hals, sodass mein Adamsapfel gegen seine Handfläche drückt.

„Mm, Boy, du musst in Besitz genommen werden, nicht wahr?"

Ich nicke und seine Hand legt sich fester um mich, sodass ich mich fühle, als würde ich niedergedrückt werden. Er hat mich unter Kontrolle, obwohl mein Schwanz in seinem Hintern ist.

„Das ist gut", flüstert er, schaut mir mit einem schweren, wissenden Blick in die Augen. „Leg dich zurück und lass dich von Daddy reiten."

Das süße Gleiten und die feste Reibung sind zum wahnsinnig werden gut. Ich stöhne vor Seligkeit, als er sich von meinem Schwanz hebt und wieder darauf fällt. Ich versuche, nach oben zu stoßen, um ein wenig eigene Kontrolle zu bekommen.

Daddy lässt meinen Hals los und schlägt mir leicht auf die Wange – nicht einmal fest genug, dass es brennt – und schimpft. „Deine Lust gehört jetzt Daddy. Halt still. Fühl das hier. Tu nichts außer *Fühlen*, Boy."

Ich lasse ihn übernehmen. Es besteht für mich kein Zweifel, dass ich gekommen wäre, wenn wir die Grenzen meiner Erholungsphase im Laufe des letzten Tages nicht ausgetestet hätten. Ich bin aber dankbar, dass ich durchhalte. Ich liege unter einem wunderschönen Mann, sein Bauch, Brustkorb und seine Beinmuskeln spannen sich an, Schweiß lässt ihn köstlich riechen und sein Hintern packt meinen Schwanz, als er mich heftig reitet.

Als er meinen Hals loslässt, hebe ich meine Hände an seine Kehle. So dick, so stark. Ich drücke nicht, aber ich halte ihn dort und er schaut mich an, als er meinen Schwanz immer und immer wieder aufnimmt, dabei Dinge flüstert, die meine Zehen aufrollen und meine Eier nach oben drücken. Alles davon ist unanständig. Alles ist, was ich hören muss.

„Mein schmutziger süßer Boy", sagt er, nimmt seinen eigenen Schwanz in die Hand – der immer noch hart ist – und pumpt ihn. „Fühlst du Daddys Puls unter deinen Handflächen? Das ist mein Leben, Boy. Es ist stark und mächtig und es kann uns beide versorgen."

„Daddy", bringe ich hervor, meine Eier kribbeln vor Begehren, aber der Orgasmus ist zu weit weg. „Daddy, kümmere dich um mich, bitte."

Er schiebt meine Hände von seiner Kehle und packt erneut meinen Hals, dieses Mal mit beiden Händen. Er drückt härter als zuvor und hört auf, meinen Schwanz zu reiten.

„Ich spüre auch dein Leben", sagt er.

Ich stöhne, fühle seinen Herzschlag, der um meinen Schaft herum hämmert, die Hitze seines Pulsierens um mich herum.

„Dein Leben fühlt sich wunderschön an. Du bist stärker, als dir bewusst ist", murmelt er. „Du bist wie Katzenminze oder Angel Dust. Du machst mich high. Du machst, dass ich so viel fühle."

„Lässt du mich toppen?", frage ich. „Bitte, Daddy?"

Er nickt und löst sich von mir. Die kühle Luft im Raum ist ein Schock für meinen empfindlichen Schwanz, der sich bereits so an die Hitze von Daddys Körper gewöhnt hat. Auf seinem Rücken sieht Daddy so wunderschön aus, dass ich weinen möchte. Er trägt erneut Gleitgel auf, hebt seine Beine und lässt mich dazwischen. Als ich mich nach vorne bewege, streckt er die Hand aus, um meinen Schwanz zu führen.

Ich starre in seine Augen, während ich durch den engen Ring seines Lochs stoße. Er bricht den Augenkontakt nicht ab, lässt mich in seinem Gesicht sehen, wie er auf die Empfindungen reagiert, lässt mich beobachten, wie sein Blick weich wird, als ich eindringe, er mir Zugang zu seinem Innersten gestattet.

Ich erinnere mich, wie wir uns vorhin nach dem Einlauf angestarrt haben, und das hier ist nicht weniger intensiv. Daddy gibt mir die besten Teile seiner selbst und ich werde sie in mir horten.

Dies sind Dinge, die immer mir gehören werden, auch wenn diese Hütte und dieses Leben es nicht sind. Ich wünschte, sie könnten es sein.

„Guter Boy", sagt Daddy, als ich tief hineinstoße. „Spürst du das?"

Ich nicke.

„Sag mir, was du fühlst."

„Deinen Herzschlag auf meinem Schwanz. Dein Leben. Deine Stärke. Du bist so stark, Daddy. Du kommst mit allem klar."

Er lächelt. „Oh, mein süßer Boy, komm her." Er zieht mich an seinen Brustkorb, küsst meinen Kopf, während ich mich an seinen starken Oberkörper klammere und mich in seinem heißen Hintern vor- und zurückbewege. Er reibt meinen Rücken, auf und ab, flüstert mir zu, während ich ihn ficke: „Daddys süßer Boy macht das so hervorragend, dass ich mich gut fühle. Du bist so gut darin, mein süßer Boy. So gut für Daddy."

Der Fick wird zu etwas anderem als vorhin, als er mich geritten hat. Er ist jetzt träge, langsam, und ich bin eng an ihn geschmiegt, während ich immer und immer wieder in ihn eindringe, mich die Unterstützung seines kräftigen Körpers genießen lasse, die Weichheit seines Trostes und die süße Hitze seines Hinterns.

„Matthew, Daddy ist so stolz auf dich", flüstert er. „Du bist mein süßer Boy. Mein guter, süßer Boy."

Der Geruch seines Schweißes und die Zärtlichkeit unserer Verbindung dauern, bis ich einen Punkt ohne Wiederkehr erreiche. Der sanfte, wunderschöne Fick geht in Funken der Lust auf, die in Spritzern von Wichse aus mir herausexplodieren. Ich klammere mich an ihn, küsse seine Brustmuskeln, zittere von den lustvollen elektrischen Schlägen.

„Das ist mein guter Boy", flüstert Daddy, seine Stimme stark und sicher. „Mein *bester* Boy."

Ich zucke und entlade mich erneut in ihm, beiße seinen Nippel. Ich stöhne, die Worte kommen in meinem Brustkorb zum Liegen. Bester Boy. *Bester.*

Es ist vorbei. Wir liegen zusammen da, mein Schwanz gleitet aus ihm heraus, während seiner immer noch hart gegen meinen Bauch drückt, wir beide atmen und fühlen zu viel.

KAPITEL SECHSUNDZWANZIG

Erik

DIE LETZTE NACHT geht mir immer noch im Kopf um, während ich Kaffee trinke und auf den schmelzenden Schnee hinausstarre. Die letzten Nachrichten auf Twitter besagen, dass der Highway durch die Berge frei ist, genau wie die meisten Hauptstraßen, aber die Bergstraßen warte immer noch darauf, gesalzen zu werden. Ich habe eine Ausrede, Matthew für einen weiteren Tag bei mir zu behalten. Eines dieser Weihnachtswunder, an die die Leute gerne glauben.

Ich möchte, dass er bleibt. Vielleicht brauche ich das sogar, nach dem, was wir letzte Nacht getan haben.

Ich glaube nicht, dass ich je den Ausdruck auf seinem Gesicht gestern Nacht vergessen werde, als er auf mich gestiegen und ganz in mich eingedrungen ist, seine Unterwerfung an die Lust und seine zärtliche Zuneigung für mich glühend in seinen Augen. Er ist ein liebender Mann. Auch ein sehr begieriger Mann.

Ich weiß nicht, wie er im Herzen so unschuldig bleiben konnte, obwohl er mit Homophobie gelebt hat und sich beinahe sein ganzes Leben lang verstecken musste. Ich kann mir nicht vorstellen, wie das sein muss. Er verdient eine Erholung von allen Arten des Schmerzes.

Ich lasse ihn im Bett, lasse ihn schlafen, damit er sich von der Intensität der letzten beiden Tage erholen kann. Er verdient es, an diesem Morgen auszuschlafen, auch wenn meine innere Uhr mir diesen Luxus niemals gönnen wird – nicht einmal am Weihnachtsmorgen.

Nicht zu vergessen die Tiere im Stall – sie müssen versorgt werden, egal ob die Sonne scheint, es regnet oder ich erschöpfenden Sex gehabt habe. Darum habe ich mich so leise wie möglich aus dem Bett geschlichen, bin mit einem Zucken in meinem Hintern, das ich schon seit langer Zeit nicht mehr gespürt habe, hinunter zum Stall marschiert und habe gegenüber den Pferden, Ziegen, Hunden und Katzen meine Pflicht erfüllt.

Die ganze Zeit, während ich gearbeitet habe, hat mein Hirn die Nacht davor immer wieder abgespielt. Wie er neben der Toilette gekniet war, der ernste Gesichtsausdruck, den er gezeigt hat, als er zugesehen hat, wie ich den Einlauf herausgelassen habe und wie er diesen Moment gehalten, ihn bezeugt hat, ohne Urteil, ohne die Scham gewinnen zu lassen. Ich habe ihm etwas gezeigt, das bisher nur Daniella gesehen hatte. Niemand sonst. Kein anderer Boy.

Als ich jetzt meinen Kaffee trinke, kann ich nicht verhindern, wieder darüber nachzudenken.

Was hatte ich mir dabei gedacht? Ich wollte ihm ein Stück von mir geben, etwas Einzigartiges, aber warum? Ich hatte mich an einen Ort gebracht, den zu besuchen ich an diesem Wochenende nicht vorgehabt hatte. Es ist zu viel. Ich stecke zu tief drin.

Aber ich will nicht, dass er geht. Ich bin dankbar, einen weiteren Tag mit ihm zu haben. Ich würde ihn für eine Woche hierbehalten, wenn ich das könnte, ihn dazu bringen, Silvester mit mir zu feiern, ihn meiner Mom vorstellen.

Wo ich gerade dabei war, ich hatte heute Morgen einen Anruf von ihr verpasst, während ich gearbeitet habe. Ich ziehe meinen dicksten Mantel und eine Mütze an und gehe hinaus auf die Schaukel auf der Veranda, nehme mir eine schwere Decke mit. Nachdem ich es mir gemütlich gemacht habe, rufe ich sie über Facetime an und grinse, als ihr Gesicht den Bildschirm meines Handys füllt.

„Hey, Baby!" Ein breites Lächeln erhellt ihr faltiges Gesicht und ihre blauen Augen funkeln vor Glück. „Frohe Weihnachten! Wie läuft es mit Molly?"

„Ihr und dem Zicklein geht es gut."

„Gut! Das sind gute Neuigkeiten! Hast du einen Namen für die Kleine?"

„Miss Merry Joy-Joy."

Mom blinzelt schnell. „Das ist ungewöhnlich."

„Ja, ein Freund hat ihn ausgesucht." Ich kann sehen, wie die Fragen sich aufreihen, und entscheide mich, sie im Keim zu ersticken. „Wie geht es Tante Meryl und der Familie?"

„Nun, du weißt, wie es ist, es gibt immer irgendein Drama. Gerade im Moment sind dein Cousin Leo und sein Ehemann – du erinnerst dich an Dr Anderson? – mit ihrem kleinen Mädchen hier und sie ist ein ziemlich seltsames Wesen."

„Ich erinnere mich von ihrer Hochzeit. Nennen sie sie immer noch Lucky?"

„Ja."

„Guter Name für ein Pferd oder einen Hund, aber bei einem Kind bin ich mir da nicht so sicher." Wir hatten genau dieses Gespräch über den Namen des kleinen Mädchens schon nach der Hochzeit geführt. Mom und ich machen das oft – wir wiederholen dieselben Dinge, mit ein paar Jahren Abstand. Es ist tröstlich. „Geht es Leo gesundheitlich gut?"

„Du weißt, wie es ist. Er wird immer Probleme haben. Aber mit einem hingebungsvollen Arzt als Ehemann kommt er ganz gut zurecht. Sie sind ein attraktives Paar." Sie macht eine Pause. „Also, dein, ahem, *Date*? Wie ist es gelaufen? Ich nehme an gut, weil er Mollys Zicklein einen Namen gegeben hat."

„Subtil, Mom."

„Ich habe nicht versucht, es zu sein. Ich möchte nur, dass du glücklich bist."

„Ich bin glücklich." Es ist eine reflexartige Antwort. Wir beide wissen, dass es nicht stimmt, oder zumindest hat es nicht gestimmt, seit Brandon mich verlassen hat.

„Ich bin mir sicher, dass du im Moment sehr glücklich bist, nachdem du einen heißen Hintern hattest. Nur sehr wenig macht einen Mann glücklicher. Aber ich spreche von dauerhaftem Glück. Das ist am wichtigsten. War dieses Date jemand, der dich auf diese Weise glücklich machen kann, Erik?"

Mein Gesicht ist rot von der Kälte, aber es ist auch heiß von etwas anderem. Ich reibe mir über die Augen und erkenne, dass es Scham darüber ist, wie armselig ich mich verhalten habe, wie ich Matthews Zauber verfallen bin.

Ich habe ihm Teile meiner selbst gegeben – intime, persönliche Teile meiner selbst. Ich habe ihn auch so viel geben lassen. Es fühlt sich an, als würde mein Herz auf dem Spiel stehen und darum hätte es bei dieser Zeit mit Matthew niemals gehen sollen.

Wie waghalsig bin ich gewesen? Himmel.

„Oh? Es ist schlecht gelaufen?", fragt sie, ihre Brauen ziehen sich sorgenvoll zusammen. „Du siehst unglücklich aus."

„Nein, nein. Es ist gut gelaufen. Läuft immer noch gut."

„Oh?" Moms Augen fangen wieder zu funkeln an und dieses Mal vor reiner Freude. „Er ist zu Weihnachten geblieben? Wie heißt er?"

„Matthew."

„Und aus einer Nacht sind zwei geworden, mit Matthew?" Sie kichert.

Ich verdrehe die Augen. „Und so wie die Straßen sind, könnten es drei werden."

Mom spürt etwas in meinem Tonfall und die Freude verlässt ihre Augen, wird von Sorge ersetzt. „Oh, und wie findest du das?"

Meine Wangen werden wieder heiß. „Es ist in Ordnung für mich."

„‚In Ordnung‘." Sie verdreht ihre Augen und streicht ihre blonden Haare aus ihren Augen, zeigt ihre gezupften Brauen. „Wo ist er jetzt?"

„Er schläft."

„Um diese Uhrzeit?"

Ich lache. „Er ist an das Leben auf einer Farm nicht gewöhnt, Mom. Er ist daran gewöhnt, an den Wochenenden auszuschlafen."

„Nun, du musst ihn mehr als nur ‚in Ordnung‘ finden, wenn du ihn das machen lässt", bemerkt sie. „Andere Boys von dir mussten vom ersten Tag an draußen im Stall ausmisten oder Kugelhanteln heben, mit dem ‚Training‘ beginnen."

Ich weise sie nicht darauf hin, dass die Dinge mit Matthew *anders* zu machen vielleicht ein Hinweis sein könnte, dass ich kein Interesse habe, ihn zu behalten und auf die richtige Weise zu trainieren. Aber sie hat natürlich recht. Ich bin mit Matthew auf eine Weise sanft, wie ich es nie für Brandon, Duncan oder Garrett gewesen bin und definitiv nicht mit irgendeinem anderen meiner temporären Spielpartner.

Als ich diesen Morgen aufgewacht bin, mich auf die Seite gerollt habe und sein Gesicht im Glühen des Sonnenaufgangs gesehen habe? Bin ich geschmolzen. Seine dunklen Wimpern auf seinen Wangenknochen, seine Brauen glatt und entspannt und die kleinen Fächer aus Falten um seine Augen? Alles so zum Küssen einladend.

Während ich ihm beim Atmen zugesehen habe, der süße Duft seiner Haut mir in die Nase geweht ist, hatte ich an die Geschichte eines chinesischen Prinzen vor langer Zeit gedacht, der sich den langen Ärmel seiner Robe abgeschnitten hat, weil sein Liebhaber darauf eingeschlafen war. Er hatte lieber seine eigene königliche und wertvolle Kleidung zerstört als den Mann zu wecken. Und in diesem Moment hatte ich es gewusst – wenn ich mich aus dem Bett schneiden musste, um Matthew nicht zu stören? Ich hätte es getan.

„Er ist anders", gebe ich vor Mom zu.

„Sie sind alle anders", sagt sie.

„Stimmt. Aber er ist … älter als ich." Ich denke, das ist die beste Möglichkeit, ihr begreiflich zu machen, wie anders als andere Boys Matthew ist.

Ihre Brauen verschwinden außer Sichtweite unter ihrem Pony und ihr Mund öffnet und schließt sich einige Male, bevor sie sagt: „Wie *viel* älter?"

„Nur ein paar Jahre. Er ist einundvierzig."

„Ah." Sie blinzelt. „Ich verstehe. Also … in diesem Szenario …" Mom beißt sich auf die Lippe, als würde sie versuchen, sich die perfekten Worte einfallen zu lassen. „Bist dann du der Boy?"

„Nein." Ich lache. „Er ist trotzdem der Boy."

„Oh?"

„Das Alter ist unwichtig. Es ist die Rolle." Es war nicht lange her, dass die Sache mit dem Alter mir zu schaffen gemacht hat. Jetzt stört es mich überhaupt nicht. Ich hatte Vorurteile, aber Matthew hat mich eines Besseren belehrt.

„Gut, gut. Ich verstehe es. Glaube ich." Mom neigt ihren Kopf, ein nachdenklicher Ausdruck erscheint auf ihrem Gesicht. „Ich denke, das könnte gut sein."

Ich lache erneut. Mom – immer die Optimistin – denkt, das könnte gut sein. Keine Überraschung für mich.

Sie grinst. „Erzähl mir von ihm. Wie ist er so?"

„Er ist gut aussehend", fange ich an, stoße mich mit den Füßen vom Verandaboden ab, damit die Schaukel anfängt zu schwingen. „Und naiv auf charmante Art und Weise. Naiver als Brandon oder Garrett, vielleicht genauso naiv wie Duncan?"

„In seinem Alter?"

„Ich weiß. Es ist unglaublich, dass er diesen Grad an Unschuld bewahrt hat. Das ist einzigartig." Und wunderschön, aber das teile ich nicht mit ihr. „Er war in vielerlei Hinsicht behütet. Hatte religiöse Eltern."

„Ohhh", sagt sie, nickt dabei. „Ich verstehe."

„Er hat sein ganzes Leben bei ihnen gewohnt, darum hatte er nie die Gelegenheit, um-" Ich winke mit meiner Hand. „Und jetzt sind sie fort, gestorben, und er möchte sich so erkunden, wie er das nie zuvor gekonnt hat."

„Du hilfst ihm, das zu tun? Wie wunderschön, Erik. Was für ein besonderer Anfang für eine Beziehung."

Ich lache schnaubend. Sie hat keine Ahnung. Überhaupt keine. Es war wunderschön und insgesamt zu viel, zu schnell. Es war unverantwortlich und wild und genau das, was ich gebraucht habe, aber nie je hätte haben sollen. Schlimmer noch, es ist zum Scheitern verurteilt. „Er wohnt in Nashville."

„Nun, er muss dort ja nicht bleiben, oder? Es wird ihn nicht umbringen, hierher zu ziehen, nicht wahr?"

„Mom ..."

„Ja?"

„So ist es nicht. Matthew ist nur hier, weil er mein Daddy/boy-Erlebnis auf der Weihnachtsauktion gewonnen hat. Er wird nicht bleiben. Er hat ein eigenes Leben. Er war nie dazu bestimmt, zu bleiben."

Aber ich weiß, dass er bleiben möchte. Ich habe es gestern Nacht in seinen Augen gesehen, als ich ihn gebeten habe, für immer zu bleiben, und ich habe es in seinem Gesicht gesehen, als er in mich eingedrungen ist. Ich habe es gespürt in der Art, wie er sich an mich geklammert hat, während er mich zärtlich gefickt hat und während er in meinen Armen seinen Orgasmus geschnauft und geschaudert hat.

Er will genauso wenig nach Hause gehen, wie ich ihn gehen lassen möchte. Und meine Mutter, als der Engel, der sie ist, wird nicht versuchen, mir diese irrationalen Gefühle auszureden. Sie ist eine ewige Optimistin und denkt immer, dass jeder Mann, mit dem ich auch nur flirte, „Der Eine" ist.

Aber was, wenn, zum ersten Mal überhaupt, ich auch möchte, dass ein Mann „Der Eine" ist?

Nein. Stopp. Das hier wird aus vielerlei Gründen niemals funktionieren.

„Empfindet er nicht dasselbe für dich?"

„Er ist nur ein One-Night-Stand, der eingeschneit wurde und jetzt ein Three-Night-Stand ist, Mom."

„Nein, ich kenne dich, Erik. Du hast diesen verträumten Ausdruck, den du immer bekommst, wenn du dich frisch verliebst. Ich bin damit sehr vertraut. Du hattest ihn, als du dich auf der High School in Jason Doloman verliebt hast, dann bei Ellie McGuire auf dem College und natürlich Duncan und Garrett. Zugegeben, bei Brandon hat es länger gedauert, weil er so ein Wildfang war, aber ich habe es gewusst, als du dich in ihn verliebt hast. Es war während der Reise nach Kanada für die Filmaufnahmen mit diesem Schauspieler-Ex von Leo – Curtis Banks-"

„Was für ein Arsch."

„- es war das erste Mal, dass Brandon dich begleitet hat. Ich weiß nicht, was sich während dieser Reise verändert hat, aber als du nach Hause gekommen bist, hattest du Sterne und den Mond in deinen Augen und du warst komplett in ihn verliebt. Bis er dich verlassen hat."

Ich seufze. Sie hat recht. Ich *hatte* mich während der Aufnahmen in Kanada in Brandon verliebt, auch wenn ich damals, und auch für zu lange Zeit danach, nicht willens gewesen war, es mir selbst gegenüber zuzugeben. „Sag es nicht so."

„Wie würdest du es sagen?"

„Brandon ist nicht gegangen. Er ist erwachsen geworden. Weitergezogen."

„Stimmt. Nun, nimm, welchen Euphemismus du auch brauchst, um dich besser zu fühlen. Tatsache ist, dass er dich verlassen hat, und das hat dir das Herz gebrochen. Ist es das, was dich davon abhält, diese neue Liebe zuzulassen, Baby? Denn wenn es das ist, verstehe ich es. Es ist einfach, eine Mauer um dein Herz zu errichten. Aber verwehre dir selbst nicht die Freude. Das Leben ist zu kurz.“

„Was, wenn er mir am Ende keine Freude bringt? Was, wenn er irgendeine grauenvolle Angewohnheit hat? Oder irgendwelche festgefahrenen Denk- oder Handelsweisen, die nicht zu meinen passen? Was, wenn er Republikaner ist?“

„Solche Fragen hast du über deine vergangenen Boys nie ge-stellt. Du hast dich immer kopfüber in jede Attraktion gestürzt. Du hast nie vorher die Tiefe geprüft. Was ist mit ‚Einzelheiten spielen keine Rolle, Mom‘ passiert? Was ist mit ‚es wird alles so kommen, wie es das soll‘?“

„Mit Matthew ist es anders.“

„Warum?“

„Weil ich immer gewusst habe, dass die anderen gehen würden! Ich *wollte*, dass sie gehen!“

Da. Ich hatte es gesagt. Es liegt auf dem Tisch und ich kann in Moms Gesichtsausdruck sehen, dass sie genauso gut weiß wie ich, was ich gerade zugegeben habe. Matthew denkt, dass ich stark bin. In Wahrheit bin ich ein Feigling. Ein ängstlicher Feigling, der nur „groß“ leben kann, indem ich „klein“ in meinem Herzen bleibe.

„Nein, ich erinnere mich, wie es mit Brandon war. Du wolltest, dass er bleibt …“

„Am Ende, vielleicht. Aber als es angefangen hat …“ Ich schütt-le meinen Kopf. „Ich habe nie erwartet, dass er bei mir bleibt. Ich wusste von Anfang an, dass er wegfliegen würde, sobald die Zeit gekommen war. Darum habe ich ihn überhaupt erst in mein Leben gelassen. Wenn ich gewusst hätte, dass ich mich in ihn verlieben würde? Wenn ich gewusst hätte, wie sehr es wehtun würde, ihn zu verlieren? So viel mehr, als es geschmerzt hat, als Duncan und Garrett gegangen sind. Himmel, Mom, ich hätte ihn nicht in mein

Leben gelassen. Ich wäre schon am ersten Tag gegangen."

„Brandon war dein erstes gebrochenes Herz."

Ich reibe mir über den Brustkorb. Es tut weh, wenn ich nur daran denke. Ein Echo eines Schmerzes, der endlich verblasst. „Ich möchte das nicht wieder durchmachen. Das ist es nicht wert."

„Baby, die Chance auf ein glückliches Ende ist es wert. Dieser Matthew könnte dein glückliches Ende sein."

Ich seufze. Ich werde das meiner Mom niemals ins Gesicht sagen, aber sie hat kein glückliches Ende bekommen, warum sollte ich es also erwarten? Es war nicht Brandon, der mir mein Vertrauen in Männer geraubt hat, sondern Dad. Er hat uns betrogen. Seit diesem Tag habe ich niemals, nicht für einen Moment, geglaubt, dass Männer ein sicherer Ort für mein Herz sind. Darum hatte ich immer *Boys*, darum war ich immer ihr Daddy.

Männer? Ich habe ihnen nie vertraut, zu bleiben oder geglaubt, dass ich mich auf sie verlassen kann, was mein eigenes Glück betrifft. Ein schneller Fick? Klar. Alles andere? Niemals.

Darum *bin ich* der Mann, von dem ich immer wollte, dass mein Vater und die Männer um mich herum es sind – verantwortungsbewusst, liebevoll, sanft, fürsorglich, dominant, befehlend und *für meine Boys da*. Das Spiel während des Sex? Das ist nur eine Möglichkeit auszudrücken, was für eine Art Mann ich sein möchte. Die Art Mann, von der ich nicht erwarte, dass irgendjemand es je für mich sein kann.

Der einzige Grund „mich wieder in den Sattel zu schwingen" mit dieser Auktion, war, um zu sehen, ob es mir gefallen könnte, ein Kurzzeit-Daddy zu sein. Ob ich diese lebensbestätigende Rolle immer noch spielen kann, ohne mein Leben – oder das Leben von jemand anderem – auf den Kopf zu stellen. Aber wenn ich auf unser erstes Date zurückblicke, weil ich keinen besseren Ausdruck dafür finden kann, habe ich nie Kurzzeit-Daddy-Gedanken für Matthew gehabt. Von Anfang an hatte ich spontane Fantasien, wie es sein könnte, ihn lange genug in meinem Leben zu haben, um ihm alles über NASCAR, Gedichte und so viel mehr beizubringen.

Eine kleine Stimme flüstert, *Zur Hölle, er ist hier gefangen, du könntest heute damit anfangen …*

Ich möchte mir selbst ins Gesicht schlagen. Stattdessen streiche ich durch meine Haare und stöhne.

„Worüber denkst du nach? Du hast jede Menge Falten auf deiner Stirn." Wenn sie zu Hause wäre, würde Mom ihre Fingerspitzen zwischen meine Brauen drücken, um meine Falten zu glätten. Ihre Stimme wird weicher. „Ich bin mir sicher, dass es angsteinflößend ist, aber lass dir nicht von Furcht und dem, was mit Brandon passiert ist, alles stehlen. Er ist es wert."

„Brandon hat nur getan, was natürlich und richtig ist. Er ist gewachsen, hat sich verändert und ist gegangen. Ich bin stolz auf ihn, dass er erkannt hat, dass es an der Zeit war, auch wenn ich das nicht getan habe."

„Oh, du wirfst *mir* vor, eine Romantikerin zu sein, aber hier stehst du und verzierst Scheiße mit Gold."

Ich schnaube. „Wie das?"

„Dieser Boy wurde geil auf etwas, das ein anderer Mann ihm hingeworfen hat und er hat dich verlassen, damit er loslaufen und es fangen konnte. Das ist alles, was passiert ist. Er ist nicht ‚erwachsener geworden' als irgendein anderer Man. Er hat getan, was er immer gemacht hat – was Männer immer tun – er ist seinem Schwanz gefolgt. Er hat dich für eine schöne Ansammlung neuer Orgasmen auf einem frischen Schwanz auf dem Trockenen sitzen lassen, das ist alles."

„Mom", würge ich hervor. Sie ist immer direkt, aber das hier ist heftig, sogar für ihre Verhältnisse.

„Es ist die Wahrheit. Ich habe zugelassen, dass du dir selbst diesen Unsinn darüber erzählst, dass du deinen Job als sein ‚Daddy' gemacht hast und er ‚erwachsen geworden' ist, und all diesen Mist, weil ich dachte, dass es dadurch leichter für dich wird, ihn gehen zu lassen." Mom schüttelt ihren Kopf. „Aber jetzt sitzt du hier, siehst aus, als ob ein Engel aus dem Himmel und in dein Bett gefallen ist, aber erzählst mir, dieser Matthew kann nicht dein Mann sein, weil er vielleicht *bleibt*? Verstehe ich das richtig?"

Ich lache.

„Was?"

„Er heißt tatsächlich Engel. Matthew Angel."

„Da hast du es! Das ist ein Zeichen."

Ich verdrehe meine Augen. „Ich weiß nicht, was schlimmer ist. Wenn er bleibt oder wenn er geht … Was mache ich, wenn er bleibt, Mom? Wie funktioniert das? Ich habe so eine Beziehung noch nie in freier Wildbahn gesehen."

„Weil dein Dad uns verlassen hat."

„Ja und die meisten Dads meiner Freunde ebenfalls. Und alle meine Boys. Sie alle gehen. Das ist es, was Männer tun. Du hast es selbst gesagt. Wenn Matthew *bleibt* …" Ich schüttle meinen Kopf. „Ich weiß nicht einmal, wie ich mir das vorstellen soll."

Aber das ist eine Lüge. Ich kann es mir perfekt vorstellen.

Matthew in seiner Unterwäsche, wie er auf unserem Sofa sitzt, seine Nippel hart von der Kälte, Unterlippe rot, weil er darauf gekaut hat und seine Augen strahlen für mich.

Matthew, wie er an der Küchentheke sitzt, gekleidet in ein Hemd, auf einem Computer tippend, Kaffee trinkend und nachdenklich dreinschauend.

Matthew, wie er vor einem Lagerfeuer neben dem Stall auf einer Gitarre spielt. Ich habe ihn noch nicht spielen sehen, kann es aber trotzdem vor meinem geistigen Auge sehen.

Matthew auf dem Rücken von Zebra Cake, hinter mir über die Bergpässe reitend und dann halten wir an und rollen auf einer grasbewachsenen Lichtung herum.

Ich kann ihn im Trainingsraum sehen, schwitzend, weil er sich anstrengt, wie seine schlanken Muskeln mit jedem Tag stärker werden.

Ich kann ihn mir in meinem Bett vorstellen, nackt, vor Lust und Begehren quiekend, seine Augen ganz heiß und wild, bevor er kommt. Ich kann sein ruhiges, erfreutes Lächeln sehen, wenn ich danach sein Gesicht küsse und ihm sage, wie gut er ist, wie sehr ich es liebe, ihn zu ficken, dass er mein Boy ist, mein Engel …

„Was für ein Unsinn ist das?“, hakt meine Mom nach. „Es gibt kein Rezept dafür, eine Beziehung erfolgreich zu machen. Man baut sich einfach ein Leben zusammen auf, wie es gerade passt, mit der Person, die man liebt. Das ist alles. Das ist keine Raketenwissenschaft. Du musst keine Gleichungen lösen oder so. Du fängst einfach an, die andere Person in dein Leben aufzunehmen, du machst sie wichtig, lässt sie Wurzeln in deiner Erde schlagen-“ Sie hebt eine Braue. „Dir fällt hoffentlich auf, dass ich Wurzeln schlagen gesagt habe, nicht Flügel wachsen. Du hast immer darüber geredet, dass deine Boys sich Flügel wachsen lassen. Nicht dieses Mal.“

„Du hast ihn noch nicht kennengelernt. Du weißt nichts über ihn.“

„Er ist einundvierzig. Sein Name ist Matthew. Er lässt deine Augen leuchten, als würde die Sonne hinter deinen Iriden aufgehen. Ich weiß genug.“

„Das ist nichts, Mom.“

„Es ist mehr, als ich über Brandon gewusst habe, aber was habe ich zu ihm gesagt, als du ihn zum ersten Mal mit nach Hause gebracht hast?“

Ich seufze und streiche wieder mit meiner Hand durch meine Haare. „Der hier wird dir das Herz brechen, wenn du es zulässt.“

„Aber ich habe *auch* gesagt, dass es das wert sein wird.“

„Das war es nicht.“

„Oh, Baby, zu lieben ist immer besser als nicht zu lieben. Haben ist besser als nicht haben. Und verlieren ist besser, als es überhaupt nicht gehabt zu haben. Diese Klischees existieren aus einem Grund, Erik."

„Vielleicht, aber du irrst dich bei dieser Sache mit Matthew."

Ich sehe eine Bewegung durch das Fenster und schaue zu, wie Matthew in die Küche kommt, nur seine Unterwäsche trägt. „Ich kann ihn nicht haben."

Sie schnaubt und ich verdrehe meine Augen.

„Ich muss Schluss machen", sage ich mit einem halbherzigen Lächeln. „Dornröschen ist aufgewacht."

„Versau dir das nicht selbst", sagt sie, winkt mir zum Abschied und schickt mir einen Kuss. „Lass ihn wissen, dass du mehr willst. Schau, was passiert. Und hey, frohe Weihnachten."

Ich schicke ihr ebenfalls einen Kuss und lege auf. Tatsache ist, dass ich Matthew bereits gesagt habe, dass ich mehr will und er hat gesagt, dass es zu viel ist und er hat *recht*. Aber ich weiß auch, dass wenn ich ihn bitte, morgen Nacht zu bleiben und die Nacht darauf, er eine Möglichkeit finden wird, Ja zu sagen.

Dessen bin ich mir sicher, im tiefsten Inneren. Und im kalten Licht des Tages macht mir das eine höllische Angst.

Matthew dreht sich zum Fenster, streckt sich, zeigt seinen schönen Körper. Er wirkt jugendlich, obwohl er so männlich ist, mit seinem sexy Pelz. Sein Bauch ist flach und seine Hüften schmal. Ich lecke mir die Lippen, während ich ihn beobachte.

Ich glaube, es ist an der Zeit, dass er wieder für mich kniet.

Ich möchte seinen schlanken Körper für mich auf den Knien sehen, wie sein reifer Mund mich aufnimmt …

Auch wenn das alles wider besseres Wissen ist, auch wenn ich die Dinge bereits zu weit treibe, er ist noch für mindestens eine Nacht hier. Ich werde nicht zulassen, dass mein emotionales Chaos das für uns ruiniert. Und ich werde mir so viel nehmen, wie ich kann, bevor er geht.

Er muss gehen.

Weil ich mir nicht leisten kann zu sehen, was passiert, wenn Matthew bleibt. Ich werde nicht in der Lage sein, ihn auf Dauer glücklich zu machen. Ich weiß nicht einmal, wie das außerhalb einer Daddy/boy-Beziehung aussieht und ich kann es mir nicht leisten, es herauszufinden. Nicht nach all diesen Jahren, in denen ich versucht habe, der beste Mann zu sein, der ich sein kann. Ich komme nicht damit klar, bestätigt zu bekommen, dass ich es nicht wert bin, dass jemand bei mir bleibt, und jeder Mann, den ich liebe, verlässt mich, genau wie mein Dad.

Matthew denkt, dass ich stark bin, aber ich bin ein Feigling.

Obwohl ich immer predige, wie wichtig es ist, sich von einem Sturz zu erholen? Wie sich herausstellt, fehlt mir die Stärke in der Mitte, um diese Aufgabe selbst zu bewältigen.

KAPITEL SIEBENUNDZWANZIG

Matthew

ERIK KOMMT VON der Veranda herein, trägt eine Decke und hat rosige Wangen von der Kälte. Ich zittere, als die kalte Brise von der sich öffnenden und schließenden Tür durch den Raum weht und schlinge meine Arme um mich selbst.

Als ich allein im Bett aufgewacht bin, habe ich mir gedacht, dass er gegangen war, um sich um die Pferde und die anderen Tiere zu kümmern, aber ich war überrascht, dass er mich hat schlafen lassen. Es gibt keinen besonderen Grund dafür. Ich stelle mir nur vor, dass er in seiner Rolle als Daddy seinen Boy normalerweise geweckt hätte, sogar nach einer langen Nacht voller Sex, und ihn ebenfalls im Stall hätte arbeiten lassen.

Aber mich hat er, aus welchen Gründen auch immer, meinen Träumen überlassen.

Ich weiß nicht, was ich davon halten soll, oder ob es überhaupt stimmt, ob er mich nun besonders behandelt oder nicht. Vielleicht ist das alles nur in meinem Kopf. Ich schiebe alle Gedanken darüber von mir, als er mich anlächelt. Er ist so verdammt gut aussehend und ich gehöre ihm bereits. Ich möchte zu seinen Füßen knien.

„Frohe Weihnachten. Hast du gut geschlafen?", fragt er, legt die Decke und sein Handy beiseite, auf den gepolsterten Stuhl neben der Tür.

„Dir auch frohe Weihnachten. Und ja. Danke, Daddy."

„Natürlich, Boy." Er beugt sich vor, um seine Stiefel auszuziehen, bevor er seine Mütze wieder auf die Ablage legt und auch seinen großen Mantel aufhängt. „Wir wollen dich füttern.“

So wie er es aber sagt, bekomme ich das Gefühl, dass er nicht über Eier und Speck redet. Mein Magen ist leer und ich könnte etwas zu essen vertragen, aber der Gedanke, zuerst Daddys Wichse zu trinken, macht mich schwach. Ich gehe auf die Knie, wo ich gerade stehe, auf der Schwelle zwischen dem Wohnzimmer und der Küche.

„Fuck, Boy“, sagt Daddy, öffnet seinen Gürtel und schiebt seine Jeans und Unterwäsche nach unten, damit sein Schwanz sich aus seinen hellbraunen Schamhaaren erheben kann. Mein Mund füllt sich mit Speichel und ich spare ihn auf, um seinen Schaft damit zu befeuchten. Ich strecke die Hände danach aus, als er auf mich zukommt, aber er schiebt sie beiseite. Er packt eine Handvoll meiner Haare, fest, aber nicht schmerzhaft, und neigt meinen Kopf nach hinten, sodass ich zu ihm aufschaue.

Er streicht mit einem Daumen über meinen Kiefer. „Du hast dich rasiert.“

„Ja, Daddy.“

„Guter Boy.“

Er drückt mein Kinn zwischen seinem Daumen und seinen Fingern, öffnet so meinen Mund. Mein Herz hämmert und mein Schwanz drückt gegen die Vorderseite meiner Unterwäsche. „Du hast wunderschöne Augen, Boy“, sagt Daddy rau. „So hübsche Wimpern. Fuck.“ Das letzte Wort wird ihm aus dem Mund gerissen, als wäre er wütend. „Du bist so verdammt heiß. Himmel.“

Ich strecke meine Zunge heraus, will seinen Schwanz, bettle darum, ihn in mein Gesicht zu bekommen, und er stöhnt, bevor er mir gibt, was ich brauche. Sein Fleisch schmeckt nach Moschus von der Arbeit im Stall und ich öffne mich weit für seinen Umfang, spüre, wie meine Lippen sich dehnen. Daddy kommt näher, zwingt mich so, meinen Kopf nach hinten zu neigen. Ich konzentriere mich darauf, nicht zu würgen, als sein Schwanz die Rückseite meiner Kehle erreicht.

„Atme für mich durch deine Nase ein", murmelt er, seine Hand in meinen Haaren wird zärtlich. „Guter Boy. Jetzt streck deine Zunge so weit heraus, wie du kannst, umschließe die Unterseite meines Schafts. Ja, genau so. Fuck." Unter meinen Handflächen zittern seine Oberschenkel und ich packe sie fester, klammere mich an ihn. „Noch ein Atemzug, Boy. Ein und aus. Gut. Und jetzt öffne deine Kehle für mich."

Es ist einfach. All diese Jahre, in denen ich mich von Männern habe benutzen lassen, haben mir diese eine Fähigkeit beschert, die, gerade im Moment, Daddy zu erfreuen scheint. Speichel steigt um meine Lippen auf und läuft in seine Schamhaare, befeuchtet seine Eier, wo sie gegen mein Kinn drücken. Daddy hält mich dort fest, sein fetter Schwanz in meiner Kehle, seine Hand in meinen Haaren und seine intensiven, mit Emotionen gefüllten Augen auf mir.

Ich kann seine Gefühle nicht lesen, aber meine sind klar. Ich bin glücklich. Zutiefst und wahrhaftig glücklich. Tränen gleiten unter meinen Wimpern hervor und Daddy verändert seinen Griff an meinem Kopf, um sie mit seinen Daumen wegzuwischen.

„So ein guter, süßer Boy", murmelt er. „Du nimmst Daddys Schwanz wie ein absoluter Engel. Himmel, ich liebe es." Er streicht mit seinen Fingerspitzen über meine Brauen, glättet sie, gerade als ich anfange, das dringende Bedürfnis nach einem Atemzug zu verspüren. „Mach", ermuntert er mich. „Hol um meinen Schwanz herum Luft. Du kannst das."

Ich versuche es, aber er ist groß und ich habe Angst, dass ich zu würgen anfange. Daddy bleibt einfach ruhig und als ich einen widerlich klingenden feuchten Atemzug nehme, lächelt er mich an. „Das ist mein Engel. Das ist so gut. Mm, deine Kehle ist perfekt." Ich keuche erneut. „Fuck, Matthew. Du bist perfekt. So verdammt perfekt."

Ich sauge verzweifelt Luft ein, als er sich zurückzieht, keuche zu seinen Füßen, habe Speichel auf meinem Kinn und meinen Wangen und meine Kehle fühlt sich rau an. Sobald ich wieder zu Atem gekommen bin, öffne ich meinen Mund, bettle mit meinen Augen.

„Oh, mein süßer Boy, du willst mehr von Daddys Schwanz? Bist du heute Morgen hungrig?"

Ich antworte nicht, weil er seinen Schwanz so in meine Kehle schiebt, wie ich es möchte, aber ich hoffe, dass er es in meinen Augen sieht. *So hungrig, Daddy. So hungrig auf dich.*

Die Welt scheint an den Rändern zu schimmern und mir ist schwindlig, ich fühle mich gleichzeitig leicht und schwer, als würde ich fliegen, aber zur selben Zeit hier von Daddys fettem Schwanz aufgespießt werden. Ich klammere mich an seine Oberschenkel, spüre den Jeansstoff unter meinen Handflächen. Ich bewege sie auf und ab, nutze die Reibung, um mich zu erden. Ich bin hier auf dem Boden in Daddys Küche, lasse ihn in meine Kehle pressen und mich mit seinem Schwanz würgen.

Ich liebe es. Liebe es so sehr.

„Das ist wunderschön", sagt Daddy, berührt die gespannten Ränder meines Mundes, wo ich so weit für ihn geöffnet bin. *„Du* bist wunderschön. Dafür gemacht, für Daddy zu knien. Gemacht, mich mit deinem Körper zu verehren, nicht wahr, Matthew? Daddys kleiner Engel."

Ich kann ihm nicht antworten, darum schließe ich meine Augen und öffne sie wieder, hoffe, dass meine Emotionen aus meiner Seele herausscheinen. Ich möchte für ihn knien und nur für ihn. Ich möchte, dass er denkt, meine Bemühungen hier sind die Zeit und Mühe wert, die es braucht, um mich als seinen Boy zu behalten. Mir ist es mittlerweile egal, ob er jemanden verdient, der jünger und besser ist. Ich will diesen Mann. Ich möchte seinen Schwanz und sein Heim, sein Leben und seine Liebe.

Ich möchte für immer und in echt sein Boy sein.

„Jetzt blas mir einen, bis ich komme", weist er mich an, zieht seinen Schwanz wieder aus meiner Kehle und führt meine Hände von seinen Oberschenkeln zur Basis seines Schafts. „Benutz deine Hände. Mach, dass ich komme."

Ich krächze: „Ja, Daddy."

Ich bin immer noch nicht sonderlich gut darin, aber ich bin enthusiastisch und ich kann am Funkeln in seinen Augen sehen, dass ihm das genauso gefällt, wie ihm gefällt, was ich mit seinem Schwanz mache – was alles ist, was mir einfällt, was sich vielleicht gut anfühlen könnte. Lecken, Saugen, Pumpen, meinen Kopf auf seinem Schaft auf und ab bewegen und seine Eier liebkosen, das alles mache ich.

Ich finde einen Rhythmus, der ihm besonders zu gefallen scheint. Seine Knie werden weich und er packt den Rand der Theke, um sich aufrecht zu halten.

„Das ist mein Boy. Du bringst mich dorthin. Einfach. So. Fuck!" Daddy packt meine Haare, sein Gesicht spannt sich an und ich lecke eifrig an seinem Schlitz, bis Wichse herausspritzt, meine Lippen, meine Zähne und meine Kehle trifft. „Das", wimmert er, während er durch seinen Orgasmus schaudert. „Genau so, Boy."

Daddys Finger streichen durch meine Haare, als ich ihn sauberlecke. Ich setze mich auf meine Fersen, um den Überschuss von meinem Kinn zu wischen, und lecke das auch auf. Es schmeckt sauer und bitter, wie Backpulver und Zitrone. Ich liebe, dass es seine Wichse ist und ich dafür gesorgt habe, dass er seine Ladung verloren hat. Ich liebe es, dass ich das Privileg habe, sie zum Frühstück zu essen.

Kein anderer Boy.

Ich. Matthew Angel.

„Danke, Daddy", flüstere ich. „Danke für dieses köstliche Frühstück."

Er lacht, seine Augen bekommen Falten in den Winkeln, zeigen die Wirkungen der Sonne auf seinem Gesicht. Er ist so gut aussehend. Mein Magen hüpft und taucht und ein Grinsen bricht ungebeten auf meinem Gesicht aus. Ich habe ihn glücklich gemacht. Ich habe dafür gesorgt, dass er kommt und lacht. Was mehr kann ein Boy wollen?

„Danke, dass du sie gegessen hast", flüstert er. „Ich habe sie nur für dich gemacht."

Ich küsse seine Eichel und helfe ihm, seinen Schaft wieder einzupacken und seinen Reißverschluss zu schließen. Sobald Daddy angezogen ist, zieht er mich hoch, streicht mit seinen Händen über meinen Körper, berührt mich überall, nur nicht dort, wo ich es am dringendsten brauche – meinem schmerzenden Schwanz.

„Du bist zu alt, Matthew", murmelt er und ich versteife mich, aber er redet weiter. „Zu alt, um in nur wenigen Tagen so oft zu kommen, darum wirst du warten müssen."

„Daddy?", frage ich verwirrt, aber ich erwähne nicht, dass ich eigentlich heute fahren sollte, wenn die Straßen frei sind. Ich möchte nicht gehen. Wenn er möchte, dass ich hier bei ihm bleibe, wenn er möchte, dass ich nicht fahre …

„Die Straßen zum Haus sind immer noch nicht sicher", erklärt er. „Du hast eine weitere Nacht mit mir." Daddy küsst meine Lippen, meine Nase und dann meine Schlüsselbeine. Trotz seines Orgasmus klingt er außer sich vor Lust, als er murmelt: „Frohe Weihnachten dir, mein süßer Boy. Es ist Zeit, mehr Geschenke zu öffnen."

„Du hast mir schon zu viel gegeben", beharre ich, aber mein Herz schwillt dennoch an und ich mustere die bunt eingewickelten Päckchen unter dem Baum. Ich denke nicht, dass sich darin praktische Cordhosen finden werden.

„So sollte ein Daddy seinen Boy verwöhnen."

„Es sei denn, der Daddy möchte, dass sein Boy ihn verwöhnt", erinnere ich ihn.

„Würdest du das bevorzugen?"

„Nein", flüstere ich, als er mich zum Sofa führt. „Das ist perfekt."

Die Geschenke sind so gut eingepackt, dass ich mich frage, ob er es selbst gemacht hat oder sie in einem Laden hat einwickeln lassen. Wie dem auch sei, er legt mir die Schachteln eine nach der anderen auf meinen Schoß, ermuntert mich, das Papier wegzureißen – was in meinem Haus verboten war, als ich ein Kind war. Meine Mutter hat es immer verwendet, um ihre Schubladen auszulegen oder andere Geschenke zu verpacken.

Es macht Spaß, es herumzuwerfen, das reißende Geräusch durch den Raum hallen zu lassen und wir beide lachen, als ich aus Versehen die Schachtel bei einem einreiße, als ich versuche, das Papier vom störenden Tesafilm zu befreien.

„Das ist albern", sage ich kichernd, als ich den absurden und wunderbaren Weihnachtspulli hochhalte. Er ist im Fair Isle Stil, mit einer schwarzen Basis, über der sich Rot, Weiß und Grün abwechseln, dazu mit drei Reihen Ziegen, die Schals tragen und an der Vorderseite das Gesicht eines riesigen Zickleins, das Miss Merry Joy-Joy sehr ähnlich sieht.

„Zieh ihn an", ermutigt er mich.

Er fühlt sich weich unter meinen Fingern an, die feinste Wolle, die ich mir vorstellen kann und darum ziehe ich ihn mir über den Kopf, genieße die weiche, warme Umarmung meiner Haut. „Sehe ich albern aus? In nichts als diesem Pulli und der Unterhose?"

„Nein, es ist heiß."

Erik greift hinter das Sofa und zieht eine weitere Schachtel hervor. „Der ist für mich." Es ist ein ähnlicher Pulli mit Rot als Hintergrundfarbe und einem erwachsenen schwarz-weißen Ziegengesicht. Er zieht sein T-Shirt aus und den Pulli an.

Meine Kehle zieht sich zusammen. Hatte ich mir nicht genau das vorgestellt?

„Na los. Mach das Nächste auf", drängt Erik mich.

Ich schaue mir meine Beute an, als es vorbei ist. Zwei wunderschöne grüne Hemden und ein blauer Pulli, den er nur für mich ausgesucht hat. Eine Dose handgefertigtes „Gemächt-Deo" – für meine unteren Regionen, in einem Duft, den er gewählt hat. Ein Gedichtband von einem weiteren seiner Lieblingsdichter und ein kleiner, leerer Fotorahmen.

„Was soll der hier?", frage ich und deute darauf.

„Einen Moment, du wirst es sehen." Er zeigt auf die letzte Schachtel. „Mach die auch auf."

Ich reiße sie auf und darin befindet sich eine Polaroidkamera, in die bereits ein Film eingelegt ist.

„Hier", sagt Erik, nimmt sie mir ab. „Lass uns ein paar Fotos von uns machen."

Mein Brustkorb verengt sich. Ich bin mir nicht sicher, ob ich Fotos möchte. Wenn ich das hier nicht behalten kann, bin ich mir nicht sicher, ob ich mich später in lebhaften Farben daran erinnern möchte. Aber ich lasse zu, dass er uns auf dem Sofa positioniert und die Fotos macht. Die Kamera spuckt sie aus und als sie, eines nach dem anderen, sichtbar werden, auf dem Kaffeetisch aufgereiht, bin ich überwältigt, wie rein sie sind.

Darauf sind ich und Erik in Weihnachtspullis, wie ich es mir auf der Auktion vorgestellt habe, wir beide glühen von innen heraus, noch heller als der Baum, der uns bescheint.

„Wie findest du sie?", fragt Erik, hebt dabei eines der Fotos auf und vor den Rahmen. „Das hier ist gut."

Ich nicke, meine Kehle ist zugeschnürt und ich habe ein knackendes Gefühl in der Brust, als würde ich aufbrechen.

Ich nehme ihm den Rahmen aus der Hand, sobald er unser Foto darin befestigt hat.

Da sind wir: braune Augen neben haselnussfarbenen, dunkle Haare neben hellbraunen und mein Lächeln so breit wie seines.

Was ist das? Was haben wir zusammen gemacht? Ich weiß nur –

Das ist zu schön.

Erik

MATTHEW ZU STIMULIEREN ist eine Freude.

Auch wenn ich Zweifel habe, wie tief ich mich mit ihm in den Kink stürze, kann ich mich dennoch nicht davon abhalten, heftiger zu machen, als ich es vorgehabt habe. Wir haben uns von den Bedingungen unseres Vertrags mittlerweile so weit entfernt – wenn auch einvernehmlich – dass ich meine eigenen Bedürfnisse kaum glauben kann.

Zumindest gestattet es mir das hoch geputschte Adrenalin aus all unseren Sessions, die Gefühle und Ängste beiseitezuschieben, die während des Gesprächs mit meiner Mom an die Oberfläche gekommen sind. Ich kann mich auf ihn konzentrieren, auf die Gegenwart und was wir gerade im Moment haben.

Nachdem wir die Einzelheiten ausgehandelt haben, lässt er sich von mir mit Schals nackt an einen Esszimmerstuhl fesseln und mit Küssen an seinen kitzligsten Stellen foltern, mit Lecken an seinem Schwanz und seinen Eiern und jeder Menge Nippel-Play. Ich habe noch nie einen Mann gesehen, der so gut auf Berührungen an seinen Nippeln reagiert. Ich gehe vor ihm in die Hocke, streiche nur mit meinen Fingern um die dunklen Kreise und schaue zu, wie er sich windet.

Als ich meine Lippen, Zunge und Zähne dazunehme, hebt er beinahe vom Stuhl ab – oder hätte es getan, wenn er nicht gefesselt wäre.

„Wunderschön", lobe ich ihn. Er verdient so viel Lob. Er hat keine Ahnung, wie gut er die letzten paar Tage gewesen ist. Weil er nichts hiervon je gemacht hat, hat er keine Ahnung. Richtig oder nicht, zu wissen, dass ich der erste Mann bin, der ihn so sieht, lässt mein Herz hämmern. Der *einzige* Mann.

Matthew neigt seinen Kopf nach hinten, Schweiß sammelt sich an der Basis seines Halses und sein Atem kommt in kurzen, scharfen Stößen. Er wird sehr still. „Daddy“, wimmert er und ich lache, als sein Schwanz zuckt und seine Eier nach oben drängen, versuchen, um das sehr weiche Seil herum zu kommen, das ich benutzt habe, um seinen Orgasmus zu verhindern. Ich streiche mit den Fingern darüber, überprüfe, dass es nicht zu eng ist und versichere mich, dass nichts kratzt.

Zufrieden flüstere ich: „Dein Orgasmus gehört Daddy, Boy. Oder etwa nicht?“

„Ja, Daddy“, stöhnt er. „Bitte.“

„Nein.“

Matthew zittert, doch als ich wieder anfange, mit seinen Nippeln zu spielen, winselt er, sein Schwanz gibt großzügige Mengen Liebestropfen ab. Er ist jetzt so verdammt hart und sein unschuldiges Gesicht verrät, wie unglaublich gut er sich fühlt. Ich grinse, als mir eine gute Idee kommt, neige meinen Kopf und sauge an seinem Schwanz, während ich weiter seine Nippel zwicke, werde mit seinen hoffnungsvollen Schreien belohnt. So gierig darauf zu kommen. Als ich spüre, dass er einen Punkt der Erregung erreicht hat, an dem nicht einmal das weiche Seil seinen Orgasmus aufhalten kann, höre ich auf.

„Nein, Daddy!“, schreit er. „Bitte! Fuck, Daddy, ich werde gut für dich sein. Ich verspreche es. Nur, bitte, lass deinen Boy kommen, Daddy. Lass deinen Boy kommen ...“ Er ist jetzt kurz davor zu schluchzen und ich lasse das Grinsen aus meinem Gesicht verschwinden, werde ernst, als ich ihn mit Küssen auf seine Lippen, sein Kinn, seine Ohrläppchen und seinen Hals tröste.

„Das ist mein süßer Boy“, murmele ich. „Du machst das so gut für Daddy. Nicht wahr, Baby?"

„Tue ich das?", keucht er, seine Stimme bricht und Tränen laufen wieder an seinen Wangen nach unten. Dieses Mal kommen sie nicht, weil er an meinem Schwanz würgt, sondern von dem wilden Bedürfnis zu kommen.

„Hast du ein Wort für mich, Matthew? Wir können das beenden."

Er holt schaudernd Luft, schüttelt dann den Kopf. „Nein, Daddy. Kein Wort für dich."

„Dann kann ich das also machen?" Ich lecke einen seiner Nippel. Sein Atem stockt. „Und das?" Ich küsse mir einen Weg zu seinem pelzigen Bauch, fahre mit der Zunge über die weichen Haare hinunter zu seinen Schamhaaren. „Und das?" Ich sauge an einem harten Hoden, der so fest ist, weil er vom anderen weggebunden ist.

„Daddy", stöhnt er, windet seine Hände in den Schals, die ihn an den Stuhl fesseln. „Ich kann nicht. Bitte. Ich kann nicht, Daddy."

„Dann sag das Wort, Matthew."

Er schüttelt seinen Kopf und ich lache, küsse ihn entlang der Innenseiten seiner Oberschenkel, zurück über seine Eier und nehme erneut seine Eichel in den Mund.

„Scheiße!", schreit er, krampft, zieht an den Schals, reißt sich aber nicht los. „Daddy! Ich bauche … Ich will … Hilf mir, Daddy! *Hilf mir!*"

Ich sauge und lecke, sorge geduldig dafür, dass er sich auflöst. Er zittert, weint und schreit um Erlösung, aber ich gebe sie ihm nicht. Ich kann ein richtiger Bastard von einem Daddy sein, wenn ich mich entscheide, meinen Boy zu reizen, aber es gibt noch einen anderen Grund für diesen Wahnsinn. Ich möchte, dass er kommt, während ich ihn ficke und dafür bin ich noch nicht bereit. Darum muss er warten.

Ich küsse seinen Schwanz und blase darauf. „Matthew, du warst heute ein wunderbarer Boy für mich. Ich habe dich so viel durchmachen lassen. Es ist an der Zeit, dass du deine Belohnung bekommst, was meinst du?“

Sein Kopf hebt sich von seinem Brustkorb. Seine Augen funkeln hoffnungsvoll. „Ja, Daddy, bitte.“

„Na gut“, sage ich, binde seine Eier los und berühre sie vorsichtig. Er zischt bei dieser brennenden Befreiung seiner empfindlichsten Teile. „Du wirst diese Belohnung lieben.“

„Das werde ich, Daddy“, stimmt er zu. „Ich verspreche, das werde ich.“

„Ich *weiß*, dass du das wirst.“

Ich binde seine Füße und Hände los, massiere sie, bevor ich ihm helfe, aufzustehen. Er ist unsicher auf den Beinen und zittert wie ein Blatt, als ich ihn zum Sofa führe. Er ist auf einen fiebrigen Höhepunkt der Erregung gebracht worden und er ist so wunderschön bereit für die Erlösung. Ich küsse ihn hart, sobald ich ihn auf dem Sofa habe.

Matthew gerät außer Kontrolle, versucht, meinen Bauch zu rammeln, als ich mich rittlings auf seine Beine setze, aber ich bleibe gerade außer Reichweite. Sein Kuss ist schlampig, verzweifelt und ohne jegliche Beherrschung und als ich mich zurückziehe, schaut er mit mich verlorenen, wilden Augen an, die kaum noch Verstehen zeigen. Er ist tief im Subspace, weit, weit weg und doch war er nie präsenter, als er es in dieser Sekunde mit mir ist.

„Das ist mein guter Boy“, lobe ich ihn erneut, stehe auf und nehme sein Kinn zwischen meine Finger.

Matthew keucht und ist am ganzen Körper rot vor Erregung. „Daddy?“

„Mach es dir bequem.“ Ich drehe mich zum Kaffeetisch, wo ich vorhin seine Unterwäsche abgelegt habe. „Heb deine Beine. Gut so.“ Ich sehe die Wolken des Verstehens über sein Gesicht wandern, als ich die Unterhose über seine Beine ziehe, seine Oberschenkel und über seinen harten, hungrigen Schwanz. „Guter Boy." Ich stehe wieder auf. „Bleib hier. Fass dich nicht an."

„Daddy", knurrt er und ich glaube, ich habe Matthew noch nie so nahe daran, wütend zu sein, erlebt. Die Erkenntnis schießt mit heißer, süßer Lust durch mich hindurch. Ich habe seine Rüstung durchstochen. Ich habe seine Schutzmauer durchbrochen. Er ist jetzt mit mir hier und er wird verlangen, was er möchte. Ich warte darauf und dann – Ja! „Daddy, mach, dass ich komme."

„Sehr schön", sage ich, klatsche, als hätte er eine besonders gute Vorstellung gegeben. „Hervorragend. Jetzt sag dein Codewort und das hier kann vorbei sein, oder-" Ich weiß, was er wählen wird. „Oder lehn dich zurück und nimm, was Daddy dir gibt."

Er stöhnt, leckt sich die Lippen, versucht, seinen Blick zu fokussieren, und versagt. „Daddy … Daddy, bitte."

„Warte hier, Matthew. Fass dich nicht an."

„Oder was?"

„Oder Daddy wird dich bestrafen."

Er schluckt schwer. „Wie?"

„Du musst dich dann für den Rest unserer gemeinsamen Zeit selbst zum Höhepunkt bringen", sage ich. „Du wirst nicht in Daddys Mund kommen oder von seiner Hand oder in seinem Hintern."

Matthews Lippen zittern, als würde er gleich anfangen zu weinen, die hässliche Art Weinen, aber dann nickt er. „Ja, Daddy. Ich werde hier warten. Ich werde mich nicht anfassen. Ich bin ein guter Boy."

Ich streiche mit meinen Fingern durch seine Haare, neige seinen Kopf nach hinten, damit er mich ansehen kann. „Das bist du", bestätige ich. „Der beste Boy." Ich habe mich noch nie mit einem Boy so stark und kontrollierend gefühlt. So richtig.

Fuck. Ich muss mich zusammenreißen, sage ich mir selbst, als ich durch den Raum zum Weihnachtsbaum marschiere. Darunter liegt das letzte Geschenk, so gut hinter den Zweigen versteckt, dass er es vorhin nicht bemerkt hat. Es ist eine große, längliche Schachtel, auf der *Für Matthew, Von Daddy* steht. Ich bringe sie ihm.

„Das ist mein letztes Geschenk für dich, Boy."

„Das Letzte?", fragt er blinzelnd und verwirrt.

„Mach es auf." Ich wage es nicht, seine unausgesprochene Frage zu beantworten: Was bedeutet „das Letzte"? „Mach schon. Sieh, ob es dir gefällt."

„Ich liebe es, Daddy", flüstert er, bevor er überhaupt angefangen hat, das Papier abzuziehen. Er streichelt das Paket, und dann, mit zitternden Fingern, versucht er, den Tesafilm abzuziehen.

„Reiß es ein, Baby."

Er versucht es, aber seine Hände zittern zu sehr und er ist so schwach vor Lust, dass er praktisch ins Sofa geschmolzen ist, darum öffne ich es für ihn. Matthews Hände folgen meinen, reißen mit mir zusammen das Papier auf, bis er die Schachtel sieht.

„Wenn sie dir nicht gefällt, ersetze ich sie durch eine, die du lieber magst."

Matthew hebt den Deckel, seine Atmung stockt und seine Augen füllen sich mit Tränen. „Daddy …"

„Ist das gut, Boy?"

Matthew hebt den Gitarrenkoffer aus der Schachtel, löst die Verschlüsse und man sieht die Gitarre. Das Holz der klassischen Gitarre glänzt im Licht und die Nylonsaiten geben unharmonische, hallende Laute von sich, als er sie mit dem Gesicht nach oben auf seinen Schoß legt. „Daddy, sie ist wunderschön."

Das ist sie definitiv. Ich habe bemerkt, wie er sie während unseres Bummels durch Asheville in der Woodrow Instrument Company angesehen hat und ich hätte sie ihm beinahe nicht gekauft. Tatsächlich hatte ich, als ich zurück in die Läden gegangen war, um seine Geschenke zu kaufen, nur vorgehabt, Dinge zu besorgen, die ich leicht in seinem Strumpf unterbringen konnte und in ein paar kleinen Schachteln. Aber ich konnte die Gitarre nicht vergessen und bin zwei Tage später noch einmal hin.

„Du kannst spielen, oder?"

„Ja", flüstert Matthew. „Oder ich konnte. Es ist lange her."

„Hast du eine Gitarre?"

Er schüttelt den Kopf. „Dad hat meine verkauft. Als ich in Belmont aufgehört habe. Hat sie einer Familie in derselben Straße gegeben, die drei Teenager hatte, die spielen lernten. Er hatte von Anfang an nicht gewollt, dass ich sie habe, hat gesagt, dass ich in meiner Seele kein Musiker war und vielleicht war ich das nicht. Aber es hatte sich damals zumindest wichtig angefühlt, dass ich es versuche. Darum habe ich genügend Geld mit meinen Sommerjobs gespart und mir eine klassische und eine akustische Gitarre gekauft. Sie haben mir gehört und ... Er hat sie verkauft."

Matthews Stimme ist jetzt klarer. Er verlässt den tiefsten Subspace, aber es besteht kein Zweifel, dass er dort immer noch treibt. Er hat diese schwebende Ausstrahlung, dieses weit entfernte Gefühl, als würde er in einem Traum leben. So fühlt es sich für mich auch an.

„Spiel", sage ich. „Daddy will deine Musik hören, Boy."

„Ich bin eingerostet und ich war nie sonderlich gut", murmelt er, zupft an den Saiten. „Sie ist aber gestimmt."

„Ich habe sie stimmen lassen und war seitdem sehr vorsichtig damit."

„Mm." Matthew positioniert die Gitarre, schließt seine Augen und fängt an, einige Akkorde zu spielen. Es ist nichts Beeindruckendes, aber der gleichmäßige Rhythmus und die Süße des Klangs erheben sich um uns herum. Ich lächle bei dem Bild, das er abgibt — er sitzt in der Unterwäsche, die ich ihm gegeben habe, da, spielt Musik, ist immer noch so benommen von unserem Spiel. Ich liebe das. Er ist wunderschön. Ich möchte diesen Moment für immer erhalten.

Ich kann das.

In meinem Herzen.

Dafür sind Erinnerungen da.

„Meine Finger tun jetzt weh, Daddy“, sagt Matthew, nachdem er fünfzehn Minuten lang Akkorde gespielt hat. Er hält mir die Gitarre mit leuchtenden, haselnussbraunen Augen hin. „Kann ich jetzt bitte aufhören?“

„Natürlich“, sage ich, nehme die Gitarre und lege sie zur Seite, lehne sie an die Wand hinter dem Sessel neben dem Sofa. „Jetzt“, verkünde ich, als ich zurück zum Sofa komme, „möchte Daddy dich halten.“

Matthew nickt und wartet, während ich mich ebenfalls bis auf die Unterwäsche ausziehe. „So sexy, Daddy“, meint er, als ich vor ihn trete, mein harter Schwanz schaut unter dem Bund meiner Unterhose hervor. Ich lege seine Hände auf mich und er reibt sie über meine Bauchmuskeln, meine Oberschenkel und um meine Hüfte auf meinen Hintern. Er beugt sich vor und liebkost meine Eier, riecht an mir, atmet mich ein, als wollte er in meinem Geruch ertrinken.

Ich drücke sein Gesicht rau an mein Gemächt, bevor ich ihn loslasse. „Jetzt lass dich von Daddy halten.“

„Ja“, stimmt er zu, hebt dabei seine Arme. „Halte mich.“

Ich hebe ihn hoch und trage ihn in Richtung der Treppe. Er ist nicht leicht, aber ihn zu tragen ist kein Problem nach all dem Training, das ich mit den Kugelhanteln und anderen Gewichten im Laufe meines Lebens absolviert habe.

Matthew schnuppert an meinem Hals, küsst mein Ohrläppchen und flüstert: „Ich will immer noch kommen, Daddy.“

„Ich weiß, dass du das willst, Engel. Aber Daddy entscheidet, wann.“

Er erzittert und ich hebe ihn ein wenig höher, verbessere meinen Griff, bevor ich anfange, die Treppe hinaufzugehen. Ich bin stark, aber das hier ist eine Herausforderung und als ich oben bin, atme ich schwer und schwitze. Er hält sich an meinem Hals fest und lässt nicht los.

Ich bringe ihn zum Bett.

Matthew streckt sich auf dem sauberen Bettzeug aus, das ich aufgezogen habe, nachdem wir vorhin gespielt haben. Er ist so schlank und herrlich pelzig, ich kann nicht widerstehen, mit meinen Händen erneut über ihn zu gleiten. Mein Schwanz zuckt bei dem Gefühl seiner Körperhaare unter meinen Handflächen. So sexy, so männlich und doch ist er so ein natürlicher Sub. Mein Boy.

Ich klettere neben ihm ins Bett und ziehe ihn in meine Arme, lege seinen Kopf auf meinen Brustkorb und küsse seinen Oberkopf. Ich halte ihn, atme seinen Duft ein, präge mir ein, wie er sich an mir anfühlt.

Ich schaffe Erinnerungen für später.

KAPITEL ACHTUNDZWANZIG

Erik

„IST DAS DEINE Mom?", fragt Matthew, bleibt mit einer Tasse heißer Schokolade vor der Sammlung Fotos auf meiner Kommode stehen.

„Ja."

„Sie ist jung."

„Sie hat mich bekommen, als sie siebzehn war." Ich lächle das Foto von uns beiden mit unserem lange toten Pferd Smoky an, das während der Dreharbeiten für eine alte Westernserie entstanden war. Dort hatte ich einen meiner ersten Trainerjobs gehabt. „Manchmal waren wir mehr wie Freunde als Mutter und Kind. Das hat mich nie gestört. Tut es immer noch nicht." Obwohl ich nicht über die Dinge nachdenken möchte, die sie vorhin am Telefon zu mir gesagt hat. Nicht jetzt, wo ich meinen Frieden damit gemacht habe, dass es enden wird.

Irgendwie Frieden. Größtenteils. Beinahe?

„Oh?" Matthews Lippen formen einen traurigen Ausdruck. Ich würde es nicht als Lächeln bezeichnen, aber es ist auch kein Schmunzeln. „Es ist seltsam, ich habe mein ganzes Leben bei meinen Eltern gelebt, aber sie waren nie meine Freunde. Sie waren immer nur … meine Eltern, verstehst du? Ich habe nie das Gefühl gehabt, dass ich ganz erwachsen bin, wenn ich mit ihnen zusammen war." Er schaut an sich herunter, trägt nur die saubere Unterwäsche, die ich ihm vorhin angezogen habe. „Ich nehme an, das bin ich immer noch nicht. Hier stehe ich als dein Boy."

„Hey“, sage ich, winke ihn zu mir. „Komm her.“

Matthew tappt zu mir, mit einem vagen Ausdruck der Scham auf seinem Gesicht.

„Es ist nichts Kindliches daran, mein Boy zu sein. Es braucht große geistige und charakterliche Stärke, sich mir so zu unterwerfen, wie du das getan hast.“

Ich versuche, mich selbst ebenso zu überzeugen, wie ich versuche, Matthew zu überzeugen. Ich weiß, dass er gehen und hinaus in die Welt muss. Ich weiß, dass andere Männer ihn benutzen und übervorteilen werden, aber ich möchte glauben, dass er stark genug sein wird, um damit klarzukommen. Die Tiefe seiner Unterwerfung ist ein Beweis für seine Stärke.

Aber Matthew spürt den Unsinn. „Nein“, sagt er, schaut mich dabei mit traurigen Augen an. „Ich bin in mancherlei Hinsicht wirklich wie ein Kind. Ich mag ja jetzt Anfang Vierzig sein, aber es gibt Teile von mir – große Teile – die immer noch ein Elternteil brauchen.“ Er schluckt. „Daddy, wirst du … kannst du …“ Er räuspert sich. „Als du letzte Nacht gesagt hast, dass ich für immer bleiben sollte, hat da nur die Lust gesprochen? Ich meine damit, was, wenn ich könnte …“ Er holt zittrig Luft und redet weiter. „Ich glaube, ich möchte wissen: Möchtest du mich für mehr als nur das?“ Er deutet zwischen uns. „Mehr als diese Zeit, die ich auf der Auktion gewonnen habe?“

Mein Herz hämmert und Blut rauscht in meinen Ohren. Mein Mund wird trocken. Ich weiß nicht, was ich sagen soll, darum sage ich nichts. Verstehen dämmert in Matthew herauf und sein Blick wird schüchtern und beschämt, bevor er einmal nickt, dann den Blick abwendet und sagt: „Ich verstehe. Du musst nichts sagen. Ich kann es in deinem Gesicht sehen.“

„Matthew …“

Er hebt seine Hände. „Nein, bitte tu das nicht. Es wird nur die Zeit ruinieren, die wir noch haben. Ich hätte nicht fragen sollen.

Vergiss, dass ich es getan habe.“

Wie ein Feigling stehe ich auf, ziehe ihn in eine Umarmung und nehme den Fluchtweg an, den er mir geboten hat.

Was mich auch noch zu einem Arschloch macht.

SPÄTER IM STALL streichelt Matthew Dipsy und schaut zu, wie ich meine Trainingseinheiten absolviere. Er trainiert nicht, weil ich glaube, dass er die Erholung braucht. Es waren physisch, emotional und mental ein paar intensive Tage. Ich habe mit ihm bereits so viele Grenzen überschritten, habe diese gemeinsame Zeit zu so viel mehr gemacht, als ich je vorgehabt habe und zu viel mehr, als er von zukünftigen Männern erwarten kann. Ich schäme mich meiner selbst, weil ich vorhin nicht den Mumm gehabt habe, mit ihm zu reden, alles anzusprechen. Darum versuche ich, für den Rest der Zeit weniger forsch zu sein.

„Du bringst deinen Kunden auch Kampfsport bei?“, fragt Matthew, seine Finger streichen über Dipsys Kopf, lassen ihn schnurren.

„Das tue ich.“

„Könntest du mir etwas beibringen? Nur ein wenig, bevor ich morgen abreise.“ Er lächelt trocken. „Ich könnte ein wenig Hilfe bei Selbstverteidigung brauchen. Was, wenn der nächste Mann, mit dem ich mich treffe, nicht so gut zu mir ist, wie du es warst?“

Mein Magen dreht sich um und ich lasse beinahe meine Kugelhantel auf meine Zehen fallen. Die Sache ist die – es könnte passieren. Es *wird* höchstwahrscheinlich passieren und der Gedanke an Matthew dort draußen mit einem anderen Typen, der ihn mit weniger Zuneigung und Liebe behandelt, als ich es getan habe? Davon wird mir übel.

Und es ist nicht nur der Gedanke, dass er bedrängt wird, etwas zu tun, was er nicht möchte oder sogar gezwungen, sondern der Gedanke, dass irgendein anderer Mann sein Gesicht während des Orgasmus zu sehen bekommt oder zuschauen kann, wie er sich vor Seligkeit windet oder aus Freude schwitzt oder Zeuge des entzückten Gesichtsausdrucks wird, wenn er gerade penetriert wurde …

„Fuck", flüstere ich, wische mir mit der Hand über mein verschwitztes Gesicht, aber ich setze wieder ein Lächeln auf, bevor ich mich zu Matthew drehe und ihn zu mir winke. „Komm her. Ich kann dir ein paar Dinge beibringen."

Ich führe ihn auf die Matte. Sie ist weich und man kann gut darauf fallen.

Die Grundprinzipien sind einfach und schon bald hüpft er von seinem rechten auf seinen linken Fuß, die Hände erhoben und schlägt in die Luft.

„Sieht gut aus." Er lernt schnell, wenn es um physische Dinge geht. „Hast du als Kind Sport gemacht?", frage ich, demonstriere ihm die Bewegungen erneut.

Er antwortet schnell. „Baseball und Basketball. Meine Mom wollte nicht, dass ich Football spiele."

„Du bewegst dich gut."

Er grinst. „Ich weiß."

Ah, mein Boy wird frech. Er ist anbetungswürdig, wenn er sich gut fühlt. „Na gut, lass uns auf die nächste Stufe gehen."

Wir gehen einige grundlegende Schläge durch, die er, wie ich betone, nur anwenden soll, wenn er keine andere Option hat. „Weglaufen ist immer deine erste Wahl. Es ist *immer* die beste Wahl."

Keuchend hüpft er vor und zurück, übt ein wenig mit mir, tippt meine Hände an. „Dann bring mir etwas Nützliches bei. Ich weiß bereits, wie man rennt."

Ich lächle. „Na gut. Lass uns darüber reden, wie man sich aus Griffen befreit."

Hier ist er weniger natürlich begabt, aber er lernt es schnell genug. Ich packe ihn von hinten und demonstriere, wie er einen Griff von oben lösen kann. Er macht es mehrere Male. Darum packe ich ihn von vorne und zeige ihm eine andere Technik.

Er hat ein wenig Probleme, schafft es aber schließlich, sich von mir zu befreien. Als ich ihm zeige, wie er sich aus einem Schwitzkasten befreien kann, nickt er, dass er versteht. Doch als ich ihn erneut packe, steht er einfach da, die Hände erhoben, um meine Unterarme zu packen, und sein Atem kommt in rauen Stößen.

„Mach schon", ermutige ich ihn.

Er tut es nicht.

Ich lasse ihn los, drehe ihn herum und sehe, was los ist. Er ist geil. Seine geliehene Trainingshose ist vorne ausgebeult und seine Wangen sind rot vor Anstrengung und Erregung. Seine Augen sind dunkel geworden.

„Was ist das?", frage ich, nehme sein Kinn und hebe es an. „Hat es dir gefallen, mit Daddy rau zu sein?"

„Ein wenig", flüstert er, sein Blick senkt sich zu Boden. „Du könntest …" Er errötet noch tiefer.

„Ich könnte was, Boy?"

Matthews Augen heben sich, um meinem Blick zu begegnen, diese dunklen Wimpern betonen das Haselnussbraun so hübsch. „Du könntest mich jagen? Mich packen? Ich würde mich wehren, aber …" Seine Kehle klickt, als er schwer schluckt. „Aber ich würde dich gewinnen lassen."

Nun, Scheiße, wenn der kinky kleine Fucker super versaut sein möchte? Dann können wir spielen. Das können wir aber so was von.

„Verbaler Protest?"

„Ja. Ich werde dich bitten, aufzuhören, aber ich werde es nicht so meinen."

„Codeworte sind Rot und Gelb."

„Ja, Daddy."

„Bereit?"

Er spannt sich an.

„Jetzt."

Matthew rennt zur Tür des Trainingsraums, reißt sie auf und eilt nach draußen. Ich lasse ihm einen kleinen Vorsprung, auch wenn er schnell genug ist, dass ich mich anstrengen muss, um ihn einzuholen und folge ihm dann.

Es ist ein wilder Lauf über die Felder voller schmelzendem Schnee, Keuchen, Haken schlagend, um Pfützen auszuweichen und Rennen über unebenen Boden, der sich plötzlich anhebt, um mich zu Fall zu bringen. Ich trainiere meine Kunden manchmal hier draußen.

Vor allem jene, die Szenen haben, in denen sie dramatisch im Freien rennen oder Kämpfen müssen, aber noch nie habe ich einen Liebhaber über verschneiten Schlamm und Gras gejagt, mit dem Wissen, dass wenn ich ihn fange, er sich gegen mich wehren wird.

Aber er wird mich gewinnen lassen.

Ich habe mehr Übung darin, über unebenes Gelände zu laufen als Matthew, darum hole ich ihn ziemlich schnell ein, aber ich spiele mit ihm, lasse ihn nach links ausweichen und vorlaufen, hole ihn dann wieder ein. Ich packe ihn von hinten, reiße ihn von den Füßen und bringe ihn auf dem schlammigen Gras zu Fall.

Matthew schlägt auf mich ein, aber ich habe ihm noch nicht beigebracht, wie man jemandem entkommt, der einen zu Boden drückt und sein Kampf ist nutzlos, er schiebt, schubst, versucht sogar, mich herunterzukicken, aber ich drücke ihn mit wenig Mühe nieder. Er ist wieder überall rot und keucht schwer, seine Augen glänzen, als er flüstert: „Nicht, Daddy. Nicht."

Nicht Rot. Nicht Gelb, aber „nicht".

„Hast du eine Farbe, Boy?"

Er schüttelt seinen Kopf. „Nicht, Daddy", sagt er erneut, dieses Mal beinahe schelmisch.

Ich drehe ihn herum. „Da. Ich werde dir zeigen, wie sehr du Daddys Schwanz in deinem Hintern liebst.“

Ich habe kein Gleitgel und das hier ist Wahnsinn, aber ich fange an, den Speichel in meinem Mund zu sammeln, um mir den Weg zu ebnen. Es wird wehtun, aber ich spüre an der Art, wie Matthews Atem schneller kommt, wie seine Finger sich in das mit Schnee durchzogene Gras krallen, dass er scharf darauf ist. Er hat seine Codewörter, wenn er sie möchte.

„Daddy“, wimmert er. „Aber Daddy … das ist falsch. Es ist schlecht. Es ist eine Sünde.“

Wenn die Dinge anders lägen, würde ich mit dieser verinnerlichten Scham spielen, bis er sie nur noch damit assoziiert, für mich zu kommen, für seinen Daddy zu kommen.

„Bleib“, befehle ich ihm, lasse seine Handgelenke los und ziehe die Jogginghose nach unten, um seinen süßen Hintern zu entblößen. Er ist perfekt und in der Sonne glüht er so weiß wie der schmelzende Schnee auf dem Feld, bedeckt mit dunklen Haaren anstatt mit Gras.

„Ich liebe deinen Hintern“, murmele ich.

„Daddy, es ist falsch“, flüstert Matthew, aber er hebt seinen Hintern an, in einer Bitte an mich, etwas damit zu tun, irgendetwas. „Stopp.“

„Hast du eine Farbe?“

„Nein.“

„Shh“, beruhige ich ihn. „Lass dir von Daddy zeigen, wie gut es sich anfühlt, süßer Boy.“

Ich ziehe seine Pobacken auseinander und entblöße den Schatz aller Schätze – sein süßes, enges Loch, das mir in den letzten Tagen so viel Lust beschert hat. Und es hat ihm auch Lust beschert. Wenn ich das jetzt mache, wird er wund sein, wenn ich ihn heute Nacht noch einmal ficke und ich habe keinerlei Zweifel, dass ich seinen Hintern noch einmal haben muss, bevor er geht. Aber Matthew möchte dieses Spiel spielen, er möchte mit seiner Scham spielen und ich habe keine Angst, ihn dorthin zu bringen.

Wir können das tun.

Ich fange an, sein Loch zu bearbeiten, lecke und spucke, mache es nass und die ganze Zeit über winselt er und fleht mich an, aufzuhören. „Es ist falsch, Daddy. Es ist schlecht. Stopp, stopp, bitte, Daddy, *nicht.*"

Mein eigener Puls hämmert wie verrückt und für einen Moment verliere ich mich in der Rolle. Ich bin der Daddy, der etwas Falsches macht, der seine sündige Lust an seinem unschuldigen Boy befriedigt und mein Schwanz wird steifer, weil das alles so schmutzig ist.

Als ich Matthew feucht genug habe, um es zu riskieren, in ihn einzudringen, reibe ich eine Portion Spucke auf meine Eichel, bringe mich in Position und beruhige ihn, während ich zustoße. Langsam, langsam, *langsam.*

„Daddyyyy", winselt er, drückt nach hinten. Er geht auf seine Ellbogen, rammt beinahe seinen Kopf gegen meinen Kiefer.

„Shh", sage ich. Ich wandere mit meinen Händen zu seiner Kehle und lege meine Ellbogen auf seine Schulterblätter. Ich verstärke meinen Griff um seinen Hals, bis ich seinen Puls hart gegen meine Finger schlagen spüre. Nicht genug, um ihn zu würgen, aber genug, dass er meine Kontrolle fühlt, während ich mich darauf konzentriere, in ihn zu kommen.

Nach und nach.

Rein und raus.

Langsam und sicher.

Ich dehne ihn auf, roh und rau, während er unter mir wimmert und bettelt. Als ich bis zu den Eiern in ihm bin, mache ich eine Pause und küsse seine Haare. Er windet sich unter mir. Darum drücke ich seine Kehle noch ein wenig mehr, bevor ich meinen Griff wieder lockere, nur damit ihm klar ist, dass ich ihn immer noch habe.

„Spürst du das, Boy?“

„Ja, Daddy.“

„Das ist Daddys Schwanz, genau dort, wo er hingehört. Tief in seinem süßen Boy.“

Er schluchzt auf diese sexy Art und Weise, die er an sich hat, wenn wir mit seiner Scham spielen. „Daddyyyy.“

Ich denke nicht, dass irgendein anderer Mann ihn je so sehen wird. Oder wenn, dass er nicht wissen wird, wie er damit umgehen soll. Das macht mir um seinetwillen Angst. Es macht mir um meinetwillen Angst. Wie ist es möglich, dass ich mir so sicher bin, wenn wir so mit dem Feuer spielen?

„Fühlt sich gut an, nicht wahr?“

Matthew schüttelt seinen Kopf. „Es ist schlecht. Es ist eine Sünde.“

„Sünde fühlt sich gut an“, flüstere ich in sein Ohr und bewege meine Hüften, nagle seine Prostata bei diesem Winkel. Er zuckt unter mir. „Fühlst du diese Sünde, Boy? Sie wird dafür sorgen, dass du kommst.“

Er stöhnt und seine Finger krallen sich in den schlammigen Boden. Die kalte Luft brennt in meinen Lungen, aber mein Schwanz ist heiß in seinem Hintern und mein Körper an seinem hält ihn warm. Ich küsse seine Schläfe, stelle fest, dass sie verschwitzt ist und seine Kehle ist heiß unter meinen Handflächen. Aber es ist seine wunderbare innere Hitze, die mich weitertreibt. Ich fühle mich, als könnte ich ihn hier auf dieser schneenassen Erde für immer ficken.

„Daddy, hilf mir“, flüstert er und ich beiße in seine Ohrmuschel. Er gurgelt und schaudert unter mir, bewegt eine Hand nach unten, schiebt sie unter seine Hüften, neigt uns ein wenig.

Ich lasse seine Kehle los, rolle uns beide herum, sodass er flach auf meinem Bauch liegt, immer noch von meinem Schwanz gehalten und wir beide starren jetzt in den blauesten aller blauen Himmel. Matthews Hand bewegt sich, er holt sich einen herunter, sucht die Erlösung und ich flüstere schmutzige Dinge in sein Ohr, mache es besser für ihn, steche seine tiefsten Verletzungen an.

„Wirst du auf Daddys Schwanz kommen? Wirst du für Daddy kommen wie ein schmutziger kleiner Sünder?“

„Daddy“, keucht er, seine Hand bewegt sich schneller.

„Siehst du? Daddy wusste, dass es dir gefallen würde. All dein Betteln, ‚nicht, Daddy‘. All dein Flehen, dass ich aufhören soll. Aber du *wolltest*, dass ich ihn reinstecke, nicht wahr? Du wolltest, dass Daddys Schwanz deinen Hintern aufreißt.“

Matthew stöhnt und sein Kopf fällt nach hinten, verfehlt nur knapp mein Gesicht. Er spannt sich an, pumpt sich schneller und ich halte einfach nur seine Hüften fest, lasse meinen Schwanz so tief in ihm wie möglich.

Himmel, warum ficken wir schon wieder? Es ist so verdammt gut zwischen uns, darum. Jedes Mal mit Matthew ist wie ein außer Kontrolle geratenes Feuer. Ich denke, dass wir eine Sache machen und dann ... machen wir einfach etwas wie das hier. Und ich kann es nicht bereuen. Es ist immer perfekt.

„Daddy, ich ... werde ...“ Seine Stimme ist so angespannt, so wunderschön und sexy. Ich möchte die Art, wie sie klingt, hinunterschlucken und sie zu einem Teil meiner selbst machen. Ich möchte sie für immer behalten. „Werde ... kommen, Daddy.“

„Zeig Daddy, wie sehr du seinen Schwanz magst“, flüstere ich. „Komm für mich. Zeig es mir, süßer Boy.“

„Oh, fuck“, quetscht er hervor.

Ich spüre es – das wunderbare Zusammenziehen und Flattern seines Anus um mich herum, als er heftig kommt. Ich schubse ihn brutal zurück auf seinen Bauch und stoße scharf und hart zu. Er keucht in gebrochenen kleinen Lauten. Mein Höhepunkt kommt, als ich auf seinen Hinterkopf drücke, sodass er mit dem Gesicht voran im Schlamm liegt und flüstere ihm ins Ohr: „Nimm Daddys Ladung. Öffne dich und *nimm sie*.“

Er schaudert unter mir, ein zweiter Orgasmus rast durch ihn hindurch und ich atme schwer in sein Ohr, bringe ihn dazu, sich zu winden, als ich Mühe habe, dorthin zu kommen.

Beinahe. Beinahe.

Und …

„Ja! Ja, Baby, *fuck*.“ Ich küsse seine Ohrmuschel, trete gegen das nasse Gras, als mein Orgasmus durch mich wütet. „Was für ein guter Boy“, gurre ich, als ich herunterkomme, immer noch vor Seligkeit zittere. „Was für ein schmutziger, sündiger Boy. Daddy liebt dich. Daddy liebt dich so sehr.“

Matthew zieht seine Hände unter seinem Körper hervor und greift nach hinten, um meinen Kopf zu packen, behält meinen Mund neben seinem Ohr. Ich atme dort, schaudere in den Nachbeben. Ich flüstere: „Gottverdammt, Matthew. Du machst mich wild.“

Ich habe Mühe, mich aus seinem Loch zu lösen und dann benutze ich meine eigene Wichse als eine Art Balsam für sein gerötetes Loch. Matthew liegt ein paar Minuten lang bewegungslos auf der schlammigen Erde und dann dreht er sich um. Seine Vorderseite ist mit Schlamm bedeckt, genau wie mein Rücken und seine Augen sind feucht, seine Wangen rot und er hat einen verletzlichen Ausdruck im Gesicht.

„Was ist, Boy?“

Er leckt sich die Lippen, scheint etwas Wichtiges sagen zu wollen, meint aber dann: „Es ist kalt, Daddy.“

Normalerweise würde ich darauf bestehen, dass er mir sagt, was er verschwiegen hat. Es ist meine Pflicht als Daddy, sicherzustellen, dass alles Zögern und alle Sorgen angesprochen werden. Aber ich habe einen Verdacht, worum es geht, und Feigheit hält mich davon ab, die Wahrheit zu verlangen. Ich helfe ihm auf, ziehe seine

Jogginghose wieder nach oben und lege meinen Arm um ihn, als wir losgehen, schmutzig vom Schlamm, in Richtung Haus.

„Komm", murmele ich. „Lass uns duschen. Danach gibt es noch eine heiße Schokolade. Dann ruhen wir uns aus."

Erst später, als wir beide wieder sauber und mit der versprochenen heißen Schokolade auf mein Sofa gekuschelt sind, uns *Stirb Langsam* anschauen, erinnere ich mich daran, was ich gesagt habe, von dem ich gewusst hatte, dass Matthew es nicht ansprechen wollte, dort draußen auf dem Boden.

Ich hatte gesagt, dass ich ihn liebe. Während mein Schwanz noch in seinem Loch pulsiert hat, habe ich ihm nicht nur einmal, sondern zweimal gesagt, dass ich ihn liebe.

Fuck.

Fucking fuck fuck.

Ich küsse seine Haare und Matthew schmiegt sich eng an mich.

Was für ein Daddy ich doch bin. Was für ein Schlamassel das hier ist.

Ein wunderschöner, herrlicher, süchtig machender Schlamassel.

KAPITEL NEUNUNDZWANZIG

Matthew

ICH MÖCHTE NICHT, dass dieses Weihnachten je endet. Nicht, weil es perfekt ist – ich denke, dass es bessere, schönere Weihnachten als sogar dieses geben könnte, unter den richtigen Umständen – sondern, weil ich nicht möchte, dass meine Zeit mit Erik vorbei ist.

Das Abendessen kochen wir nach meinem Rezept, wenn auch gemeinsam. Wir arbeiten als perfektes Team, schneiden das Gemüse, formen die Knödel und passen auf den Herd auf, richten das Ergebnis dann perfekt auf Tellern an. Daddy ist mit allem glücklich, stöhnt um seinen ersten Bissen Huhn mit Knödel herum.

„Wer hat dir beigebracht, so zu kochen?"

„Meine Mama", sage ich, wechsle einfach so in einen Südstaaten-Akzent. Es ist kein traditionelles Truthahn-Essen, aber dieses Gericht passt gut für Weihnachten – reichhaltig und voller Kohlehydrate. Ich trage immer noch nur meine Unterwäsche und eine Weihnachtsschürze.

„Sie hat der Welt einen Gefallen getan."

Ich erröte. „Es freut mich, dass du das denkst."

„Also, wie war es? In deiner Familie aufzuwachsen?"

„Ich habe dir schon einen Teil davon erzählt."

„Erzähl mir mehr."

Ich weiß nicht, ob das hier gerade ein Gespräch zwischen Erik und Matthew ist oder ein Ding zwischen Daddy und Boy, aber es spielt keine Rolle. Ich möchte ihm ohnehin alles erzählen. Wenn ich die Zeit hätte, würde ich mein gesamtes Leben vor ihm ausbreiten. „Ich weiß, dass du denken musst, es war schrecklich für mich, in einem Haus mit Eltern aufzuwachsen, die dachten, dass schwul zu sein eine Sünde ist.“

Erik leugnet es nicht, schaut mich über seinen nächsten Bissen an und wartet darauf, dass ich weiterrede.

„Aber wir hatten auch viele gute Zeiten. Mom und ich standen uns nicht nahe, nicht so, wie du anscheinend mit deiner Mutter, aber sie hat sich die Zeit genommen, mir Kochen, Putzen und für mich selbst zu sorgen beizubringen. Sie hat gerne getanzt und sie und ich haben zusammen Tanzstunden genommen, als ich auf der High School war.“

„Oh? Bist du noch gut?“

„Ich bezweifle es. Ich erinnere mich an ein paar Schritte. Tanzt du?“

Erik zuckt mit den Schultern. „Ein wenig. Nichts Großartiges. Erzähl weiter.“

„Wie dem auch sei, sie war nett, weißt du? Und sie hat mich geliebt. Ich war das Kind, nach dem sie sich gesehnt hatte. Aber sobald sie mich hatte, glaube ich, war ich eine Enttäuschung. Nicht die *schlimmste* Enttäuschung, aber auch nicht das, was sie sich erhofft hatte. Sie wäre gerne Großmutter geworden, hätte mich gerne verheiratet gesehen und all das. Aber dennoch habe ich eine Menge gute Erinnerungen an sie. Sie hat mir jeden Tag ein Mittagessen für die Schule gemacht. Sie hat mich zum Baseball-Training gefahren und später zu meinen Gitarrenstunden. Sie hat sich mit mir zusammen gerne Seifenopern angeschaut und sie hat *Zeit der Sehnsucht* aufgenommen, wenn ich in der Schule war, damit wir uns die Folgen am Wochenende gemeinsam anschauen konnten.“

„Schaust du dir immer noch Seifenopern an?“

Ich lache. „Manchmal. Wenn ich Mom vermisse oder so, dann

mache ich eine an. Seifenopern sind gleichzeitig schnell und langsam, weißt du? Man kann sie für ein Jahr nicht schauen, aber wenn man dann wieder anfängt, hat sich nicht genug verändert, dass man verwirrt ist. Man kann immer wieder aufspringen.“

„Ich habe mir mit meiner Oma *Schatten der Leidenschaft* angeschaut, wenn ich sie im Sommer besucht habe.“

„Dann verstehst du es.“

Erik nickt. „Erzähl mir von deinem Dad.“

„Oh. Nun, Dad und ich …“ Ich stupse einen Knödel an, spieße ein Stück mit meiner Gabel auf. „Wir haben uns nicht gestritten oder so. Wir haben sogar ziemlich viel zusammen unternommen. Er hat mir beigebracht, wie man ein Auto und das Haus in Schuss hält und er war derjenige, der sichergestellt hat, dass wir jeden Sonntagmorgen um Punkt Viertel nach neun auf dem Weg in die Kirche waren. Er hat Bibelstunden gegeben und an all das sehr tief geglaubt. Er hat versucht, denselben Glauben in mir zu verankern.“

„Hat es funktioniert?“

„Auf gewisse Weise.“

„Du gehst in die Kirche?“

Ich schüttle meinen Kopf, nehme diese Verneinung dann aber zurück. „Na ja, manchmal. Ich bin in der Kirche aufgewachsen. Die Freunde meiner Familie und die Gemeinschaft sind alle dort. Manchmal gehe ich zurück, nur um mich daran zu erinnern, warum ich gegangen bin. Und weil ich sie vermisse, verstehst du? Ich will damit sagen, ich vermisse meine Eltern und das Leben, das wir hatten. Nicht weil es so schön war, sondern weil es meine normale, bequeme Existenz war.“ Ich zeige ihm ein trockenes Lächeln. „Ich bin es leid, es bequem zu haben.“

„Das habe ich mir schon gedacht“, sagt er und hebt dabei eine Braue. „Du hast für uns beide die Grenzen der Bequemlichkeit vorhin ausgetestet, nicht wahr?“

Ich erröte, denke daran, wie ich ihn bei unserem versauten Spiel auf dem Feld angestachelt habe. Für mich ist das alles mit der Art verflochten, wie mein Dad mit mir über Jesus gesprochen hat. „Das habe ich."

„Das muss dir nicht peinlich sein. Wie ich schon gesagt habe, Scham-Spiele können ein Teil des Kink sein."

Ich lächle, um zu zeigen, dass ich seine Bemerkungen gehört habe, aber gedanklich bin ich immer noch bei meinem Vater. „Dad – mein Dad, meine ich – er hat mir weniger Vorträge über Gott gehalten, als alles in unserem Leben mit der Kirche zu verbinden. Ich habe ein paar Monate, nachdem er gestorben war, aufgehört, vor dem Essen zu beten, und es kam mir wie eine große Rebellion vor. Du kannst dir vorstellen, wie diese Zeit mit dir zu verbringen, ein riesiges Fick-dich an alles ist, woran mir beigebracht wurde zu glauben? Also danke. Das habe ich gebraucht."

„Wir alle haben eine Schattenseite und Kink kann eine gute Möglichkeit sein, sie anzuerkennen und ihr zu geben, was sie will. Was dich betrifft, du hast ein Cape aus Scham umhängen und bis du einen Weg finden kannst, es abzunehmen, ist damit zu tanzen eine gute Möglichkeit, damit klarzukommen."

„Ich habe meine Eltern geliebt. Wirklich."

„Ich bin froh, dass es nicht schlimmer war."

„Es gab keine physischen Misshandlungen und die emotionalen und mentalen Misshandlungen waren …" Ich denke darüber nach, wie ich es am besten ausdrücken kann. „Es war unterschwellig, unabsichtlich und man kann es beinahe unmöglich als Misshandlung bezeichnen."

„Ich nehme an, dass du aufgrund deiner unterwürfigen Natur auch nichts getan hast, um sie zu provozieren. Du hast dich einfach angepasst und ihnen ist nie aufgefallen, dass es für dich innere Reibungspunkte in diesem Leben gab."

Ich seufze. „Sie haben wirklich geglaubt, dass sie ein gutes Leben hatten und weil sie das geglaubt haben, hatten sie das wohl auch.

Sie haben auch gedacht, dass wenn jeder so leben würde wie sie, diese Menschen auch glücklich wären. Sie haben gut zusammenge-passt. Sie haben einander geliebt. Ich wurde geliebt-" Ich lache schnaubend. „Ich wurde geliebt, aber sie haben mich nicht *gekannt*. Und das ist der Unterschied, nicht wahr? Manche Leute sagen, dass das nicht möglich ist, aber ich bin der lebende Beweis, dass man jemanden lieben kann, ohne die Person zu kennen. Das war es, was meine Eltern getan haben."

„Aber haben sie *dich* geliebt? Oder haben sie eine Illusion ge-liebt? Sie haben etwas geliebt, aber ob das du warst?" Erik zuckt mit den Schultern. „Das ist eine Frage für jemanden, der klüger ist als ich."

„Sie haben Teile von mir geliebt."

„Das stimmt."

„Und ich habe Teile von ihnen geliebt. Wer sieht schon wirk-lich *alles* an einer anderen Person? Du hast mich in meinem verletzlichsten Zustand gesehen. Du hast gesehen, wie ich komme, und schlafe, aber all diese Jahre, die ich mit meinen Eltern gelebt habe, sind auch ein Teil von mir und du kannst niemals all das *kennen*. Niemand kann das. Vielleicht, wenn ich ein Geschwister hätte, hätten wir möglicherweise gemeinsame Erinnerungen an meine Eltern und könnten uns einig sein, dass diese Erinnerungen repräsentieren, wer sie waren, aber sogar mit Geschwistern ist die Geschichte nicht immer gleich. Manchmal können Geschwister genauso gut andere Eltern haben, weil sie als Kinder so unterschied-lich behandelt werden."

Ich runzle die Stirn, als mir klar wird, dass ich defensiv klinge. „Es tut mir leid. Ich wollte nicht, dass es …" Ich gestikuliere, um anzudeuten, was immer ich bin. „Meine Eltern sind für mich immer noch ein schwieriges Thema. Es ist schwer, weil sie tot sind und ich möchte ihre guten Seiten ehren, weil es davon eine Menge gab, aber es gehört auch zur Wahrheit, dass ihr Sohn zu sein mir geschadet hat."

„Ich verstehe", sagt Erik, seine Augen sind voller Fürsorge für mich. „Ich bin mir ziemlich sicher, dass das für die meisten Familien gilt. Ich bin nicht perfekt."

Ich will etwas einwenden. Erik ist so viel mehr gewesen, als ich mir je vorgestellt habe, als ich auf der Auktion mein Gebot für ihn abgegeben habe. So viel mehr. Für mich war er perfekt.

Aber dann erinnere ich mich an seine Liebeserklärung, als wir auf dem Feld gefickt haben und wie er es vermieden hat, danach darüber zu sprechen. Ich denke auch daran, wie übertrieben einige der Sessions, die wir gemacht haben, gewesen sind, wenn man bedenkt, wie wenig Zeit wir zusammen hatten und ich weiß …

Er ist nicht perfekt.

Aber die Art, wie er fehlerhaft ist, spricht mich an. Ich hätte gerne die Möglichkeit, mehr Schichten abzuziehen und den Teil von Erik zu finden, der mich wütend macht und mich nervt. Es muss unter dieser perfekten Fassade einen Teil geben, der an die Oberfläche kommt und mich fest genug anstupst, um seine Menschlichkeit zu beweisen. Sein Versagen, über seinen verbalen Ausrutscher vorhin zu reden, kommt dem aber schon nahe. Es stört mich.

Ich hole tief Luft und entscheide mich, ihn darauf anzusprechen. „Daddy?"

Blinzelnd braucht Erik einen Moment, um zu antworten, und es ist jetzt klar, dass unser vorangegangenes Gespräch zwischen Matthew und Erik war. Als er antwortet, hat seine Stimme diese Sicherheit, die er manchmal verliert, wenn er nicht in seiner Rolle ist. „Ja, Boy?"

„Vorhin, als wir draußen gefickt haben …" Ich kann an der Art und Weise, wie sein Gesichtsausdruck neutral wird erkennen, dass er weiß, was ich gleich ansprechen werde. „Du hast gesagt-" Mein Gesicht wird heiß, aber ich rede weiter. „Du hast gesagt, dass ich ein schmutziger, sündiger Boy bin-"

„Es war ein Rollenspiel. Ich denke nicht, dass du sündig bist. Ich würde niemals denken, dass das, was wir gemeinsam machen, eine Sünde ist. Ich glaube nicht an Sünde."

„Ich weiß, Daddy. Danach wollte ich auch nicht fragen."

Daddy räuspert sich und ich kann sehen, wie er sich entscheidet, tapfer zu sein, bevor ich weiterfragen kann.

„Ich habe gesagt ,Ich liebe dich'." Daddy lächelt zärtlich. „Ich habe es zu genau dem Zeitpunkt gemeint, als ich die Worte ausgesprochen habe. Ich war in dir, habe mich so gut und stark gefühlt und in meinem Herzen war Zuneigung zu dir." Er berührt seinen Brustkorb. „Wie du schon gesagt hast, es ist möglich, einen Mann zu lieben, ohne ihn zu kennen. Aber das bedeutet nicht, dass ich *in* dich verliebt bin. Das ist ein Unterschied, nicht wahr? Ich kann dich auf abstrakte Weise lieben, aber ich kann nicht in dich verliebt sein, ohne dich besser zu kennen, als ich es tue."

„Ich möchte, dass du mich kennst, Daddy."

„Matthew ..."

Ich lege meine Gabel weg, mein Herz klopft wie verrückt. „Gibt es einen Grund, warum wir nicht mehr Zeit haben können?" Meine Stimme klingt rau und meine Kehle hat sich zusammengezogen. „Gibt es einen Grund, warum es vorbei sein muss?"

Daddy – nein, er ist jetzt Erik, etwas in seinen Schultern und seinem Gesicht verändert sich, wenn er aus der Rolle fällt – seufzt schwer. „Matthew, es gibt so viele Gründe."

„Wirst du mir sagen, welche es sind?" Tränen brennen in meinen Augen, aber ich blinzele und halte sie zurück.

„Du wohnst in Nashville."

„Es gibt das Internet. Telefone. Textnachrichten!" Ich fange an, mich aufzuregen. „Flugzeuge! Ich habe ein Auto! Du auch!"

„Ich führe keine Fernbeziehungen", erwidert er. „Das ist für mich ein K.-o.-Kriterium."

Meine Kehle verengt sich noch mehr.

„Dann ist da noch die Tatsache, dass du so unerfahren bist-"

„Ich bin nicht gut genug darin? Du brauchst jemanden, der besser beim Sex ist?"

Erik blinzelt. „Nein, das ist es überhaupt nicht. Du bist wunderschön im Bett. Es war mir eine Ehre und eine Freude, diese Zeit mit dir zu teilen. Es ist zu *deinem Besten*, dass ich das erwähne. Du solltest mehr erkunden. Mehr Männer haben. Unterschiedliche Arten von Sex erkunden. *Spaß* haben. Das Leben leben, das du all diese Jahre hättest haben sollen."

„Was, wenn ich das nicht möchte?" Indignierter Schmerz hebt sein Haupt.

„Dann musst du nicht."

„Aber was, wenn ich mit dir zusammen sein möchte, anstatt ‚Spaß' mit ‚mehr Männern' zu haben?"

„Matthew, du kannst nicht dein Leben aufgeben, alles verändern und dich mit mir in etwas stürzen, nur wegen dieser Zeit, die wir zusammen hatten. Das hier war intensiv für dich – und für mich – und ich verstehe, dass du es nicht loslassen möchtest. Wir waren in einer intimen, leidenschaftlichen Blase, die außerhalb unseres normalen Lebens existiert. Das kann wie die wunderbarste, schönste Erfahrung erscheinen, die niemals enden sollte. Aber sie *wird* enden. Sie *endet*. Das muss sie."

„Was ist mit deinen anderen Boys?", bekomme ich um den Kloß herum heraus, der droht, mich zu erwürgen. „Du hast sie manchmal jahrelang bei dir sein lassen."

„Ja, aber auch diese Beziehungen sind zu Ende gegangen."

Hat er davor Angst und ist das der Grund, warum er nicht zugeben möchte, dass diese Sache zwischen uns außergewöhnlich ist? „Was, wenn diese hier das nicht tut?"

„Du kannst nichts Festes mit mir wollen, Matthew. Du weißt nicht, was dir vielleicht entgeht."

„Meine Eltern haben sich auf der High School kennengelernt. Sie sind nie mit jemand anderem ausgegangen. Sie waren glücklich. Sie mussten nicht experimentieren oder andere Leute ficken oder ‚Spaß haben‘, so wie du es empfiehlst und sie haben sich bis zum Ende geliebt.“

„Das kann passieren. Aber es ist selten.“

„Du sagst also, dass wenn ich hier weggehe, mit anderen Männern schlafe, andere Daddys habe-“ Erik kann sein Zusammenzucken nicht verbergen. „- und mit anderen Arten von Sex experimentiere, nur *dann* werde ich in der Lage sein zu sagen, was ich will? Ich kann nicht *jetzt* wissen, was ich will? Als erwachsener Mann?“

„Matthew …“ Er sagt es so freundlich, dass eine Träne sich aus meinem Auge löst. Erik beugt sich vor, um sie mit seinem Daumen wegzuwischen. „Boy, nicht weinen. Da draußen wartet eine große Welt auf dich. Daddy liebt dich genug, um dich dort hinauszuschicken. Du wirst mir später dafür danken.“

Ich stehe auf, lasse meine Serviette auf meinen Teller fallen und drehe mich weg. „Werde ich nicht.“

Es klingt so kindisch wie die vielen Male, wenn mein eigener Vater darauf bestanden hat, dass ich ihm irgendwann für eine harsche Lektion danken werde, die er mir beigebracht hat, aber ich fühle mich jetzt genauso unnachgiebig wie damals. Nur dass ich dieses Mal den Vorteil habe, erwachsen zu sein, und ich *weiß*, dass es Blödsinn ist. Ich bin im Moment nur zu verletzt, um erkennen zu können warum.

Ich gehe nach oben und Erik folgt mir. In der Privatsphäre des Bads schließe ich die Tür und schaue auf die Wanne, in der er mir erst vor zwei Tagen den Einlauf verpasst hat und staune, wie diese eine Handlung so viele meiner Mauern eingerissen hat. Er hatte gewusst, dass es das tun würde. Er hat es mit Absicht getan.

Und doch sind seine Mauern nicht einmal ins Wanken geraten,

als er zugelassen hat, dass ich es bei ihm tue, oder? Sie sind immer noch intakt.

Wie kann das fair sein?

Ich setze mich im Schneidersitz auf die Matte vor der Wanne, meinen Rücken am Porzellanrand, bedecke mein Gesicht mit den Händen und versuche zu atmen. Die Fernbeziehungsausrede ist absurd. Es ist nicht so, dass Nashville in einem anderen Land liegt.

Er denkt, ich fühle mich zu ihm hingezogen, weil er mein erster Fick ist. Vielleicht stimmt das. Aber fangen nicht alle Beziehungen mit Verliebtheit oder einer Schwärmerei an? Er denkt, ich brauche mehr Erfahrung, bevor ich wissen kann, was ich will. Vielleicht stimmt das.

Ich habe schließlich einen Dom, Paul Adler, in der Warteschleife, den ich kennenlernen soll und es wäre interessant zu sehen, wie mit ihm zusammen zu sein eine andere Erfahrung ist. Aber wenn Erik sagt, dass ich bleiben und wir es versuchen können? Dann würde ich dieses Treffen, ohne nachzudenken, absagen.

Ich knurre und reibe mit meinen Handflächen über mein heißes Gesicht.

Hatte ich nicht einen Teil von Erik sehen wollen, der mich nerven würde?

Wie es aussieht, habe ich ihn gefunden.

KAPITEL DREISSIG

Erik

ICH WARTE DARAUF, dass Matthew wieder nach unten kommt und als er das endlich tut, setze ich ihn auf das Sofa, nehme seine Hände in meine und sage: „Matthew, alle Männer verlieben sich in ihren ersten Fick."

„Es ist nicht-"

„Lass Daddy ausreden", verlange ich. „Ich bin geschmeichelt, dass du mehr mit mir willst. Diese Zeit mit dir war mehr als besonders. Ich werde nie auch nur einen Moment davon vergessen. Ich bin dankbar für das, was du mir gezeigt hast und für das, was ich von dir gelernt habe."

Er versucht wieder, etwas zu sagen, aber ich lege meine Finger auf seine Lippen.

„Was *ich* gelernt habe, ist, dass ich nicht bereit bin, mein Herz schon wieder jemandem zu schenken. Ich war verletzt, als Brandon mich verlassen hat und ich bin nicht tapfer genug, diesen Schmerz erneut zu riskieren. Du bist wunderbar. Ich habe es geliebt, dich kennenzulernen, dich halten zu dürfen und die Erlaubnis zu haben, dir all diese Lust, Freude und das Spiel zu geben. Dich in den Kink einzuführen, war ein Segen für mein Leben, ein Segen, dessen Wert ich nicht einmal ansatzweise abschätzen kann ... Aber es darüber hinaus zu verlängern? Dafür bin ich nicht bereit. Verstehst du das?" Ich hebe meinen Finger von seinem Mund.

„Es liegt nicht an mir, sondern an dir? Weil du dich in deinen letzten Boy verliebt hast?"

Ich seufze, weiche der Bemerkung über Brandon aus. „Nun, es liegt ein wenig an dir. Ich glaube, dass du es verdienst, verschiedene Erfahrungen zu machen, bevor du dich entscheidest, worauf du dich fest einlassen möchtest. Gerade im Moment scheint das hier aufregend zu sein und alles, was du dir je wünschen könntest, aber das liegt daran, dass es das Erste ist, was du bekommen hast. Gerade im Moment schwimmst du mit mir in einem Aquarium, aber außerhalb davon befindet sich ein Ozean."

„Ernsthaft? Jetzt kommst du mir mit ‚es gibt jede Menge Fische im Meer'?"

Die Enttäuschung und das Missfallen in seiner Stimme erwischen mich kalt. Ich lasse das einen Moment einsinken, versuche zu entscheiden, was ich sagen möchte. Aber er redet weiter, bevor ich eine Gelegenheit dazu habe.

„Erik – Daddy – Erik – wie auch immer, mit wem auch immer ich gerade rede, sowohl Daddy als auch Erik, du musst etwas verstehen." Matthew nimmt meine Hände und schaut mir tief in die Augen. „Ich bin ein erwachsener Mann. Ich mag ja meinen Schwanz noch nicht in vielen Männern gehabt haben oder von einem halben Dutzend Typen durchgefickt worden sein, aber ich weiß, was ich will. Und was *ich* will, ist, eine Beziehung mit dir zu versuchen. Das ist mir ziemlich klar, sowohl in meinem Herzen als auch in meinem Kopf. Ich verstehe, dass dir der Gedanke an eine Fernbeziehung nicht gefällt, ich bin auch nicht begeistert, aber wenn du das hier mit mir wollen würdest, denke ich, dass du es versuchen würdest. Ich verstehe, dass du denkst, ich brauche mehr Erfahrung, aber das ist mir völlig egal und darum sollte es dir das auch sein. Es sei denn, was du wirklich meinst, ist, dass ich dich nicht befriedigen kann, und dann würde es eine große Rolle spielen-"

„Nein, ist es nicht-"

„Shh." Er bringt mich doch tatsächlich zum Schweigen und ich halte den Mund. Ich blinzele ihn an, als er mir in meine Seele blickt und weiterredet. „Ich verstehe auch, dass dein letzter Boy dir das Herz gebrochen hat und das mehr wehgetan hat, als du dir vorgestellt hast. Ich glaube, dass es dich ziemlich überrascht haben muss, weil du dich vor einem gebrochenen Herzen geschützt hast, indem du immer nur mit Männern zusammen warst, von denen du wusstest, dass sie dich verlassen würden, weil sie noch etwas vor sich haben, einen anderen Weg im Leben und dass du davon kein Teil bist. Also, sich in ihn verliebt zu haben, ihn von ganzem Herzen geliebt zu haben und dann dein Herz so gebrochen zu bekommen-"

„Es war nicht mein *ganzes* Herz." Himmel, ich klinge wie ein Zehnjähriger. Wo ist meine Daddy-Persönlichkeit jetzt?

„Auch wenn einem nur das halbe Herz zerschmettert wird, tut es höllisch weh. Ich mag ja nichts über romantische Liebe wissen, aber meine Eltern sind tot und es hat mir das Herz gebrochen. Ich verstehe, wie das ist." Matthew hebt eine meiner Hände und küsst die Fingerknöchel. „Du hast also recht. Wenn es hier nicht darum geht, dass ich nicht in der Lage bin, dich zu befriedigen-"

„Das ist es nicht."

„Dann liegt es an *dir* und nicht an mir. Das ist hart, weil du nichts bist, was ich in Ordnung bringen oder verändern kann. Das kannst nur du. Das bedeutet also, dass ich morgen hier wegfahren und mein Leben weiterleben muss. Das ist in Ordnung. Ich verstehe es. Es gefällt mir nicht, aber ich verstehe es. Du bist nicht bereit für jemanden wie mich. Du brauchst noch ein wenig länger Stützräder, bevor du bereit bist, mit dem Fahrrad zu fahren."

„Matthew ..."

Seine Frechheit sollte mich wütend machen, aber stattdessen trifft mich die Schärfe seiner Wahrheit. Er hat mich auf dieses Holz genagelt und jetzt winde ich mich darauf. Es brauchte eine religiös erzogene Scham-Schlampe, die wusste, wie sie mich ans Kreuz nageln musste.

„Ich werde also morgen nach Hause fahren und ich werde mit meinem Leben weitermachen. Ich habe einen Termin mit diesem Dom, den ich erwähnt habe und ich werde ihn einhalten. Ich werde sehen, ob *er* das ist, was ich will und wenn er es ist, werden wir sehen, wohin es führt. Ich werde klarkommen, Daddy. Mach dir keine Sorgen um diesen Boy. Aber wenn du bereit bist, die Stützräder abzuschrauben und auf ein echtes Fahrrad zu steigen? Dann ruf mich an. Du weißt, wo ich bin."

Matthew steht auf, nimmt meine Hand und führt mich in Richtung Treppe.

„Wir haben noch diese Nacht und ich möchte sie nicht weiter auf diese Weise vergeuden. Lass uns gehen, Daddy. Dein Boy möchte spielen. Weihnachten ist bald vorbei."

Ich folge ihm, mein Herz hämmert und meine Knie fühlen sich weich an. Ich bin überfordert. Er hat mich gerade Daddy genannt, aber ich habe mich noch selten so jung gefühlt. Von Anfang an hatte ich gedacht, Matthew wäre naiv, schwach und verletzlich. Aber er hat mir die Wahrheit gezeigt.

Er ist stark und mutig und viel weiser als ich.

Doch als er ins Bett steigt, sich mir zuwendet und die Hände ausstreckt, dabei sagt: „Ich brauche dich, Daddy. Kümmere dich um deinen Boy", bin ich wieder der Mann, der das Kommando hat. Ich bin sein Wohltätigkeitsauktions-Daddy.

Auch wenn ich theoretisch bereits geliefert habe, wofür er bezahlt hat, schulde ich ihm in meinem Herzen diese Nacht.

TEIL VIER
Das Erlebnis danach

KAPITEL EINUNDDREISSIG

Matthew

PAUL ADLER IST wunderschön.

Er hat nach hinten gekämmte, schwarze Haare, blaue Augen, eine Kieferlinie, mit der man Papier schneiden kann und einen schlanken Körperbau, der von sehniger Stärke spricht.

Ich sitze ihm gegenüber in seinem Apartment im Stadtkern von Nashville, mit einer spektakulären Aussicht, nippe an einem Bourbon und lese mir die Vereinbarung durch, die wir Anfang dieser Woche ausgehandelt haben. Mein Magen ist in Aufruhr. Ich möchte glauben, dass es sich um Vorfreude handelt, aber während ich über die verschiedenen Sessions nachdenke, auf die wir uns geeinigt haben, kann ich nicht verhindern mir zu wünschen, dass ich sie stattdessen mit Erik mache.

Aber das ist unmöglich.

Seit ich die Hütte verlassen habe, habe ich kein Wort von ihm gehört und ich hatte zu viel Vernunft und Stolz, um mich bei ihm zu melden. Wenn er nicht so auf mich steht, dann tut er das nicht und ich muss mich dieser Tatsache stellen und nach vorne blicken. Und *wenn* er so auf mich steht, aber zu viel Angst hat, es zuzugeben? Dann ist das ein ganz anderes Problem, das ich in meinem Leben nicht brauche.

Ich möchte mich selbst lieben, meine sexuellen Bedürfnisse und mein Dasein als queere Person annehmen. Ich brauche einen Mann, einen Dom, einen Daddy, der mit mir klarkommt, der die *Verpflichtung* eingehen möchte, mit mir klarzukommen.

Paul Adler ist nicht dieser Mann.

Aber er möchte einen Vertrag über sechs Wochen unterschreiben, was mehr ist, als Erik angeboten hat. Wenn diese Zeit vorüber ist, hat Paul gesagt, dass er mir helfen wird, jemand anderen zu finden.

Genau wie Erik scheint Paul an diesem Punkt in seinem Leben eine Aversion gegen längere Beziehungen zu haben, genießt es aber, in den Wochen, in denen er nicht bis zum Hals in Arbeit steckt, einen Boy oder Sub zu seiner Verfügung zu haben.

Er ist, soweit ich das verstanden habe, ein Sehr Wichtiger Mann und hat das Schicksal der Verträge vieler Country-Musiker in seinen Händen, sowie das Leben anderer reicher Menschen, weil er ihr Anwalt ist.

Wenn er eine Pause macht, dann ist sie lang und dann kehrt er zu seiner sehr stressigen aber extrem lukrativen Karriere zurück. Wie er mir bei unserem ersten Treffen erklärt hat. „Normalerweise nehme ich mir um die Feiertage herum sechs Wochen frei, aber dieses Jahr konnte ich das aus verschiedenen Gründen nicht tun. Was bedeutet, dass mein Urlaub verspätet beginnt und ich ziemlichen Dampf habe, den ich ablassen muss. Normalerweise heuere ich für diese Zeit einen Begleiter an und es ist nicht immer sexuell. Es ist nicht einmal immer Dom/sub. Ich bin ein beschäftigter Mann. Ich habe keine ‚Freunde‘. Manchmal brauche ich Gesellschaft mehr als einen Orgasmus oder Kink. Aber dieses Jahr …“

Sein Lächeln wird ein wenig sadistisch. „Ich hatte ein paar harte Monate. Ich möchte *alle* Orgasmen und Kink. Bist du sicher, dass du dafür bereit bist? Doug hat mir von deiner Situation erzählt und ich verstehe, dass du neu bist. Mir ist die Verantwortung, die ich dir gegenüber habe, bewusst und ich habe keine Angst, sie zu übernehmen. Vertraust du mir, dass ich das tue?“

Das habe ich damals und das tue ich jetzt. Der Stift liegt neben dem Vertrag. Ich kann unterschreiben und die erste Session kann heute Nacht anfangen.

Ein Teil von mir möchte es tun. Ich bin geil und ich sehne mich nach der Lust, die ich gerade erst mit Erik kennengelernt und erlebt habe.

Aber ein anderer Teil von mir will unbedingt zurück zu meinem Daddy. Dem Mann, den zu wollen ich nicht für einen Moment aufgehört habe, seit ich aus seiner Auffahrt gefahren bin.

„Es ist in Ordnung, wenn sich herausstellt, dass du hierfür nicht bereit bist", sagt Paul und schlägt seine Beine übereinander. Er streckt seinen Arm auf der Lehne des Sofas mir gegenüber aus. Wir sind von einem langen, hölzernen Kaffeetisch getrennt, der handgemacht ist und gut über zehntausend Dollar gekostet haben muss. Ich bewundere die Art, wie er so sexy in den Kissen lehnt. Er ist traumhaft anzusehen. Vor ein paar Wochen hätte die Vorstellung, dass er die Kontrolle über mich übernimmt, mich keuchend und in einer Pfütze auf dem Boden hinterlassen.

Das könnte immer noch passieren, wenn ich es zulasse.

„Ich habe noch ein paar Fragen", zögere ich, habe Probleme, mir eine gute einfallen zu lassen. Schließlich frage ich: „Kennst du Erik Garner? Er ist ein Daddy in der Kink-Szene in Asheville."

Pauls linke Braue hebt sich, aber er schüttelt seinen Kopf. „Nein, aber ich nehme an, er ist der Mann, mit dem du zuvor zusammen warst? Der einzige Mann, oder?"

„Ja. Es ist nur … ich denke immer noch an ihn. Ist das normal?"

„Normal?" Paul betrachtet nachdenklich sein Glas Bourbon. „Ich würde sagen, dass es ziemlich üblich ist, eine Menge an deinen ersten Fick zu denken, wenn er nicht schlecht war. Oder vielleicht sogar, wenn er schlecht *war*."

„Wer war deiner?" Ich zögere es jetzt hinaus und wir beide wissen es.

Paul leckt sich die Lippen und reibt mit einer Hand über seine dunklen Stoppeln, bevor er sagt: „Wir können das Kennenlern-Spiel spielen. Ich bin gerne dabei. Aber wenn du gehen möchtest, musst du nur zur Tür gehen."

Ich hebe meine zusammengeballten Hände an meine Stirn. Ich neige meinen Kopf vor und atme. „Ich bin mir nicht sicher, was ich will."

„Du bist mir bei unserem letzten Treffen sehr entschlossen vorgekommen, als wir diese Vereinbarung aufgesetzt haben."

Ich nicke, aber ich hebe meinen Kopf nicht, lasse meine Hände an meiner Stirn und atme mit geschlossenen Augen ein und aus. „Ich weiß."

„Was hat sich verändert?"

„Damals war ich wütender", flüstere ich. „Ich wollte mir selbst und ihm beweisen, dass ich nach vorne schauen kann. Dass ich nicht der schwache, naive Mann bin, für den er mich gehalten hat und dass ich bereit bin, die Schritte in meinem Leben zu tun, die nötig sind, um zu bekommen, was ich will. Schritte, die er nicht mutig genug ist zu gehen."

„Und jetzt?"

Ich lache leise und hebe meinen Kopf. „Jetzt vermisse ich ihn einfach nur."

Paul schwenkt den Alkohol in seinem Glas und mustert mich. „Du hattest ihn wie lange in deinem Leben? Drei Tage?"

„Vier." Wenn ich den Tag mitzähle, an dem wir unseren Vertrag gemacht haben und das tue ich.

„Und er ist jetzt wie lange nicht mehr in deinem Leben?"

„Es war am Sechsundzwanzigsten vorbei und heute ist der Dreißigste, also …"

„Fünf Tage."

„Ja."

„Ich würde sagen, dass du noch mindestens ein paar Wochen

lang an ihn denkst, bevor du anfängst, ihn hinter dir zu lassen.“

„Sir?“ Er hat gesagt, dass ich ihn so nennen soll.

„Ja?“

„Ich will ihn nicht hinter mir lassen.“

Er lächelt, neigt seinen Kopf. „Natürlich willst du das nicht.“

„Und du möchtest mich dennoch hierhaben?“

„Das hier ist nicht für die Ewigkeit, Matthew. Du kannst Erik wollen, ob du nun hier bei mir oder allein da draußen bist. Für mich ist beides in Ordnung. Es ist deine Entscheidung.“

„Wenn ich mich entscheide, bei dir zu sein, tun wir, was in der Vereinbarung steht?“

Er nickt. „Und du bekommst die Summe, die ich all meinen Subs zahle, wenn es vorbei ist.“

Es ist eine hohe Summe. Sie bedeutet, dass ich meinen Job aufgeben kann. Was bedeutet, dass ich über ein neues Leben nachdenken kann, ohne die Reserven, die meine Eltern mir hinterlassen haben, zu sehr anzugreifen.

„Und wenn ich jetzt gehe, einfach verschwinde, dann ...“ Ich beiße in meine Lippe. „Kehre ich zu einem Leben ohne Sex zurück und-“

„Langsam, langsam“, sagt er und hebt seine Hände. „Du bist ein unglaublich heißer Mann. Du kannst Sex haben, wann immer du willst. Es gibt Apps, Clubs, Bars und sogar einen BDSM-Club, den du ausprobieren kannst. Es führen mehr Wege nach Rom, als nur unsere Vereinbarung zu unterschreiben.“

„Ich mag dich aber. Du bist die Art Mann, nach dem ich suche.“

„Das bin ich, ja.“

Ich stöhne und beiße mir auf die Unterlippe.

Paul steht auf, kommt zu mir und zieht mich hoch. Er ist kleiner als ich, was seltsam ist, und doch, als unsere Blicke sich begegnen, habe ich das Gefühl, dass er das Kommando hat und ich ihm gehorchen könnte. Er schiebt seine Hände zu beiden Seiten meines Gesichts in meine Haare und lächelt zu mir auf. „Du musst heute Abend keine Entscheidung treffen. Ich werde dich nicht drängen.“

„Aber dein Urlaub … Wenn ich Nein sage, wirst du einen anderen Boy brauchen.“

„Ich kann einen anderen Boy bekommen. Ich wollte dich, aber ich habe im Moment keinen Mangel an Angeboten. Die Auszahlung macht mich zu einem ziemlich aufregenden Fang.“ Er lacht, gleitet mit seinen Händen zu meinen Schultern und drückt. „Geh nach Hause, denk darüber nach. Lass es mich morgen Früh wissen.“

„Ich wollte heute Nacht für dich kommen“, gestehe ich errötend.

„Ich auch. Du würdest so gut aussehen, wenn du für mich auf den Knien bist.“ Er zuckt mit den Schultern. „Aber c'est la vie.“ Paul führt mich in Richtung der Tür seines Lofts. „Ich warte darauf, von dir zu hören. Lass dir nicht zu lange Zeit, aber Matthew? Sei dir das nächste Mal sicher.“

Er küsst mich auf die Wange und schickt mich weg.

Als ich aus der Parkgarage unter seinem Gebäude fahre, bin ich verschwitzt und verwirrt. Ich wollte heute Nacht benutzt werden, gefickt werden und gezwungen werden, zu kommen, und ich bin neugierig, wie Paul im Bett ist, wie er mich anfassen würde und welche Lust er aus mir herauswringen würde. Wäre es anders als das, was Erik mir gegeben hat?

Aber Neugierde ist schlicht das.

Was ich wirklich will?

Erik.

KAPITEL ZWEIUNDDREIßIG
Erik

DER BLUE RIDGE Kink Club ist nicht der Ort, an dem ich sein möchte, und doch bin ich dort.

Nick hat mich überredet, herzukommen, indem er mir ein Gespräch und Whiskey versprochen hat, aber ich stelle fest, dass ich im Moment keines von beidem möchte. Der Club ist voll mit Kinkstern, die bereit und willens sind zu spielen. Einige sind sogar ziemlich heiß, wie der Boy, der mit Häschenohren und einem Schwanz direkt über seinem Knackarsch an mir vorbeistolziert ist.

Aber keiner von ihnen wird heute Nacht mit mir nach Hause gehen.

„Rede", verlangt Nick, dreht sich auf seinem Stuhl, bevor er einen Ellbogen auf die Bar stützt und sein Kinn auf seine Faust legt.

Ich verdrehe die Augen. Es gibt nicht viel zu sagen, was ich nicht bereits erzählt habe. „Ich bin nicht bereit. Das ist alles."

„Der Auktionsboy war also ein Schlag ins Wasser?"

Ich seufze. Nick möchte die Dinge auf etwas Einfaches reduzieren, aber das ist es nicht. „Er war großartig."

„Aber du führst keine Fernbeziehungen, blah, blah, blah, der ganze Rest deiner Ausreden, oder?"

„Es sind keine Ausreden."

„Nun, ich nehme an, er war wohl kein Honigtopf."

Ich verziehe das Gesicht. „Was?"

„Honigtopf. Du weißt schon." Nick verdreht seine Augen. „Du weißt es nicht? Okay, warst du je auf einer Orgie und es waren drei schöne Hintern über der Lehne eines Sofas aufgereiht, bereit, von dir gefickt zu werden?"

„Das klingt sehr spezifisch. Bist du sicher, dass das keine Geschichte aus deinem Leben ist?"

„Es ist eine Geschichte aus meinem Leben und darum weiß ich, dass Honigtöpfe real sind."

Ich winke mit meinem Whiskeyglas in seine Richtung, dränge ihn, diese alberne Geschichte zu Ende zu bringen. Ich habe bis jetzt nur einen Schluck getrunken. Alkohol ist in der Theorie immer ansprechender als in der Realität. Zumindest für mich.

„Also, drei Ärsche, alle aufgereiht. Du fickst einen und es ist nett, aber es gibt noch zwei weitere, darum ziehst du ihn raus und fickst den nächsten und dann den nächsten. Es ist heiß. Sie sind alle heiß. Aber aus irgendeinem Grund fühlt sich der Arsch eines der Boys einfach so gut an. Der beste Arsch in diesem Set. Und du willst ihn wiederhaben, obwohl ein anderer Boy stöhnt wie eine läufige Hündin, sich auf deinem Schwanz windet und dich anfleht, härter zu machen. Das ist also ein Honigtopf."

„Eine läufige Hündin ist ein Honigtopf?"

„Nein, der unglaubliche Arsch ist der Honigtopf. Himmel, pass doch auf. Ein Honigtopf ist kostbar und selten. Wenn er ein Honigtopf gewesen wäre, hättest du ihn niemals gehen lassen. Also war er vielleicht nicht der Eine." Er deutet im Raum herum. „Es gibt jede Menge mehr, die du dir für ein Playdate aussuchen kannst."

„Ich möchte kein Playdate." Ich möchte Matthew, der kein Honigtopf ist. Er ist mehr als das. Er ist ein Engel. Nicht nur, weil das tatsächlich sein Name ist.

„Hörst du wirklich mit dem Kink auf?"

„Ich weiß nicht, was ich tue, Nick." Ich seufze. „Ich habe heute Nacht keine Geduld hierfür."

„Nun, wofür *hast* du Geduld?"

Ich schüttle den Kopf und schaue auf meine Uhr, bevor ich meinen Blick wieder durch den Raum schweifen lasse. Hier ist niemand, mit dem ich reden möchte und definitiv niemand, den ich ficken will. „Ich nehme an, für nicht viel. Ich glaube, ich werde nach Hause fahren.“

„Das ist das letzte Mal, dass ich dich hier sehe“, bemerkt er mit seinem geradlinigen Scharfsinn.

„Ich glaube, das könnte so sein.“

„Fünfunddreißig ist ziemlich jung, um den Daddy-Hut für immer an den Nagel zu hängen.“

„Ist es, aber ich habe wohl einfach nicht mehr den Appetit dafür.“

Habe ich doch. Für ein wunderschönes Wochenende – das beste Weihnachten, seit ich ein Kind war, das noch an Santa geglaubt hat – hatte ich jede Menge Appetit und es war mehr als köstlich. Ich glaube nicht, dass ich je wieder mit irgendjemandem diese Art perfektes Spiel erleben kann. Matthew war mein letzter Boy.

„Ein gebrochenes Herz kann eine Menge guter Dinge ruinieren, aber es heilt. Irgendwann. Vielleicht habe ich dich zu früh gedrängt.“

„Vielleicht hast du das, aber ich kann nicht sagen, dass ich es bedauere.“ Ich werde Matthew niemals bedauern, aber gleichzeitig, Scheiße, wünsche ich mir, dass ich ihn nie gekostet hätte. Es ist nicht dasselbe wie Bedauern, aber es kommt dem zu verdammt nahe. „Heute Abend spricht nichts hier mich an. Ich möchte nur nach Hause.“

„Dann mach“, sagt Nick, klopft mir auf die Schulter. „Wenn ich dich hier sehe, dann sehe ich dich. Wenn nicht, nun, dann können wir uns auf einen Kaffee treffen oder irgend so einen Scheiß.“

„Oder du könntest zur Hütte kommen, ein paar Pferde reiten,

ein wenig mit mir trainieren.“

„Da passe ich. Pferde sind zu groß, als dass ein Mann sich mit ihnen anlegen sollte. Meine Mama hat mir das beigebracht.“

„Bei Pferden braucht man Respekt, das stimmt, aber sie sind wunderbare Tiere.“

„Das sagst du.“

Ich schüttle seine Hand. „Danke, dass du es versucht hast, Nick. Mich wieder in die Szene zu bringen, war eine gute Idee. Ich habe eine Menge gelernt. Inklusive, dass ich im Moment nicht in der richtigen geistigen Verfassung für Kink bin.“

„Es ist besser, wenn man es weiß, als wenn nicht“, stimmt er zu. „Bis dann, Erik.“

„Bis dann.“ Als ich davongehe, schlendert ein Rothaariger in nichts als einem blauen Tanga zu Nick, sagt etwas, das Nick dazu bringt, laut zu lachen und ihm auf den Hintern zu schlagen. Der junge Mann lehnt sich an Nick und als ich um die Bar herum in Richtung Ausgang gehe, bin ich mir sicher, dass Nick seinen Spielpartner für heute Nacht gefunden hat.

Die Fahrt zurück zum Haus ist kurz und schnell. Alle Mitbewohner sind unterwegs und machen ihr Ding – was auch immer das sein mag – außer Charles, der in seinem Zimmer näht, mit offenem Fenster und Tür und sich drehendem Ventilator.

„Möchtest du ganz Asheville heizen?“, frage ich.

Er hört nicht auf zu arbeiten, während er antwortet: „Die Heizung hängt auf der höchsten Stufe fest. Arbeitet mit Volldampf.“

„Großartig“, murmele ich. „Wie lange schon?“

„Immer mal wieder in den letzten paar Tagen. Die anderen haben sich für die Nacht einen anderen Platz zum Schlafen gesucht. Ich werde bald zu meinem Onkel fahren. Ich muss nur das hier fertigmachen …“ Er grinst, ein Aufblitzen hübscher weißer Zähne in der unteren Hälfte seines jugendlich schönen Gesichts. „Da. Fertig.“ Charles steht auf und schüttelt ein seidiges, spitzenbesetztes

Ding aus, von dem ich annehme, dass es ein weiteres Beispiel für seine „Lingerie für Männer" ist, aber ich bin mir nicht sicher, wie man die Teile anzieht und wo.

„Hübsch", sage ich, weil das einfacher ist, als Fragen zu stellen.

„Ein zukünftiger Bestseller", verkündet er.

„Zweifellos. Wann wirst du genügend Geld verdienen, um dir ein richtiges Studio leisten zu können?"

„Willst du mich loswerden?", fragt Charles mit hochgezogenen Brauen.

„Natürlich nicht. Aber sicher hast du größere Pläne als dieses Haus."

„Habe ich." Er lächelt frech. „Ich werde ein ganzes Haus kaufen und Assistenten anheuern. Mit der Zeit werde ich nicht nur ein einsamer Lingerie-Designer sein. Ich werde eine Mode-Ikone."

„Ich finde diesen Plan gut."

Ich trete zurück in den Flur, spiele dort am Thermostat herum, nur ein paar Sekunden, bevor ich aufgebe und mich in mein eigenes Schlafzimmer zurückziehe. Es ist wie in einer Sauna da drin und ich setze mich für einen langen Moment auf das Bett, starre an die Decke. Ich weiß nicht, was ich gerade im Moment sonst tun soll, darum mache auch ich die Fenster auf. Mitten im Winter.

Was für ein Schlamassel.

Ich rolle mich auf meinem Bett zusammen, hole mein Handy heraus und tue, was ich viel zu oft mache. Ich lese die letzten Nachrichten, die ich mit Brandon ausgetauscht habe.

Ich wünsche dir das Beste, aber bitte schreib mir nicht wieder.

Ich kaue auf meiner Unterlippe, während ich seine Antwort erneut lese: *Es tut mir leid, dass es für dich so schmerzhaft ist. Du warst für eine lange Zeit der Mann, den ich gebraucht habe und ich werde dich niemals vergessen. Ferko lässt dich grüßen.*

Ich schließe meine Augen und stelle mir Brandons Gesicht vor. Seine blauen Augen funkeln, als er lacht. Seine roten Lippen um meinen Schwanz. Sein schlanker Körper, der unter mir zittert, als ich ihn ficke. Das Hüpfen seines Hinterns, wenn er geht. Ich liebe all das. Oder habe es geliebt. Ich glaube, dass ich das wahrscheinlich immer noch tue.

Aber ich will ihn nicht mehr zurück.

Sogar wenn er jetzt durch die Tür kommen, auf seine Knie fallen und mich anflehen würde, wieder mein Boy sein zu dürfen, würde ich ihn wegschicken, weil ich ernst gemeint habe, was ich zu Matthew gesagt habe. Keiner meiner Boys ist für etwas Dauerhaftes bestimmt.

Ich suche sie auf diese Weise aus.

Ich schließe meine Augen und mein Verstand verrät mich, indem er mir Matthew zeigt, der an der Hütte auf mich wartet. Ich stelle mir vor, wie er seine Sachen zu mir bringt, wie er einen dauerhaften Platz in meinem Leben einnimmt. Unter dem Entsetzen, das diese Bilder hervorrufen, fühle ich mich innerlich warm und richtig.

Doch wenn ich daran denke, mit ihm alt zu werden, dass er bei mir bleibt, dass er noch mein Boy ist, sogar wenn er sechzig ist und ich vierundfünfzig. Oder zur Hölle, noch älter! Wie funktioniert das? Wie *sieht das aus*?

Meine Mom ist allein. Sie hat nie die wahre Liebe gefunden und es waren immer nur wir beide. Wie baut man sich eine Zukunft mit einem Liebhaber auf? Vielleicht sollte ich meinen Cousin Leo anrufen und ihn fragen, wie er und sein Arzt entschieden haben, zu heiraten, woher sie gewusst haben, dass es halten würde und wie sie wussten, dass sie gemeinsam eine Familie und eine Zukunft aufbauen können.

Oder vielleicht sollte ich RJ und Aaron fragen.

Aber stattdessen rufe ich die Nachrichten auf, die ich mit Matthew ausgetauscht habe.

Die letzte Nachricht ist, dass er nach unserer gemeinsamen Zeit sicher in Nashville angekommen ist. Seit diesem Nachmittag ist nichts gekommen. Was richtig ist und das, was ich mir von ihm erbeten habe und doch ist es nicht das, was ich wollte. Die letzten fünf Tage habe ich, jedes Mal, wenn mein Handy pingte, gehofft, dass er es ist.

Ich lese mir die Nachrichten aus der Nacht nach unserem ersten Treffen durch. Dann vergrößere ich diesen Fehler noch, indem ich das Foto antippe, das er mir geschickt hat. Nach dem Orgasmus, überall Wichse und dieser wilde, wunderschöne Gesichtsausdruck. Ich habe diesen Mann – diesen wunderschönen, unterwürfigen, süßen Mann – gehen lassen, weil ich ein Feigling bin. Er ist mit mir so ein Risiko eingegangen, hat mir mit allem Wichtigen vertraut – Körper, Geist und Seele – und ich habe ihn enttäuscht.

Ich habe mich selbst enttäuscht.

Ich lege das Handy weg, starre aus dem offenen Fenster und spüre, wie die kalte Luft über mein Gesicht streicht. Hitze strömt durch die Lüftung ins Zimmer. Heiß und kalt blasen gleichzeitig über mich. Ist das irgendwie eine Metapher für mein Leben? Ich habe das Gefühl, dass es das sein könnte.

„Hey", sagt Charles von meiner offenen Tür. „Ich gehe. Kommst du hier klar?"

„Sicher doch."

„Wirklich? Es geht dir gut?"

„Ja."

„Hat Brandon angerufen oder so?", fragt er, tritt vorsichtig ins Zimmer.

„Nein."

Er steht nur für einen Moment im Zimmer, denkt nach. „Ah. Du warst schon seit einer Weile nicht mehr so niedergeschlagen. Ich dachte, dass vielleicht – aber vergiss es. Ich werde jetzt gehen. Gute Nacht."

„Nacht", antworte ich, aber ich setze mich auf und schaue zu, wie Charles den Flur hinunterschlendert, sein Hintern wackelt auf diese hübsche Art, die er an sich hat.

Vielleicht *sollte* ich mich bei Brandon melden. Vielleicht ist es das, was bei mir nicht stimmt. Wenn ich eine Lösung mit ihm hätte, einen Abschluss –

Ich schnappe mir mein Handy und entsperre es. Ich sehe mich erneut mit Matthews sex-getränktem Körper und seinen wunderschönen Augen konfrontiert.

Ich schreibe Brandon nicht.

Stattdessen tippe ich eine Nachricht für Matthew ein, lese sie ein halbes dutzend Mal und lösche sie. Ich warte ein paar Sekunden, denke nach, schreibe dann wieder.

Ich möchte ihn fragen, ob es ihm gut geht, ob er bedauert, was er mit mir hatte, ob er uns bedauert, ob er mich wiedersehen möchte, ob wir vielleicht darüber nachdenken können, etwas Unverbindliches zu haben, bis ich mir meiner selbst sicherer bin …

Aber stattdessen schicke ich: *Darf ich dich anrufen? Es ist wichtig.*

Mein Magen krampft sich zusammen und ich bekomme einen Schweißausbruch. Was mache ich da? Ich bin mir nicht sicher.

Aber es fühlt sich wie Tapferkeit an.

KAPITEL DREIUNDDREIßIG

Matthew

*K*ANN ICH DICH *anrufen? Es ist wichtig.*

Ich atme ein und aus. Ich stehe vor dem Aufzug im Parkplatz unter Pauls Gebäude. Ich habe darüber geschlafen und ich bin hierhergekommen, nachdem ich mich zu Hause nach der Arbeit umgezogen habe. Ich war zu nervös, um zu Abend zu essen, weil ich entschieden habe, die Vereinbarung zu unterschreiben und mich von Paul durch eine einfache Session als sein Sub führen zu lassen.

Das, mit Paul, ist, was ich will.

Oder war es.

Bis diese Nachricht gekommen ist.

Weil ich Erik *will*. Es ist nur so, dass wenn ich ihn nicht haben kann, ich mit meiner Reise der Selbstfindung weitermachen möchte, und Paul kommt mir wie ein fairer und guter Mann vor, eine vertrauenswürdige Person, mit der ich weitergehen kann. Ich möchte mit vertrauenswürdigen Menschen zusammen sein.

Aber mehr als alles andere möchte ich wieder mit Erik zusammen sein.

Ich finde mich im Auto wieder, zittere in der feuchten Kühle der Parkgarage. Ich starre weiter auf Eriks Nachricht. Ich kann nicht anfangen zu hoffen. Es geht hier wahrscheinlich nur um ein kleines Problem, das er lösen muss. Vielleicht habe ich etwas in seiner Hütte vergessen und er braucht meine Anschrift. Vielleicht hat es ein Problem mit dem Scheck für den wohltätigen Zweck gegeben.

Vielleicht ... oh Gott, was, wenn er möchte, dass ich als Referenz für ihn diene, für einen anderen Boy? Um zu bestätigen, dass er vertrauenswürdig und sicher ist.

Mir wird schlecht.

Ich kneife meine Augen fest zu, hole tief Luft und antworte mit: *Klar. Wann?*

Jetzt?

Ja.

Der Anruf kommt sofort – ein Stimmanruf – und ich gehe ran. Zum Glück habe ich hier unten Empfang.

„Hi, was brauchst du?", hauche ich eilig hervor, als ob ich ihn, indem ich auf diese Weise frage, davon abhalten kann, mir wehzutun oder mich wieder abzulehnen. Er *will mich nicht*. Das hat er sehr klar gemacht.

Es entsteht ein langes Schweigen am anderen Ende der Verbindung, bevor Erik etwas sagt, das mir den Atem raubt.

„Dich. Ich brauche dich."

Mein Herz hämmert und mein Puls beschleunigt. Paul Adler und sein Vier-Millionen-Dollar-Apartment und sein ruhiges Lächeln erscheinen vor meinem geistigen Auge. Ich bin hier mit Erik am Telefon und er braucht mich.

„Wie?", frage ich. Vielleicht braucht er meine Fähigkeiten als Buchhalter? Meine Adresse? Vielleicht muss ich die Gitarre zurückgeben?

„Auf viele Arten, aber vor allem musst du mir vergeben."

„Wofür?"

„Dass ich ein Feigling war. Ich hätte dir niemals sagen sollen, dass ich mit dir keine Beziehung versuchen möchte. Die Wahrheit ist, ich *möchte* es mit dir probieren, aber ich weiß nicht *wie*. Meine Mom und ich? Nun, mein Dad hat uns verlassen, wie ich es dir erzählt habe. Und die meisten Eltern meiner Freunde sind geschieden. Ich habe mir nur gestattet, mit einer bestimmten Art Boy zusammen zu sein. Boys, die nur auf der Durchreise waren.“

„Ja?“ Mir ist schwindlig. Ich umklammere das Lenkrad, obwohl ich parke. Das passiert. Er sagt mir, dass er mich will.

„Und die Sache ist die, du bist zu mir gekommen, weil du lernen wolltest, dich selbst zu lieben, indem du all die Dinge annimmst, die du dein ganzes Leben lang auf Abstand gehalten hast und ich dachte, dass ich dir das zeigen kann. Aber wie kann ich das? Wo ich doch die Menschen und Dinge auf Abstand halte, die *mich* am meisten wachsen lassen?“

„Ich lasse dich wachsen?“

„Scheiße, ich hätte all das persönlich sagen sollen. Ich hätte in mein Auto steigen und direkt zu deinem Haus fahren sollen.“

„Hast du überhaupt meine Adresse?“

„Irgendwo in unseren Dokumenten für die Auktion. Ich hätte dich finden, zu dir fahren und auf meinen Knien um deine Vergebung bitten können, weil ich so getan habe, als würde ich so viel wissen, während du die ganze Zeit über recht hattest. Du hattest absolut recht. Ich *bin* vor uns geflohen, davor, wie gut wir zusammen sind, in jeder Hinsicht, weil ich Angst habe. Ich habe solche Angst. Und du bist der Tapfere, der Erwachsene, derjenige, der für uns den Sprung ins Ungewisse wagen wollte und das nach allem, was du durchgemacht hast-“

Ich beeile mich, ihn vor sich selbst zu verteidigen. „Du hast auch eine Menge durchgemacht. Du hast gute Gründe, nicht darauf zu vertrauen, dass jemand bleiben wird. Du hast Gründe zu fürchten, dass du verletzt werden wirst.“

„Ich möchte unsere Leben besser machen, Matthew. Unsere beiden Leben. Ich denke, was wir letzte Woche geteilt haben, war etwas Besonderes. Unersetzlich. Niemand sonst hat je auch nur ansatzweise bewirkt, dass ich mich so lebendig, so ganz und richtig fühle.“

„Du meinst das ernst? Du bist nicht nur einsam oder geil oder-“

„Es ist mein Ernst. Ich kann einen Hintern bekommen, wann immer ich möchte. Aber ich möchte nicht nur irgendeinen Hintern. Ich will deinen. Verstehst du das?"

Tue ich das? Es gibt nur eines, was ich sagen kann. „Ja, Daddy."

Sein Atem stockt. „Oh Gott. Sag das noch mal."

„Ja, Daddy. Ich verstehe."

„Wann kannst du zu mir nach Hause kommen?"

Meine Gedanken wirbeln umher. „Ich muss mich um ein paar Dinge kümmern."

„Dein Job, ja, und deine Katze. Vielleicht können wir uns überlegen-"

„Das Wichtigste ist, dem Dom abzusagen, mit dem ich mich wieder treffen wollte", sage ich. „Ich stehe in der Parkgarage unter seinem Gebäude."

Erik gibt einen knurrigen Laut von sich. „*Wieder?*" Er räuspert sich. „Es ist in Ordnung. Das ist in Ordnung." Er klingt nicht so, als würde er es ernst meinen. Was mich nicht begeistern sollte, aber das tut es. Er fügt hinzu: „Es freut mich, dass du weiter erkundest. Wenn du mit ihm spielen willst, verstehe ich das und-"

„Ich will *dich*, Erik." Ich schaue mich in der Parkgarage um, mit den unglaublich teuren Autos, die in der Nähe stehen. Jedes davon kostet wahrscheinlich mehr, als ich mit meinem Job pro Jahr verdiene. Den ich unbedingt kündigen möchte. „Ich will ihn nicht."

„Hat er dich angefasst? War es dieser *Paul Adler?*" Er sagt den Namen, als würde er einen schlechten Geschmack in seinem Mund hinterlassen. Er ist eifersüchtig.

Ich kann nicht aufhören zu grinsen. „Ein wenig?" Wir hatten uns die Hände geschüttelt und er hatte meine Wange geküsst.

„Bist du für ihn gekommen?"

„Ich kann nicht sehen, dass dich das etwas angeht, aber nein. Wir haben den Vertrag noch nicht unterschrieben."

„Warum nicht?" Erik klingt skeptisch.

„Ich war mir nicht sicher. Aber ich bin jetzt hier, weil ich entschieden hatte, das zu tun, was wir geplant hatten. Er war bis jetzt ein perfekter Gentleman." Und dann, weil mir der raue, wütende Ton in seiner Stimme gefällt, füge ich hinzu: „Seine Hände sind schön. Er war bis jetzt sanft, aber er hatte Pläne für später, inklusive Schmerz-Spiele."

„Du hast dem *zugestimmt?*"

„Ich glaube nicht, dass ich Schmerz-Spiele hassen würde", gebe ich zu. „Aber mir wäre es lieber, du jagst mich stattdessen über ein Feld und rollst dich schamvoll mit mir herum."

Das gierige Keuchen, das ich zur Antwort bekomme, macht mich schwindlig vor Freude.

Erik

ES PASSIERT. MATTHEW lässt mich zurückkommen. Ich bin von meinem Glück ganz benebelt. „Wann kann ich dich sehen?"

„Bald", antwortet er. „Ich muss hier zu Hause ein paar Probleme lösen und ich muss Paul sagen, dass ich den Vertrag nicht unterschreiben werde."

Ich möchte diesen Vertrag in die Finger bekommen und zu winzigen Schnipseln zerreißen.

„Aber am Freitag denke ich, kann ich rauffahren."

„Flieg. Ich werde dich am Flughafen abholen. Ich zahle für den Flug."

„Das ist albern und teuer."

Ich muss diese Sache mit ihm *in Ordnung* bringen und ich glaube nicht, dass ich bis Freitag warten kann. „Ich komme zu dir."

„Das musst du nicht."

„Doch, das muss ich. Du warst zu nachsichtig mit mir,

Matthew. Ich mag ja die Rolle des Daddys spielen, aber ich lerne ebenfalls noch. Du solltest mehr von mir verlangen. Das ist etwas, das wir zusammen herausfinden müssen." Er schweigt für einen Moment und mein Magen schlägt nervöse Purzelbäume. „Verstehst du, was ich sage? Ich sollte dir mehr geben, als ich es getan habe. Ich hätte all meinen Boys mehr geben sollen, als ich es getan habe."

„Wie was?", würgt er hervor.

„Ich hätte dir eine echte Chance auf mein Herz einräumen sollen, darauf, ein Teil meines Lebens zu sein. Du hast das verdient. Sie alle haben das. Vielleicht wäre Brandon geblieben, wenn ich ihm den Eindruck vermittelt hätte, dass ich das von ihm erwarte."

„Vielleicht wäre er geblieben."

„*Du* wärest geblieben."

Matthew lacht und es klingt, als würde es in seiner Kehle schmerzen. „Ja. Ich wäre geblieben."

„Ich will Brandon nicht", erkläre ich ihm. „Ich will dich. Aber ist es zu spät? Hast du mit uns abgeschlossen?"

„Nein."

„Aber du wolltest gerade einen Vertrag mit einem anderen Mann unterschreiben …" Ich kann nicht glauben, dass ich gerade so bedürftig bin, aber ein Teil von mir möchte, dass Matthew es deutlich ausspricht. Ich möchte ganz sicher wissen, dass er den Gedanken an einen anderen Mann an meiner Stelle nicht bevorzugt. Wie albern, wie Anti-Kink, wie sehr das nicht dem Spiel entspricht …

Und doch ist das hier kein Spiel. Das hier ist kein Kink. Das ist mein Herz, das auf dem Spiel steht.

„Sei nicht albern, Daddy. Ich bin dein Boy. Wie könnte ich das hinter mir lassen?"

Meine Augen füllen sich mit Tränen und meine Kehle verengt sich. „Du könntest. Du bist stark genug, alles zu tun, was du willst, Matthew. Aber ich bin froh, dass du es nicht getan hast. Ich möchte, dass du mein Boy bist. Ich möchte sehen, ob es zwischen uns für lange Zeit funktionieren kann."

„Ich will das auch."

„Ist es für dich in Ordnung, wenn ich dich-" Ich werfe einen Blick auf die Uhr. Ich muss einen Weg finden, die Heizung im Haus abzuschalten, und es wird bereits spät. Heute Abend noch nach Nashville zu fahren, bedeutet, dass ich spät ankomme, aber ich möchte nicht warten. „Heute Nacht besuche?"

„Du hast keine Kunden, Daddy?"

„Nein, Boy."

„Es stört dich nicht zu fahren?"

„Es wäre mir eine Ehre, zu dir zu kommen."

Matthew zögert und ich frage mich, ob ich ihn zu sehr überwältigt habe. Das ist ein ziemlich spontaner Besuch. Er ist nicht einmal zu Hause. Er steht vor dem Apartment seines Doms. Er ist in seinem Auto. Ich bin ein Arschloch, aber –

„In Ordnung, Daddy. Ich schicke dir meine Adresse."

Ich atme erleichtert auf.

KAPITEL VIERUNDDREISSIG

Matthew

ICH LEGE AUF, fühle mich kribbelig und aus dem Gleichgewicht. Ist es wirklich möglich, dass ich mich noch vor einer Stunde damit abgefunden hatte, die nächsten sechs Wochen mit Paul zu verbringen, und jetzt werde ich das alles absagen, nach Hause eilen, das Bad putzen und die Böden saugen und dann voller Vorfreude dasitzen und darauf warten müssen, dass Daddy bei mir *zu Hause* ankommt. In dem Haus, in dem ich aufgewachsen bin. Dem Haus, das immer noch mit dem Leben und der Energie meiner Eltern verkrustet ist.

Ich habe das Gefühl, dass ich gleich anfangen könnte zu hyperventilieren, aber ich kann Paul nicht einfach eine Nachricht schicken, dass ich einen Rückzieher mache. Das ist ihm gegenüber nicht fair. Ich bin schließlich hier unter seinem Apartment. Darum steige ich aus dem Auto, nehme den Aufzug nach oben und klopfe.

Pauls Brauen heben sich, als er die Tür öffnet, und ich frage mich, was er in meinem Gesicht sieht. Offensichtlich nicht das, was er erwartet hat. Er bedeutet mir, hereinzukommen. Ich schüttle meinen Kopf.

„Es tut mir leid, Sir. Ich werde nicht unterschreiben."

Er presst seine Lippen zusammen, sein Gesichtsausdruck verdunkelt sich kurz vor Enttäuschung, doch als er meine Schulter drückt, geschieht das voller Freundlichkeit. „Danke. Ich verstehe."

„Aber ich habe es nicht erklärt."

Er lächelt sanft. „Ich glaube nicht, dass du das musst. Es sei denn, es gibt etwas, das ich wissen muss, oder etwas, das ich getan habe, von dem du denkst, dass es mir bewusst sein sollte? Weil ich das Gefühl habe, dass es hier nicht um mich geht."

„Das tut es nicht, Sir."

„Geht es dir gut? Musst du darüber reden?"

„Nein."

Paul drückt erneut meine Schulter und lässt mich dann los. „Ich wünsche dir das Beste. Vielleicht sehen wir uns ja einmal in der Szene. Danke für alles."

Ich möchte es für ihn besser machen, jeglichen Schmerz, den sein Ego erlitten hat, lindern, aber er scheint nicht auf diese Weise betroffen zu sein. Er ist enttäuscht, mehr nicht. Ich nehme an, das ist gut und in Ordnung, aber ich wünschte mir, dass ein Mann, dem ich mich beinahe für sechs Wochen verpflichtet hätte, etwas mehr Reaktion gezeigt hätte. Das heißt wohl, es ist gut, dass es so gekommen ist. Ich hätte es hinterher bedauert, wenn er derart emotional unerreichbar ist.

„Danke auch dir, Sir."

Paul schließt die Tür nicht, bevor er gesehen hat, dass ich wieder im Aufzug stehe, und ich atme vor Erleichterung auf, als die Lücke sich vor seinem blauen Blick schließt. Ich lehne mich zurück, lasse mich vom Aufzug zurück in die Parkgarage und zu meinem Auto bringen. Schuldgefühle sagen mir, dass ich an Paul denken sollte, weil ich ihn für seinen dringend benötigten Urlaub habe hängen lassen, aber das tue ich nicht. Ich denke nur an eine Sache.

Nach Hause zu kommen und alles für Daddys Ankunft vorzubereiten.

Während ich aus der Parkgarage in die kalte Winternacht fahre, kalkuliere ich die Zeit durch. Wenn Daddy bald aufbricht, kann ich darauf zählen, dass er bis zwei Uhr nachts hier ist. Im Dunkeln dauert die Fahrt über die Bergstraßen immer länger.

Ich möchte etwas zu Essen vorbereitet haben, für den Fall, dass er hungrig ist. Ich möchte, dass das Haus sauber ist. Ich werde zuallererst Simmony Sunshines Katzenklo säubern müssen. Ich muss dafür sorgen, dass mein *Körper* sauber ist und –

Meine Gedanken wirbeln umher von allem, was ich tun möchte, bevor er ankommt.

Ich frage ich, was er von meinem Zuhause halten wird.

Ich frage mich, ob es vielleicht verändert, was er für mich empfindet und welche Gefühle ich für mich empfinde, wenn ich ihn in meinem Haus sehe.

Ich werde es schon bald wissen.

KAPITEL FÜNFUNDDREIßIG

Erik

E S IST SPÄT und ich bin müde. Die fröhliche Stimme meiner Navigationsapp sagt mir, dass mein Ziel sich vor mir auf der rechten Seite befindet.

Als ich aus dem Auto steige, sehe ich, dass Matthews Haus zweistöckig im Arbeiterstil errichtet ist und zum Rest der Nachbarschaft passt. Es wurde wahrscheinlich in den Neunzehnhundertsechzigern oder früher gebaut und scheinbar sind im Laufe der Jahre keine großen Veränderungen vorgenommen worden.

Der Mond am Himmel über mir ist weiß und rund, beinahe voll und ich denke daran, wie eine der Schauspielerinnen, mit der ich gearbeitet habe, mir erzählt hat, dass in der Astrologic Vollmonde eine Ernte dessen repräsentieren, was man gesät hat. Konsequenzen und Folgen.

Das Land hier ist flach und der Wind rast mit einer Leichtigkeit darüber, die ihm in den Bergen fehlt. Dort ist der Wind entweder kanalisiert und zielgerichtet oder weich und wechselnd. Das hier ist weit, offen, kalt und schnell.

Ich beruhige meine Nerven.

Die Lichter in Matthews Haus sind an. Ich kann in das Wohnzimmer sehen und bemerke Möbel, die mich an das Haus von Tante Meryl in Blountville erinnern. Ein kariertes Sofa mit dazu passenden Vorhängen in den Fenstern und schwere Holzmöbel verschiedener Art.

Während einige andere Häuser in der Nachbarschaft immer

noch mit bunten Feiertagsdekorationen behängt sind, ist das bei dem von Matthew nicht der Fall. Das sollte es sein. Er verdient jedes Licht und jede Kugel und jede glitzernde Girlande.

Ich werde dafür sorgen, dass er sie in Zukunft hat.

Ich sehe, wie in einem der oberen Fenster ein Licht an- und wieder ausgeht. Ich hole tief Luft, trete in Richtung Eingangstür, bereit, mich meinen Vollmond-Konsequenzen zu stellen. Und als ich das tue, schwingt sie auf und Matthews vertraute Silhouette ist da, um mich zu begrüßen.

Er sagt nichts, lehnt nur am Türstock, wartet auf mich. Ich komme den Weg entlang und dann die drei Stufen hinauf, unter das Licht der vorderen Veranda. Er sieht gut aus. Gesund. Es ist nicht so, dass fünf Tage getrennt von mir ihn in eine durch Sehnen ausgelöste Krankheit hätten treiben sollen, aber ich bin froh zu sehen, dass er kein Gewicht verloren hat und dass seine Augen funkeln.

„Hi, Daddy", begrüßt er mich nach einem langen, schweren Schweigen, von dem ich mir nicht sicher bin, wie ich es interpretieren soll. „Komm rein."

Ich folge ihm nach drinnen und als er die Tür hinter mir schließt, drehe ich mich herum und dränge ihn dagegen. Ich platziere meine Arme zu beiden Seiten von ihm, sperre ihn an der Tür ein, mustere das Geheimnis seines Gesichtsausdrucks. Sein Kinn ist angehoben, seine Augen sind riesig und begierig – wenn auch ein wenig nervös – und sein Atem kommt in aufgeregten Stößen.

„Boy." Ich nehme sein Kinn und hebe es weiter an, beuge mich vor, um einen Kuss auf das Grübchen zu drücken, das ich vermisst habe, seine Mundwinkel, seine Nase und seine Stirn. „Ich habe dich vermisst."

„Hast du das, Daddy?"

„Bin in Versuchung, dich auf der Stelle hier an der Tür zu ficken.“

„Mach, Daddy.“ Matthew lacht und lehnt sich verführerisch zurück. „Ich lasse dich.“

Ich liebkose seinen Hals, hole mir eine gute Lunge voll von seinem Geruch, bevor ich mit meinen Lippen über seine reibe. „Verdammte Hölle, ich habe dich vermisst.“

„Ich habe dich auch vermisst.“

In Gedanken kämpfe ich darum, mich zurückzuziehen und über alles zu reden wie eine vernünftige Person, etwas Tee und ein paar Cookies zu verzehren oder was auch immer Matthew vorbereitet hat – denn auf gar keinen Fall ist er die letzten fünf Stunden ruhig hier gesessen und hat auf mich gewartet. Er hat *etwas* vorbereitet – wahrscheinlich sich selbst und etwas zu essen und dieses Haus und nur der Himmel weiß was noch.

Aber ich will nicht warten. Ich möchte mich und ihn daran erinnern, dass er *mein* Boy ist, ich bin sein Daddy und kein anderer Mann darf ihn anfassen oder halten – oder ihn auf die Art schätzen, für die ich ursprünglich nicht den Mumm gehabt habe.

„Geh auf die Knie.“ Ich drücke ihn nach unten, bin erfreut, als er das sofort tut. Ich stütze meine Hände weiter an die Tür hinter ihm. „Mach meine Jeans auf.“

Seine Hände zittern, als er meinen Reißverschluss öffnet. Sobald er offen ist, schaut er für weitere Anweisungen zu mir und ich möchte angesichts seines perfekten, unterwürfigen, anbetenden Blicks weinen. Ich verdiene das nicht. Aber das tut kein Mann. Matthew ist ein Geschenk – ein großzügiges, wunderschönes Geschenk.

„Du weißt, was du jetzt tun musst“, flüstere ich. „Zeig mir, woran du dich erinnerst, was ich dir beigebracht habe.“

Er holt meinen Schwanz aus meiner Unterwäsche und meiner Jeans und ich schiebe beides über meine Hüften nach unten, um es ihm einfacher zu machen. Matthew nimmt meinen Schwanz, seine

Hand legt sich um die Basis und seine dunklen Wimpern fallen auf seine Wangenknochen, als er seine Augen schließt und sich einen Moment Zeit nimmt, um das Gefühl von mir in seiner Hand zu genießen.

Seine Wimpern flattern, bis er wieder zu mir aufschaut. „So, Daddy?" Er öffnet seinen Mund, streckt seine Zunge heraus und leckt meine Eichel.

„Das ist gut, mein süßer Boy. Das ist es, was Daddy braucht. Zeig mir, wie du mich saugen kannst."

Er macht genau das und verdammt, ich weiß nicht, ob er an einer Banane geübt hat oder ob er einfach nur verdammt begabt ist, weil er mir das Hirn durch meinen Schaft aussaugen wird, wenn ich nicht auf die Bremse trete. Aber das tue ich nicht.

Ich lasse ihn sich einfach an mir austoben, während ich auf ihn herabstarre, ihn meine Lust sehen lasse, als er sich zurücklehnt und keuchend Luft holt, dabei zu mir aufschaut, um abzuschätzen, welchen Effekt er auf mich hat. Lächelnd macht er sich wieder an die Arbeit. Ich grabe meine Finger in seine Haare, murmele Lob und meine Lust und komme dem Orgasmus immer näher und näher.

„So ist es gut", sage ich, als er seine Kehle weit öffnet und mich tief schluckt. „Das ist mein talentierter kleiner Schwanzlutscher." Es ergibt nicht wirklich viel Sinn, aber ich zittere jetzt vor aufgestautem Begehren. Meine Handflächen sind verschwitzt, als ich sie wieder gegen die Tür drücke und sie rutschen und quietschen. „So ein guter Boy. So gut zu Daddy."

Matthews Augen sind heiß und verzweifelt, als er an mir arbeitet und als ich mich dem Höhepunkt nähere, packe ich seine Haare, halte seinen Kopf still und flüstere: „Lass es Daddy tun, Baby. Lass Daddy deinen Mund haben."

Ich ficke langsam in seine Kehle und wieder heraus. Matthews Augen verdrehen sich und keuchende, würgende Geräusche kommen zusammen mit nassem, klebrigem Speichel hervor, als ich hineinstoße. Ich weiß, dass er schon von anderen Männern in die Kehle gefickt wurde, aber gerade jetzt gehört er mir, ich nehme mir meine Lust in der Tür zu seinem Haus aus Kindertagen, mit den Erinnerungen an seine Eltern – die ihn hierfür verstoßen hätten – um uns herum.

„Du gehörst Daddy, mein süßer Boy", flüstere ich. „Niemandem sonst. Nichts spielt eine Rolle außer dem hier. Vergiss das nicht."

Er stöhnt und ich stoße in seine vibrierende Hitze. Seine Kehle packt mich, als er schluckt. „Das ist so gut. Du bist hierfür gemacht. Gemacht, um mein Boy zu sein."

„Daddy", flüstert er, als ich herausziehe und er wieder zu Atem kommt, die Augen feucht, als er sich zurücklehnt und zu mir hinaufschaut, mit rotem Mund und geschwollenen Lippen. „Komm in meinem Mund, Daddy. Lass mich deine Wichse haben. Lass sie mich essen."

„Oh, du wirst sie bekommen." Ich packe erneut seine Haare und nutze meine andere Hand, um gegen sein Kiefergelenk zu drücken, öffne so seinen Mund. Er braucht diese Art Zwang nicht, unterwirft sich aber problemlos und ich stoße wieder in ihn, bis ich bis zu den Eiern in ihm bin – seine Augen fangen an zu tränen, seine Lippen spannen sich um meine Basis und seine Kehle würgt bei meinem Eindringen.

Ich halte aus, warte, bis Furcht in seinen Blick steigt, bevor ich herausziehe und ihn atmen lasse. Ich wiederhole es. Einmal, zweimal, dreimal. Ich flechte meine Hand in seine Haare und flüstere: „Daddy liebt dich, Boy."

Er stöhnt und ich neige meinen Kopf nach hinten, keuche, als die Lust mich an den Eiern packt und in harschen, scharfen Spritzern aus mir herauskommt, die mir den Atem rauben. Matthew würgt, erholt sich aber, saugt meine Wichse gierig auf, bevor er sich zurückzieht, um den Rest von meinen Eiern und seinen eigenen Händen zu lecken. Er setzt sich auf seine Fersen und leckt seine Handfläche wie ein Kätzchen.

„Ist das gut, Boy?", frage ich rau, immer noch keuchend und lehne mich schwer gegen die Eingangstür seines Hauses. „War es das, was du gebraucht hast?"

„Ja, Daddy. Danke", haucht er.

Ich hebe ihn hoch. Meine Wichse in seinem Mund zu schmecken, bei unserem ersten Kuss, seit wir uns verabschiedet haben, ist auf eine barbarische, höhlenmenschartige Weise befriedigend. Ich fühle mich, als könnte ich ihn besitzen, ihn beanspruchen und als mein Eigentum markieren. Ich liebe es zu wissen, dass er mein Protein absorbiert, meine DNS, sie in seinen eigenen Körper und seine Zellen einbaut. Ich mache Matthew innerlich und äußerlich zu meinem Boy.

„Liebe das, Daddy", wimmert er, als ich endlich seinen Mund loslasse. Er ist schlaff, aber ich kann spüren, wie sein steinharter Schwanz in meinen Oberschenkel drückt. „Liebe es, wenn du für mich kommst."

„Du verdienst es", erkläre ich ihm. „Du bist so heiß, so gut. Du verdienst Daddys Wichse."

„Danke."

„*Miau.*"

Ich schaue nach unten und eine orange-weiße Katze, die so ähnlich aussieht wie Daisy, streift schnurrend um unsere Knöchel. Wir brechen in Gelächter aus.

„Das ist Simmony Sunshine", stellt uns Matthew vor, deutet dabei auf die schnurrende Kreatur. „Er ist nett."

„Das sehe ich", sage ich, ziehe meine Jeans nach oben und stecke meinen Schwanz weg. „Er ist hübsch. Wie du."

Matthew kratzt leicht über die Haare, die an seinem Kragen zu sehen sind. Seine Lippen glänzen vom Speichel von unserem Kuss und seine Augen sind verhangen. „Hast du Hunger?", fragt er, kommt aus dem Subspace, in den er für mich so schnell fällt.

„Ich weiß nicht. Was hast du?"

Er nimmt meine Hand und führt mich durch den Flur, das Wohnzimmer und in die Küche. Wir sind beide immer noch zittrig vor Lust, Glück und dem Schaudern, das kommt, wenn man bis spät in die Nacht aufbleibt. Dort setzt er mich an einen Tisch, der direkt aus den Neunzehnhundertsechzigern zu kommen scheint, genau wie das Linoleum und die Schränke.

„Ich wusste nicht, was ich für dich kochen sollte", fängt Matthew an, stellt dabei einen Teller vor mir ab. „Darum habe ich das gemacht."

Es ist das Hühner-Knödel-Rezept, das wir an Weihnachten zusammen gekocht haben. Ich bin hungriger, als mir klar war, jetzt da es vor mir steht, der Dampf köstlich daraus aufsteigt. Ich hebe die Gabel, fange an zu essen. Aber ich bemerke, dass er nichts isst. „Hast du schon etwas gehabt?"

„Ja. Vorhin, als ich das gekocht habe."

„Nimm dir noch etwas."

Er schüttelt seinen Kopf und eine heiße Röte steigt an seinem Hals nach oben in seine Wangen. „Ich habe mich für dich innen gereinigt. Ich möchte bereit bleiben, Daddy."

Ich bin vage enttäuscht, dass er ohne mich einen Einlauf gemacht hat und ich ihn nicht wieder ausziehen und so entblößen kann, aber ich nehme an, das ist kein Recht, das ich mir schon wieder verdient habe. Nicht, dass ich mir dieses Recht überhaupt schon *verdient hatte*, aber jetzt bin ich entschlossen, es mir in Zukunft jedes Mal zu verdienen.

Wir lassen das Thema fallen. Ich spüre das Gewicht seines Blickes, während ich esse, aber er ist nicht schwer. Er ist wie Gaze, die leicht über mich streicht und wenn ich aufschaue, lächelt er, seine Hoffnung und sein Herz liegen in seinen Augen. Wie konnte ich diesen Mann wegschicken? Warum dachte ich, dass ich mit ihm nichts Reales probieren sollte? Etwas, das dauert?

Ich schaue mich in der Küche um, die Beweise für seine Familie und die Jahre seines Lebens befinden sich vor mir und ich frage mich, was ihm das alles bedeutet. Ich möchte ihn fragen, aber ich möchte ihm auch geben, was er möchte. Ich kann in seinen Augen sehen, dass er hofft, dass ich ihn bald zum Höhepunkt bringen werde und ich denke nicht, dass er sich auf irgendetwas anderes konzentrieren kann, bis ich das tue.

Oder vielleicht müssen all die ernsten Dinge – wie was erwartest du vom Leben und was möchtest du mit all diesen Sachen machen, die deine Eltern dir hinterlassen haben, real und metaphorisch – ohnehin bis zum Morgenlicht warten.

Heute Nacht ist es zu spät, über irgendetwas davon zu reden.

„Es tut Daddy leid", sage ich. „Vergibst du mir?"

Matthew zuckt mit den Schultern. „Natürlich", sagt er.

Und vielleicht kann es wirklich so einfach sein.

KAPITEL SECHSUNDDREISSIG

Matthew

Nachdem Erik gegessen hat, führe ich ihn nach oben, an den Fotos meiner Familie an den Wänden und der Tür, die in mein Zimmer führt, vorbei und den Flur hinunter zu dem Teil des Hauses, den ich nicht oft betrete. Ich öffne die Tür.

Das breite Bett meiner Eltern steht unberührt da, aber früher an diesem Abend habe ich die Bettwäsche zum ersten Mal seit ihrem Tod gewechselt. Ich habe die Nachttischlampen angelassen, die das Zimmer in ein warmes, schüchternes Licht tauchen.

Erik gibt einen leisen Laut von sich, aber ich wage es nicht, innezuhalten, damit er darüber nachdenken kann, wo er sich befindet oder was wir hier drin machen, weil ich es nicht erklären kann. Es ist zu intensiv und zu viel, aber ich weiß auch, dass ich es tun *muss* und dass ich es jetzt tun muss.

Vielleicht, wenn es vorbei ist, kann ich sagen, warum.

Erik stellt keine Fragen. Er lässt seinen Blick durch den gesamten Raum schweifen, die Fotos auf der Kommode, die Tapete, die großen Fenster, die hinaus auf unseren Garten schauen und er sagt gar nichts. Stattdessen dreht er sich zu mir und fängt an, mir meine Kleidung auszuziehen.

Der Knoten in meinem Magen löst sich, die Hitze entbrennt über meiner Haut und als ich nackt bin, in aufgestauter Erregung keuchend atme, gestatte ich mir zu sagen: „Das ist das Zimmer meiner Eltern.“

„Ich weiß.“

„Das ist ihr Bett.“

„Ja.“

„Es muss sein, dass du es hier machst, Daddy.“

„Das ist in Ordnung, Boy.“ Erik tritt nahe an mich heran, führt mich rückwärts zur Matratze und stößt mich darauf. Er kniet sich auf die Seite des Bettes, zerrt mich an den Hüften, bis mein Hintern halb über den Rand hängt. „Ich glaube, ich verstehe, was du brauchst.“

Der Raum dreht sich ein wenig, als ich ihn meine Beine nach hinten und auseinander pressen lasse. Ich nehme meinen harten Schwanz in die Hand und streichle ihn, als er sich vorbeugt und auf mein Loch atmet. Die Stimmung zwischen uns ist ernst, sogar als er anfängt, mich dort zu küssen.

Im Zimmer ist es still mit Ausnahme unserer Laute – Keuchen, feuchtes Lecken, und unser Stöhnen. Die Nacht draußen liegt schwer und das Zimmer ist von der Vergangenheit durchdrungen. Ich kämpfe darum, meine Augen offenzulassen, um die vertraute Umgebung in mich aufzunehmen, die Erinnerungen, die mich aus jeder Ecke überfallen – der Geruch des Parfüms meiner Mutter, der aus ihrem Bad gleitet, das Schimmern der Gürtel meines Vaters an der Wand, wo sie immer noch hängen, die Erinnerung daran, wie er mich mit einem davon verprügelt hat, als ich aus Versehen das Fenster eines Nachbarn eingeschlagen habe.

Jetzt bin ich mit Daddy in ihrem Zimmer, meine Beine oben und gespreizt, sein Gesicht zwischen meinen Pobacken und ich lasse ihn etwas mit mir machen, dass sie hassen würden, etwas, wofür mein Vater einen seiner Gürtel zücken würde, wenn er davon wüsste und was, wie ich im tiefsten Inneren fürchte, eine Sünde ist.

Und *fuck*, es fühlt sich so gut an.

Ich stöhne, fange an zu schwitzen, als ich Eriks Kopf packe, seine kurzen Haare rau an meinen Handflächen und ihn anflehe, nicht aufzuhören. „Bitte, Daddy, lass deinen süßen Boy kommen.

Bitte.“

Daddy hört nicht auf, meine Bussy zu lecken und mit der Zunge zu ficken, stöhnt dabei vor Lust. Ich wimmere und zittere, möchte seine Hitze auf mir, fühle mich kalt und entblößt in der Düsternis des Zimmers.

„Daddy, Daddy“, wimmere ich. „Hilf mir. Bitte, Daddy, hilf mir.“

Es ist ein Flehen, das mir in der Hütte etwas zutiefst Persönliches bedeutet hat, aber jetzt, hier, in diesem Haus, in diesem Zimmer, umgeben von diesen Erinnerungen, bedeutet es so viel mehr. Ein tiefer Schmerz beginnt in meinem Bauch, meinem Herzen und meinen Lungen. Ein raues Schluchzen.

Es arbeitet sich aus mir heraus und als es freikommt, presse ich meine Faust in meinen Mund, um weitere zurückzuhalten. Daddy hört mit seiner Arbeit an meinem Loch nicht auf und meine Beine zittern, meine Fersen schlagen einen unregelmäßigen Rhythmus auf seinen Rücken und seine Schultern, während er arbeitet.

Tränen fließen an meinem Gesicht nach unten, als ich meine eigenen Nippel zwicke und an meinem Schwanz ziehe, dazu stehe – zu meiner sexuellen Orientierung, zu meiner Lust, zu meiner Leidenschaft – dazu stehe, dass ein wunderschöner Mann meinen Hintern isst.

Ich schreie auf. „Schau mich an, Daddy! *Schau* mich an!“ Aber ich meine damit nicht Erik und er scheint das zu wissen, widmet sich meinem Loch härter und mit größerer Freude. „Sieh mich! Ich bin schwul und ich liebe das hier so sehr.“

Ich schluchze erneut, aber es fühlt sich besser an, weniger aus meiner Seele gerissen und mehr wie Erleichterung. Ich pumpe mich selbst schneller, greife nach den Rändern der Seligkeit und als ich den Drang verspüre zu kommen, frage ich: „Darf ich kommen, Daddy? Bitte?“

Erik antwortet, indem er meine Hand von meinem Schwanz

zieht, meinen Orgasmus hinauszögert, aber nicht mit seinem oralen Angriff auf meine Bussy aufhört. Ich kralle meine Hände in die Überdecke, die die Tante meiner Mutter ihr zur Hochzeit geschenkt hat und ich wölbe mich auf, als Daddy anfängt, mich auch noch mit den Fingern zu stimulieren. Lust flammt bei jedem Streichen über meine Prostata auf und ich schreie mein Begehren und meine perverse Freude hinaus, während mein Schwanz Liebestropfen auf meinem Bauch verteilt, so viele, dass sie an den Seiten meines Oberkörpers nach unten gleiten und die Überdecke verschmieren.

„Geh am Rand des Bettes auf die Knie, Boy", befiehlt Daddy und ich zittere vor Erregung, Schlafmangel und zu Kopf steigenden Emotionen so sehr, dass ich Schwierigkeiten habe zu gehorchen. Sobald ich das aber tue, bin ich schockiert zu sehen, dass meine neue Position mir einen Blick auf das große Porträt meiner Eltern an der gegenüberliegenden Wand ermöglicht.

Es hängt dort, seit ich mich erinnern kann, aber jetzt da ich nackt bin, Liebestropfen auf ihrem Bett verteile und kurz davor stehe, Daddys Schwanz in meinen Hintern aufzunehmen, wird mir klar, was ich vorbereitet habe, die Konfrontation, die ich gebraucht habe, seit dem Tag, an dem sie gestorben sind.

„Lehn dich zurück", sagt Daddy, steht hinter mir und schlingt seinen Arm um meinen Brustkorb, zieht mich, bis ich auf den Fersen bin. „Küss mich."

Ich drehe meinen Kopf und obwohl der Winkel ungünstig ist, beugt Daddy sich vor, um meinen Mund zu verschlingen. Seine Zunge und meine kollidieren absichtsvoll und mit Lust. Ich schmelze in ihn, meine Lippen kribbeln und sind überstimuliert, mein Atem ist voll von seinem Duft und unser Speichel mischt sich auf meinem Kinn. Erik schnauft an meinen Lippen. „Lass es uns tun, Boy. Lass uns ihnen zeigen, wer du bist."

Ich nicke, erneut brennen Tränen in meinen Augen, als ich mich auf meinen Ellbogen und Knien positioniere, den Hintern in der Luft.

Das Klicken der Flasche mit dem Gleitgel sagt mir, dass er sie dort gefunden hat, wo ich sie vorhin auf den Nachttisch gestellt habe. Das Gel ist kühl auf meinem Loch, schockierend und vielversprechend. Ich starre zu dem Porträt hinauf, auf die Falten um den Mund meines Vaters, die Strenge in seinen Augen und den ruhigen, unschuldigen Ausdruck in ihrem Gesicht.

Vielleicht hätte unser erstes Mal wieder zusammen, nachdem wir gedacht hatten, dass wir niemals mehr als ein Wochenende haben könnten, sich um *uns* drehen sollen. Vielleicht hätte es darum gehen sollen, dass wir uns als Paar verbinden, das beschlossen hatte, eine wie auch immer geartete Zukunft zusammen zu gestalten, es zumindest zu versuchen, aber ich weiß tief in meinem Herzen, dass ich das nicht tun kann, bevor ich nicht meine Vergangenheit zur Ruhe gebettet habe. So verdreht das auch erscheinen mag, das hier mit Daddy zu machen ist ein Teil davon, mit Erik in die Zukunft zu gehen.

Als die Hitze von Eriks Schwanz gegen mein enges Loch drückt, wimmere ich: „Hilf mir, Daddy. Hilf mir."

„Shh, ich werde dir helfen, süßer Boy. Daddy wird diese Scham aus dir herausficken." Er reibt seine Eichel über mein Loch und befiehlt: „Zeig ihnen dein Gesicht. Lass sie sehen, wer ihr Sohn ist."

Ich rolle meine Zehen ein und stöhne, als er eindringt. Es ist ein intensives Dehnen und ich komme ihm entgegen, um es für uns beide leichter zu machen. Ich grunze, als sein Schwanz über meine Prostata streicht, Tränen brennen erneut in meinen Augen, als seine Schamhaare, über meine Pobacken reiben, gefolgt von dem sanften Kuss seiner Eier auf die Rückseite meiner eigenen.

„Da", sagt Daddy, packt meine Schultern und stößt, bis sein Schwanz tief in mir ist. „Das bist du. Sag ihnen, was sie wissen müssen, Engel."

„Ich liebe es, gefickt zu werden, Daddy. Ich liebe es so sehr." Ich weiß nicht, ob ich mit meinem Vater spreche oder meinem Daddy, der jetzt langsam in mich stößt, bei jedem Eindringen gegen meinen Hintern knallt. „Ich liebe es, Wichse zu essen und Schwänze zu lutschen. Ich liebe es, Daddy.“

„Guter Boy. Das ist mein guter, süßer Boy“, lobt Erik mich, streichelt an meinem Rücken nach unten, um meine Hüften zu packen. „Öffne diese Bussy. Daddy wird dich so heftig ficken. Zeig ihnen, wie sehr du das liebst.“

„Ja, bitte! Oh, *fuck*!“, schreie ich, als er anfängt, mich so hart zu nehmen, dass meine Sicht verschwimmt. Ich kann mich kaum auf das Bild meiner Eltern konzentrieren. Mein Loch zuckt, meine Muskeln spannen sich an und meine Zellen leben auf vor Lust und erotischer Energie. Ich bin am Leben, das ist wahr und ehrlich. Ich werde gefickt und ich bin so *verdammt* glücklich. „Daddy, mach, dass ich komme! Mach, dass dein Boy kommt! Bitte!“

Aber das macht Daddy nicht. Er reitet mich, bis ich keuche, schwitze und schreie und mein Schwanz eine Pfütze auf die Überdecke meiner Mutter getropft hat. Ich spüre die schleichende, zerschmetternde Perfektion eines Orgasmus auf mich zukommen, obwohl ich mich nicht berührt habe, seit Daddy meine Hand weggeschoben hat. Sie wird mich packen. Sie wird mich erwischen.

Ich schaudere und kralle meine Hände in die Überdecke, konzentriere mich auf meine Eltern durch den Schweiß, der in meine Augen tropft. „Seht mich“, quetsche ich heraus. „Seht. Mich.“

Die Welle der Lust bricht und ich schreie auf, mein Loch zieht sich um Daddys Schwanz zusammen und meine Wichse spritzt in dicken weißen Schnüren auf das Bett. Ich wimmere, meine Nippel sind hart und ich werde von Schaudern und süßen Zuckungen heimgesucht. Es fühlt sich richtig an, als würde ich meine Scham herausschwitzen, meinen Selbsthass und so viel Furcht.

„Das ist mein guter Boy“, sagt Daddy und streichelt meinen Rücken. „Du kommst auf Daddys Schwanz wie ein Engel. So ein süßer, süßer Boy.“

Ich winde mich und zucke erneut. Der erotische Moment paart sich mit dem strengen Blick meines Vaters, der mich aus dem Porträt heraus anschaut. Mein eigenes Bedürfnis, geliebt und gelobt zu werden, begräbt alles andere unter sich. „Daddy, liebe mich“, flüstere ich. „Liebe mich, bitte.“

„Ich liebe dich, Engel. Ich liebe dich so sehr.“

Ich breche zusammen, vergrabe mein Gesicht in der Überdecke und als Daddy tief in meinen Hintern rammt und mit einem grunzenden Schrei kommt, fange ich an zu schluchzen. Aber nicht vor Schmerz oder Scham. Es ist Erleichterung.

„Danke, Daddy“, wimmere ich. „Danke.“

KAPITEL SIEBENUNDDREISSIG

Matthew

„FÜHLST DU DICH besser?", fragt Erik, schenkt mehr heißen Tee in meine Tasse. Er sitzt neben mir an dem kleinen Küchentisch.

Ich trage eine Jogginghose und ein altes, weiches T-Shirt unter einem Pulli, den meine Mutter für mich gestrickt hat, als ich sechzehn war. Er ist bequem und locker, mit einem ausgeleierten Halsausschnitt und viel zu langen Armen. Mom war keine gute Strickerin.

Erik trägt wieder seine Jeans und das Oberteil, in dem er angekommen ist und ich wünschte, er würde es bequemer haben. Ich überlege, ihm etwas aus meinem Kleiderschrank anzubieten, aber nichts würde ihm passen und die alte Kleidung meines Dads ist weit von dem entfernt, was ein Mann wie Erik als lässig empfinden würde. Ich erinnere mich daran, dass Erik wahrscheinlich Klamotten in seinem Auto hat, wenn er sie sich holen möchte.

Ich scheine Eriks Frage nicht beantworten zu können, darum trinke ich meinen Tee schweigend. Ich fühle mich sowohl besser als auch viel schlechter. Ich bin mir nicht sicher, was ich von diesem Mischmasch an Emotionen halten soll, aber Erik bleibt bei mir, berührt mich und füllt meine Tasse ständig mit heißem Tee auf – den zu machen ich ihn gebeten habe, obwohl ich ihn nicht einmal mag. Meine Mom hat mir immer Tee gemacht, wenn ich mich nicht gut gefühlt habe.

Warum fühle ich mich nicht gut?

Direkt nach dem Sex habe ich mich so gut gefühlt, als wäre ich den Selbsthass und die Wut auf meine Eltern, die sich mein ganzes Leben lang aufgestaut haben, endlich losgeworden, aber das hat nicht einmal bis zum Ende des Duschens angehalten. Scham und Demütigung sind über mich gekommen, haben es schwer gemacht zu atmen oder auch nur zu stehen, während Erik mich von Kopf bis Fuß gewaschen hat und überall dazwischen, aufmerksam den Zustand meines Lochs überprüft hat, nach dem heftigen Fick, den er mir verpasst hat.

Ich ziehe meinen Anus zusammen und spüre die klebrigen Reste der Creme, die er danach auf mir verteilt hat, etwas, das er in den Schubläden im Bad meiner Eltern gefunden hat. Ich hatte nicht einmal gefragt, worum es sich handelt oder angemerkt, dass es zu diesem Zeitpunkt vielleicht schon eine ganze Weile dort gewesen ist. Ich habe einfach nur zugelassen, dass er sich um mich kümmert.

„Ich weiß nicht, was an dir es ist, Engel", sagt Erik und dieses Mal hat das Wort aus irgendeinem Grund eine ganz andere Bedeutung. Ich hebe meinen Blick zu seinem, frage mich, ob er es so meint, wie ich es höre. „Aber wenn ich dich ficke, scheinen die Dinge immer aus dem Ruder zu laufen, nicht wahr?"

„Tun sie das?"

„Ich sage mir immer, dass ich den Kink nicht zu intensiv werden oder zu schnell kommen lasse, aber bevor ich mich versehe, spielen wir mit deiner Scham wie Schweine im Schlamm, rollen uns darin herum, bis wir vollkommen bedeckt sind und auch wenn ich denke, dass das gut ist – all diesen Mist ans Tageslicht zu bringen – kann das auch manchmal zum Subdrop führen. Jede Art von Spiel kann das, aber vor allem emotional intensive Dinge, wie wir es vorhin gemacht haben. Weißt du, was das ist?"

„Subdrop?"

„Ja."

Ich zucke mit den Schultern. Ich glaube mich zu erinnern,

irgendwo einmal etwas darüber gehört zu haben, aber gerade im Moment fühlt es sich an, als würden mein Herz, mein Verstand und meine Seele durch den Schlamm kriechen, den Erik gerade erwähnt hat. Ich könnte im Moment nicht zwei und zwei zusammenzählen, wenn mein Leben davon abhinge.

„Subdrop ist ein emotionales und physisches Tief nach einer intensiven Kink-Session. Es kann gemildert werden durch Dinge wie Nachsorge und Kuscheln-"

„Heißem Tee", scherze ich müde.

„Ja und zuckrigen Snacks oder warmen Socken. Jeder ist anders." Erik reibt erneut meinen Rücken. „Manchmal wollen die Leute reden."

„Worüber?"

„In unserem Fall möchtest du vielleicht darüber reden, was wir da oben getan haben oder über uns, aber manchmal wollen die Leute über Dinge reden, die nichts damit zu tun haben, etwas Ablenkendes." Er hält inne und schaut auf die Uhr über dem Herd. „Aber gerade im Moment solltest du schlafen."

Ich schüttle meinen Kopf. „Ich will nicht schlafen. Ich will mit dir wach bleiben."

Erik ist scheinbar kurz davor, mit mir zu streiten, aber dann schaut er sich in der Küche um und durch die Tür, die ins Wohnzimmer führt. „Gibt es einen Ort, an dem wir kuscheln können? Vielleicht Fernsehen?"

„Ja", sage ich, stehe auf und nehme seine Hand. „Hier entlang."

Ich habe mir nie vorgestellt, einen Mann hier zu haben, im Wohnzimmer meiner Eltern, auf dem Sofa mit mir und ich habe mir definitiv nie vorgestellt, dass wenn ich das doch habe, ich mit meinem Kopf auf seinem Schoß liegen würde, während er mit einer Hand in meinen Haaren spielt und mit der anderen die Fernbedienung betätigt, um durch Netflix zu scrollen.

Alles an dieser Nacht fühlt sich surreal an. Es ist schwer zu glauben, dass ich früher an diesem Abend vor Pauls Loft gestanden bin und mir eine ganz andere Zukunft vorgestellt habe, als die, über die ich mir jetzt gestatte nachzudenken. Es ist noch schwieriger zu glauben, dass Erik all diese Stunden gefahren ist, nur um mich zu sehen. Er muss heute Nacht wirklich unbedingt gewollt haben, bei mir zu sein.

Mein Magen dreht sich um. Und was habe ich getan? Ich habe es zu meinem Thema gemacht, dazu, was *ich* brauchte und tun wollte, und jetzt bin ich deswegen vollkommen durcheinander. Erik muss so enttäuscht sein.

„Es tut mir leid, Daddy", murmele ich.

„Was, Engel?"

Wieder Engel anstatt Boy. Mein Herz möchte, dass es etwas bedeutet, dass es bedeutet, dass er sich in Richtung von etwas Romantischerem mit mir bewegt, weniger auf Kink-Rollen basierend, persönlicher.

„Weil ich dich gezwungen habe, das mit mir zu machen."

„Du hast mich zu gar nichts gezwungen. Ich habe auch Codeworte und wenn für mich nicht in Ordnung gewesen wäre, was wir machen, hätte ich sie benutzt." Erik seufzt. „Vielleicht hätte ich das, wenn auch nur, weil alles so schnell gegangen ist. Wir hätten über die Session reden, sie planen sollen …"

Erik flicht seine Finger in meine Haare, legt die Fernbedienung auf das Tischchen neben dem Sofa, gibt es anscheinend auf, etwas zu finden, das wir anschauen können. „Ich lasse die Dinge mit dir immer zu weit gehen, vertraue darauf, dass wir gemeinsam mit allem fertig werden, weil es sich in dem Moment so richtig anfühlt. Daran muss ich arbeiten."

„Bitte nicht", sage ich, nehme seine Hand und drücke sie, bevor ich sie hebe und gegen meinen Brustkorb drücke. „Ich liebe es, wie du mit mir bist, wie ein Moment in den nächsten fließt." Ich küsse seine Fingerknöchel und presse seine Hand erneut an meinen

Brustkorb. „Ich *wollte nicht* darüber reden, bevor wir es gemacht haben. Ich hatte Angst, dass ich dann einen Rückzieher mache. Aber ich musste mich all dem stellen. Ich musste sie zwingen, mich zu sehen. Aber das können sie nicht und das werden sie nicht, weil sie tot sind. Näher konnte ich dem nicht kommen.“

„Ich verstehe.“

„Aber ich hätte dich nicht benutzen sollen, um es zu erreichen.“

„Das hättest du auf alle Fälle tun sollen. Wen sonst hättest du genommen? Und wenn du es jetzt gebraucht hast, heute Nacht, damit du in die Zukunft gehen kannst, die du und ich versuchen, zusammen aufzubauen, wie sie auch aussehen mag, dann ist das so. Sogar wenn du es gebraucht hast, um *allein* in eine Zukunft ohne mich zu gehen, wäre das auch in Ordnung gewesen, weil du es verdienst, frei von all diesen Dingen zu sein, Engel.“

„Du nennst mich ‚Engel‘.“

„Ist das in Ordnung?“

„Es gefällt mir. Als ich noch jünger war, haben Teammitglieder mich manchmal Engel genannt, aber wenn du es sagst, fühlt es sich an, als würdest du mich als Engel bezeichnen. Es ist etwas Besonderes.“

„Du *bist* ein Engel, *mein* Engel. Von jetzt an ist ‚Boy‘ nur für Kink und Sessions. ‚Engel‘ ist für immer, für jederzeit.“

Ich rolle mich auf den Rücken, damit ich sein Gesicht sehen kann. Nun, eher die Unterseite seines Kinns und in seine Nase hinein, aber es ist zumindest sein Anblick, als ich frage: „Was möchtest du, dass wir sind?“

„Liebhaber. Feste Freunde“, antwortet er. „Das kommt mir wie der beste Startpunkt vor.“

„Ich möchte dein fester Freund sein.“

„Und wer weiß, was danach passiert? Ich ganz sicher nicht. Das wird Neuland für mich sein. Du wirst Geduld mit mir haben müssen, wenn ich manchmal Angst bekomme, aber ich verspreche, dass ich aufstehen werde, jedes Mal, wenn ich falle", sagt er.

„Und ich verspreche, dass ich dir aufhelfen werde."

Erik lächelt, streicht mit seinen Fingern über meine Stirn. „Ich habe meine Mom von unterwegs angerufen, um ihr zu sagen, dass ich heute Nacht zu dir fahre und sie ist bereits entschlossen, dich nach Asheville zu bringen, damit du bei mir wohnen kannst." Er lacht. „Sie plant, in das Haus hinter der Scheune zu ziehen, um uns Raum und Privatsphäre zu geben. Ich weiß, das ist eine Menge. Ich will dich nicht drängen. Sie ist nur so aufgeregt, dass ich jemanden gefunden habe, mit dem ich das machen will. Versuchen, meine ich. Wirklich versuchen."

„Ich bin auch aufgeregt", flüstere ich. Die Nacht war lang und die Stille im Haus ist tief. Sogar Simmony Sunshine schläft tief und fest auf dem Wi-Fi Kasten. „Wird sie in dem Haus hinter dem Stall glücklich sein?"

„Natürlich. Ich glaube, sie möchte ohnehin mehr Privatsphäre. Und das lässt das Parterre frei für Kunden, die länger hierbleiben, um zu trainieren, bis wir ein zweites Tiny House bauen können." Erik fährt fort. „Oh, und meine Mom möchte dich kennenlernen? Aber vielleicht ist es dafür zu früh."

„Ich weiß nicht", meine ich mit einem halben Schulterzucken. „Du hast mich in einer Menge verletzlicher Situationen gesehen. Es scheint mir fair, dass ich deine Mom kennenlerne und zur Abwechslung dich in einer sehe."

„Du hast mich bei dem Einlauf gesehen. Das war für mich verletzlich."

„War es das wirklich?"

„Natürlich." Er errötet. „Ich habe das bisher nur einer anderen Person gezeigt."

Ich berühre seine stoppelige Wange, liebe das Kratzen seines Bartes unter meinen Fingerspitzen. „Dann danke. Du warst so stoisch. Es hat so leicht für dich ausgesehen."

„Ich bin gut darin so zu tun, als ob“, sagt er. „Ein Daddy zu sein, drehte sich in der Vergangenheit sehr viel darum, so zu tun, als wäre ich stark und hätte die Kontrolle, aber aus irgendeinem Grund fühlt es sich bei dir real an. Richtig.“

„Ich möchte alle Versionen deiner realen Person sehen. Inklusive wer du mit deiner Mom bist. Ich bin auch neugierig auf sie. Ihr scheint euch so nahe zu stehen.“

„Sie ist eine gute Frau. Du wirst sie mögen.“

„Ich glaube, das werde ich.“

„Als ich heute zu Hause losgefahren bin, habe ich mir gesagt, dass ich langsam mit dir anfangen möchte, aber ich weiß nicht, ob wir das können“, gesteht Erik. „Du und ich? Wir stürzen uns kopfüber in die Dinge und ich denke, dass es unwahrscheinlich ist, dass wir unser Tempo verlangsamen können, ganz egal, was wir zusammen sein werden.“

„Nun, es ist wahrscheinlich wie Reiten, oder? Wenn wir zu schnell werden, fallen wir vielleicht herunter, aber wir können jederzeit wieder aufsteigen.“

„Es sei denn, wir brechen uns beim Sturz den Rücken“, wendet er ein.

„Oder unsere Herzen“, flüstere ich und berühre seinen Brustkorb. „Ich verspreche, ich werde mein Bestes tun, deines zu beschützen, Erik. Ich verstehe, dass du Angst hast, dass es dir wieder gebrochen wird und natürlich kann ich nicht beschwören, dass es nicht wieder passieren wird, aber ich werde mein Bestes tun, um sicherzustellen, dass du davon niemals aus dem Nichts getroffen wirst, wie es bei Brandon der Fall war.“

„Danke. Und ich verspreche dir dasselbe.“

„Wir reden über alles, wie wir es heute Nacht tun und wir sorgen dafür, dass die andere Person immer weiß, was wir wollen und wohin wir unterwegs sind. Wir werden ein Team sein.“

„Ein Team.“ Er lacht. „Weißt du, ich war noch nie in einem.

Bei all meiner Arbeit, allem, was ich tue, geht es um Individuen.“

„Zum Glück für dich hat mein Dad mich gezwungen, in der Little League zu spielen“, lache ich.

„Dieses Mal wirst du mich unterrichten müssen.“

Die Erwähnung meines Vaters ernüchtert mich erneut. Ich hatte mich leichter gefühlt, auf den Schwingen der Hoffnung und Aufregung schwebend, die dieser Austausch von Versprechen und das Aussprechen unserer Gefühle hat wachsen lassen. Aber jetzt bin ich auf einen Schlag wieder auf dem Erdboden.

„Er war ein guter Mann“, flüstere ich, drücke Eriks Hand an meinen Brustkorb. „Ich habe ihn geliebt und ich weiß, dass er mich geliebt hat – was er von mir gekannt hat, was er von mir kennen *wollte* – und das sollte genug sein.“

„Es ist genug.“

„Nein“, widerspreche ich. „Das kann es niemals sein. Ich möchte, dass es so ist, aber das ist es einfach nicht. Vorhin, als wir … als ich …“ Ich räuspere mich, Tränen steigen auf.

„Lass dir Zeit.

Ich atme durch die Nase ein und aus, langsam, als würde ich zwischen Stößen seines großen Schwanzes in meine Kehle Luft holen. Als ich nicht mehr kurz vor einem Zusammenbruch stehe, sage ich: „Als du mich gefickt hast und ich ihr Bild angestarrt habe, wollte ich einfach nur so sehr, dass sie am Leben sind, dass sie daraus hervortreten, mich halten, während du-“ Ich verstumme. Das klingt pervers. „Es ist nicht so, dass ich sie bei unserem Sex dabeihaben wollte, aber ich wollte, dass sie mich wirklich annehmen, sogar den schlimmsten Teil von mir, das habe ich so sehr gebraucht.“

„Ist das der schlimmste Teil von dir?“, fordert Erik mich heraus. „Denk darüber nach. Ist es das?“

„Nein“, stimme ich zu und mein Atem stockt. „Es ist einer der besten Teile. Es ist ein wunderschöner Teil von mir. Diese Zuneigung und die Gefühle zwischen uns, was wir gerne wachsen lassen würden, was wir miteinander tun können, um es auszudrücken … All das reflektiert den besten Teil meiner Persönlichkeit. Das ist, wer ich im tiefsten Inneren bin. Ich bin kein Buchhalter oder ein Gitarrist – auch wenn ich gerne spiele. Ich bin nicht ihr Sohn oder ein guter christlicher Junge oder ein Kirchengeher. Ich bin nicht die Kleidung, die ich trage oder die Dinge, die ich esse …"

„Du bist Matthew."

„Ich bin, wer ich bin, wenn ich nackt bin und von meinem Daddy gefickt werde – von dir."

„Das ist ein wichtiger Teil deiner selbst", stimmt Erik zu. „Mein Engel, mein Boy."

„Ja und vorhin? Da habe ich es gebraucht, dass sie diesen Teil von mir auch lieben. Es ist mein bester Teil, Erik, nicht der schlimmste Teil. Der *beste* Teil."

„Du hast so viele gute Teile, Matthew. Du bist freundlich und großzügig, klug, lustig und verantwortungsbewusst. Du bist ein guter Sohn und du bist bis ans Ende treu zu ihnen gestanden und all das ist ein Teil von dir. Aber was du verstecken musstest, mag sich im Moment wie der wichtigste Teil deiner Identität anfühlen und auch noch für eine ganze Weile. Das ist natürlich. Aber an dir ist auch mehr als mein Boy zu sein. Wie dem auch sei, du *bist* mein Boy. Mein haariges Fickspielzeug. Meine süße Bussy."

„Oh Gott", flüstere ich. „Das ist so schmutzig."

„Gefällt es dir?", fragt er mit einem müden Grinsen. „Es gefällt dir zu denken, dass mir dein Körper gehört? Und diese enge Bussy?"

„Ja, Daddy."

„Weil ich nicht möchte, dass jemand anderes sie ohne meine Erlaubnis anfasst, verstanden? Nicht der verdammte Paul Adler, niemand."

„Niemand." Ich kann spüren, wie mein Schwanz wieder hart wird und ich hoffe, dass die Nacht, auch wenn es schon so spät ist, in Hinblick auf die Lust noch nicht vorbei ist. „Daddy?"

„Ja, süßer Boy?"

„Kannst du mich lieben?"

„Das kann ich tun", antwortet Erik, hilft mir, vom Sofa aufzustehen. „Wo soll ich es tun?"

„Da", sage ich und deute auf das Sofa. „Und da." Ich zeige auf den Küchentisch, der durch den Türrahmen zu sehen ist. „Und in meinem Schlafzimmer. Und dann wieder in ihrem Bett."

„Ich weiß nicht, ob wir heute Nacht so oft kommen können", meint Erik, liebkost dabei mein Ohr. „Aber ich kann dich zweifellos im Laufe der Zeit an all diesen Stellen ficken. Wo soll ich dich zuerst zum Orgasmus bringen?"

„In meinem Zimmer", antworte ich. „Ich habe da drin so lang masturbiert, habe davon geträumt, auf diesem Bett gefickt zu werden. Es ist an der Zeit, dass es auch passiert."

„Du bist so ein schmutziger kleiner Engel."

Ich lache. „Matthew Angel. Das bin ich."

Er küsst meine Nase. „Das bist du."

Oder ist es Matthew Devil? Ich weiß es nicht. Und es ist mir egal, als ich Daddy an der Hand nehme, an den Schachteln mit den Weihnachtsdekorationen vorbeiführe, die ich aus dem Speicher geholt habe. Erik sieht sie und bleibt stehen.

„Du hattest für Weihnachten dekoriert?"

Ich erröte. „Nein. Aber als ich von dir nach Hause gekommen bin, habe ich sie heruntergeholt, um sie anzuschauen. Es kam mir zu albern vor, nach Weihnachten einen Baum aufzustellen. Wo würde ich überhaupt einen finden? Aber ich habe sie ausgepackt. Mich an ihnen erfreut. Ich werde definitiv nächstes Jahr einen aufstellen. Wo auch immer ich an Weihnachten sein werde."

Erik nickt und drückt meine Hand. „Ja, das wirst du."

Oben erkläre ich ihm: „Das ist mein Schlafzimmer." Ich öffne die Tür zu dem Zimmer, das ich im Laufe meines Lebens mehrere

Male umgestaltet habe. „Ich habe hier geschlafen seit der Nacht, in der sie mich nach der Adoption hierhergebracht haben."

Erik schaut sich um, betrachtet das Doppelbett, die Stimmungsbeleuchtung, die ich vor seiner Ankunft angemacht habe und die sorgsam ausgewählte Kunst an meinen Wänden und fragt: „Hier drin hast du dir oft einen runtergeholt, oder?"

„Ja, Daddy."

„Möchtest du Daddy zeigen, wie du das machst?"

Ich kaue für einen Moment auf meiner Unterlippe, schaue unter meinen Wimpern zu ihm auf, weiß, dass es ihn hart macht, wenn ich den Unschuldigen spiele. „Ja, wenn Daddy seinen Boy fingert, während er es macht …"

„Mit Freuden."

Die Welt liegt jetzt offen vor mir. Mein Dezember-Daddy-Erlebnis ist vorbei, aber mein ganzes Leben fängt gerade erst an. Das, das ich als Matthew leben werde – Eriks Engel.

Daddys süßer Boy.

EPILOG

Erik

D AS SCHICKSAL IST so eine seltsame Sache, wie Matthew gerne
sagt, denn wenn ich mich nicht von Nick hätte überreden
lassen, vor einem Jahr mein dämliches dreifach aufgeteiltes Poster
bei der Wohltätigkeits-Kink-Auktion aufzustellen, würde ich heute
Abend nicht vollkommen selig von einem Christmas Kentucky
Buck Cocktail dasitzen und zusehen, wie meine Mom und mein
fester Freund am Tag nach Thanksgiving den Weihnachtsbaum
aufstellen.

Es war ein hektisches Jahr. Mom ist in das Haus hinter dem
Stall gezogen, mein Geschäft ist in der Eile nach der Pandemie die
Produktionszeitpläne wieder in Gang zu bringen, durch die Decke
gegangen und Matthew hat seinen Job gekündigt und ist hier keine
drei Monate, nachdem wir uns einig waren, es ernsthaft miteinander zu versuchen, eingezogen.

Es war vor allem auch deswegen hektisch, weil wir beschlossen
hatten, das Haus von Matthews Eltern zu verkaufen, nachdem wir
die Möbel und alles andere liquidiert hatten und ich hatte den
Mietvertrag für das Haus in Asheville abgegeben, sobald klar war,
dass Charles ihn übernehmen wollte. Ich habe auch das Trainingszentrum in der Stadt geschlossen und aufgehört, Luftakrobaten
anzunehmen. Wegen all dem hatten wir keinen Moment, um Luft
zu holen. Und jeden Moment, in dem wir atmen, ficken und
spielen wir und entblößen uns bis auf unsere verletzlichsten, tiefsten
Teile.

Ich liebe es. Matthew liebt es auch. Er hat es mir oft gesagt.

Wir könnten nicht besser zusammenpassen. Wir sind beide süchtig danach, tief und hart zu gehen, und wir machen es zusammen auf so natürliche Weise. Jede Kink-Session ist wie eine Ausgrabung unserer Seelen, die uns einander noch mehr lieben lässt.

Und was noch dazu kommt, ich liebe ihn mehr, als ich je einen Mann vor ihm geliebt habe. Ich bin so dankbar, dass ich die Chance bekommen habe, ihn so zu kennen, wie ich es tue. Ich singe das Lob des Schicksals, oder Gottes, oder des verdammten Nick, weil er uns letztes Jahr zusammengebracht hat.

Die Weihnachtsplaylist ist von Mom zusammengestellt, darum ist es eine Mischung aus festlichen Klassikern, Country-Songs für die Feiertage und zur Jahreszeit passendem Jazz. Absolut seltsam, aber zu hundert Prozent Moms Geschmack und was ich in meiner Kindheit gehört habe. Beim Abendessen hat sie Matthew gebeten, auch ein paar seiner Lieblingslieder aus seiner Kindheit der Playlist hinzuzufügen, inklusive Weihnachtslieder von zeitgenössischen christlichen Sängerinnen wie Amy Grant und Sandi Patty.

Ich liebe es, Matthew singen zu hören.

Er singt jetzt gerade, während er Schmuck aus seiner Kindheit aufhängt, teilweise verblasst und zerbrechlich, aber alles immer noch wunderschön. Es lässt mein Inneres vor Freude summen, seinen warmen Tenor zu hören. Ich weiß, dass er zufrieden und glücklich ist, wenn er singt, und das ist alles, was ich auf dieser Welt möchte.

Seine Stimme ist nicht großartig, aber sie ist auch nicht schlecht. Ich kann aber sehen, warum er nicht dazu bestimmt war, in der Musikbranche Erfolg zu haben. Matthew sagt, dass er weder das Talent *noch* den Mumm gehabt hat, aber wir haben schon mehrmals bewiesen, dass Matthew eine Menge Mumm hat. Er ist mutig und stark und willens, sich den Schattenseiten seiner Selbst zu stellen, vor denen die meisten Menschen ihr ganzes Leben lang weglaufen. Zur Hölle, ich wäre beinahe vor meinen weggelaufen.

Wenn ich das hätte, wäre ich jetzt allein und würde es vielleicht für den Rest meines Lebens bleiben.

Ich schulde Nick eine Menge und er erinnert mich dieser Tage ständig daran. Ich wünschte, er könnte ebenfalls jemanden finden, den er lieben kann, aber er ist sicher, dass er allein sterben wird. Er teilt meine frühere Affinität für Jüngere und alle Boys, die er unter seine Fittiche nimmt, verlassen das Nest nach wenigen Monaten. Er scheint es mit keinem von ihnen zu etwas Dauerhaftem machen zu können. Ich hoffe, dass sich schon bald etwas für ihn ändert.

Ich habe immer gedacht, dass alle Boys gehen. Aber Matthew hat mich eines Besseren belehrt.

Was Matthews Freunde betrifft, Doug und Forest, sie haben uns ein paar Mal besucht und ich habe Doug beinahe komplett vergeben, dass er Matthew auf dem College so benutzt hat. Aber ich werde immer ein wenig nachtragend sein.

Was den Mann betrifft, an den ich Matthew beinahe verloren hätte, Paul Adler, Gerüchte besagen, dass er für dieses Jahr wieder nach einem Begleiter für Weihnachten sucht. Ich hoffe, dass er einen findet. Jeder gute Dom und Daddy verdient einen Partner für die Feiertage und ich weiß zu schätzen, dass er Matthew gegenüber nett gewesen war, als ich ihn im Stich gelassen hatte.

Voll nach einem weiteren Feiertagsfestmahl lege ich meine besockten Füße auf den Kaffeetisch, während ich Simmony Sunshine streichle und durch die Sozialen Medien auf meinem Handy scrolle. Ich bewundere die niedlichen Fotos meines Cousins Leo mit seinem Ehemann und seiner Tochter, als ich eine Nachricht bekomme. Die Voransicht, die auf meinem Bildschirm aufblitzt, bringt mich beinahe dazu, an meinem Kentucky Buck zu ersticken. Mein Daumen verharrt über der Nachricht. Ich brenne darauf, sie zu öffnen, aber ist dieser Drang ein Betrug an Matthew?

Ich nippe an meinem Drink, lege mein Handy beiseite, um zuzusehen, wie Matthew um den Baum tanzt. Er lacht mit meiner

Mom und bleibt von Zeit zu Zeit stehen, um von seinem eigenen Champagner-Cocktail zu trinken, bevor er weiter Lametta an die Äste wirft und Kugeln nach Moms Angaben aufhängt.

„Hier", sagt Mom und deutet. „Füll dieses Loch."

Ich beiße mir auf die Unterlippe, um keinen Scherz darüber zu machen, wie gut Matthew darin ist, Löcher zu füllen, er es aber bevorzugt, wenn seines gefüllt wird, vielen Dank auch. Die Feiertagsplaylist fängt von vorne an und ich entspanne mich wieder auf dem Sofa, als Schlittenglocken und Country-Gitarren die Luft erfüllen.

Matthew holt seine Gitarre, lässt sich auf das Kissen fallen, auf dem Mom neben dem Baum gesessen ist und fängt an, eine einfache Konter-Melodie zu spielen, die schön mit der aufgenommenen Musik harmoniert.

Als er anfängt, Mom zu sagen, welche Lücken noch gefüllt werden müssen, nehme ich mein Handy wieder auf. Es ist in Ordnung, neugierig zu sein. Es ist normal.

Ich öffne die Nachricht.

Hey, Daddy, dein Lieblingsboy wünscht dir frohe Weihnachten aus Budapest. Es läuft hier gut, aber ich bin im Moment so Single wie ein Pringle. Ich vermisse dich, Daddy. Vermisst du mich auch? Ich komme Februar nach Hause. Wir sollten uns treffen.

Es ist ein Foto dabei. Ein Selfie, das Brandon allein zeigt, ein freches Grinsen teilt sein Gesicht und er trägt eine rote Wollmütze. Er glüht vor Jugend und Energie und ich kann beinahe sein Lachen in meinem Ohr hören. Er ist wunderschön. Ich habe es geliebt, ihn zu ficken.

Aber ich liebe *ihn* nicht mehr.

Ich werfe einen Blick auf Matthew, der immer noch auf seiner Gitarre spielt und tippe eine Antwort auf mein Handy.

Hey, Brandon. Ich freue mich zu sehen, dass du so gesund und glücklich bist. Ich werde im Februar geschäftlich unterwegs sein. Neue

Produktion in Kanada. Mein fester Freund begleitet mich. Sein Name ist Matthew. Ich bin glücklich mit ihm. Ich wünsche dir alles Gute.

Ich füge ein Foto von mir und Matthew hinzu, das Mom vorhin gemacht hat, wie wir vor einem der vielen Weihnachtsbäume draußen stehen, die sie entlang der ganzen Einfahrt verteilt hat. Auf dem Foto lacht Matthew und hält ein Zicklein, das er gerade Holly's Holiday Harmony genannt hat – oder kurz Holly-Holiday – und ich schaue ihn an, als würde mein Herz gleich explodieren.

Ich drücke auf Senden.

Es wird sofort als gelesen angezeigt. Ich weiß nicht, wie viel Uhr es in Budapest ist, aber es ist nicht früh. Ich warte, um zu sehen, ob er antworten wird und gerade, als ich entschieden habe, dass er das wohl nicht tun wird, bekomme ich eine Daumen-Hoch-Reaktion. Das ist es. Sonst nichts.

Ich bin für immer über Brandon hinweg. Ich wünsche ihm das Beste, aber ich habe jetzt meinen Mann, meinen Boy und meinen Engel.

„Matthew", sage ich und er schaut mit diesen großen und irgendwie immer noch unschuldigen Augen zu mir auf. „Komm her."

Er legt seine Gitarre beiseite und kriecht zu mir. Wenn Mom nicht da wäre, hätte ich eine sehr spezifische Reaktion darauf, aber so wie die Dinge sind, schaffe ich es, meine Libido zu beherrschen.

Ich ziehe Matthew auf das Sofa und kuschle ihn eng an mich. „Danke", flüstere ich in sein Ohr.

„Wofür?"

Dass du zweiundvierzig bist, sage ich beinahe.

Dass du so gut aussehend, tapfer und verletzlich bist.

Dass du mir gesagt hast, dass ich dich brauche.

Dass du recht hattest.

Dass du mich deine Scham hast sehen und sie wegficken lassen, oder dich mit mir darin wälzt, je nach Tagesform. Dass du mich liebst, dass du mir gestattest, dich zu lieben.

„Dass du mich bei der Auktion gewonnen hast.“

Er strahlt. „Die beste Ausgabe meines Lebens.“

ENDE

Haben euch Matthew und Erik gefallen? Meldet euch für meinen Newsletter an und bekommt eine kostenlose Bonusszene nach dem Epilog.

http://bookhip.com/VCBNSTK

Ein Brief von Leta

Liebe LeserInnen,

Vielen Dank, dass Ihr *Mein Dezember Daddy* gelesen habt!

Im November 2021 sind diese Figuren völlig unerwartet in meinem Kopf aufgetaucht. Ich muss zugeben, ich habe versucht, sie abzulehnen. Sie waren nicht Teil meines Schreibplans für dieses Jahr, aber sie wollten nicht gehen. Sie haben alle möglichen schönen Versprechen gemacht – „Wir werden weich, fluffig, anbetungswürdig, *einfach* sein. Wir versprechen es." Hier kommt der Jim Halpert Blick in die Kamera. Oder? Die Frechheit dieser Lügen! Haha.

Ich nehme an, man kann einwenden, dass Matthew und Erik anbetungswürdig sind, aber der Rest? Weich, fluffig, *einfach*? Lachhaft.

Vielleicht klingt es ein wenig verrückt zu sagen, dass Figuren in meinem Kopf „auftauchen" oder dass sie mich belügen, aber so erlebe ich es und ich kann nicht anders darüber reden.

Während dieses Buch ganz anders wurde, als ich es erwartet habe, bin ich froh, dass diese Männer mich überzeugt haben, ihre Geschichte zu schreiben. Teile dieses Buchs haben mich aufgewühlt, einige haben mir sogar Angst gemacht, aber diese Geschichte repräsentiert Eriks und Matthews reine Wahrheit. Ich hoffe, Ihr könnt das auch spüren.

Wenn es euch gefallen hat, RJ und Aaron von *Mr Naughty List* zu treffen, klickt Euch durch, um das Buch zu bekommen. Es ist wunderschön zu lesen und ich weiß, dass Ihr es genießen werdet, zu sehen, wie die Liebe zwischen RJ und Aaron aufblüht.

Folgt mir auf BookBub oder Amazon, um über Neuerscheinungen informiert zu werden. Die beste Möglichkeit, auf dem Laufenden zu bleiben, was Bücher betrifft, ist, sich für meinen Newsletter anzumelden, für Ausschnitte aus meinem täglichen Autorinnenleben, wichtige Ankündigungen, Sales und mehr. Wenn Ihr einige der Quellen für meine Inspiration sehen wollt, könnt Ihr mir auf Instagram folgen.

Wenn euch das Buch gefallen hat, nehmt euch bitte einen Moment Zeit, um eine Rezension zu schreiben. Rezensionen helfen nicht nur anderen LeserInnen zu entscheiden, ob ein Buch etwas für sie ist, sie helfen auch, dass das Buch bei Suchanfragen angezeigt wird.

Für jene unter euch, die Audiobücher lieben, *My December Daddy* ist jetzt als Audiobuch erhältlich, erzählt von dem unglaublichen John Solo. Ihr könnt es jetzt auf Audible kaufen.

Vielen Dank, dass Ihr LeserInnen seid!
Leta

Weitere Bücher von Leta Blake in deutscher Sprache

Heat for Sale
Smoky Mountain Dreams
Stay Lucky
Auch in diesem Leben
Das Herz findet immer einen Weg
North' Stange

Mr. Christmas-Serie
Mr. Frosty Pants
Mr. Naughty List

Ein Boy für jede Jahreszeit
Mein Dezember Daddy

In der Hitze der Liebe
Langsame Hitze
Alpha-Hitze
Langsame Geburt
Bittere Hitze

Training Season
Training Season
Training Complex

Zusammen mit Indra Vaughn
Vespertine: Der Priester und der Rockstar
Cowboy Sucht Ehemann

Zusammen mit Alice Griffiths
Überraschend … verheiratet!
Überraschend … verliebt!
Endlose Flitterwochen

Weitere Bücher in englischer Sprache von Leta Blake

Contemporary

Will & Patrick Wake Up Married
Will & Patrick's Endless Honeymoon
Cowboy Seeks Husband
The Difference Between
Bring on Forever
Stay Lucky

Sports

The River Leith

The Training Season Series
Training Season
Training Complex

Musicians

Smoky Mountain Dreams
Vespertine

New Adult

Punching the V-Card

'90s Coming of Age Series
Pictures of You

White Heat
Slow Heat
Alpha Heat
Slow Birth
Bitter Heat

For Sale Series
Heat for Sale
Bully for Sale

Audiobooks
letablake.com/audiobooks

Discover more about the author online

Leta Blake
letablake.com

Über die Autorin

Die Autorin des Bestsellers *Smoky Mountain Dreams* und des unter den Fans besonders beliebten Buchs *Training Season* kann auf eine Ausbildung und berufliche Erfahrung sowohl in Psychologie als auch im Finanzwesen zurückblicken. Aber ihre Leidenschaft gehörte schon immer dem Schreiben. Sie genießt es, Liebesgeschichten zu kreieren und dabei die Psyche von erfundenen Figuren zu erforschen. Zuhause im Süden der USA, arbeitet Leta hart daran, die Balance zwischen ihrem bürgerlichen Beruf, der Schriftstellerei und der Familie zu halten.